질로
아기

옮긴이 김욱

서울대 신문대학원에서 공부했으며, 30년 넘게 신문기자로 일했다. 지은 책으로《세계를 움직이는 유대인의 모든 것》《희망과 행복의 연금술사》《성공한 리더십, 실패한 리더십》 등이 있으며, 옮긴 책으로《산다는 것의 의미》《노던라이츠》《나 자신의 노래》 등이 있다.

지로 이야기 1 _ 세 어머니

1판 1쇄 발행 2009년 4월 24일 | **1판 3쇄 발행** 2013년 10월 30일

지은이 시모무라 고진 | **옮긴이** 김욱
펴낸이 조재은 | **펴낸곳** (주)양철북출판사 | **등록** 제25100-2002-380호(2001년 11월 21일)
편집 임중혁 김성은 김지훈 김인정 이단비 박시영 | **교정** 이송희 | **디자인** 나지은 |
마케팅 조희정 | **관리** 정영주
주소 서울시 마포구 양화로8길 17-9 | **전화** 02)335-6407 | **팩스** 02)335-6408
ISBN 978-89-90220-97-4 03830 | **값** 13,000원

카페 http://cafe.daum.net/tindrum 블로그 http://blog.naver.com/tin_drum

※잘못된 책은 바꾸어 드립니다.

지
로
이
야
기

시모무라 고진 장편소설 | 김욱 옮김

1

세 어머니

양철북

차 례

| 일러두기 |

· 《지로 이야기》 1권은 총 5부 가운데 1·2부를 묶은 것이다.
· 본문 괄호 안에 있는 설명은 옮긴이가 한 것이다.

원숭이

"정말 화가 나서 죽겠다니까!"

유모 오하마가 부엌 한쪽 귀퉁이에 쭈그려 앉으며 소리쳤다.

"자네가 이러는 것도 무리는 아니지. 아무리 성격이 억센 작은 마님이라지만 이번엔 해도 너무 하셨어. 인정머리라곤 눈곱만큼도 없다니까."

부뚜막 앞에 서 있던 오이토 할멈도 마마 자국으로 얽은 얼굴이 벌겋게 달아올라 연신 맞장구를 쳤다.

"지금 둘이 뭐라고 숙덕거리는 거야?"

바로 그때 부엌과 안방 사이를 막은 미닫이문이 드르륵 열리면서 오타미가 날카롭게 외치는 소리가 두 사람의 귓전에 시끄럽게 울렸다. 오이토 할멈은 짐짓 모르는 척 고개를 돌려버렸고, 오하마는 될 대로 되라는 심정으로 오타미의 얼굴을 똑바로 쳐다보았다. 두 사람의 안색을 살피던 오타미는 조금 전보다 더 험악하게 인상이 일그러졌다.

"오하마, 내가 그토록 알아듣게 말했는데, 아직도 모르겠어?

교이치는 누가 뭐래도 이 집의 장남이라고. 그런 아이를 내가 언제까지고 유모에게 맡겨둘 줄 알았어?"

"그건 저도 안다고요. 지당하신 말씀이죠."

"무슨 말이 그래? 그렇게 말하면 단 줄 알아?"

"글쎄요, 그건 잘 모르겠지만 말이죠. 어쨌든 사람을 감쪽같이 속이신 건 사실이잖아요."

"속이다니?"

"속인 게 아니면 뭐예요? 교이치 도련님을 데려오라고 하셔서 시키는 대로 데려왔더니, 어느새 큰 마님이 데려가시고는 엉뚱한 말만 늘어놓고 있잖아요."

"그게 기분 나쁘다는 거야?"

"기분 나쁜 게 당연하죠. 내가 하고 싶은 말은 나한테도 기른 정이라는 게 있다는 거라고요."

"그러니까 교이치 대신 지로를 맡겨서 기분 나쁘다 이거군."

오하마는 딴청을 피울 뿐 그 말에는 대답하지 않았다.

"정말 말이 안 통하는 사람이네. 내가 젖이 안 나와서 어쩔 수 없이 부탁했더니 정말 이렇게 나오기야? 좋게 말하면 함부로 대들기나 하고……. 정 싫다면 좋아, 이제 유모에게는 어떤 아이도 맡기지 않을 테니까. 대신 이 집하고 맺은 인연도 여기서 끝이니까 그런 줄 알아요. 쌀 떨어졌다고 울고불고 난리를 쳐도 우리가 알 바 아니니까. 교이치도 두 번 다시 못 볼 줄 알아!"

오타미는 그렇게 소리치고 미닫이문을 확 닫아버렸다.

"작은 마님, 그건 너무해요. 너무하다고요!"

오하마는 굳게 닫힌 미닫이를 노려보며 큰 소리로 말했다.

"너무하긴 뭐가 너무해?"

"너무하죠. 교이치 도련님을 일 년 동안이나 키워 드렸는데, 갑자기 그런 아이를……."

"그런 아이라니?"

미닫이문이 다시 드르륵 열렸다.

"……."

"다시 말해봐!"

"작은 마님, 오하마에게는 제가 나중에 알아듣게 잘 말할게 요."

오이토 할멈이 두 사람 사이에 끼어들었다.

"알아듣게 말하고 말 것도 없어요. 노인네가 공연히 오하마에게 맞장구나 치고."

"흐흐흐."

오이토 할멈은 보기 흉하게 썩은 이빨을 드러내며 묘하게 웃기만 했다.

그때 안쪽에서 갓난아기 우는 소리가 들렸다. 오타미는 미닫이문을 닫으며 오이토 할멈과 오하마를 매섭게 쏘아보고는 안쪽으로 들어갔다.

"아무래도 자네 뜻대로 되지는 않을 게야. 작은 마님이 하자는 대로 따르는 게 좋아."

오이토 할멈은 오하마 곁으로 다가가 낮은 목소리로 중얼거리듯 말했다.

"이번에 태어난 작은 도련님을 그냥 맡겠다고 해. 그래야 쌀이라도 얻어먹지."

"쌀 같은 건 아무래도 괜찮아요."

"지금 같아서야 그렇겠지. 하지만 계속 고집을 부리면 쌀도 못 얻어먹고, 교이치 도련님까지 못 만나게 될 게야."

"설마 못 만나게야 하겠어요?"

"그거야 불같은 성질을 가진 작은 마님이고 보면……. 자네도 지기 싫어하는 성격이지만 작은 마님에게는 어림도 없어. 한번 정하시면 무슨 일이 있어도 물러서는 법이 없다고."

"교이치 도련님도 세월이 지나면 우리 같은 것은 다 잊어버리겠죠?"

"당연하지. 그러니까 자네가 먼저 고개를 숙이는 편이 이롭다고."

"하지만 교이치 도련님 대신 저런 원숭이 같은 아이를 맡을 생각을 하니……."

"그런 말하면 못써. 작은 마님이 듣기라도 하면 어쩌려고 그래?"

"사실이 그렇잖아요. 할멈은 그렇게 생각하지 않아요?"

"난 그렇게까지 생각하지는 않아. 물론 지로를 교이치 도련님에 비할 수는 없지만 말이야."

"교이치 도련님은 태어날 때부터 귀티가 나고 귀여웠다고요."

"이번에 태어난 아기도 키우다 보면 정이 들 거야."

"얼굴이 원숭이처럼 생겼는데도 말이에요?"

"그런 말 하지 말래도 그러네. 그러다가 누가 들으면 어쩌려고 그래."

"누가 들으면 어때요? 상관없어요."

"그럼 모두 끝장이야. 교이치 도련님 가까이에는 평생 얼씬도 못 하게 된다고. 그래도 괜찮아?"

"분하지만 못 이기는 척 이번에도 그냥 말을까요?"

"암, 그래야지. 이번에도 그냥 말아. 쌀이라도 받는 게 어딘가."

"쌀 얘기는 제발 그만하세요. 교이치 도련님 때문에 원숭이 같이 생긴 아이를 맡기로 한 거라고요."

"아무려면 어떤가. 하여간 잘 생각했네. 자네가 아기를 맡겠다고 했으니 나도 작은 마님에게 낯이 서게 되어서 다행이구만. 자네 마음 변하기 전에 얼른 작은 마님에게 알려야겠어."

오이토 할멈은 히죽히죽 웃으며 부리나케 안으로 들어갔다. 조금 뒤에 오타미가 할멈을 마구 나무라는 소리가 들렸지만, 어쨌든 할멈은 오하마가 한 말을 빠짐없이 전했다. 이렇게 해서 지로는 그날부터 교이치 대신 오하마의 수양아들이 되었다.

오하마는 처음에 지로가 원숭이처럼 생겼다는 이유만으로 꺼림칙하게 여겼지만, 자기도 모르게 정이 들어 곧 마음이 바뀌었다. 서너 달쯤 지나서는 교이치에 대한 애정이 지로에게 옮겨갔다.

오타미는 지로가 둘째라서 그런지, 아니면 오하마의 말처럼 원숭이를 닮았다고 생각해서인지 교이치를 맡겼을 때보다 여러모로 냉담했다. 그래서 오하마는 무척 화가 났고, 화가 날수록 지로에 대한 애정은 더욱 깊어갔다.

어느 날 오하마는 지로가 그동안 많이 자랐다는 것을 오타미에게 보여주고 싶은 생각이 들어서 오랜만에 지로의 본가를 찾았다. 그러나 두 사람은 만나자마자 이런 이야기를 주고받았다.

"유모 덕분에 원숭이도 제법 컸군."

"아니, 지금 원숭이라고 하셨어요?"

"왜? 원숭이라고 하면 안 돼?"

"지로 도련님은 작은 마님이 낳은 아들이라고요."

"이 아이를 원숭이라고 했던 사람은 자네 아니었나? 오이토 할멈이 벌써 다 털어놨다고."

"그땐 그때고⋯⋯. 대체 언제까지 그때 일을 가지고⋯⋯."

"이젠 조금 사람다워졌다는 말을 하고 싶어서 온 거 아니었어?"

"작은 마님, 세상에 그런 말이 어디 있어요! 분해 죽겠네."

"어머, 지금 우는 거야? 그냥 좀 놀려주고 싶었을 뿐인데⋯⋯. 이런 미안해라."

"놀리는 것도 정도껏 하셔야죠. 작은 마님이 그러시면 저한테도 생각이 있다고요!"

오하마는 불같이 화를 내며 지로를 품에 안고 밖으로 뛰쳐나갔다. 그 뒤로는 오타미가 여러 번 심부름꾼을 보내도 찾아오는 법이 없었고, 쌀을 받으러 오지도 않았다. 이런 상황이 길어지자 오타미가 먼저 기가 꺾였다. 오타미는 못 이기는 척 오하마네 집으로 찾아갔다.

물론 이번에는 둘 다 원숭이의 원 자도 꺼내지 않았다. 그뿐만이 아니었다. 오타미는 듣기 좋게 이런 말을 해서 오하마의 기분을 맞춰주었다.

"이 아이는 음력 8월 15일에 태어났어. 그것도 보름달이 한창 밝아올 무렵에 말이야. 그러니 틀림없이 이다음에 커서 큰 인물이 될 거야."

오하마는 그 말을 듣고 분한 감정이 온데간데없이 사라졌다. 그 뒤로 두 사람은 만나기만 하면 특별히 할 말이 없을 때 '8월 15일 보름달'을 이야깃거리로 삼았다. 지로가 태어난 것은 오타미가 말한 대로 음력 8월 15일, 그것도 보름달이 한창 밝게 빛나고 있을 무렵이었다.

하지만 좋은 시간에 태어났다고 해서 지로가 행복하게 산 것만은 아니었다.

올챙이

세월이 몇 년 흐른 어느 날, 지로는 오하마의 딸 오카네, 오쓰루와 함께 소학교(초등학교) 운동장에서 놀고 있었다. 놀이라고 해야 땅바닥에 거적을 한 장 깔아놓고 그 위에서 소꿉장난을 하는 것이었다. 수업이 끝난 뒤여서 아무 소리도 들리지 않고 조용했다. 운동장은 황금빛 논에 둘러싸여 있었고, 오후 햇살이 따뜻하게 내리쬐었다.

그날의 모습은 지로의 마음속에서 이따금 한 번씩 되살아나는, 아마도 가장 오래된 기억 가운데 하나일 것이다. 그때 지로는 기껏해야 다섯 살이었다.

오하마 일가는 마을에 하나뿐인 소학교에서 교지기 노릇을 했다. 식구는 오하마의 친정 부모와 오하마 부부, 딸 오카네와 오쓰루, 모두 여섯이었다. 오하마네 식구는 교무실 바로 옆에 붙어 있는 어두컴컴한 다다미방과 손바닥만 한 마루에서 살았다. 이렇게 좁고 누추한 곳에 지로까지 덤으로 끼어들었다.

교이치와 지로가 멀쩡한 집을 두고 왜 이런 곳에서 유년 시절을 보냈는가 하면, 어머니 오타미가 자녀 교육에 남다른 식견이 있다고 자부하는 사람이었기 때문이다. 오타미는 무사 집안의 딸로서 어릴 때부터 맹모삼천지교의 가르침을 귀에 딱지가 앉을 정도로 들었다. 그 이야기를 들을 때마다 지겨워하기는커녕 늘 새로운 감동을 받고는 했다. 그래서 오래전부터 오타미는 나중에 자기가 아이를 낳으면 기회가 닿는 대로 맹모의 가르침에 따라 교육할 수 있는 환경에서 키워야겠다고 다짐했다.

이런 포부를 가슴속 깊이 간직한 오타미가 오하마 일가가 학교 안에서 교지기 노릇을 한다는 매력적인 사실을 놓칠 리 없었다. 교지기 방이 좁아터지고 아주 더럽다는 것, 오하마가 과거에 술집에서 샤미센(일본의 대표적인 현악기) 음률에 맞춰 익살을 부리며 돈 몇 푼씩 벌던 걸립꾼이었다는 것, 또 오하마의 남편 간사쿠가 탄광에서 일하다 광부가 넘쳐나는 바람에 쫓겨난 뒤 이 마을로 흘러들어왔다는 사실 따위는 아무런 문제가 되지 않았다.

다시 세 아이들의 소꿉장난 이야기로 돌아가자.

지로는 거적 한가운데에 왕처럼 자리를 차지하고 앉아 있었다. 오카네와 오쓰루는 지로의 양옆에 앉아 양철 접시에 풀잎과 모래를 짓이겨서 만든 만두를 올려놓고 집어먹는 시늉을 했다. 똑같은 놀이를 삼십 분 남짓 계속해서인지 지로는 조금 지루해졌다. 그러자 지로는 언제나처럼 오카네를 빼놓고 오쓰루와 단둘이 놀고 싶은 생각이 들었다. 오카네는 형 교이치와 동갑이었고, 오쓰루는 지로와 동갑이었다. 지로는 자연스레 오카네보다 오쓰루와 함께 있을 때가 더 편하고 친한 느낌이 들었다. 물론 거기에는 다른 까닭이 있었다. 오카네는 피부색이 검은 데다 사팔뜨기였다. 오카네에 견주어 오쓰루는 볼살이 포동포동하고 눈망울이 커서 어린 지로가 보기에도 귀여웠다. 그래서 지로는 오카네보다 오쓰루를 더 좋아했다.

그런데 지로의 마음을 불편하게 만드는 것이 하나 있었다. 오쓰루의 포동포동한 왼쪽 뺨에 붙어 있는 반점이었다. 반점은 생김새도 크기도 올챙이와 거의 비슷했는데, 지로가 보기에는 마치 올챙이 한 마리가 오쓰루의 뺨에 붙어 있는 것 같았다. 지로는 그 반점을 볼 때마다 왠지 모르게 마음 한구석이 불편했다. 그날도 소꿉장난에 진력이 나자 지로는 오카네에게 등을 돌린 채 오쓰루와 단둘이 마주 보고 앉았다. 그때 하필이면 오쓰루의 뺨에 붙어 있는 올챙이가 눈에 띄었다.

오쓰루는 지로가 무슨 생각을 하는지 전혀 눈치 채지 못하고 여전히 풀잎을 썰어다가 양철 접시에 담느라 정신이 없었다. 오랫동안 햇볕을 쬐어 뺨은 분홍빛으로 물들었고, 그 위로 흑갈색 올챙이 한 마리가 선명하게 떠올랐다. 그것을 보는 지로의 눈도 점점 어지러워졌다. 아무리 보고 또 보아도 영락없이 살아서 꿈틀대는 올챙이였다.

지로는 이상하게 마음이 착잡해져서 잠깐 동안 근실근실한 기분을 가다듬으며 오쓰루의 뺨에서 꿈틀거리는 올챙이를 뚫어져라 보았다. 그러다가 자기도 모르게 천천히 오쓰루에게 다가가서 오른쪽 집게손가락을 뻗어 징그러운 것을 만질 때처럼 살며시 오쓰루의 뺨을 슬쩍 건드려보았다. 오쓰루는 지로가 갑자기 왜 그러는지 이해할 수 없다는 표정을 지었다. 오쓰루는 여전히 올챙이를 뺨에 붙인 채 멍하니 지로의 얼굴을 볼 뿐이었다.

오카네는 사팔뜨기 눈자위를 휘둥그레 뜨고 지로의 뒤에서 히히 하고 웃었다.

지로는 오카네의 웃음소리를 듣는 순간, 자기가 나쁜 짓을 저지르는 것 같은 느낌이 들었다. 그런데 사내아이들이란 대부분 쑥스러워지면 자기도 모르게 난폭해지곤 한다. 지로는 갑자기 자리를 박차듯 벌떡 일어나 주위에 널브러진 양철 접시와 작은 종지들을 발로 차버렸다.

뒤쪽에 있던 오카네가 또 한 번 히히 하고 웃었다.

지로는 무슨 생각을 했는지 갑자기 가만히 앉아 있는 오쓰루에게 달려들어 올챙이가 꿈틀거리는 뺨을 있는 힘껏 쥐어뜯었다.

오쓰루가 찢어지는 비명을 지르며 울음을 떠뜨렸다.

"아빠! 아빠!"

오카네가 큰 소리로 아빠를 부르며 수위실 쪽으로 냅다 달려갔다. 그 뒤 일이 분도 채 안 되어 지로는 나무뿌리 같은 간사쿠의 손에 단단히 붙들리고 말았다.

"너 이 자식, 지금 무슨 짓을 한 거야?"

간사쿠는 화가 잔뜩 나서 위협하듯 지로에게 말했다.

그리고 말이 끝나기 무섭게 지로의 몸뚱이를 난폭하게 공중으로 추커들었다. 지로는 손목과 어깻죽지가 떨어져 나갈 듯이 아팠다. 그래도 울지는 않았다. 두 발을 팔딱이며 간사쿠의 아랫배를 마구 찼다.

"어라, 이놈 보게. 이 망할 놈의 자식!"

간사쿠는 갑자기 지로를 땅바닥에 내동댕이쳤다. 지로는 손바닥과 입술과 콧마루와 무릎이 부서진 것같이 아팠다. 지로는 사오 초 남짓 땅바닥에 코를 박은 채 꼼짝도 못 하다가 한순간 깊은 땅속에서 거위가 목 졸려 죽을 때 낼 것 같은 소리를 지르며 울어댔다.

오쓰루는 그때까지도 몸을 뒤로 젖힌 채 울고 있었는데, 지로가 우는 소리를 듣고는 더욱 큰 소리로 울었다. 그렇게 둘은 서로 시합이라도 하듯 번갈아가며 울음소리를 높였다.

간사쿠는 그 자리에 멀뚱히 서서 지로를 노려보기만 했다.

"왜 그래? 무슨 일이야?"

그때 마침 학교 청소를 하고 있던 오하마가 대나무 빗자루를 들고 아이들 곁으로 뛰어왔다.

"어떻게 된 일인지는 잘 모르겠는데, 어쨌든 이 자식이 오쓰루의 뺨을 잡아뜯은 것 같아."

"그래서 당신이 도련님을 땅바닥에 내동댕이쳤단 말이야?"

"그렇지."

"그렇다고? 지금 그걸 말이라고 해? 하릴없이 빈둥대는 것도 모자라서 이젠 아이들 싸움에까지 끼어들어? 당신 대체 뭐 하는 인간이야?"

"당신이 낳은 아이야. 당신은 당신 딸이 귀엽지도 않아? 당신 딸이 저 자식한테 맞았다고!"

"그게 무슨 말이야, 바보 같은 소리 하고 있네! 귀여우니까 이렇게 내 손으로 키우고 있잖아. 당신이야말로 아이들이 귀엽지 않으니까 허구한 날 빈둥거리면서 돈 한 푼 못 벌어오는 거 아냐."

간사쿠는 오하마의 서슬에 밀려 고개를 돌리고 딴청을 피웠다.

지로는 그때까지 맥빠진 울음소리를 내며 두 부부가 다투는 모습을 지켜보다가 아무래도 오하마가 우세한 것 같아 적잖이 안심했다. 그래서 이쯤에서 한 번 더 오하마의 동정심을 사야겠다고 생각해서 숨을 크게 들이마신 뒤 아까보다 더 큰 소리로 울었다. 오쓰루도 이에 질세라 악을 쓰며 울부짖었다.

"이제 그만 그쳐."

오하마는 오쓰루를 부드러운 말로 타이르고 땅바닥에 엎어져 있는 지로에게 다가갔다.

"지로쨩, 이제 그만 울어."

오하마는 다른 사람들 앞에서는 지로를 '도련님'이라고 불렀지만, 지로와 단둘이 있을 때는 언제나 '지로쨩'이니 '지로'니 하고 다정하게 불렀다.

"지로는 이제 다 컸으니까 의젓하게 굴어야지. 자, 혼자서 일어나봐."

그러나 지로는 오하마가 따뜻한 말로 위로해주자 발을 동동 구르며 한 번 더 크게 울부짖었다. 그러자 오하마는 당황해서 들고 있던 대나무 빗자루를 내려놓고 서둘러 지로를 끌어안았다.

"아니, 이건……."

오하마는 지로를 일으켜 세우다가 흙먼지를 뒤집어쓴 지로의 콧등과 입술 언저리에 아주 조금 피가 배어 있는 것을 보았다.

"당신, 도련님 얼굴에 상처를 냈군."

오하마는 인상을 찌푸리며 간사쿠를 노려보았다.

간사쿠는 그때 오쓰루를 일으켜 먼지를 털어주다가, 화가 나서 시퍼렇게 질려 있는 오하마를 보고는 모르는 척 재빨리 교지기 방 쪽으로 걸어갔다.

"잠깐만!"

이렇게 외치며 오하마는 대나무 빗자루를 들고 쫓아가 간사쿠의 뒤통수를 힘껏 후려쳤다.

"뭐 하는 짓이야!"

엉겁결에 한 대 얻어맞은 간사쿠가 험악하게 얼굴을 일그러뜨리며 오하마를 쏘아보았다.

"뭐 하는 짓이냐고? 귀한 도련님 얼굴에 상처를 입혔잖아!"

오하마는 정신 나간 사람처럼 빗자루를 휘두르며 간사쿠의 얼굴과 팔을 마구 때렸다. 간사쿠는 도망도 못 가고 그 자리에 뻣뻣이 서서 두 손으로 빗자루를 막았지만, 그럴수록 오하마는 더욱 무섭게 달려들었다.

"제기랄!"

간사쿠는 도저히 못 당하겠다는 듯 혀를 찼다. 그러더니 갑자기 몸을 돌려 운동장 저편으로 내달렸다. 그러다 교문 밖에 도랑이 나오자 한걸음에 뛰어넘어 논두렁 쪽으로 달아나버렸다.

"이 배은망덕한 인간아!"

오하마는 저 멀리로 사라지는 간사쿠를 보며 악에 받친 듯 소리를 지르며 뒤쫓아갔다. 그러나 도랑을 뛰어넘을 자신이 없었는지 그 자리에 서서 간사쿠에게 온갖 욕을 퍼부었다.

지로와 오쓰루는 우는 것도 잊어버리고 이런 모습을 지켜볼 따름이었다.

두 아이의 눈에서 눈물은 이미 말랐지만 둘 다 눈물에 범벅이 된 흙먼지 때문에 얼굴이 새까매졌다. 그래서 오쓰루의 뺨에 붙어 있던 올챙이도 분간이 잘 안 되었고, 지로도 그것을 까맣게 잊어버렸다.

귓불

어느 여름날 저녁 무렵이었다. 오타미가 지로를 데려오라는 심부름을 보내서 오랜만에 오하마네 집에 찾아온 나오키치는 지로를 목말 태우고 교지기 방을 나와 논두렁길을 걸어갔다. 나오키치는 지로네 집에서 일하는 스물두서너 살 먹은 젊은이다.

지로는 목말 타는 것을 무척 좋아했지만, 간사쿠가 예전처럼 함께 놀아주지 않아서 오랫동안 목말을 타지 못했다. 그러니 나오키치가 불쑥 찾아와서 얼마나 반가웠는지 모른다. 게다가 나오키치는 오하마와 몇 마디 주고받은 뒤 금방 목말을 태워주겠다고 해서 지로는 무척 기뻤다.

교문을 나와서 북쪽으로 조금만 걸어가면 풀이 잔뜩 돋아난 큰 저수지가 있었다. 그곳에는 저녁마다 개똥벌레가 날아다녔다. 지로는 나오키치의 목말을 타고 저수지로 놀러갈 작정이었다.

그런데 어찌된 까닭인지 나오키치는 교문을 나서자마자 곧장 남쪽으로 걸어갔다. 지로에게는 남쪽이 그리 달갑지 않은 방향이었다. 교문에서 남쪽으로 곧장 가면 자기네 집이 나오기 때문이었다.

오타미는 맹모삼천지교의 가르침을 따르겠다고 굳게 결심하고 지로를 교지기에게 맡겼지만, 결과는 맹자 때와 여러 가지로 달랐다. 먼저 지로가 철이 들수록 오하마만 따르는 게 신경쓰였고, 학교 옆에 살아서 좋은 영향을 받을 것이라는 예상도 그다지 맞지 않았다. 그래서 오하마가 지로를 데리고 집에 올 때마다 오하마를 설득해서 지로 몰래 오하마 혼자 돌아가도록 해보았다.

그런 일이 지로에게 큰 시련이 되었음은 말할 것도 없다. 지로는 그럴 때면 누가 말을 시켜도 으레 입을 굳게 다물었고, 밥도 제대로 먹지 않았다. 게다가 불안감 때문인지 자면서 오줌을 싸기까지 했다.

무엇보다 집이 너무 넓은 탓에 지로의 마음까지 삭막해졌다. 지로는 좁은 교지기 방 한쪽 구석에서 숨이 막힐 듯 생활한 게 몸에 배어서 쓸데없이 넓기만 한 집에서 한기마저 느꼈다. 혼자 집 안 이곳저곳을 거닐다 보면 세상에 있는 모든 사람들이 자기에게서 멀어지는 것 같은 두려움이 밀려왔다. 오하마와 함께 왔을 때도 그런 느낌을 지울 수 없었는데, 하물며 오하마가 몰래 사라져버렸으니, 지로는 허전하기 짝이 없었다.

오하마를 돌려보낸 뒤 오타미와 식구들은 지로에게 여러 가지 이야기를 들려주었다. 하지만 그것은 지로에게는 학교 선생님이 교단에서 하는 말과 다를 바 없었다. 듣고 있으면 어쩐지 몸이 자꾸 움츠러드는 것만 같았다. 오타미의 말투는 학교 선생님과 똑같았다. 오타미로서는 그럴 수밖에 없었는지도 모른다. 오타미는 어떻게 해서든지 지로의 나쁜 버릇을 고쳐주고 싶었고, 그것은 자신이 해야 할 중요한 일이라고 믿었기 때문이다.

형 교이치는 그다지 무서운 존재는 아니었다. 그러나 교이치를 보면 지로는 저도 모르게 속에서 불이 났다. 얼굴은 하얀 데다 지나칠 정도로 조심스럽게 행동해서 아무리 좋게 봐주려고 해도 내키지 않았다. 동생 순조는 세 살밖에 안 먹었지만 자기가 막내라는 것을 알고 그러는지, 아니면 처음부터 엄마 젖을 먹고 자라서 그런지 아무에게나 버릇없이 굴었다. 당연히 지로에게는 동생 순조야말로 이 집에서 가장 막강한 적수였다.

그나마 할아버지와 아버지에게 조금 기대를 걸었는데 그분들은 멀찍이 거리를 두고 냉정한 눈길로 지로를 지켜볼 뿐, 무엇 하나 제대로 가르쳐주거나 투정을 받아주는 일이 없었다. 그런가 하면 할머니는 특별한 이유도 없이 지로를 앉혀놓고 실컷 칭찬해주다가 갑자기 마음이 바뀌는지 퉁명스레 야단을 치고는 했다.

이처럼 지로가 태어난 집은 교지기 방보다 훨씬 괴롭고 살기 힘든 곳이었다. 오하마가 지로만 남겨두고 돌아간 날부터 어린 지로의 삶은 침묵과 식사 거부와 잠결에 무심코 오줌을 싸는 일로 채워졌다. 지로의 처지에서 생각해보면 그럴 만도 했다. 말하자면 이런 행동은 지로의 내면에 숨어 있는 자위본능이라고도 할 수 있을 것이다. 그리고 이처럼 본능이 명령하는 대로 충실하게 행동할 때마다 상황은 지로가 바라는 쪽으로 결말이

나고는 했다. 식구들이 지로를 감당하지 못해 결국 다시 오하마에게 보낼 수밖에 없는 지경에 이르렀기 때문이다.

지로가 오하마 곁으로 돌아온 지 이십 일이 지났다. 그 이십 일 동안 자다가 오줌을 싼 적은 한 번도 없었고, 다시 예전처럼 쉰내가 진동하는 교지기 방에서 하루하루 편안하게 지냈다. 생가에서 겪은 낯선 기억들도 점점 희미해져 갔다.

그런데 갑자기 이날, 오하마와 함께 갈 때도 마음 한구석이 내내 꺼림칙했던 남쪽으로, 그것도 평소에 그다지 친근하게 굴지도 않는 나오키치라는 사내의 목말을 타고 끌려가는 것이다. 지로는 상상조차 못 한 일이었기에 더욱 당황했다. 나오키치의 어깨 위에서 지로의 작은 가슴이 마구 두근거렸다.

"싫어, 싫어! 그쪽이 아니고 저쪽이란 말이야!"

지로는 두 손으로 나오키치의 얼굴을 뒤쪽으로 돌리려고 애를 썼다. 그러나 나오키치는 여전히 남쪽을 바라보며 꿈쩍도 하지 않았다. 뿐만 아니라 나오키치는 지로가 한 번씩 몸을 뒤척일 때마다 점점 더 빨리 걷기까지 했다.

지로는 훌쩍훌쩍 울기 시작했다. 그러나 울음까지 터뜨려도 나오키치는 태연했다. 나오키치는 생가 쪽으로 걸음을 재촉하며 입도 뻥긋하지 않았다. 지로는 울면서 뒤를 돌아보았다. 낡은 소학교 건물이 노을에 묻혀 한 발짝씩 멀어져가는 것을 보니 견딜 수 없이 쓸쓸해졌다.

이렇게 되자 지로는 나오키치와 싸울 것인지 말 것인지 결정해야 했다. 지로는 결연히 싸우는 쪽을 택했다. 자기가 목말을 타고 있다는 점도 나름대로 유리한 조건 같았다. 마음만 먹으면 나오키치의 머리와 귓불을 잡아당길 수 있기 때문이다. 그리고 천만다행으로 나오키치는 머리카락이 꽤 길었다. 지로는 망설이지 않고 나오키치의 머리카락부터 쥐어뜯었다.

"으아얏!"

나오키치가 괴상한 비명을 질렀다. 그래도 여전히 발걸음을 늦추지 않았다. 지로도 어쩔 수 없이 나오키치와 함께 조금씩 생가 쪽으로 나아갔다. 급한 김에 이번에는 나오키치의 귓불을 잡아당겼다. 자칫 손이 미끄러지면 떨어질 것만 같았다. 그래도 손에 잡을 것이 귓불밖에 없었으므로 지로는 온 힘을 손끝에 집중시켜 나오키치의 귓불을 있는 힘껏 쥐어뜯었다.

"이런 빌어먹을!"

나오키치는 아픔을 이기지 못하고 비명을 질렀다. 동시에 지로의 발을 붙들고 있던 두 손을 엉겁결에 놓고 말았다. 그 순간 지로의 몸이 뒤쪽으로 크게 휘청거렸다. 지로는 열 손가락으로 나오키치의 귓불을 단단히 쥐고 있었지만, 몸무게를 지탱하기에는 버거웠는지 자갈이 군데군데 박힌 길 바닥으로 머리부터 곤두박질쳤다.

지로는 머리 뒤쪽과 어깨에 폭죽이 폭발할 때와 같은 진동을 느끼며 정신이 멍해졌다. 하지만 지로에게는 이 짧은 순간이 너무나 중요했다. 지로는 아픔을 느낄 새도 없이 공처럼 튀어 올라 쏜살같이 학교 쪽으로 뛰었다.

한참을 그렇게 미친 듯이 달렸다. 달리면서도 나오키치가 쫓아오는 것은 아닌지 궁금해서 견딜 수 없었다. 한 번씩 흘끔흘끔 뒤를 돌아다보았는데, 나오키치는 두 손으로 귓불을 누른 채 구겨진 얼굴로 지로를 노려보고 있을 뿐이었다.

지로는 그제야 조금 안심이 되었다. 그러면서도 나오키치에게 큰 잘못이라도 저지른 것처럼 미안하기도 하고 무섭기도 했다. 문득 뭐라 형언할 수 없는 슬픔이 가슴 깊은 곳에서부터 끓어올랐다. 지로는 더 참지 못하고 목청껏 울음을 터뜨렸다.

교문 앞에 다다르자 오하마가 몸을 숨기고 교문 뒤에 서 있는 게 보였다. 지로는 그 모습을 보자 또 한 번 설움이 밀려와 큰 소리로 울면서 오하마의 품으로 달려들었다. 오하마는 말없이 허리를 숙이더니 자기 볼을 지로의 볼에 대고 마구 비볐다.

오하마의 따뜻한 품에 안겨 있자니 조금씩 마음이 진정되었다. 어느 정도 마음이 가라앉자, 지로는 오하마를 힘껏 끌어안고 있는 손가락 끝이 아까부터 미끈거렸다는 것을 깨달았다. 지로는 눈물이 잔뜩 괸 눈을 끔뻑이며 슬쩍 손가락 끝을 살펴보았다. 뜻밖에도 피가 묻어 있었다. 핏덩어리는 이미 검붉게 말라붙어 있었다.

지로는 오하마에게 들키면 안 될 것 같아서 어리광을 부리듯 나오지도 않는 눈물을 훌쩍거리면서 슬며시 손가락 끝을 오하마의 겉옷에 문질렀다.

초롱불

귓불 사건이 있은 다음부터 지로는 생가에 대한 경계심이 더욱 심해졌다. 오하마와 손을 잡고 함께 교문을 나가다가 오하마가 남쪽을 흘깃거리는 눈치라도 보이면 잡은 손을 뿌리쳤다. 또 누가 목말을 태워준다거나 업어준다고 하면 의심쩍은 눈초리로 그 사람을 한참 동안 노려보았다.

"이젠 누가 업어준대도 싫대요. 목말도 타지 않겠대요. 자기 말로는 창피하대요. 아마 나이가 들어서 그런가 봐요."

오하마는 이런 말을 자랑스럽게 하면서 지로가 왜 생가에 경계심을 갖게 되었는지 변명해야만 했다.

오타미는 그 뒤 사흘이 멀다 하고 사람을 보내 지로를 데려가려 했다. 오타미가 보낸 사람들 가운데는 오하마가 쌀 욕심이 나서 지로를 내놓지 않는 것 아니냐고 오하마에게 에둘러 말하는 사람도 있어서 오하마를 화나게 했다.

오하마도 정든 지로와 헤어지는 것이 괴로웠다. 그러나 지로가 앞으로 생가에서 어떤 처지에 놓일 것인가를 생각하면 불안했기 때문에, 오타미가 심부름꾼을 보내도 예전처럼 화가 나거나 하지는 않았다. 오히려 왜 좀 더 일찍 지로를 돌려보내지 않았을까 후회할 정도였다.

그래도 다른 말은 그럭저럭 참을 수 있었지만, 쌀 때문에 지로를 붙잡고 있다는 말을 들으면 도무지 가만히 있을 수가 없었다. 그런 말을 들을 때마다 머리끝까지 화가 나서 당장 지로를 데려가라고 소리를 지른 적이 한두 번이 아니었다. 그러나 지로가 울며불며 매달리거나 도망치려 하면 금세 마음이 약해져서 다시 품에 안고 말았다.

어느 날 저녁 오타미가 학교로 찾아왔다. 오하마는 전혀 짐작 못한 일이라 깜짝 놀랐다.

지로는 그때 이미 잠자리에 누워 있었다. 한여름이어서 잠자리라고 해야 돗자리를 한 장 깔아놓고 그 위에 눕는 게 전부였다. 모기장 밖에서는 퀴퀴한 쉰내가 진동하고 피에 굶주린 모기떼가 윙윙거리며 날아다녔다.

지로 옆에는 학교에서 교지기 노릇을 하는 오하마의 친정아버지 야사쿠 할아범이 자고 있었다. 할아범은 평소에도 사람들을 잘 웃겼다. 그리고 지로가 좋아하는 이야깃거리를 아주 많이 알고 있어서 지로는 오하마보다 할아범 옆에 눕는 것을 더 좋아했다.

할아범은 천천히 이야기를 늘어놓다가도 졸음이 쏟아지는지 한 번씩 하품을 했다. 그때마다 눈이 가물거려 슴벅거리는 눈가에서 끈적끈적한 눈물이 주르르 흘러내려 귓가를 적셨다. 지로는 그 모양이 재미있어서 손가락 끝으로 할아범이 흘린 눈물이 귓가가 아닌 입이나 코로 흘러들어가게 장난을 곧잘 쳤다.

그날도 야사쿠 할아범이 들려주는 재미난 이야기를 들으며 할아범이 하품할 때마다 흘리는 눈물로 장난을 치고 있었는데, 갑자기 밖에서 오타미의 목소리가 들렸다.

오타미는 방 안으로 들어오지는 않았다. 그러나 지로는 목소리만 듣고도 금세 오타미가 왔다는 것을 알아차렸다. 무슨 일로 여기까지 왔는지도 알 것 같았다. 지로는 두근거리는 가슴을 애써 진정시키며 잠든 척 옆으로 돌아누운 채 귀를 쫑긋 세웠다.

두런거리는 말소리와 밖에 내놓은 평상에서 부채질하는 소리가 지로가 누워 있는 교지기 방 안까지 들려왔다.

"그야 저도 요즘 같아서는 하루라도 빨리 도련님을 보내고 싶지만……."

오하마의 목소리였다.

"그럼 지로가 안 가겠다고 떼를 쓴다는 말이군?"

"예, 맞아요. 교문 밖으로 나가는 것도 머뭇거리는데, 그런 걸 보면 도련님이 너무 불쌍해서 죽겠어요."

"내가 알아듣게 잘 얘기하면 따라나설 거야."

"그렇게만 된다면 얼마나 좋겠어요."

"무슨 말이야? 엄마가 하는 말도 안 들을 거라는 거야?"

오타미는 마음이 상했는지 조금 가시 돋친 목소리로 말했다. 지로는 엄마가 지금 단단히 화가 났다는 것을 알 수 있었다.

"그야 할 수 없는 일이죠, 뭐."

오하마도 지지 않고 대꾸했다. 지로는 오하마의 기세가 수그러들지 않는 것을 보며 속으로 다행이라고 생각했다.

"아이가 어쩌다 저 모양이 됐는지 모르겠어."

오타미가 한숨 섞인 소리를 내자 지로는 가슴이 답답하게 옥죄어오는 느낌이 들었다. 오하마도 그 말에는 대답하지 않았다. 한동안 펄럭펄럭 부채질하는 소리만 들렸다.

"어쨌든 오늘 밤엔 무슨 일이 있어도 데려갈 테니 그리 알아요. ……벌써 자는 건 아니겠지?"

갑자기 부채질 소리가 뚝 그치면서 누군가 일어서는 기척이 났다. 지로는 침을 꿀꺽 삼키며 야사쿠 할아범 쪽으로 몸을 뒤척였다. 그리고 코 고는 소리까지 냈다. 그러나 가늘게 떨리는 눈꺼풀은 숨길 수 없었다. 콩닥거리는 심장 소리가 흐트러지는 것 같았다.

"내일 데려가면 안 돼요? 이렇게 늦은 밤에 데려가면 너무 안쓰러워요."

"아무 때고 엄마가 데려가겠다는데 유모가 상관할 일 아닐세. 사내 녀석이 설마 밤길을 무서워하진 않겠지. 또 그럴 아이도 아니고."

"그래도 낮에 데려가는 게 좋겠어요. 이번엔 틀림없이 도련님이 알아듣도록 설명할게요."

"이제 유모는 못 믿겠어. 보나마나 아이한테서 집에 가겠다는 말이 못 나오게 엉뚱한 말이나 할 게 뻔한데."

"그런 게 어디 있어요. 어쨌든 내일까지 기다려주세요. 이번엔 정말이에요."

두 사람이 나누는 이야기를 엿듣던 지로는 자기 처지가 외롭고 처량하게 느껴졌다. 코 고는 소리가 방금 전과 달리 가늘게 떨렸다.

"그 말을 어떻게 믿지……."

오타미는 어느새 문지방을 넘어 모기장 쪽으로 다가오고 있었다. 지로는 다급해진 나머지 코 고는 소리를 내는 것도 깜빡 잊었다.

"아이쿠, 작은 마님 아니십니까?"

야사쿠 할아범은 훈도시(남자의 아랫도리를 가리기 위해 두르는 폭이 좁고 긴 천) 바람으로 쭈글쭈글한 몸을 천천히 일으켰다.

"도련님, 어머님 오셨어요."

야사쿠 할아범이 지로의 어깨를 살짝 흔들었다.

"응, 응……."

지로는 반대쪽으로 몸을 뒤척이며 오타미가 자기 얼굴을 보지 못하도록 가렸다. 하지만 지로의 귀는 주위에서 들리는 소리를 하나라도 놓칠세라 쉴 새 없이 꿈틀거렸다.

그러나 지로의 이런 노력도 결국은 헛수고였다. 오타미는 다짜고짜 모기장 안으로 손을 쑥 집어넣더니 지로의 발목을 붙들어 마루까지 질질 끌어냈다.

"어머, 그렇게까지 하실 필요는 없잖아요!"

오하마가 화나서 외치는 소리가 바깥에서 들렸다. 지로는 발가벗은 채 마루에 앉아 눈을 비비거나 팔을 긁적이며 잠에서 덜 깬 시늉을 했다.

지로는 울지 않았다. 체념이라고도, 비장한 결심이라고도 할 수 없는 무엇인가가 그의 마음을 지배하고 있었다.

"마님, 왜 그러시는지……."

야사쿠 할아범이 오타미의 눈치를 살피며 모기장 밖으로 어슬렁거리듯 기어나왔다. 할아범은 지로에게 달려드는 모기떼를 쫓기 위해 부채부터 찾았다.

조금 뒤에는 오사쿠 할멈과 간사쿠, 오카네, 오쓰루가 무슨 일인가 싶어 우르르 몰려들었다. 모두 토방에 서서 잠자코 오타미와 지로를 번갈아 살펴보았다. 오하마의 눈초리가 점점 매서워졌다. 오하마를 뺀 다른 사람들은 무슨 일인지 모르겠다는 얼굴로 눈만 껌벅거렸다.

오타미는 여선생 같은 말투로 오랫동안 지로를 타일렀다. 그러나 지로는 오타미가 하는 말 따위는 단 한 마디도 귀에 들어오지 않았다. 그저 오하마의 얼굴만 뚫어져라 쳐다보았다. 지로는 오하마가 정말 이대로 자기를 보내려는 것인지 오하마의 얼굴을 보며 확인하고 싶었다. 하지만 오하마의 눈은 험상궂게 빛나면서 지로와 오타미를 번갈아가며 뚫어져라 쳐다볼 뿐 지로에게 아무런 암시도 주지 않았다.

"엄마 말 무슨 뜻인지 알겠지?"

오타미는 오랜 설교 끝에 다짐을 받듯 물었다. 지로는 무표정한 얼굴로 고개를 끄덕였다.

지로는 마음속으로 두 사람의 적을 노려보았다. 한 사람은 눈앞에 앉아 있는 오타미이고, 또 한 사람은 하루아침에 자신을 내동댕이친 배신자 오하마였다.

"발가벗고 갈 수는 없으니까 아무거나 옷 좀 줘요."

눈앞에 보이는 적이 배신자에게 쌀쌀맞게 말했다. 그러나 배신자는 여전히 문간에 기대선 채 험상궂은 얼굴을 하고 있을 뿐, 움직일 생각이 없어 보였다.

지로는 곁눈질로 배신자의 얼굴을 흘끗 노려보았지만, 배신자는 이번에도 별다른 반응이 없었다. 지로는 완전히 자포자기했다. 벌떡 일어나 모기장 한쪽 구석에 아무렇게나 벗어놓았던 땀에 찌든 홑옷을 주섬주섬 챙겨입고는 허리띠를 바싹 졸라맸다.

"그래, 잘했다."

눈앞에 있는 적이 말했다.

지로는 마루 끝에 엎드려 짚신을 찾았다. 눈시울이 뜨거워졌다. 하지만 지로는 정말이지 울고 싶은 생각이 없었다. 그러는 동안 오타미는 어느새 밖으로 나와 초롱에 불을 붙였다.

두 사람이 교문에 다다르자 오하마 일가는 지루한 연극이 끝났다는 얼굴로 말없이 두 사람을 지켜보며 서 있었다. 오사쿠 할멈만이 교문 밖까지 따라나왔다.

"도련님, 조심해서 가요."

지로는 대꾸도 하지 않고 돌아보려고도 하지 않았다. 쉴 새 없이 흐르려는 눈물을 억지로 참으며 오타미를 따라갔다.

"무섭지 않니?"

한참을 걷다가 오타미가 말했다. 지로는 줄곧 오타미의 왼쪽 뒤에서 걷고 있었다. 지로는 대답하지 않았다. 조금 습기를 머금은 짚신에서 타닥거리는 소리가 났다.

"무서우면 엄마 앞에서 가도 돼."

지로는 조금도 무섭지 않았다. 하지만 오타미가 시키는 대로 앞장서서 걸었다. 지로가 앞장서서 걷자 오타미가 손에 들고 있는 초롱불빛을 몸으로 막는 꼴이 되었다. 그 바람에 앞이 더욱 캄캄해졌다. 대신 양옆에 늘어선 논들이 처음보다 훨씬 뚜렷해졌다. 뚜렷해졌다기보다 컴컴한 데 눈이 익숙해져서 더 잘 보였다.

"앞에서 걷는 사람이 초롱을 들어야 해."

지로는 오타미가 건네주는 초롱을 받아들었다. 초롱은 활처럼 굽은 대나무 막대기의 양쪽 끝에 등잔을 달아놓은 것이었다. 지로의 키가 작아서 초롱이 자꾸 땅바닥에 끌렸다. 지로는 어쩔 수 없이 손목을 가슴 높이까지 들어 올려야 했다.

타닥거리는 짚신 소리가 더욱 크게 들렸다. 오타미에게는 그 소리가 이상한 방향에서 울려오는 것처럼 느껴졌다.

"안 되겠다. 엄마 뒤에서 따라오는 게 좋겠어. 너무 걸음이 빨라서 엄마가 따라갈 수 없어."

지로는 다시 초롱을 넘겨주고 타닥타닥 오타미의 뒤를 따라 갔다.

"저쪽에서 누가 오는 것 같구나."

오타미가 불쑥 한 마디 던지며 발길을 멈추었다. 지로도 같이 멈추었는데 조용하기만 할 뿐 누가 오는 기색은 없었다.

"누가 오는지 내가 가서 알아보고 올게."

지로는 오타미를 골탕먹이고 싶은 생각이 들어 잽싸게 초롱을 빼앗아 저만큼 앞서 걸었다.

"지로!"

오타미는 조금 떨리는 목소리로 지로를 불렀다. 지로는 초롱을 올렸다 내렸다 하면서 거의 뛰다시피 했다. 그 바람에 초롱불이 꺼졌다. 칠흑 같은 어둠이 덮치듯 두 사람을 에워쌌다.

"지로, 너 어디 있어!"

오타미는 겁에 질려 소리쳤다.

지로는 어둠 속을 헤치고 길가에 웅크려 앉았다.

"지로, 어디야? 어디 있어?"

지로는 숨소리가 새나가지 않도록 입을 틀어막았다. 도망치려면 지금보다 더 좋은 기회는 없다고 생각했다.

그러나 지로는 섣불리 움직일 수 없었다. 오타미가 바로 자기 옆에 서 있기 때문만은 아니었다. 지로는 오하마를 떠올려 보았다. 여느 때처럼 그리운 마음이 일지 않았다. 지로는 캄캄한 어둠 속에서 홀로 외로이 오도카니 웅크리고 앉아 있었다.

"지로!"

오타미의 목소리가 날카로워졌다. 두려움과 분노가 뒤섞인 목소리였다. 그래도 지로는 꿈쩍하지 않았다. 오타미의 입에서 새어나오는 가쁜 숨소리에 지그시 귀를 기울였다.

그러는 사이 두 사람의 눈은 천천히 어둠에 익숙해졌다. 오타미는 엉거주춤한 자세로 땅바닥을 훑어보다가 마침내 지로를 발견하고 쏜살같이 달려들었다. 그 바람에 지로는 들고 있던 초롱을 떨어뜨리고 말았다.

"너 정말 뻔뻔한 아이로구나. 초롱 이리 내놔!"

오타미는 초롱을 낚아채고는 초롱 안에 손을 넣어 성냥부터 끄집어냈다. 성냥불에 비친 오타미의 얼굴이 무섭게 굳어 있었다. 어딘가에서 백로 한 마리가 청승맞게 울었다.

오타미는 초롱불을 다시 켠 뒤 지로의 손을 꽉 움켜쥐고 집 쪽으로 걸어갔다. 오타미의 발걸음이 무척 빨라졌다. 지로는 여러 번 넘어질 뻔했지만 숨을 헐떡거리며 오타미의 뒤를 따라갔다. 짚신 소리와 나막신 소리가 어둠에 묻힌 길 위에서 시끄럽게 뒤섞였다.

마을에 들어서자 오타미는 안심이 되는지 발걸음을 조금 늦추었다. 잡고 있던 지로의 손도 풀어주었다.

마을이라고 해야 큰길 하나에 막과자 가게, 두부 집, 이발소, 약방, 생선 가게 들이 줄지어 있는 시골 변두리였다. 이런 시골마다 마을 어귀에는 유채 씨 기름을 짜는 집이 몇 채씩 있게 마련인데 여기도 마찬가지였다. 가게 앞을 지날 때 구수한 기름 냄새가 코를 찔렀다.

어느 집에서나 모깃불 연기가 자욱이 피어올랐다. 땀에 밴 얼굴에 모깃불 연기가 달라붙었다. 지로는 숨이 막혀 캑캑거렸다.

옹기종기 모여 있던 마을길도 끊기고 다시 백 미터쯤 깜깜한 어둠이 이어졌다. 그리고 절과 절에서 관리하는 무덤들이 길가에 죽 늘어서 있었다. 무덤들 사이에 서 있는 오래된 돌탑이 초롱불에 비쳐 연기처럼 흐느적거려 보였다.

전에 몇 번인가 오하마를 따라 밤중에 이 길을 지나갈 때는 무섭다고 생각했는데, 이날은 그런 생각이 조금도 들지 않았다. 오히려 낯익은 곳에 들른 것처럼 마음이 푸근하게 가라앉았다. 여기서 조금만 더 가면 다시 길이 환해지고 그토록 질색하는 생가가 나온다고 생각하니 차라리 어두컴컴한 이곳에 언제까지고 혼자 있고 싶어졌다. 그 순간 지로는 우뚝 서버렸다.

"아니, 왜 그래?"

다시 어두운 길로 접어들어 발걸음이 다급해진 오타미는 잘 따라오던 지로의 짚신 소리가 들리지 않자 이상하게 여겨 그 자리에 섰다.

"지로, 어디 있니?"

오타미는 초롱을 쳐들고 어둠 속을 비추었다. 하지만 지로는 이미 길옆에 있는 커다란 돌탑 뒤에 몸을 숨긴 뒤였다. 오타미는 초롱불빛으로 여기저기 비춰보았지만, 지로는 온데간데없었다.

"지로! 어디 있어?"

오타미가 거의 쉰 목소리를 내며 외쳤다. 여전히 초롱을 들고 주변을 왔다 갔다 했지만 무덤들 사이로 들어가서 찾아보려고는 하지 않았다. 지로는 돌탑 뒤에 숨어서 오타미가 헤매는 모습을 가만히 지켜보았다. 조금 뒤 초롱불은 어둠 속을 떠다니는 쪽배처럼 백 미터쯤 앞으로 나아가더니 곧 사라졌다.

지로는 마음속이 텅 빈 것처럼 허전했다. 그새 모기가 윙윙거리며 달라붙기 시작했다. 급한 김에 숨기는 했지만 앞으로 어떻게 해야 좋을지 아무 생각도 떠오르지 않았다. 믿었던 사람들을 모두 잃은 것이나 다름없으니 이제 갈 곳이 없었다. 지로는 무덤에 등을 기대고 앉아 멍하니 어둠 속을 바라보았다.

쉼 없이 달려드는 모기떼에 한창 시달리고 있을 때였다.

"다른 데로 도망쳤을지도 모르지만, 이 근처부터 찾아보자고."

오타미의 목소리였다.

"무덤 있는 데 말입니까? 설마하니 어린애 혼자서……."

나오키치 같았다.

"웬만해선 겁을 안 내는 아이니까 거기 숨었을지도 몰라."

"그럴까요?"

쿵쿵거리는 발소리가 들리는가 싶더니 초롱불 하나가 지로의 눈앞에서 흔들거렸다.

"아, 여기 있어요!"

지로 바로 앞에서 초롱불이 움직이지 않았다. 쉽사리 다가올 기색은 아니었다. 나오키치의 목소리였는데 얼굴은 잘 보이지 않았다.

"거기 있으면 당장 끌어내."

오타미가 다급하게 재촉했다.

"지로짱, 쓸데없는 짓하면 안 돼."

나오키치는 쭈뼛쭈뼛 다가서더니 지로의 팔을 부둥켜 잡았다. 그 뒤 지로는 오타미와 나오키치에게 팔을 한 쪽씩 붙들린 채 밝은 곳으로 끌려나갔다.

　　지로는 한참만에야 정신을 차리고 주위를 살펴보다가 자기가 널따란 다다미방 한가운데 있다는 것을 깨달았다. 맞은편에서는 오타미가 선생님이라도 되는 듯이 앉아서 끊임없이 설교를 늘어놓고 있었다.

오줌을 싸다

오타미는 한 시간 가까이 설교를 한 뒤 종이에 싼 막과자 몇 개를 지로에게 쥐여주었다. 그것은 오타미의 교육적 신념에서 나온 행동이었다. 하지만 지로는 절대로 과자를 입 안에 넣지 않았다. 지로가 이부자리 속에 들어간 뒤에도 과자 봉지는 방 한가운데 놓여 있었다.

교이치는 오타미의 오른쪽에 눕고, 슌조는 왼쪽에 누웠다. 지로는 오타미와 조금 떨어진 슌조 바로 옆에 누웠다. 지로는 이상하게 잠이 오지 않았다. 그리고 슬슬 오줌이 마려웠다. 오하마와 함께 살 때는 자기 전에 꼭 뒷간에 다녀왔는데, 그날 밤은 여러 가지 일이 있어 뒷간에 다녀오는 것을 깜빡했다. 지로는 아랫배가 점점 불룩해지는 것을 느끼면서 뒷간에 다녀오지 않은 것을 후회했다. 그렇다고 다시 일어나서 뒷간에 가자니 선뜻 내키지 않았다. 뒷간에 가려면 어두컴컴한 복도를 지나가야 했고, 복도 밑에서는 바스락거리는 쥐 소리가 기분 나쁘게 들렸다.

배를 움켜쥐고 끙끙대던 지로의 머릿속에 퍼뜩 좋은 생각이 떠올랐다. 지로는 살그머니 눈을 뜨고 먼저 오타미부터 살펴보았다. 모기장 안이 캄캄해서 분간이 잘 안 갔지만 깊이 잠든 것 같았다. 지로는 잠결에 뒤척거리는 것처럼 순조 곁으로 조금씩 몸을 굴렸다. 그리고 마침내 어느 정도 거리가 가까워지자 오래 참았던 오줌을 순조 옆구리 언저리에 조금씩 갈겼다. 지로는 오줌을 다 싸고 나서 천천히 자기 자리로 몸을 굴려 되돌아왔다. 피로가 기분 좋게 밀려오면서 이내 잠이 들었다.

얼마나 잤는지 모른다. 지로는 누군가 자기 발을 잡고 모기장 밖으로 끌어내는 느낌이 들어 눈을 떴다. 방 안은 잠들 때와 마찬가지로 캄캄했다. 달라진 게 있다면 방 안이 뒤집혀 보인다는 점이었다. 오타미가 지로의 두 발을 움켜쥐고 위로 들어 올리고 있었던 것이다.

"정말 한심한 아이로구나. 여섯 살이나 먹어서도 이런 짓을 하다니."

말이 떨어지자마자 지로의 허리부터 아랫도리가 다다미 위에 털썩 내팽개쳐졌다. 하필이면 오른발 복사뼈가 떨어진 곳이 방문턱이었는지 둔탁한 소리가 나면서 온몸이 찌릿할 만큼 아팠다.

하지만 지로는 잠이 덜 깬 사람처럼 꼼짝도 하지 않았다. 한동안 방 안은 잠잠했다.

"정말 어처구니없는 아이로구나."

오타미는 손바닥으로 지로의 엉덩이를 서너 번 때렸다. 그래도 지로는 꼼짝하지 않았다. 조금 뒤에 오타미가 등불을 켰는지 방 안이 환해졌다. 눈꺼풀 속으로 자꾸만 기어들어오려는 붉은빛이 따가웠다. 지로는 자기도 모르게 미간을 찌푸리고 말았다.

"으음."

지로는 몸을 뒤척이는 척하면서 불빛에 등을 돌리고 누웠다.

"언제까지 자는 척할 거야? 좋아, 계속 그렇게 해봐."

오타미는 등불을 켠 채 모기장 안으로 들어갔다. 주위가 다시 조용해졌다. 귓전에서 모기떼가 윙윙거렸다. 온몸이 따끔거리며 가려웠다. '엄마는 아직도 모기장 안에서 날 보고 있을 거야.' 그렇게 생각하니 몸을 마구 긁어댈 수도 없었다. 지로는 가려워서 견딜 수 없었지만 이를 악물고 참았다.

그때 지로의 머릿속에 다시 한 번 좋은 생각이 떠올랐다. 몸을 뒤척이는 척하면서 조금씩 모기장 안으로 굴러 들어가면 오타미도 눈치 채지 못할 것 같았다. 모기장 앞에 다가설 때까지는 지로가 계획한 대로 되었다. 그러나 정작 모기장 바로 앞에서 뜻하지 않은 시련에 부딪혔다. 모기장 끝을 걷어올려야만 그 안으로 들어갈 수 있었던 것이다. 지로는 어떻게 해야 좋을지 막막했다. 눈에 띌 정도로 손을 움직이면 오타미에게 들키는 것은 시간 문제였다. 지로는 먼저 머리부터 밀어 넣어야겠다고 생각했다. 하지만 몇 번을 해도 모기장에 걸려 제대로 들어갈 수 없었다. 결국 고심 끝에 몸을 돌려 발부터 밀어 넣었다. 이것도 쉽지는 않았지만 머리를 집어넣을 때보다는 덜 힘들었다. 지로는 나막신을 신을 때처럼 발가락을 꼼지락거렸다.

이렇게 해서 지로는 허리까지 모기장 안으로 들여놓는 데 성공했다. 굶주린 모기떼에게서 완전히 벗어나려면 조금만 더 노력하면 될 것 같았다. 지로는 기회를 틈타 숨을 한 번 고른 뒤 살며시 눈을 뜨고 오타미의 동태를 살폈다. 그런데 뜻밖에도 오타미는 모기장 안에 꼿꼿이 앉아 눈을 매섭게 뜨고 자기를 내려다보고 있었다. 오타미가 자기를 보고 있을지도 모른다는 것을 어느 정도 예상했기에 오랜 시간 공들여 천천히 모기장 안으로 들어왔는데 자리에 똑바로 앉아 계속 지켜보고 있었다니, 꿈에도 생각하지 못한 일이었다.

그런 가운데도 모기떼는 사정없이 지로의 윗몸을 물어뜯고 있었다. 모기떼는 지로의 인내력을 시험이라도 하듯 계속 덤벼들었다. 지로는 그때마다 나비처럼 몸을 좌우로 굽혔다. 참는 것도 한계에 다다랐다. 될 대로 되라는 심정으로 모기장 끝을 들어 올리고, 그 안에 머리를 집어넣었다.

"지로!"

그때 오타미가 등골이 서늘해질 만큼 차갑게 가라앉은 목소리로 지로를 불렀다.

"너 어디서 이런 걸 배웠니?"

지로는 대답 대신 가볍게 코 고는 소리를 냈다.

"엄마 말 안 들려?"

오타미의 목소리가 날카로워졌다. 지로는 움찔 놀랐지만 이제 와서 어떻게 할 수도 없었다. 그러자 다음 순간 오타미는 손가락으로 지로의 귓불을 낚아채 모기장 밖으로 끌어냈다.

오타미에게 귓불을 잡힌 지로는 언젠가 나오키치의 귓불에 매달렸던 때가 생각났다. 그때는 떨어지지 않으려고 나오키치의 귓불을 붙잡았는데, 이번에는 자기 귓불이 자기 몸을 끌고 가는 것 같았다. 너무 아파서 지로는 소리소리 지르다 급한 김에 오타미의 손목을 쥐었다. 귓불이 찢어질 것만 같던 고통은 좀 덜해졌지만, 그 대신 힘 한 번 못 쓰고 모기장 밖으로 끌려 나갔다.

"거기 그렇게 밤새도록 있어!"

오타미는 거친 숨을 몰아쉬며 이불 속으로 들어가버렸다.

지로의 눈에서 주르륵 눈물이 흘렀다. 하지만 지로는 목구멍까지 메이며 차오르는 울음소리를 억지로 삼켰다. 그리고 밤새 모기에게 물어뜯기면서 모기장 밖에서 나방처럼 뒹굴었다.

밥통

"밥 먹어."

이튿날 아침, 지로가 혼자 쓸쓸히 다다미방 툇마루에 앉아 정원석을 바라보고 있을 때 부엌에서 오타미가 부르는 소리가 들렸다. 그러나 지로는 움직이지 않았다. 엄마가 특별히 자기만 부르는 것 같지도 않았고, 또 자기를 불렀다고 해도 그렇게 먼 데서 부르는데 일일이 달려가는 것은 이상하다고 생각했기 때문이다.

조금 있으니 식구들이 부엌과 붙어 있는 마루에 모여 두런두런 이야기를 나누는 소리가 들렸다. 곧이어 밥공기 부딪치는 소리와 냄비가 덜거덕거리는 소리도 들렸다.

지로는 식구들 가운데 누가 자기를 부르러 오겠지 하고 은근히 기대했다. 만약 부르러 온다고 해도 냉큼 일어나 따라나서는 모습을 보이고 싶지는 않았다. 그런데 십분이 지나고, 이십분이 지나도 자기를 부르러 오는 사람이 없었다. 교이치와 슌조는 벌써 밥을 다 먹었는지 입 언저리를 소매로 문지르며 지로에게 다가왔다.

"왜 밥 안 먹어?"

교이치가 지로에게 물었다. 지로는 마당 쪽으로 눈길을 돌린 채 대답하지 않았다.

"밥 안 먹을 거야? 이 바보."

이번에는 교이치 옆에 있던 슌조가 말했다. 지로는 또 아무 말도 하지 않았다. 그러자 슌조가 종종걸음으로 지로 곁에 다가와 지로의 어깨를 한쪽 손으로 짚었다.

"이 바보야."

슌조가 지로의 귀에 입술을 바짝 갖다대며 속닥거렸다.

지로는 오른쪽 팔꿈치를 들어 슌조를 밀어젖혔다. 슌조는 비틀거리며 뒷걸음치더니 문턱에 걸려 다다미 위에 벌렁 나자빠졌다. 슌조가 우는 소리가 온 집 안에 시끄럽게 퍼졌다. 그 소리를 듣고 오타미가 뛰쳐나왔다.

"왜 울어? 무슨 일이야?"

"지로가 떼밀었어."

"지로가? 왜?"

"나도 몰라."

교이치는 오타미와 지로를 번갈아 보며 신경질을 내듯이 대답했다.

오타미는 한동안 지로를 뒤에서 노려보다가 무슨 생각을 했는지 슌조를 일으켜 세우더니 방으로 데리고 들어갔다. 교이치도 오타미를 뒤따라갔다.

지로는 또 혼자 쓸쓸히 마당을 바라보았다. 그러다가 간밤에
제대로 잠을 자지 못한 탓에 깜빡깜빡 졸다 그만 툇마루에서
땅바닥으로 굴러 떨어지고 말았다. 다행히 다친 데는 없었다.
지로는 벌떡 일어나 주위를 둘러보고는 아무도 없다는 것을 알
아차리고 안심했다. 지로는 신발도 신지 않고 마당을 빠져나와
옆집과 경계가 되는 대숲으로 살그머니 들어가 벌러덩 누웠다.

대숲을 스치는 바람이 시원했다. 지로는 어느새 잠이 들었
다. 잠에서 깨어나니 벌써 대낮이었다. 아침부터 굶은 터라 무
척 배가 고팠다. 목도 타들어갈 듯 따가웠다.

지로는 대숲에서 나와 사방을 두리번거리며 다다미방 툇마
루로 다가갔다. 툇마루에 깔아놓은 널빤지 조각에 흙이 잔뜩
묻은 발바닥을 대충 문지르고 발소리를 죽여 방으로 들어갔다.

방에는 아무도 없었다. 벌써 점심을 먹었는지 밥상 위에는
주전자와 밥통만 남아 있었다. 밥통 뚜껑에는 파리 대여섯 마
리가 조용히 앉아 있었다.

지로는 주위를 한 번 더 살펴본 뒤 허겁지겁 주전자 부리를
입에 물었다. 어찌나 목이 말랐던지 여러 번 우려서 맛이 없어
진 차를 단숨에 마셔버렸다. 갈증이 조금 가신 지로는 살며시
밥통 뚜껑을 열었다. 밥통 안에 손을 집어넣는 순간이었다.

"누구니?"

부엌에서 오타미가 묻는 소리가 들렸다. 지로는 깜짝 놀라
손을 뺐지만 밥 한 덩어리를 끄집어내는 것만은 잊지 않았다.
당황한 지로는 서둘러 밥을 입에 물고 다다미방으로 도망치려

했다. 그러나 이미 때는 늦었다. 다다미방 문턱을 막 넘어서려는데 누군가 목덜미를 움켜잡았다. 오타미였다.

"너, 정말……."

오타미는 분노와 슬픔이 뒤섞여 온몸을 바르르 떨었다.

조금 뒤 지로는 밥상 앞에 무릎을 꿇고 오타미가 늘어놓는 끝없는 설교를 또 들어야만 했다.

"여긴 네가 태어난 집이란 말이다."

오타미는 지로가 어제 밤새도록 들었던 내용과 똑같은 설교를 했다.

"우린 비록 시골에서 살고 있지만 어엿한 무사 가문이라는 것을 명심해야 돼."

이 말도 어제 귀가 따갑게 들었다. 지로는 도대체 무사 집안이 어떻다고 오타미가 입만 열면 그 이야기를 꺼내는지 이해가 안 되었다.

"무사 가문에서 태어난 네가 어떻게 이런 짓을 할 수 있니? 아무것도 먹지 않기로 작정했으면 이틀이고 사흘이고 굶어야지. 밥 먹을 시간에는 대밭에 숨어 자더니, 몰래 집에 들어와 씻지도 않은 손으로 밥을 집어먹고, 생각만 해도 엄마는 소름이 끼치는구나."

그때 지로는 손가락 사이마다 달라붙은 밥풀을 보았다. 이 밥풀들을 어찌해야 할지 몰라 손가락만 꼼지락거렸다.

"네 손 좀 보렴. 너도 창피하다는 생각이 들 거다."

지로는 그 말을 듣자 오타미가 보지 못하게 손을 무릎 사이에 감추었다.

"넌 말이지……."

오타미의 목소리가 갑자기 부드러워졌다.

"음력 8월 15일에 태어난 아이야. 그것도 보름달이 한창 밝아 올 때 말이다. 아빠하고 식구들 모두가 이다음에 넌 교이치나 슌조보다 훨씬 훌륭한 사람이 될 거라고 말했는데……."

오하마도 사람들만 보면 지로가 8월 15일에 태어났다고 자주 말했다. 오하마에게 그 이야기를 들으면 기분이 우쭐해졌는데, 엄마가 자기 앞에서 처음으로 8월 15일에 태어났다고 말하자 지로는 그토록 대단하게 생각했던 음력 8월 15일 생일이 시시하게 여겨졌다. 그리고 수위실에 있는 누추한 방이 무턱대고 그리워졌다.

'까짓것 훌륭해지지 않으면 어때?'

이런 느낌이 분명하게 와 닿은 것은 아니지만 단번에 지로의 마음을 사로잡았다. 지로는 그것이 어느 쪽을 향하든지 자기 발로 혼자 걸어야 한다는 다짐을 할 수밖에 없다는 사실이 견딜 수 없이 슬펐다.

"오하마네 집엔 앞으로 무슨 일이 있어도 보내지 않을 테니 그런 줄 알아. 네가 훌륭한 사람이 되길 바라는 마음에서 그러는 거야. 이런 엄마 마음이 어떤지 넌 모를 거야."

이 한마디로 앞으로 오하마와 살 수 없다는 것만은 확실해 졌다.

지로도 각오했던 일이지만 새삼 그런 말을 들으니 울적했다.

그새 또 눈물이 무릎 위로 떨어졌다. 지로는 밥풀이 붙은 손가락으로 서둘러 눈가를 닦았다.

오타미는 어젯밤 지로를 집으로 데려온 뒤 지로가 처음으로 눈물을 흘리는 것을 보고 자신의 가르침을 마음으로 받아들였기 때문이라고 굳게 믿었다. 그래서 하고 싶은 말을 대충 마무리하고 부엌에서 밥공기와 젓가락을 가져왔다.

지로는 울음을 그치지 못했다. 밥을 입 안에 쓸어 넣듯이 먹으면서 줄곧 콧물을 훌쩍거렸다. 소맷부리와 손등은 눈물과 콧물로 범벅이 되었다. 생선조림을 먹는데, 흐느껴 우느라고 생선뼈에서 가시를 제대로 발라낼 수 없어 젓가락만 몇 번 댔을 뿐이었다. 그래도 밥은 네 공기나 먹었다. 오타미는 지로 옆에 앉아 이것저것 챙겨주었다. 오타미는 그렇게 하면서 자신이 얼마나 지로를 아끼고 위하는지 보여주고 싶었다. 하지만 이번에도 지로는 엄마의 속뜻을 이해하지 못했다. 밥을 먹는 내내 오타미가 신경 쓰였다. 당장이라도 오타미가 방에서 나가준다면 네 공기가 아니라 다섯 공기, 여섯 공기라도 먹을 수 있을 것 같았다.

무엇보다 지로의 마음을 자극한 것은 교이치와 슌조가 사이좋게 손을 붙잡고 툇마루에 앉아 신기한 구경이라도 하러 나온 사람들처럼 지로가 밥 먹는 모습을 뚫어져라 쳐다보는 것이었다.

"너흰 저쪽으로 가 있어."

오타미가 몇 번씩 두 아이를 나무라듯 내쫓았지만, 교이치와 슌조는 태연한 얼굴로 꼼짝도 하지 않았다. 지로는 교이치와 슌조 때문에 밥도 배불리 먹지 못한다는 생각이 들어 화가 치밀었다.

지로는 밥을 다 먹고 나서 다시 한 번 엄마의 긴 설교를 말없이 들어주어야 했다. 설교를 듣는 동안 어느새 눈물이 그쳤다. 슬펐던 마음도 훨씬 진정되었다. 마음이 진정될수록 교이치와 슌조를 증오하는 마음이 조금씩 고개를 쳐들었다.

달걀부침

"지로, 계속 거기서 그러고 있을 거야? 또 뭐가 불만이니? 빨리 이쪽으로 나와. 아빠 오셨는데 인사해야지!"

오타미는 어둑어둑해진 마당에서 나무숲 사이를 혼자 어슬 렁거리는 지로에게 큰 소리로 외쳤다.

아빠 슌스케는 아래만 속옷을 입은 채 툇마루에 앉아 있고, 오타미는 그 옆에 다소곳이 앉아 부채질을 하며 모기를 쫓았 다. 슌스케는 밥 생각이 없는지 술만 따라 마셨다. 상 옆에는 교이치와 슌조도 있었다.

지로에게 아빠는 도무지 어림잡을 수 없는 낯선 사람이었다. 그럴 수밖에 없는 것이 슌스케는 마을에서 멀리 떨어진 읍내 관청에 근무하는 직책이 낮은 관리였다. 토요일 저녁에나 집에 돌아와 일요일 오후면 다시 읍내로 나가야 했다. 지로가 오하 마네서 살 때는 슌스케와 만난 적이 거의 없었다. 따라서 슌스 케에게 다정한 말 한 마디 들어본 기억이 없었다.

지로는 용케 아빠의 생김새만은 잊지 않고 기억했다. 슌스케는 지로가 생각하기에도 이 집에 사는 사람들 가운데서 그나마 상냥하게 생긴 사람이었다. 오하마의 남편 간사쿠보다 훨씬 다정하게 생긴 것도 마음에 들었다. 그런 몇 가지 이유로 오타미가 "오늘 저녁에 아빠가 오실 거야. 여기 와서 아빠를 보는 게 처음이지?" 하고 말했을 때는 한시라도 빨리 슌스케와 만나고 싶었다. 저녁에 슌스케를 맞이하기 위해 마당에 물을 뿌릴 때도 교이치와 함께 바가지로 물을 떠와서 열심히 정원석에 뿌리고 다녔다.

그런데 정작 슌스케가 왔다는 말을 듣고는 이상하게 기가 죽어 식구들과 함께 현관에 뛰어나가고 싶지 않았다. 도리어 아빠가 왔다는 말에 다른 사람들 눈을 피해 마당에 있는 나무 쪽으로 슬금슬금 도망치고 말았다. 슌스케가 옷을 갈아입고 목욕탕에 들어가는 것도, 오타미가 서둘러 밥상을 차려 거실 쪽 툇마루에 갖다놓는 것도, 교이치와 슌조가 재잘거리는 모습도 나무 뒤에 숨어 훔쳐보았다.

한참을 나무 뒤에 숨어 있다 보니 지로는 자신이 싱거운 짓을 하고 있다는 생각이 들었다. 본디 이렇게 숨어 있으려고 한 게 아니라 상황이 이상하게 꼬인 것이었다. 그런데 아무도 자기를 찾아오지 않자 점점 난감해졌다. 그렇다고 여태 숨어 있다가 이제 와서 나무 사이를 어슬렁거리며 나타날 수도 없었다. 지로는 어떻게든 자기가 마당에 있다는 것을 식구들에게 알려야 했다. 지로는 아빠가 반주 삼아 술을 마시고 있는 틈을 타서 재빨리 발소리를 냈다. 그제야 오타미가 자기를 부르는 소리가 들렸다.

지로는 이제는 되었겠지 하고 안심했다. 그렇다면 오타미가 부르는 소리를 듣고 금방 나갔느냐 하면 그렇지도 않았다. 무엇보다 엄마가 자신을 부르는 소리가 마음에 들지 않았다. 상냥하게 불러도 시원찮을 판에 짜증이 섞여 있었다. 오타미의 목소리를 듣자 나가려던 몸을 휙 돌려 한쪽 구석에 서버렸다.

"지로, 아빠 오셨어."

교이치가 지로를 불렀다.

"아빠 오셨어."

순조가 교이치를 흉내 냈다.

지로는 등을 돌린 채 서서 식구들이 따가운 눈길로 자신을 쳐다보는 것을 느꼈다.

"봐요, 쟤가 저런 식이라니까요. 어떻게 해야 될지 모르겠어요."

"오늘은 날 처음 보는 거라 쑥스러워서 그러는 거겠지."

"쑥스러움을 탈 만큼 순진한 아이라면 걱정도 안 하겠어요. 저 앤 그런 애가 아니에요."

"집에 익숙해지려면 좀 더 있어야 돼. 시간이 지나면 나아질 텐데, 뭘."

"그럴까요?"

"지로한테 이 집은 남의 집이나 같을 거야."

"그렇긴 하겠지만……. 그래도 좀 너무하다 싶어요. 오하마가 아이한테 무슨 말인가 단단히 해둔 것 같아요."

"설마, 그럴 리가……. 만일 그랬다고 해도 저 나이에 그런 연극 같은 짓을 꾸밀 수 있을라고."

"그럼 타고난 성격이 그렇다는 뜻인가요?"

"성격이라고까지는 할 수 없겠지만 지금까지 지로가 살아온 과정을 보면 저렇게 될 수도 있을 거야."

"이대로 놔둬도 괜찮을까요?"

"괜찮지는 않겠지만 당분간은 하는 수 없어."

"당신은 참 태평하네요. 난 한시도 가만히 있을 수가 없다고요."

"그렇게 안달하면 아이한테 더 안 좋아."

"그럼 날더러 어떻게 하라는 거예요?"

"이것저것 너무 한꺼번에 가르치려고 하지 않는 게 좋아."

"난 당신처럼 아이를 내버려두지는 못해요. 지로의 장래를 생각하면……."

"장래를 생각해서라도 무리하게 교육시키지 말라는 거요."

"그냥 내버려두면 한심한 짓만 하고 돌아다닌단 말이에요. 아무도 없을 땐 씻지도 않은 손으로 밥통에 있는 밥을 집어먹기까지 했다고요."

"어쨌든 좀 지켜봅시다. 그보다 아이나 차별하지 않도록 조심해요."

"그런 걱정은 안 해도 돼요."

"겉으론 공평하게 해주는 것 같지만 이런 일은 역시 마음 씀씀이가 중요하니까."

"마음이 중요하다니요?"

"부모로서 아이에게 보여줘야 할 애정 말이야."

"어머나, 당신은 그런 걱정을 하시는 거예요? 지로도 내가 낳은 아이라고요."

"아무리 자기가 낳은 자식이라도 젖을 물리지 않으면 애정이 덜 느껴진다는 말을 들은 적이 있어서 그래."

"그런 말이 어디 있어요? 그런 얘긴 교양 없는 사람들에게나 해당되는 말이에요."

"당신이 안 그렇다면 다행이지. 그건 그렇고, 어머니는 어떠셔?"

"지로를 데려오는 것도 좋지 않게 생각하셨던 분이에요."

"여자들은 역시 감정에 치우쳐."

"내가 어머님처럼 지로에게 감정이 있다는 뜻이에요?"

"어머니하고야 조금 다르겠지만……."

"조금이라뇨? 당신이 날 그렇게 생각하는 줄 몰랐어요."

"너무 화내지 마. 아이가 들으면 좋지 않다고. 그보다 한 번 더 불러봐."

"당신이 그 공평한 목소리로 불러보시지 그래요?"

"……."

지로는 온 신경을 귀에 집중시켜 두 사람이 나누는 이야기를 들으려고 애썼지만, 조금 떨어져 있어서 그런지 잘 들리지 않았다. 어쩌다 들려도 무슨 말을 하는지 이해가 안 되었다. 그렇지만 아빠라는 사람이 자기에게 호의를 베풀려고 한다는 사실만은 알 수 있었다. 지로는 아빠가 자기를 불러줄 거라고 기대하며 기다리고 있었지만, 좀처럼 불러주지 않았다.

지로는 살며시 몸을 돌려 거실 쪽을 살펴보았다. 이미 날은 완전히 저물어서 불을 환하게 밝혀놓은 거실 쪽에서는 지로가 숨어 있는 곳이 보이지 않는다는 것도 알고 있었다.

슌스케는 말없이 술잔만 기울이고 있었다. 오타미는 고개를 돌린 채 부채질만 해댔다.

"교이치, 네가 가서 지로 데려와."

느닷없이 슌스케가 큰 소리로 말했다.

교이치는 잠깐 나무가 우거진 곳을 바라보다가 마지못해 일어나 지로에게 다가왔다.

"아빠가 오래."

교이치는 지로에게 다가오더니 조심스레 지로의 손목을 잡아끌었다. 지로는 교이치에게 손목을 잡히는 것이 별로 달갑지 않았다. 하지만 더 버틸 용기도 없어 교이치에게 끌리는 대로 툇마루에서 거실로 들어갔다. 오타미는 곁눈질로 지로의 얼굴을 보고는 아무 말도 하지 않았다. 지로는 어디에 앉아야 할지 몰라서 오른손 집게손가락을 입에 문 채 기둥 앞에 섰다.

"지로, 여기 앉아라."

슌스케가 밥상 앞자리를 가리켰다. 듣는 사람 마음에 따라서는 조금 거칠게 들릴 수도 있었다. 그러나 지로에게는 오히려 따뜻하게 다가왔다. 지로는 오타미의 눈길을 피해 일부러 밥상을 한 바퀴 돌아서 아빠가 가리키는 자리에 앉았다.

슌스케는 술잔을 들고 세 아이를 죽 훑어보았다. 아무리 보아도 지로의 생김새가 셋 중 가장 떨어졌다. 눈매와 입가가 어딘지 모르게 원숭이를 닮은 것 같았다. 피부색도 거무스름하고, 뺨에는 콧물이 덕지덕지 말라붙어 있었다. 슌스케는 어쩐지 이상한 생각이 들었다. 그렇다고 지로가 다른 형제들보다 못하다는 뜻은 아니었다. 오히려 불쌍하다는 생각이 들었다. 슌스케는 싱글벙글 웃으면서 말했다.

"못 본 사이에 많이 컸구나. 몸집은 네가 가장 좋구나. 내일은 아빠 쉬는 날이니까 강에나 가자. 헤엄칠 줄 아니?"

지로는 우물쭈물 머뭇거렸다. 학교 근처 저수지에서 물통을 잡고 헤엄치는 흉내를 내본 적은 있어도 큰 강에서 헤엄쳐본 적은 없었다.

"아빠, 나도 갈래."

"나도."

교이치와 슌조가 서로 눈을 빛내며 말했다. 슌스케는 교이치와 슌조에게는 가타부타 대답도 하지 않고 지로에게 다시 물었다.

"왜, 싫어? 싫으면 안 가도 된다. 지로는 뭘 가장 좋아하지? 내일은 지로가 하고 싶은 대로 뭐든 다 해줄게. 한번 말해봐."

식구들의 눈길이 한꺼번에 지로에게 쏠렸다. 지로는 생가에서 툭하면 사람들이 자기 얼굴만 보는 게 무척 싫었는데, 이때만큼은 아주 좋았다. 지로는 뭐라고 대답하려다가 오타미와 형제들부터 살펴보았다. 그리고 구김살 없이 자라난 아이가 한탄하는 것처럼 애교 있게 말했다.

"나 아직 헤엄칠 줄 모르는데."

그러자 교이치가 말했다.

"강에 가면 얕은 데도 많아. 그런 데서 조개 주우면 돼."

"정말이야."

슌조도 고개를 끄덕였다.

"헤엄칠 줄 모르면 아빠가 가르쳐주마. 금방 배울 수 있어."

슌스케가 웃으며 말했다.

오타미는 아무 말이 없었다. 지로는 그런 오타미가 마음에 걸렸지만 참지 못하고 큰 소리로 대답해버렸다.

"그럼 나도 갈 거야."

그리고 자신의 말 한마디로 내일 놀러갈 일이 결정되자 오랜만에 오하마 집에 있을 때처럼 편안해졌다.

슌스케는 술잔을 물린 뒤 찻물에 밥을 말아 먹었다. 슌스케는 밥을 다 먹고 나서 한숨 돌리려는 듯 나막신을 신더니 마당으로 나가 체조하는 흉내를 내면서 평상 주위를 돌아다녔다.

"바람 더 쐴 거예요?"

오타미가 겨우 입을 열었다.

"응. 평상에 돗자리 좀 깔아줘."

오타미가 돗자리를 가지러 안으로 들어가자 교이치와 슌조도 그 뒤를 따라갔다. 또 지로만 혼자 툇마루에 남았다. 그때 문득 지로의 눈에 슌스케가 먹다 남긴 달걀부침 한 조각이 보였다. 지로가 세상에서 가장 좋아하는 달걀부침이었다. 오하마네 집에서는 특별한 날이 아니면 달걀부침은 구경하기 힘들었다.

여기에서는 할머니가 별채에서 가끔 달걀부침을 만들어 교이치와 슌조만 따로 불러서 먹이고는 했다. 오늘 낮에도 지로는 달걀부침을 입에 물고 별채에서 나오는 교이치, 슌조와 마주쳤다. 지로는 애써 모른 척 지나갔지만, 형제의 입가에서 전해오는 고소한 달걀부침 냄새에 정신이 아득해졌다. 무슨 심사로 할머니가 자기에게만 달걀부침을 주지 않는지 야속하기만 했다. 지로는 앞으로 무슨 일이 있어도 별채 문턱은 건드리지도 않겠다고 다짐했다.

그런 달걀부침이 지금 눈앞에 있었다. 지로는 도저히 참을 수가 없었다. 달걀부침을 집으려다가 먼저 거실 쪽을 흘깃거렸다. 엄마는 아직도 돗자리를 찾고 있었다. 지로는 다시 고개를 돌려 이번에는 아빠 쪽을 살펴보았다. 아빠는 저쪽 담을 따라 체조하듯 팔다리를 흔들며 걸어가고 있었다.

지로는 잽싸게 달걀부침을 입속에 밀어 넣었다.

"지로, 저기 별똥별이 날아갔다!"

지로는 아버지의 말을 듣고 깜짝 놀랐다. 아버지는 아무것도 모르는 채 멀리 하늘을 바라보고 있었지만 달걀부침을 씹어 삼킬 수가 없었다.

"응, 응."

지로는 대답하는 것인지, 그냥 소리를 내는 것인지 분간하기 힘든 묘한 소리를 내며 툇마루에 엎드려 나막신 찾는 시늉을 하면서 부리나케 달걀부침을 씹었다. 나막신을 신고 슌스케에게 다가가서는 아무 일도 없다는 듯 태연한 척했다. 이제 막 삼킨 달걀부침의 뒷맛이 입속에 감도는 것을 즐기면서 지로는 아빠가 가리키는 하늘을 물끄러미 쳐다보았다.

그때 오타미가 돗자리를 들고 와서 평상에 깔았다. 슌스케는 돗자리 위에 아무렇게나 누워 부채질을 했다. 오타미가 평상에 앉으며 말했다.

"지로도 그만 들어가서 자."

지로는 못내 아쉬운 얼굴을 하고 서 있었다. 그러자 슌스케가 지로를 흘끗 보며 말했다.

"아직 잠이 안 올 거야. 너무 이르잖아."

"다른 애들은 벌써 잠자리에 들었어요."

"일찍들 자는군. 지로는 아빠 옆에서 바람 좀 더 쐬고 들어가."

"지로가 마음에 드나 보죠? 그럼 여기 앉아서 아빠랑 더 얘기해."

지로는 조심스레 평상 끄트머리에 앉았다가 이내 슌스케 옆에 나란히 누웠다. 지로는 아빠의 희고 통통한 알몸에 자기 몸을 비벼보고 싶었다. 지로는 땀이 난 것과 모기에게 물린 곳을 아빠에게 보이지 않으려고 애쓰면서 조금씩 아빠에게 다가갔다.

"아이고, 이 녀석! 왜 이렇게 더러워."

슌스케가 큰 소리로 외치며 벌떡 일어났다. 슌스케는 평소에는 대범하고 인정이 많지만 가끔 느닷없이 신경질을 냈고, 조금은 결벽증도 있었다. 남의 집 다다미방에 들어갔다가 어쩔 수 없이 다다미에 손바닥을 대면 집에 돌아온 뒤에 몇 번씩 손을 씻지 않고는 못 배기는 성격이었다.

"왜 그래요?"

아까부터 넌지시 지로의 움직임을 지켜보고 있던 오타미가 애써 가라앉은 목소리로 물었다.

"끈적끈적한 이 녀석 몸이 갑자기 내 몸에 닿아서 깜짝 놀랐어."

슌스케는 지로가 기댔던 자기 옆구리를 부채 끝으로 훑어내렸다.

지로는 이상하게 쓸쓸한 생각이 들었다. 지로는 누워서 지그시 아빠를 쳐다보았다. 오타미가 말하는 소리가 들렸다.

"당신 정말 어처구니없는 사람이에요."

"뭐가?"

"세상에 자기 자식보고 더럽다는 사람이 어디 있어요?"

"더러운 것을 더럽다고 하지, 그럼 뭐라고 하나?"

"그러면서도 아버지로서 애정을 갖고 있다는 거예요?"

"무슨 말을 하는 거야? 그것과 이것은 다르잖아? 바보 같은 소리하네."

"아빠들은 그게 문제예요. 자기 혼자 아이를 귀여워하는 척하다가도 금방 아이한테 상처를 입힌다니까."

"그런 이치에 맞지도 않는 말 하지 마."

"당신이야말로 억지 이론만 늘어놓고 있는 거 아녜요?"

"내가 언제 억지 이론을 늘어놓았다는 거야?"

"방금 전에도 겉으로 보이는 것보다 마음이 중요하다고 말했으면서……."

"그게 억지 이론이라고?"

"억지 이론이죠. 아빠가 좋아서 다가가는 자식에게 더럽다고 소리치는 양반이 그런 말씀을 하다니 말이에요."

"흐음……. 하지만 난 누구처럼 계략을 꾸미진 않는다고."

"뭐라고요? 그럼 내가 계략을 꾸몄다는 거예요?"

"그야 모르지. 하지만 당신이 그렇다고 말한 적은 없어."

오타미는 분해서 입을 꼭 다물고 슌스케를 노려보았다.

"당신은 계략만 쓰지 않으면 자식에게 무슨 말을 해도 상관없다는 거예요?"

"마음속에 애정이 들어 있다면 말이야."

"당신 마음속에 들어 있는 애정이 믿을 만한 게 못 되니까 문제죠."

"그렇게 생각한다면 할 수 없지. 어쨌든 이런 이야기는 그만합시다. 아이 앞에서 별소릴 다 하는군. 지로가 우릴 뭐라고 생각하겠어?"

오타미는 지로를 한 번 흘겨보더니 말이 없었다. 슌스케가 평상에서 내려오며 말했다.

"자기 전에 목욕이나 한 번 더 해야겠어. 물 남았나?"

"욕조에 아직 많아요."

"그래? 잘됐군. 지로, 너도 같이 하자. 아빠가 깨끗이 씻어줄게."

지로는 상황이 어떻게 돌아가는 것인지 알 수가 없어서 망설였다. 그래도 분명한 것은 엄마가 자기를 위해 아빠에게 화를 냈다는 점이다. 그렇다고 아빠보다 엄마가 더 좋아진 것은 아니었다. 솔직히 슌스케에게 더럽다는 말을 들었을 때는 이만저만 실망한 게 아니었다. 무척 속이 상했지만 두 사람이 다투는 모습을 보고는 그나마 슌스케 쪽이 오타미보다 더 미더워졌다. 지로는 서둘러 같이 목욕하자는 슌스케를 따라나섰다.

그러나 평상에서 일어나려는 순간 가슴이 철렁 내려앉고 말았다. 오타미가 밥상을 치우려고 툇마루로 올라가고 있었기 때문이다.

지로는 달걀부침을 먹어버린 게 들킬까봐 조마조마했다. 만에 하나 달걀부침이 없어진 것을 오타미가 알아차린다면 어떤 일이 일어날지 보지 않아도 훤했다. 지로는 몸을 움직일 수가 없었다. 지로는 뻣뻣하게 굳은 채 그 자리에 서서 잔뜩 긴장한 얼굴로 오타미를 쳐다보았다.

"어? 이상하네."

아니나 다를까 오타미가 작은 목소리로 중얼거렸다. 그러고는 고개를 돌려 의심이 잔뜩 서린 눈초리로 지로를 보았다. 지로는 큰일 났구나 싶었지만 시치미를 뚝 떼고 눈길을 딴 데로 돌렸다.

"여보, 아까 달걀부침 남겼죠?"

"응, 남긴 것 같은데."

"남은 거 어떻게 했어요?"

"어떻게 하긴 뭘 어떡해?"

"지로에게 주진 않았죠?"

"아니……."

"희한하네."

"달걀부침 같은 거 가지고 왜 그래?"

순스케가 고개를 갸웃하며 지로를 보면서 말했다.

"그런 게 아녜요."

오타미는 차갑게 대꾸하며 뜰로 내려왔다.

그러고는 성큼성큼 지로 앞으로 다가와 지로의 어깨를 붙잡고 다짜고짜 지로를 평상에 꿇어앉혔다.

"너 정말…… 지난번에 그만큼 알아듣게 말했는데……."

흥분한 오타미가 숨을 헐떡거렸다.

지로는 엄마가 무슨 말을 꺼내든 아빠가 곁에 있기 때문에 순순히 자백할 생각이었다. 하지만 이렇게 시작부터 죄인 취급을 받다 보니 자기도 모르게 대들고 싶은 마음이 생겼다. 지로는 눈을 똑바로 뜨고 오타미를 보았다.

"아니, 너…… 여보! 저 얼굴 좀 봐요! 이래도 당신은 그냥 내버려두라는 거예요?"

오타미는 입술을 부르르 떨었다.

난처해진 순스케는 오타미와 지로를 번갈아 보았다.

"여보, 당신 마음 내가 다 알아. 하지만 오늘은 나한테 맡겨 둬. 지로, 자기 전에 목욕이나 하자. 따라와."

순스케는 분위기를 누그러뜨리려는 듯 지로의 손을 잡고 재빨리 목욕탕으로 데려갔다.

목욕탕에 들어서자 슌스케는 지로의 몸 구석구석을 문지르기만 할 뿐 달걀부침 이야기는 꺼내지도 않았다. 그러자 지로는 이상하게도 슬픔이 복받쳐 올라 마침내 훌쩍훌쩍 울음을 떠뜨렸다.

"울지 마라. 다음부터는 배가 고파도 사람이 보지 않는 데서 음식을 먹으면 안 돼. 대신 사람들이 보는 앞에서 실컷 먹어. 먹고 싶은 게 있으면 아무나 붙잡고 줄 때까지 떼를 써도 괜찮아. 아빠 겁쟁이가 가장 싫다."

그날 밤 지로는 슌스케와 함께 잤다. 자다가 오줌도 싸지 않았고 모기에 시달리지도 않았다. 밤새도록 아빠의 배 위에 발을 올려놓았지만 야단맞지도 않았다. 이 집에 온 뒤로 가장 기분 좋은 밤이었다.

수영

이튿날 슌스케는 일찌감치 점심을 먹고 교이치와 지로를 데리고 강으로 갔다. 마침 물이 빠질 때라 암갈색 모래톱이 맑게 갠 하늘 아래 널찍하게 드러났다.

세 사람은 개개비가 요란하게 울어대는 갈대숲을 지나 모래톱으로 갔다. 지로와 교이치는 민물조개를 줍거나 모래에 구멍을 파면서 신나게 놀았다. 오랜만에 기분이 좋아진 지로는 강변 모래밭에 큰대 자로 누워 하늘을 올려다보았다.

햇살을 받아 따뜻해진 모래밭에서 배어나오는 물의 감촉이 무어라 말할 수 없을 만큼 기분 좋게 느껴졌다. 반짝거리는 날개가 눈앞에서 어른거렸다. 잠자리였다. 처음 보는 잠자리도 아닌데 이날따라 딴 세상에서 찾아온 잠자리처럼 보였다.

지로는 넋을 잃고 파란 하늘을 올려다보았다. 먼발치에서 희미하고 거무스름한 작은 그림자가 나타났다. 자세히 보니 올챙이 모양이었다. 올챙이 모양을 한 그림자는 금세 어디론가 사라졌다가 이내 다시 나타났다. 지로의 눈은 한참 동안 그 그림자를 좇았다. 문득 꿈을 꾸는 것처럼 오쓰루의 얼굴이 떠올랐다. 지로는 눈을 감았다. 그러자 오하마, 오카네, 간사쿠가 차례로 떠올랐다. 어두컴컴하고 좁은 방에서 함께 지내던 시절이 그리웠다. 지로는 너무 슬퍼져 곁에 아빠와 형이 있다는 것마저 잊어버렸다.

"자, 지금부터 아빠가 헤엄치는 법을 가르쳐줄게."

모래밭에 누워 있던 슌스케가 벌떡 일어나며 말했다.

"교이치는 헤엄 좀 칠 줄 알지?"

"조금밖에 못해."

"아빠가 보고 있을 테니까 한번 해봐."

교이치는 조심스레 물속으로 들어갔다. 물이 젖꼭지까지 차오르자 방향을 바꿔 물이 얕은 쪽으로 몸을 돌리더니 개헤엄을 쳤다.

지로는 눈빛을 반짝이며 열심히 교이치가 헤엄치는 모습을 바라보았다.

"음, 많이 늘었구나. 자, 이번엔 지로 차례야."

지로는 슌스케와 넘실대는 강물을 번갈아 보다가 조금 뒷걸음쳤다.

"걱정 마. 아빠가 안아줄 테니까."

슌스케는 자기 양팔 위에 지로를 엎드려 눕게 한 뒤 깊은 물속으로 데려갔다. 지로는 두려움과 그래도 아빠가 자기를 안고 있다는 안도감이 뒤섞여 마음이 복잡해졌다.

"옳지, 그렇게 발을 움직여야 해. 손만 휘둘러선 안 돼.

음…… 그렇지……. 아냐, 머리를 쳐들면 안 돼. 물 좀 먹어도 돼. 물 먹는다고 죽지 않아."

슌스케는 튀어오르는 물방울을 맞으면서 천천히 지로의 몸을 끌고나갔다. 지로는 열심히 했다. 너무나 즐거웠다.

그러나 즐거움은 오래가지 못했다. 지로의 배를 받쳐주던 슌스케가 갑자기 손을 놓아버린 것이다. 깜짝 놀란 지로가 얼굴을 들어 하늘을 보았지만 이미 때는 늦었다. 금세 물속으로 가라앉으며 콧속으로 물이 밀려들어 왔다. 머리끝까지 시큰했다. 코끝이 너무 아팠다. 지로는 온 힘을 다해 팔을 휘저었다.

그렇게 있는 힘껏 팔을 휘젓는 것도 겨우 일이 초로 끝이 났다. 지로가 헤엄치던 곳은 허리까지밖에 물이 차지 않는 곳이었다. 지로 혼자서도 얼마든지 일어날 수 있는 곳이었다.

"와하하! 놀랐지?"

슌스케가 바로 뒤에서 크게 웃었다. 지로는 소리 내어 울고 싶었다. 하지만 아빠의 웃음소리를 듣자 울 수가 없었다. 웩웩거리며 물을 토하거나 콧등을 비벼대며 어물어물 얼버무렸다.

"몸이 가라앉는다고 입을 벌리고 얼굴을 쳐들면 안 돼. 숨을 딱 멈추고 물속에 얼굴을 파묻는 거야. 자, 아빠가 헤엄치는 걸 잘 봐."

슌스케는 얼굴을 물에 담갔다. 뚱뚱하고 허연 몸이 개구리처럼 수면 위로 떠올랐다.

"봤지? 머리를 파묻고 가만히 있으면 몸이 뜨지? 몸이 뜨면 손발을 움직이는 거야. 얼굴을 들면 절대로 안 돼. 다시 한 번

70

해볼래?"

지로는 "응." 하고 대답하려다가 방금 혼이 났던 것을 생각하고는 가장 얕은 물가로 가서 혼자 열심히 물속에 고개를 처박았다. 슌스케는 모래밭에 앉아 싱글벙글 웃으며 지로가 하는 대로 내버려둔 채 지켜보았다.

처음 한동안 지로는 겨우 삼 초 정도도 숨을 참지 못하고 물 밖으로 나왔다. 하지만 계속하다 보니 오 초에서 칠 초, 칠 초에서 십 초까지 숨을 참고 헤엄칠 수 있었다.

"아빠, 나 혼자 할 테니까 한번 봐."

지로는 배꼽까지 물이 차오르는 곳으로 들어가 개구리처럼 팔다리를 쫙 펴고 몸이 뜨는 연습을 했다. 슌스케만큼 제대로 뜨지는 못했지만, 두서너 번 되풀이하다 보니 어느 정도 몸을 띄울 수 있다는 자신감이 생겼다. 그 다음에 지로는 손발을 휘젓거나 얼굴을 물 밖으로 내미는 연습을 했다.

슌스케는 등이 벌겋게 타는 줄도 모르고 반 시간 가까이 지로가 헤엄치는 모습을 지켜보았다.

아무리 열심히 연습해도 물 밖으로 얼굴을 내밀고 헤엄치는 것은 지로에게 무리였다. 얼굴을 파묻고 헤엄치는 것이라면 꽤 멀리까지 나갈 수 있었다.

"이제 그만 하자. 오늘은 이 정도면 됐다. 다음번엔 교이치보다 훨씬 잘할 거야."

지로는 물에서 나오기가 싫었다. 하지만 슌스케가 교이치를 데리고 벌써 둑 근처까지 간 것을 보고는 서둘러 뒤따라갔다.

저녁 밥상에는 모처럼 식구들이 모두 둘러앉았다. 여느 때 같으면 별채에서 따로 상을 받았을 할아버지 할머니까지 안채 거실에서 저녁을 먹었다. 할아버지와 할머니, 아빠, 엄마, 아이들 셋, 거기다 오이토 할멈과 나오키치까지 합쳐 아홉이나 되는 대식구가 바람이 잘 통하는 거실에 모여 즐겁게 밥을 먹었다.

숀스케는 밥을 먹으면서 오늘 지로가 얼마나 열심히 수영을 배웠는지 자세히 이야기했다.

"오늘처럼만 하면 지로는 앞으로 무슨 일을 하든 남에게 뒤지지 않을 것 같아."

숀스케는 정겨움이 가득 담긴 눈으로 지로를 보았다. 지로는 은근히 아빠가 그 이야기를 꺼내주기만 기다렸는데, 정작 수영 이야기가 나오자 다른 식구들이 아빠가 하는 말을 어떻게 받아들일지 궁금했다. 지로는 생선 가시를 요리조리 발라먹으면서 식구들을 살펴보았다. 그러나 기대한 것과는 달리 누구 한 사람 숀스케의 말에 관심을 보이지 않았다.

할아버지는 처음부터 끝까지 표정 한 번 바꾸지 않고 "그래?" 하고 한 마디 할 뿐이었다. 할머니는 계속 다른 화제로 이야기를 돌리려고 했다. 오타미는 끝까지 주의 깊게 듣기는 했지만, 이야기가 이어질수록 불만스런 표정을 지었다. 나오키치는 지로가 물을 마셨다는 이야기를 듣고는 웃음을 터뜨렸다. 오이토 할멈만이 "지로 도련님, 아주 훌륭하군요." 하고 칭찬해주었다. 그러나 오이토 할멈의 말도 지로의 귀에는 숀스케의 비위를 맞추려고 맞장구치는 소리로만 들렸다.

저녁을 먹고 나서 슌스케는 서둘러 읍내로 돌아갈 채비를 했다. 잠깐이나마 마음이 밝아졌던 지로는 아빠가 떠난다는 말에 다시 착잡해졌다. 갑자기 지로는 무슨 생각을 했는지 사람들의 눈을 피해 밖으로 뛰어나갔다. 한참을 뛰어가다 집에서 꽤 떨어진 길모퉁이에 쭈그리고 앉아 아빠를 기다렸다. 해는 저물었지만 주위는 아직 환했다.

조금 뒤 슌스케가 탄 자전거가 덜거덕거리는 소리를 내며 자갈길을 올라오는 것이 보였다. 지로는 자리에서 일어나 "아빠!" 하고 반갑게 외쳤다.

"아니, 이 녀석 여기 있었구나."

슌스케는 자전거에서 내려 지로의 머리를 이리저리 쓰다듬으며 말했다.

"앞으로 여섯 밤만 자면 아빠는 또 올 거다. 그때까지 절대로 혼자 강에 가면 안 된다. 꼭 아빠랑 같이 가야 한다."

지로는 여기서 아빠를 기다리길 잘했다고 생각했다. 착한 일을 했을 때처럼 우쭐해졌다. 지로는 슌스케가 다시 자전거를 타고 가는 모습을 오랫동안 바라보았다.

책가방

무더운 여름이 지나갔다. 지로가 생가에 온 지도 어느덧 한 달이 다 되어갔다. 지로도 이제는 바뀐 생활에 많이 익숙해졌다.

그러나 새로운 환경에 익숙해질수록 지로의 마음은 더욱 어두워졌다. 생가에 와서 지로에게 새로운 버릇이 하나 생겼는데, 그것은 식구들의 동정을 살피는 일이었다. 또 식구들이 무슨 말을 하는지 한 마디 한 마디에 늘 신경을 곤두세우고 돌아다녔다. 그런 점에서 지로도 처음 집에 왔을 때보다 자신이 무척 비굴해졌다고 생각했다.

하지만 생각하기에 따라서는 사뭇 대담해졌다고 할 수도 있었다. 들킬 염려가 없다는 확신만 있으면 거짓말도 서슴지 않았고, 마음껏 나쁜 장난도 쳤다. 그래도 단 하나, 남몰래 훔쳐 먹는 짓만은 하지 않았다. 보는 사람이 없어도 목욕탕에서 아빠와 한 약속을 떠올리며 꾹 참았다. 다른 사람은 몰라도 아빠만은 속여서는 안 된다고 생각했다.

지로는 때때로 오타미와 할머니 앞에서 두 사람이 듣기 좋아하는 말을 하거나 착한 행동도 해보였다. 물론 그렇게 한다고 엄마나 할머니가 자기에게 호의를 베풀 리는 없겠지만, 두 사람의 마음을 어느 정도 풀어지게 할 수는 있었다.

만일 성장 과정에서 미리 완벽하게 계획을 세우고 대담하게 그 계획을 실천하려는 의지가 나타나는 것이라면, 지로는 분명 성장하고 있었다. 하지만 이렇게 해서 지로의 내면에서는 못된 술수뿐 아니라 인간의 본성 안에 숨어 있는 잔인성까지 함께 자라나게 되었다.

지로는 아침마다 정원을 돌아다니며 별다른 감정도 없이 나무순을 뭉개놓았다. 꽃밭에 심어놓은 꽃나무에 오줌을 좔좔 싸기도 했다. 잠자리를 옷에 달라붙게 한 뒤 잠자리의 모가지를 뜯어냈고, 개구리가 눈에 띄면 연못까지 쫓아가 짓밟아버렸다. 언젠가 한 번은 개구리를 삼키는 뱀을 보고 그 뱀이 개구리를 다 삼킬 때까지 조용히 지켜본 뒤 주먹만 한 돌멩이로 뱀 대가리를 후려갈겨서 죽였다. 옆집에서 기르는 고양이를 몰래 붙잡아 양동이 속에 가둬놓고는 도망치지 못하게 양동이 위에 무거운 벽돌 네댓 장을 올려놓은 뒤 깜빡 잊은 채 그냥 하룻밤을 보내기도 했다.

그나마 불행 중 다행인 것은 사람을 대상으로 잔인한 짓을 하지는 않았다는 점이다. 슌조 말고는 이 집에서 자신이 폭행을 휘두르는 것을 말없이 받아줄 만한 사람도 없었지만, 슌조를 잘못 건드렸다가는 오타미에게 금방 일러바칠 게 틀림없었다. 대신 교이치는 조금 달랐다. 다른 사람은 몰라도 교이치는 그냥 지나칠 수가 없었다.

교이치는 9월이 되자 다시 학교에 다녔다. 벌써 2학년이었다. 지로는 교이치가 학교에 다닌다는 사실에 억누를 수 없는 질투심을 느꼈다.

'교이치는 날마다 오하마를 만나겠지. 오하마는 그때마다 교이치의 머리를 쓰다듬어줄 거야. 듣기 좋은 말도 많이 해줄 거야.'

이런 생각을 하면 지로는 불끈 화가 났다. 어떻게 해서든 교이치가 학교에 못 가도록 막아야 한다고 생각했다.

어느 날 저녁, 궁리 끝에 지로는 한 가지 방법을 찾아냈다.

다음 날 아침 일어나자마자 지로는 교이치의 책가방을 들고 몰래 뒷간으로 갔다. 그리고 대변을 본 뒤 책가방을 똥통에 던져버렸다. 지로는 자기가 마치 모험가라도 된 양 흥분했다. 물론 풍덩 하는 소리와 함께 책가방이 똥통에 떨어지는 순간에는 돌이킬 수 없는 짓을 저지르고 말았다는 생각도 들었다. 그리고 시간이 지나면서 이제는 발각되면 어쩌나 하는 두려움이 가슴에 파고들었다. 지로는 일찍이 경험한 적이 없는 허전함을 느꼈다.

지로는 교이치가 아침을 먹는 동안 헌 신문지 한 장을 안주머니에 넣고 뒷간과 안채 사이로 난 복도를 어슬렁거렸다. 그러고는 사방을 두리번거리다 다시 뒷간으로 들어가서 안주머니에서 신문지를 꺼내 반쯤 잠긴 책가방 위에 떨어뜨렸다.

조금 안심이 된 지로는 태연한 얼굴로 아침밥을 먹는 둥 마

는 둥 하고는 뒤뜰 광으로 달려가 나오키치가 장작 패는 것을
구경했다.

삼십 분쯤 지났을까, 갑자기 안채에서 교이치가 우는 소리가
들렸다. 이어서 오타미가 째질 듯 외치는 소리가 들렸고, 오이
토 할멈이 안채 쪽에서 허겁지겁 달려오는 모습도 보였다.

"지로, 무슨 일 있어?"

나오키치가 장작을 패다 말고 물었다.

"몰라. 왜들 저러지?"

지로는 안채에서 시끄럽게 떠들어대는 것과 자신은 상관없다
는 듯 소맷부리로 코를 훔쳤다. 마음이 불안해진 지로는 뒤뜰에
흩어진 장작을 주워 광 옆에 가지런히 쌓아나갔다.

"교이치 도련님의 책가방이 없어졌대요. 지로 도련님 몰라
요?"

오이토 할멈이 숨을 헐떡이며 다급하게 물었다.

"몰라. 내가 어떻게 알아."

지로는 장작을 쌓는 일로 정신없는 척하며 대답했다.

"교이치 도련님 말로는 언제나처럼 머리맡에 놔뒀다는데."

"난 모른다니까."

"알고 있으면 지금 빨리 말하세요. 교이치 도련님이 학교에
지각하게 생겼어요."

"모른다니까!"

"정말 몰라요?"

"몰라!"

"그럼 저랑 같이 어머님한테 가요."

"싫어!"

"어머님이 찾으셔요."

지로는 이런 말을 듣는 게 가장 싫었다. 어머니의 명령을 대놓고 거역할 만한 용기가 아직 없었기 때문에 더욱 싫었다.

그러나 어쩔 수 없는 일이었다. 지로는 마지못해 오이토 할멈에게 이끌려 안채로 갔다. 공부방에서 오타미가 미친 듯이 사방을 휘저으며 책가방을 찾고 있었다.

교이치는 벽에 등을 기댄 채 훌쩍거렸다.

오타미는 지로의 얼굴을 보자 버럭 소리부터 질렀다.

"당장 내놓지 못해! 어디다 숨겼어!"

화부터 내는 오타미를 보자 지로는 오히려 침착해졌다. 지로는 영문을 모르겠다는 듯이 "난 몰라." 하는 말만 되풀이했다.

모두들 다다미방과 거실, 부엌으로 가방을 찾으러 다녔다. 다행히도 뒷간까지 뒤져보려는 사람은 없었다. 증거가 나타나지 않는 한 지로가 승리한 것이다. 심증은 가도 물증이 없다면 무죄다. 그까짓 심증은 지로가 알 바 아니었다.

시간은 시시각각 지나갔다. 지로는 더욱 침착해졌다. 결국 교이치가 책도 없이 학교에 갈 수는 없다고 떼를 쓰는 바람에 하루 결석하기로 했다.

한바탕 소동이 가라앉은 뒤 언제 터질지 모르는 살벌한 기운만이 집 안에 감돌았다.

오타미는 지로와 얼굴이 마주치기만 하면 노려보았다. 그러고는 여러 번 별채와 부엌을 오가며 할머니나 오이토 할멈과 무슨 이야기인가를 소곤소곤 주고받았다. 교이치는 울상을 짓고서도 언제나 오타미의 꽁무니만 쫓아다녔다.

지로는 되도록 오타미 곁에는 얼씬도 하지 않으려고 조심했다. 그러면서 어느 때보다 식구들의 동정을 넌지시 살폈다. 특히 뒷간에서 볼일을 보고 나오는 사람들의 표정을 자세히 관찰했다. 그러다가 교이치와 마주치면 상냥하게 말을 걸고는 했다.

저녁을 먹은 뒤 오타미는 다시 한 번 지로를 불러 다짐하듯 물어보았다.

"너, 정말 모르니?"

"모른다니까."

몇 분 뒤에 오타미는 교이치를 데리고 어디론가 나갔다. 지로는 문밖으로 나가는 두 사람의 뒷모습을 바라보면서 이것으로 모든 것이 끝났다고 마음을 놓았다. 게다가 지로는 자기가 꾸민 일이 뜻대로 이루어진 것을 자랑스럽게 생각했다.

하지만 그런 우쭐한 기분은 채 하루를 넘기지 못했다. 이튿날 교이치는 전보다 훨씬 좋은 책가방에 새로 산 학용품을 잔뜩 넣고 평소처럼 밝은 얼굴로 학교에 갔기 때문이다. 더구나 며칠 뒤에는 나오키치가 거름을 만들려고 똥오줌을 푸다가 괴상한 소리를 지르며 집 안으로 뛰어들어 오는 바람에 갈팡대지 않을 수 없었다.

"작은 마님, 찾았어요. 찾았다고요! 교이치 도련님 책가방이 여기 있어요!"

나오키치가 외치는 소리를 듣고 모두 툇마루로 모였다.

나오키치는 거름을 푸는 국자를 들어올렸다. 국자 끝에는 질척질척한 똥물이 뚝뚝 떨어지는 책가방이 걸려 있었다.

지로는 그것을 보고 재빨리 밖으로 튀어나갔다. 그 자리에서 도망치면 범인이 자기라는 것을 자백하는 꼴이 된다는 것까지는 미처 생각하지 못했다. 모든 일은 뚜렷해졌다. 지로는 그날 하루 종일 마을을 쏘다니다가 저녁 무렵에야 몰래 뒷문을 통해 집에 들어갔다.

심부름

섣달 그믐날이 며칠 앞으로 다가온 어느 날이었다.

"하지만 심부름 보낼 만한 사람이 없어요. 나오키치도 물건을 사러 읍내에 갔고요."

오타미는 무척 바쁘다는 듯이 말했다.

"오이토 할멈이 있잖아."

슌스케는 화로에 턱을 괴고 오타미를 올려다보았다.

"가뜩이나 바쁜데 오이토 할멈까지 없으면 나 혼자서 어떻게 해요. 어차피 이삼일 있으면 마사키 가에 연말 선물을 보내야 하니까 그때 한꺼번에 보내드려도 되잖아요."

마사키 가는 오타미의 친정이다.

"하지만 이건 특별한 거라고. 처가에서도 되도록 빨리 보내주면 좋겠다고 하셨단 말이야."

"그렇게 빨리 썩거나 하진 않을 거 아녜요."

"썩진 않지. 연어를 훈제한 거니까. 그렇지만 장인어른께서 일부러 부탁하신 것을 보면 설날 전에 필요하신 것 같아. 연어만 보내는 거라면 또 모르지만 일 년 동안 여러 가지로 고마웠다는 인사 편지도 설날 전에 보내드려야 한다고. 그러니 하루가 급해."

"당신은 꼭 쓸데없는 일에만 마음이 급해지는군요. 평소엔 무사태평하면서."

"당신은 그 반대 아냐?"

"어머나, 금방 그런 식으로……."

"어쨌든 빨리 보내야 할 텐데."

"오늘은 심부름 보낼 만한 사람이 없어요."

오타미는 퉁명스럽게 말하며 방을 나가려 했다. 그러나 슌스케는 여전히 느긋한 자세로 말했다.

"교이치를 보내면 안 될까? 이 정도 심부름이면 시켜도 괜찮을 텐데."

"교이치는 소심해서 여태 마사키 가까지 혼자 가본 적이 없어요. 어차피 어머님이 허락하지도 않으실 테고요."

"그럼 안 되는데……. 대체 언제까지 교이치를 응석받이로 키울 작정이야? 그럼 차라리 지로를 보낼까?"

"아무리 지로가 겁이 없다고 해도 그 먼 길을……."

"그렇지 않아. 지로라면 갈 수 있을지도 몰라. 맞아, 지로를 보내야겠어. 그 녀석, 가는 길은 알고 있는지 모르겠네."

"지난여름부터 대여섯 번 정도 데리고 간 적이 있으니까 대충 알고는 있을 거예요. 그래도 아직 어린애인데 혼자 보내기는 좀 그래요. 교이치하고 같이 보내면 또 몰라도."

"그렇군. 두 녀석을 같이 보내면 어머니도 뭐라고 못 하시겠지."

"글쎄요, 그야 여쭤봐야겠지만……."

"어쨌든 두 아일 불러와요. 안 되면 하는 수 없고."

오타미는 내키지 않는 걸음으로 방을 나갔다. 그리고 두 아이를 데리고 와서 화로 앞에 앉혔다.

"교이치, 너 오늘 마사키 할아버지 댁에 심부름 좀 다녀와야겠다."

"……."

교이치는 무슨 일인지 알 수 없다는 얼굴로 슌스케를 보았다.

"왜? 자신 없어? 혼자 가기 싫으면 지로랑 같이 가도 돼."

"……."

교이치는 대답 대신 옆에 앉은 오타미를 보았다.

"둘이 가는 것도 싫은 모양이구나. 외할아버지가 무척 좋아하실 텐데."

"……."

교이치는 눈을 내리깔고 오타미에게 바싹 달라붙었다.

"역시 가기 싫은 모양이구나. 지로, 넌 어때?"

지로는 몇 번 교이치의 눈치를 살피더니 대뜸 말했다.

"형, 나랑 같이 가자."

교이치는 곁눈으로 지로를 슬쩍 보기만 하고 대답하지 않았다.

"교이치가 싫다면 너 혼자 가는 건 어때? 할 수 있겠어?"

슌스케는 웃음 띤 얼굴로 꼬드기듯 말했다.

지로도 그 말에는 선뜻 대답하지 못했다. 한동안 고개를 갸우뚱거리다 탄식 같은 한숨을 내쉬며 말했다.

"길을 잘못 가면 안 될 텐데……. 다리까지 가는 길은 알지만."

"다리까지만 갈 줄 알면 다 간 거나 마찬가지다. 거기서 얼마 안 돼."

"그런가?"

지로는 여전히 불안한 모양이었다.

"다리를 건너면 둑이 하나 보이지? 그 둑에서 오른쪽으로 죽 가면 돼. 그리고 외딴집 하나 있는 거 알지? 외딴집이 있는 데서 둑을 내려와. 그러곤 곧장 가는 거야."

"아, 알았다! 그럼 내가 갈게."

"그럴래? 아주 장하구나. 외할아버지 댁에서 며칠 자고 와도 돼."

지로는 벌떡 일어나 허리띠를 힘껏 졸라매고는 당장이라도 튀어나갈 기세였다. 슌스케는 지로가 흥분한 모습을 재미있게 쳐다보다가 정작 중요한 심부름 내용에 대해서 말하는 것을 깜빡 잊어버렸다.

"너 정말 혼자 갈 수 있겠어?"

오타미는 마음이 안 놓이는 것 같았다.

"갈 수 있어."

지로는 자신만만하게 대답하고는 방을 나가려 했다.

"지로, 아빠 말씀도 다 안 듣고 나가면 어떡해. 여보, 뭐 해요? 무슨 심부름인지 말해줘야죠."

"아 참, 깜빡했네. 지로, 잠깐 기다려. 이걸 가져가야 돼. 이 안에 편지가 들어 있어. 외할아버지를 만나면 다른 말은 하지 말고 꼭 전해 드려라. 이 보자기는 아무한테나 주면 되고. 알겠니?"

지로는 보자기를 받아들고 휙 어깨에 짊어진 채 봉당으로 내려갔다. 오타미는 아무래도 걱정이 되어 교이치의 손을 붙잡고 대문 밖까지 따라나와 이것저것 조심할 일들을 일러주었다. 그러나 지로는 제대로 대답도 하지 않았다.

혼다 가에서 마사키 가까지는 4킬로미터가 넘었다.

지로가 집을 나선 시각은 오후 두 시 조금 넘었을 때였다. 날씨가 흐린 탓에 얼마 못 가서 곧 날이 저물었다. 추수가 끝난 논바닥에는 아직도 허수아비가 을씨년스럽게 서 있었다. 술병으로 만든 허수아비의 밋밋한 흰머리가 바람에 날려 흔들거리는 꼴도 별로 기분 좋게 보이지 않았다. 마을 어귀에 있는 상수리 숲을 지날 때는 가뜩이나 여우가 자주 나타난다는 이야기를 들은 터여서 잔뜩 긴장했는데, 갑자기 검정 개 한 마리가 튀어나오는 바람에 놀라서 자빠질 뻔했다.

마사키 가까지 가려면 마을 두 곳을 지나야 했다. 그중 첫 번째 마을에서 처음 보는 아이들과 마주쳤다. 아이들은 무슨 놀이를 하다가 혼자 길을 걷는 지로를 뚫어져라 바라보았다. 지로는 혹시라도 그 아이들이 쫓아와서 괴롭히는 건 아닌가 싶어 겁이 났다. 책가방 사건 뒤로 이렇게 긴장하기는 처음이었다. 마사키 가가 보이는 골목에 다다라서야 안심하고 소맷부리로 콧물부터 닦았다. 발걸음이 한결 느긋해졌다.

지로는 외가인 마사키 가를 좋아했다. 먼 길을 혼자 온 것도 마사키 가에서 단 며칠이라도 지내고 싶은 마음이 컸기 때문이다.

마사키 외할아버지는 본디 메이지 유신 때까지 무사들에게 창술을 가르쳤다. 1871년, 메이지 정부가 전국의 한(藩, 에도 시대 바쿠후를 중심으로 한 중앙집권적인 정치 지배 체제)을 폐지하자 곧장 시골로 내려와 벌집의 기름을 짜서 만드는 밀초 공장을 만들었다. 지금은 그 근방에서 모르는 사람이 없는 큰 부자였다. 점잖고 대범하면서도 약한 사람에게 한없이 자애로워서 마을 사람들 모두 진심으로 마사키 외할아버지를 따랐다. 외할머니도 성격이 인자하고 온화해서 지금까지 다른 사람에게 화 한 번 안 낸 것으로 유명했다. 어린 지로의 눈에는 그런 외할아버지와 외할머니가 딴 세상에 사는 사람들로 보였다.

마사키 가에는 외할아버지와 외할머니 말고도 큰 이모 부부 – 큰 이모는 오타미의 언니이고, 이모부는 데릴사위였다 – 와 사촌 형제 여섯이 살고 있었다. 게다가 공장에서 일하는 열 명 남짓한 인부들로 늘 북적였다. 식구들이 많은 탓에 하루도 조용할 날 없이 혼잡스러웠지만, 집안 분위기는 혼다 가보다 훨씬 자유롭고 여유로웠다. 마사키 가에서는 아이들을 특별히 구속하지 않았기 때문에 사촌들은 하나같이 지로 못지않은 개구쟁이였다. 지로는 마사키 가에 오면 그런 개구쟁이 사촌들과 마음껏 놀 수 있었다.

'내가 온 것을 알면 깜짝 놀랄 거야. 모두 분명히 자고 가라고 하겠지.'

그렇게 생각하면서 지로는 마사키 가의 대문을 활짝 열었다. 토방은 떡 치는 소리로 시끌벅적했다. 지로는 정신없이 일하는 아저씨와 아주머니들을 요리조리 피해 마루 가까이까지 다가갔다. 모두 떡 치는 데 정신이 팔려 지로가 온 것을 몰랐다. 사촌 형제들은 외할머니와 함께 마루방에서 신나게 떠들어대며 떡을 동그랗게 뭉치고 있었다. 외할아버지는 안채에 있는지 보이지 않았다.

지로는 보자기를 손에 들고 바쁘게 움직이는 사람들 틈에 우두커니 서 있었다. 아무리 둘러보아도 자기를 반갑게 맞아줄 상황이 아니었다.

마음속에 그린 풍경이 산산조각 났다는 것을 깨달은 지로는 그 자리에 주저앉아 으앙 하고 울어버렸다.

"아니, 이게 누구야!"

"어머!"

울음소리에 놀란 사람들이 하던 일을 멈추고 지로가 서 있는 쪽을 보았다.

"지로 아니냐? 언제 온 게야?"

외할머니가 옷에 묻은 떡고물을 털면서 지로에게 다가왔다. 사촌 형제들도 고개를 내밀고 어이없다는 듯 서로 얼굴을 멀뚱히 보았다.

지로는 계속 울어댔다.

"설마하니 너 혼자 여기까지 온 것은 아닐 테고, 엄마랑 왔느냐?"

묻는 말에는 대답도 않고 지로는 계속 울기만 했다.

"얘가 도대체 어떻게 왔을까? 어, 손에 보따리까지 들고 있네. 뭘 가져왔나 본데."

지로는 손등으로 눈물을 닦으며 보따리를 내밀었다. 외할머니는 엉겁결에 보따리를 받아들었다.

"울지만 말고 말해봐. 혼자 온 게냐?"

지로는 그제야 고개를 끄덕였다. 울음소리는 더욱 커졌지만 외할머니는 보따리를 풀었다.

"도대체 어찌 된 일이냐……. 여기 편지가 들어 있구나. 그럼 심부름을 보낸 모양인데 이 어린것에게 심부름을 시키다니, 불쌍해라."

외할머니가 안쓰러워하는 소리를 듣자 지로는 아예 목놓아 울었다.

"이제 그만 그쳐라. 자, 할미 손잡고 올라가자. 오늘은 떡 먹는 날이다. 재미있는 구경거리도 아주 많단다. 어린것이 용케도 혼자 잘 찾아왔구나. 길 잃어버리진 않았느냐?"

지로는 흐느끼면서 외할머니의 손을 잡고 마루 위로 올라갔다.

외할머니는 서둘러 콩가루 떡을 만들게 했다. 웬만한 일로는 얼굴도 찌푸리지 않는 외할머니가 조금 화난 목소리로 토방에서 일하는 아저씨들을 불렀다.

"누가 혼다 가에 좀 다녀와야겠다. 지로가 잘 왔으니 안심하라고 전해. 오늘 밤은 여기서 재운다고. 이 어린것을 혼자 보내 놓고 제때 왔는지 궁금하지도 않나, 어째 이리 태평들 할꼬."

지로는 외할머니가 아빠를 욕하는 것 같아 괜히 울었다고 후회했다. 하지만 경쾌하게 떡 치는 소리에 정신이 팔려 그런 걱정은 금방 잊어버렸다. 지로는 어느새 사촌 형제들과 정신없이 떡을 뭉치고 있었다.

밀랍 광

그날 지로는 물론 마사키 가에서 잤다. 그리고 이튿날은 아침부터 광에서 사촌 형제들과 씨름을 하거나 술래잡기를 하며 놀았다. 거망옻나무 씨 열매를 찌는 향기가 언제나처럼 훈훈하게 광 안을 떠돌았다. 땔감 대신 술지게미를 화로에 던져넣을 때마다 웽웽거리는 소리와 함께 불길이 거세졌다.

지로는 마사키 가에 와서 말로 표현하기 어려운 달콤한 분위기에 휩싸이는 것을 느꼈다. 그 때문인지 작은 일에도 금방 울음이 나왔다. 사촌 형제들이 지로에게 못된 짓을 하는 것은 아니었지만 아이들끼리 놀다보면 작은 일에도 충돌이 생기게 마련이다. 그때마다 눈시울이 붉어지는 쪽은 지로였다. 지로가 집에서 평소에 어떻게 행동하는지 잘 알고 있는 사람이 그 모습을 본다면 아마도 깜짝 놀랄 일이었다.

그날도 지로는 같은 또래인 다쓰오와 화로 앞에 쌓아둔 술지게미 더미에서 씨름을 하다가 별일도 아닌데 그만 울음을 터뜨렸다. 나이가 몇 살 위인 사촌 형들이 지로를 달래며 기분을 맞추어주고 있을 때 갑자기 광문이 열렸다. 광 앞에는 생각지도 못한 사람이 서 있었다. 오하마였다.

"도련님! 이게 얼마만이에요?"

지로는 잠깐 동안 멍하니 오하마의 얼굴을 쳐다보다가 쑥스러운 듯 고개를 숙이며 등을 돌렸다.

"왜 그래요?"

오하마는 지로 앞으로 다가와 엉거주춤한 자세로 지로의 얼굴을 가만히 들여다보았다.

"어머나, 운 모양이네요."

오하마는 지로를 품에 끌어안듯 해서 화로 앞에 깔아둔 멍석에 앉혔다. 사촌 형제들은 두 사람의 모습을 이상한 눈초리로 보다가 하나 둘씩 광 밖으로 나갔다.

"지로짱, 그동안 어떻게 지냈어?"

오하마는 광에 둘만 남자 친근하게 물었다.

"어디 아픈 데는 없고? 좀 야윈 것 같네. 난 지로짱을 하루도 잊은 적이 없어요. 하지만 어머니가 허락해줄 때까지는 지로짱을 만나지 않겠다고 약속했어요. 그래도 가끔 이 댁에 와서 지로짱 소식을 듣곤 했어요. 오늘 이렇게 만날 줄은 꿈에도 몰랐는데, 어제 왔다면서요?"

지로는 고개를 숙인 채 살짝 끄덕거렸다.

"여기까지 혼자 왔다고요? 어쩜 그럴 수가 있담. 어머니가 심부름시킨 거예요?"

"아니."

"그럼 할머니?"

"아니."

"그럼 누구 심부름이지?"

"아빠야."

"아버지가요? 어머, 이젠 아버지까지 지로짱에게 심부름을 시킨단 말이에요? 가기 싫다고 말하지 그랬어요. 아버지든 누구든 싫으면 싫다고 해요."

"그런데 난 있잖아……."

"그런데 뭐요? 지로짱은 겁이 많아서 탈이야."

"형이 자꾸 대답을 안 하잖아."

"교짱에게도 심부름 시켰어요?"

"응, 처음엔 형한테 가라고 했어. 근데 형이 대답을 안 했어. 그래서 내가 왔어."

"교짱이 싫어할 정도면 지로짱은 더 하기 싫었을 거 아녜요. 나이도 교짱보다 어리고."

"난 아빠가 좋아."

"그래요? 아빠가 그렇게 좋아요?"

"아주 많이 좋아. 우리 집에서 가장 좋아."

"아빠가 그렇게 지로짱을 귀여워해줘요?"

"응. 욕은 절대로 안 해."

"아주 잘됐네요. 여기까지 혼자 올 때 무섭진 않았어요?"

지로는 어깨를 으쓱하며 대답했다.

"아니, 하나도 안 무서웠어."

"저런, 기특해라."

"난 여기 언제든지 오고 싶었으니까."

"그래요? 외할아버지 댁이 그렇게도 좋아요?"

"우리 집보다 더 좋아. 여기 있으면 혼나지도 않는걸."

"그런데 아까 다쓰오짱하고 싸운 거 아니었어요?"

"아냐, 싸운 거 아냐. 그냥 씨름한 거야. 교짱하고는 싸우지만."

"교짱하고? 교짱한테 언제나 지는 건 아니죠?"

"……."

"지는 거예요?"

"아무도 안 볼 땐 내가 이겨."

오하마는 어두운 표정을 하고 입술을 지그시 깨물었다.

"나, 오하마 엄마네 가면 안 돼? 오하마 엄마네가 가장 좋은데."

오하마는 지로의 머리를 자기 가슴께로 끌어당기며 눈물을 주르륵 흘렸다.

"지금은 안 돼요. 내년엔 지로짱도 학교에 다닐 테니까 그때 날마다 만나면 돼요. 그러니까……."

지로는 그 말을 듣고 오하마의 손을 뿌리치듯 밀며 일어섰다. 그러고는 무언가 알아내려는 눈빛으로 오하마를 내려다보았다. 학교에 다니면 날마다 만날 수 있다는 말에 교이치가 생각난 것이다.

오하마는 지로가 갑자기 왜 그러는지 까닭을 몰랐다. 그래서 고개를 갸웃거리며 지로를 다시 안아주려 했다. 그러나 지로는 길들여지지 않은 새끼 고양이처럼 오하마에게 눈은 떼지 않은 채 슬금슬금 뒷걸음쳤다.

"왜 그래, 지로짱? 학교 가기 싫어?"

오하마도 자리에서 일어나 억지로 지로를 붙잡았다. 그러고 는 다시 멍석으로 데려가 자기 무릎 위에 앉혔다.

"지로짱."

오하마가 지로의 귀에 속삭였다.

"학교에 가지 않으면 훌륭한 사람이 될 수 없어요. 공부든 뭐든 교짱에게 지면 안 돼요. 학교에서 교짱 별명이 뭔지 알 아? 울보야, 울보. 오하마는 울보는 질색이야. 지로짱은 울보 아니지? 학교에 오면 언제든 내가 옆에 있어 줄 테니까."

오하마의 무릎에서 꿈틀거리던 지로의 엉덩이가 잠잠해졌다.

그 뒤로도 두 사람은 오랫동안 화로 앞에 앉아 있었다. 가마 솥에서 나는 뜨거운 김에는 진한 벌꿀 냄새가 서려 있어서 벌 겋게 달아오른 두 사람의 얼굴을 이따금씩 감싸주었다.

두 사람은 몸도 마음도 모두 따뜻해졌다.

점심때는 마사키 외할머니가 오하마도 아이들과 같은 밥상 에서 점심을 먹도록 마음을 써주었다. 오하마는 사촌 형제들 시중을 들다가도 지로에게 신경을 쓰며 지로가 흘린 밥알을 모 두 주워먹었다.

반찬은 말린 대구와 다시마조림이었다. 오하마는 자기 반찬 에는 젓가락도 대지 않고 단무지만 씹었다. 지로가 자기 몫을

다 먹자 기다렸다는 듯이 자기 접시와 바꾸어주었다.

"안 돼, 이건 오하마 엄마 거잖아."

지로가 손을 내저으며 접시를 다시 오하마 앞으로 밀자 오하마는 얼굴이 붉어지며 주위를 살폈다. 다행히 아무도 알아차리지 못한 것 같아 안심했다. 그러자 이번에는 자기 접시에서 재빨리 반찬 절반을 덜어다가 지로 접시에 올려주었다. 이번에는 지로가 당황하며 오하마를 보았다. 오하마와 함께 살 때는 이런 일이 저녁마다 되풀이되어 거리낌 없었지만, 혼다가에서 몇 달 지내는 동안 마음이 차갑게 굳어버려 오하마의 행동이 부담스러웠다. 지로는 젓가락질을 하면서도 불안한 듯 오하마와 사촌 형제들의 눈치를 살폈다. 왠지 오하마가 덜어준 반찬에 젓가락을 대기가 망설여졌다.

"지로 도련님은 언제 갈 거죠. 오늘, 아니면 내일?"

오하마는 지로에게만 자기 반찬을 나누어준 게 민망해서 얼른 다른 이야기를 꺼냈다. 그러나 정작 사촌 형제들은 오하마가 자기 반찬을 지로에게 나누어주든 말든 관심도 없는 것 같았다.

"난 여기서 더 지내면 좋겠는데……"

지로는 그렇게 말해놓고 쑥스러웠는지 젓가락으로 반찬들을 마구 휘저었다.

"그럼 설날까지 자고 가."

히사오가 말했다. 히사오는 사촌들 가운데 나이가 가장 많았다.

"설날은 자기 집에서 보내는 거예요."

오하마는 그렇게 말하면서 무언가 골똘히 생각하는 것처럼 보였다.

"아무 데서나 지내면 어때. 그렇지 할머니? 설날까지 지로짱 여기 있어도 되지?"

"글쎄……."

옆에서 밥을 먹던 외할머니가 건성으로 대답했다.

"웬만하면 제가 가는 길에 집 근처까지 도련님을 데려다주었으면 하는데요."

오하마는 젓가락을 내려놓고 두 손을 무릎 위에 가지런히 올려놓으며 말했다. 그러자 거실에서 혼자 밥을 먹던 마시키 외할아버지가 온화한 성격답지 않은 강한 어투로 말했다.

"아니, 그럴 필요 없다. 혼다 가에서 누가 올 때까지 며칠이든 내가 데리고 있으련다."

외할아버지의 희디흰 수염에 파묻힌 볼이 평소보다 더 붉은 빛을 띠고 있었다. 외할아버지 말에 외할머니는 한술 더 떴다.

"그래, 서두를 필요 없어. 될 수 있으면 오하마도 천천히 쉬다 가. 지로와 지내는 것도 오랜만인데."

"그렇게 했다가는 혼다 작은 마님께서……."

"걱정 말게. 오타미는 우리가 알아서 할게. 이번에 오면 알아듣게 단단히 일러두신다고 주인어른께서 말씀하셨네."

오하마는 가슴이 터질 듯이 기뻤다. 오하마가 지로의 귓가에 대고 작은 소리로 속삭였다.

"유모도 여기서 자고 갈게요."

　지로는 여전히 고개를 숙인 채 남은 밥을 젓가락으로 깨작거릴 뿐 대답하지 않았다. 지로가 이렇게 부끄러워하기는 정말 드문 일이었다.

반침

그날 밤은 지로에게도 또 오하마에게도 뜻하지 않게 생긴 즐거운 시간이었다. 다음 날 아침이 되자 뒷간에 갈 때도 세수를 할 때도 둘은 꼭 붙어다녔다. 오하마가 토방 청소를 하자 지로도 어디선가 빗자루를 들고 나와 거들었다.

"병아리가 암탉 꽁무니 쫓아다니듯 하는구나."

외할머니가 지로를 보며 웃었다.

그날 오후, 나오키치가 혼다 가에서 세밑 선물을 들고 찾아왔다. 오하마는 나오키치와 마주치지 않으려고 살며시 뒷문으로 빠져나가려 했지만 지로가 한시도 떨어지지 않는 바람에 결국 나오키치와 마주치고 말았다.

"아니, 오하마 아주머니도 와 계셨군요."

부엌에 앉아 있던 나오키치가 히죽거리며 아는 척했다.

"응, 볼일이 좀 있어서 왔어. 그런데 여기에 도련님이 계시리라곤 꿈에도 생각하지 못했어."

오하마가 지로에게 소맷부리를 잡힌 채 변명처럼 대답했다.

"오늘 왔어요?"

"실은 어제 왔어. 주인어른께서 묵고 가라고 하셔서. 작은 마님께는 비밀로 해줘."

"그러죠, 뭐."

나오키치가 대답하는 게 시원찮게 들렸는지 오하마는 조금 불안해졌다. 그러나 어차피 오타미에게 숨길 일도 아니라는 생각이 들어 오하마는 더 부탁하지 않았다.

"나오키치는 언제 갈 건데?"

"곧 가야죠. 오래 있을 순 없어요."

"그럼 지로 도련님도 오늘 가는 게 낫겠군. 자네가 데려가지 그래? 어린애 혼자 가기엔 아무래도 길이 머니까."

"안 그래도 데려갈 작정이에요. 작은 마님 분부도 있고, 큰 마님 성화가 대단했거든요."

"도련님 때문에?"

"그렇죠. 세밑이라 바쁠 텐데 이틀씩 외가에 아이를 맡기는 법이 어디 있냐고 난리도 아니었어요."

"아이고, 저런. 그 양반 되게 법도 따지시는군."

"그게 아니에요. 이 댁이 지로짱을 귀여워한다는 소릴 듣고 샘이 나서 그러는 거예요."

"에이, 설마 큰 마님이 그런 것 때문에 샘을 내실까."

"천만에. 내 말이 틀림없다니까요. 마사키 가 사람들은 어린애를 응석받이로 키운다면서 밥 먹을 때마다 그런 말만 하시는데요."

"큰 마님이야말로 교이치 도련님을 울보로 만드셨으면서."

"누가 아니래요. 큰 마님은 지로쨩이 이 댁 분들에게 자기 얘기를 할까 봐 그걸 가장 걱정하시는 것 같아요. 지로쨩은 거짓말하는 버릇이 있으니까 무슨 말을 할지 모른다면서 혼자서 안달복달하고 있다니까요."

"나 참 어이가 없군. 그래서 바깥나리는 뭐라고 하셔? 역시 지로 도련님을 구박하는 것은 아니겠지?"

"그렇지 않아요. 바깥나리가 누구보다도 지로쨩을 귀여워하는걸요."

"하지만 지로 도련님을 심부름 보낸 사람이 나리라면서?"

"예, 맞아요. 그래도 구박하진 않아요. 큰 마님이나 작은 마님하곤 인품이 다르니까요."

"어떻게 다른데?"

"글쎄요. 뭐라고 해야 되나……. 어쨌든 지로쨩을 진짜 위해주세요."

"그 말 정말이지?"

"그럼요. 그렇게 귀여워하면서도 어리광은 함부로 못 부리게 가르치시는 걸 보면 역시 대단하세요."

"자네 말을 들으니 안심이 되는군."

오하마는 그래도 무언가 부족하다고 느꼈다. 어쨌든 슌스케가 지로를 잘 대해준다는 것만은 확실했다. 나오키치에게 묻고 싶은 말이 많았기 때문에 지로를 데리고 같이 돌아가기로 했다.

두 사람이 마사키 외할아버지에게 인사를 마치고 지로와 함께 돌아가려는데 어디로 사라졌는지 지로가 보이지 않았다.

"지로쨩!"

"도련님!"

나오키치와 오하마가 차례로 지로를 불렀다. 두 사람이 부르는 소리를 듣고 마사키 가 아이들이 놀라 밀랍 광에서 우르르 달려나왔다. 지로는 거기에도 없었다.

오하마와 나오키치는 급한 마음에 마사키 가를 샅샅이 뒤졌다. 하지만 어디에도 지로는 없었다. 지로를 찾는 사람이 점점 더 늘어났다. 아이들이 곧잘 술래잡기를 하는 쌀 창고와 거먕옻나무 씨 열매를 넣어두는 곳간은 물론이고 헛간과 뒷간, 마루 밑에까지 들어가 보았다. 혹시나 하는 마음에 이웃집에도 물어보았다. 그러나 지로가 어디로 갔는지 알 길이 없었다.

지로를 찾다가 지친 사람들이 토방과 아궁이 가까이에 하나둘씩 쭈그리고 앉았다. 사람들은 그리 걱정하는 기색도 없었다. 어린아이가 가보았자 어디를 갔겠나 하고 생각하는 것 같았다. 많은 사람들 가운데 오하마만 안절부절못하고 쉴 새 없이 뒷문을 들락거렸다. 뒷문 쪽에는 커다란 연못이 있었는데, 어디서 날아왔는지 마른 연꽃잎이 섣달그믐에 불어오는 바람을 맞으며 떨고 있었다. 그것을 본 오하마는 조금 불길한 생각이 스쳤다. 그러나 입 밖에 내지는 않았다.

"지로쨩은 보통 아이가 아니니까 먼저 집에 갔을지도 몰라요."

아궁이 앞에서 담뱃대를 물며 나오키치가 혼잣말처럼 중얼거렸다.

"그러고 보니 아까 두 사람이 여기서 무슨 얘긴가 하고 있을 때 도련님 혼자 밖으로 나갔어요."

머리에 수건을 동여매고 부엌일을 하던 아낙이 그제야 생각났다는 듯이 말했다.

마루에 앉아 말없이 사람들이 하는 이야기를 듣고 있던 마사키 외할아버지가 말했다.

"나오키치는 그만 혼다 가로 가보게. 아이를 찾는 것은 우리한테 맡겨두고. 찾든 못 찾든 저녁 전에 서로 연락하자고. 오하마는 괜찮으면 하룻밤 더 묵고 가지 그러나."

오하마는 조금 망설이다가 이렇게 말했다.

"저도 이만 가보겠습니다. 짐작 가는 일이 있어서요."

"설마 학교로 도망가진 않았겠지."

"그럴 리는 없겠지만, 혹시라도……."

오하마는 나오키치와 함께 외할아버지에게 공손히 인사한 뒤 서둘러 집을 나섰다.

마사키 외할아버지는 집안 식구들을 모두 동원해 지로를 찾았지만 몇 시간이 지나도 좋은 소식은 들려오지 않았다. 날이 저물자 오하마가 다시 마사키 가로 돌아왔다. 혼다 가 사람들은 밤 아홉 시쯤에야 왔다. 슌스케와 오타미는 그렇다 치고 뜻밖에도 할머니까지 찾아왔다. 오타미는 안채로 들어서다 오하마를 보고는 이내 못마땅한 얼굴로 흘겨보았다. 할머니는 앉지도 않고 "아직 어린아인데 혼자 심부름 보낸 것부터가 잘못이었습니다. 결국 이런 일이 벌어졌으니……. 사돈댁에 폐를 끼쳐 뵐 낯이 없습니다. 이웃에도 이런 망신이 없습니다." 하고 장황하게 인사말을 늘어놓았다.

슌스케는 평소 활달하던 모습과 달리 침통한 얼굴로 마사키 외할아버지 앞에 바른 자세로 앉았다.

그렇다면 지로는 도대체 어디서 무엇을 하고 있었던 것일까.

지로는 식구들이 걱정하는 것처럼 위험한 곳을 돌아다니지는 않았다. 나오키치와 오하마가 자기를 데려가려는 것을 알고 안채와 광 사이에 난 어두컴컴한 골목에 숨었다. 그러다가 다시 집 안으로 들어가서 정원에 돌을 쌓아서 만든 조그만 석가산(石假山) 뒤쪽으로 나왔다. 거기서 한참을 서 있으며 찬바람을 쐬다가 거실을 살펴보았다. 사람들 낌새가 없는 것을 확인하고는 잽싸게 툇마루로 올라갔다. 툇마루 끝에는 손님용 침구를 넣어둔 반침이 있었다. 지로는 반침문을 열고 재빨리 그 속으로 들어갔다. 비단으로 만든 차디찬 침구의 촉감이 무척 차가운 게 기분이 좋지 않았다. 살갗이 튼 손발이 비단 이불에 닿을 때마다 묘한 소리를 내는 바람에 지로는 흠칫흠칫 놀랐다.

비단 이불에 몸을 파묻은 채 반침 안쪽에서 장지문을 닫기는 아주 힘들었다. 지로는 가까스로 장지문을 닫고 되도록 몸을 움직이지 않으려고 자세를 바로잡은 뒤 바깥 동정에 귀를 기울였다. 밖에서 아저씨들이 왁자지껄하게 떠드는 소리가 들렸지만 거리가 멀어서 무슨 말을 하는지는 잘 알 수 없었다.

어둠에 눈이 익숙해지자 장지문 틈으로 새어들어온 빛이 칸막이처럼 만든 선반에 희미하게 부채꼴처럼 생긴 그림자를 드리우는 것이 보였다. 지로는 우두커니 그 그림자를 보며 파란 파도와 표주박, 용 그리고 지금까지 부채의 바탕 종이에서 본 적이 있는 여러 가지 그림들을 상상해보았다.

그러다가 오하마와 나오키치의 얼굴이 떠올랐다. 동시에 전에 나오키치의 어깨에 목말을 탔다가 귓불을 손톱으로 찢어놓았던 일도 생생하게 되살아났다.

'어디 가기만 하면 나오키치가 날 데리러 와서 싫단 말이야. 그렇지 않으면 그렇게까지 밉지는 않을 텐데……. 어쩌면 갔을지도 모르겠다. 오하마 엄마까지 가버렸으면 어떡하지.'

이런저런 생각을 하고 있는 동안 차가웠던 이불 속은 지로의 체온으로 따스해졌다. 비단 이불에 파묻은 몸이 공중으로 사뿐히 올라가는 것 같았다. 눈이 스르르 감겼다. 지로는 세상모르고 잠들어버렸다.

몇 시간이나 지났을까? 지로가 눈을 떴을 때 부채꼴 모양 같던 빛은 온데간데없이 사라져버렸다. 어둠 속에서 자기가 어디에 있는지도 기억나지 않았다. 갑갑한 마음에 몸을 한번 뒤척거리자 발가락이 장지문에 부딪히면서 탁 하는 소리가 났다. 그래도 지로는 자신이 지금 어디에 있는지 떠오르지 않았다.

지로가 잠에서 깨어난 것은 더 꾸물거릴 틈이 없을 만큼 아랫배에서 강력한 배설 욕구가 일어났기 때문이다. 그래서 마음이 다급해졌다. 여기가 어디인지를 알아야 빠져나갈 텐데 도무지 기억이 나지 않는 것이다.

지로는 캄캄한 어둠 속에서 몸을 비비 꼬며 손을 뻗어 주위를 더듬었다. 그러자 손가락 끝에 닿은 비단 이불이 버스럭거렸다.

자신이 어디서 잠들었는지 알게 되자 지로는 비참하다는 생각이 들었다. 여기 왜 숨어 있는지를 기억해내고 나서는 나가고 싶어도 함부로 나갈 수도 없었다. 아랫배에서는 배설 욕구가 점점 더 격렬해졌다. 슌조의 옆구리를 적셨던 때가 생각났다. 이대로 갔다가는 다시 한 번 그때 상황을 되풀이할 수밖에 없을 것 같았다. 마음 같아서는 지금 당장이라도 그렇게 하고 싶었지만, 비단 이불이 너무 비싸 보여서 그렇게 할 수는 없었다. 더군다나 여기는 마사키 외할아버지 댁이었다. 아무리 상황이 급해도 언제나 본능만 따를 수는 없었다.

지로는 이를 악물었다. 작은 머리가 '본능'과 '양심' 사이에서 갈등했다. 일분, 이분……. 시간은 계속 흘렀다. 지로는 마침내 결심했다.

'뭐야? 괜히 고생했잖아. 나오키치는 벌써 집으로 돌아갔을 거야.'

그런 생각이 들자 지로는 서둘러 장지문을 열었다. 밖은 칠흑같이 어두웠다. 지로는 두 손을 뻗어 바닥을 더듬거리며 툇마루쪽이라고 생각되는 곳으로 천천히 기어갔다. 방 안인데도 공기가 싸늘했다. 아랫배는 더 참을 수 없을 만큼 폭발 직전이었다.

그때 몸이 어디에 걸렸는지 갑자기 앞으로 쏠리면서 텅 빈 어둠 속으로 떨어졌다. 어디선가 물건이 깨질 때 나는 둔탁한 소리도 들렸다. 마치 가시덤불에 떨어진 것처럼 온몸이 아팠다. 지로는 엉겁결에 비명을 질렀다.

어느새 둘레가 환해졌다. 사람들의 발소리가 지로의 귓속에서 어지럽게 소용돌이쳤다.

"아니, 지로 아냐!"

"도련님!"

"이거 야단났군, 빨리빨리……."

"조심해서 살살해."

"어머나!"

"많이 다쳤어?"

지로는 미닫이문살을 머리로 뚫고 툇마루 밑으로 떨어진 것이다.

"눈은 다치지 않았나요?"

"괜찮아. 얼굴은 별로 안 다쳤어. 손목이 좀 긁혔어."

"그나마 유리가 아니어서 다행이에요."

"빨리 의사부터 불러와야지 뭣들 하는 게야!"

마사키 외할아버지의 목소리였다.

누군가가 지로의 손목과 이마를 흰 무명천으로 동여맸다.

"어, 옷이 흠뻑 젖었어요. 어떻게 된 거지?"

오하마가 지로를 안고 거실로 올라가면서 말했다.

"아마 떨어지면서 쌌을 거야."

슌스케는 안 봐도 빤하다는 듯 지로를 보며 말했다. 입가에는 웃음기가 가득했다. 슌스케가 하는 말을 듣고 곁에 있던 사람들이 덩달아 웃었다. 지로는 여전히 울고 있었다. 오타미만 잔뜩 굳은 얼굴로 슌스케의 뒷모습을 노려보았다.

오하마는 다쓰오의 옷을 지로에게 갈아입힌 뒤 조심스럽게 이불에 뉘었다.

의사 선생님은 손목 상처는 별로 대단치 않다고 말했다. 대신 미닫이문살을 뚫고 툇마루 밑으로 떨어질 때 문살에 몸이 찔렸기 때문에 흉터가 남을지도 모른다고 했다. 의사 선생님은 열두 시쯤 돌아갔다.

슌스케는 집으로 돌아가기에는 시간이 너무 늦었다며 마사키 가에서 하룻밤 묵기로 했다. 오하마는 오타미의 안색을 살피며 집에 가야겠다고 했으나 마사키 외할아버지가 끝까지 고집을 부리는 바람에 하룻밤 더 묵기로 했다. 혼다 할머니는 "지로를 맡기는 것도 죄송스러워서 몸 둘 바를 모르겠는데, 이 마당에 저희까지 머문다면 너무 염치없지요." 하는 말을 몇 번 되풀이하더니 결국 오타미를 데리고 혼다 가로 돌아갔다.

지로는 상처 부위가 쓰라려서 제대로 잠이 올 것 같지 않았다. 하지만 슌스케가 자기 옆에 나란히 눕고, 오하마가 밤새껏 머리맡을 지켜준다고 생각하니 그렇게 불행하지도 않았다.

궁지에 몰린 쥐

새해가 밝았다. 사랑받는 자에게도, 사랑받지 못하는 자에게도 시간만은 공평하게 찾아왔다.

유채꽃이 필 무렵 지로는 애타게 기다리던 학교에 입학했다. 지로에게 학교는 즐거움 그 자체였다. 아침마다 교이치가 식구들의 도움을 받으면서도 한참 꾸물거리고 있을 때 지로는 일찌감치 달려나갔다.

교실은 남녀합반이었다. 지로는 키가 작아 창가 맨 앞줄에 앉았는데 뜻밖에도 오쓰루와 짝이 되었다. 오쓰루의 볼에는 아직도 '올챙이'가 붙어 있었다. 다행히도 수업 시간에 지로는 오쓰루의 오른쪽에 앉았기 때문에 '올챙이'가 눈에 거슬리는 일은 없었다.

수업은 오전에 끝났다. 수업이 끝나면 둘은 사이좋게 손을 잡고 교지기 방으로 달려가 오하마가 언제나 준비해둔 주먹밥과 단무지를 먹었다. 주먹밥에는 늘 깨소금이 뿌려져 있었고, 단무지는 삼노끈처럼 딱딱했다. 주먹밥과 단무지를 올려놓은 밥상 앞에 앉으면 둘은 먹기도 전에 침을 질질 흘렸다.

사실 지로는 오하마네 집에서 아무것도 먹지 않겠다고 오타미와 약속했다. 입학하던 날 오타미는 일부러 오하마를 찾아가 지로에게 먹을 것을 주지 않겠다는 다짐까지 받았다. 하지만 오하마와 지로는 그런 것은 이미 잊어버렸다.

'밥값을 받으려는 것도 아닌데 뭐.' 만에 하나 오타미가 수위실로 쫓아오면 오하마는 이렇게 변명할 작정이었다.

지로가 학교에서 늦게 돌아오는 날에는 나오키치만 고생을 했다.

그 무렵 지로는 혼자서도 마사키 가와 학교를 마음대로 다닐 수 있었다. 친구들과 놀다가 저만치에서 나오키치가 오는 게 보이면 유채밭에 숨어서 한 시간씩 나타나지 않은 적도 있었다. 나오키치는 오타미가 시켜서 하는 수 없이 지로를 찾으러 돌아다니기는 했지만, 지로를 못 찾고 그냥 혼자서 돌아가는 날이 많았다.

그러나 지로가 아직 교지기 방에서 자고 간 적은 한 번도 없었다. 오하마가 오타미에 대한 오기로 저녁이 되면 한사코 지로를 집으로 보냈기 때문이다. 지로는 가기 싫다고 떼를 썼지만 오하마는 꿈쩍도 하지 않았다. 지로는 정 집에 가기 싫은 날에는 마사키 가로 갔다. 한번 마사키 가에 가면 닷새에서 이레쯤 지냈다. 처음에 지로가 왔을 때는 마사키 가 사람들도 걱정을 많이 했지만, 그런 일이 되풀이되자 나중에는 지로가 온 것도 잘 몰랐다.

"지로 왔구나. 도무지 어떤 집이 진짜 지로네 집인지 모르겠구나."

밥 먹을 때 가끔 외할머니가 이렇게 말하며 웃었기 때문에 그제야 다른 식구들도 지로가 왔다는 것을 알게 될 정도였다.

하지만 혼다 가 사람들은 마사키 가 사람들처럼 마음이 편치만은 않았다. 슌스케와 오타미, 할머니는 저마다 다른 까닭으로 지로가 마사키 가에 머무는 것을 못마땅하게 여기거나 신경을 썼다.

오타미는 세 아이들 가운데 오로지 지로만 자신이 정한 교육 방침을 따르지 않는 게 불만이었다. 그리고 지로가 엄마인 자기한테서 감화를 받지 못하는 가장 큰 걸림돌로 오하마를 꼽았다.

할머니는 지로의 장래에는 관심도 없으면서 지로 이야기만 나오면 "저런 식으로 커서 뭐가 되겠다는 건지." 하고 나오지도 않는 한숨을 내쉬었다. 할머니의 불만은 "집도 없는 놈처럼 마사키 가에 죽치고 있으면 그 집에서 나 같은 늙은이를 어떻게 생각하겠나. 친할머니가 아이를 제멋대로 내버려둔다고 욕하지 않겠나?" 하는 것이었다.

슌스케는 어머니와 아내가 자기 처지만 고집하며 지로를 이해하지 않는 게 불만이었다. 두 사람이 아이를 키우느니 차라리 마사키 가에 맡기는 게 낫지 않을까 하고 혼자 생각한 적도 있었다. "걱정할 거 없어요. 당분간 지로가 하고 싶은 대로 내버려둬도 괜찮아요." 슌스케는 두 사람이 지로에 대한 이야기를 꺼내면 태평스럽게 이렇게 말하고는 했다. 말은 그렇게 했지만 정작 토요일에 집에 와서 지로가 보이지 않으면 자기가 마사키 가로 가서 지로를 데려오고는 했다.

어른들이 무엇을 고민하는지 알 리 없는 지로는 인생의 새로운 영역을 개척하는 데 여념이 없었다. 지로는 혼다 가와 마사키 가, 학교 이렇게 세 곳을 돌아다니며 친구들을 사귀었다. 그리고 어느 곳에서든 늘 친구들을 끌었다.

몸집이 또래보다 작은 탓에 힘으로는 아이들과 맞설 수 없었지만, 어린 시절부터 나름대로 험난한 여정을 거쳐온 지로를 아이들이 당해내기는 쉽지 않았다. 지로는 가끔 나이가 한참 위인 형들에게도 지지 않고 맞섰다. 더구나 지로가 기타로와 싸워 이기고 난 뒤부터 지로를 우습게 보는 아이는 하나도 없었다.

기타로는 마을에서 생선 가게와 요릿집을 하는 쇼하치의 장남으로 지로보다 두 학년이나 위였다. 학교에서 가장 키가 크고, 힘도 셌다. 아버지 쇼하치는 왈패 기질이 다분한 사내인데 기타로는 그 피를 이어받았는지 난폭한 행동을 예사로 저지르는 녀석이었다. 기타로는 교이치와 같은 반이었다. 교이치는 학교에서 기타로와 마주치기라도 하면 언제나 꽁무니를 뺄 만큼 기타로를 무서워했다. 지로도 처음에는 기타로가 하자는 대로 따랐다.

그러나 지로의 인내심은 오래가지 못했다.

어느 날 지로가 수위실에서 오쓰루와 주먹밥을 먹고 있을 때 기타로가 창 안으로 고개를 쏙 들이밀며 "야, 주먹밥 하나만 줘

봐." 하고 긴 팔을 지로 쪽으로 뻗었다. 지로는 오쓰루와 서로 얼굴만 마주 볼 뿐 아무 말도 하지 않았다. 사발에는 아직 주먹밥이 두 개 남아 있었다. 오쓰루와 사이좋게 하나씩 나눠 먹으려고 아껴둔 것이다.

"빨리 달라니까."

기타로는 헤엄치듯 손을 휘저었다. 지로와 오쓰루는 약속이나 한 듯 기타로에게 등을 돌리며 주먹밥을 감추려 했다.

"어쭈, 이것들이…… 어디 두고 보자."

기타로는 그렇게 외치며 땅바닥으로 뛰어내렸다. 그러더니 수위실 안에 흙덩이를 집어던졌다. 흙덩이는 천장에 부딪혀서 부서졌다. 흙가루가 지로와 오쓰루가 손에 들고 있는 주먹밥에 쏟아졌다. 지로의 눈빛이 심하게 떨렸다. 지로는 벌떡 일어나 창문을 뛰어넘어 기타로를 쫓아가 허리를 붙들었다. 그러나 힘으로는 기타로에게 맞설 수 없었다. 지로는 눈 깜짝할 사이에 뒤로 나자빠졌고, 통나무 같은 기타로의 커다란 무릎이 지로의 가슴팍을 짓눌렀다. 지로의 두 손도 땅바닥을 파고들 것처럼 눌렸다. 지로는 발길질도 해보고, 침도 뱉어보았지만 부질없는 노릇이었다. 누워서 침을 뱉으니 자기 얼굴로 다시 떨어질 뿐이었다.

점점 숨이 막혀왔다. 일어서려고 버둥거릴수록 기타로의 무릎이 더욱 가슴을 짓눌렀다. 지로는 울고 싶었다.

이제는 정말 벗어날 수 없다고 생각하는 순간, 침착하게 빠져나갈 구멍을 찾는 순발력이 본능처럼 살아났다. 지로는 한참 동안 기타로의 얼굴을 노려보다가 자기 가슴을 아프게 짓누르는 기타로의 무릎을 슬쩍 쳐다보았다. 둥글고 팽팽한 기타로의 무릎이 햇빛을 받아 눈앞에서 반짝거렸다. 자기 입과 기껏해야 한 뼘밖에 떨어지지 않은 거리였다.

눈 깜짝할 사이에 지로는 머리를 반쯤 들었다. 얼굴 근육이 꿈틀거렸다. 그와 동시에 아직 밥풀이 끼어 있는 지로의 충치가 기타로의 무릎 한쪽에 푹 하고 박혔다.

기타로는 땅속에서 모터사이렌이 울려 퍼지는 것 같은 비명을 지르며 두 손으로 허공을 마구 휘저었다. 지로는 입 안 가득 찝찔한 맛을 느꼈다.

지로는 정신이 돌아오자 주위를 살펴보았다. 어디서 몰려왔는지 아이들 한 떼가 자기를 둘러싸고 있었다. 기타로는 땅바닥에 엎드린 채 피범벅이 된 무릎을 두 손으로 누르고 지로 쪽을 보며 개처럼 울부짖었다.

"야, 너희들 거기서 뭐 하는 거야?"

선생님이 교무실 창문을 열고 큰 소리로 외쳤다. 오하마의 새된 목소리도 가까이에서 들렸다. 지로는 아무래도 큰일을 저지른 것 같아 무서워졌다. 갑자기 아이들을 헤치고 교문 쪽으로 뛰었다.

그러나 교문을 나오자 어디로 가야 좋을지 몰라서 망설였다. '집으로 갈까, 마사키 외할아버지 댁으로 갈까.' 지금까지 싸움은 많이 해보았지만 피를 보기는 처음이었다. 어느 집에 숨든 무사히 넘어가기는 틀린 것 같았다. 그러고 보니 마침 토요일이었다. 토요일은 아빠가 오는 날이다.

'다른 사람은 몰라도 아빠는 내 편이겠지.' 지로는 슌스케가 읍내에서 돌아올 때까지 진수(鎭守, 지방 수호신을 모시는 신사의 경내) 숲 속에 숨어 있기로 했다.

숲 속에 숨어서도 마음은 도무지 가라앉지 않았다. 보통 이렇게 큰 사고를 친 날이면 혼자 있는 게 마음 편했는데, 이날은 혼자 있는 게 더 무서웠다. 마을 사람들이 당장이라도 자신을 찾아낼 것만 같았다. 기타로의 아버지 쇼하치가 식칼이라도 들고 쫓아오면 어떻게 하나, 그런 생각을 하기도 했다.

'아무래도 집에 숨는 게 좋겠다.'

지로는 주위를 두리번거리다가 숲에서 뛰어나왔다.

그날 저녁 지로는 슌스케와 오타미, 오하마 이렇게 세 사람이 거실에서 주고받는 이야기를 옆방에 숨어 몰래 엿듣게 되었다.

슌스케 : "그래 지로 담임선생님은 뭐라고 하셔?"

오타미 : "우리가 먼저 쇼하치를 찾아가서 만나보라고 하더군요."

슌스케 : "당신이 갔다 왔다면서?"

오타미 : "예, 그런데 사과만 하니까 좀……."

슌스케 : "사과했으면 됐어."

오타미 : "기타로가 상처를 입었잖아요. 치료비를 안 주면 쇼하치 성격에 가만있지 않을 거예요."

슌스케 : "가만있지 않으면 어떻게 하겠다는 건데? 담임선생

님도 그렇게 말씀하셨어?"

오타미 : "예."

슌스케 : "그래? 그렇다면 치료비 같은 건 절대 못 줘. 지로가 먼저 잘못한 거라면 사과도 하고 얼마가 됐든 치료비도 물어줄 거야. 하지만 이번 일은 기타로가 먼저 잘못했고, 나이도 지로보다 위잖아."

오하마 : "나리 말씀이 옳아요. 나쁜 놈은 기타로예요."

오타미 : "도대체 누가 더 잘못한 건지 모르겠어요. 지로에게 몇 번이나 물어봤지만 자꾸 얼버무리는 거예요."

오하마 : "예…… 저기…… 오쓰루에게 물어봤더니 기타로가 도련님한테 흙을 뿌려서 싸움이 붙었대요."

오타미 : "까닭도 없이 기타로가 흙을 뿌렸다고?"

오하마 : "예."

오타미 : "정말 그랬대요?"

오하마 : "그렇다니까요. 교지기 방에서 도련님이 오쓰루랑 노는 것을 보고 심통이 났는지 창밖에서 흙을 던졌대요."

지로는 혹시라도 오하마가 주먹밥 이야기를 털어놓으면 어쩌나 조마조마했다. 다행히 오하마는 끝까지 주먹밥 이야기는 꺼내지 않았다. 자기도 오타미에게 숨기기를 잘했다고 생각했다.

오타미 : "교지기 방에서 오쓰루하고 논 것부터가 문제라니까."

슌스케 : "그 얘긴 됐어. 다 지나간 일이잖아."

오타미 : "쇼하치는 우리가 제대로 사과하지 않으면 오늘 밤이라도 쫓아오겠다고 했단 말이에요."

슌스케 : "오고 싶으면 와야지 별 수 있나. 그쪽도 우리에게 사과해야 하니까 당연히 우리 집에 와야지."

오타미 : "일이 복잡해지면 어쩌죠?"

슌스케 : "상관없어. 내가 알아서 처리할게."

오하마 : "그럼요. 나리께서 말씀하시면 쇼하치도 알아들을 거예요. 그렇지만 기타로도 많이 다쳤잖아요. 도련님을 생각해서 좋게 해결하시는 게 어떨까요?"

슌스케 : "지로를 생각하면 쇼하치가 바라는 대로 좋게 해결해줄 수가 없어. 당신들은 겉으로 보이는 상처만 생각하는데 지로는 목숨을 걸고 싸웠다고. 자기보다 훨씬 센 놈하고 맞서려면 목숨을 거는 수밖에 없다고 생각했을 거야. 녀석이 모처럼 용기를 내서 옳은 일을 했는데 당신들은 그까짓 돈 몇 푼으로 지로의 마음을 짓밟자는 거야?"

슌스케는 평소와 달리 강경하게 말했다. 지로는 슌스케가 한 말이 무슨 뜻인지 이해하지는 못했다. 그러나 자기가 한 행동을 아빠가 나쁘게 여기지 않는 것만은 분명해 보였다.

오타미 : "그런 식으로 하면 지로는 점점 더 난폭해질 거예요."

슌스케 : "지로가 잘했다는 뜻은 아니야. 나도 그 녀석을 칭찬해줄 생각은 없다고. 나도 내 자식을 투견으로 키우기는 싫단 말이야."

오하마 : "아이고, 나리. 어떻게 그런 말씀을……."

오타미 : "저 양반은 늘 저렇다니까. 농담인지 진담인지 구분을 못 하겠어요."

슌스케 : "어쨌든 걱정할 거 없어."

오하마 : "혹시나 도련님이 이번 일로 학교를 싫어하게 되면 어쩌죠?"

슌스케 : "못난 소리! 만일 지로 녀석이 정말 그렇게 된다면 내일부터 쇼하치네 머슴살이를 시킬 거야."

그 말에 오타미와 오하마는 웃음을 터뜨렸다. 하지만 지로는 옆방에서 세 사람이 나누는 이야기를 엿듣다 무언가 마음을 찌르는 것을 느꼈다.

그 뒤 지로는 슌스케에게 불려가서 한바탕 훈계를 들은 다음 아홉 시쯤 잠자리에 들었다. 훈계라고는 해도 오타미가 늘어놓는 잔소리와는 전혀 차원이 달랐다.

"옳다고 생각하면 상대방이 아무리 강해도 물러서면 안 돼. 그렇다고 개처럼 물어뜯는 짓은 다시 하면 안 된다."

이것이 훈계의 요점이었다.

지로는 쇼하치가 언제쯤 들이닥칠지 걱정이 되면서도 하루 종일 피곤했기 때문인지 곧 잠이 들었다. 얼마나 시간이 흘렀을까. 거실에서 싸우는 소리가 들렸다. 지로는 퍼뜩 눈을 떴다.

"그렇다면 조그만 놈이 저보다 큰 놈을 물어뜯는 것은 괜찮다 이 말씀입니까, 지금?"

"그런 말은 아닐세. 그만큼 얘기했으면 자네도 알아들어야지."

"예, 예, 무슨 말씀인지 저는 못 알아듣겠습니다. 나리처럼 글 줄깨나 읽었다는 선비분들 말씀은 도통 못 알아듣는 놈입니다."

"하나만 물어보지. 지로가 자네 아들을 물지 않았다면 어떻게 됐을 것 같나?"

"어떻게 되다니요? 뭐가요?"

"지로 말일세. 지로가 오늘 기타로를 물지 않았다면 지로는 일 년 내내 기타로에게 시달릴 거야. 한번 생각해보게. 무릎을 물리는 것과 어린 시절의 비겁한 추억을 갖고 평생을 사는 것 가운데 어떤 쪽이 더 큰 상처라고 생각하나? 자네도 두목 소리를 듣고 있는 사나이인데 내가 지금 무슨 뜻으로 하는 말인지 모른다고는 못 할 걸세."

쇼하치가 뭐라고 대답했는데 갑자기 목소리가 낮아져서 지로에게는 잘 들리지 않았다.

"매실 장아찌만 한 살점이 떨어져나간 것을 보고 어느 부모가 참을 수 있겠나. 나도 지로가 개처럼 사람을 물어뜯었다는 얘기를 듣고 잘못 가르친 것 같아 부끄러웠네."

슌스케는 또 개라고 표현했다. 지로는 자기도 모르게 손등으로 입 언저리를 한 번 훑었다.

"사실은 나도 기타로가 다쳤다는 것을 알고 자네에게 사과할 생각이었어. 그리고 치료비도 물어줄 작정이었다네. 그런데 자네 태도가 틀렸어. 우리 집사람한테 돈을 안 주면 가만있지 않겠다고 했다지? 그것도 좋아. 화가 나서 그런 말을 했다고 치

118

지. 화가 나면 그럴 수도 있으니까. 하지만 내가 자네에게 돈을 준 것을 기타로가 알아보게. 또 지로가 그 얘길 들어보게. 아이들이 무슨 생각을 하겠나? 여보게 쇼하치, 자네나 나나 자식들만큼은 돈 때문에 비굴해지지 않는 떳떳한 사람으로 키우세."

"무슨 말씀인지 알 것 같습니다."

"돈이 필요하다면 이번 일과 상관없이 언제든 말해. 돈은 돈이고, 아이들 싸움은 아이들 싸움이야. 한 동네 살면서 우리 이런 일 때문에 얼굴 붉히지 말자고."

"뵐 낯이 없습니다, 나리. 제가 그만 치사한 생각을 했습니다."

"이해해줘서 고맙네. ……여보, 술상 좀 차려와."

지로는 갑자기 긴장이 풀리는 것 같았다. 다음 날부터 새롭게 시작될 하루하루가 지금보다 더 힘차고 즐거울 것 같은 생각이 들었다. 아울러 전날까지 본 아버지와 전혀 느낌이 다른 아버지를 마음속에 그려나갔다. 지로는 두목이라는 말의 뜻을 분명히 알 수는 없었지만 그 말이 어쩐지 쇼하치보다 자기 아빠에게 더 어울린다고 생각했다.

꼬맹이

친구들 사이에서 지로는 나무를 가장 잘 타는 아이로 이름났다. 돌팔매질도 잘했고, 수영도 물고기처럼 빨랐다. 잠자리 잡는 것과 붕어 낚시, 미꾸라지 낚시도 따라올 아이가 없었다. 동네에서는 찬바람이 휘몰아치는 한겨울만 빼고 언제나 맨발로 돌아다녔다. 지로는 학교에 다니면서 문명인이 되기보다 오히려 야생의 자연인이 되는 것이 어울리는 아이였다.

지로는 집에 돌아와서도 복습 같은 것은 해본 적이 없었다. 지로의 교과서는 손때가 묻어 새카맸고 책장도 드문드문 찢어졌다. 공부를 열심히 해서가 아니라 학교에 오가면서 책가방을 함부로 내팽개치거나 교과서를 둘둘 말아 몽둥이처럼 휘둘렀기 때문이다. 오타미가 교이치의 깨끗한 교과서와 지로의 꼬깃꼬깃한 교과서를 늘어놓고 몇 시간씩 잔소리를 하지 않았다면, 지로는 교과서로 무슨 짓을 더 했을지 모른다.

그런데 한 가지 신기한 것은 지로의 성적이 늘 상위권이라는 점이다. 50명이 넘는 학급에서 한 번도 5등 밑으로 떨어진 적이 없었다. 만일 겐이치라는 공부에 특출한 아이만 없다면 지로가 일 등을 하는 것도 그다지 어려운 일은 아니었을 것이다.

그 대신 품행 성적은 갑을 받아본 적이 없었다. 주로 을을 받았는데, 언젠가 병을 받는 바람에 지로도 많이 놀랐다. 생각하다 못해 손가락 끝으로 '병'이라고 쓰여 있는 부분을 벗겨내고 집에 가져갔다. 성적표를 보고 화를 낸 사람은 오타미가 아니라 슌스케였다. 슌스케는 갑자기 입에 문 파이프로 지로의 머리를 마구 때렸다.

오하마는 성적표가 나오는 날에 맞추어 달걀부침을 만들어놓았다. 하지만 성적표가 나올 때마다 얼굴은 그리 밝지 못했다.

"교이치는 늘 일 등만 하는데, 지로는 왜 일 등을 못하죠?"

오하마는 지로가 달걀부침을 다 먹을 때까지 기다렸다가 꼭 이런 잔소리를 했다.

오하마는 교이치와 지로를 비교하며 날이 갈수록 잔소리를 심하게 했다. 지로는 처음에는 오하마를 실망시킨 것이 미안했는데, 자주 듣다 보니 여간 귀찮은 게 아니었다. 나중에는 오하마의 잔소리가 듣기 싫어서 교지기 방에 가는 일이 점점 뜸해졌다.

물론 지로가 교지기 방을 멀리한 까닭은 오하마가 잔소리를 해서만은 아니었다. 지로는 이미 한 가지 세계에만 매달리던 예전의 지로가 아니었다. 지로가 알게 된 첫 번째 세계는 엄마와 할머니에 대한 미움이었고, 두 번째 세계는 오하마와 아빠 그리고 마사키 가 사람들이 베풀어준 따뜻한 온정이었다. 마지막 세 번째 세계는 학교에 들어가고 나서 자신의 힘으로 개척해서 친구들과 맺은 우정이었다. 세 번째 세계 속에서 지로는 자유를 찾았다. 그래서 지로는 세 번째 세계에 많은 열정을 쏟아부었다. 지로는 여전히 두 번째 세계를 가장 사랑했지만 세 번째 세계를 새롭게 알아가면서 오하마와 아빠, 마사키 가 사람들에게 받은 것과는 또 다른 특별한 선물을 받았다.

이렇게 지로는 2학년이 되었고, 곧 3학년이 되었다. 지로는 점점 더 바빠졌다. 바빠질수록 그만큼 더 행복했다. 때로는 지나치게 행복해서 괴롭기도 했다. 어느 집에서나 아이가 학교에서 너무 늦게 돌아오면 그 벌로 저녁밥을 굶겼는데, 혼다 가도 예외는 아니었기 때문이다.

지로는 3학년으로 올라가는 날만 손꼽아 기다리다 지난 이 년 동안 개척한 자유로운 세계가 무너질지도 모르는 충격적인 소식을 들었다. 동생 슌조가 학교에 들어간다는 것이다.

오타미는 슌조의 입학식이 끝나자 교이치와 지로를 안채로 불렀다. 그러고는 형제 사이의 우애가 얼마나 중요한지 설명하고 나서 "내일부터 너희 셋이 함께 학교에 다니게 됐구나. 슌조는 어리니까 교이치와 지로가 잘 보살펴줘야 해." 하고 당부했다.

지로는 오타미의 말을 듣고도 슌조를 돌보는 것은 당연히 교이치가 해야 할 일이라고 생각했다.

'내가 처음 학교에 갈 땐 아무 말도 안 했는데. 교이치도 학교에서 날 도와준 적이 없다고.'

지로는 창밖을 내다보며 씁쓸한 표정을 지었다. 그때 오타미가 말했다.

"엄마가 말하고 있는데 넌 창밖이나 보고……. 방금 엄마가 한 말 알아들었어? 슌조는 바로 밑에 동생이니까 이번엔 교이 치보다 네가 더 슌조를 잘 챙겨줘야 해."

지로는 이해할 수 없었다. 대체 뭐가 '이번엔'이라는 말인 가. 슌조가 '바로 밑에 동생'이라서 나보고 뭘 어쩌란 말인가. 요즘 들어 오타미가 하는 말은 하나같이 이치에 맞지 않았다. 옛날처럼 가만히 듣기만 해서는 안 되겠다는 생각이 들었다.

"교이치 형은 이제 5학년이야. 학교에서 오후까지 공부하려 면 슌조를 돌봐주기 힘들어. 그러니 앞으로 지로가 슌조를 데 리고 집에 오도록 해."

지로는 더 참을 수 없었다. 오타미가 하는 말을 적당히 넘겨 들었다가는 졸지에 얄미운 슌조의 뒤를 따라다니며 뒤치다꺼 리나 하게 생겼다.

"나도 슌조보다 늦게 끝난단 말이야. 슌조는 1학년이라 오전 수업만 받잖아."

그럴싸한 구실이 입에서 튀어나왔다. 엄마도 생각보다 멍청 하다 싶었다.

"엄마도 다 알아. 그래서 될 수 있으면 나오키치를 보내려는 거야."

지로는 '될 수 있으면'이라는 말이 마음에 걸렸지만 슌조는 나오키치가 알아서 잘 하겠지 하고 생각하니 기분이 훨씬 나아 졌다. 그러나 그 뒷말이 개운치 않았다.

"하지만 너도 알다시피 나오키치 아저씨는 무척 바쁜 사람이야. 아저씨가 마중 나가지 못하는 날엔 네가 데려와야 되겠지? 수업이 끝날 때까지 슌조는 교지기 방에서 널 기다릴 거야. 오하마 아주머니에게도 미리 말해뒀어."

지로는 기가 막혀서 말도 제대로 안 나왔다. 자기 입학식 때는 교지기 방 근처에도 얼씬거리지 말라고 해놓고 슌조에게는 마음껏 교지기 방에서 지내라고 하다니 생각할수록 서운했다.

'내가 교지기 방에 드나들면 그토록 야단치면서……'

지로는 그렇게 생각했지만 감히 그 말을 오타미에게 할 수는 없었다. 괜히 그런 말을 했다가는 또 잔소리만 길어질 게 뻔했다.

하는 수 없이 이튿날부터 지로는 슌조를 데리고 학교에 갔다. 어찌된 일인지 슌조를 데리러 오겠다던 나오키치는 한 번도 학교에 나타나지 않았다.

지로가 새롭게 개척한 자유의 세계는 슌조 때문에 완전히 엉망이 되었다. 지로는 시간에 맞추어 집을 나왔고, 수업이 끝나자마자 슌조를 데리고 다시 집으로 돌아갔다. 그러고 오타미에게 붙들려 복습부터 해야 했고 갖가지 잔심부름도 혼자 도맡았다. 오타미는 자신이 계획한 이상적인 교육환경이 이제야 실현되었다며 뿌듯해했지만, 오타미가 만족할수록 지로는 우울해지기만 했다.

슌조와 함께 다니는 것은 또 다른 고통도 불러왔다. 지로는 키가 작았다. 타고난 체질 탓인지 아니면 성장기에 제대로 먹지 못해서 그런 것인지, 혹은 고집이 너무 세서 그랬는지, 어쨌든 수양아들 시절부터 키가 잘 자라지 않았다. 학교에 다니면서 살이 붙고 혈색은 좋아졌지만 키는 여전히 반에서 가장 작았다. 전교생이 아침 조회를 마치고 다 함께 구령에 맞추어 체조를 할 때면 언제나 맨 뒤에 서야만 했다. 슌조가 아직 어릴 적에는 교이치를 한가운데 두고 삼 형제가 나란히 서 있으면 동생 슌조보다도 지로가 더 작달 만해 보여서 모두 웃었다. 그나마 지금은 슌조와 키 차이가 얼마 나지 않았다.

당연히 오타미는 두 아이의 옷을 크기가 똑같게 만들었다. 게다가 옷감의 무늬까지 거의 같았다. 그래서 둘은 곧잘 싸움을 했다. 하기는 싸움을 해도 어머니나 할머니는 난처해한 적이 없었다. 왜냐하면 언제나 더럽고 실밥이 터진 옷을 지로의 것이라고 생각했기 때문이다.

가끔 이런 결정이 틀리기도 했지만, 두 사람은 그런 식으로 정하는 게 손쉬웠고 또 지로를 은근히 훈계하는 빌미로 삼을 수도 있었다.

옷이야 입으면 그만이니까 그럭저럭 참을 수 있었다. 하지만 진짜 문제는 그 다음이었다. 학교를 오가는 길에 슌조의 손을 잡고 나란히 걸어야 한다는 것은 견딜 수 없는 일이었다. 지로는 오래전부터 사람들이 자기를 왜 꼬맹이라고 부르는지 알고 있었다. 그 때문에 남몰래 고민도 많이 했다. 혼자 다닐 때는 의식한 적이 없었는데 슌조와 둘이 나란히 길을 걷다 보면 자신이 구경거리가 되는 것 같아 몸이 오그라드는 듯했다. 가뜩이나 키가 작아 고민인데 슌조 옆에만 서면 더 작아지는 것 같았다. 마을 아주머니들은 지로의 감정에는 아랑곳없이 "혼다 가 형제들은 사이가 좋은가 봐요. 저렇게 둘이 다니는 것을 보면 누가 형이고 누가 동생인지도 모르겠어요." 하고 지로가 들으라는 듯이 큰 소리로 말했다.

지로는 살면서 이보다 더한 굴욕감을 느껴본 적이 없었다. 그런 말 한마디로 형제 사이가 좋아질 줄 아느냐고 생각했다.

지로는 조금이라도 슌조보다 크게 보여야 한다고 생각해서 머리를 곧추세우고 까치발을 해서 뒤꿈치를 들고 걸었다. 남의 집을 지날 때는 반드시 창문에 비치는 자기 모습을 들여다보고는 했다. 하지만 그렇게 한다고 해서 자신감이 유지되는 것은 아니었다.

지로는 되도록이면 슌조와 떨어져서 걷기로 작정했다. 이게 또 보통 힘든 일이 아니었다. 슌조는 대문만 나서면 집에서 있을 때와 달리 겁쟁이가 되었다. 어디를 가든 지로의 옆구리에 찰싹 달라붙어 떨어질 줄 몰랐다. 그렇게 달라붙는 게 싫어서 좀 떨어져 가려면 슌조는 금방 발을 동동 구르며 울음을 터뜨리는 것이었다.

그래도 처음 일주일은 오타미가 시키는 대로 슌조를 데리고 다녔다. 그러나 유리창에 비치는 모습은 짓궂게도 언제나 자신을 비웃었다. 더구나 슌조를 데리고 다니면서부터 도무지 '제3세계'를 유지할 수 없었다.

어느 날 지로는 교지기 방에서 자기가 오기만을 기다리는 슌조를 내팽개치고 친구들과 함께 어딘가로 놀러 갔다.

'슌조를 데리고 오지 않았다고 아빠가 또 담뱃대로 때리면 어쩌지? 아니야, 이런 일로 날 때릴 아빠가 아니야.'

지로는 친구들과 놀다가도 한 번씩 아빠 얼굴이 떠올랐다. 그래서 지로는 집으로 가기가 찜찜해져 그날부터 또 마사키 가로 가서 한동안 거기서 학교에 다니기로 했다.

토종닭

어느 날 지로는 마사키 가의 마당에 혼자 쭈그리고 앉아서 멍하니 석가산을 바라보고 있었다.

석가산 근처에서는 닭 예닐곱 마리가 땅을 파며 먹이를 찾고 있었다. 그 가운데 수탉 두 마리가 섞여 있었는데, 한 마리는 마사키 가에서 삼사 년째 키우고 있는 흰색 레그혼으로 지로도 몇 번 본 적이 있었다. 다른 한 마리는 레그혼보다 덩치가 훨씬 작은 토종닭이었다. 기껏해야 일 년 남짓 된 것 같았으나 황갈색 깃털이 풍성한 것이 나이보다는 힘이 넘쳐 보였다.

그런데 어찌된 일인지 어린 토종닭은 무리와 조금 떨어진 곳에서 혼자 쓸쓸히 돌아다녔다. 토종닭은 외로웠는지 한 번씩 목을 길게 빼고 주위를 돌아보다가 천천히 암컷들에게 다가갔다. 하지만 그때마다 늙은 레그혼에게 쫓겨났다. 토종닭은 레그혼이 다가오면 서둘러 깃을 세우고 덤벼들 태세를 취하다가도 이내 주춤주춤 뒷걸음쳤다. 아무래도 과감히 싸워볼 결심이 서지 않는 것 같았다.

그렇게 몇 번 되풀이하는 동안 어느덧 토종닭은 깃을 바짝 세우며 기세가 점점 거세졌다. 지로는 그런 토종닭을 지켜보며 반가웠다. 문득 자기가 기타로의 무릎을 물었을 때가 생각나서 토종닭도 용감하게 나서면 좋을 텐데, 하고 혼잣말처럼 중얼거렸다. 교이치, 슌조와 다투었던 일까지 같이 떠올라 괜히 화도 치밀었다.

"지로, 너 지금 형한테 덤비는 거냐?"

오타미나 할머니가 언제나 그런 말로 교이치 편을 들었기 때문에 지로는 잘못한 것이 없어도 물러나고는 했다. 슌조와 싸울 때도 마찬가지였다.

"지로, 동생하고 싸우다니 부끄럽지도 않니! 네가 형이니까 양보해야지."

더 화가 나는 것은 또 야단맞을지도 모른다고 생각해서 주먹을 푸는 순간, 교이치와 슌조에게 몇 대씩 더 얻어맞은 일이었다. 그럴 때면 할머니는 교이치나 슌조가 지로를 때리기만 기다린 사람처럼 재빨리 양쪽을 뜯어말렸다. 지로가 분한 눈으로 노려보면 시치미를 뚝 떼고 "이제 그만 싸워라. 참는 사람이 이기는 거란다." 하고 약 올리듯이 말했다. 그렇다고 분한 심정을 하소연할 데도 없었다. 그때 일을 생각하니 눈동자가 용광로처럼 달아오르고, 금방이라도 눈물이 고드름처럼 눈꺼풀에 매달릴 것 같았다.

'혼자 학교도 못 가는 슌조에게 얻어맞고, 게다가 교이치는 기타로 앞에서는 말 한마디 못 하는 주제에……. 그런데 나는

왜 늘 이런 놈들에게 져주어야만 하지?'

'앞으로 엄마나 할머니가 뭐라고 하든지 무조건 무시할 거야. 형에게 덤비는 게 나쁘다면서 슌조가 나한테 덤빌 땐 왜 야단치지 않지? 동생에게 져주는 게 형이라면서 교이치가 나를 때리는 것은 왜 말리지 않지? 엄마랑 할머니는 틀렸어. 엄마랑 할머니는 내가 맞는 것을 봐야 기분이 좋아지는 사람들이야. 내가 좋아하는 일을 했을 때 엄마나 할머니가 같이 기뻐해준 적이 한 번이라도 있었냐고. 툭하면 집안보다는 역시 가정교육이 더 중요하다는 엉뚱한 소리나 하고. 그게 무슨 뜻인지 잘 모르겠지만 분명 오하마 엄마를 욕하고 싶어서 하는 말일 거야. 오하마 엄마는 혼다 가의 거짓말쟁이들하고는 달라. 아빠처럼 정직한 사람이야. 내가 좋아하는 일은 오하마 엄마도 좋아하고, 오하마 엄마가 좋아하는 일이라면 나도 좋아. 오하마 엄마가 바라는 대로 반에서 일 등을 해야 할 텐데. 하지만 공부하는 것은 귀찮기만 한걸. 엄마와 할머니는 나를 어떻게 생각하는 걸까. 집에 있을 땐 하루 종일 심부름만 시키고, 언제나 나만 없으면 이런 고생 할 필요 없다는 말이나 하잖아. 내가 그렇게 귀찮으면 차라리 나가라고 하면 될 거 아냐. 집에 안 들어오면 안 들어온다고 엄청 잔소리하면서. 늙은 혼다 할망구는 볼수록 절간에 있는 파란 도깨비처럼 생겼어. 마사키 가에만 갔다 하면 늙은 할미를 걱정시켜 죽일 작정이냐고 소리지르고. 누가 자기보고 내 걱정해 달랬나. 할머니랑 엄마가 나 때문에 뭘 그렇게 걱정했는지 모르겠어. 엄마랑 할머니가 날 어떻게 생각하

는지 내가 모를 줄 알고. 다 아니까 집에 안 갈 궁리만 하는 거라고.'

'선생님이 수신(제2차 세계대전이 끝나기 직전의 학과목으로 오늘날의 도덕에 해당) 시간에 가르치는 것도 절반은 거짓말인 것 같아. 부모님 은혜가 바다보다 깊다느니 어떻다느니 하는데 그런 말은 아빠에게는 맞는 말일지 모르지만 엄마에게는 맞지 않아. 선생님도 오하마 엄마처럼 착한 사람 얘기는 안 해주는 게 이상해. 학교에서 날마다 오하마 엄마 얼굴을 보면서도 말이야.'

지로는 발끝을 내려다보면서 이런저런 생각에 잠겼다.

그때 석가산 쪽에서 격렬하게 홰치는 소리가 들려왔다. 지로는 깜짝 놀라 고개를 들었다. 토종닭이 레그혼에게 온 힘을 다해 달려들고 있었다. 두 마리는 불길처럼 시뻘겋게 달아오른 볏을 바짝 세우고 빙빙 원을 그렸다. 당장이라도 엉겨붙을 기세였다. 해바라기와 백련도 피를 품고 햇빛 속에 떨고 있는 것처럼 보였다.

드디어 결투가 시작되었다. 두 마리가 두 번이나 잇달아 엉겨붙었다. 두 번 모두 토종닭이 먼저 물러났다. 지로는 벌떡 일어나 "저런 바보!" 하고 자기도 모르게 외쳤다. 다행히 토종닭은 도망치지 않았다. 조금 거리를 두고 흰색과 누런색 날갯죽지가 서너 번 뛰어올랐다. 30센티미터 남짓한 공중에서 두 마리는 다시 한 번 맞부딪쳤다. 이번에는 서로 엇비슷했다. 네 번, 다섯 번, 여섯 번……. 닭싸움은 점점 치열해졌다. 지로는 숨을 죽이고 주먹을 꽉 쥔 채 지켜보았다.

시간이 지나면서 싸움은 어지럽게 흐트러졌다. 두 마리 모두 지쳤는지 한꺼번에 달려들다가 나중에는 한 번씩 번갈아가며 달려들었다. 부리로 상대방 깃털을 물어뜯으려고 안간힘을 썼다.

싸움은 이제 체력전이었다. 아무래도 젊은 토종닭이 유리해 보였다. 레그혼의 늙은 피는 젊은 토종닭에 견주면 순환이 느릴 수밖에 없었다. 레그혼의 공격이 조금씩 빗나갔다. 토종닭이 부리를 두세 번 휘두를 때 레그혼은 기껏해야 한 번밖에 휘두르지 못했다. 레그혼은 몇 번 위기에 빠졌지만 그때마다 용케 토종닭의 가랑이 사이로 빠져나갔다. 기세가 등등하던 늙은 수탉은 자신감을 완전히 잃은 듯했다. 레그혼은 거무스름한 볏에서 피를 흘리며 주둥이를 크게 벌리고 숨을 몰아쉬다가 마침내 석가산으로 도망쳐버렸다.

어린 토종닭은 그동안 꾹 참았던 설움을 토해내기라도 하듯 레그혼을 쫓아갔다. 얼마 뒤 토종닭은 석가산 꼭대기에 올라가 크게 홰를 쳤다. 그러고는 암탉들을 내려다보며 큰소리로 울었다.

지로는 안심하고 일어섰다. 손에 땀이 잔뜩 배었다. 토종닭을 흉내 내듯 두 팔을 벌려 기지개를 편 뒤 석가산 뒤쪽으로 가보았다. 오랫동안 누려오던 권력을 꿈에도 예상치 못한 어린 반역자에게 빼앗긴 늙은 수탉은 자신의 운명을 받아들이기로 했는지 조용히 울타리에 몸을 기댄 채 거칠게 숨을 몰아쉬고 있었다. 토종닭은 그때까지도 석가산 꼭대기에 서 있다가 한

번 더 승리를 자축하듯 크게 울었다. 그러고는 흙을 파헤치며 구구구 암탉을 불렀다.

지로는 갑자기 자신도 용맹스러워진 것 같았다. 몸속에서 차가운 피와 뜨거운 피가 힘차게 섞였다. 지로는 입가에 그림자처럼 엷은 웃음을 띠었다.

그날 밤 지로는 마사키 외할아버지에게 인사하고 나서 서둘러 혼다 가로 돌아갔다.

흙다리

　지로는 그 뒤 학교를 오갈 때 슌조를 데리고 다니지 않았다. 오타미가 그러면 안 된다고 말했지만 들은 척도 하지 않았다. 아침이면 일부러 식구들이 보는 앞에서 일찌감치 학교에 가버렸다. 학교가 끝나면 집으로 가는 대신 친구들과 어울려 날이 저물 때까지 신나게 놀았다. 그 대신 저녁을 먹기 전까지는 반드시 집에 돌아왔다.

　또 한 가지 지로가 달라진 것은 오타미나 할머니에게 혼날 만한 행동은 절대로 하지 않는다는 점이었다. 슌스케 앞에서는 말도 많이 하고 잘 웃었지만 다른 식구들하고는 되도록 얼굴을 마주치지 않으려고 했다. 특히 교이치나 슌조에게는 절대로 먼저 말을 걸지 않았다. 예전처럼 쭈뼛거리며 눈치 보는 일도 없었고, 누구 앞에서든 자기 생각을 분명하게 말했다. 당연히 할머니는 그런 지로를 더욱 밉살스러워 했다.

　할머니와 달리 오타미는 지로가 그렇게 변한 무슨 까닭이 있을 거라고 생각했다. 하지만 생각하면 생각할수록 지로를 어떻게 다루어야 할지 도무지 가늠할 수 없었다. 그래서 토요일 저녁 슌스케가 돌아오면 일주일 동안 지로가 어떻게 지냈는지 설명하며 정말 걱정거리가 아닐 수 없다고 털어놓았다. "그냥 좀 놔둬. 당신이나 어머니는 지로를 너무 의심하는 것 같아." 슌스케는 그렇게 대답할 뿐 오타미가 하는 말을 들으려고도 하지 않았다. 하지만 슌스케도 지로가 무슨 생각을 하는지 알고 있는 것은 아니었다.

지로는 하루에도 몇 번씩 마사키 외할아버지 댁에서 본 어린 토종닭이 눈에 아른거렸다. 그리고 어린 토종닭처럼 자신도 교이치와 슌조라는 막강한 적들에 맞서서 반드시 이기고야 말겠다고 다짐했다. 그렇다고 마음만 앞서 쓸데없는 짓을 저질렀다가는 될 일도 그르칠 수 있었다. 더구나 아빠가 파이프를 머리에 집어던질 만큼 나쁜 짓을 저지르면 안 된다고 스스로를 타일렀다. 그러나 한 번만 기회가 온다면, 물론 그 기회는 교이치와 슌조가 자기에게 얼마나 큰 잘못을 저지르느냐에 달려 있지만, 오타미와 할머니가 아무리 뜯어말려도 반드시 끝장을 보고야 말겠다고 단단히 별렀다.

기회는 어지간해서 찾아오지 않았다. 지로가 이즈음 토종닭이 레그혼에 맞서는 심정으로 하루하루 살고 있다는 것을 눈치라도 챘는지 혼다 가 사람들은 어른 아이 할 것 없이 지로를 잔뜩 경계했다. 며칠 전만 해도 툭하면 시비를 걸던 교이치와 슌조는 할머니에게 무슨 말을 들었는지 웬만해서는 지로 가까이에 가려고도 하지 않았다. 지로는 식구들이 얼마간 거리를 두고 자신을 지켜본다는 느낌을 받았다. 잔뜩 긴장하고 있다가 상황이 이렇게 되고 보니 따분하기도 하고 은근히 부아가 치밀기도 했으나, 신경 쓰이는 게 없어서 마음은 편했다.

계절은 어느덧 매화나무 열매가 곱게 물드는 초여름이 되었다.

지로는 여느 때처럼 학교에서 돌아오는 길에 친구들 대여섯 명과 무덤에서 전쟁놀이를 했다. 막 편을 나누어 싸움을 하려는데 뒤늦게 친구 하나가 달려와 큰 소리로 외쳤다.

"큰일 났어, 지로! 누가 교이치 형을 패려고 해!"

지로는 별일도 아닌데 시끄럽게 군다는 듯 말했다.

"됐어, 됐어. 그런 놈은 그냥 내버려둬."

지로는 교이치가 평소에 친구들에게 괴롭힘 당한다는 것을 알고 있었다. 물론 교이치가 그렇게 당하는 것을 잘됐다고 좋아하는 것은 아니었지만, 그렇다고 동정하지도 않았다. 솔직히 흥미가 없다는 것이 맞는 말이었다.

"지금 다리 위에 있다니까! 교이치 형이 위험하다고."

"교이치 형은 금방 울 테니까 위험할 것도 없어."

지로는 들고 있던 나무토막을 묘비 위에 걸쳐놓고 총 쏘는 흉내를 내며 한 마디 했다.

"다리 위에서 싸운다고? 그거 재미있겠다. 구경 가자!"

친구 하나가 말했다. 그러자 다른 두 아이도 찬성했다.

"누가 때리려는 거야?"

지로는 여전히 총 쏘는 자세로 물었다.

"둘이야."

"뭐? 둘?"

지로가 뒤돌아보며 물었다.

"응, 분명히 둘이었어. 그러니까 큰일 났다고 한 거지."

"어디 같이 가보자."

갑자기 지로는 무슨 생각이 들었는지 이번에는 자기가 앞장 서서 달렸다.

동구 밖에서 학교까지 이어진 길 중간쯤에 흙을 쌓아 만든 다리가 있었다. 그 다리 위에 교이치를 가운데 두고 앞뒤로 두 아이가 서 있었다. 지로와 친구들은 다리 앞에 서서 세 사람을 지켜보았다.

교이치는 울고 있었다. 교이치를 앞뒤로 둘러싸고 있는 두 아이는 지로와 아이들이 오는 것을 보고 잠깐 긴장한 듯했으 나, 자기네들보다 어리다는 것을 알고 안심했는지 다시 교이치 에게 다가갔다.

"계집애나 쫓아다니는 바보 자식!"

한 녀석이 그렇게 놀리며 교이치의 이마를 손가락으로 쿡쿡 찔렀다. 그러자 뒤에 서 있던 녀석이 교이치의 어깨를 잡고 세 게 흔들었다. 지로는 '뭐야, 별일도 아니잖아.' 하고 생각했다. 하지만 그때 다리 저쪽에 여자아이 하나가 잔뜩 겁먹은 얼굴로 서 있는 것이 보였다. 마치코였다.

마치코는 혼다 가와 대문을 마주 보고 있는 마에카와라 가에 살았다. 마에카와라 가는 마을에서도 알아주는 부잣집이었다. 교이치와 마치코는 얼마 전까지만 해도 서로 잘 몰랐는데 같은 반이 되면서 빠른 속도로 친해졌다. 지로는 마치코가 교이치와 친하다는 것을 알고 나서 한 번도 마치코에게 말을 걸지 않았지만, 속으로는 꽤 오래전부터 마치코를 좋아했다. 가끔 길에서 마주치면 마치코는 맑고 검은 눈으로 지로를 말끄러미 볼 때가 있었다. 그러면 지로는 얼굴이 새빨개져서 고개를 숙였다.

그제야 지로는 교이치가 마치코를 돕다가 곤경에 빠졌다는 것을 알아차렸다. 마치코가 보는 앞에서 창피한 줄도 모르고 교이치가 울고 있다. 지로는 교이치가 어떤 표정을 하고 있을지 궁금했다. 좀 더 창피를 당하는 꼴을 보고 싶었다. 그러나 마치코에게 못된 짓을 한 두 녀석만큼은 절대로 봐줄 수가 없었다. 특히 마치코가 겁먹은 모습을 보고 있자니 그냥 내버려 두어서는 안 될 것 같았다.

그때였다. 어린 토종닭이 눈앞에 어른거렸다. 갑자기 지로는 다리 위로 올라가 교이치 앞을 막고 서 있는 녀석을 떠밀며 외쳤다.

"형, 집에 가자!"

갑작스런 봉변을 당하고 화가 난 녀석이 지로의 뺨을 후려쳤다. 지로는 멈칫했다. 하지만 다음 순간 잽싸게 상대방의 허리춤을 붙들었다.

"던져버려, 던져버려!"

교이치 뒤에 서 있던 녀석이 큰 소리로 외쳤다. 하지만 아무리 상대방이 용을 써도 지로는 상대방 허리를 잡고 놓아주지 않았다. 뒤에 있던 녀석이 보다 못해 달려와 지로를 눌렀다. 지로는 두 녀석의 무게를 이기지 못하고 고꾸라졌다. 흙먼지를 뒤집어쓴 머리가 햇살을 받아 허옇게 번쩍였다. 두 녀석은 지로를 조금씩 다리 가장자리로 밀어냈다. 다리 밑은 연두색 물풀들이 잔뜩 떠올라 있는 수로였다. 그러는 동안에도 지로는 상대방 옷소매를 붙잡고 놓아주지 않았다. 두 녀석은 힘에 겨운 듯 숨을 할딱거렸다. 어떻게든 지로의 손가락을 떼어내려고 지로의 손목을 비틀었다.

그때 갑자기 지로가 두 발로 땅을 차며 윗몸을 일부러 다리 가장자리로 내밀었다. 그 바람에 중심을 잃고 지로의 몸은 거꾸로 물속에 떨어졌다. 지로에게 옷자락과 허리춤을 잡힌 두 녀석도 같이 물속에 떨어졌다. 물풀과 마름모꼴 새싹들이 사방에 흩어지면서 물보라가 잇따라 튀어올랐다.

다리 위에서는 교이치와 마치코, 지로의 친구들이 새파랗게 질린 얼굴로 물속을 뚫어져라 내려다보았다.

조금 뒤 세 아이의 머리가 수면 위로 떠올랐다. 먼저 지로가 물가로 기어올랐다. 물에 젖은 옷자락이 자꾸만 발에 감겼다. 머리부터 발끝까지 물이 줄줄 흘렀다. 지로는 얼굴에 달라붙은 물풀을 떼어내며 엉금엉금 기어오르는 두 녀석을 노려보았다. 흠뻑 젖은 세 아이는 갈대숲을 사이에 두고 서로 노려보았지만 양쪽 다 더 싸우고 싶은 생각은 없었다.

"두고 보자!"

한 녀석이 그렇게 말하고는 잽싸게 둑으로 올라갔다. 나머지 한 녀석도 잠자코 그 뒤를 따라갔다. 지로는 옷을 벗어 물을 짰다.

"우리도 지로 옷 짜주자."

친구들이 우르르 지로 곁으로 몰려왔다. 교이치와 마치코는 풀이 죽어 길가에 서 있었다.

지로는 대충 물기를 짜낸 뒤 허리띠로 옷을 묶어 어깨에 짊어지고 알몸으로 맨 앞에 서서 군가를 부르며 걸어갔다. 지로는 마치코가 자기를 따라오는 것을 보고 날아갈 것만 같았다. 그때는 이미 마음속 어디에도 교이치와 싸워보겠다는 생각은 사라지고 없었다. 교이치 같은 것은 이제 자기 상대가 아니라는 생각이 들었다.

그날 저녁 마치코의 어머니가 찾아왔다. 마치코도 데리고 왔다. 모두 저녁 늦도록 지로가 한 일을 이야기했다. 마치코의 어머니는 몇 번씩 머리를 쓰다듬으며 지로의 용기를 칭찬했다. 지로는 멍해지는 것 같았다. 옆에 있던 오이토 할멈이 "몸집은 작아도 담력이 큰 것을 보면 나리를 쏙 빼닮았어요." 하고 참견했다.

지로는 오늘같이 좋은 날 키가 작다는 말을 꼭 해야 하나 싶었다. 그러나 이상하게 그 말을 들어도 창피하거나 화가 나지 않았다. 오타미도 "이 아인 성질이 좀 불 같은 데가 있어서 큰일이에요." 하고 웃으며 말했다. 엄마의 태도가 기타로의 무릎을 물어뜯었을 때와는 전혀 다르다는 것을 지로도 알 수 있었다.

한 가지 아쉬운 것은 이런 자리에 아빠가 빠졌다는 것과 마치코가 여전히 교이치에게만 친절해 보인다는 점이었다.

주판

"이 세상에서 거짓말하는 사람이 가장 나빠요. 거짓말은 도둑질과 똑같은 거예요. 그러니까 아는 대로 솔직하게 말하도록 해요. 지금 이야기하면 할아버지도 용서해주실 거예요."

오타미는 세 아이를 나란히 앉혀놓고 재판관처럼 엄숙하게 존댓말을 쓰며 말했다. 목소리가 착 가라앉아 있었다. 지로는 어울리지도 않게 존댓말을 쓰는 어머니를 보며 웃음을 참았다.

혼다 할아버지는 옛날에 어느 성에서 회계를 맡아 보았다. 그래서인지 자신의 주판 실력을 큰 자랑으로 여겼다. 지금도 그때 썼다는 상아로 만든 주판이 별채에 있었다. 할아버지는 옛날 생각이 날 때마다 이제는 쓸 일이 없어진 주판을 한 번씩 꺼내서 심심풀이 삼아 놓아보고는 했다. 별채에는 이밖에도 칼을 걸어두는 칼 걸이도 있었는데, 할아버지는 칼보다 상아로 만든 주판에 더 많은 추억이 담겨 있는지 주판을 무척 아꼈다. 그렇다고 할아버지에게 장사꾼 기질이 있는 것은 아니었다. 할아버지는 어디까지나 자신이 무사였다는 것을 자랑스러워했다. 아마도 젊은 시절에는 조용하면서도 사무 처리 능력이 뛰어나 상관에게 사랑받는 상급 무사 가운데 한 사람이었을 것이다.

혼다 할아버지의 주판에 대한 애착은 나이 들수록 집착에 가까워졌다. 혼자 주판을 다 튀긴 뒤에는 반드시 오른손으로 주판알을 쓰다듬으며 조심스레 상자에 담아 선반 위에 올려놓았다. 만약 주판이 자기가 올려놓은 자리에서 조금이라도 움직인 흔적이 있으면 집안이 발칵 뒤집혔다. 할아버지는 뚜껑을 열어 주판알만 보아도 누가 만졌는지 안 만졌는지 알 수 있다고 했다.

이토록 소중하게 여기는 주판 꿰대가 부러지는 사건이 일어났으니 할아버지는 이루 말할 수 없는 충격을 받았다. 혼다 가 사람들에게는 큰 사건이 아닐 수 없었다. 오타미가 엄숙해지는 것도 무리는 아니었다.

그러나 지로에게는 참 어처구니없는 일이었다. 첫째로 지로는 요즘 별채 쪽을 들여다본 적도 없고 또 들여다볼 생각도 하지 않았다.

'그까짓 주판이 다 뭐야? 그런 거 갖고 놀아봤자 무슨 재미가 있다고.'

이렇게 생각하니 다른 형제들과 함께 쭈그리고 앉아서 오타미에게 추궁을 받는 게 짜증 났다. 당장이라도 친구들이 기다리는 곳으로 달려가고 싶었다.

"할아버지는 너희 셋 가운데 하나가 그랬을 거라고 생각하고 있어요. 엄마도 그렇고요. 땅바닥에 떨어뜨리지 않고선 그렇게 부러질 리가 없으니까요"

이렇게 말하면서 오타미는 지로를 힐끗 쏘아보았다. 지로는 태연한 얼굴로 듣고 있었지만, 오타미가 하는 말이 너무 지루해서 천장을 보거나 무릎을 긁적이면서 조금도 가만히 있지 못했다. 오타미는 지로의 그런 거동을 놓치지 않고 지켜보았다.

"지로, 넌 누가 그랬는지 알지?"

지로는 싱글싱글 웃으며 오타미를 보았다.

"너, 알고 있지?"

오타미는 부드러운 목소리로 다시 다그쳐 물었다.

"할아버지 주판 같은 거, 난 본 적도 없어."

지로는 오타미와 눈이 마주치기도 싫다는 듯 천장을 보며 대꾸했다.

"뭐, 본 적이 없다고? 할아버지 주판을 정말 본 적이 없어? 시치미 떼지 마."

"정말이야."

지로는 짜증 섞인 말투로 대답했다.

"그럴 리 없어. 그렇게 거짓말하는 것을 보면……."

오타미는 무슨 말을 하려다가 조금 망설였다. 교이치의 책가방을 변소에 처넣었을 때처럼 무조건 닦달만 한다고 사실대로 털어놓을 지로가 아니라는 생각이 들었다.

한동안 모두들 조용했다. 지로는 다음 말을 재촉하듯 오타미를 빤히 보았다. 오타미는 답답한 마음에 한숨을 후우 하고 내쉬었다. 잠깐 동안 뭔가 생각하더니 이렇게 말했다.

"엄마가 재미있는 이야기를 해줄 테니까 모두 잘 들어봐. 옛날에 미국이라는 나라에 말이지……."

오타미는 워싱턴이 어릴 때 실수로 중요한 나무를 쓰러뜨리고 어떻게 행동했는지 들려주었다. 교이치와 지로는 벌써 책에서 읽었고, 학교 선생님한테도 몇 번씩이나 들은 이야기였다. 하지만 그때는 이렇게까지 지루하지 않았다. 지로는 오타미처럼 재미없게 이야기하는 사람도 드물 거라고 생각했다.

"이다음에 커서 훌륭한 사람이 되려면 어렸을 때 워싱턴처럼 정직해야 해. 엄마 말, 무슨 뜻인지 알겠니?"

이야기는 그것으로 끝났다. 지로는 선생님도 그런 식으로 말했는데, 엄마가 겨우 이런 시시한 이야기나 하다니 싶은 생각이 들었다. 지로의 머릿속에 문득 묘안이 번뜩였다.

'자기가 나쁜 짓을 저질러놓고 잘못했다고 비는 게 뭐 그리 대단한 일이야? 별 대수롭지 않은 일을 하고도 훌륭한 사람이 될 수 있다면, 자기가 안 한 짓을 했다고 말하는 사람은 더 훌륭한 사람이라는 뜻이잖아.'

지로는 주판을 깨뜨린 범인이 교이치나 슌조 가운데 하나가 틀림없다고 생각했다. 미워하는 형제들을 대신해 그들이 저지른 죄를 뒤집어쓴다는 것은 분명 멍청한 짓이다. 하지만 지로의 가슴속에서는 지난번 다리 위 사건을 겪은 뒤 싹튼 공명심이 다시 고개를 내밀고 있었다. 그리고 요즘 들어 이상하게 교이치가 불쌍해 보였다. 교이치를 위해서라면 대신 죄를 뒤집어써도 괜찮다는 생각이 들었다.

'하지만 슌조 녀석이 그랬다면……."

지로는 옆에 앉은 순조를 흘낏거리며 생각했다. 그러자 기분이 나빠졌다. 그러나 워싱턴보다 더 훌륭한 사람이 될 수 있다는 욕망이 마음을 흔들었다. 언제 끝날지도 모르는 오타미의 잔소리를 듣는 것도 더 견디기 어려웠다. 그래서 지로는 "내가 깨뜨렸어." 하고 혼잣말처럼 중얼거리고 말았다.

"그렇지? 네가 그런 거지? 그럴 줄 알았다. 엄마도 다 알고 있었어."

오타미의 말투가 갑자기 부드러워졌다.

"왜 그랬어?"

오타미는 신문을 계속했다. 지로는 뭐라고 대답해야 좋을지 몰랐다. 거기까지는 미처 생각하지 못한 것이다.

"괜찮으니까 빨리 말해봐. 할아버지가 궁금하게 생각하셔."

오타미의 목소리가 조금 높아졌다. 본 적도 없는 주판을 어떻게 깨뜨렸느냐고 묻고 있다. 지로는 적당히 꾸며댈 말이 생각나지 않았다.

그때 갑자기 지로의 뺨에 오타미의 손이 날아왔다.

"그럼 그렇지. 오늘은 웬일로 정직하게 말하나 싶었어. 또 무슨 거짓말을 꾸며내려는 거야? 엄마도 너한테 이젠 두 손 들었다. 워싱턴은 말이지……."

오타미는 심하게 떨리는 목소리로 워싱턴 이야기를 또 꺼내더니 지로의 목덜미를 잡고 마구 흔들었다.

지로는 오타미가 잡아당기는 대로 끌려가면서 눈을 똑바로 치켜뜨고 오타미를 보았다.

"사실은 내가 깨뜨리지 않았어!"

지로는 참지 못하고 큰 소리로 외쳤다. 그 말을 듣고 잠깐 머쓱해진 오타미가 갑자기 외마디 비명을 지르며 지로의 목덜미를 잡고 있던 손을 풀었다. 온몸을 부들부들 떨면서 숨까지 헐떡였다.

"정말…… 정말…… 너만은 나도 어떻게 할 수가 없구나!"

오타미의 두 볼에 눈물이 흘러내렸다.

교이치가 바짝 겁을 집어먹고 걱정스러운 눈초리로 오타미의 얼굴색을 살폈다. 슌조는 쭈뼛거리며 지로의 눈치만 살피고 있었다. 지로는 자리를 박차고 일어나 밖으로 나가버렸다.

그날은 토요일이라 슌스케가 돌아오는 날이었다. 오타미와 지로는 저마다 다른 심정으로 슌스케가 돌아오기만을 기다렸다.

지로는 땔감을 쌓아둔 광에 들어가서 우두커니 앉아 있었다. 오이토 할멈과 나오키치가 몇 번씩 들락거리며 아빠가 돌아오시기 전에 빨리 할아버지에게 용서를 빌라고 끈질기게 설득했다. 모두들 주판을 깨뜨린 범인으로 지로를 의심하는 모양이었다. 지로는 입을 굳게 다문 채 한 마디도 하지 않았다. '아빠가 돌아오면 엄마는 오늘 있었던 일들을 하나도 빼놓지 않고 이야기하겠지. 그러면 아빠는 틀림없이 나를 찾을 거야. 그때 뭐라고 해야 할까.' 이런 생각만 골똘히 했다.

'난 왜 괜히 나서서 죄를 뒤집어썼지?'

지로는 그때 왜 그런 짓을 할 생각이 들었는지 자신이 해놓고도 이해할 수 없었다. 지로는 자신의 처지가 너무나 처참하게 여겨졌다. 자신이 이렇게까지 처량했던 적은 없다고 생각했다. 자기도 모르게 눈물이 흘러내렸다. 지로가 이토록 약한 감정에 사로잡히는 것은 드문 일이었다.

갑자기 광 밖에서 덜그럭거리는 소리가 들렸다. 지로는 오이토 할멈이나 나오키치가 왔을 거라 생각하고 뒤돌아보지도 않았다. 그러나 덜그럭거리는 소리만 들릴 뿐 아무도 들어오지 않았다. 조금 뒤 또 덜그럭거리는 소리가 들렸다. 어린아이의 발소리 같았다. 지로는 누군지 궁금해서 광문 쪽으로 돌아앉았다. 문이 절반쯤 열려 있고 거기에 슌조가 주춤거리며 서 있었다.

'제기랄!'

지로는 입술을 깨물었다.

그런데 슌조의 태도가 평소와 조금 달랐다. 오른손 집게손가락을 빨며 고개를 조금 숙인 채 문에 기대서 몸을 비비 꼬고 있었다. 그동안 지로가 보아온 슌조가 아니었다. 지로는 한동안 말없이 슌조를 쳐다보았다. 슌조도 흘끔흘끔 지로의 눈치를 살피다가 지로와 눈이 마주치면 몸을 뒤로 틀고 문에 기대는 것이었다.

시간이 꽤 흘렀다. 어쩌면 주판을 누가 깨뜨렸는지 슌조는 알고 있을지도 몰랐다. 지로는 슌조가 범인일지도 모른다는 생각이 들었다.

"왜 거기 서 있는 거야?"

지로가 상냥하게 물었다.

"응…… 응……."

순조가 무슨 대답인가를 하면서 한 걸음 안으로 들어왔다. 여전히 문에 등을 기댄 채 우물쭈물거렸다.

지로는 순조에게 다가갔다.

"네가 주판 깼니?"

"……."

순조는 고개를 떨어뜨리고 신발 끝으로 토방의 흙을 비벼댔다.

"아무한테도 말 안 할게. 말해봐."

"저기 있잖아……."

"응, 말해."

"내가 깼어."

지로는 그럼 그렇지, 하고 생각했다. 그러나 기쁘지만은 않았다.

"왜 그랬는데?"

지로는 마음을 가라앉히고 물었다. 엄마가 자기에게 한 말을 지금 순조에게 똑같이 하고 있다는 것을 깨닫자 기분이 이상했다.

"주판을 굴려보다가 떨어뜨렸어."

"툇마루에서?"

"응."

"할아버지 주판은 어떻게 생겼어? 커?"

"응, 이만큼."

순조는 손바닥을 쫙 펴보였다. 지로는 어느 사이엔가 순조를 미워할 수 없다는 것을 깨달았다.

"너 딴 데 가 있어. 아무한테도 말 안 할 테니까 걱정 말고."

슌조는 안심한 것 같기도 하고 못 미더운 것 같기도 한 얼굴로 지로를 물끄러미 보다가 밖으로 나갔다.

그 뒤 지로의 마음에는 정체를 알 수 없는 힘이 솟아올랐다. 물론 지로가 십자가를 짊어질 생각을 한 것은 아니었다. 지로는 아직도 슌조를 사랑하지 않았다. 또 사랑하고 싶지도 않았다. 다만 슌조를 보면서 연민을 느꼈다. 그런데 이 연민은 지금까지 적대적이었던 슌조를 자기보다 한 단계 낮추어 보는 계기가 되었다. 그 때문에 지로는 마음에 여유가 생겼다. 아울러 지로의 마음에 짓궂은 장난기가 마구 싹트기 시작했다. 나쁜 짓을 하고도 안 했다고 우기면서 오타미를 애먹이는 것도 재미있는데, 하물며 나쁜 짓을 하지 않고도 했다고 우기면 오타미가 과연 어떤 표정을 지을지 상상만 해도 즐거운 일이었다. 말하자면 억울한 옥살이를 하던 죄수가 사람들 앞에서 어리석은 재판관을 비웃을 때 느끼는 기쁨이 마음 한구석에서 싹트고 있었다.

지로는 이제 무서울 것이 없었다. 슌스케가 파이프를 머리에 내던지는 상상도 해보았지만, 하룻밤 자고 나면 아픔 따위는 사라지게 마련이다. 앞으로 펼쳐질 상황이 자신과는 상관없다는 착각까지 들었다. 지로는 장작 위에 앉아서 오타미에게 또 심문당할 경우에 그럴싸한 대답을 하기 위해 골똘히 생각에 잠겼다. 지로는 슌스케가 오기를 기다렸다.

어느덧 해는 완전히 기울었다. 저녁 먹을 시간이 가까워졌

다. 오이토 할멈도 나오키치도 밥 먹으라고 부르러 오지 않았
다. 이대로 모르는 척 내버려두려는 게 아닐까 하는 생각이 들
자 기분이 나빠졌다. 그렇다고 이제 와서 어슬렁거리며 나갈
생각은 조금도 들지 않았다.

'아마 지금쯤이면 아빠가 왔을 거야. 벌써 내 이야기를 다 들
었는지도 몰라. 아빠 어떻게 생각하실까? 아빠까지 모르는 척
날 여기 내버려둔다면……'

그렇게 생각하자 가슴이 시릴 정도로 차가워졌다. 그리고 다
음 순간 돌처럼 차가워진 감정들이 엉겨 지로는 더욱 지독한
고집을 부리고 싶어졌다.

'이틀이고 사흘이고 여기 있을 거야. 난 배고프지 않아.'

삼십 분쯤 지나자 주위가 완전히 컴컴해졌다. 더는 버틸 수
가 없었다. 집 안에서 무슨 이야기들을 주고받는지 두 귀로 듣
고 싶어졌다.

지로는 살그머니 광문을 열고 나왔다. 발소리를 죽이며 거실
툇마루까지 엉금엉금 기어갔다. 환하게 등불을 켜놓은 거실에
슌스케가 앉아 있었다.

"그래서 교이치하고 슌조한테도 물어봤나?"

슌스케의 목소리였다.

"아뇨. 그 아이들하곤 상관없을 것 같아서……"

"그게 잘못이야. 셋이 함께 있었다면 아무래도 지로의 처지
가 불리했을 게 뻔해."

"여보, 당신 참! 우리가 뭐 지로에게 죄를 뒤집어씌우기라도

했다는 거예요?"

"말은 안 했어도 마음속으로는 그렇게 생각했을 거 아냐."

"그렇게 생각하면서 나한테 왜 물어봐요? 어차피 이젠 지로를 키울 힘도 없다고요."

"무슨 말만 하면 이렇게 화를 내니까 당신하곤 얘기가 안 되는 거라고."

"당신이 먼저 날 화나게 만들었잖아요. 지로가 솔직하게 털어놓았다고요! 그런 것까지 내 탓으로 돌리는데 무슨 말을 하겠어요."

"당신 말로는 지로가 나중에 자기가 한 짓이 아니라고 말했다면서?"

"그 아인 늘 그런 식이라고요. 나도 이젠 넌덜머리가 나요."

"지로가 정직해서 그럴 수도 있어."

"당신, 지금 한 말 진심이에요?"

"당연하지. 지로는 고집이 세다고. 자기가 했다고 입으로 말한 이상 취소할 녀석이 아냐. 그런데 다시 안 했다고 우기는 것을 보면 지로가 한 짓이 아닐 수도 있어."

"당신은 그 아이가 남의 죄를 대신 뒤집어쓰는 훌륭한 아이라고 생각하시는 거예요?"

"사실은 그 점을 나도 이해하기 어려운 거야."

"그것 봐요. 당신도 그렇게 생각하고 있으면서."

"당신이 뭐라고 했기에 자기가 그랬다고 털어놓았지?"

"워싱턴 이야기를 했을 때였어요."

"음, 워싱턴이라⋯⋯."

"갑자기 안절부절못하는 거예요. 그래서 내가 더 다그쳐 물어보았더니 그랬어요."

오타미는 살짝 흥분한 투로 자랑스럽게 말했다.

"그랬군. 음⋯⋯."

슌스케는 생각에 잠겼다. 한동안 둘은 말없이 앉아 있었다. 조금 뒤에 오타미가 말했다.

"그러니까 조금만 더 가르치면 나쁜 버릇은 웬만큼 고칠 수 있을 거라고 생각했어요⋯⋯."

"그런가⋯⋯. 지로는 아직도 광에 있나?"

"아마 그럴 거예요. 하지만⋯⋯."

"내가 가서 말해볼게."

방 안에서 슌스케의 그림자가 움직였다.

지로는 재빨리 광으로 돌아와 지그시 숨을 죽였다.

"지로야, 바보 같은 짓은 이제 그만해."

슌스케는 광문을 열고 들어와서 다짜고짜 초롱불로 지로의 얼굴을 비추며 말했다. 목소리가 꽤 컸지만 나무라는 것 같지는 않았다.

"주판 좀 깨뜨렸다고 큰일 나는 건 아냐. 할아버지께는 아빠가 대신 잘못했다고 빌면 돼. 하지만 깨뜨렸다고 했다가 다시 아니라고 하는 것은 비겁한 아이들이나 하는 짓이야."

지로는 아빠에게 비겁한 아이라는 소리를 듣고 싶지 않았다. 비겁하다는 말을 듣지 않으려면 슌조와 약속한 대로 죄를 뒤집

152

어쓰는 수밖에 없었다.

"내가 그랬어."

지로는 분명하게 말하고 슌스케의 얼굴색을 살폈다.

슌스케는 초롱불에 비치는 지로의 얼굴을 뚫어져라 들여다보면서 말했다.

"아빠한테 거짓말하는 거 아니지?"

그 말을 들은 지로는 어쩐지 기분이 나빠졌다.

"아빠는 거짓말하는 아이를 가장 싫어해. 어쨌든 아빠는 네 말을 믿을 거야. 밥도 먹지 않고 이런 데 숨어 있는 것도 비겁한 짓이야. 아빠랑 나가자."

슌스케가 그렇게 말하자 지로는 갑자기 눈물이 북받쳤다.

"이런 바보…… 이제 와서 우는 놈이 어디 있어."

그러나 지로의 눈에서는 눈물이 계속 흘러내렸다. 슌스케는 지로가 울음을 그칠 때까지 말없이 지켜보았다.

과자 상자

주판 사건의 범인은 결국 밝혀지지 않은 채 그냥 지나갔다. 슌스케와 오타미는 서로 전혀 다른 추측을 하면서 어린애답지 않은 지로의 태도를 보고 마음 아파했다.

그날 이후 지로와 슌조는 주판의 '주' 자도 꺼낸 적이 없지만 얼굴이 마주칠 때마다 할아버지의 주판을 떠올렸다. 어쨌든 서먹하던 둘 사이는 그날부터 지로에게 한결 유리하게 돌아갔다.

지로는 언젠가는 모든 것을 걸고 교이치, 슌조와 한판 붙어보려 했는데 뜻하지 않은 사건들을 겪고 나서 그들이 자신의 적수가 되지 않는다는 것을 깨닫고 조금 맥이 빠졌다. 신기한 것은 그런데도 전혀 억울한 생각이 들지 않는다는 점이었다. 오히려 그런 일들 때문에 형제들 사이가 훨씬 가까워졌다. 덕분에 혼다가도 지로의 마음속에서 조금씩 즐거운 곳으로 바뀌었다.

교이치는 책을 좋아했다. 할머니가 선물한 소년 잡지와 동화책을 읽으며 혼자 조용히 노는 것을 즐겼는데, 흙다리 결투가 있은 뒤부터 자기가 다 읽은 책들을 지로에게 선물하기도 했다. 지로가 그 책들을 받아들고 얼마나 기뻐했는지는 새삼 말할 것도 없다.

지로는 처음에 삽화에만 흥미를 느꼈다. 하지만 자주 책을 읽으면서 내용이 더 재미있다는 것을 알게 되었다. 잠이 잘 오지 않는 날이면 교이치와 나란히 누워 서로 읽은 책에 대해서 이야기했다. 그때마다 교이치가 세심하게 마음을 써주어 지로는 여러 가지 좋은 영향을 받았다.

순조하고는 교이치만큼 빨리 가까워지지는 못했지만, 마당이나 밭에서는 교이치보다 순조와 노는 게 더 재미있었다. 더구나 그 무렵 순조는 지로에게 멋대로 굴지 않았다. 지로는 형제들과 노는 데 재미를 붙여 점점 밖으로 쏘다니지 않게 되었다.

지로가 바뀐 것을 가장 먼저 눈치 챈 사람은 역시 오타미였다. 오타미는 자신이 실천한 교육의 힘이 마침내 지로의 내면에서 조금씩 작용하는 모양이라고 생각했다. 오타미는 지금이야말로 안하무인격인 지로를 길들이는 데 가장 좋은 기회라고 생각해서 어떻게든 지로와 가까워지려고 무던히 애를 썼다. 하지만 지로는 오타미가 관심을 쏟는 게 귀찮기만 했다. 그래도 예전처럼 잔소리가 길지 않고, 가끔은 뜻하지 않은 칭찬도 해주어서 오타미에 대한 감정도 많이 달라졌다.

다만 할머니에 대한 마음만은 예나 지금이나 바뀌지 않았다. 할머니는 주로 먹을 것으로 지로를 괴롭혔다. 먹는 것으로만 따지면 오타미는 할머니보다 훨씬 훌륭했다. 적어도 셋이 함께 있을 때 누구에게 더 주거나 덜 주지는 않았다. 그에 견주면 할머니는 드러내놓고 지로를 차별했다. 더구나 오타미가 집에 없을 때 밥이라도 같이 먹으면 횡포가 더욱 심해졌다.

"넌 왜 반찬은 안 먹고 밥만 먹는 게냐?"

"먹기 싫어."

지로는 아무리 화가 나도 할머니가 자기 접시에 형제들보다 생선을 적게 덜어주었기 때문이라고는 말하지 않았다.

"넌 참 이상한 아이다. 밥은 그렇게 잘도 먹으면서 반찬은 싫어?"

이런 말을 들으면 밥을 더 달라고 말하고 싶지도 않았다.

"어럽쇼. 이젠 밥도 싫어진 게야?"

"오늘은 더 안 먹어."

"왜? 배라도 아파?"

"……"

이럴 때 지로는 대답할 말이 궁색해졌다.

"또 심사가 뒤틀리셨군."

"그런 거 아냐!"

하지만 지로는 누가 봐도 뒤틀린 표정으로 고개를 들고 할머니를 보았다. 밥상 분위기가 이쯤 되면 다른 형제들도 지로와 할머니의 눈치를 보지 않을 수 없었다. 자리에 앉아 있기가 불편해서 그때마다 지로는 서둘러 방을 나갔다.

"저런, 저런. 성질머리하고는."

할머니는 그럴 때마다 조롱하듯이 말했다.

"도대체 얼마나 더 비뚤어지려는 게야."

할머니는 한숨까지 내쉬면서 비아냥거렸다.

"내버려둬야지 어쩌겠어. 비뚤어진 놈은 비뚤어지게 내버려
두는 수밖에 없지."

마지막으로 할머니는 늘 지로가 듣기에도 섬뜩할 만큼 표독
스럽게 쏘아붙였다.

할머니는 밥 먹을 때만 횡포를 부리는 게 아니었다. 형제 셋
이 모처럼 사이좋게 놀고 있으면 어느 결에 다가와서는 교이치
와 슌조만 별채로 데려가 이것저것 먹을 것을 주었다.

그때마다 지로는 비참한 심정에 빠져들었다. 먹을 것을 탐낸
다고 생각하는 할머니가 싫었다. 또 혼자만 따돌림당하는 것
같아 무척 화가 났다. 지로는 애써 태연한 척하려고 노력했지
만 지기 싫어하는 성격인 만큼 더욱 불쾌했다.

겨우 참기는 하지만 뱃속에서는 시커먼 불길이 거칠게 솟아오
랐다. 그 불길이 언제 폭발할지 아무도 몰랐다. 본디 세상일이란
익숙해지면 아무리 힘든 고통에도 대부분 태연해지게 마련이다.
그러나 단 한 가지, 차별만큼은 아무리 당해도 익숙해지지 않는
법이다. 그래서 차별을 받으면 받을수록 겉으로는 냉정해지는
것처럼 보여도 그 속에서는 엄청난 분노가 회오리치게 된다.

어느 날 지로는 할머니가 조그만 과자 상자를 품에 안고 별채
로 들어가는 뒷모습을 바라보았다. 어느 친척집 제사에 다녀오
는 길인지 가문(家紋)을 새겨넣은 겉옷을 입고 있었다.

지로는 그날도 어김없이 교이치와 슌조만 과자를 먹게 될 거
라 생각하니 벌써부터 부아가 치밀었다. 지로는 할머니가 잠깐

밖에 나간 틈을 노려 지금껏 한 번도 가본 적이 없는 별채 안으로 몰래 들어갔다.

과자 상자는 할아버지가 주판을 올려놓는 선반 위에 나란히 놓여 있었다. 지로는 과자 상자를 옆구리에 끼고 서둘러 집 뒤쪽 밭으로 내달렸다. 지로는 과자 상자를 묶은 끈을 풀고 상자 속에 무엇이 들었는지 알고 싶은 충동을 억누르며, 과자 상자를 땅바닥에 내동댕이치고는 마구 짓밟았다. 과자 상자 귀퉁이에서 분홍빛 단팥묵(팥 앙금에 설탕과 우유를 넣고 반죽해서 찐 일본식 과자)이 비어져 나왔다. 지로는 할머니의 머리를 짓밟기라도 한 것처럼 속이 후련했다.

조금 뒤 집안이 발칵 뒤집혔다. 할머니가 과자 상자가 사라진 것을 눈치 챈 모양이었다. 곧이어 집안사람들이 군데군데 흩어져 무언가를 찾아다녔다. 지로를 찾는 목소리도 여기저기에서 들렸다. 하지만 지로는 미리 이런 상황을 예측했기에 목욕탕 옆에 있는 커다란 은행나무 위에서 사람들의 동정을 살펴보고 있었다.

밭에서 나오키치가 괴상한 소리를 지르자 모두 그리로 뛰어나갔다. 무참히 짓밟힌 과자 상자를 둘러싸고 저마다 한마디씩 했다.

"이게 어떻게 된 일이야?"

오타미가 새파랗게 질린 얼굴로 말했다. 맨 뒤에 서 있던 순스케는 팔짱을 긴 채 곰곰이 생각에 잠겼다.

"아이고, 이 귀한 것을……."

오이토 할멈이 안타깝다는 듯 납작하게 짓눌린 과자 상자를 주워들었다. 그러나 도무지 어떻게 할 수 없다는 것을 깨닫고 는 할머니의 눈치를 살피며 다시 땅바닥에 던져버렸다. 모두 체념하고 우르르 안채로 돌아가려 할 때였다.

"아니, 이게 뭐야!"

지로가 숨어 있는 은행나무 밑을 지나던 할머니가 소리쳤다. 할머니가 지로의 나막신을 본 것이다. 지로는 이거 큰일 났구 나 생각했다.

"나오키치! 당장 장대 가져와!"

할머니는 무섭게 눈을 치뜨고 지로를 올려다보며 목청껏 나 오키치를 불렀다. 지로는 어쩔 줄 몰라 하며 잽싸게 나무에서 내려와 마당 쪽으로 도망쳤다.

"나오키치! 지로가 도망쳤다! 빨리 문밖으로 나가! 이번엔 절대로 그냥 못 넘어가니까 아범도 그렇게 알거라."

할머니는 슌스케를 돌아보며 내뱉듯이 말하고는 지로를 뒤 쫓았다. 지로는 재빨리 빠져나와 툇마루로 올라갔다. 거기서 잠깐 멈칫하다가 집 안으로 숨었다. 다다미방과 거실 사이에 불상과 위패를 모셔놓은 방이 하나 있었다. 이 방은 신불에 올 리는 등을 켜지 않으면 대낮에도 캄캄했다. 지로는 그곳으로 들어가서 거미처럼 다다미에 배를 깔고 엎드려 숨을 죽였다. 눅눅한 향내가 코를 찔렀다.

"이 녀석 어디로 숨은 게야."

할머니는 헉헉 숨을 몰아쉬며 지로가 숨어 있는 방으로 들어와 곧 염불을 외웠다.

"나무아미타불, 나무아미타불."

지로는 할머니에게 들키지 않으려고 최대한 몸을 오그라뜨렸다. 그러나 발을 구부리다 잘못해서 할머니의 발을 걸어 넘어뜨리고 말았다. 할머니는 마른 나무처럼 다다미 위로 나뒹굴었다.

"사람 살려, 사람 살려!"

할머니는 당장이라도 숨이 끊어질 듯 쉰 목소리로 외쳤다. 지로는 그 틈에 벌떡 일어나 다다미방을 빠져나갔다. 그리고 한걸음에 툇마루를 뛰어넘어 마당으로 내려갔는데, 갑자기 그 자리에 못 박힌 듯 서서 꼼짝할 수가 없었다. 슌스케가 팔짱을 낀 채 말없이 지로를 지켜보고 서 있었기 때문이다. 슌스케와 눈이 마주치자 지로는 몸 둘 바를 몰랐다.

"따라와."

지로는 머뭇머뭇 슌스케를 따라갔다. 슌스케는 곧장 이 층으로 올라갔다. 그들은 마주 보며 자리에 앉았다.

슌스케는 그렇게 앉은 채 아무 말도 하지 않았다. 지로는 한참을 무릎을 만지작거리다 참을 수 없었는지 그만 울음을 터뜨렸다. 그러자 슌스케도 살짝 눈을 비볐다.

삼십 분쯤 지나 그들은 이 층에서 내려왔다. 슌스케의 얼굴이 딱딱하게 굳은 것을 보고 할머니와 오타미는 서로 눈빛만 주고받을 뿐 아무 말도 하지 않았다.

새로 지은 학교

학교 건물이 너무 낡아 위험하다는 말은 동네 사람들 사이에서 오래전부터 떠돌았는데, 드디어 학교 건물을 새로 짓는 공사가 시작되었다. 새 학교가 들어설 자리는 지금 학교에서 그리 멀지 않은 강가 근처였다. 강가에는 난간을 설치한 커다란 널다리가 있고, 맞은편에는 울창한 삼나무 숲이 들어서 있어서 풍경이 아름다웠다. 아이들은 날마다 삼나무 숲을 배경으로 새 학교의 기둥이 줄지어 서는 것을 교실 창밖으로 내다보면서 가슴이 뛰었다.

"이번에 새로 짓는 학교는 진짜 멋질 거야."

쉬는 시간을 알리는 종소리가 울리기 무섭게 아이들은 창틀에 매달려 새 학교가 들어설 자리에 세워둔 기둥을 가리키며 떠들었다.

이즈음 지로는 수업이 끝나면 친구들과 함께 새 학교로 달려가는 것이 일과처럼 되었다. 그곳에서 목수들이 일하는 모습을 구경하거나 톱밥을 뭉쳐 공처럼 주고받으며 놀았다. 지로는 교실보다 오하마네 식구들이 지낼 방이 어떻게 생겼는지 더 궁금했다. 그러나 일하는 목수들을 붙잡고 물어봐도 누구 한 사람 제대로 대답해주지 않아 답답했다.

준공식은 그해 말이 되어서야 겨우 치렀다. 지로는 새로 지은 학교 건물을 모조리 둘러보았지만, 방은 모두 텅 비어 있어서 교지기 방이 어디인지 알 수 없었다. 토방과 이어진 다다미 석 장짜리 방이 오하마가 지낼 교지기 방일 거라고 짐작했는데, 오하마네 식구가 살기에는 아무래도 비좁았다. 한참 만에 오하마네가 지내기에 알맞을 것 같은 꽤 넓은 방을 찾아냈다. 하지만 그 방은 다다미 석 장짜리 방과 칸막이 문으로 나뉘어 있었고, 게다가 도코노마(일본식 방의 위쪽에 바닥을 방보다 높게 올려서 꽃병 같은 것을 놓는 곳)까지 꾸며져 있어서 오하마네가 살기에는 너무 좁아 보였다.

겨울방학 전날 3학년 이상의 아이들은 칠판이나 책걸상 따위를 새 학교로 옮겼다. 아이들에게 짐 나르는 일은 더없이 즐거운 놀이였다. 아이들은 칠판과 책걸상, 청소 도구, 액자 따위를 들고 서릿발이 녹아 질척거리는 논두렁길을 신나게 떠들면서 지나갔다.

지로도 걸상 한 개와 빗자루 하나를 날랐다. 선생님은 6학년만 남고 나머지는 그만 집으로 돌아가라고 했지만 지로는 무언가 아쉬웠다. 6학년 형들을 따라서 칠판이나 그에 못지않은 큰 물건을 들고 미끌미끌한 논두렁길을 몇 번 더 왔다 갔다 하고 싶었다. 그러다 갑자기 교지기 방에 있는 살림이라도 옮겨주어야겠다는 생각이 들었다.

지로는 질퍽한 논두렁길을 달려 옛날 학교로 가서 부랴부랴 교지기 방으로 들어갔으나, 곧 맥이 풀려버렸다. 교지기 방은 이미 텅 비어 있었다. 빗자루 하나 남아 있지 않았다. 오하마 혼자 축 처진 모습으로 마루 끝에 걸터앉아 무릎에 턱을 괸 채 지로가 들어오는 것을 멀거니 쳐다보았다.

"지로, 벌써 다 끝났어?"

오하마가 힘없는 목소리로 물었다.

"응, 다 끝났어. 이젠 오하마 엄마네 것을 옮길 거야."

그러면서 지로는 방 안을 둘러보았다.

"그래? 하지만 아무것도 없어."

오하마는 여전히 무릎에 턱을 괴고 쓸쓸한 눈길로 방 안을 둘러보았다.

"벌써 다 옮긴 거야? 진짜 빠르다."

"빠르지?"

"오늘 다 옮겼어?"

"아니, 어제부터."

"어제부터? 그래서 빨리 끝났구나."

"그러게 말이야."

"이번에 새로 지은 학교 있잖아, 아주 좋아."

"응, 정말 좋더라."

"오하마 엄마네 방은 어디야? 아무리 찾아봐도 모르겠어."

"우리 방도 찾아봤어? 그런데 어쩌지, 유모네 방은 이제 없어."

"없다고? 거짓말."

"진짜야……. 그런데 지로짱, 우린 이제 학교 교지기가 아니야."

"거짓말!"

"거짓말 아니래도."

"그럼 교지기가 없어도 된다는 거야?"

"앞으론 고쓰카이(학교나 관청에서 일하는 사람)만 살게 한다는 거야."

"고쓰카이만? 그럼 오하마 엄마가 그걸 하는 거야?"

"아니, 고쓰카이를 여자는 못한대."

"거 참 이상하네. 그럼 야사쿠 할아버지가 하면 되겠네."

"할아버지는 너무 늙어서 안 돼."

"그런 게 어딨어. 그럼 누가 하는 거야?"

"오늘 학교에서 새로 온 아저씨 못 봤어? 그 아저씨가 새로 온 고쓰카이야."

지로는 조금 전에 새 학교 복도를 바쁜 듯이 돌아다니던 키가 작은 40대쯤 되는 아저씨를 떠올렸다. 오하마 말이 사실이라면 그 아저씨가 고쓰카이인 게 틀림없다. 지로는 방금 전까지만 해도 기대에 부풀어 바라보았던 새 학교가 갑자기 싫어졌다.

지로는 교지기 방의 낡은 벽과 천장을 다시 한 번 둘러보았다. 방 아래쪽 벽에 덧칠한 자국이 떨어져나가 꼭 엎드려 있는 사람의 머리통 같은 것이 오늘은 여느 때보다 더 커 보였다. 쥐가 바스락거릴 때마다 대나무 막대로 쑤시는 바람에 천장에는 옹이 같은 구멍들이 뚫려 있었고, 그 구멍마다 거미줄이 쳐져 있었다. 지로에게는 이 모든 것들이 추억이었다. 어린 시절 여기서 살던 일들이 한꺼번에 떠올랐다. 응석을 부리고 싶은 마음과 두 번 다시 여기 올 수 없다는 착잡한 상념이 어지럽게 뒤섞였다.

교실 밖은 선생님과 상급생들이 물건을 나르며 떠드는 소리로 시끌벅적했다.

"야사쿠 할아버지는 어디 갔어?"

지로가 오하마 옆에 앉으며 물었다.

"여기 안 계셔. 다들 어제 떠났어."

지로는 며칠 전부터 오쓰루가 학교에 나오지 않은 까닭을 알아차렸다.

"어디 갔는데?"

"아주 먼 데야. 석탄을 캐는 광산이란다. 지로는 그런 데 가 본 적 없지?"

"오하마 엄마도 가야 해?"

"응……. 하지만…… 지로……."

오하마는 말문이 막혔다.

"오하마 엄만 안 가도 돼. 우리 집에서 살면 되잖아. 내가 아빠한테……."

지로도 그렇게 말하다 목이 메어 다음 말을 잇지 못했다.

"지로 생각엔 그렇게 될 것 같아? 엄마나 할머니가 틀림없이 안 된다고 하실 텐데."

"……."

"얼마 전에 할머니한테 크게 야단맞을 짓을 했다며?"

"……."

"아버지한테 부탁해도 안 될 거야. 그리고 지로는 이제 유모
가 돌봐주지 않아도 될 만큼 컸어. 그렇지?"

"그렇지만 난……."

"약해지면 안 돼. 유모는 겁쟁이 싫어."

오하마는 단호하게 말했다.

"아니야, 나 겁쟁이 아니야."

지로는 겁쟁이라는 말에 흥분했다. 지로는 요새 교이치와 슌
조가 자기에게 꼼짝 못 한다는 것을 어떻게든 알려주고 싶었지
만 무슨 이야기부터 꺼내야 좋을지 몰랐다.

"암, 그렇고말고. 지로는 절대 겁쟁이가 아니야. 그래서 유모
도 안심하고 떠나는 거야. 하지만 다음부터는 할머니한테 대들
면 안 돼. 그러면 아버지가 난처해지셔."

"난 우리 집에서 할머니가 가장 싫단 말이야."

"그래도 지로 할머니예요. 화가 나도 참아야지. 지난번 같은
일을 또 저지르면 그땐 아버지도 가만있지 않을 거라고."

"아냐, 아빠 아무 말도 하지 않았어."

"정말? 그럼 어머니는?"

"엄마도 나한테 욕하진 않았어."

"진짜?"

오하마는 믿어지지 않는다는 얼굴로 물었다.

"정말이야. 요즘은 엄마한테 야단맞은 적도 별로 없어."

"그건 아마 지로가 착해져서 그럴 거야."

지로는 조금 멋쩍었다.

"지난번엔 엄마가 그림책도 사줬어."

오하마는 열흘 전쯤 마사키 외할머니에게서 "오타미가 요즘은 생각이 많이 달라진 모양이니 자네도 안심하게." 하는 말을 들은 기억이 났다. 지로와 헤어져야 한다는 아쉬움은 뭐라 말할 수 없이 컸지만, 그래도 마음이 조금 홀가분해졌다.

오하마는 지로의 머리를 쓰다듬으며 잠깐 무언가 생각하다 말했다.

"지로, 이제 그만 가봐. 유모는 마사키 외할아버지 댁에 잠깐 들렀다가 혼다 가로 갈게. 어머니만 괜찮다고 하면 오늘 밤은 지로랑 같이 지낼게."

두 사람은 손을 잡고 일어났다. 교문 앞에 서서 약속이나 한 듯 아이들이 다 빠져나간 정든 학교를 뒤돌아보았다. 선생님과 학생들도 모두 집에 간 뒤여서 학교는 조용했다. 주홍빛 노을을 받으며 덩그렇게 서 있는 낡은 학교 건물이 추위에 떠는 것처럼 외로워 보였다.

낡은 학교에서

그날 밤 오하마가 작별인사를 하러 혼다 가에 왔다. 혼다 가 사람들은 친절하게 오하마를 맞았다. 오하마의 이름을 듣는 것조차 싫어하던 할머니마저 그날은 식구들과 함께 열한 시가 넘도록 이런저런 이야기를 나누었다. 슌스케와 오타미가 오하마에게 이삼일 더 묵고 가라고 권할 때는 속으로는 분명 내키지 않았겠지만, "지로를 생각해서 며칠 더 묵게나." 하거나 "설날도 얼마 안 남았는데 그때까지 천천히 쉬다 가는 것은 어때?" 하고 오하마의 비위를 맞추었다. 오하마는 '흥, 이렇게 친절하게 나오는 것도 어차피 오늘이 마지막이니까.' 하고 생각했다. 그래도 여느 때보다 할머니가 친절한 것만은 사실이었다. 오하마는 하룻밤만 묵고 다음 날 아침 일찍 떠나기로 마음먹었다.

지로와 오하마는 같은 이불 속에 누웠지만 잠이 오지 않았다. 몇 번씩이나 잠들었는가 하면 눈이 떠졌다. 차가운 이불 속에서 마지막이 될지도 모르는 서로의 온기를 안타까운 듯 주고받는 사이에 지로는 잠이 들었다.

하지만 이튿날 아침에 지로가 잠에서 깨어났을 때 오하마는 곁에 없었다. 지로는 벌떡 일어나 집 안을 샅샅이 뒤졌다. 그러나 오하마는 어디에도 없었다. 지로는 간밤에 오하마가 보따리를 들고 왔다는 것을 떠올리고 서둘러 찾아보았지만 보따리도 보이지 않았다.

　지로는 몹시 당황했다. 하지만 집안사람 누구에게도 오하마가 어디 갔느냐고, 언제 떠났느냐고 묻지는 않았다. 지로는 남에게 비밀로 감춰둔 보물을 잃어버린 사람처럼 하루 종일 안절부절못하며 집 안을 어슬렁거렸다. 그런 지로의 모습을 보고 식구들 또한 말을 걸거나 하지 않았다.

　지로는 아침밥을 대충 먹고 밖으로 뛰어나가 마을 어귀에 친구들을 불러모았다. 그러고는 날마다 하던 전쟁놀이를 했는데 어쩐지 재미가 없었다. "돌격!" 하고 외치며 친구들을 앞으로 나가게 해놓고 정작 자기는 길 한가운데 멍하니 서 있었다.

　"뭐야, 오늘은 하나도 재미없잖아."

　참다못한 친구 하나가 투덜거렸다.

　"우리 학교에나 가볼까?"

　다른 아이 하나가 큰 소리로 말했다. 다들 좋다며 떠들어댔다.

　"앞으로 돌격!"

　지로는 친구들을 이 열 종대로 세워놓고 구령을 내렸다. 조금 전까지만 해도 기운이 없어 보이던 지로가 맨 앞에 서서 힘차게 걸어갔다. 지로를 빼고 다른 친구들은 새 학교로 갈 생각이었다. 그런데 갈림길에 다다르자 지로는 왼쪽으로 방향을 틀었다. 그 길은 옛날 학교로 가는 길이었다.

"어디 가는 거야? 새 학교는 이쪽이야."

대열이 흩어지면서 떠들썩해졌다. 잠깐 동안 지로와 친구들 사이에 실랑이가 벌어졌다. 친구들은 다 쓰러져가는 낡은 학교에는 뭐 하러 가느냐고 불평했다. 지로는 텅 빈 학교에서 전쟁놀이를 하는 게 더 재미있다고 주장했다. 서로 한 치도 물러서지 않았다.

"좋아. 그럼 나 혼자 가면 될 거 아냐!"

지로가 화를 내며 혼자 부지런히 옛날 학교 쪽으로 걸어갔다. 친구들이 서로 눈치를 보다가 마지못해 지로를 따라갔다.

그런데 정작 텅 빈 학교에서 지로가 말한 대로 마구 날뛰며 놀자 새 학교와는 견줄 수 없을 만큼 재미있었다. 텅 빈 실내에서 말을 하면 목소리가 울려 퍼졌고, 여기저기 구멍이 뚫린 벽에 막대를 쑤셔넣고 비틀면 주먹만 한 흙이 무너져내렸다. 마치 총탄에 맞아 흙더미가 튀는 것처럼 보였다. 아이들은 진짜 전쟁이라도 치르는 것처럼 흥분했다. 아이들은 복도와 교실에 깔아놓은 마룻바닥을 어렵사리 뜯어내고는 그곳을 참호라고 했다. 운동장에서 주워온 자갈을 총알이나 대포처럼 아무 데나 닥치는 대로 던졌다. 자갈이 흙벽에 부딪히면서 먼지가 일었다. 판자벽에 부딪히면 딱 하고 깨지는 소리가 진동했다. 무덤이나 수호신을 모신 숲에서 전쟁놀이를 하는 것과 달리 눈앞에서 차례로 참담한 장면이 펼쳐져 아이들은 더욱 흥분했다.

지로는 흥분한 친구들이 마구 돌을 던지고 노는 것을 지켜보며 점점 마음이 쓸쓸해지는 것을 감출 수 없었다. 그래서 괜히 이곳으로 친구들을 데려왔다고 후회했다. 지로는 친구들이 낡은 학교 벽에 돌팔매질을 하느라 정신없는 틈을 타서 혼자 살그머니 교지기 방으로 들어갔다. 그러고는 어제 오하마가 앉아 있던 곳에 앉아보았다.

친구들이 던진 자갈이 교지기 방 옆방까지 와르르 소리를내며 날아들었다. 그때마다 지로는 가슴속이 무엇엔가 찔리는 것처럼 아팠다.

'이 방만은 무슨 일이 있어도 다치지 않게 할 거야.'

지로는 갑자기 친구들은 모두 적이고, 자기 혼자 교지기 방을 지키고 있는 것처럼 비장해졌다.

"와아!"

드디어 돌격 명령이 떨어졌는지 쿵쾅거리며 친구들이 복도를 달려오는 소리가 가까워졌다. 조금 뒤 한 아이가 외쳤다.

"어, 지로 어디 갔지?"

"진짜, 어디 갔지?"

"전사했나?"

"바보 같은 소리 하지 마."

"아마 총알을 가지러 갔을 거야."

"그럴지도 몰라."

"지로!"

"지로!"

친구들이 한 목소리로 지로를 불렀다. 지로는 어두컴컴한 교지기 방 한쪽 구석에 몸을 숨기고 바깥을 살피다 친구들이 자기를 부르자 마루 밑으로 기어들어가 숨을 죽였다.

한참 동안 아이들은 지로를 찾아 학교를 뒤졌다. 그러다가 마지막으로 모두 우르르 교지기 방으로 들이닥쳤다.

"여기도 없잖아."

"우릴 바보로 아나. 자기가 오자고 해놓고선."

"이젠 지로하고 안 놀 거야."

"그래, 나도 안 놀아."

"혹시 적에게 부상당한 것은 아닐까?"

"그럴 리 없어."

"가자! 에이 시시해."

"우리 새 학교에 가보자!"

"맞아, 지로도 거기 있을지 몰라."

"그래, 맞아! 먼저 갔나 보다. 빨리 가보자!"

"돌격 앞으로!"

"돌격!"

친구들이 모두 사라진 뒤에야 지로는 반쯤 부서진 복도를 어두운 얼굴로 기웃거렸다. 가끔씩 복도를 굴러다니는 작은 돌들이 발에 밟혔다. 석회 가루와 조각들은 납골당에서나 볼 수 있는 뼛조각처럼 차가워 보였다. 쪼개진 벽 틈새로 희미한 겨울 햇살이 들어왔다. 지로는 이 모든 풍경이 더없이 쓸쓸해 보였다.

'이제 오하마 엄마는 여기 없어.'

지로는 복도에 쭈그리고 앉아 오하마를 생각했다. 눈에서 소리 없이 눈물이 흘러내렸다.

주춧돌

　연말쯤 오하마가 혼다 가로 무사히 도착했다는 편지를 한 통 보냈다. 새해가 지난 지 열흘쯤 지났을 때는 오쓰루가 연하장을 보내왔다. 그 뒤로는 오하마네서 아무런 소식도 없었다.

　오쓰루가 보낸 연하장은 금빛 구름과 푸른 소나무를 인쇄한 싸구려 그림엽서였다. 하지만 지로가 태어나서 처음으로 받아본 소중한 편지였다. 지로는 오쓰루가 보낸 연하장을 귀중품만 보관하는 전대 속 깊숙이 잘 보관해두었다.

　겨울방학이 지나고 지로는 이제 4학년이 되었다. 몇 달이 지나자 새 학교에서 풍기던 나무 내음도 조금씩 사라졌다. 그와 함께 오하마에 대한 추억들도 지로의 머릿속에서 점점 희미해져 갔다.

　지로는 일주일에 몇 번씩 학교가 끝나면 친구들의 눈을 피해 옛날 학교에 잠깐씩 들르고는 했다. 학교 건물은 거의 다 무너지고 주춧돌만 남아 있었다. 허옇게 칠이 벗겨진 주춧돌이 무성하게 돋은 잡초 속에 드러나 있는 것을 볼 때마다 지로는 옛날 생각이 났다.

　그날도 지로가 주춧돌에 앉아 오쓰루가 보낸 연하장을 보고 있는데 어느새 뒤에서 친구들이 다가와 소리쳤다.

　"지로! 뭐 해?"

　깜짝 놀란 지로는 허둥지둥 그림엽서를 전대 속에 집어넣으며 고개를 돌렸다.

　"여기서 뭐 하고 있어?"

　친구 하나가 다시 물었다.

　"이 돌, 움직일 수 있어?"

　지로는 당황해서 멋쩍음을 감추려고 말했다. 그러자 이상하게도 언제나 남들에게 보여주던 그 뻔뻔스러움이 되살아났다.

　"이까짓 돌, 간단해."

　한 녀석이 자신 있다는 듯 주춧돌 귀퉁이를 붙잡았다. 하지만 주춧돌은 꿈쩍도 하지 않았다. 구경하던 친구들이 한꺼번에 달려들어 돌을 흔들어댔다. 그렇게 여럿이서 힘을 주자 겨우 주춧돌 밑에 작은 틈이 생겼다. 그 틈 사이로 헝클어진 명주실을 물에 축여 내동댕이친 것 같은 잡초 뿌리가 보였다. 지로는 소중하게 간직하고 있던 것이 부서지는 것 같아 초조한 마음으로 잡초를 내려다보았다.

　"바보 자식들! 그렇게 다 같이 덤벼들면 움직이는 게 당연하잖아!"

　지로는 화가 난 듯 소리쳤다.

　"그럼 이 무거운 것을 혼자서 들려고 했어?"

그러면서 친구들은 한 발 물러섰다.

"좋아! 나도 혼자 해볼 거야."

방금 나선 아이가 자신 있게 돌을 들어 올리려고 했다. 그러나 혼자서는 아무리 용을 써도 돌은 도무지 움직이지 않았다.

"됐어. 그만해. 우리 힘으론 안 돼."

지로는 전대를 어깨에 걸치며 말했다. 그러고는 친구들에게 아무 말도 하지 않고 가버렸다.

"저 자식, 우릴 바보 취급하네."

친구들은 저마다 한두 마디씩 투덜대며 그렇게 한참을 주춧돌 둘레에 서 있었다. 지로는 뒤도 돌아보지 않고 벌써 큰길까지 나갔다. 서로 얼굴을 마주 보던 친구들도 마지못해 지로를 따라 큰길 쪽으로 갔다.

여름이 다가오자 주춧돌도 완전히 제거되고 학교가 있던 자리는 논이 되었다. 이제는 학교가 어디쯤이었는지 알 수 없을 정도로 변해버렸다.

지로는 오쓰루가 보낸 연하장만은 몇 달이 지나도 전대 속에 잘 보관했다. 연하장은 손때가 묻어 점점 너저분해졌고, 지로도 어느새 흥미를 잃어갔다. 그러다가 어느 날부터인가 아예 보이지 않았다.

오하마와 얽힌 추억이 이렇게 하나씩 사라지면서 어떤 의미에서 지로는 마음이 성장했다. 하지만 가장 믿고 의지했던 세계가 완전히 사라진다는 것이 지로의 마음에 아무런 영향도 끼치지 않을 수는 없었다. 나무가 뽑힌 둑처럼 지로의 마음은 조금씩 무너졌고, 마침내 커다란 동굴을 만들었다. 그 동굴의 존재를 깨달을 때마다 지로는 까닭도 없이 쓸쓸함에 사로잡혔다. 그 쓸쓸함을 전쟁놀이 같은 것으로 채울 수는 없었다. 지로는 혼자 생각에 잠기는 때가 많아졌고, 이윽고 체념하는 법을 알게 되었다. 그리고 그것이 지로의 성격을 어둡게 만들었다.

뿐만 아니라 지로는 이렇게 마음의 변화를 겪는 동안 이상하게 식구들의 죽음을 잇달아 맞았다. 그해 6월 맨 먼저 마사키 가에 사는 큰이모가 돌아가셨다. 석 달 뒤에는 사촌 형 다쓰오가 죽었고, 11월이 되자 병을 앓던 혼다 할아버지가 돌아가셨다.

마사키 가의 큰이모는 대낮에 환한 방에서 숨을 거두었는데, 임종 때 본 크게 뜬 눈과 납 같은 피부색은 어쩐지 무서운 느낌이 들었다. 다쓰오는 갑작스런 병으로 죽었기 때문에 큰이모처럼 얼굴빛이 이상하게 변하지는 않았지만, 자기와 동갑이라 형제들 가운데 가장 친했던 다쓰오의 죽음을 지켜본 뒤로 지로에게는 자신도 언제 죽을지 모른다는 두려움이 생겼다. 그러나 지로의 마음속에 죽음이라는 두 글자를 가장 뚜렷하게 새긴 사람은 혼다 할아버지였다.

카스텔라

할아버지는 위암에 걸려 오래전부터 별채에 누워 있었다. 돌아가시기 열흘 전부터는 친척들이 한두 사람씩 모여 번갈아가며 밤샘을 했다. 그들 가운데는 지로가 처음 보는 사람도 대여섯 명쯤 있었다. 지로는 툭하면 염불을 외우는 나이 든 친척들에게 관심이 쏠렸다. 할아버지는 그분들이 무척 반가웠는지 잠에서 깨어나면 그분들을 머리맡에 불러놓고 이런저런 말을 했다.

"이제 얼마 못 갈 것 같소. 내일이나 늦어도 모레쯤엔……. 이젠 헤어질 때도 됐지."

어느 날 할아버지는 그렇게 말하며 자신을 지켜보는 사람들을 죽 둘러보았다. 할아버지와 눈이 마주칠 때마다 사람들은 고개를 숙이며 눈물을 감추었다. 그러면 할머니가 "나무아미타불, 나무아미타불." 하고 조용히 염불을 외웠다.

할아버지 머리맡에 앉아 있는 노인들도 화답하듯 할머니를 따라 염불을 외웠다. 할아버지도 입속으로 염불을 외우다가 이내 눈을 감고 또 잠이 들었다. 몇 분 뒤 다시 깨어난 할아버지가 말했다.

"슌스케, 오늘은 마지막으로 집을 둘러보고 싶구나……. 미련을 끊기 어려워서 그런가."

슌스케는 할아버지가 무슨 말을 하는지 이해가 안 되었는지 나이 든 친척 분들에게 눈길을 돌렸다.

"미련인가."

할아버지는 한 번 더 똑같이 말하고는 눈을 감았다.

"어떻게 해드릴까요?"

슌스케가 할아버지 곁으로 다가앉으며 물었다.

"덧문…… 덧문짝을 가져와."

할아버지의 눈이 희미하게 열렸다.

그제야 사람들은 할아버지가 말한 뜻을 알아차렸다. 조금 뒤에 나오키치가 정월에 떡을 늘어놓는 기다란 덧문짝을 헛간에서 가져왔다. 슌스케와 친척들이 이불째 할아버지를 들어올려서 문짝에 눕혔다. 그러고는 문짝을 들고 천천히 집 안 여기저기를 거닐었다.

지로는 교이치, 슌조와 함께 할아버지의 뒤를 따랐다. 꽤 많은 사람들이 한꺼번에 몰려다녔지만 무척 정숙했다. 지로에게는 타닥타닥 다다미를 밟는 소리와 노인들 입에서 새어나오는 염불 소리가 음침한 조화를 이루는 것처럼 들렸다.

할아버지가 누워 있는 문짝을 위패를 모신 방으로 들여갔다. 방금 불을 붙인 새 양초가 환하게 타오르면서 불단을 비추었다. 염불 소리가 잦아들었다. 지로는 언젠가 이곳에서 할머니를 넘어뜨린 일이 떠올랐지만, 엄숙하게 울리는 염불 소리에 눌려 그런 생각은 곧 사라져버렸다.

할아버지는 방에 들어갈 때마다 고개를 가볍게 끄덕였다. 지로는 생각해보니 지금까지 할아버지와 살가운 말 한 마디 주고받은 적이 없는 것 같았다. 그런데 오늘따라 쓸쓸한 얼굴로 집 안을 둘러보는 할아버지의 모습이 신기해 보였다. 그런 할아버지를 보며 어쩐지 마음이 짠해지는 것을 느꼈다.

이 층을 제외하고 방이란 방은 모조리 둘러봤다. 그리고 다시 별채로 돌아오기까지 삼십 분이 넘게 걸렸다.

할아버지는 삼십 분 남짓 움직인 것도 힘겨웠는지 별채로 들어오자마자 이내 잠이 들었다. 서쪽으로 기울어지는 햇살이 미닫이문을 훤히 비추었다. 할아버지가 잠든 것을 보고 친척들이 조용히 방을 나갔다. 방 안에는 슌스케와 할머니 그리고 지로, 이렇게 세 사람만 남았다.

지로는 할아버지의 얼굴에서 조금도 눈을 뗄 수 없었다. 우묵하게 패인 눈과 불룩하게 튀어나온 광대뼈, 길게 늘어진 턱수염이 지로를 먼 곳으로 데려갈 것만 같았다.

"너도 기특한 짓을 할 때가 다 있구나."

할머니가 할아버지의 발바닥을 주무르면서 지로에게 말했다.

지로는 할머니가 어떤 칭찬이든 한 뒤에는 으레 귀찮은 심부름을 시킨다는 것을 알고 있었기 때문에 여느 때 같으면 기분이 나빴을 텐데, 이날은 정말 이상했다. 할머니에게 칭찬을 듣고도 아무런 느낌이 없었다. 지로는 말없이 할아버지의 잠든 얼굴만 들여다보았다. 할머니도 염불을 외울 뿐 더는 아무 말도 하지 않았다.

어색하리 만큼 조용한 분위기를 깨고 슌스케가 선반을 가리키며 말했다.

"과자 먹고 싶으면 저기 있으니까 갖고 가서 먹어."

선반 위에는 친척들이 병문안 선물로 가져온 과자 상자가 여러 개 있었다.

"거기 있는 것은 아직 뜯지도 않았다. 나중에 교이치하고 슌조 있을 때 같이 나눠줄 테니까 그때 먹어."

할머니가 곁눈질로 슌스케에게 눈치를 주며 말했다.

지로는 마음이 상했다. 방금 전만 해도 기특하다고 칭찬해주더니 과자 하나가 아까워 나중에 먹으라니. 지로는 슌스케가 조금 마음에 걸렸지만 참지 못하고 밖으로 나왔다.

지로는 곧 이 층으로 올라가 차가운 다다미 위에 누웠다.

감나무 마른 잎 하나가 바람에 날아 들어왔다. 지로는 여태껏 할머니에게 느꼈던 반감과는 또 다른 분노로 말미암아 괴로웠다. 평소처럼 난폭하게 행동하는 것 정도로는 분노가 풀릴 것 같지 않았다. 이토록 화가 난 것이 할머니의 말 때문인지, 그 말을 한 장소 때문인지, 아니면 요즘 들어 계속 우울했기 때문인지는 알 수 없었다. 어쨌든 이런 처참한 기분은 처음이었다. 지로는 오랫동안 천장을 바라보며 누워 있었다.

방 안은 어느새 어둑어둑해졌다.

다시금 할아버지의 얼굴이 떠올랐다. 조금도 무섭지 않았다. 곧이어 할머니의 얼굴도 떠올랐다. 지로는 자기도 모르게 주먹을 불끈 쥐며 윗몸을 일으켰다. 그러나 그것도 잠깐, 지로는 다시 방바닥에 드러누웠다.

조금 뒤 오랫동안 잊고 지낸 오하마네 식구들이 하나하나 떠올랐다. 신기하게도 오하마나 야사쿠 할아버지, 오쓰루의 얼굴보다 눈썹이 굵은 간사쿠와 사팔뜨기 오카네처럼 자기가 싫어했던 사람들의 얼굴이 더 떠올랐다. 지난날 교지기 방에서 밤마다 함께 뒹굴며 단란하게 지내던 시절이 그리워지자, 할머니 때문에 차갑게 식어버린 가슴속이 훈훈해지는 것을 느꼈다.

하지만 다다미의 찬 기운이 발끝에 닿자 지로는 다시 현실을 떠올렸다. 지로는 자신이 왜 이런 곳에 누워 있는지 생각해보았다. 외로움과 분노가 한꺼번에 치밀었다. 도무지 천장만 보고 누워 있을 수가 없어 다다미 위를 데굴데굴 굴러다녔다.

'난 정말 혼다 가 아이일까?'

이제껏 한 번도 그런 생각을 해본 적이 없었는데, 느닷없이 마음속에서 강한 의심이 솟구쳤다. 먼 곳으로 떠나버린 오하마가 한없이 그리웠다. 자신의 비참한 처지를 생각하니 뜨거운 눈물이 흘러내렸다. 그때 슌스케가 촛대를 들고 이 층으로 올라왔다. 그리고 한동안 지로를 내려다보더니 이렇게 말했다.

"왜 이런 데 숨어 있어? 감기 들면 어쩌려고. 맛있는 거 가져왔다. 먹고 싶은 만큼 실컷 먹고 내려와."

슌스케는 촛대를 바닥에 내려놓으며 묵직한 상자 하나를 지로에게 던졌다. 그러고는 아무 말 없이 아래층으로 내려갔다.

지로는 꼼짝도 하지 않았다. 그러나 모르는 척하는 것도 아버지에게 미안한 짓이라는 생각이 들어 슌스케의 발소리가 완전히 사라진 뒤에 슬그머니 일어나 상자를 열었다. 상자 속에는 삼분의 일쯤 먹다 남은 카스텔라가 들어 있었다. 조그만 나무칼도 있었다. 지로는 어안이 벙벙했다. 부드럽고 달콤한 카스텔라가 상자째 자신에게 굴러들어 왔다. 살면서 이날 같은 날은 처음이었다. 지로는 카스텔라가 두렵다는 생각까지 들었다. 아빠가 무슨 뜻으로 자기에게 카스텔라를 준 것일까 의심도 해보았다. 하지만 카스텔라의 달콤한 향기를 맡자 그런 쓸데없는 생각은 눈 깜짝할 사이에 사라졌다. 아빠가 여느 때와 다름없는 밝은 목소리로 다 먹고 내려오라고 한 말만 귓전에 맴돌면서 잠깐 동안 아빠를 의심하던 마음도 말끔히 사라졌다.

입에 침이 고였다. 먼저 나무칼로 카스텔라를 한 조각 잘랐다. 카스텔라를 자르면서 한꺼번에 너무 많이 먹으면 다른 사람들이 자기를 비웃을지도 모른다는 생각이 들었다. 하지만 달콤한 맛이 혀끝을 감도는 순간 멈출 수가 없었다. 나무칼로 카스텔라 조각을 점점 더 크게 잘라냈다. 그러다가 지로는 너무 욕심껏 먹었다가는 아빠마저 자기를 비웃을 것이라는 생각에 조금 걱정이 되었다. 카스텔라는 아직 절반쯤 남아 있었고, 나무칼이 지나간 자리가 울퉁불퉁해서 보기 흉했다. 지로는 잘라낸 자리를 고르게 다듬기 위해 카스텔라 끝을 얇게 도려내 한입에 삼켰다. 처음 모양과 어느 정도 비슷해진 것처럼 보이자

182

지로는 나무칼을 상자에 넣고 다시 뚜껑을 닫았다.

'역시 난 아빠 아들이야.'

지로는 자신이 혼다 가 사람이라는 믿음이 생겼다. 그러다 다시 우울해졌다.

'그런데 왜 내 이름은 하필 둘째라는 뜻인 지로라고 지었을까. 교이치는 할아버지 이름에서 따오고, 슌조는 아빠 이름을 따랐으면서 왜 내 이름만 그냥 지로라고 지었을까.'

지로는 이름에 대한 의문으로 이미 전부터 괴로워했기 때문에 이런 고민에 아주 익숙해 있었다. 그래서인지 의구심은 또 머릿속에서 이내 사라졌다. 지로는 그보다 카스텔라 상자를 그냥 둘 것인지, 아니면 아래층으로 가져갈 것인지 고민에 빠졌다.

그때 아래층에서 웅성거리는 소리가 들렸다. 지로는 혹시 할아버지에게 무슨 일이 생긴 것은 아닐까 걱정스런 마음으로 카스텔라 상자를 겨드랑이에 낀 채 서둘러 계단을 내려가 별채로 달려갔다. 별채에는 사람들이 꽉 들어차 있었다. 사람들은 대부분 자리에 서서 할아버지를 내려다보고 있었다. 지로가 사람들 틈을 비집고 할아버지 앞에 갔을 때는 마침 의사가 할아버지 팔에 주사 한 대를 놓고 난 바로 뒤였다.

"앞으로 하루 이틀은 아무 일 없을 겁니다. 하지만 오늘처럼 무리해선 곤란합니다."

의사는 슌스케에게 속삭이듯 말했다.

"그래도 살살 모셨는데……."

"아무리 조심한다고 해도……. 되도록 움직이지 않는 게 좋습니다. 환자 상태가 워낙 위급하니까요."

진찰이 끝났는지 의사는 가방을 들고 나갔다. 사람들도 안심한 듯 의사를 따라서 밖으로 나갔다. 방 안에는 식구들과 염불을 좋아하는 나이 든 친척 몇 명만 남았다.

지로는 그때까지 문간에 서 있다가 사람들이 밖으로 나가는 것을 보고 자기도 아무 데나 앉으려고 했다. 그 순간 지로는 아직도 자기가 겨드랑이에 카스텔라 상자를 끼고 있다는 것을 깨닫고 당황했다.

"지로, 너 뭘 끼고 있는 거냐?"

이번에도 맨 먼저 오타미가 지로가 옆구리에 끼고 있는 상자를 보았다. 식구들이 한꺼번에 지로에게 눈길을 돌렸다. 그러자 할머니가 말했다.

"아니, 그거 카스텔라 상자 아니냐? 거실에 둔 게 없어져서 찾았더니 네 녀석이 훔쳐갔던 게로구나."

목소리는 크지 않았지만 독살스런 말투였다.

"제가 먹으라고 줬어요. 지로, 카스텔라 남았니? 남았으면 교이치하고 슌조에게도 좀 주지 그러냐. 설마 그 큰 것을 다 먹진 않았겠지?"

슌스케가 굳은 얼굴로 말했다. 차가운 공기가 방 안에 감돌았다. 지로는 상자를 교이치 앞에 내려놓고 슌스케 곁에 앉았다. 지로는 당당해 보이려고 애썼다.

그 뒤로도 한참 동안 모두 말이 없었다. 지로는 고개를 숙이고 있다가 할아버지에게 눈길을 돌렸다. 그러나 마음속으로는 여전히 할머니와 엄마를 보고 있었다.

그로부터 사흘이 더 지난 뒤 할아버지가 위독해졌다. 이미 자정을 넘긴 시각이어서 지로와 식구들은 잠들어 있었다. 다행히 누가 깨워주어 지로는 졸린 눈을 비비며 할아버지의 임종을 지킬 수 있었다. 염불 소리 속에서 지로도 새 깃털로 할아버지의 입술을 축여 드렸다.

"임종입니다."

목소리를 한껏 낮춘 의사의 말이 맨 뒤쪽에 앉아 있는 사람들에게까지 똑똑히 들렸다. 지로는 반쯤 감긴 할아버지의 눈을 보면서 죽음이 무엇을 뜻하는지 곰곰이 생각해보았다. 방금 본 모습이 무섭지도 그렇다고 슬프지도 않았다. 다만 사람이 죽으면 모든 게 끝이라는 것만은 분명히 이해할 수 있었다.

맨 처음 소리 내어 울기 시작한 사람은 할머니였다. 할머니가 우는 소리에 맞추어 여기저기서 훌쩍거리는 소리가 들렸다.

"세상 떠날 것을 사흘 전부터 알고 집 안을 샅샅이 둘러보셨구려."

할머니는 떨리는 목소리로 그렇게 말하고 할아버지의 눈꺼풀을 어루만졌다.

"암요……."

"그렇고말고요."

할머니의 말에 맞장구를 치는 소리가 여기저기에서 들렸다. 또 한동안 염불 소리만이 방 안을 가득 메웠다.

지로는 아직 다른 사람들처럼 슬픈 얼굴을 할 수 없었다.

'지금은 울고 있지만 며칠 지나면 할머니는 또 카스텔라 얘기를 꺼내겠지.'

지로는 슬퍼하는 사람들을 살펴보다가 문득 그런 생각이 들었다. 할머니에 대한 반감 때문에 그런 생각이 든 것은 아니었다. 죽은 할아버지를 보면서 '죽으면 모든 게 끝난다.'는 생각이 '죽지 않으면 아무것도 끝나지 않는다.'는 생각으로 옮겨갔기 때문에 카스텔라가 떠오른 것뿐이었다.

메뚜기 머리

요시오와 류이치는 책가방을 길가에 내던지고 메뚜기 머리 따는 일에 빠져 있었다. 메뚜기 머리를 딸 때는 먼저 메뚜기를 잡아서 사람 옷을 물게 한 다음에 메뚜기가 방심한 틈을 노려 몸통을 잡아당긴다. 성공하면 옷에 메뚜기 머리만 남는 잔인한 장난이었다. 옆에서 보기에도 끔찍할 만큼 잔혹했다.

"난 벌써 다섯 마리째야!"

요시오가 싱글싱글 웃으며 말했다.

"나도 조금 있으면 다섯 마리야!"

류이치는 조바심이 나는 듯 지지 않고 대꾸했다. 이마에는 땀이 송골송골 맺혀 있었다.

"먼저 열 마리가 되는 사람이 이기는 거야."

"알고 있어."

"내가 이기면 뭐 줄 건데?"

"주머니칼 줄게."

"좋아. 내가 지면 색연필 줄게."

"나도 다섯 마리다. 제길, 또 떨어졌네. 얘는 왜 이렇게 물질 못해."

그러면서 류이치는 머리와 몸통이 분리된 메뚜기 한 마리를 땅바닥에 내동댕이쳤다.

"난 이제 여섯 마리야."

요시오는 착 가라앉은 목소리로 말했다.

"제기랄! 내가 질 줄 알고."

류이치는 얼굴이 빨개져서 서둘러 다른 메뚜기를 잡으려고 수풀을 휘저었다.

요시오는 마을 면장의 둘째아들이고, 류이치는 의사 집 막내 아들이다. 서로 이웃이라 잘 어울려 놀았지만, 면장과 의사라 는 두 집안에 감도는 묘한 경쟁의식이 아이들에게도 영향을 미 친 탓인지 속마음을 털어놓을 만큼 친하지는 않았다. 류이치는 단순해서 남들이 부추기면 쉽게 넘어갈 만큼 순진한 면이 있는 데, 요시오는 꾀가 많고 음흉해서 류이치가 없는 곳에서 자주 류이치 부모의 흉을 보고는 했다. 둘이 내기를 해도 이기는 쪽 은 언제나 요시오였다. 오늘도 요시오가 먼저 메뚜기 머리 따 기 내기를 하자고 류이치를 꾀었다.

이때 지로가 터벅터벅 짚신을 끌며 두 아이 곁을 지나갔다. 지로는 친구들과 잘 어울리지 못했다. 학교가 끝난 뒤에도 주 로 혼자 생각에 잠겨서 돌아오는 경우가 많았다.

"야, 지로! 이것 좀 봐. 내가 이긴 거나 다름없어."

요시오가 지로를 불러세웠다.

메뚜기 머리 따기는 얼마 전까지만 해도 또래 가운데 지로가 가장 잘했다. 하지만 지로는 몸통이 떨어져 나간 메뚜기 머리가 두 아이의 옷옷에 달라붙어 있는 것을 보고 어쩐지 기분이 나빴다. 지로는 요즘 살아 있는 생물의 목숨을 함부로 빼앗는 이런 장난이 마땅치 않았다. 지로는 말없이 두 아이가 하는 짓을 지켜보기로 했다.

류이치는 지로가 구경하는 것을 알고 더욱 조바심을 냈다. 메뚜기를 달라붙게 하려고 주둥이에 옷을 억지로 갖다 대었다. 그러나 강제로 할수록 메뚜기는 옷옷을 물지 않았다.

"류이치, 나 여덟 마리야!"

요시오는 곁눈질로 지로를 흘금거리며 의기양양하게 외쳤다.

지로는 요시오를 별로 좋아하지 않았다. 그런 요시오가 자기 눈치를 살피며 류이치를 약 올리는 것을 보자 슬슬 화가 치밀었다.

"류이치, 그만 해. 나쁜 짓이야."

지로는 요시오의 흉계를 망쳐놓기로 작정했다.

"안 돼. 금방 따라갈 거야."

류이치는 지로가 한 말에는 아랑곳하지 않고 오히려 화를 냈다.

"그만두는 놈이 지는 거다."

요시오는 교활하게 눈을 빛내며 류이치에게 다짐을 받았다. 요시오는 벌써 아홉 마리째 메뚜기를 잡아 옷에 매달고 있었다.

"이봐, 아홉 마리야. 이제 한 마리밖에 안 남았어."

요시오는 이제 이겼다고 생각하며 메뚜기 몸통을 잽싸게 잡아당겼다. 몸통은 눈 깜짝할 사이에 연두색 머리 밑으로 길게 늘어졌다. 그것을 보는 순간 지로의 마음속에 작은 파장이 일었다. 얼마 전에 돌아가신 할아버지의 얼굴이 떠오른 것이다. 그것은 찰나였다. 다음 순간 지로는 요시오의 가슴에 사납게 덤벼들어 메뚜기 머리를 모조리 떨어뜨렸다.

"뭐 하는 거야, 이 바보 자식아!"

요시오가 비틀거리며 외쳤다. 그러고는 한 대 칠 듯이 지로를 향해 주먹을 치켜들었다. 하지만 그 모양은 오히려 지로가 덤빌까 봐 두려워서 자신을 방어하려는 자세로 보였다. 요시오는 족제비처럼 눈을 반짝이며 지로를 노려보았다.

"류이치, 집에 가자."

지로는 아무 일도 없었다는 듯 류이치에게 말했다. 류이치는 그때까지도 메뚜기 한 마리를 손에 쥔 채 멀뚱히 지로와 요시오를 보고만 있다가 지로가 부르는 소리를 듣고는 재빨리 풀숲에 메뚜기를 던졌다.

"우리 집에 갈래?"

"그래, 가자."

둘은 곧 책가방을 들고 나란히 걸었다. 류이치는 아직도 웃옷에 메뚜기 머리가 달라붙어 있다는 것을 깨닫고 서둘러 털어냈다.

"이 자식, 두고 봐! 류이치, 너도 가만 안 둘 거야!"

요시오는 분해서 두 아이의 뒷모습을 바라보며 몇 번씩 소리를 질렀다.

난투

약 냄새가 물씬 풍기는 약국 앞 복도를 지나 막다른 곳에 다다르면 이 층으로 올라가는 계단이 나왔다. 류이치의 공부방은 이 층에 있었다. 방 한쪽 벽 전체에 달린 선반에는 그림책과 장난감들이 가득했다. 방은 조금 어두웠지만 창문을 열면 제법 시원한 바람이 들어왔다.

그 무렵 지로는 거의 하루도 빼놓지 않고 류이치네 집에서 놀았다. 친구라고 할 만한 아이가 류이치뿐이었기 때문이다. 류이치가 전에 같이 놀던 아이들보다 마음에 들었다기보다는 류이치의 공부방이 마음에 들었다. 언제부터인가 지로는 바깥에서 난폭하게 뛰노는 데 싫증을 느꼈다. 대신 책을 읽거나 그림을 그리며 노는 것을 훨씬 좋아했다. 그런 지로가 류이치의 공부방을 뜻하지 않게 발견한 것이다. 혼다 가에는 없는 갖가지 동화책은 물론이고 아무도 잔소리하는 사람이 없어서 자유롭게 놀수 있었다. 그래서인지 류이치네 집에 오기만 하면 집에 있을 때보다 마음이 훨씬 차분하게 가라앉았다. 지로가 특별히 류이치네를 좋아하게 된 까닭은 한 가지가 더 있다. 바로 류이치의 누나 하루코 때문이었다. 하루코는 지난해에 여학교를 졸업하고 간호사 대신 아버지를 돕고 있었다. 더러 이 층에 올라와 이런저런 이야기도 해주고 간식도 주어서 지로는 공부방보다 하루코를 더 좋아했다. 하루코와 이야기하다 보면 자기에게도 이런 누나가 있으면 얼마나 좋을까 하는 생각이 들었다.

둘은 공부방에 올라와 선반에서 저마다 좋아하는 것을 꺼내 놓았다. 류이치는 싫증을 잘 내는 성격이어서 한 가지 놀이를 오래 하지 못했다. 그런 점을 지로는 잘 알고 있어서 이 방에서만큼은 류이치가 하고 싶어 하는 대로 놀아주었다. 그래서 시간이 조금만 지나면 방 안에는 책과 장난감이 어지럽게 뒹굴었다.

"이게 뭐야! 오늘 아침에 깨끗이 청소했는데."

사다리를 올라오다가 하루코가 희고 포동포동한 얼굴을 내밀며 말했다.

"누나, 오늘은 간식 안 줘?"

류이치는 하루코를 보자마자 먹을 것을 달라고 졸랐다.

"간식 달라고? 이렇게 어질러놓고."

하루코는 미간을 찌푸리며 류이치를 쏘아보았다. 지로가 보기에 진짜로 화난 것 같지는 않았다. 지로는 누나에게 야단맞는 류이치가 한없이 부러웠다.

"간식 안 주면 때릴 거야."

류이치가 그림책을 둘둘 말아 때릴 것처럼 휘둘렀다.

"누나를 때리겠다고? 지로가 흥볼 텐데. 방 좀 치우면서 놀

아. 간식 가져올 테니까."

하루코는 그렇게 말하며 어질러진 방 안을 손수 정리했다. 지로도 하루코를 도와 방을 청소하고 싶었다. 하지만 어쩐지 쑥스러운 생각이 들어 엉거주춤 일어서며 슬쩍 류이치를 보았다.

"지로는 착하지? 나 좀 도와줄래?"

하루코가 그렇게 말하니 더 꾸물거릴 필요가 없었다. 지로는 부랴부랴 어질러놓은 장난감과 그림책들을 선반 위에 가지런히 쌓아올렸다. 방은 다시 깨끗해졌다.

"고마워, 지로. 내가 맛있는 거 갖다줄게. 여기 편하게 앉아 있어."

하루코는 손수건으로 입 언저리를 닦으며 방 한가운데 털썩 앉았다.

"뭐 줄 건데?"

그때까지 시무룩하게 창가에 서 있던 류이치가 하루코의 어깨를 두 팔로 감싸며 물었다.

"더워. 저리 가. 누나가 도와달라고 할 땐 못 들은 척하더니."

말은 그렇게 하면서도 하루코는 소매 속에서 조그만 종이 봉지를 꺼냈다. 종이 봉지에는 눈깔사탕이 열 개쯤 들어 있었다. 셋은 하나씩 사탕을 입에 물었다. 방 안이 갑자기 조용해졌다.

햇살에 내려앉은 벽오동나무 그림자가 창가에 어렸다. 아늑한 정적이 온 집 안에 감돌았다. 지로는 이제 가야 할 시간이 되었다고 생각했다. 집으로 돌아갈 것을 생각하니 아쉬움이 밀려왔다.

"지로, 오늘 낮에 요시오랑 무슨 일 있었어?"

갑자기 하루코가 심각한 표정을 하고 지로와 류이치를 보았다.

"응, 별일 아니야."

류이치가 눈깔사탕을 입 안에서 굴리며 대답했다. 지로는 잠자코 있었다.

"근데 아까부터 좀 이상하더라."

"뭐가?"

"다케랑 데쓰가 계속 우리 집 뒷문 쪽에서 서성이고 있어. 왜 그러냐고 물었더니 지로짱 아직 있냐고 그러잖아. 요시오가 지로를 가만두지 않겠다고 했대."

"그 자식이 날 가만두지 않겠다고 했다고? 내가 되레 가만 안 둘 거야!"

지로는 분을 이기지 못하고 벌떡 일어서며 외쳤다. 반쯤 남아 있던 눈깔사탕을 으드득으드득 씹으며 밖으로 뛰쳐나가려고 했다.

"안 돼, 지로. 요시오는 교활하다고. 여러 명 데리고 온 것 같아."

"비겁한 놈! 나 그런 놈들한테 안 져."

"맞아, 지로가 얼마나 센데. 나도 구경해야지."

류이치까지 자리에서 일어났다.

"그만 해. 싸움 같은 건 하면 안 돼. 지로, 나가지 마. 류이치랑 저녁 먹고 가. 내가 맛있는 거 해줄게."

지로는 그때까지 류이치네 집에서 밥을 먹어본 적은 없었다.

류이치네는 물론이고 아직 단 한 번도 친구 집에서 밥을 먹어본 적이 없었다. 지로는 당장이라도 뛰쳐나갈 기세였다가 저녁 먹고 가라는 하루코의 말 한 마디에 그만 마음이 사르르 녹아버렸다. 그렇다고 방금 전까지 화를 냈는데 이제 와서 아무 일 없었다는 듯 자리에 앉기도 창피해서 그 자리에 선 채 머뭇거렸다.

"그래도 괜찮지? 어머니껜 내가 말씀드릴게."

"그래 지로, 밥 먹고 가. 요시오는 내일 학교에서 혼내주면 돼."

류이치도 친구랑 같이 밥을 먹는다는 즐거움에 가슴이 두근 거려 지로의 손을 잡아끌었다.

"내일이면 요시오도 싸우려 들지 않을 거야. 그러니 오늘은 밖에 나가지 마. 자고 가도 괜찮으니까."

지로는 요시오 따위는 이제 아무래도 상관없다는 듯 마음이 사뭇 가라앉았다.

저녁은 거실에 붙은 넓은 툇마루에서 류이치네 식구들과 함께 먹었다. 옻칠을 한 큰 밥상이 거울처럼 번쩍였다. 은테 안경을 쓴 류이치 아버지는 지로의 뒤쪽에 앉아 따로 상을 받았는데, 지로는 류이치 아버지가 자기 등만 보고 있는 것 같아서 조금 거북했다. 그러나 하루코가 이것저것 반찬을 챙겨주고 마음 써준 덕분에 쑥스러움을 잊고 즐겁게 밥을 먹었다. 마사키 가에서 먹을 때만큼 양껏 먹지는 못했지만, 지금까지 몰랐던 식구들이 정겹게 함께 밥 먹는 기분을 어린 마음에도 느낄 수 있었다.

저녁을 먹고 나서 지로와 류이치는 속옷 차림으로 마당에 있

는 평상에서 팔씨름을 했다. 류이치는 힘에서 지로의 상대가
되지 못했다. 지로는 한 번쯤 져줄까 생각했지만, 그러기도 전
에 상대가 되지 않는 팔씨름이 재미없어졌는지 류이치가 싫증
을 냈다. 지로가 걱정한 것과 달리 류이치가 억울해하는 것 같
지는 않았다.

"저기 별 떴다!"

그때 류이치가 서쪽 하늘을 가리키며 외쳤다. 류이치가 말한
대로 샛별이 황홀하게 빛나고 있었다. 둘은 평상에 누워 별이
총총하게 떠오르는 하늘을 올려다보았다. 새로운 별이 하나 둘
씩 나타날 때마다 서로 자기가 먼저 보았다고 떠들어댔다. 그
렇게 놀면서도 지로는 하루코가 빨리 자기들이 있는 쪽으로 오
기만을 기다렸다. 하늘에 자개를 박아놓은 것처럼 별들이 가득
찼을 때 하루코가 평상으로 다가와 앉았다. 지로는 하루코의
화장품 냄새가 어둠을 타고 은은하게 풍겨오는 것을 느꼈다.

"모기 물리면 안 돼."

하루코가 들고 있던 부채로 모기를 쫓으며 말했다. 지로는 왠
지 누워 있으면 안 될 것 같아 비스듬히 몸을 일으켰다.

"지로, 집에 가고 싶으면 말해. 아무에게나 부탁해서 바래다
주라고 할게."

지로는 하루코가 평상에 앉자마자 이렇게 말하는 바람에 실
망했다. 하지만 그런 말을 듣고도 가지 않겠다고 하는 것도 난
처해서 말없이 평상을 내려갔다.

"자고 가도 괜찮겠어? 어머니께 야단맞지 않을까?"

"나, 갈래."

지로는 그렇게 대답하는 수밖에 없었다.

"그래? 그럼 아빠한테 바래다주라고 할게."

지로가 생각하는 것과 달리 하루코는 담담하게 말했다.

"혼자 갈 수 있어."

"안 돼. 요시오 패거리가 근처에 숨어 있을지도 몰라. 요시오
는 끈질긴 아이야."

"난 지지 않아."

"이기든 지든 난 싸움하는 사람 정말 싫어."

하루코의 말이 지로의 머릿속에서 강하게 울렸다. 그러나 무
서워서 다른 사람이 데려다주었다고 요시오가 놀릴 것을 생각
하면 도저히 바래다 달라고 말할 수 없었다.

"지로, 우리 집에서 자고 가."

류이치가 누워 있다가 윗몸을 일으키며 말했다. 지로는 하루
코의 표정만 살필 뿐 대답하지 않았다.

"그렇지만 어머니가 걱정하시면 어쩌지?"

하루코는 정말 걱정스럽다는 얼굴로 되물었다.

"야단맞지는 않겠지만……."

지로는 류이치가 좀 더 강하게 자기를 붙잡아주기 바라면서
아리송하게 대답했다.

바로 그때였다. 평상에서 조금 떨어진 앞마당에서 산울타리
가 바람도 불지 않는데 와삭와삭 흔들렸다. 분명 누군가 밖에
서 흔드는 모양이었다. 모두 울타리 쪽을 보았다.

"누구세요?"

하루코가 물었다. 그러나 아무 소리도 들리지 않았다.

"개가 돌아다니나?"

자리에서 일어나 산울타리 쪽으로 몇 발자국 걸어가던 하루코가 중얼거렸다.

"사람일세."

산울타리 밖에서 아이들이 장난기 가득한 목소리로 말하는 게 들렸다. 그 말을 신호로 네댓 명이 큰 소리로 한꺼번에 웃었다.

산울타리 밖이 시끄러워졌다.

"수양아들, 꼬맹이, 영차! 꼬맹이 지로 자식, 영차!"

이 마을의 본 오도리(일본에서 음력 7월 15일 밤에 남녀가 모여 둥그렇게 돌면서 추는 춤) 가락에 맞추어 아이들이 지로를 놀렸다. 아이들은 흥이 났는지 발장단이라도 치듯 울타리를 걷어찼다.

"저런 못된 녀석들! 지로, 나가면 안 돼!"

산울타리 쪽에 서 있던 하루코가 몸을 반쯤 돌려 오른손을 뒤로 흔들며 타이르듯 말했다. 하지만 그때는 이미 지로가 평상에서 자취를 감춘 뒤였다. 지로는 속옷 바람으로 뒷문을 빠져나가 요시오 패거리에게 달려들었다.

조금 뒤 산울타리 밖에서 난투가 벌어졌다.

"아악!" 하는 비명, 나무토막이 서로 부딪치는 소리, 한데 엉겨 땅바닥을 뒹구는 검은 그림자.

"아빠, 큰일 났어요! 아빠, 아빠!"

하루코가 다급하게 소리를 질렀다. 아이들을 뜯어말리려고 어른들이 뛰어나왔을 때 지로는 서너 명에게 나무 몽둥이로 얻어맞고 있었다. 그런데 정작 비명을 지르는 주인공은 지로가 아니었다. 지로는 한 아이의 배를 깔고 앉아 얼굴과 머리를 두 손으로 미친 듯이 할퀴었다. 깔린 아이는 바로 요시오였다. 요시오의 얼굴은 지로의 손톱에 긁혀 피범벅이 되었다.

그러나 지로 몸에 난 상처에 견주면 아무것도 아니었다. 지로의 발가벗은 몸뚱이는 여기저기 보랏빛 피멍이 들어 있었다. 뒤통수 쪽이 찢어졌는지 샘솟듯이 피가 흘러 가슴을 적셨다. 지로가 밝은 전등 아래 이를 악물고 나타났을 때 하루코와 류이치네 식구들은 그 모습을 보고 너무 놀라서 말도 제대로 하지 못했다.

의사인 류이치의 아버지가 지로의 상처를 두 바늘 정도 꿰맸다. 하루코는 붕대를 감아주며 혼잣말처럼 나직이 소곤거렸다.

"지로네 집엔 뭐라고 말씀드리지? 상처가 아물 때까지 우리 집에서 지내면 안 될까?"

지로는 하루코가 하는 말을 듣고 가슴이 두근거렸다. 그러나 붕대를 다 감기도 전에 복도가 시끄러워지더니 진찰실 문이 열렸다. 오타미였다. 몇 분 뒤에 지로는 오타미를 따라 어둔 밤길을 터벅터벅 걸어갔다.

누나

　다음 날 지로는 머리에 붕대를 감고 학교에 나타났다. 당연히 아이들의 주목을 받았다. 그러나 누구도 붕대를 보며 어제 싸움에서 지로가 졌다고 생각하지는 않았다. 지로의 이름은 아이들 사이에서 조금씩 잊히고 있었는데, 어제 일로 다시금 학교 전체에 퍼져 나갔다. 형들마저도 학교를 오가는 길에 지로와 마주치면 아부하듯 몸은 좀 나았느냐고 물어볼 정도였다. 요시오 패거리는 언제나 지로의 눈치만 살피며 요리조리 피해 다녔다.

　지로는 예전 같으면 아이들이 그런 태도를 보일 때 우쭐했겠지만, 이번에는 달랐다. 아이들이 자신을 어떻게 생각하든 관심 밖이었다. 지로는 여전히 무뚝뚝했다. 쉬는 시간이면 혼자 무언가 골똘히 생각하기 위해 조용한 곳으로 자리를 옮겼다. 아이들 눈에는 그런 지로가 자신들을 협박하는 것처럼 비쳤다.

　"잘못 맞았으면 아마 죽었을 게다." 오타미와 함께 혼다 가로 돌아오자 어른들은 지로를 보며 죽지 않은 게 다행이라고 말했다. 지로는 자꾸 그 말이 떠올라 혼자 생각하는 시간이 많아졌다. 하지만 죽는다는 말은 조금도 두렵지 않았다. 가끔은 어른들 말처럼 그날 저녁 자신이 죽었다면 어떻게 되었을까 궁금했다. 산울타리 밑에 피투성이가 되어 쓰러져 있는 것을 상상해보기도 했지만, 슬프거나 두렵지는 않았다. 다만 그것으로 모든 게 끝났을 거라는 생각만 들었다.

그렇게 죽어 있는 자신을 상상하다 보면 자연스레 여러 사람들이 자기 시체를 둘러싸고 있는 모습이 함께 떠오르고는 했다. 그럴 때는 지로의 마음도 심하게 요동쳤다. 아빠, 엄마, 할머니, 하루코가 서로 다른 표정을 하고 자기를 내려다보고 있다. 그 가운데서도 할머니의 얼굴이 떠오르면 지로는 무슨 일이 있어도 할머니보다 먼저 죽어서는 안 되겠다고 생각했다. 반대로 아빠나 하루코를 떠올리면 처량한 생각이 들면서 죽는 것도 행복하다는 생각이 머리를 스쳤다.

'내가 죽으면 엄만 어떤 표정을 지을까?'

지로는 엄마의 표정이 가장 궁금했다. 마지막에는 언제나 엄마가 어떤 표정을 하고 있을지 상상해보았지만, 무슨 까닭인지 다른 사람들처럼 또렷하게 떠오르지 않았다. 어떤 날은 엄마의 얼굴이 오하마로 변하기도 했다. 그럴 때면 죽는 게 진짜 무서워졌다. 그러고는 갑자기 현실로 되돌아와 오하마를 생각했다.

오하마에 대한 기억은 대부분 희미해졌다. 그래서 오하마를 생각하면 더욱 씁쓸했다. 그럴 때마다 대신 류이치가 지로의 마음을 톡톡히 위로해주었다. 류이치는 지로가 무슨 생각에 잠겨 있는지 몰라도 쉬는 시간에 지로가 혼자 멍하니 앉아 있으면 다른 아이들과 달리 아무런 거리낌 없이 지로에게 다가갔다. 지로는 류이치를 보며 하루코를 떠올렸고, 그러면 등 뒤에서 하루코가 붕대를 바꿔 감아줄 때 느꼈던 그 마음이 되살아나 다시 밝아졌다.

하루코와 지로를 이어주던 붕대도 열흘쯤 지나자 감고 다닐 필요가 없어졌다. 하루코가 반창고를 붙여주며 밝은 목소리로 말했다.

"이제야 마음이 놓이는구나. 더운 거 참느라 힘들었지? 앞으론 그런 바보 같은 짓 하면 안 돼."

그러나 지로는 세상에서 가장 큰 즐거움을 빼앗긴 사람처럼 쓸쓸하게 앉아 있었다.

"누나."

어느새 진료실에 들어온 류이치가 하루코에게 말했다.

"학교에서 애들이 누굴 가장 무서워하는지 알아? 지로야. 내가 지로하고 친한 걸 알고 나까지 무서워해."

"이 바보야, 그걸 말이라고 하니?"

하루코는 웃음을 참으며 류이치를 나무랐다. 하지만 이내 얼굴이 어두워지며 물었다.

"지로는 친구들이 무서워하면 좋아?"

지로는 하루코가 정색을 하고 묻는 바람에 조금 당황했다. 쓸데없는 말을 지껄인 류이치가 원망스러웠다.

"류이치, 왜 누나한테 거짓말을 해. 누가 날 무서워한다는 거야?"

지로는 화를 내며 말했다.

"거짓말 아니야. 어제만 해도 지로가 지나가니까 술래잡기하던 애들이 모두 도망쳤어."

"그러면 못써."

하루코는 지로의 뒤통수에 반창고를 붙이며 부드러운 목소리로 말했다. 지로는 어떻게든 변명거리를 찾았지만, 뭐라고 해야 좋을지 몰라서 의자에 앉아 멈칫거렸다. 그러자 갑자기 하루코가 뒤에서 지로의 어깨를 감싸 안으며 말했다.

"지로, 부탁이야. 이제부터 착한 아이가 되는 거야. 알았지?"

하루코의 뺨이 지로에게 다가왔다. 그 순간 지로는 따스한 기운에 휩싸인 것 같은 착각이 들었다. 정신이 멍해졌다. 그리고 기뻐서인지 슬퍼서인지 모를 눈물이 방울방울 무릎 위에 떨어졌다.

"오하마 아주머니가 이 사실을 알면 얼마나 걱정하시겠니?"

하루코가 지로의 귓가에 대고 떨리듯 속삭였다.

지로는 그 말을 듣고 의자에서 내려와 하루코의 품으로 달려들었다.

"내가 잘못했어. 내가…… 내가……."

지로는 하루코의 가슴에 얼굴을 파묻고 흐느끼며 말했다. 하루코는 가만히 지로의 머리를 쓰다듬었다.

"이제 안 그럴 거지? 그럼 됐어."

"뭐야, 시시하게. 누난 너무 건방져. 누나가 뭔데 지로를 야단치는 거야."

류이치가 둘 다 왜 그러는지 모르겠다는 표정을 지으며 진료실 문에 기대서서 입을 비죽이며 말했다.

"뭘 잘못했는지 알겠니? 그럼 됐어. 이제 그만 울어. 류이치랑 이 층에 올라가 있어. 누나가 간식 줄게."

류이치는 간식이라는 말에 지로의 손을 잡아끌었다. 지로는 한 손으로 눈물을 훔치며 어른 손에 끌려가는 아이처럼 류이치를 따라 이 층으로 올라갔다.

상처가 다 나은 뒤에도 지로는 날마다 류이치네 집에 놀러 갔다.

그리고 지로도 류이치처럼 하루코를 누나라고 부르게 되었다. 하루코를 누나라고 부르기까지 지로는 적잖이 애를 써야 했다. 어느 날인가 셋이 함께 장난을 치며 떠들고 있을 때 류이치가 "누나, 그럼 안 돼!" 하고 말한 것이 발단이었다. 지로는 이때다 싶어 류이치를 흉내 내며 하루코를 누나라고 불렀다. 그런데 정작 그렇게 불러놓고 얼굴이 화끈거려 견딜 수가 없었다. 다행히 하루코와 류이치는 지로가 그러는 것을 전혀 눈치 채지 못했다. 자신감이 생긴 지로는 기회 있을 때마다 하루코를 계속 누나라고 불렀다.

"어머, 언제부터 지로가 날 누나라고 불렀지?"

하루코가 신기하다는 듯 그 말을 꺼낸 것은 그로부터 한참 지난 뒤였다.

몰락

"여보, 당신 이제 어떻게 할 작정이에요? 교이치도 곧 중학교에 들어가야 하는데."

"중학교 정도는 어떻게 되겠지."

"어떻게 되다니요? 자그마치 15킬로미터나 되는 길을 날마다 걸어다니게 할 수는 없잖아요. 기숙사나 하숙을 구해야 한다고요."

"그러는 게 좋겠지."

"지금 형편으론 힘들어요. 땅이 팔리면 소작미(소작인이 지주에게 바치는 쌀)도 많이 줄어들 텐데……."

"줄어드는 정도가 아니지. 아예 못 받아."

"아예 못 받는다고요? 당신 혹시 땅을 전부 팔아버릴 생각은 아니죠?"

"남겨봤자 소용도 없어. 사겠다는 사람이 나타났는데, 되도록 한꺼번에 사고 싶다는 거야."

"땅을 다 팔아버리고 무슨 염치로 조상님을 뵈려고요?"

"그야 나도 죄송하게 생각해. 하지만 상황이 이렇게 된 걸 어쩌겠어."

"아버지께 도와달라고 해볼까요?"

"못난 소리! 내가 저지른 일은 내가 해결해."

"하지만 소작미도 못 받는 처지에 앞으로 생활은 어떻게 하라고요?"

"먹고사는 것은 내 월급으로 당분간 어떻게 될 거야."

"당신 월급으로요? 지금까지 제대로 갖다준 적도 없으면서……."

"그건 옛날 일이고 앞으론 무조건 당신한테 다 갖다줄게."

"월급이 얼마나 되는데요?"

"아니, 남편 월급이 얼만지도 모른단 말이야?"

"당연히 모르죠. 얼마나 되느냐고 내가 물어볼 때마다 당신이 뭐라고 했어요? 월급으로 사는 것도 아닌데 뭐가 궁금해서 묻느냐고 했잖아요?"

"그랬나? 어쨌든 앞으로가 중요해. 이젠 내 월급으로 생활해야 해."

"그러니까 당신 월급이 얼마냐고요?"

"쌀값 정도는 해결할 수 있어."

"똑바로 말해요. 내가 계획하는 게 있으니까요."

"내 월급으로 계획해봤자 소용없어. 나중에 봉투 보면 알게 될 거야."

"정말 기가 막히네요. 교이치 학비도 월급으로는 힘들겠군요?"

"응. 아마 그럴 거야. 하지만 땅만 다 팔리면 손에 돈이 좀 남으니까 당분간은 그럭저럭 살 수 있을 거야."

"그 다음엔 어떻게 할 건데요?"

"읍내에 조그만 가게라도 차릴 생각이야."

"뭐라고요?"

"왜 그렇게 놀라?"

"난…… 난…… 그런 일은 할 수 없단 말이에요. 친정에서 이 일을 알면 뭐라고 하시겠어요?"

"먹고살려니까 별 도리 없었나 보다, 뭐 그렇게 생각하시겠지."

"여보!"

"왜?"

"아이들 장래를 생각해요. 제발 부탁이에요."

"생각했어. 생각했으니까 장사라도 하겠다는 거야."

"장사꾼이 되겠다니…… 어떻게 그런……."

"당신은 내가 장사꾼이 되면 아이들 앞날에 도움이 안 될 거라고 생각해?"

"당연하죠. 아이들은 어떻게 해서든 학문으로 입신출세시키려고 했는데……."

"그러니까 장사라도 해서 돈을 벌어야 대학이고 어디고 보내지."

"사람이 한번 천해지기 시작하면 학문이고 뭐고 없다고요."

"뭐야, 당신 아직도 그렇게 생각해? 고리타분한 생각은 빨리 버리는 게 좋아. 세상은 바뀌고 있다고. 만일의 경우 자식을 견습 점원으로라도 취직시키려는 각오를 하고 있어야 해."

"어떻게 그런 말을……."

"대학을 나왔다고 점원 하지 말라는 법은 없어."

"설마 그런 일이……."

"그럼 있고말고. 하지만 지금 당신의 머리로는 내가 무슨 말을 해도 이해하지 못할 거야."

"……."

오타미는 고개를 돌려버렸다.

"화낼 일이 아니야. 아주 중요한 얘기야. 어쨌든 장사라도 하는 수밖에 없으니 당신도 그렇게 각오하고 있어요."

"……."

"여전히 불만이시군. 이거 야단났는데……. 좋아, 솔직히 말하지. 처음부터 장사할 목적으로 일을 해나갔어."

"그럼, 이 집은요? 이 집까지 정리하고 읍내로 옮길 작정이었어요?"

"맞아. 집도 팔 생각이야."

"뭐라고요?"

"나도 될 수 있으면 집은 안 팔려고 했어. 그런데 아무래도 읍내에서 장사를 하기엔 밑천이 부족하다고."

"여보, 정말 괜찮겠어요? 될 대로 되라는 식으로 나가는 건 아니겠죠?"

"그런 거 아니래도."

"어머님껜 말씀드렸나요?"

"아직 말씀 못 드렸어. 어차피 반대하실 게 뻔한 데 뭐."

"여보, 어쩐지 무서워요."

"나도 좀 두렵긴 해. 그렇지만 여기 눌러앉는다고 무슨 수가 나는 것은 아니니까."

아이들이 잠자리에 들어가는 것을 확인한 뒤 슌스케와 오타미는 안채 거실에 앉아 나지막한 소리로 이런 이야기를 나누었다. 아이들 침실은 거실 바로 옆방이었다. 이상하게도 이날따라 지로는 잠이 오지 않았다. 그래서 슌스케와 오타미가 하는 이야기를 모두 엿듣고 말았다. 지로는 남들이 그 전부터 슌스케는 배짱이 너무 커서 큰일이라느니, 혼다 할아버지가 돌아가시면 나중에 어떤 일이 일어날지 모른다느니 하는 말을 들은 적이 있어서 이날 밤 두 사람이 나누는 이야기가 무엇을 뜻하는지 대충 짐작이 갔다.

지로는 슌스케가 장사꾼이 되겠다고 하는 것을 오타미가 생각하는 것처럼 나쁘다고 여기지는 않았다. 지로는 마을에 몇 안 되는 잡화점과 약방을 떠올리다가 자기가 가게 점원의 옷을 입고 바쁘게 돌아다니는 모습을 상상해보았다. 새벽부터 밤늦게까지 아빠와 함께 일할 수 있다. 그렇게 생각하면 집안형편이 어려워진 것도 그리 나쁘지만은 않다는 생각이 들었다. 하지만 류이치와 하루코를 떠올리고는 마음이 착잡해졌다.

'읍내로 이사 가면 류이치와 하루코를 만나지 못하겠지.'

류이치와 하루코를 못 만나게 된다고 생각하니 집안형편이 어려워졌다는 말이 실감났다. 아빠와 함께 일하는 게 좋은가, 아니면 날마다 류이치네서 노는 게 좋은가. 지로는 그런 생각을 하며 슌스케와 오타미가 잠든 뒤에도 오랫동안 잠들지 못했다.

함

언제부터인가 슌스케는 일주일에 한 번씩 집에 돌아오면 이층에 올라가 장롱과 함을 정리하는 데 몰두했다. 그리고 일요일이 되면 칼이라든가 족자, 작은 상자 같은 물건을 몇 개씩 보자기에 싸서 읍내로 가져가고는 했다.

지로는 슌스케가 왜 식구들 눈을 피해 이런 골동품들을 읍내로 가져가는지 알 것 같았다. 그래서 혹시나 자기가 도울 일은 없는지 짐짓 시치미를 떼고 슌스케를 따라다녔다. 슌스케는 지로가 자신과 오타미가 나눈 이야기를 엿들었다고는 꿈에도 생각하지 못했고, 하루 종일 자신을 졸졸 쫓아다니는 지로가 너무 성가셨다. 하지만 슌스케는 지로를 야단치지 않았다. 나중에는 집안에 전해 내려오는 골동품들이 언제 것인지, 어디에 쓰이는지 그 유례를 하나하나 설명해주기까지 했다. 그리고 읍내에 가져가지 않는 골동품들을 이 층에 도로 갖다놓는 잔심부름도 시켰다.

지로는 오래된 물건이라고 해보았자 별채에 있는 찬장이나 화로, 서랍 같은 것만 보았기 때문에 함이나 장롱 속에 들어 있는 오동나무 상자에서 진귀한 물건들이 여러 개 나오는 것을 보며 전혀 다른 세계에 온 것 같은 착각이 들었다. 지로는 조심스럽게 함에 들어 있는 보물들을 살펴보면서 얼마 전에 돌아가신 할아버지와 그 할아버지의 할아버지를 떠올렸다. 그렇게 옛일들을 떠올리는 동안 오타미가 그토록 강조한 가문이라는 게 무슨 뜻인지 어렴풋하게나마 깨달을 수 있었다. 그래서 아름다운 날밑(칼날과 칼자루 사이에 끼워서 칼자루를 쥐는 한계로 삼으며 손을 보호하는 테)을 끼운 칼과 칠기 표면에 금가루를 뿌려 무늬를 만든 공예품, 금실로 문양을 새겨넣은 화려한 비단 장식 족자 같은 골동품들이 일요일마다 사라지는 것이 너무나 안타까웠다.

슌스케는 그때까지도 지로에게 아무 말도 해주지 않았고 지로 또한 물어보지 않았지만, 지로는 슌스케가 보자기에 물건을 싸서 그때마다 자전거에 싣고 식구들 눈에 띄지 않게 읍내 어딘가로 가져간다는 것을 잘 알고 있었다.

슌스케가 읍내로 가져갈 골동품을 대충 정리하고 있을 때면 으레 오타미가 발소리를 죽여 이 층으로 올라왔다. 오타미는 조용히 보자기를 들추어보고는 언제나 가볍게 한숨을 내쉬었다.

"여보, 그건 더 두었다가 나중에 처리하면 안 돼요?"

오타미는 때때로 힘없는 목소리로 물었다. 그러면 슌스케는 언제나 똑같이 대답했다.

"어차피 정리해야 할 것들이야."

이때만큼은 지로도 오타미 편을 들고 싶었다. 지로는 정신없이 함을 들여다보다가 슬며시 고개를 들고 슌스케를 쳐다보며 어떻게든 자신도 오타미와 같은 생각을 한다는 것을 알려주고 싶었다.

그러나 지로가 보내는 눈길을 슌스케가 미처 알아차리기도 전에 늘 오타미의 날카로운 목소리가 중간에서 그 눈길을 가로막았다.

"지로, 넌 이제 그만 아래층으로 내려가."

오타미가 그렇게 말하면 지로는 오타미를 편들고 싶었던 마음이 눈 깜짝할 사이에 사라졌다. 함 속에 들어 있는 골동품 따위는 아무래도 상관없다는 생각이 들었다. 대신 아버지를 걱정하는 친근한 마음은 더욱 강해졌다.

그러나 귀중한 소장품들을 한 가지씩 비밀리에 팔아치우는 일도 그리 오래가지 못했다.

어느 날 지로는 슌스케가 볼일이 있어 잠깐 자리를 비운 틈을 타서 혼자 이 층에 올라가 함 앞에 앉았다. 조심조심 함 뚜껑을 열고 오래전부터 눈여겨보았던 칼을 반쯤 빼들었다. 넋이 나간 듯 거울처럼 빛나는 칼날을 보고 있는데 뒤쪽에서 발소리가 들렸다. 슌스케의 발소리치고는 너무 가볍다고 생각하며 고개를 돌렸더니, 언제 올라왔는지 할머니가 서 있었다. 지로는 기겁을 하며 엉겁결에 들고 있던 칼을 칼집에 우겨넣었다. 둘레에 흩어져 있던 골동품들도 허겁지겁 함 속에 주워담았다. 슌스케가 할머니에게 비밀로 하라고 당부한 것은 아니지만 어쩐지 할머니가 알면 큰일 날 것만 같았다.

"지로!"

할머니의 목소리가 심하게 떨렸다.

"너 여기서 뭐 하는 게냐?"

지로는 여기저기 흩어진 골동품들을 함에 넣으면서 곁눈질로 연신 할머니의 안색을 살폈다. 할머니가 목에 한껏 바람을 집어넣은 개구리처럼 턱을 부들부들 떠는 게 아무래도 심상치 않아 보였다. 지로는 어떻게 해야 좋을지 난감했다. 잽싸게 다다미를 훑어보았다. 반쯤 빠져나온 옷장 서랍과 뚜껑이 열린 함, 나무 상자, 벽에 걸린 공예품과 비단을 엮은 끈들이 어지럽게 널려 있었다. 지로는 더욱 허둥댔다.

"언제부터 여기 올라와 있는 거냐?"

할머니는 지로 쪽으로 두서너 걸음 다가오며 물었다. 지로는 할머니의 기세에 눌려 창문 쪽으로 물러났다.

"지로!"

할머니의 노기 띤 목소리를 듣는 순간 위기를 직감한 지로는 무릎 관절이 반사적으로 꿈틀거렸다. 만약 그때 할머니 뒤에 냉정하면서도 조금은 웃음을 머금은 슌스케의 얼굴이 보이지 않았더라면 지로는 다급한 마음에 창문 밖으로 뛰어내렸을지도 모른다.

"지로는 아무 잘못 없어요."

슌스케가 흐트러진 나무 상자들을 훌쩍 넘어 지로 곁으로 와서 털썩 앉았다.

슌스케를 보자 지로는 다시 마음이 가라앉았다. 그러나 당장이라도 아빠와 할머니 사이에 무슨 일이 터질 것만 같아 불안했다.

할머니는 수상쩍은 눈초리로 지로와 흐트러진 물건을 번갈아 보다가 갑자기 함 쪽으로 다가가 함 속에 들어 있는 물건을 들여다보았다. 그러고는 잠깐 고개를 갸웃거리더니 이번에는 장롱 쪽으로 걸어가 열려 있는 서랍과 벽장에 붙어 있는 작은 선반까지 모조리 뒤져보았다.

슌스케는 그동안 팔짱을 낀 채 아무 말도 하지 않았다.

"아범아!"

할머니는 다리가 풀렸는지 슌스케 앞에 털썩 주저앉고 말았다.

"죄송합니다."

슌스케는 눈을 감으며 나직하게 말했다. 여전히 팔짱을 끼고 있었다.

지로는 슌스케의 옆모습을 훔쳐보았다. 지로가 혼다 가에서 진심으로 따르는 사람은 오직 슌스케뿐이었다. 그런데 오늘 할머니에게 미안해하면서도 어딘지 모르게 당당한 태도를 잃지 않고 팔짱을 끼고 앉아 있는 슌스케를 보자 애처롭기도 하고 믿음직스럽기도 하여 무어라 말할 수 없는 감정이 밀려왔다.

"전부터 뭔가 좀 이상하다는 생각은 들었지만 그래도 설마하니……. 소상(小祥)도 끝나지 않았는데 네가 어떻게 이럴 수가……."

할머니는 슌스케의 무릎에 엎드려 어깨를 들썩거렸다.

"넌 아래층에 내려가 있어."

여전히 팔짱을 끼고 앉아 있던 슌스케가 지로에게 말했다. 지로는 곧 아래층으로 내려갔다. 하지만 어쩐지 떨떠름해 사다리 근처를 어정버정 돌아다녔다. 그때 오타미가 이 층으로 올라갔다. 세 사람은 지로가 내려오고 한참이 지난 뒤에야 이 층에서 내려왔다. 가끔 할머니와 오타미가 우는 소리에 섞여 슌스케의 침착한 말소리가 아래층까지 들렸다. 하지만 무슨 말을 하는지는 지로도 알 수 없었다.

경매

그 뒤 얼마 가지 않아서 슌스케는 공공연하게 골동품을 경매하기 시작했다.

어느 날 아침 일찍부터 양복을 차려입은 사람들과 가쿠 오비(두 겹으로 된 빳빳하고 폭이 좁은 남자용 허리띠)를 맨 사람들이 대여섯 명 찾아왔다. 그들은 이 층에 있는 값진 골동품들을 안채 다다미방에 한 줄로 늘어놓았다. 이어서 큰 소리로 물건을 설명하거나 종이쪽지에 무언가 적어 상자 속에 집어넣었다. 조금 뒤 마을 사람들도 하나 둘씩 찾아왔다. 정오쯤에는 사람들이 마당에 가득 모였다. 마을 사람들 가운데도 양복이나 가쿠 오비를 맨 사람들처럼 상자 속에 종이쪽지를 집어넣는 사람들이 있었다.

많은 사람이 모인 것치고는 분위기가 차분하고 어색했다. 웃는 사람은 아무도 없었다. 가쿠 오비를 맨 사람들은 서로 상스러운 말을 주고받으며 사람들을 웃기려고 했지만, 마을 사람들은 씁쓰레한 표정을 지을 뿐이었다. 낯익은 아주머니들 가운데는 살짝 눈가를 닦는 이들도 있었다. 그렇게 모인 사람들 속에서 오직 슌스케만 아무 일도 아니라는 듯 웃고 있었다.

지로는 집에 온 사람들의 표정을 하나라도 놓칠세라 여기저기 기웃거리며 자세히 관찰했다. 슌스케를 빼고 혼다 가 사람들 가운데 경매를 지켜본 사람은 지로뿐이었다. 거실에 있던 오타미가 "아이들은 이런 거 보는 거 아냐." 하고 야단쳤지만, 몇 번을 불러서 혼을 내도 지로는 어느새 다다미방에 턱을 받치고 앉아 있었다. 자기 마음에 들었던 골동품을 누가 사는지, 또 그 사람이 어떤 표정을 하고 골동품을 품에 안는지 두 눈으로 보고 싶었다.

경매가 진행된 지 두 시간쯤 지났을 때 류이치의 아버지가 의사 가운을 입은 채 허둥지둥 대문 안으로 들어섰다. 류이치 아버지는 곧장 슌스케에게 다가가 귓속말을 했다. 그러자 슌스케가 말했다.

"걱정해줘서 고맙네. 어차피 한 번은 겪어야 될 일이니까……. 식구들이랑 의논했느냐고? 그건 아니네."

류이치 아버지는 가볍게 고개를 끄덕였다. 그러고는 가쿠 오비를 맨 사람들과 양복 입은 사람들 틈에 앉아 있다가 거의 모든 물품에 응찰했다.

비싼 물건들은 대부분 류이치 아버지가 차지했다. 가쿠 오비를 매거나 양복을 입은 사람들은 실눈을 뜨고 서로 눈짓을 주고받았다. 지로는 그 사람들이 왜 그런 표정을 짓는지 궁금했지만 어쨌든 자기가 좋아하는 물건들이 류이치네 집으로 갈 거라고 생각하니 그나마 다행이다 싶었다.

경매는 밤 열 시가 넘을 때까지 계속되었다. 값진 귀중품들은 거의 정리되었다. 남은 물건은 벌레 먹은 함과 문갑, 고풍스런 초롱, 빛바랜 예장(禮裝) 같은 잡동사니뿐이었다.

사람들이 모두 떠난 뒤, 슌스케는 류이치 아버지와 안채 다다미방에 나란히 앉아 한동안 귓속말을 주고받다가 지로가 팔리지 않은 잡동사니들을 구경하는 것을 보고 조금 언짢은 목소리로 말했다.

"너 아직도 안 잤니? 빨리 가서 자."

지로는 무안해서 거실로 들어가려다가 깜짝 놀랐다. 언제 왔는지 마사키 외할아버지가 흰 수염을 쓰다듬으며 꼿꼿이 앉아 있었다. 외할아버지 앞에는 오타미와 할머니가 몸을 옹송그리고 고개를 숙인 채 앉아 있었다. 지로는 마사키 외할아버지와 눈이 마주치자 끝까지 경매를 지켜본 게 무슨 큰 잘못이라도 저지른 것은 아닌가 싶은 생각이 들었다. 그래서 외할아버지에게 고개를 한 번 꾸벅하고는 재빨리 자러 들어가려고 했다. 그때 마사키 외할아버지가 말하는 소리가 들렸다.

"지로는 여전히 활달해 보이는구나."

노인은 기분이 좋은 듯 지로를 보며 살짝 웃었다.

"그러게 말입니다. 너무 활달해서 앞으로 뭐가 될지 걱정입니다. 집안이 이 지경이 된 것도 모르고 하루 종일 경매 구경이나 하고 지내니……"

할머니는 그렇게 말하면서 애써 한숨을 길게 내쉬었다.

"허허, 경매를 구경하고 있었다고요? 지로, 그래 재미있었느냐?"

"하나도 재미없었어요!"

할머니 때문에 지로는 마음이 상해 잔뜩 골이 난 얼굴로 퉁명스럽게 대답했다.

"재미없었어? 그랬구나, 허허."

마사키 외할아버지는 조용히 눈을 감으며 턱수염을 쓰다듬었다.

"보지 말라고 몇 번씩 타일러도 하루 종일 구경하고는, 이제 와서 재미가 없다고?"

오타미가 실눈을 뜨며 말했다.

"난 칼 같은 것을 누가 사는지 알고 싶었던 거야."

어른들은 지로가 무슨 뜻으로 그런 말을 하는지 이해할 수 없다는 표정을 지었다. 세 사람은 한꺼번에 지로의 얼굴을 쳐다보았다.

"류이치 아버지가 가장 많이 사줬어. 류이치 아버지라면 나도 괜찮아."

마사키 외할아버지가 후우 하고 한숨을 내쉬었다. 외할아버지는 지로에게 가까이 오라고 손짓했다.

"이리 와서 앉거라."

지로가 조금 겁먹은 얼굴로 자리에 앉자 외할아버지는 말했다.

"무슨 일을 겪든 사람을 원망해선 안 된단다. 오늘 물건을 사준 분들은 모두 우리에게 친절을 베푸신 분들이라고 생각해야 해. 우리에게 필요 없는 것을 사주신 분들이잖니. 그분들 덕분에 우리는 필요한 돈이 생겼고, 그 돈으로 우리는 우리에게 필요한 것들을 다시 살 수 있게 됐단다. 단지 그뿐인 게야."

외할아버지의 눈빛이 유난히 쓸쓸해 보였다. 아무 말 없이 앉아 있는 지로에게 외할아버지가 또 말했다.

"칼이 갖고 싶었던 모양이로구나. 칼은 이 외할아버지 집에 아주 많단다."

"칼 같은 거 필요 없어요. 이젠 싫어졌어요."

지로는 외할아버지가 자기를 아끼고 위하는 마음에서 그렇게 말한다는 것은 알았지만 할머니 때문에 기분을 망친 탓인지 떨떠름하게 말했다.

"칼이 싫다면서 하루 종일 구경했다는 거야?"

오타미가 닦달하듯 물었다.

"교이치는 창피하다고 한 발짝도 밖에 나오지 않았는데……."

할머니가 한마디 거들었다.

마사키 외할아버지는 못마땅한 듯 턱수염을 쓰다듬었다.

그때 슌스케와 류이치 아버지가 크게 웃으며 들어왔다. 슌스케는 마사키 외할아버지를 보고는 허둥대며 말했다.

"아니, 장인어른…… 언제 오셨어요?"

슌스케는 외할아버지 앞에 무릎을 가지런히 꿇고 앉았다.

지로는 고무인형의 무릎을 억지로 굽혀놓은 것처럼 앉아 있는 슌스케를 보고 웃음이 나올 것 같았다.

"이제 다 정리된 건가?"

외할아버지는 담담한 눈길로 슌스케와 류이치 아버지에게
물었다.

"부끄럽습니다."

슌스케는 둥그스름해진 무릎을 만지작거리며 조그만 목소리
로 말했다.

"저도 오늘에서야 소식을 들었습니다. 낮엔 정말 놀랐습니
다."

류이치 아버지도 송구하다는 듯 고개를 숙였다.

"여러 사람에게 염려를 끼쳐 볼 낯이 없소이다."

마사키 외할아버지는 고개를 수그렸다. 그러고는 잠깐 무엇
인가 생각하더니 슌스케에게 말했다.

"방금 생각해보았네만, 잠깐 동안 우리가 지로를 맡으면 어
떨까 하네."

그 말을 듣고 모두 놀란 얼굴을 했다. 지로는 먼저 오타미를
보았다. 그리고 슌스케를 보았다. 맨 마지막으로 할머니를 슬
쩍 한번 보고는 마사키 외할아버지를 보았다.

"네 생각은 어떠냐, 지로? 당분간 할아버지 집에서 학교 다
니는 게."

지로는 대답 대신 슌스케를 보았다.

"무슨 뜻인지 잘 알겠습니다. 부디 지로를 잘 부탁드립니
다."

222

슌스케가 지로를 대신해서 마사키 외할아버지에게 대답했다. 아무도 슌스케의 의견에 반대하지 못했다.

벌써 밤이 꽤 깊었지만 외할아버지는 지로와 함께 그냥 돌아가겠다며 막무가내로 혼다 가를 나섰다. 지로는 무슨 까닭으로 자신이 마사키 가에서 지내야 하는지 알 수 없었다. 하지만 식구들과 떨어져 지내는 것이 섭섭하다거나 불쾌하지는 않았다. 지로는 허겁지겁 외할아버지를 뒤쫓아 대문을 나섰다. 캄캄한 밤길을 마을 어귀까지 걸어갔을 때 지로는 문득 류이치와 하루코가 생각나서 갑자기 울고 싶을 만큼 외로워졌다.

발밑에서 타닥거리는 짚신 소리마저 유난히 크게 들려서 지로는 마음이 차분해지지 않았다.

북극성

"별이 참 아름답구나."

마사키 외할아버지가 천천히 걸음을 옮기다가 혼잣말처럼 중얼거렸다. 가을이 가까워서 그런지 하늘은 맑게 개어 있었다. 해 질 무렵의 바다처럼 끝없이 펼쳐진 논 사이로 길이 허옇게 드러나 보였다.

지로는 말없이 하늘을 바라보며 걸었다. 마사키 외할아버지와 이렇게 단둘이 밤길을 걷는다는 사실이 가슴 뿌듯하면서도, 한편으로는 여태까지 마사키 가에 갈 때처럼 마음이 편하지 않았다. 지로는 아직도 노인의 마음속을 헤아릴 수 없었다.

'왜 갑자기 날 데려가겠다고 하셨을까?'

처음 집을 나설 때부터 생긴 의문이 걸음을 한 발자국 뗄 때마다 더욱 깊어졌다. 거기에 류이치와 하루코를 볼 수 없다는 허전함이 마음을 휘감았다. 그리고 혼다 가가 몰락했다는 사실이 점점 분명한 의미로 가슴에 다가왔다.

지로의 눈앞에는 낮에 본 모습이 똑똑히 떠올랐다. 흐트러진 물건들 사이로 갖가지 표정을 한 낯선 사람들이 나타났다. 그 가운데 앉아 있던 아빠가 때때로 씁쓸하게 웃으면서 자기를 보았다. 실이 끊어진 풍선처럼 흐느적거리면서 아빠는 자기한테 다가왔다. 지로는 웃고 있는 아빠의 얼굴에서 바로 얼마 전까지 알아차리지 못했던 어떤 쓸쓸한 그림자를 보았다.

"저 별이 북극성이란다."

길모퉁이에서 걸음을 멈추고 마사키 외할아버지가 먼 하늘 어딘가를 가리켰다. 지로는 외할아버지가 가리키는 곳을 바라보았지만, 어떤 별이 북극성인지 분간할 수 없었다. 아직 아빠의 얼굴이 눈에 어른거려서 그 얼굴 속에 별이 드문드문 빛나고 있었다.

"학교에서 아직 안 배웠니?"

"예."

"저기 좀 보렴. 국자처럼 늘어선 별들 보이지? 저게 북두칠성이란다."

지로는 그제야 정신을 차리고 외할아버지의 말에 귀를 기울였다. 외할아버지가 가리키는 곳에는 별 일곱 개가 줄지어 빛나고 있었다. 지로는 한참만에 북극성을 찾았다. 하지만 곧 실망하고 말았다. 다른 별보다 그리 환하지도 않았다. 이름만 북극성이지 대수로울 것도 없는 작은 별일 뿐이었다.

"바다를 항해하는 선원들은 저 별을 보고 방향을 분간한단다. 북극성은 언제나 그 자리에서 움직이질 않거든."

외할아버지는 다시 천천히 걸음을 뗐다. 지로는 이제껏 별이 움직인다는 것조차 몰랐고 그런 데 관심도 없었지만, 마사키 외할아버지가 설명하는 것을 듣고 조금 신기하다는 생각이 들어 다시 한 번 북극성을 바라보았다.

"그럼 북극성 말고 다른 별들은 모두 움직여요?"

"그렇지. 북두칠성만 해도 북극성 주위를 밤새도록 돌아다닌단다. 조금 있으면 할아비가 무슨 말을 했는지 알 수 있을 게야."

움직이지 않는 별. 지로는 움직이지 않는다는 표현에 강하게 끌렸다. 지로는 걸으면서 자주 하늘을 바라보았다. 북극성이 진짜 움직이지 않는지 자기 눈으로 확인하고 싶었다. 그동안 경험해보지 못한 거대한 힘이 자신에게 다가오는 것을 느꼈다. 지로는 아직 깨닫지 못했지만, '영원'에 대한 동경이 난생 처음 지로의 마음에 찾아온 순간이었다.

지로는 혼다 할아버지가 돌아가실 때도 지금과 비슷한 느낌을 받았던 것을 떠올렸다. 하지만 그때 생긴 감정은 지금보다 훨씬 짧게 이어졌다. 카스텔라를 놓고 할머니와 갈등했기 때문이었는지, 마음속에서 변화가 일어나고 있다는 것을 금세 잊어버리고 말았다. 그러나 이날 받은 느낌은 그때와는 견줄 수 없을 만큼 뚜렷하고 엄숙했다. 그런 한편으로 타닥거리며 차가운 밤 공기를 가르는 짚신 소리가 자신이 앞으로 겪게 될 운명을 속삭여주는 것 같았다.

'교이치 형과 슌조는 무슨 일이 있어도 늘 데리고 다니면서 나는 유모네 집에서 혼다 가로, 혼다 가에서 마사키 가로 떠돌아다니고 있어. 진짜 우리 집은 도대체 어디일까?'

'아빠는 이제 어디로 갈까? 앞으로 뭘 하실 작정이지? 그러고 보니 오하마 엄마를 못 만난 지도 정말 오래되었는데, 이러다가 아빠하고도 영원히 못 만나는 것은 아닐까?'

갖가지 의문들이 지로의 머릿속을 어지럽게 떠돌았다. 영원이니 운명이니 하는 문제를 분명히 의식할 수 있는 힘이 아직 지로에게는 없었다. 다만 지로는 평소와 다른 깊은 외로움을 느꼈다. 지로는 별빛과 짚신 소리가 뒤섞이는 어두운 밤길을 말없이 걸었다.

"졸려?"

"……."

"넘어지면 안 된다. 할아버지 손잡아라."

지로의 손을 잡은 할아버지의 손바닥은 쭈글쭈글했다. 주름진 손바닥에서 말할 수 없이 포근한 기운이 전해오자 지로는 마음속 깊이 기쁨을 느끼면서 갑자기 기분이 밝아져서 물었다.

"할아버지랑 언제까지 함께 살아요?"

"그건 네 마음대로 하거라."

"정말요?"

지로는 외할아버지의 말에 만족했다. 그러나 생각해보면 언제까지나 외할아버지 집에 산다는 것은 혼다 가에 돌아가지 못한다는 뜻이기도 했다.

"할아비 집에 오래 있기 싫어?"

"아니요."

지로는 고개를 흔들었다. 하지만 뭔가 떨쳐낼 수 없는 것이 가슴속에 가라앉았다.

"집에 가고 싶으면 언제든지 가도 돼. 그렇지만 말이
다……."

외할아버지는 조금 망설이다가 다시 말했다.

"너희 집엔 이제 아무도 살지 않게 될지 모른단다."

외할아버지의 말은 지로의 가슴을 쿡 찔렀다. 움직이지 않는
별과 타닥거리는 짚신 소리가 자신의 처지를 더욱 처량하게 만
드는 것 같았다. 지로는 울고 싶었다.

"하지만 걱정할 필요는 없어. 사람이란 마음이 가장 중요하
단다. 마음만 올바르면 집 같은 건 아무래도 상관없단다."

지로는 외할아버지가 무슨 말씀을 하시는지 정확히 이해할
수 없었다. 그리고 또다시 슌스케가 쓸쓸하게 웃음 짓는 모습
이 아른거렸다.

'할아버지는 아빠의 마음이 올바르지 않다고 말하는 것일
까? 아니야, 그럴 리 없어. 이 세상에 아빠만큼 착하고 정직한
사람은 없어. 아빤 지금까지 내가 나쁜 짓을 하지 않았을 때 날
야단친 적이 한 번도 없었으니까.'

지로는 그때 문득 슌스케가 술을 무척 좋아한다는 게 떠올
랐다.

슌스케는 주로 혼자 술을 마셨지만, 사람들을 집으로 불러
밤늦도록 술잔을 주고받는 것도 무척 즐겼다. 언젠가 한번은
마을의 건달 같은 젊은이들을 대여섯 명씩 앉혀놓고 지로에게

술을 따르라고 한 적도 있었다. 슌스케는 그들의 싸움을 말리려고 했던 것인데 술잔이 돌아가자 다시 시비가 붙어 싸움이 벌어졌다. 먼저 시비를 건 쪽은 눈썹이 짙고 눈동자가 흐리멍덩한 들창코 사내였다. 그는 어릴 때 만두 가게 점원으로 일했기 때문에 별명이 '만두 호랑이'였다. 만두 호랑이의 상대는 '손가락 없는 곤(옛날 벼슬 이름 앞에 붙여 정원 외에 임시로 둔 지위를 나타내던 말)'이었다. 손가락 하나가 잘려서 그런 별명이 붙었는데, 얼굴빛이 이상하리만큼 창백하고 바싹 여위어서 인상이 날카로워 보였다.

"대갓집 젊은 나리 앞에서 너 이 자식 그게 무슨 말버릇이야!"

두 사람은 점점 격하게 말다툼을 하더니 서로 욕설을 주고받았다. 만두 호랑이가 더듬더듬 쉰 목소리로 말하는 데 반해 손가락 없는 곤은 깐죽거리는 말투로 빈정거리며 덤벼들었다. 슌스케는 아무렇지도 않은 듯 두 사람이 말다툼하는 것을 가만히 듣기만 했다. 그러다 당장이라도 싸울 것처럼 분위기가 험악해지자 얼굴에서 웃음기가 싹 가셨다. 그러고는 자세를 바로잡더니 큰 소리로 두 사람을 나무랐다. 슌스케는 갑자기 웃통을 벗어던졌다.

"그렇게 싸우고 싶으면 칼부림을 하든지 한번 멋대로 해봐. 하지만 자네들끼리 싸우기 전에 나부터 죽여야 될 걸세. 오늘 자네들이 싸우는 데는 내 책임도 있으니까 말이야. 자, 어서 나부터 죽이라고."

그러면서 슌스케는 주먹으로 자기 가슴을 두서너 번 때렸다. 슌스케가 그렇게 고함을 치자 그들은 그 자리에 털썩 주저앉아 머리를 조아리며 사과했다.

슌스케 옆에 앉아 있던 지로는 눈앞에서 일어나는 일을 빠짐 없이 지켜보았다. 처음에는 겁이 났지만 마을에서 악질로 소문 난 건달들을 슌스케가 눈 깜짝할 사이에 제압하는 것을 보고 감탄했다. 그리고 자신이 덩치가 큰 아이들에게 겁도 없이 덤빈 것도 아빠를 닮아 용감하기 때문이라고 생각했다.

마사키 외할아버지와 손을 잡고 별빛 찬란한 밤하늘을 바라보며 걷다 보니 그런 추억들도 어쩐지 시시했다.

'아빠는 무슨 생각으로 그런 일을 했을까? 만두 호랑이나 손가락 없는 곤과 술을 마시는 것은 나쁜 짓이 아닐까? 어쩌면 그런 형편없는 사람들을 도와주느라고 우리 집이 점점 가난해 졌는지도 몰라.'

지로는 그때 처음으로 슌스케를 좋지 않게 생각했다. 아빠가 술을 너무 자주 마시고 또 그때마다 자기를 부르는 게 조금 성가시다는 생각은 들었지만, 그것이 옳고 그른지를 심각하게 생각했던 적은 없었다. 슌스케가 하는 일이라면 무엇이든 옳다고 믿었기에, 오타미가 남자는 술을 따르면 못쓴다고 잔소리를 해도 슌스케가 부르면 재빨리 건너가 손님들에게 술을 따랐다. 지로는 슌스케를 의심하는 게 무슨 큰 죄라도 되는 양 마음이 조마조마했다. 나중에 슌스케를 어떻게 볼지 미안한 마음까지

230

들었다. 하지만 마음속에서 슌스케를 원망하는 마음이 고개를 드는 것을 좀처럼 억누를 수 없었다. 슌스케가 자신에게 얼마나 소중한 존재인가를 생각할수록 슌스케가 과연 자기가 믿었던 것만큼 올바른 사람인지 의심스러워서 괴로웠다.

"지로는 어떤 사람이 되고 싶니?"

마사키 외할아버지가 갑자기 물었다.

지로는 외할아버지도 자기와 마찬가지로 아버지를 생각하고 있는 줄 알았는데, 갑자기 커서 뭐가 되고 싶은지 물어보자 이상한 생각이 들었다. 더구나 지로는 이다음에 무엇을 할 것인지 그때까지 생각해본 적이 없었기 때문에 더욱 난감했다. 친구들 가운데는 흔히 대장이 되겠다느니 장관이 되겠다느니 떠들어대면서 우쭐거리는 아이들도 있었지만, 지로는 그런 장래 일을 생각하기보다 지금 당장 자기한테 친절을 베풀 수 있는 사람이 누구인지를 알아보는 게 더 중요했다.

"대답 못 하는 걸 보니 아직 생각해본 적이 없는 모양이로구나."

외할아버지는 지로를 놀리듯이 말했다.

"할아버지는 어릴 때 어떤 사람이 되고 싶었는데요?"

"글쎄다……."

갑작스런 역습에 노인은 말문이 막혔다.

"할아비가 너만 했을 땐 말이다, 아버지의 뒤를 이어야겠다고 생각했단다."

"지금은 그렇게 하면 안 되나요?"

"안 될 것도 없다만……."

노인은 또다시 말하기 난처한 듯 먼 하늘을 바라보았다.

"우리 아빠 관리죠?"

"그렇지……."

마사키 외할아버지의 목소리가 점점 작아졌다. 더욱 난처해진 기색이었다.

"관리가 되는 것도 좋지만……. 아빠 이제 관리를 그만두려는 거죠? 내 말 맞죠?"

"아빠가 그만두면 너도 그만두겠다는 게냐?"

"아빠랑 같이 지낼 수 있다면 뭐가 되든지 상관없어요."

"흐음."

외할아버지는 지로를 슬쩍 보더니 입을 굳게 다물고 걸음을 옮겼다.

"할아버지……."

이번에는 지로가 정색을 하며 입을 열었다.

"할아버지는 아빠가 착한 사람이라고 생각하세요?"

마사키 외할아버지는 지로가 갑자기 무슨 뜻으로 그런 것을 묻는지 몰라 조금 당황했다. 하지만 곧 이렇게 말했다.

"그야 네 아빠 착한 사람이지. 왜 그런 걸 묻니?"

"우리 아빠 술을 자주 마셔요. 그거 나쁜 거 아녜요?"

"음……. 그야 술을 마셔도 마음이 올곧으면 괜찮지."

지로는 외할아버지의 대답이 마음에 차지 않았다. 그러나 몇 번을 물어본들 외할아버지는 똑같은 대답만 할 게 분명하다고 생각했다. 그러고 나서 한동안은 어둠 속에서 노인과 소년의 발소리만이 울렸다.

"지로."

외할아버지는 마을 앞에 다다르자 다시 말을 꺼냈다.

"세상에서 가장 훌륭한 사람이 어떤 사람인지 아니? 네 아빠처럼 누구라도 진심으로 사랑해줄 수 있는 사람이란다. 아빠가 오늘 집안에 보관해두었던 귀한 물건들을 내다 판 것도 어려운 사람들을 많이 도와주느라고 돈이 떨어졌기 때문이란다. 너도 아빠처럼 그렇게 훌륭한 일을 할 수 있겠니? 네 마음속에 싫어하는 사람이 많으면 이다음에 커서도 아빠처럼 훌륭한 사람이 될 수 없단다."

외할아버지의 말을 들으며 지로는 할머니와 오타미를 떠올렸다. 아무래도 외할아버지가 자기에게 무언가 알려주고 싶어하는 것 같다고 생각하며 지로는 슌스케와 그 두 사람을 마음속에서 견주어보았다.

"엄마랑 할머니는 훌륭한 사람이 아니죠?"

지로는 내뱉듯이 말했다.

"그렇게 생각하니? 그럼, 넌 어떠냐?"

"나도 착한 아이는 아니에요."

외할아버지가 예상한 것과는 달리 지로는 아주 솔직하게 대답했다.

"아빠처럼 훌륭한 사람이 되고 싶지는 않니?"

"되고 싶지만, 난……."

"힘들 것 같다는 게냐?"

"난 말이죠, 오하마 엄마랑 같이 있으면 훌륭한 사람이 될 수 있을 것 같아요."

갑자기 마사키 외할아버지는 걸음을 멈추고 지로의 두 손을 꼭 쥐었다. 그러고는 자기 품으로 끌어안으며 지로의 두 눈을 똑바로 보았다.

"아직도 오하마를 잊지 못하겠니?"

외할아버지의 목소리가 조금 떨렸다. 지로는 외할아버지가 자기 때문에 화가 났을 거라 짐작하고 두 손을 빼내려 했다.

"할아비가 야단치려는 게 아니야. 오하마가 그렇게 보고 싶으면 당장이라도 만나게 해주마. 그 대신 오하마를 만나기 전에 네가 먼저 훌륭한 사람이 되어야 해."

지로는 흐느껴 울고 싶은 것을 지그시 참으며 고개를 끄덕였다.

그들이 마사키 가에 이르렀을 때 북쪽 하늘을 둘로 가르듯 별똥별 하나가 비스듬히 날아갔다.

"야아, 별이 날아가요!"

별똥별을 처음 본 지로가 호들갑스럽게 소리쳤다. 별똥별이 하늘 저편으로 사라지자 지로는 다시 한 번 북극성을 찾았다.

그러나 지로가 '영혼'과 '운명'과 '사랑'을 이해하게 되기까지는 앞으로도 여러 가지 거쳐야 할 과정이 그 앞에 놓여 있었다.

음력 8월 15일

지로가 마사키 가에서 지낸 지 거의 보름이 다 되어갔다. 오타미는 지난 보름 동안 이틀에 한 번씩 찾아왔다. 하기는 지로를 만나기 위해서 찾아온 것은 아니었다. 그 증거로 오타미는 언제나 지로가 학교에 가고 난 뒤에 찾아왔고, 학교에서 돌아온 지로와 마주쳐도 "얌전하게 지내야 해." 하고 건성으로 주의를 줄 뿐, 마사키 노부부와 소곤거리며 무슨 이야기인가를 나눈 뒤 서둘러 돌아가기 바빴다.

지로는 오타미가 오거나 말거나 마음 쓰지 않았다. 활기찬 마사키 가에서 지로는 날마다 새로운 기쁨을 발견했고, 슌스케를 만날 수 없다는 것을 빼면 모든 게 만족스러웠다.

그런데 보름날 저녁에 혼다 가 식구들이 느닷없이 마사키 가를 찾아왔다. 전에 한 번도 이런 일이 없었기 때문에 지로도 무척 당혹스러웠다. 혼다 가 식구들은 저녁 시간이 다 되었을 때 찾아왔다. 슌스케와 오타미, 할머니, 교이치, 슌조가 차례로 들어왔다. 마사키 가는 뜻하지 않은 손님들이 찾아오자 바빠졌다.

특별한 날에만 쓰는 검게 옻칠한 밥상을 거실로 옮겼다. 자리가
모자라 옆방에까지 긴 밥상 두 개를 나란히 놓고 갖가지 음식들
로 상을 가득 채웠다. 확실히 평소에 차리던 저녁 밥상이 아니
었다. 갑자기 찾아온 혼다 가 사람들과 맛난 반찬들. 지로는 이
런 것들이 무엇을 뜻하는지 깨닫고는 얼굴이 어두워졌다.

　어른들은 거실에서, 아이들은 거실 옆방에서 오랜만에 마사
키 가와 혼다 가 사람들이 함께 저녁을 먹었다. 마사키 외할아
버지와 슌스케는 손님방에서 상을 받았다. 두 사람만이 거리낌
없이 큰 소리로 이야기했고, 거실에서 밥을 먹는 사람들은 하
나같이 침울한 표정을 감추지 못했다. 거실 옆방은 손님방 못
지않게 떠들썩했다. 아이들은 먹고 떠드느라 정신이 없었다.
오직 지로만이 거실에서 무슨 이야기가 오가는지 귀를 기울이
느라 잠잠했다. 지로는 먹는 것만은 누구에게도 뒤지지 않을
만큼 많이 먹었지만, 거실에 감도는 싸늘한 분위기가 마음 쓰
여 아이들이 떠드는 데 도무지 끼어들 수 없었다.

　밥을 다 먹고 밥상을 물리자 어른 아이 할 것 없이 모두 거실
에 모여 마름 열매를 먹었다. 마사키 외할머니는 사위 슌스케
를 위해 조그만 쟁반에 술병과 술잔 그리고 젓갈을 담은 접시
를 올려놓았다. 그러나 슌스케는 외할머니가 따라주는 술 몇
잔만 받아마시고 혼자서는 거의 잔을 들지 않았다. 지로는 슌
스케에게 술을 따라주고 싶었지만 사람들 눈치가 보여 그만두
었다.

　두 되나 되는 마름 열매가 삼십 분쯤 지나자 빈 껍질만 수북

하게 쌓였다.

"마름도 벌써 철이 끝나가네요."

오타미가 빈 껍질을 내려다보며 쓸쓸하게 웃었다.

"이거나마 따느라 아주 고생했단다. 그래도 교이치나 슌조를 생각하며 힘든 줄 몰랐어. 앞으론 마름 구경하기도 힘들겠구나."

마사키 외할머니는 허전한 눈빛으로 아이들을 보았다.

슌스케가 웃으면서 말했다.

"마름이라면 여기보다 읍내에 더 많아요. 저녁이면 아가씨들이 수십 명씩 몰려다니며 마름을 팔거든요."

"아, 그건 그렇지……."

마사키 외할아버지가 슌스케가 한 말에 한마디 덧붙이려고 했다.

그때 혼다 할머니가 말했다.

"아범아, 무슨 말을 그렇게 하는 게냐? 사돈어른이 애써 마음 써주신 것도 모르고."

"아이쿠, 이거 제가 큰 실수를 했네요, 하하하."

슌스케는 분위기가 어색해지자 일부러 크게 웃으며 머리를 긁적였다. 그러나 아무도 따라 웃는 사람이 없었다. 모두들 얼굴을 찡그리며 혼다 할머니에게서 고개를 돌릴 뿐이었다.

아이들은 마름 열매를 다 먹고 나자 툇마루로 나가 팔씨름과 가위바위보놀이를 했다. 지로도 함께 어울리고 싶었지만 어른들이 무슨 말을 하는지 궁금해서 멀리 떨어질 수가 없었다. 궁리 끝에 다다미와 툇마루 사이에 있는 문턱에 쭈그리고 앉아 마당을 바라보는 척하면서 거실에서 어른들이 나누는 이야기에 귀를 기울였다.

마당 한쪽 구석에 커다란 팽나무 한 그루가 서 있었다. 팽나무 가지 사이에 둥근 달이 느릿느릿 떠올랐다. 초가을 바람이 잎 끝을 스칠 때마다 잎에서 금방이라도 찬 이슬이 주르르 흘러내릴 것 같았다. 지로는 홀린 듯이 팽나무 위로 고개를 내민 달을 올려다보았다. 지로의 마음은 아이들이 떠드는 소리와 뒤쪽에서 어른들이 두런거리는 소리 그리고 아름다운 달빛 사이에 끼어 괜스레 쓸쓸해졌다.

어른들은 목소리가 밖으로 새나갈까 봐 걱정하는 듯 소곤거렸으므로 시끄러운 아이들 소리에 파묻혀 무슨 말인지 잘 들리지 않았다. 그럴수록 지로는 더욱 예민하게 귀를 곤두세웠다. 어른들은 지로가 예상했던 대로 자신에 대해 이야기하고 있었다.

오타미 : "여기 남겨두면 자기만 차별한다고 생각할 거예요. 한 번 마음이 비뚤어지면 돌이키기 힘들어요. 아무래도 데려가는 게 좋을 것 같아요."

외할아버지 : "음……."

외할머니 : "하지만 지로가 여기 있고 싶어 하면 그런 걱정은 하지 않아도 될 것 같다."

외할아버지 : "지로 걱정은 하지 말거라. 그 아이는 본디 여기를 더 좋아했어."

할머니 : "아, 그랬나요? 아무리 그래도 이번엔 지로가 어떻

238

게 생각하는지 그 애한테 들어보는 게 좋을 것 같네요."

혼다 할머니의 말소리만이 유난히 크게 들렸다. 일부러 크게 말하는 것 같았다.

외할아버지 : "그건 제가 이미 물어봤습니다."

할머니 : "역시 이 댁에서 지내겠다고 하던가요?"

외할아버지 : "예, 분명히 그렇게 말했습니다."

할머니 : "아무튼 뻔뻔스럽기는……. 혹시 그 애가 무슨 꿍꿍이라도……."

외할아버지 : "그렇진 않을 겁니다. 아직 어린아인데요."

할머니 : "하지만 까닭도 없이 사돈어른께 폐를 끼칠 수는 없는 노릇이죠. 저희들 처지가……."

외할아버지 : "아닙니다. 전에도 댁에서 말씀드린 적이 있는데 당분간 제가 지로를 맡고 싶어서요. 그게 까닭이죠, 하하하……. 설마하니 제가 하겠다는 대로 두고 볼 수 없다는 뜻은 아니시겠지요? 하하하!"

외할아버지도 목소리를 점점 높였다.

할머니 : "아, 아닙니다, 천만에요. 그런 뜻으로 말씀드린 게 아닙니다. 제가 감히 뭐라고 할 수 있는 처지도 아닌데……. 어쨌든 사돈어른께서 아이를 맡아주신다면 그보다 더 고마운 일은 없지요. 하지만 이 자리에서 분명히 말씀드리고 싶은 것은 지로도 저에게는 세상에 둘도 없는 손자라는 겁니다. 그 아이 하나만 이 집에 남겨두는 게 여간 불편하지 않아요. 어멈 말처럼 비뚤어지는 것은 아닌지 걱정되는 것도 사실이고요. 호

호……. 어멈아, 넌 어떻게 생각하느냐? 사돈어른께서 저렇게

까지 말씀하시는데…….”

오타미 : “그래도 이번만큼은 지로에게 왠지 미안한 생각이

들어요. 가뜩이나 수양아들로 오랫동안 남의 집에서 키웠는데,

이번에 또 여기에 두고 가면 그 아이가 저를 엄마라고 생각이

나 할지 정말 걱정이에요.”

오타미의 목소리는 여느 때와 달리 차분하게 가라앉아 있었

다.

지로는 엉겁결에 뒤돌아보았다. 순간 슌스케의 눈과 딱 마주

쳤다. 슌스케는 아까부터 계속 지로를 보고 있었던 듯했다. 지

로는 가슴이 철렁 내려앉아 자리에서 일어나 마당으로 내려갔

다. 신발도 신지 않고 징검다리를 건넜다. 밤이슬에 젖은 돌멩

이의 차가운 감촉이 발바닥에 그대로 전해왔다.

“지로, 어디 가?”

신나게 가위바위보놀이를 하던 아이들이 지로를 따라 징검

다리를 건너왔다. 지로는 연못을 가로지르는 돌다리 위에 서서

뒤를 돌아보며 외쳤다.

“연못에 예쁜 달이 떴다!”

지로는 손가락으로 연못을 가리키면서도 눈은 정원수 틈 사

이로 거실을 바라보았다. 거실에서는 어른들이 아직도 심각하

게 이야기를 나누고 있었다.

뒤따라온 아이들은 연못에 돌을 던지거나 나무를 흔들거나

노래를 부르면서 즐겁게 놀았다. 지로도 어느새 아이들 틈에서

신나게 떠들어댔다.

"지로, 지로!"

이삼십 분쯤 지났을 때 툇마루 쪽에서 슌스케가 부르는 소리가 들렸다. 슌스케의 펑퍼짐한 몸집이 등불에 어려 검은 그림자처럼 보였다. 지로는 징검돌에 발바닥을 대충 문지르고 나서 슌스케에게 달려갔다. 슌스케가 툇마루에 앉으며 말했다.

"우린 내일 읍내로 가야 해. 앞으론 거기서 살 거야. 너도 내일 같이 갈래, 아니면 그냥 여기 있을래? 솔직히 말해봐. 네가 하고 싶다는 대로 할 테니까."

거실 쪽에 있는 어른들의 눈길이 한꺼번에 지로에게 쏠렸다. 지로는 무어라 대답해야 좋을지 난감했다. 지로는 처음부터 자기는 마사키 가에 남겠다고 생각했다. 솔직히 식구들과 함께 읍내에서 지내는 것보다 마사키 가에 남는 게 훨씬 좋았다. 하지만 가슴속에서 서러움이 복받쳐 오르는 것을 떨쳐버릴 수는 없었다. 슌스케에 대한 애착 때문만은 아니었다. 식구들이 모두 함께 떠나는데 자기만 혼자 남는다는 사실이 너무 서글펐다. 그리고 방금 전에 오타미가 한 말이 지로의 머릿속에 달라붙어 마음을 더욱 우울하게 만들었다. 늦지 않았다면 지금이라도 같이 가고 싶었다.

그러나 몇 번을 다시 생각해보아도 새로 이사 가는 읍내에서는 마사키 가에서처럼 즐겁게 지낼 수 없을 것 같았다. 식구들과 함께 가고 싶다는 생각만큼이나 마사키 가에서 살고 싶다는 욕구도 강했다. 당장 내일부터 마사키 가가 아닌 낯선 동네에서 지낼 것을 생각하면 따뜻한 이불 속에 누워 있다가 차가운 다다미 위로 내동댕이쳐지는 것 같았다. '만약 할머니만 없다면…….' 하는 생각도 들었지만, 당장 지금만 해도 할머니의 뱀 같은 눈이 자기를 보고 있었다. 역시 따라가는 것은 싫었다.

"어때? 같이 갈래?"

"……."

"그냥 여기 있고 싶니?"

"……."

"왜 말이 없어?"

"……."

"엄마는 널 데려가고 싶어 하셔."

고개를 숙이고 있던 지로가 눈을 들어 슌스케를 보았다. 여전히 아무 말도 못 했다.

"그런데 외할아버지는 널 여기 두고 가라고 하신단다."

지로는 마사키 외할아버지를 흘끗 쳐다보았다. 그러다가 다시 눈길을 아래로 떨어뜨렸다.

"이거 야단났군. 대답하기 어려운 모양이로구나. 괜찮아, 오늘은 모두 여기서 잘 거니까. 내일 아침까지 잘 생각해봐. 다시 말하지만 네가 하고 싶다는 대로 할 테니까."

슌스케가 툇마루에서 일어나려고 했다.

"아빤 내가 어떻게 하면 좋겠어?"

지로가 슌스케를 올려다보며 물었다. 슌스케는 뜻하지 않은 질문에 조금 당황했다. 잠깐 지로의 눈을 들여다보더니 말했다.

"아빠 말이냐? 아빤 다 좋아. 네가 좋은 대로 하는 게 가장 바람직하다고 생각한단다."

지로는 망설이듯 고개를 갸웃거리며 오른쪽 손가락으로 툇마루의 널조각을 비비적거렸다. 십 초쯤 조용했다. 어디서 날아왔는지 모기 한 마리가 지로의 귓가에서 가냘프게 윙윙거렸다. 지로는 손을 흔들어 모기를 쫓고는 다시 널빤지 조각을 비비적댔다.

"지로……."

그때 혼다 할머니가 한껏 부드러운 목소리로 말했다.

"이 할미도 네 엄마랑 생각이 같단다. 그야 이 댁에서 널 따뜻하게 대해주고 있는 것은 알지만 말이다. 하지만 이 할미를 생각해주렴. 형제가 함께 지내야 할미 마음이 편하단다. 너 혼자 여기 남겨두면 이 할미는 밤에 잠도 제대로 못 잘 거야."

사람들은 어이가 없는지 굳은 얼굴로 다다미만 내려다보았다. 지로가 할머니를 한번 흘끗 쳐다보더니 슌스케에게 딱 잘라 말했다.

"아빠, 나 여기서 살래!"

지로가 대답하자 한동안 거실이 잠잠해졌다. 슌스케는 조금 놀란 표정을 짓다가 퍼뜩 정신을 차리고 웃으며 말했다.

"그렇게 하고 싶니? 그럼 됐어. 아빠 네가 하겠다는 대로 할게. 여기서 읍내까진 겨우 15킬로미터밖에 안 돼. 토요일엔 꼭 읍내로 와서 자고 가도록 해."

마사키 외할아버지는 서먹서먹해진 분위기를 바꾸려는 듯

일어나서 툇마루 쪽으로 갔다.

"아, 달 한번 밝구나. 차라도 한잔 마셔야겠는 걸."

외할머니도 거실에 앉아 하늘을 올려다보고는 말했다.

"그러고 보니 오늘이 음력 보름이네요."

"어머나, 그럼 오늘이 지로 생일이잖아요. 깜빡 잊고 있었네
요."

오타미가 부랴부랴 툇마루로 나와 달을 올려다보았다. 그러
자 할머니가 말했다.

"난 벌써부터 알고 있었단다. 하지만 이 댁에서 그런 말을 한
다는 게 어째 좀……."

그래서 또다시 주위가 서먹해졌다. 그러나 지로는 이미 거기
없었다. 지로는 그 유명한 '음력 8월 15일 밤'이 바로 이날 밤이
라고는 생각도 하지 못했다. 지로는 주춤거리며 꼼짝 않고 있는
교이치와 슌조에게 눈길 한번 주지 않고 마치 제 세상이라도 만
난 양 밤늦도록 이곳저곳을 뛰어다니느라 정신이 없었다.

새로운 생활

이튿날, 식구들이 읍내로 이사 간다는 것을 뻔히 알면서도 지로는 날이 밝기 무섭게 인사 한마디 없이 학교로 가버렸다. 혼다 가 사람들은 차라리 지로가 없는 게 마음 편하다며 개의치 않았다. 하지만 마사키 외할아버지는 지로가 학교에서 돌아와 식구들이 보이지 않으면 틀림없이 쓸쓸해할 거라고 걱정했다. 물론 외할아버지가 걱정한 것과 달리 지로는 학교에서 돌아와서도 그다지 쓸쓸해하지는 않았다.

지로는 마사키 가에서 새로운 생활을 하며 어느 정도 평온한 날들을 보냈다. 혼다 가에서 지낼 때보다 마음도 훨씬 느긋해졌다. 따라서 자주 싸우지도 않았다.

토요일이면 외할아버지와 외할머니는 지로를 데리고 읍내에 나갔다. 이따금 혼다 가도 찾아갔다. 외할아버지는 혹시 지로가 읍내에 남겠다고 하지 않을까 궁금하게 여겼는데, 마사키 가로 돌아갈 시간이 되면 늘 지로가 먼저 앞장섰다. 지로는 시골에서만 살았기 때문에 도시의 흥청거리는 분위기에 새로운 자극을 받았다. 읍내는 인구가 34만 명이나 되는 근방에서 가장 큰 성시(城市, 제후가 지내는 성을 중심으로 발달한 시가지)였다.

슌스케 부부는 읍내의 얼마간 번화한 거리에 가게 하나를 빌려 주류 도매업을 했다. 가게는 꽤 널찍했고 안에는 거적으로 싼 너 말들이 술통과 갖가지 모양으로 만든 아름다운 상표가 붙은 병들이 길게 진열되어 있었다. 지로는 그것들이 그저 눈부셨다. 그런가 하면 가게 뒤쪽에 붙은 가정집은 전에 살던 집과는 견줄 수 없을 만큼 좁고 더러웠다. 교이치와 슌조가 지내는 공부방은 가게 이 층에 있었다. 예전에 헛간으로 쓰였는지 쇠창살이 박힌 조그만 창문 하나만 달려 있었다. 마당도 있기는 했지만, 흙벽으로 만든 이웃집 광들에 둘러싸여 습기가 잔뜩 밴 흙냄새가 집 안까지 스며들었다. 넓이도 기껏해야 대여섯 평 남짓밖에 되지 않았다. 그 역겨운 냄새를 맡는 순간 지로는 정신이 아득해졌다. 특히 낮에도 캄캄하고 좁아터진 뒷간에 가는 일이 무엇보다도 싫었다. 마사키 가에는 밝고 널따란 뒷간이 여러 개 있었고, 오줌 정도는 밭이나 근처 숲에 들어가 아무 때나 해결할 수 있었다.

가뜩이나 새집에 대해 좋지 않은 인상들이 차곡차곡 쌓이는 판에 그 어느 때보다 할머니와 자주 그리고 가까이에서 마주쳐야 한다는 것은 아주 끔찍했다. 집이 비좁은 탓에 집 어디에 있든 할머니가 말하고 움직이는 게 쉴 새 없이 지로를 자극했다. 아무리 맛있는 반찬이 상 위에 올라도 기분 좋게 먹을 수가 없었다.

그 대신 읍내에 와서 좋아진 것도 있었다. 바로 오타미였다. 오타미는 점점 지로에게 다정해졌다. 덕분에 지로는 오타미에 대한 섭섭한 감정을 많이 떨쳐버릴 수 있었다. 어두운 방 안에서 오타미와 얼굴을 마주 대하고 있으면, 오타미의 눈가에서 무언가 촉촉한 것이 흘러내려 지로의 마음속으로 젖어들었다. 오타미는 가끔 그림책이나 예쁜 상자 속에 들어 있는 학용품을 사주고 변두리까지 배웅해줄 때도 있었다. 그럴 때면 지로는 마치 오하마를 만난 것 같은 착각에 빠지고는 했다.

교이치, 슌조와는 읍내로 이사 가기 전부터 몇 가지 사건을 겪으며 이미 가까워졌다. 더구나 이즈음에는 둘 다 무조건 지로가 하자는 대로 해서 무척 지로의 마음에 들었다. 형제들은 자주 못 보는 동안 그리움 같은 게 쌓여 태도가 바뀐 듯했다. 지로는 한때 형제들에게 품었던 복수심을 이미 오래전에 잊어버렸다. 셋은 함께 읍내를 돌아다니며 여러 가지 구경을 했다. 지로는 그 시간이 아주 즐거웠다.

그러나 뭐니 뭐니 해도 읍내에 오면 슌스케를 만날 수 있어서 좋았다. 슌스케가 특별히 지로만 아끼는 것도 아니고, 또 어떤 날은 공원에 같이 가자고 해놓고서는 갑자기 급한 볼일이 생겼다며 약속을 어기기도 했다. 그럴 때 지로는 조금 서운하기는 해도 아빠가 자기를 속였다고는 전혀 생각하지 않았다. 그리고 지로는 만약 자기가 할 수 있는 일이라면 교이치와 슌조를 떼어버리고서라도 슌스케를 돕고 싶었다. 읍내는 마사키가에서 경험하기 힘든 매력과 엄마나 형제들의 각별한 정리로

지로를 유혹했지만, 만약 그곳에 슌스케가 없다면 지로는 15킬
로미터나 되는 먼 길을 걸어 그 음침한 집에까지 찾아오지 않
았을 것이다. 더구나 할머니가 있다는 것을 알면서도 찾아오는
바보 같은 짓은 절대로 하지 않았을 것이다.

읍내처럼 색다른 매력은 없더라도 마사키 가는 지로에게 마
음껏 자유를 누리게 해주었다. 그곳에서는 아무도 지로의 자존
심에 상처를 입히지 않았다. 감정에서 우러나오는 가시 돋친 잔
소리도 없었다. 외할머니나 외할아버지도 가끔은 지로를 야단
쳤지만 진심으로 지로를 걱정하고 있다는 것을 알 수 있었다.

그러는 동안 마사키 가에서 지내는 것도 많이 달라졌다. 지로
가 마사키 가에서 가장 좋아하는 곳은 거멓옻나무 씨 열매가 가
득 담긴 섬(곡식 따위를 담기 위해 짚으로 엮어 만든 그릇)이 산더미
처럼 쌓여 있는 커다란 광이었다. 거기서 술래잡기를 하면 깊은
산 속에서 동굴을 탐험하는 것 같은 느낌이 들었다. 그러나 이
때는 거기서 노는 것보다 아저씨 아주머니 틈에 섞여 넓은 토방
에 거멓옻나무 씨 열매를 펼쳐놓고 도리깨로 두드려 털거나, 아
궁이에 거멓옻나무 찌꺼기를 던져넣는 일, 딱딱하게 굳은 밀랍
기름에 불을 붙이거나 하얀 밀랍 가루와 삼나무 잎에 물을 뿌리
는 일이 훨씬 더 재미있었다. 이런 일은 재미도 재미거니와 끝
나면 마치 큰일을 해낸 것처럼 뿌듯하고 자랑스러웠다. 그중에
서도 양초를 만들 때 잿물을 넣는 일이 가장 마음에 들었다. 어
찌나 재미있던지 외할아버지만 허락하면 학교를 며칠 쉬면서
아저씨들과 함께 일하고 싶다는 생각이 들 정도였다.

잿물 작업에는 일손이 많이 필요했기 때문에 가까운 농가에서 아주머니들이 스무 명쯤 와서 도와주었다. 아주머니라지만 그 가운데는 할머니도 있고 젊은 처녀도 섞여 있었다. 여기에 마사키 가에서 고용한 아주머니들과 아이들까지 합쳐 서른 명도 넘는 사람들이 토방에 거적을 깔고 두 줄로 나란히 앉아서 일을 했다. 사람들은 저마다 절구처럼 생긴 회색 바리때(절에서 쓰는 공양 그릇으로, 나무나 놋쇠 따위로 대접처럼 만들어 안팎에 칠을 한다)와 막자(덩어리 약을 갈아 가루로 만드는 데 쓰는 유리나 사기로 만든 작은 방망이) 한 개씩을 들고 있다. 아저씨들은 밀랍 기름을 녹인 황갈색 액체를 바리때에 붓는 일을 했다. 사람들은 자기 바리때에 밀랍 기름이 들어오면 곧 막자로 냅다 휘저었다. 그렇게 휘젓다 보면 밀랍 기름이 바래지면서 희고 걸쭉한 액체가 되었다. 그리고 적당한 때에 아저씨들이 바리때에 잿물을 한 국자씩 붓는데, 이때가 가장 중요한 순간이다. 막자를 젓는 사람은 최대한 빠른 속도로 팔을 휘저어야 했다. 계속 젓다 보면 잿물과 섞인 밀랍 기름이 허옇게 바뀌는데, 어지간한 힘으로는 아무리 막자를 휘둘러도 꿈쩍하지 않을 만큼 끈적거렸다. 아저씨들은 이 바리때를 안고 미리 물을 뿌려둔 다른 바리때에 내용물을 옮겼다. 그 안에서 밀랍이 천천히 굳은 뒤에는 모양을 다듬기 위해 대패질을 하고, 다시 건조장으로 옮겨가 양초가 완성되기만 기다리면 되었다.

 양초 만드는 일은 새벽부터 저녁까지 이삼일씩 쉬지 않고 이어졌다. 작업은 힘들었지만 나이 든 할머니들이 들려주는 재미

난 이야기를 듣다 보면 시간 가는 줄 몰랐다. 지로는 할머니들
이 들려주는 우스꽝스런 이야기보다 젊은 처녀들이 부르는 아
름다운 노랫소리에 더 흥미를 느꼈다. 밥 먹는 시간을 빼면 쉴
시간도 없었다. 그래도 틈만 나면 정신을 맑게 해주는 떫은 차
와 고구마, 모란병(찹쌀과 멥쌀을 섞어 고물을 묻혀 모란꽃 모양으
로 만든 떡) 같은 간식을 먹을 수 있었다.

지로는 누구보다 열심히 막자를 저었다. 더구나 일요일에는
하루 종일 질리지도 않는지 꿈쩍도 않고 일만 했다.

"도련님은 정말 끈질겨."

"요즘 보기 드문 착한 아이야."

"도련님, 잠깐이라도 놀다 와요."

누가 이런 말이라도 해주는 날이면 지로는 더 기분이 좋아져
서 다음 날 새벽까지 자리를 지켰다.

지로는 모든 작업에 통달했지만 딱 한 가지 어려운 게 있었
다. 바로 바리때에 잿물을 넣고 젓는 일이었다. 아직 팔뚝이 가
늘어서인지 잿물을 넣었을 때 막자를 젓는 일이 힘에 겨웠다.
그때만큼은 옆에 앉은 사람에게 막자를 돌려달라고 부탁해야
했다. 하지만 그것이 창피하다고 생각하지는 않았다. 할머니나
젊은 처녀들 가운데도 지로처럼 잿물을 넣을 때 다른 사람에게
부탁하는 일이 꽤 있었기 때문이다.

양초 공장에서 일하는 것뿐만 아니라 지로는 또 다른 데서도
즐거움을 찾아냈다. 다름 아닌 낚시였다. 마을 아저씨들에게
낚싯대에 바늘 꿰는 법과 '도케'를 가라앉혀 두는 것을 배웠다.

저녁에 걸쳐놓은 낚싯바늘에는 아침마다 뱀장어나 메기 같은 물고기가 낚여 있었다. 결이 꺼칠꺼칠한 대바구니에 구운 쌀겨를 섞은 진흙을 발라 그물코에 연결한 것을 '도케'라고 하는데, 저녁에 도케를 가라앉혀 두면 다음 날 아침 여지없이 물고기가 잡혀 있었다. 낚시에 빠진 지로는 툭하면 저녁 밥 먹는 시간을 어기기 일쑤였고, 어두운 새벽부터 집을 나갔다가 자주 혼이 나고는 했다. 동네 아저씨들이 투망으로 농어를 잡는 날이면 지로도 빠지지 않고 거들었다.

강에서 둑을 따라 4킬로미터쯤 내려가면 바닷가가 나왔다. 또 상류 쪽으로 비슷한 거리를 올라가면 삼나무 숲이 나왔다. 지로는 두 곳을 모두 좋아했다. 동네에서 노는 데 싫증이 난 날에는 아이들과 함께 두 곳 중 한 군데를 찾아갔다. 개펄에서는 조가비를 줍고, 삼나무 숲에서는 나무에 오르거나 돌팔매질을 하며 놀았다.

지로는 작은 배를 젓는 법도 배웠다. 농가에서는 말도 타보았다. 사촌 형제들과 함께 마을 잔치 준비로 바쁜 청년들을 도운 것도 큰 경험이었다. 그때까지 혼다 가에 살았더라면 그곳 사람들은 모르긴 몰라도 지로가 하겠다는 대로 내버려두지는 않았을 것이다. 하지만 마사키 가에서는 이 모든 일들을 자유롭게 할 수 있었다. 읍내에 있는 혼다 가에서와 마찬가지로 마사키 가에서 또한 지로는 새로운 모험과 즐거움을 찾았다. 더구나 농민들이 힘겹게 생활하는 모습을 보면 지로는 마음이 아팠다. 그래서 시간이 날 때마다 이웃 농가를 찾아가 닥치는 대로 일을 도왔다. 지로는 재미나는 놀이에서보다 그때 경험한 데서 더 많은 것들을 배웠다.

지로의 새로운 생활은 이것이 전부가 아니었다. 날마다 학교에서 류이치를 만나면서도 일부러 편지를 보내 자신이 마사키 가에서 지내고 있다는 것을 알렸다. 어떻게 해서든지 하루코에게도 소식을 전하기 위해서였다. 또 어느 때인가는 혼다 가에서 가져온 책들을 정리하다 낯선 동화책 한 권을 발견했다. 교이치와 사이가 좋았던 마치코의 책이었다. 지로는 또 바다로 흘러가는 강물과 바람결에 흩날리는 구름을 바라보거나, 바람소리와 새소리에 가만히 귀를 기울여보기도 했다. 아침부터 마음이 울적한 날은 강둑에 나갔다. 하루는 빨간 등딱지가 제법 귀여운 게 한 마리가 갈대 줄기를 타고 오르락내리락하는 것을 한 시간도 넘게 지켜보았다는 것을 깨닫고는 혼자 놀란 적도 있었다. 그런 날은 대부분 교지기 방을 생각했다. 오하마와 야사쿠 할아범, 오쓰루, 오카네와 함께했던 시절을 떠올렸다. 정말 우울한 날은 간사쿠마저도 그리웠다. 그리고 늘 마지막에는 마사키 가에서 겪은 일들을 하나하나 떠올리며 오래도록 강둑에 누워 있었다.

지로는 그때까지도 살아 있는 생물을 죽이는 못된 습관을 버리지 못하고 마사키 가에 온 뒤에도 자주 생물들을 죽였다. 그러나 그렇게 죽인 다음에는 언제나 후회했다. 그럴 때 생각나는 것은 마을 어귀에 있는 상수리나무 숲이었다. 그곳에는 조그마한 사당이 하나 있는데, 사당 뒤꼍에 있는 상수리나무가 아주 유명했다. 언젠가 지로는 상수리 줄기에 커다란 못이 다섯 개나 박혀 있는 것을 본 적이 있었다. 마을 사람들 말로는 어떤 사람이 누군가를 저주하려고 나무에 못을 박았다는 것이다. 상대방의 얼굴을 나무에 그린 뒤 두 눈과 두 귀, 입에 못질을 했다는 것이다. 지로는 그때까지 사람의 운명에 대해 생각해본 적은 없었지만, 어느 사이엔가 가슴속에 자신의 삶에도 뜻하지 않은 적이나 재앙이 숨어 있을지도 모른다는 생각이 싹트고 있었다.

학교에서 지로가 가장 자신 있는 과목은 작문이었다. 다른 과목은 몰라도 작문은 언제나 최고였다. 자기가 쓴 글을 수업시간에 대표로 읽기도 했다. 지로가 쓴 글에는 평소 자신이 행동하는 것처럼 활기찬 내용이 담겨 있지 않았다. 오히려 정반대였다. 그 글은 서정이 넘치고 감상에 젖어 있었다.

마사키 가에서 지로의 생활은 겉으로 보기에는 순조롭기만 했다. 하지만 복잡한 사정이 얽힌 일도 겪게 되었다.

광에 달린 창문

마사키 가는 지로에게 거리낄 것 없이 자유로운 곳이었다. 그러나 마침내 그곳에도 지로의 마음속에 어두운 그림자를 드리우는 사람이 나타나고야 말았다. 그 주인공은 지난해 죽은 큰이모의 남편, 즉 겐조 이모부였다. 처음부터 지로는 겐조가 마음에 들지 않았는데 걱정대로 일이 꼬였다.

마사키 외할아버지에게는 본디 아들이 하나 있었다. 외할아버지는 외아들을 너무 사랑했고, 학문으로 출세시키려고 작정했다. 그러기 위해서는 아들을 대신해 누군가 양초 공장을 물려받아야 했다. 그래서 겐조가 마사키 가의 데릴사위로 들어와 맏딸, 즉 오타미의 언니와 결혼했다. 하지만 마사키 외할아버지의 아들은 도쿄에 유학 가서 병을 얻어 젊은 나이에 죽고 말았다. 덕분에 겐조는 양초 공장뿐 아니라 마사키 가가 가지고 있는 모든 재산과 권리를 상속받았다.

겐조는 같은 마을에 사는 중농의 둘째아들이었다. 사람이 성실하고 정직하며 머리도 좋았기 때문에 외할아버지는 일찍부터 겐조를 점찍어두었다. 겐조가 양초 공장을 관리하는 것은 문제없었지만, 소학교만 졸업한 그가 마사키 가의 모든 재산을 책임지기에는 부족하다는 의견이 많았다. 겐조 스스로도 소학교 졸업이라는 학력에 열등감을 느꼈다. 그러나 겐조는 거먕옻나무씨 열매를 구입하는 일부터 양초를 만들어 내다 파는 일까지 이어지는 상업상의 거래를 할 때나 마사키 가를 꾸려나가는 일을 할 때 한 번도 남들에게 손가락질당한 적이 없었다. 게다가 그 무렵에는 아들이 둘씩이나 생겼기 때문에 겐조가 마사키 가의 상속인이 될 자격이 부족하다고 말하는 사람은 아무도 없었다.

겐조는 마사키 외할아버지에게 절대 복종했다. 물론 외할아버지도 소작인을 부리듯 겐조에게 무조건 명령을 내리지는 않았다. 아무리 작고 하찮은 일이라도 될 수 있으면 겐조에게 모두 맡기려고 했다. 지로를 데려올 때만 해도 마사키 외할아버지는 미리 겐조와 의논했고, 겐조도 외할아버지의 의견에 동감했다. 따라서 겐조는 지로에게 아무런 감정도 없었다.

그러나 지로는 겐조에게 감정이 있었다. 어쩐지 겐조가 거북스럽고 못마땅했다. 밥 먹을 때만 해도 그랬다. 겐조가 보이지 않을 때는 편하게 떠들며 먹다가도 겐조가 방에 들어오는 순간 앉는 자세부터 불편해졌다. 겐조는 말이 없었다. 웬만해서는 잘 웃지도 않았다. 지로는 그것이 불만이었다. 겐조가 늘 심각한 얼굴로 다니는 까닭이 자기 때문일 것이라고 지레짐작해버렸다. 한번 그런 생각이 들자 겐조 곁에는 얼씬거리지도 않으려고 애썼다. 겐조는 겐조대로 지로가 자신을 어떻게 생각하든 상관하지 않았다. 지로가 잘못을 저질렀다고 해도 불러서 야단치는 성격도 아니었다. 어쨌든 두 사람은 이모부와 조카 사이면서도 서로에게 친근감이 생기지 않았다.

마사키 가에는 지로와 똑같은 심정으로 겐조를 꺼리는 사람이 하나 더 있었다. 지로의 막내 이모인 오노부의 외아들로 지로보다 한 살 어린 세이키치였다.

오노부는 어느 관리와 결혼해 다른 지방에서 살았는데, 세이키치가 아직 뱃속에 있을 때 남편과 사별했다. 오노부는 친정으로 돌아와 세이키치를 낳았다. 사내아이가 태어나면 친가 쪽 호적에 올리는 게 당연했지만, 세이키치가 태어났을 때 오노부는 시댁에 알리려고도 하지 않았다. 어찌 된 일인지 세이키치의 친가에서도 아이를 맡겠다거나 호적에 올리겠다는 뜻을 전혀 내비치지 않았다. 마사키 노인은 고민 끝에 그때도 역시 겐조 부부와 의논해 급한 대로 세이키치를 겐조의 호적에 올렸다.

겐조 부부는 세이키치를 그다지 귀여워하지 않았다. 그렇다고 미워한 것도 아니었다. 겐조 부부는 성격이 비슷해서 친자식에게도 세심하게 마음을 쓰는 경우가 드물었다. 공장 일만으로도 정신없이 바빴기 때문인지도 모른다. 어쨌든 겐조는 세이키치뿐 아니라 자기 아이들에게도 관심이 없었기 때문에 특별히 세이키치만 자신의 신세를 불행하게 여길 까닭이 없었다. 더구나 겐조를 싫어해야 할 아무런 이유도 없었다.

문제는 오노부였다. 오노부는 필요 이상으로 자기 자신에게 열등감을 느꼈다. 열등감은 자신을 괴롭히는 데 그치지 않고 아들 세이키치마저 희생양으로 삼기에 이르렀다. 과부가 되어 아들과 함께 친정에 얹혀살고 있다는 열등감은 겐조 앞에서 가장 심하게 드러났다. 마사키 가에서 부엌일은 오노부가 맡아 했다. 오노부는 남들이 얹혀사는 주제에 자기 아들인 세이키치만 편애한다고 생각할까 싶어 일부러 세이키치의 밥을 가장 적게 담았다. 반찬도 다른 아이들보다 훨씬 적게 주고, 생선이 사람 수보다 모자라면 세이키치에게는 주지 않았다. 아이들이 함께 장난을 치다가 오노부에게 들켜도 야단맞는 사람은 언제나 세이키치였다. 뿐만 아니라 세이키치를 겐조에게 데려가 용서를 빌도록 했다. 그러면 겐조는 아이들 장난은 대부분 나이가 많은 아이의 머릿속에서 나온다는 것을 알고 장남 히사오나 둘째 겐지를 불러서 혼냈다. 상황이 이렇게 되면 오노부는 더욱 당황할 수밖에 없었다. 오노부는 사람들 앞에서 세이키치를 호되게 나무라는 것으로 자신의 열등감을 감추려 했다.

지로를 마사키 가에서 맡기 몇 달 전에 오노부는 죽은 큰언니의 뒤를 이어 겐조와 결혼했다. 그 뒤 오노부는 사람들 앞에서 이전보다 더 자주 세이키치를 야단치거나 차별했다. 그러다가도 가끔 세이키치를 조용한 곳으로 불러내 맛있는 음식을 먹이거나 꼭 껴안아주면서 엄마다운 애정을 표현했다. 그러나 다시 사람들이 있는 곳으로 나갈 때쯤이면 의붓아버지에게 무조건 순종하고 형제들에게 모든 것을 양보해야 한다고 말했다.

이런 사정을 대충 짐작한 마을 사람들은 오노부를 칭찬했다. 비록 조카지만 자기가 낳지도 않은 의붓아들들을 위해 친자식을 희생시킨다는 것은 세상에 보기 드문 일이었기 때문이다.

"오노부는 역시 마사키 어르신의 딸이야."

오노부를 칭찬하는 소리가 끊이지 않았다. 이런 이야기는 오노부의 귀에도, 또 겐조의 귀에도, 마사키 노부부의 귀에도 들렸다. 오노부는 사람들이 칭찬할수록 몸가짐을 주의해야 한다고 스스로를 다잡았다. 겐조는 자기 아내가 사람들에게 칭찬받는 것이 싫지만은 않았다. 그는 자기가 오노부의 마음을 이해하고 세이키치를 좀 더 사랑해주어야 한다고 생각했다. 하지만 겐조는 천성이 살가운 성격이 아니었다. 마음속으로는 그렇게 생각한다 해도 겉으로 드러나는 행동은 조금도 달라지지 않았다.

지로는 세간의 소문을 많이 듣지는 못했지만, 이런 일에는 누구보다 민감했다. 꽤 오래전부터 사촌 형제들 가운데서 세이키치만 다른 대우를 받는 것 같다고 느꼈는데, 마사키 가에서 함께 지내는 동안 그 까닭을 확실히 알아차렸다. 지로는 세이키치가 밥 먹을 때마다 몸을 조금 돌우면서 다른 사람의 접시를 넘겨보거나, 큰 잘못을 저지른 것도 아닌데 유난히 겁을 내거나, 누가 묻지도 않았는데 혼자 변명하듯 말하는 모습을 보면서 남의 일 같지 않게 여겼다.

이제 지로는 지난날 오타미에게 품었던 감정 그대로 오노부를 바라보았다. 그러나 자기의 처지와 세이키치의 처지는 분명히 달랐다. 그리고 세이키치가 늘 경계하고 있는 사람이 오노부가 아니라 겐조라는 사실을 알게 되자 오노부와 세이키치 그리고 자신이 은밀히 공수(攻守) 동맹이라도 맺고 있는 것 같은 느낌이 들었다.

그렇지 않아도 세이키치는 겁이 많았다. 지로가 상대해서 놀기에는 조금 모자랐다. 하지만 지로는 마사키 가에서 세이키치를 지켜줄 사람은 자기밖에 없다는 것을 알고 있었다. 학교에 오갈 때는 물론이고, 전쟁놀이나 술래잡기를 할 때 언제나 세이키치와 한편이 되었다. 아무리 상황이 불리해도 무조건 세이키치를 도왔다. 때로는 마사키 노부부나 겐조 부부에게 되바라진 말을 하면서까지 세이키치를 변호해준 적도 있었다. 그럴 때 오노부는 어린아이가 주제넘게 나선다며 야단치면서도 당황한 기색이 뚜렷했다. 그리고 더욱 심한 말로 세이키치를 야단쳤다. 그러나 지로는 오노부가 자신과 세이키치를 야단치는 것은 본심이 아니라 겐조가 보고 있기 때문이라고 믿었다. 말은 안 하지만 오노부가 속으로는 자신에게 무척 고마워하고 있을 거라고 생각할 정도였다.

지로가 이 정도만 참견했다면 그리 대수로울 일도 아니었을 테지만, 지로는 결국 선을 넘고 말았다. 그리하여 두 번 다시 되돌릴 수 없는 커다란 실수를 저질렀다.

그날 지로는 평소보다 학교에서 조금 늦게 돌아왔다. 안채로 들어서려는데 안채와 토방 사이를 잇는 좁은 골목에서 세이키치 혼자 울고 있는 모습이 보였다. 지로가 다가가 왜 울고 있는지 묻자 세이키치는 토방의 흰 벽을 가리키며 분필로 벽에 낙서하다가 겐조에게 들켰다고 말했다. 아마 겐조가 그곳을 지나가다 세이키치가 낙서하는 것을 보고 가볍게 주의를 줬을 것이다. 하지만 세이키치의 처지에서 보면 겐조에게 혼이 났다는 것은 아주 큰 사건이었다. 세이키치네 가정사에 남다른 관심을 기울여온 지로에게도 무척 큰 사건이었다. 세이키치를 달랠수록 지로의 마음속에서는 의분이 솟았다. 당장이라도 겐조에게 달려가 따지고 싶었다. 그러나 어떤 상황인지도 모르고 세이키치를 위해 변명하는 것도 이상했고, 또 어떻게 변명해야 할지도 몰랐다. 지금까지는 세이키치를 나무라는 사람이 으레 오노부였기 때문에 말을 하기가 쉬웠지만, 겐조에게 바로 변명하기에는 좀 난처했다. 이런저런 궁리를 하는 동안 지로는 머릿속에서 겐조를 용서받지 못할 나쁜 놈으로 낙인찍어버렸다.

"지로 형, 형이 나 대신 잘못했다고 말해줘."

세이키치가 손가락을 빨며 애원했다. 세이키치의 겁먹은 눈동자를 보는 순간, 지로는 그 자리에서 겐조를 응징하기로 결심했다.

"네가 뭘 잘못했다고 사과해?"

"낙서하다 들켰잖아."

"들키면 어때? 너보다 히사오나 겐지가 낙서는 더 많이 했어."

세이키치는 맞는 말이라며 고개를 끄덕였다. 하지만 그렇다고 두려움이 사라지는 것은 아니었다.

"엄마가 알면 나 혼날 텐데."

"막내 이모는 아직 모를 거야."

"어쩌면 알았는지도 몰라."

"겐조 그 자식, 막내 이모한테 일러바쳤을까?"

'겐조 그 자식'이라는 말에 세이키치의 눈이 휘둥그레졌다. 지로는 아무렇지도 않다는 듯 계속 지껄였다.

"난 옛날부터 겐조 그 자식이 마음에 안 들었어. 그 자식이 막내 이모한테 좋지 않게 이야기해서 세이키치만 야단맞게 만드는 거라고."

둘은 잠깐 동안 아무 말도 하지 않았다. 이윽고 지로는 무엇인가 생각났다는 듯 말했다.

"너, 그 자식을 아빠라고 부르지?"

"……."

세이키치가 조금 멍한 표정을 지었다. 세이키치는 마사키 가에서 태어나 마사키 가에서 자랐기 때문에 사촌 형제들과 마찬가지로 겐조를 아빠라고 불렀다. 나중에야 겐조가 친아버지가 아니라는 것을 알았지만, 세이키치는 조금도 망설이지 않고 여전히 겐조를 아빠라고 불렀다.

"아빠도 아닌 놈을 아빠라고 부르는 바보가 어디 있어?"

지로의 입에서 겐조를 욕하는 말이 제법 자연스럽게 흘러나왔다. 지로는 그 말이 얼마나 독이 있는 말인가를 아직 잘 모르고 있었다. 오히려 세이키치가 겁이 나는지 주위를 두리번거렸다. 세이키치가 걱정스러운 얼굴로 조용히 물었다.

"그럼 앞으로 뭐라고 불러?"

"그까짓 겐조 자식, 안 부르면 그만이지 뭘 어떡해? 나도 앞으로는 절대로 이모부라고 부르지 않을 거야. 그러니까 세이키치, 너도 겐조 그 자식을 아빠라고 부르지 마."

"그럼 내가 먼저 불러야 할 땐 어떻게 해?"

"그딴 놈을 왜 먼저 찾아? 정 급하면 외할아버지한테 말하면
돼. 세이키치도 이제 할 말 있으면 외할아버지한테 해."

"난 외할머니가 더 좋은데……."

"그럼 넌 외할머니한테 말해. 난 외할아버지한테 할 테니
까."

"그런데 있잖아, 엄만 뭐든지 아빠한테 물어보지 않으면 큰
일 난다고 했어."

"웃기시네! 이 집에선 외할아버지가 대장이야. 겐조 그 자식
은 다른 집에서 데려온 놈이라고."

지로는 속이 다 후련했다. 우쭐한 얼굴을 한껏 치켜들었다.
그런데 놀랍게도 눈앞에 있는 광에서 사람 기척이 났다. 광 벽
에 난 조그만 창문 너머로 분명 사람이 어른거렸다. 인기척이
슬쩍 나타났다가 금방 사라졌는데, 분명 겐조였다. 지로는 안절
부절못했다. 세이키치가 무슨 말인가를 하려 하자 지로는 손을
휘저으며 엉거주춤한 자세로 광문까지 천천히 기어갔다. 광문
앞에는 겐조가 서 있었다. 겐조는 한 손에 매매 장부를 들고 돌
조각처럼 꿈쩍도 하지 않았다. 지로는 기겁을 해서 뒤로 물러서
려 했지만, 얼굴빛이 노랗게 질린 겐조의 눈동자를 보는 순간
얼어붙은 듯 옴짝도 할 수 없었다. 겐조의 이마에서 파란 핏줄
이 불끈거렸다. 지로는 잽싸게 눈길을 땅바닥으로 떨어뜨렸다.
겐조의 따가운 눈길이 볼을 뚫고 지나가는 것만 같았다. 주위는

조용하다 못해 적막했다. 세이키치는 골목에서 지로를 기다리고 있다가 불길한 기운을 느끼자 잔뜩 겁에 질렸다. 그때 광문 쪽에서 묵직한 발자국 소리가 들렸다. 발자국 소리는 고개를 숙이고 있는 지로 앞을 천천히 지나갔다. 발자국 소리가 들릴 때마다 지로의 고막은 밤송이에 찔린 것처럼 움찔거렸다.

이삼 분이 지나 지로는 겨우 정신을 차리고 세이키치가 기다리는 곳으로 돌아갔다. 세이키치가 이것저것 물었으나 지로는 아무 말도 할 수 없었다. 지로는 적당히 둘러대면서 세이키치를 데리고 밖으로 나갔다. 그러고는 저녁때까지 여기저기 어슬렁거리며 돌아다녔다.

이 사건이 어떤 결과를 낳았는지는 겐조와 지로만 알고 있었다. 겐조는 그 뒤로도 지로가 토방과 안채 사이에 난 좁은 골목에서 함부로 이야기를 지껄인 데 대해 아무에게도 말하지 않았다. 그때 일을 입에 담고 싶지 않기는 지로도 마찬가지였다. 세이키치는 겐조가 자기들이 나눈 이야기를 알고 있다고는 꿈에도 생각한 적이 없지만, 어쨌든 지로가 한 말이 사람들 귀에 들어가서는 안 된다고 생각했기 때문에 오노부에게도 말하지 않았다.

그날부터 겐조와 지로는 두 번 다시 똑바로 마주 보지 않았다. 어쩌다 마주칠지라도 양날의 검처럼 번뜩이는 겐조의 눈빛에 질려 지로는 눈길을 숨기기에 바빴다. 눈길만이 아니었다. 지로는 겐조와 만나지 않기 위해 언제나 숨어다녀야 했다. 예전에도 겐조를 피해서 다닌 적이 있었지만 그때와는 숨는 까닭부터 달랐다. 지로가 학교에서 돌아오는 시간도 점점 늦어졌다.

툭하면 낚시를 핑계 삼아 밖에 나갔다. 이웃 농가에도 자주 가서 일손을 도왔다. 하지만 저녁이 되면 어쩔 수 없이 집에 돌아와야 했다. 마사키 가의 대문을 바라볼 때면 가슴 위로 거대한 납덩어리가 떨어지는 것 같았다.

세이키치와 약속한 대로 지로는 겐조를 이모부라고 부르지 않았다. 이모부라고 부르고 싶지 않아서라기보다는 부르고 싶어도 부를 수가 없었기 때문이다. 마사키 외할아버지나 오노부가 겐조에게 전하는 심부름을 시키면 지로는 교묘하게 세이키치나 다른 사촌 형제들에게 떠넘겼다. 세이키치도 마찬가지지만 사촌 형제들이 겐조를 아빠라고 부르며 조금도 얽매이지 않고 심부름하는 것을 숨어서 지켜보면서, 지로는 겐조뿐 아니라 사촌 형제들에게까지 따돌림을 당하는 것 같아 처량했다.

밝고 명랑한 마사키 가에서 겐조는 지로를, 지로는 겐조를 지워버리고 싶은 검은 덩어리처럼 여기며 불편해했다. 그러나 이것은 어디까지나 두 사람만 알고 있는 일이었다. 마사키 외할아버지와 오노부도 한동안은 두 사람의 관계를 전혀 눈치 채지 못했다. 사건이 일어나게 만든 세이키치마저도 자기보다 겐조를 더 거북하게 여기는 사람이 있다는 사실을 알아차리지 못했다.

이런 일 때문에 마사키 가에서도 지로는 완전한 행복을 누리지 못했다.

간병

세월은 어느덧 일 년 반이 흘러 지로는 6학년이 되었다.

학교에서는 상급학교 희망자를 모아 학년 초부터 보충수업을 했다. 지로도 당연히 보충수업을 받았다. 보충수업이 끝나고 참새가 지저귀는 보리밭 사이를 지나면서 지로는 류이치를 비롯해 아이들과 함께 장래희망에 대해서 이야기하고는 했다.

지로와 겐조 사이에 드리운 검은 그림자는 시간이 지나면서 조금씩 희미해졌다. 아주 드물기는 했지만 지로가 '이모부'라는 말을 하기도 했다. 그러나 아무래도 두 사람 사이가 예전으로 되돌아갈 수는 없었다. 게다가 두 사람의 서먹한 감정을 노부부와 오노부에게 들키고 말았다. 두 사람을 괴롭히던 검은 그림자는 희미해졌지만 이번에는 집안사람들이 두 사람의 관계를 걱정했다. 그래도 누구 한 사람 겐조와 지로의 갈등을 입에 담지는 않았다. 지로가 마사키 가에서 지내는 것도 길어야 일 년이었다. 겐조는 마사키 외할아버지와 외할머니가 베푼 은혜를 생각해서, 오노부는 언니인 오타미를 위해서, 외할아버지와 외할머니는 지로를 사랑하는 마음과 슌스케에 대한 연민 때문에 남은 일 년을 참기로 했다. 그러면서도 마사키 외할아버지는 남은 일 년 동안 어떻게든 제멋대로인 지로의 성격을 고쳐 겐조와 화해시키고, 슌스케 부부에게도 기쁨을 안겨줘야 한다는 생각을 가득 품고 있었다.

마사키 가와 혼다 가를 오가며 많은 일들을 보고 겪은 지로는 또래보다 훨씬 조숙했다. 세상이 어떤 곳인지 희미하게나마 알게 되자 자신이 살고 있는 마사키 가는 어떤 경우에도 자기 집이 될 수 없다는 것을 분명히 깨달았다.

'나는 이 집에서 태어난 사람이 아니야. 아무리 구박을 받아도 세이키치는 마음 편하게 이 집 밥을 먹을 수 있지만 난 그렇지 못해.'

이런 생각을 하자 지로는 무슨 일을 하든 한결 조심스러워졌다. 지금까지 겐조에게만 느꼈던 거북한 감정이 마사키 가의 모든 사람에게 확산되었다. 그토록 믿고 의지하는 외할아버지와 외할머니마저도 어렵게 여겨질 정도였다. 또 고용인들이 자기에게 가벼운 농담을 건네거나 일을 같이 하자는 부탁을 하면 왠지 모욕당하는 것 같아 금세 우울해졌다.

지로는 이즈음 들어 외할아버지와 외할머니가 자신에게만 뭔가 숨기는 것 같아 더욱 불안했다. 두 사람 모두 읍내에 있는 혼다 가를 전보다 자주 지로 몰래 다녀오고는 했다. 돌아온 뒤에도 혼다 가에 대해서는 아무 말도 하지 않았다.

"읍내 갈 시간이 있으면 한 자라도 더 열심히 공부해야지. 너

도 내년엔 중학생이다." 외할아버지는 지로도 읍내에 가겠다고
나서면 꼭 이렇게 말하며 떼어놓곤 했다. 옆에 있던 외할머니
도 "교이치는 우등생으로 2학년이 되었다는구나." 하고 틀에
박힌 말을 되풀이했다.

그런 말을 들을수록 의심만 깊어졌다. 지로는 혼다 가와 마
사키 가에서 자기 문제로 무언가 의논하고 있는 것은 아닐까
하는 생각을 했다. 누군가를 의심할수록 어린 시절부터 그를
따라다니던 고독의 그림자는 더욱 짙어졌다.

천천히 여름이 다가왔다. 어느 날 지로가 학교에서 돌아와서
공부방으로 올라가려는데 뜻밖에도 거실에서 슌스케의 말소리
가 들렸다. 지로는 아빠가 무슨 일로 여기까지 왔나 싶어 층계
를 올라가다 말고 목소리가 나는 쪽으로 고개를 돌렸다. 거실
에는 마사키 외할아버지와 외할머니, 겐조, 오노부, 슌스케 이
렇게 다섯 사람이 심각한 얼굴로 앉아 있었다. 그들은 지로가
사다리를 올라가는 소리를 듣고는 이야기를 하다 말고 말없이
지로를 쳐다보았다. 하나같이 굳은 얼굴이었다. 오랜만에 만난
슌스케마저 말없이 지로를 쳐다보기만 했다. 지로는 어색해진
분위기에 어떻게 대처해야 좋을지 몰라 사다리를 잡고 가만히
서 있었다. 모두 지로가 이 층으로 빨리 올라가기만 기다리는
것 같았다. 지로는 서둘러 이 층으로 올라와버렸다.

이 층에 올라와서 지로는 늘 하던 대로 책상에 앉아 교과서
를 펼쳤다. 당연히 공부할 마음은 생기지 않았다. 지로는 초점
없는 눈으로 맥없이 교과서를 보았다. 아래층에서 무슨 이야기

가 오가는지 궁금했다. 하지만 아무리 귀를 바싹 곤두세워도 좀처럼 말소리가 들리지 않았다. 창문 너머 나무를 타고 아래로 내려가 엿들어볼까 생각했지만, 이날은 희한하게 손발이 굳어 책상 앞에 앉아서 거의 한 시간 동안 움직이지 않았다.

창밖 등자나무에는 꿀벌 몇 마리가 달라붙어 흰 꽃을 떨어뜨리고 있었다. 지로는 별 생각 없이 그것을 바라보았다. 그때 층계 밑에서 오노부가 부르는 소리가 들렸다.

"지로, 공부하니?"

지로는 왠지 대답하기가 껄끄러웠다. 서둘러 필통에서 연필 한 자루를 꺼내 깎았다.

"위에 없니?"

사다리를 타고 올라오는 소리가 들렸다. 지로가 연필과 칼을 쥔 채 일어서자 곧이어 오노부가 나타났다.

"어머, 여기 있었네. 대답을 안 해서 나간 줄 알았지. 아빠가 부르셔. 빨리 가봐."

지로는 가슴이 터질 듯한 긴장감을 억누르며 오노부를 따라 아래층으로 내려갔다.

거실에 겐조는 보이지 않았다. 슌스케와 마사키 노부부는 여전히 굳은 얼굴로 앉아 있었다. 지로는 슌스케에게 인사한 뒤 조금 불편한 자세로 그 앞에 앉았다. 지로는 어른들의 얼굴을 찬찬히 살펴보고 나서 고개를 떨어뜨린 채 다다미만 만지작거렸다.

"지로, 앞으로 엄마에게 효도 많이 해야겠다."

순스케는 오랫동안 지로를 보더니 여느 때와 달리 엄숙하게 말했다.

지로는 무슨 말을 어떻게 해야 할지 몰라 잠자코 있었다. 다만 아빠가 자기에게 뭔가 중요한 할 말이 있는 것 같다는 사실만은 분명히 알 수 있었다.

"엄마도 이삼일 뒤에 외할아버지 댁에 올 거야."

무슨 이야기인지 지로는 종잡을 수가 없었다. 그러나 예상했던 것과 다른 이야기가 나왔기 때문에 조금은 마음이 놓였다. 지로는 고개를 들어 순스케를 보았다.

"너에게 아직 말하지 않았지만 엄마가 많이 편찮으셔."

순스케의 목소리가 쓸쓸하게 들렸다. 순스케는 좀 더 말하고 싶은 것처럼 보였지만 그 말만 하고는 입을 다물어버렸다. 그러자 외할아버지가 나머지 이야기를 들려주었다. 외할아버지는 오타미가 지금 폐병을 앓고 있으며, 비좁고 음침한 읍내 집에 있으면 병이 더 심해질 것 같아서 외할아버지가 권유하여 마사키 가에서 천천히 보양하기로 했다고 말했다. 순스케가 경제 사정이 어려워졌다든가 병든 오타미를 할머니가 싸늘한 눈길로 바라본다는 말은 한 마디도 하지 않았지만, 지로는 외할아버지의 말을 들으며 그런 것들을 대충 짐작할 수 있었다.

외할아버지가 말을 마치자 다시 순스케가 입을 열었다.

"엄마가 그렇게 되셨는데 너까지 외할아버지 댁에 맡길 수는 없는 노릇 아니겠니. 그래서 아빠는 널 데리고 읍내로 갈 생각이란다. 그런데 외할아버지는 네가 엄마에게 효도할 수 있는 기회가 지금뿐이라면서 초등학교를 졸업할 때까지 여기 그냥 남는 게 좋겠다고 하시는구나. 어때, 네가 엄마를 간호할 수 있겠니?"

지로는 오타미를 간호하는 문제를 생각하기 전에 읍내에 있는 음침한 방부터 떠올렸다. 비좁은 방 안에서 혼다 할머니와 하루 종일 같이 지내는 자신의 모습도 떠올려보았다. 상상만으로도 어떤 선택을 해야 할지 뻔했다. 갑자기 젠조가 생각났지만 할머니에 견주면 젠조는 얼마든지 견딜 수 있었다. 게다가 엄마를 간호해야 한다는 이유가 분명한 만큼 앞으로는 다른 사람들 눈치 보지 않고 지낼 수 있을 것 같았다. 지로는 씩씩하게 대답했다.

"나, 엄마 돌볼 수 있어."

"그래? 어떻게 하는 건데?"

슌스케가 웃으며 물었다.

"간병하는 거, 나도 다 안다니까."

"다 안다고? 그럼 어떻게 하는 건지 한번 말해봐."

"약을 따라 드리거나 몸을 주물러 드리면 되는 거야."

"그것뿐이냐?"

"얼음으로 열을 식혀야 할 때도 있어."

"그것뿐이냐?"

"다른 것도 또 많아."

"다른 것도 많다니? 어떤 건데?"

지로는 슌스케가 짓궂게 같은 말을 계속 묻는 것이 못마땅했다. 조금 심통이 난 지로는 고개를 휙 돌려버렸다.

슌스케는 지로의 행동을 가만히 지켜보다가 단호하게 말했다.

"지로, 네가 엄마를 간호하는 것은 아직 어렵겠다. 외할아버지는 할 수 있을 거라고 말씀하셨지만, 아무래도 넌 아빠랑 같이 읍내로 가야겠다."

지로는 깜짝 놀라 슌스케와 마사키 외할아버지를 번갈아 보았다. 두 사람은 입을 굳게 다물고 심각한 얼굴로 지로를 보았다. 지로는 당황해서 도움을 바라듯 외할머니와 오노부를 보았다. 그러나 두 사람 역시 입도 뻥긋하지 않았다. 처음 겪는 일이었다. 지금까지 지로가 어려움에 놓였을 때 그를 구해준 사람은 슌스케와 마사키 노부부였다. 오노부만 하더라도 겐조를 의식해서 지로를 편들지는 않았지만 마음속으로는 언제나 지로 편이었다. 그런데 오늘은 서로 약속이나 한 듯이 차가운 눈으로 자신을 지켜보고 있었다.

'이거 보통 일이 아닌데.'

지로는 눈앞이 캄캄했다. 무슨 수를 써야겠다고 생각했지만 뾰족한 방법이 떠오르지 않았다. 그동안 궁지에 몰릴 때마다 타고난 순발력과 본능으로 상황을 빠져나왔건만, 믿었던 사람들이 이렇게 입을 다물고 자기를 보고만 있으니 어쩔 도리가 없었다. 지로는 난생 처음 막다른 골목에 몰린 느낌을 받았다. 상자에 갇혀 짓눌렸을 때처럼 답답한 기운이 온몸을 감쌌다. 억울하고 분했다. 억울할 뿐 아니라 알 수 없는 두려움이 먹구름처럼 밀려들었다. 반항할 기운도 없었다. 그렇다고 무조건

버틸 재간도 없었다. 어떻게든 자리를 벗어날 핑계거리도 생각
나지 않았다. 눈물을 흘리는 수밖에 다른 방도가 없었다. 눈물
이라는 것은 좋든 싫든 일을 마무리하는 데 아주 큰 도움이 된
다. 지로가 눈물을 흘리는 까닭은 분명하지 않았다. 하지만 네
사람의 마음은 충분히 움직일 수 있었다. 더구나 이런 날 그 효
과는 확실했다. 어른들은 마치 지로가 울기만을 기다린 사람들
처럼 서둘러 다독거렸다.

"그만 울어. 울 일도 아닌데……."

외할머니가 먼저 나섰다.

이어서 외할아버지가 위로하는 것인지 나무라는 것인지 들
어도 이해가 안 되는 말을 했다.

"여기 있고 싶으면 얼마든지 있어도 좋다. 하지만 지금보다
더 착해져야 해. 그렇지 않으면 모두 너 하나 때문에 곤란해진
단다. 아빠도 그걸 염려하시는 게야."

외할아버지의 말씀을 듣는 순간 지로는 겐조가 떠올랐다. 그
러고 보니 이 자리에 겐조만 빠진 이유를 알 것 같았다. 하지만
겐조 사건 때 지로가 보인 괘씸한 태도에 대해서 말하고 싶은
것이라면 분명히 그렇게 말하면 될 텐데 하는 생각이 들었다.
겐조 이야기를 하고 싶으면서 아빠는 왜 굳이 엄마의 병을 핑
계 삼는 것일까. 또 한편으로는 오타미가 병들었다고 한 것을
보면 겐조와 아무 상관이 없는 것 같기도 했다. 지로는 흐느끼
면서 머릿속이 복잡하게 얽히는 것을 느꼈다.

"할아버지가 말씀하신 그대로야."

슌스케가 다시 말했다.

"너도 이제 6학년이다. 웬만큼 사리를 분별할 줄 알아야 해. 하찮은 일로 토라져서 외할아버지와 외할머니에게 걱정을 끼쳐 드려선 안 돼. 그리고 무엇보다……."

슌스케는 숨을 한 번 들이마신 뒤 계속 말했다.

"이모부와 이모는 엄마 때문에 앞으로 많이 고생하실 분들이야. 병구완이 말처럼 쉬운 일은 아니니까. 그렇게 고마운 분들에게 네가 함부로 행동한다면 아빠는 이모부나 이모 앞에서 얼굴을 들 수 없단다. 불편하긴 엄마도 마찬가지야. 너는 엄마를 간호하는 게 별일 아니라고 말했지만 진짜 간호는 환자의 마음을 편안하게 해주는 거란다. 더구나 엄마의 병은 마음이 가장 중요해. 만약 계속 여기서 지내고 싶다면 마사키 가 어른들이 시키는 대로 잘 따라야 해. 그리고 엄마를 생각해서라도 열심히 공부해야 하고. 학교가 끝나는 대로 곧장 집으로 와서 네가 말한 것처럼 엄마를 돌봐 드리는 거야. 무슨 말인지 알겠지, 지로?"

지로는 이때처럼 슌스케에게 따끔한 훈계를 들은 적이 또 있었는지 생각해보았다. 슌스케 특유의 만사태평한 모습은 온데간데없이 사라지고, 말 한 마디 한 마디에 깊이를 헤아릴 수 없는 극심한 고통이 스며들어 있다는 것을 느꼈다. 그래서 지로는 더욱 슬퍼져서 감정을 억누르지 못하고 흐느꼈다. 이번에 흘리는 눈물은 까닭이 분명했다. 지로는 아빠의 처지를 생각해보았다. 그리고 자신의 처지도 생각해보았다. 정체를 알 수 없는 아주 무거운 것이 어깨에 걸쳐 있는 것 같았다. 지로는 흐느끼며 말했다.

"아빠, 제가 잘못했어요. 난…… 난……."

지로는 진심으로 슌스케에게 용서를 빌었다. 지로는 난생 처음으로 내면에 숨어 있는 자신의 의지와 이성을 다루는 방법에 대해 깨달았다. 지로는 이제 타고난 천성과 본능에 의지하는 자연아가 아니었다. 복잡하게 뒤얽힌 인생의 실마리를 찾아 기나긴 여정을 떠나는 여행자였다. 이때부터 감정이 아니라 의식의 작용이 지로의 삶을 지배했다. 지로는 자기 자신과 주위 사람들의 관계를 엄숙한 마음으로 머릿속에 그려나갔다.

소고기

사흘쯤 지나 오타미가 마사키 가로 왔다. 별채가 오타미의 병실이 되었다. 그 사흘 동안 눈에 보이는 모든 것들이 지로에게는 예전과 다른 의미로 다가왔다. 이런 낯선 변화가 지로는 은근히 마음에 걸렸다.

오타미는 못 본 사이에 몰라볼 만큼 야위어 있었다. 파르께한 이마에 찰싹 달라붙은 살갗이 까칠해 보였다. 그런데도 눈동자는 이상하리만큼 반짝였다.

지로가 학교에서 돌아와 처음으로 오타미의 병실에 들어갔을 때 오타미는 잠들어 있었다. 조금 뒤에 잠에서 깬 오타미는 지로를 보고 쓸쓸하게 웃었다. 그 웃음은 먼 세계에서 내려온 불가사의한 가르침처럼 지로의 마음을 사로잡았다. 오타미가 힘겹게 웃을 때마다 핏기가 사라진 입술 사이로 하얀 이가 드러났다.

별채에는 주로 마사키 외할머니가 자리를 지키면서 오타미를 돌보았기 때문에 지로가 오타미를 위해 할 일은 별로 없었다. 하지만 지로는 학교가 끝나는 대로 다른 곳에 들르지 않고 집으로 돌아왔다. 그리고 되도록 별채에서 멀리 떨어져 있지 않으려고 노력했다. 오타미가 누워서도 잘 볼 수 있게끔 바로 곁방에 책상을 갖다놓았다. 또 외할머니가 심부름을 시키면 바로 튀어나갈 수 있게 자세를 반듯하게 잡고 책상 앞에 앉았다.

오타미가 마사키 가에 온 뒤부터 지로는 학교 공부를 마치고 집에 돌아왔다가 다시 밖에 나가는 일도 거의 없었다. 가끔은 밖에서 놀기도 했지만 주로 사촌 형제들과 함께였다. 그럴 때도 반드시 별채에 있는 외할머니에게 허락을 받았다. 지로가 이렇게 하니까 사촌 형제들도 지로와 노는 것을 부담스럽게 여기는 눈치였고, 자신들과 마음껏 놀 수 있는 상황도 아니라는 것을 알아차렸다. 그래서 지로는 사촌 형제들하고도 점점 놀지 않게 되었고, 나중에는 사촌 형제들 쪽에서 지로와 노는 것을 아예 잊어버렸다.

그러나 지로가 이런 태도를 계속 이어가는 것은 아무래도 무리였다. 중병을 앓는 엄마를 불쌍히 여기는 심정에서 자연스럽게 우러나온 행동이 아니라, 처음부터 이렇게 해야겠다고 스스로를 구속한 의무감이 더 컸기 때문이다. 사촌 형제들이 즐겁게 노는 소리라도 들리면 지로는 무척이나 괴로워했다. 때로는 병을 앓는 엄마가 차라리 읍내로 가버리면 좋겠다는 생각까지 들었다. 그러나 한 번도 말이나 행동으로 그런 속내를 드러내는 어리석은 짓은 저지르지 않았다.

지로의 변화를 눈치 채지 못하는 사람은 없었다. 그의 변화가 너무나 두드러져 모두 놀라워했고, 눈물겨워했다.

"정말 기특한 아이야."

마사키 외할머니는 때때로 소맷부리로 눈가를 닦으며 말했다.

"지로가 마음에 걸렸는데 이렇게 잘할 줄 정말 몰랐어요. 이젠 안심하고 죽을 수 있을 것 같아요."

오타미는 입버릇처럼 이렇게 말해서 식구들을 울렸다.

오노부는 세이키치를 야단칠 일이 생기면 끝에 가서는 늘 지로를 본받으라고 말했다. 지로와 껄끄럽게 지내던 겐조마저 아이들이 너무 시끄럽게 굴면 "이놈들아, 지로 좀 보고 배워라!" 하고 야단칠 정도였다.

그런데 마사키 외할아버지만은 끝내 아무 말도 하지 않았다. 지로가 없는 곳에서 칭찬을 하는지는 몰라도 지로 앞에서는 한 번도 칭찬한 적이 없었다. 지로는 마음속으로 그런 마사키 외할아버지가 불만스러웠다. 그렇다고 낙담하지는 않았다. 아직까지는 마사키 가에서 외할아버지만큼 지로를 아끼고 귀여워해주는 사람이 없었기 때문이다. 지로는 자기가 듣지 못하는 곳에서 마사키 외할아버지가 다른 누구보다 자신을 많이 칭찬할 것이라고 굳게 믿었다.

사람들에게 칭찬받기 위해 일부러 나서서 오타미를 간호하는 것은 아니었지만, 칭찬을 들으면 기분이 좋아지는 것은 사실이었다. 그러나 사람들이 칭찬하는 것은 기쁨인 동시에 헤어날 수 없는 속박이기도 했다. 지로는 사람들이 자신을 뭐라고 칭찬하는지 늘 궁금했다. 그리고 어떤 일로 칭찬을 받은 뒤에는 반드시 그 일보다 더 훌륭한 일을 해야 한다는 강박관념에 사로잡혔다. 물론 이것이 정상이라고 할 수는 없었다. 병든 엄마를 사랑하는 마음에서가 아니라 주위 사람들에게 찬사를 듣고 싶은 욕망에 이끌려서 한 행동이기 때문이다. 그렇다고 사람들의 평판을 의식하는 게 나쁘다는 뜻은 아니다. 다만 지금은 주위의 칭찬이나 기대가 아니라 오타미를 진정으로 위하는 마음이 필요할 때였다. 더구나 지로는 사람들 눈길을 의식해서 억지로 착한 일을 하고는 돌아서서 화를 삭인 적도 많았다.

그러던 어느 날이었다. 지로는 한 달에 한 번 마을에 찾아오는 고깃간 아저씨가 이웃집 앞에 바구니를 내려놓고 고기를 써는 모습을 보았다. 마침 학교에서 돌아오는 길이었다. 지로는 친구들 틈에 섞여 아저씨가 도마에 커다란 소고기 덩어리를 올려놓고 잘게 써는 것을 흥미롭게 구경했다. 고깃간 아저씨가 식칼을 멋지게 움직일 때마다 기름기가 제거된 검붉은 살코기가 한쪽 구석에 가지런히 놓이는 것이 마냥 신기했다. 하늘이 어둑어둑한 게 날씨가 흐리고 습했다. 거기에 비릿한 생고기 냄새까지 뒤섞여 사방에 풍겼다.

지로는 꽤 오랫동안 꼼짝도 않고 고깃간 아저씨를 구경하다가 갑자기 오타미가 날마다 먹는 죽이 생각났다. 며칠 전 오타미가 "닭죽은 이제 질려서 더 못 먹겠어요. 다른 거 없어요?" 하고 미간을 찌푸리며 억지로 죽을 떠먹던 모습이 안쓰러웠는데, 소고기로 죽을 쑤어주면 좋겠다고 생각했다. 언젠가 할머니도 "이번에 고깃간 아저씨가 오면 소고기를 사서 죽을 끓여야겠어." 하고 말했다. 지로는 책상 서랍에 꼭꼭 숨겨둔 50전을 떠올렸다. 학용품을 사고 남은 돈과 이웃에 모란병을 전해주었을 때 수고했다며 심부름값으로 아주머니들이 1전씩 준 돈을 모아놓은 것이었다. 그 돈으로 고기를 사야겠다고 생각하자 가슴이 마구 두근거렸다. 지로는 한 달음에 집으로 달려와서 별채에도 들르지 않고 이 층으로 올라가 책상 서랍부터 열었다. 소리가 나지 않도록 조심하면서 10전짜리 동전 세 개를 들고 다시 살그머니 밖으로 빠져나와 고깃간 아저씨가 있는 곳까지 허겁지겁 달려갔다.

고깃간 아저씨는 그새 고기를 다 팔았는지 도마와 식칼을 바구니 속에 챙겨넣고 있었다. 아이들 몇몇이 아직도 둘레를 서성거렸다. 지로가 숨을 헐떡이며 달려오는 것을 보고 친구 하나가 어디 갔다 이제 오느냐는 얼굴로 말했다.

"지로, 어디 갔다 오는 거야. 벌써 다 끝났잖아."

지로는 아이들을 보자 부리나케 달려온 자신이 창피했다. 아이들이 보는 데서 고깃간 아저씨에게 바구니 뚜껑을 한 번 더 열고 소고기를 꺼내달라는 말이 안 나왔다. 심부름으로 고기를 사러왔다고 둘러대면 별일 아니겠지만, 손에 쥐고 있는 돈으로 고기를 얼마나 살 수 있을지 모르는 상태였다. 지로는 친구들과 고깃간 아저씨를 번갈아 살펴본 뒤 한쪽 구석에 혼자 멀뚱히 서 있었다. 고깃간 아저씨는 그런 지로에게는 눈길도 주지 않고 바구니를 짊어졌다. 그러고는 마사키 가와는 반대쪽으로 걸어갔다. 구경거리가 끝나자 친구들도 뿔뿔이 흩어졌다. 아이

들이 고깃간 아저씨를 따라가면 어쩌나 하고 염려했는데 다행
이었다. 지로는 친구들 모습이 저 멀리 사라질 때까지 기다렸
다가 재빨리 고깃간 아저씨를 쫓아갔다. 고깃간 아저씨는 그새
마을에서 꽤 멀리 떨어진 곳에 가 있었다. 다행히 근처에 사람
들이 보이지는 않았다. 지로는 조금 쑥스러워하면서 몇 번 망
설이다 용기를 내어 물었다.

"아저씨, 고기 아직 남았어요?"

"암, 있고말고."

고깃간 아저씨가 돌아보며 대답했다. 하지만 바구니를 내려
놓지는 않았다.

"조금씩도 파나요?"

"암, 팔고말고."

"그럼, 이만큼만 주세요."

지로는 꼭 쥐고 있던 주먹을 펴보였다. 10전짜리 동전 세 개
가 땀에 흠뻑 젖어 번들거렸다.

고깃간 아저씨는 조금 이상한 눈초리로 지로를 보다가 돈을
받더니 곧 바구니를 내려놓고 너비 3센티미터, 길이 10센티미
터쯤 되는 살코기를 도마 위에 올려놓았다.

지로는 그것을 전부 주는 거겠지 하며 보고 있었는데, 정작
저울에 올려놓은 고기는 그 반 정도밖에 안 되었다. 그런데도
저울추가 올라갔다. 아저씨는 고기를 다시 도마에 내려놓고 고
기 끄트머리를 조금 잘라냈다. 그러고 나서 다시 고기를 저울에
올려놓았다. 이번에는 저울추가 조금 더 내려갔다. 그러자 방금

잘라냈던 고기를 또 반쯤 잘라서 저울 위에 있는 고기에 얹었다. 그제야 겨우 저울은 수평이 되었다.

아저씨는 고기를 도마에 놓고 잘게 썰었다. 보송보송한 기름 한 쪽도 덤으로 주었다. 아저씨는 죽순 껍질로 소고기를 단단히 싸서 지로에게 건네주었다. 지로는 떨리는 손으로 그것을 받았다. 지로는 소고기를 품에 안고 주위를 한번 둘러본 뒤 안주머니에 넣었다. 부끄럽기도 하고 자랑스럽기도 했다. 지로는 주위에 누가 없는지, 한 번 더 곁눈질을 하고는 서둘러 마사키가로 돌아갔다.

별채에는 마사키 노부부와 얼마 전까지 보이지 않던 겐조가 앉아 있었다. 지로는 외할머니 혼자 있을 때 소고기를 내놓아야 한다고 생각했지만, 용기를 내어 죽순 껍질로 싼 소고기를 외할머니 앞에 내려놓았다.

"이게 뭐냐?"

외할머니가 물었다.

"소고기야."

"소고기? 이걸 어디서 구했어?"

"샀어."

"샀다고? 어디서?"

"고깃간 아저씨가 왔다 갔어."

모두 지로가 무슨 말을 하는지 영문을 모르겠다는 얼굴로 죽순 껍질과 지로를 번갈아 보았다.

"소고기 사오라고 누가 심부름을 시킨 게냐?"

"아니."

"돈은 어디서 났어?"

"조금 모아둔 게 있었어."

"심부름값 말이냐?"

"응."

"그런데 소고기는 왜 산 게야?"

"엄마가 닭죽이 싫증났다고 해서."

"에구, 이 어린것이……."

외할머니는 갑자기 말을 떨며 눈물을 주르르 흘렸다. 오타미의 눈에도 눈물이 고였다. 겐조가 어색하게 웃으며 물었다.

"기특하구나. 그래, 얼마나 사왔냐?"

"30전을 주니까 이거밖에 안 줬어요."

지로는 죽순 껍질을 풀어헤쳤다. 외할머니는 또다시 돌아앉으며 눈물을 닦았다.

"오늘은 소고기 잔치를 벌어야겠습니다. 이모도 아까 소고기 한 근을 사왔으니까 저녁에 다 같이 실컷 먹자. 하하하."

겐조는 예전 일은 완전히 잊어버린 듯 큰 소리로 웃었다. 하지만 지로는 오노부가 소고기를 한 근씩이나 샀다는 말을 듣고는 조금 실망했다. 죽순 껍질에 납작하게 붙어 있는 검붉은 고깃점들이 비참해 보였다.

"지로, 정말 고맙다……. 그럼, 이모가 사온 거랑 같이 끓이자."

지로는 오타미의 말을 듣고 기쁘면서도 어색했다. 죽순 껍질을 다시 잘 포개 끈으로 단단히 묶었다. 자리에서 일어나다가 지로는 외할아버지 얼굴을 흘끔 보았다. 그런데 외할아버지는 그동안 한 번도 본 적이 없는 떨떠름한 표정을 하고 지로를 보았다. 오랜만에 크게 칭찬받을 만한 일을 했다고 만족스러워했는데, 외할아버지의 싸늘한 눈길과 마주치는 순간 그런 마음이 사라져버렸다.

'건방진 짓을 했군.'

외할아버지의 눈은 그렇게 말하는 것 같았다. 들고 있는 죽순 껍질에서 나는 역한 비린내가 지로의 코를 찔렀다.

그날부터 지로는 외할아버지 앞에 앉으면 어쩐지 꼼짝달싹할 수가 없었다.

약국

오타미가 마사키 가에 온 뒤 류이치 아버지가 오타미의 주치의를 맡았다.

약은 사흘에 한 번씩 타왔는데, 그 심부름은 언제나 지로가 했다. 지로는 약을 타러 가는 일이 가장 즐거웠다. 약국에는 지로가 사무치게 그리워하는 하루코가 있었기 때문이다. 오타미를 위해 고생한다는 명분으로 지로는 누구의 눈치도 보지 않고 류이치와 잠깐 동안 즐거운 시간을 보낼 수 있었다. 게다가 누나의 얼굴을 실컷 보고 목소리도 들을 수 있었다. 이런 기회가 찾아오기를 얼마나 기다렸던가.

처음 약을 타러 갔을 때 지로는 다른 사람들처럼 창구에 약병과 약주머니를 내밀었다. 그러자 예상했던 대로 아름다운 눈동자가 창구 너머로 자기를 바라보는 게 느껴졌다.

"어머, 지로 아니야? 안으로 들어와."

지로는 주저하지 않고 들어갔다. 그리고 그 다음부터는 창구 앞에서 기다리지 않고 서슴없이 약국 안으로 들어갔다. 어떤 날은 발소리를 죽인 채 다가가 하루코를 놀라게 한 적도 있었다.

약국 안에서 하루코는 늘 하얀 가운을 입고 있었다. 지로는 솜털이 살짝 내비치는 부드러운 하루코의 팔을 보면 그저 황홀했다. 하루코가 약을 조제하는 동안에는 말을 걸지 않았다. 유리와 금속이 부딪치는 희미한 소리를 들으며, 하루코가 열심히 손놀리는 모습을 바라볼 뿐이었다.

하루코는 약을 조제하던 손길을 멈추고 어머니는 좀 어떠시냐고 묻기도 했다. 그러면 지로는 서둘러 표정을 고치고 아주 걱정스러운 얼굴로 환자의 상태와 외할머니가 사람들과 나누던 이야기를 그대로 전했다. 하루코는 지로가 해주는 이야기를 들으며 미간을 찡그리거나 눈을 동그랗게 뜨면서 "어머, 저런." 하고 작게 한숨을 쉬거나 때로는 웃음을 띠었다. 지로는 하루코가 자신을 사랑하고 동정하는 마음에서 그러는 거라고 생각하며 자기감정에 도취되기 일쑤였다.

지로가 약국에 오면 어느새 류이치가 알아차리고 아래층으로 내려와 지로를 자기 방으로 데려가려 했다. 솔직히 지로는 자신에게 달라붙는 류이치가 귀찮았다. 그래서 하루코가 류이치에게 자기가 왔다는 말을 전하지 않으면 좋겠다고 생각했다. 그래서 류이치가 쉬는 시간에 다가와 언제쯤 또 약국에 올 거냐고 물으면 적당히 얼버무릴 때가 많았다.

그렇다고 류이치가 늘 귀찮기만 한 것은 아니었다. 사람이 많지 않은 날은 류이치의 공부방에서 약을 기다렸는데, 그럴 때면 류이치는 언제나 하루코를 졸라 간식거리를 타내곤 했다.

하루코도 손이 비면 으레 이 층으로 올라와 함께 간식을 먹었다. 그런 날은 셋이 예전 추억을 떠올리며 이런저런 이야기를 나누었다. 지로는 간식 먹는 것도 물론 좋았지만, 하루코와 이야기할 수 있다는 게 더욱 기뻤다.

한 가지 아쉬운 점이 있다면 하루코는 지로가 삼십 분 넘게 류이치의 공부방에 머물지 못하게 했다는 것이다. 약병을 넘겨준 지 삼십 분이 넘었는데도 지로가 류이치 방에 있으면 하루코가 올라와서 "어머니가 많이 기다리실 거야. 그만 가봐." 하고 말했다.

지로는 하루코의 입에서 집에 가라는 말이 나오기를 바라지 않았다. 그래서 하루코가 올라오기 전에 먼저 일어나야겠다고 생각했다. 그러나 생각만 그럴 뿐 하루코가 올라오기 전에 일어난 적은 한 번도 없었다. 지로는 마지막 십 분을 언제나 조마조마하게 보냈다. 그리고 하루코가 올라와서 이제 그만 가라고 말할 때마다 후회했다. 하루코가 올라오면 지로는 더 꾸물거리지 않았다. 깜박했다는 표정을 지으며 얼른 일어섰다. 그러고는 힘찬 목소리로 "잘 있어." 하고 인사를 했다.

지로는 키가 작았지만 또래 가운데서 가장 빨리 달렸다. 더구나 류이치 방에서 삼십 분 넘게 놀다가 하루코에게 반강제로 쫓겨날 때는 스스로도 어지러울 만큼 빨리 달렸다. 지로가 한쪽에는 거먕옻나무 가로수, 반대편에는 갈대가 무성한 강둑 위를 단거리 달리기 선수처럼 미친 듯이 뛰어가는 것을 보고 마을 사람들은 고개를 절레절레 흔들었다. 그럴 수밖에 없는 것이 그즈음 마사키 가에서는 지로를 '심부름을 시켜도 절대 중간에 딴 짓을 하지 않는 아이'라고 했다. 그 때문에라도 지로는 사람들이 자신에게 거는 기대를 무너뜨리고 싶지 않았다.

이렇게 평판이 날로 좋아지는 가운데 지로를 다시 불행과 절망의 늪에 빠뜨릴 중대한 사건이 다가오고 있었다. 그것은 하루코에 대한 일이었다.

여름방학을 이삼일 앞둔 어느 날 아침 류이치는 지로를 보자마자 우쭐거리며 말했다.

"나 이번 방학에 도쿄 간다. 너, 도쿄에 가본 적 있어?"

지로는 류이치가 자신을 깔보는 듯한 말투로 묻자 마음이 상했다. 그러나 얼굴을 찡그리거나 못마땅한 표정을 짓지는 않았다. 류이치는 자신과 하루코를 이어주는 중요한 매개체이기 때문이었다. 또 무슨 일로 그 먼 도쿄까지 간다는 것인지 궁금하기도 해서 최대한 상냥하게 웃으며 물었다.

"정말 좋겠다. 도쿄에 친척이 있어?"

"아니, 아직은 없지만……. 곧 도쿄에도 친척이 생길 것 같아."

지로는 그게 무슨 말인가 싶어서 류이치의 얼굴을 빤히 보았다. 류이치는 뭐가 그리 좋은지 싱글벙글 웃기만 했다.

"누구랑 가는데?"

지로는 만에 하나 류이치가 아버지와 함께 도쿄에 간다면 오타미의 병은 누가 돌봐줄지 걱정이 되어 물었다.

"엄마하고 갈 것 같아. 근데 아직 확실하게 정해진 건 아냐.

난 아빠랑 같이 가고 싶거든."

"하지만 네 아빤 아픈 사람들을 놔두고 갈 수 없잖아?"

"그래서 아빠는 도쿄에 못 간다고 하셨어. 그런데 누나는 엄마랑 같이 간다니까 더 좋아하더라."

"뭐? 누나도 도쿄에 가는 거야?"

지로는 당분간 약국에서 하루코의 모습을 보지 못한다고 생각하니 아쉬운 마음이 들었다.

"누나 일로 가는 거야. 그래서 우리도 따라가는 거야."

지로의 머릿속에 방금 전 류이치가 "곧 도쿄에도 친척이 생길 것 같아." 하고 말한 게 번개처럼 지나갔다. 그러자 갑자기 류이치의 얼굴이 보기 싫어지고 더 말하고 싶지도 않았다. 그러나 류이치를 따라다니며 끝까지 물어보지 않을 수 없었다.

"언제 올 건데?"

"개학 전에는 돌아올 거야."

"엄마랑?"

"응. 나 혼자 도쿄에서 올 순 없잖아."

"그럼, 누나는?"

지로는 마치 관심은 없지만 그냥 한 번 물어보는 거라는 투로 딴청을 부리듯 말했다. 단 두 마디를 했을 뿐인데 혀끝이 바짝 마르는 것 같았다.

"누나도 같이 올 거야."

지로는 안심했다. 어찌나 긴장했던지 류이치와 어깨동무를 하고 있던 팔이 조금 저려왔다. 그러나 류이치가 다음에 한 말이 지로의 행복을 이내 앗아가 버렸다.

"하지만 며칠 있다 다시 도쿄로 가야 돼. 도쿄로 시집가는 거니까."

지로는 나뭇가지에 올라가 탐스럽게 익은 과일을 따고 내려오려는 순간, 그만 발을 헛디뎌 머리부터 땅바닥에 곤두박질치는 것 같았다.

그때 수업 시작을 알리는 종이 울렸다. 지로는 교실에 들어가서도 하루코만 생각했다. 류이치의 말이 모두 거짓말 같았다. 하루코가 멀리 떠난다, 도쿄로 시집간다, 두 번 다시 볼 수 없다고 생각하니 허전한 마음이 일 초마다 가슴을 들쑤셨다. 하루코의 결혼. 하루코가 결혼한다는 사실이 지로를 슬프게 한 것은 아니었다. 지금까지 마을 처녀들이 혼례를 치르는 모습을 여러 번 보았다. 그럴 때면 문득 하루코가 생각나면서 아름다운 신부 옷을 입은 하루코의 환영이 눈앞에 아른거렸다. 그것은 결코 고통스런 감정이 아니었다. 하루코와 결혼하는 사람이 누구든 그것은 지로에게 문제가 되지 않았다. 좀처럼 잠이 오지 않을 때 하루코가 과연 누구와 결혼할까 하고 상상해본 적은 있지만, 그 상대를 원망하거나 적의를 품지는 않았다.

지로를 이토록 견딜 수 없게 만드는 것은 하루코가 약국에서 하얀 가운을 입고 나붓거리는 발걸음으로 사람들 사이를 돌아다니는 모습을 이제 더는 볼 수 없다는 것이었다. 차라리 가까운 데로 시집가는 거라면 또 모른다. 그리고 도쿄로 시집을 가도 여름방학마다 이곳으로 돌아온다면 그럭저럭 견딜 수도 있을 것이다. 하지만 류이치의 말이 모두 사실이라면 하루코는 영원히 도쿄로 떠나는 것이다. 한 번쯤은 돌아올지 몰라도 결국은 이 마을에서 영원히 모습을 감추는 것이다. 왜 하필 그렇게 먼 곳으로 떠나는 것일까. 어릴 때부터 곁에서 지켜보며 '누나' 라고 부를 수 있기를 간절히 바랐던 그 사람을 이제야 '누나' 라고 부를 수 있게 되었는데, '누나' 는 느닷없이 자기를 피해 먼 곳으로 달아나려 한다.

오하마와 헤어졌을 때가 희미하게 되살아났다. 그때 겪은 일들은 대부분 잊었지만, 땅속으로 빨려 들어가는 것 같은 고독감에 몸부림쳤던 기억은 지금까지도 분명하게 남아 있었다. 그때 받은 느낌이 지로의 가슴속에서 다시 움텄다. 오하마 때는 나이도 지금보다 어렸고, 하루코에 대한 감정이 오하마에 대한 감정과는 완전히 다르다는 것쯤은 지로도 잘 알고 있었다. 하루코는 친구의 누나일 뿐이다. 아무리 자기에게 친밀하게 대해 주었다 해도 오하마가 베푼 사랑에는 못 미친다. 머릿속으로는 그런 차이가 충분히 이해되었다. 그렇지만 지로가 하루코에게 품은 감정은 오하마에게 느낀 것과 크게 다르지 않았다. 오하마가 과거의 사람이라면 하루코 때문에 생긴 슬픔은 현재의 상황이라서 더욱 애절했다. 그때는 어땠는지 모르지만, 지금 오하마를 생각하면 액자에 담긴 그림을 보는 것 같았다. 다시 말해 지나간 과거일 뿐이었다. 과거도 슬플 수 있고 쓸쓸할 수 있다. 그러나 이런 슬픔은 언제든 마음만 먹으면 피해갈 수 있다. 액자에 담긴 그림을 꺼내보지 않는 한 옛날에 겪은 고통과 회

한은 밀려오지 않는다. 한마디로 오하마는 잊어버리고 싶을 때 잊어버릴 수 있는 추억과도 같은 존재였다. 그러나 하루코는 달랐다. 하루코의 추억을 액자에 담기에는 생활에서 차지하는 비중이 너무 컸다. 하루코를 떠올리면 머리부터 발가락 끝까지 살아 움직였다. 눈은 웃고, 입술은 계속 무언가를 이야기하며, 머리카락은 산들바람에 나부끼고, 하얀 손가락은 약병을 흔들고 있다. 게다가 하루코는 오하마처럼 자신의 의지와 상관없이 인연을 맺은 존재가 아니었다. 지로 스스로 선택하고 만남을 가꿔온 소중한 사람이었다. 만약 오하마와 하루코가 동시에 지로에게 달려든다면 지로는 망설일 필요도 없이 '누나' 품에 안길 것이다. 액자에 담긴 그림과 날마다 눈으로 보고 만질 수 있는 사람을 견주는 것부터가 잘못이다. 따라서 지로는 당연히 오하마와 헤어질 때보다 몇 배나 더 많이 고통스러워하며 하루코를 떠올렸다.

이날은 점심시간 전에 수업이 모두 끝났다. 그동안 종이 몇 번 울렸고, 지로는 교실을 들락날락했다. 지로는 종이 울릴 때만 자신이 학교에 있다는 것을 깨달았다. 그만큼 지로의 마음은 하루코를 그리워하는 마음으로 가득 차 있었다.

지로는 아무것도 생각나지 않았다. 단지 눈앞에서 사라지려 하는 '누나'의 모습을 좇을 뿐이었다. '누나'는 기차를 타고 먼 곳으로 떠났다. 한 번도 가본 적은 없지만 도쿄라고 생각하는 곳에 다다르자 '누나'를 태운 기차가 조그만 점으로 변해 시야에서 사라졌다. 그러고는 텅 빈 공간이 나타났다. 환하지도 않고 어둡지도 않은, 회색빛에 물든 소리 없는 세계였다. 그 회색빛을 뚫고 어디선가 다시 누나가 기차를 타고 나타났다. 그러고는 다시 도쿄에 갔고, 작은 점이 되어 멀어져갔다. 수업 시간 내내 지로는 이런 환영에 시달렸다. 그러면서도 선생님이 쉴 새 없이 떠드는 소리를 듣고 고개를 끄덕이거나, 친구들을 따라 책을 펴거나, 공책에 뭔가를 받아썼다. 지로는 그런 자신이 기계처럼 느껴졌다. 쉬는 시간에는 운동장에 나가 공도 던지고 씨름도 했다. 그러나 지로는 계속 공을 떨어뜨렸고, 씨름을 시작하자마자 곧 넘어졌다.

"지로, 무슨 일 있어? 왜 열심히 안 해? 너 때문에 우리까지 재미없잖아."

친구들이 볼멘소리로 불평을 늘어놓았다. 지로는 그저 씁쓸하게 웃기만 했다.

지로는 류이치하고도 거의 말을 하지 않았다. 그러나 마지막 수업이 끝나기 무섭게 교실을 나가려는 류이치의 어깨를 붙잡고 말았다.

"오늘 너희 집에 가자."

류이치는 군말 없이 찬성했다. 둘은 나란히 교문을 나왔다. 그런데 지로는 교문을 나서자마자 그 자리에 멈춰 서더니 무엇인가 골똘히 생각했다.

"왜 그래? 빨리 가자."

류이치가 재촉했다.

"너 먼저 가 있어. 금방 따라갈게."

그때 지로는 점심 먹는 것을 생각했다. 오후 수업이 없는 날이라 도시락을 싸오지 않았는데 그러면 류이치 집에서 하루코와 함께 점심을 먹어야 한다. 지로는 그것이 왠지 불편했다.

"왜 그러는데?"

"아냐. 너 먼저 가라니까."

대충 둘러댄 뒤 서둘러 교문 안으로 다시 들어갔다. 류이치는 잠깐 못마땅한 얼굴로 지로의 뒷모습을 보다가 하는 수 없이 다른 친구들과 어울려 돌아갔다.

지로는 교실로 들어가는 대신 교무실 뒤편 그늘진 곳을 찾아가서 한동안 혼자 우두커니 서 있었다. 청소당번이 덜커덕거리며 청소하는 소리가 잦아들자 그제야 교문 밖으로 나갔다.

강렬한 햇볕에 열을 받아 뜨거워진 길을 지로는 여러 가지 생각을 하며 천천히 걸었다. 류이치 집 앞에 와서는 곧장 들어가지 않고 집 안을 대충 둘러본 뒤 문을 열었다. 문 바로 왼쪽에 있는 약국 안은 기다리는 손님도 없이 조용했다. 지로는 갑자기 그곳이 무척 낯설어 보였다. 평소처럼 마음대로 드나들 수가 없었다. 지로는 낮은 목소리로 "류이치." 하고 불렀다. 그러나 아무 대답도 없었다. 꽤 먼 곳에서 밥그릇 부딪치는 소리가 희미하게 들렸다. 다시 불러볼 용기가 나지 않아 그냥 문 한쪽 구석에 쭈그리고 앉았다.

지로는 조금 피곤했다. 문 바깥쪽에서 반짝이는 햇빛이 땀에 밴 지로의 얼굴을 갈색으로 물들였다. 따가운 햇살에 지로는 정신이 멍해져 자기도 모르게 숨이 거칠어졌다.

"어머, 지로 아니야? 오늘 약 타는 날이었어?"

하루코의 목소리였다. 지로는 당황하며 엉거주춤 일어났다.

"아냐. 류이치는?"

"류이치? 안에 있어. 지금 밥 먹고 있어. 지로도 학교에서 오는 길이지? 점심 아직 안 먹었지?"

"응, 별로 생각 없어"

"왜?"

"그냥, 생각 없어."

지로는 고개를 흔들었다. 하루코는 조금 미심쩍은 얼굴로 지로를 보았다.

"이 층에 올라가 있어. 류이치한테 말할게."

하루코가 안으로 들어갔다. 지로는 여느 때와 달리 하루코가 자신을 서먹서먹하게 대하는 것 같아서 오지 말 걸 그랬나 하고 후회했다. 하지만 이제 와서 돌아가는 것도 이상할 것 같아 우두커니 서서 밖을 내다보았다.

조금 뒤 류이치가 나왔다. 지로는 류이치를 따라 이 층으로 올라갔다. 지로는 평소와 다름없이 행동하려고 애썼지만 한번 들뜬 마음은 쉽게 가라앉지 않았다. 놀이에도 집중할 수 없었다. 그렇게 삼십 분쯤 놀고 있을 때, 하루코가 이 층으로 올라왔다. 하루코는 환자들에게 선물로 받은 과자 봉지를 내려놓았다.

"지로, 괜찮겠어? 학교 끝나면 곧장 집에 가야 되잖아. 어머니가 걱정하실 텐데……."

"……."

"혹시 무슨 사고 친 거 아니지?"

"아니."

"어머니가 걱정하실 텐데."

"……."

"정말 이상하네. 말도 안 하고."

"……."

"무슨 일 있는 거 아냐?"

하루코는 지로가 계속 대답하지 않자 화가 난 듯했다. 지로는 조금 망설이다가 갑자기 심각한 얼굴로 하루코에게 물었다.

"누나 도쿄에 간다며?"

"어머!"

하루코의 얼굴이 새빨개지면서 류이치를 노려보았다.

"류이치, 네가 말했지? 좋아, 앞으론 간식 안 줄 거야."

하루코는 과자 봉지를 빼앗듯이 낚아채더니 아래층으로 내려가 버렸다.

류이치와 지로는 멍하니 서로 얼굴을 마주 보았다. 지로는 큰 잘못이라도 저지른 것처럼 안절부절못했다. 지로는 며칠 뒤면 사라질 하루코가 이미 자신에게서 완전히 자취를 감추어버린 것 같았다. 그리고 무엇보다 지로가 당황한 것은 하루코를 화나게 했다는 사실이었다. 졸지에 간식을 빼앗긴 류이치가 분해서 중얼거렸다.

"누굴 바보로 아나, 도쿄에 간다고 좋아할 때는 언제고…….

그까짓 과자 안 주면 누가 못 먹을 줄 알아. 걱정 마, 내가 가서 가져올게."

그러면서 류이치는 아래층으로 내려갔다.

지로는 뜻하지 않은 상황에 난감해졌다. 지로는 남아서 류이치와 과자를 먹고 싶은 생각은 눈곱만큼도 없었다. 지로는 몰래 아래층으로 내려가서 인사도 없이 밖으로 뛰어나갔다.

마사키 외할아버지 댁에 돌아오니 너무 배가 고팠다. 부엌에 들어가 솥에 남은 밥을 마구 긁어먹었다. 그러고는 물어보는 사람도 없는데 청소당번을 하느라 늦었다고 몇 번씩 둘러댔다. 그날 지로가 조금 늦게 돌아오기는 했지만, 오타미나 외할머니는 놀다가 늦었을 거라고 의심하지는 않았다.

하필이면 그 다음 날이 약을 타는 날이었다. 지로는 전날 일도 있고 해서 어쩐지 내키지 않았다. 그러면서도 빨리 가서 하루코를 만나고 싶다는 생각도 들었다. 약국에는 벌써 대여섯 명이나 되는 사람들이 앉아서 차례를 기다리고 있었는데, 문을 열고 약국에 들어서자마자 하루코와 눈이 마주쳤다.

"지로 왔니? 여기서 기다리든지, 아니면 이 층에서 기다려. 오늘따라 손님이 많네."

지로는 하루코가 여느 때와 똑같이 행동하자 마음을 놓았다. 오늘이 마지막일지도 모른다는 생각에 약국 안으로 들어가서 하루코의 모습을 쓸쓸한 마음으로 바라보았다.

"어젠 왜 말도 없이 갔어? 내가 화내서 그랬지? 미안해."

하루코가 웃으며 말했다. 그러나 도쿄에 간다는 말은 조제가

296

끝날 때까지 입도 뻥긋하지 않았다. 지로가 약병을 들고 나가려 하자 하루코가 말했다.

"내가 약 지어주는 것은 오늘이 마지막이야."

지로는 그 목소리가 세상에서 가장 쓸쓸하게 들렸다. 지로는 고개를 돌려 하루코의 얼굴을 지그시 보았다. 하루코도 지로를 보고 있었다.

"도쿄엔 언제 가는데?"

"엿새 뒤에 갈 거야. 오늘 저녁에 나를 대신해서 약국 일을 봐줄 사람이 오기로 했어. 아마 내일부터는 그분이 약을 지어 줄 거야."

지로는 잠자코 현관을 나섰다. 그러자 하루코가 말했다.

"잠깐만 기다려."

안으로 들어갔던 하루코가 종이에 싼 것을 들고 나와 지로의 손에 쥐어주며 말했다.

"오늘은 류이치가 없으니까 이거 너 혼자 다 먹어."

지로는 그 자리에서 엉엉 울고 싶었다.

그날 오후는 평소보다 훨씬 무더웠다. 지로는 둑에 다다르자 거망옻나무 그늘을 찾아 벌렁 드러누웠다. 종이 봉지를 뜯어 한입 가득 과자를 물었다. 그리고 파란 하늘에 하루코의 얼굴을 그려보았다.

화상

어느덧 마을의 여름 잔치가 다가왔다.

잔치 때는 강변에서 폭죽놀이를 했다. 마을 사람들은 벌써
부터 폭죽놀이를 어떻게 할 것인지 이런저런 계획을 짰다. 덩
달아 들뜬 아이들도 어른들 몰래 약국에서 초석과 유황을 샀
다. 여기에 목탄 가루를 섞으면 꽤 그럴듯한 화약을 만들 수
있다. 아이들은 이렇게 만든 화약을 폭죽 대신 쏘며 즐거워했
다. 유명한 올벚나무나 조팝나무로 만든 폭죽만큼 위력이 대
단하지는 않아도, 조그마한 죽통에 수제 화약을 넣어 장대 여
러 개에 붙들어 맨 뒤 강변에서 쏘아 올리는 재미에 아이들은
밤잠까지 설치면서 신나게 놀았다. 아이들 손으로 만드는 폭
죽인 만큼 도화선에 불을 붙여 차례로 터지게끔 만드는 게 최
고였지만, 손재주가 좋은 녀석들은 폭죽을 여러 개 차곡차곡
쌓아 맨 위의 것이 물레방아처럼 돌도록 만들기도 했다. 이 정
도 수준이면 아이들 세계에서는 최상급이었다. 더러는 화약에
철분을 섞어 파란 불꽃이 튀게 만드는 아이도 있었다. 하지만

성공하는 경우는 아주 드물었다.

"지로 형, 사왔어."

하루코가 도쿄로 떠난 지 벌써 며칠이 지난 어느 날이었다.
지로는 그날도 별채 옆방에 책상을 갖다놓고 우울한 얼굴로 앉
아 있었다. 그때 툇마루 쪽에서 세이키치가 살금살금 기어올라
왔다.

하루코는 떠났지만 지로는 여전히 마사키 가의 '기특한 아
이'로 남아야 했다. 그러나 아무리 착한 일을 해도 하루코가 곁
에 없다는 것만 생각하면 모든 게 쓸데없는 짓처럼 여겨졌다.
그렇지 않아도 마음이 뒤숭숭한데 아이들은 폭죽놀이다, 마을
축제다 하며 지로의 쓸쓸한 마음을 유혹했다. 지로는 더 참을
수가 없었다. 그래서 세이키치에게 소고기를 사고 남은 돈을
주면서 아무도 모르게 초석과 유황을 사오라고 시켰다.

지로는 세이키치에게 손짓을 하면서 별채 쪽을 살펴보았다.
오타미는 조용히 잠들어 있었다. 이불 위를 기어다니던 파리가
가죽만 남은 이마에 앉자 오타미는 살며시 눈썹을 찡그렸다.
파리는 곧 어디론가 날아갔다. 할머니는 벽 쪽을 보고 돗자리
위에 누워 있었다. 할머니는 한밤중에 깨어 있어야 할 때가 많
아서인지 오후에는 어김없이 낮잠을 잤다. 더구나 지로가 옆에
있으면 안심하고 낮잠을 자는 듯했다.

지로는 외할머니가 잠든 틈을 노려 이런 짓을 한다는 게 어
쩐지 마음에 걸려 잠깐 주저했다. 더군다나 마사키 가에서는
아이들에게 폭죽을 만지지 못하게 했다. 그렇다고 외할머니를

깨워 이런저런 변명을 늘어놓는 것도 귀찮았다. 지로는 외할머니가 주무시는 동안 화약만이라도 만들어놓아야겠다고 생각하고 슬며시 세이키치에게 턱짓으로 먼저 가라는 표시를 한 뒤 발소리를 죽여 툇마루로 내려왔다. 한 번 더 외할머니가 잠든 것을 확인하고는 부리나케 석가산 뒤쪽으로 달려갔다.

어느새 세이키치는 양초 바리때와 막자 뜬숯 단지까지 완벽하게 준비해놓았다. 둘은 먼저 초석을 갈고 그 다음에 유황을 갈았다. 곱게 간 초석과 유황은 종이에 따로 쌓았다. 이제 뜬숯만 갈면 끝나는데 양이 많아 힘들었다. 둘은 차례차례 번갈아가면서 막자를 돌렸다. 한 사람이 막자를 돌리는 동안 다른 한 사람은 바리때가 움직이지 않도록 가장자리를 단단히 누르고 있었다. 손가락으로 비벼도 거슬거슬한 느낌이 전혀 나지 않을 때까지 숯을 갈아야 했다. 날씨까지 더워 두 아이는 땀을 뻘뻘 흘렸다. 땀방울이 바리때 안으로 떨어지는 것도 모르고 정신없이 막자를 돌렸다. 숯을 충분히 갈고 나서 유황과 초석 가루를 적당한 비율로 바리때에 넣었다. 이제 남은 것을 골고루 섞기만 하면 되었다. 섞을 때도 막자를 쓰는 게 가장 간편하고 효과가 높았다.

지로가 먼저 막자를 집었다. 조금 뒤에 세이키치가 섞을 차례가 되었다. 지로는 두 손으로 바리때가 움직이지 않게 누르면서 바리때 안을 들여다보았다.

"이제 됐어."

지로가 말했다.

세이키치가 지로의 말을 듣고 막자를 내려놓기만 했어도 아무 일 없었을 것이다. 하지만 세이키치는 이번이 마지막이라는 생각으로 있는 힘껏 막자를 돌렸다. 바로 그때 바리때 안에 있던 화약이 한꺼번에 폭발했다. 폭발이라고는 해도 소리가 그다지 크지는 않았다. 풍선에서 바람이 빠질 때처럼 쉭 하는 소리가 났을 뿐이다. 그런데 바리때 가장자리에 얼굴을 대고 있던 지로가 바람 빠지는 듯한 그 소리와 동시에 풀밭으로 튕겨나가듯 고꾸라졌다.

"지로 형, 지로 형!"

당황한 세이키치가 다급하게 지로를 불렀다. 혹시라도 사람들이 자기 목소리를 듣고 쫓아올까 두려웠는지 그런 와중에도 최대한 목소리를 낮추었다. 정신을 잃은 것은 아니었지만, 세이키치가 부르는 소리를 듣기 전까지 지로는 자신이 흙탕물 속에 가라앉은 것은 아닌가 하는 생각이 들었다. 엉겁결에 일어나 눈을 떴다. 속눈썹이 타버렸는지 느낌이 이상했다. 얼굴이 화끈거리고 피부가 뻣뻣하게 굳는 것 같았다. 지로가 세이키치를 돌아보며 걱정스럽게 물었다.

"내 얼굴 이상해졌어?"

"응, 하얘졌어. 먼지가 달라붙었나 봐."

지로는 살며시 손가락으로 얼굴을 눌러보았다. 미끈미끈했다, 심하지는 않았지만 따끔따끔 아팠다.

"빨리 물로 씻어."

세이키치가 재촉했다.

지로는 별채와 거실에 누가 있는지 살피면서 연못으로 갔다. 두 손 가득 연못물을 떠서 얼굴에 끼얹었다. 다음 순간, 지로는 괴상한 비명을 내지르며 석가산으로 달려갔다. 지로의 얼굴은 다랑어 회처럼 새빨갛게 살갗이 벗겨져 있었다. 세이키치는 눈이 휘둥그레지면서 그 자리에 못 박힌 듯 섰다. 지로는 풀밭에 나동그라지듯 드러누워 계속 푸푸 숨을 내쉬었다. 얼굴에 불을 지른 것처럼 화끈거렸다. 하지만 어떻게 해야 좋을지 몰라 손발을 파닥거리기만 했다. 세이키치는 온몸을 벌벌 떨며 지로를 내려다보다가 갑자기 소리 내어 울었다. 그러고는 정신없이 석가산을 내려갔다.

조금 뒤에 오노부가 아이들과 함께 달려왔다. 오노부는 시뻘게진 지로의 얼굴을 보고 놀란 나머지 잠깐 동안 말을 못 했다.

"어떻게 된 거야?"

오노부가 큰 소리로 외쳤다. 이어서 공장에서 일하는 아저씨들이 우르르 쫓아왔다. 그 뒤를 겐조가 따라왔다. 맨 마지막으로 외할아버지까지 왔다. 별채 툇마루에서는 "아니, 왜들 그러는 거야?" 하고 외할머니가 애타게 묻는 소리가 계속해서 들렸다.

둘레가 시끄러워졌다. 지로는 눈을 감은 채 앓는 소리를 냈다. 그동안 여러 번 상처를 입었지만 이번처럼 심하게 아픈 적은 없었다. 지로는 그 와중에도 많은 사람들이 몰려와 자기 걱정을 해주어서 은근히 기뻤다. 눈을 살짝 뜨고 누가 얼마나 자기를 걱정해주는지 견주어 보았다. 무엇보다 다행인 것은 다랑어 회를 붙여놓은 것 같은 자기 얼굴을 보면서 아무도 왜 이런 일이 일어났는지 따져 묻지 않는다는 점이었다. 비록 상처는 컸지만 그 대가는 기대보다 컸다. 만에 하나 어쩌다 이 지경이 되었느냐고 묻는다면 정말이지 난감했을 것이다. 고통 때문에라도 변명거리를 찾아낼 여유가 없었다. 게다가 무슨 변명을 늘어놓든 증거가 너무 명백해서 받아들여질 리 없었다. 자신이 저지른 실수로 일어난 일이었지만 사람들은 왜 그런 짓을 했는지 탓하지 않고, 오히려 상처 입은 자신을 동정해주었다. 뜻밖에 얻은 수확에 지로는 말할 것도 없이 큰 위안을 받았다.

사람들은 지로를 위로하며 안채로 옮겼다. 급한 대로 달걀흰자를 풀어 얼굴에 바른 뒤 종이를 덧댔다. 그제야 지로도 알아차렸지만 얼굴뿐 아니라 손목에서 엄지손가락까지 피부가 짓물러 있었다. 그 부위에도 달걀흰자를 발랐다.

한 시간쯤 지나 류이치 아버지가 왔다. 류이치 아버지는 이상한 냄새가 나는 누런 고약을 지로의 얼굴 전체에 철썩철썩 바른 뒤, 눈과 입만 남기고 얼굴과 머리 전체에 붕대를 감았다. 류이치 아버지가 붕대를 다 감고 나서 말했다.

"화상이 살갗에만 머물러서 그나마 다행이야. 웃거나 울면 얼굴을 찡그리게 되니까 조심해야 한다."

그렇게 말하며 싱글싱글 웃었다.

꼭 누워 있어야 되는 것은 아니라는 말을 듣고 지로는 조금 실망했다. 자리에서 일어나도 되면 오타미에게 가보지 않을 수 없다. 엄마에게 생긴 병은 마음이 편해야 빨리 낫는다고 했던 아빠의 말이 생각났다. 약을 바르고 붕대를 감으니 통증은 확

실히 줄어들었다. 그래도 지로는 신음을 내며 자리에 누워 있
었다. 지로가 다쳤다는 말을 듣고 많은 사람들이 찾아왔다. 사
람들은 "이 정도로 끝나서 정말 다행이구나." 하거나 "이제 따
갑진 않니?" 하고 위로할 뿐, 누구 한 사람 석가산에서 무슨 짓
을 하다가 이렇게 되었느냐고 묻지는 않았다.

세이키치는 오노부에게 끌려가 된통 혼난 모양이었다. 사실
은 세이키치도 오른쪽 새끼손가락부터 손목까지 화상으로 물
집이 생긴 사실을 사람들에게 숨기고 있었다. 그날 밤 세이키
치는 지로에게 상처 부위를 보여주었다. 지로는 머리맡에 있는
누런 고약을 조금 떼어내 세이키치에게 발라주었다. 세이키치
는 오노부에게 혼난 이야기를 했다.

"외할아버지한테도 야단맞았어?"

지로는 아직까지 외할아버지가 아무 말이 없는 게 마음에 걸
렸다.

"아니, 안 혼났어."

세이키치는 대수롭지 않다는 듯이 대답했다. 지로는 그 말을
듣고 더욱 가슴이 무거웠다. 지로는 자기를 아끼고 위해주던
외할아버지의 사랑이 요즘 들어 갑자기 줄어들었다고는 생각
하지 않았다. 하지만 그 사랑에는 가까이 하기에는 어려운 무
언가가 있어서 함부로 어리광이나 부리며 매달릴 수만은 없을
것 같았다. 소고기를 사온 날부터 지로는 외할아버지와 마주칠
때마다 어렴풋하게 그것을 느끼고 있었다. 외할아버지가 자신
을 사랑하고 또 아껴준다는 것은 기뻤지만, 무거운 짐을 떠맡

은 것처럼 부담스럽기도 했다. 그렇다고 해서 외할아버지의 사랑에서 도망치고 싶다는 생각은 전혀 들지 않았다. 확실히 예전과는 많이 달랐지만 그래도 마사키 가에서 외할아버지가 차지하는 비중은 가장 크다고 할 수 있었다. 지로는 마사키 가 사람들 가운데 외할아버지를 가장 좋아했고, 또 닮고 싶어 했다. 그런 외할아버지가 요즘 들어 자신을 싫어하는 것 같다고 생각하면 하루코와 헤어졌을 때보다 더 큰 절망감이 엄습해왔다. 무슨 수를 써서라도 외할아버지가 자신을 사랑하고 있다는 것을 확인하고 싶었으나 정작 외할아버지 곁에 다가가면 주눅이 들어 불편했다. 그 느낌은 마치 거대한 파도를 보면서 한 번쯤 그 파도에 몸을 던져보고 싶지만 실제로는 감히 실천할 수 없는 것과 마찬가지였다. 결국 지로는 멀찍이 떨어져서 외할아버지가 자기를 어떻게 생각하는지 눈치껏 염탐하는 방법을 택했다. 더구나 이번 같은 일이 있을 때는 궁금해서 못 견딜 정도였다. 외할아버지의 생각을 읽지 못할 때면 처참할 만큼 우울해지고는 했다.

이튿날부터는 누워만 있을 수가 없었다. 지로는 슬그머니 자리에서 일어나 외할아버지의 눈에 띌 만한 곳을 찾아 이리저리 돌아다녔다. 지로는 외할아버지가 무슨 말이든 해주기만을 기다렸다. 그러나 외할아버지는 지로 쪽을 흘긋거리기만 할 뿐 말을 걸지 않았다. 나중에는 외할아버지가 자신에게 말을 걸기만 한다면 제아무리 심한 욕설을 듣더라도 괜찮겠다는 생각까지 들었다. 하지만 외할아버지는 끝내 지로에게 단 한 마디도 하지 않았다.

　지로는 절망해서 자포자기하는 심정으로 오타미가 누워 있는 별채로 건너갔다. 오타미에게서라도 꾸중을 들어야 기분이 한결 나아질 것 같아서였다. 그런데 오타미마저도 서글픈 눈으로 붕대를 칭칭 감은 지로의 얼굴을 빤히 쳐다보기만 했다. 오타미는 이내 낮게 한숨을 내쉬며 지로의 눈길을 피했다.

　"거기 앉거라."

　외할머니가 부드러운 목소리로 말했다. 지로는 이젠 살았다 싶어 외할머니 곁에 앉았다.

　"이 정도로 끝났으니 망정이지 눈이라도 다쳤으면 어쩔 뻔했어. 그랬다간 정말 큰일 날 뻔했구나. 앞으론 폭죽 같은 위험한 것은 절대 만지면 안 된다."

　지로는 점잖게 고개를 끄덕였다.

　"외할아버지한테 잘못했다고 말씀드렸니?"

　지로는 그 말을 듣고서야 퍼뜩 정신이 들었다. 이제껏 모두 불쌍하다느니, 그나마 다행이라느니 하며 듣기 좋은 말만 했기 때문에 굳이 누구에게 잘못했다고 용서를 빌지 않아도 된다고 생각했다. 외할머니 말을 듣고 나서야 외할아버지의 태도가 왜 갑자기 변했는지 이해가 갔다. 며칠이 지나도록 외할아버지가 아무 말도 안 한 까닭은 자신이 진심으로 용서를 구할 때까지 기다렸기 때문이다. 지로는 고개를 들어 외할머니를 보며 대답했다.

　"아니, 아직……."

외할머니도 다른 말은 더 하지 않았다. 그러고는 오타미와 의미심장한 눈길을 주고받았다. 오타미는 외할머니에게서 눈을 돌려 지로를 쳐다보았는데, 역시 아무 말도 하지 않았다.

지로는 곧 모든 것을 깨달았다.

'모두 내가 외할아버지께 잘못했다고 사과하기를 기다리고 있었구나. 내가 없을 때 그런 얘기를 주고받은 건가.'

지로는 그렇게 생각하고 자리에서 일어났다. 이전까지 지로는 야단맞기 전에 자신이 먼저 잘못했다고 용서를 빌어본 경험이 없었다. 그래서인지 혼나기도 전에 먼저 잘못했다고 말하기가 어색했다. 그러나 꾸물거릴 때가 아니었다.

외할아버지는 거실 툇마루에서 겐조와 무엇인가 의논하고 있었다. 지로는 결심한 듯 외할아버지 앞에 무릎을 꿇고 앉았다. 입을 꾹 다물고 다다미에 손을 내려놓으며 고개를 푹 숙였다. 그러자 외할아버지가 말씀하셨다.

"으흠, 잘못했다는 말을 하려고 온 게로구나. 그만 됐다, 됐어. 어떠냐? 마음이 좀 가벼워진 것 같지 않냐?"

지로는 자기도 모르게 눈물을 흘렸다.

"울 것까지는 없다. 그만 울어. 울면 붕대 젖는다. 그렇게 울다 얼굴이 비뚤어지면 어쩌려고 그러느냐, 하하하!"

외할아버지가 웃자 겐조도 따라 웃었다. 지로는 여전히 고개를 숙인 채 코만 훌쩍거렸다.

엄마의 얼굴

한여름에 붕대를 감고 돌아다니는 일은 정말이지 괴로웠다. 붕대 때문에 상처가 곪을 수도 있어서 사나흘 지나서는 종이에 약을 칠해 붙이는 것으로 대신했다.

붕대를 감지 않은 지로의 얼굴은 흉측하기 짝이 없었다. 거울에 비친 자기 얼굴이 징그러워 보일 정도였다. 누런 고약 사이로 검붉은 살갗이 드러났고, 눈썹이 벗겨져서 그 자리가 밋밋했다. 지로는 마을을 떠돌아다니는 나병 환자가 떠올랐다. 아무리 견디기 힘들어도 이렇게 흉측한 몰골로 돌아다니는 것보다 붕대를 감는 편이 낫겠다고 생각했다.

그러던 어느 날 도쿄에서 그림엽서 한 장이 날아왔다. 류이치가 보낸 엽서였다. 엽서 끝에는 "지로에게 줄 선물을 샀어. 곧 내려갈 테니 기다려." 하고 하루코가 한 말도 한 줄 적혀 있었다. 지로는 너무 기뻤다. 그러다 거울에 비친 흉측한 얼굴을 보고는 다시 얼굴이 어두워졌다. 두 사람이 돌아오기 전까지 어떻게든 상처가 다 아물어야 할 텐데 아무래도 힘들 것 같았다.

여름방학이 아직 열흘쯤 남았을 때, 화상 부위는 거의 가라앉았다. 코 언저리와 광대뼈 근처에만 아침저녁으로 약을 발랐다. 상처가 거의 다 아물기는 했지만 흉터 부위는 몇날 며칠이 지나도 벌겋게 번질거렸다. 당분간 흉터 자국이 사라지지 않을 것 같았다. 지로는 고약을 덕지덕지 바를 때보다 더 기분이 나빴다. 그러나 지로의 화상 자국이 조금씩 깨끗해질수록 오타미의 증세는 점점 더 나빠졌다. 다행히 피를 토하지는 않아서 빠른 속도로 악화되지는 않았지만, 더위를 견디는 것은 역시 무리였던 모양이다. 날이 갈수록 쇠약해지는 것이 뚜렷하게 눈에 띄었다.

슌스케는 일주일에 한 번씩 마사키 가를 찾았다. 무슨 까닭에선지 교이치와 슌조를 데리고 오는 일은 드물었다. 지로는 여름방학이 되면 형제들과 함께 마사키 가에서 놀 수 있을 거라 기대했기에 여간 불만스럽지 않았다. 더구나 마사키 가에서도 다들 방학만 되면 교이치 형제가 올 거라고 말했기 때문에 지로는 이번 여름방학을 형제들과 함께 보낼 생각을 하며 잔뜩 부풀어 있었다. 그러나 슌스케는 지로가 화상을 입은 지 대엿새 지났을 때 교이치와 슌조를 데리고 마사키 가를 찾았을 뿐이다.

지로가 덴 것을 보고 세 사람이 놀란 것은 말할 것도 없다. 슌스케는 외할머니에게 대충 설명을 듣고 예의상 "허구한 날 말썽만 부리는 녀석을 맡겨서 정말 죄송합니다." 하고 한마디 했다. 그러고는 오타미의 병세에 대해 이것저것 물었다. 오타미 이야기가 나오자 모두 침울해졌다. 자신이 다쳤던 날을 떠올리며 깔깔거리던 식구들이 갑자기 침통해지는 것을 보고 지로는 왠지 무시당하는 것 같았다. 지로는 교이치와 슌조를 다른 곳으로 데리고 나와 어떻게 해서 화상을 입었는지 자세하게 설명해주었다.

지로는 형제들과 함께 오타미가 누워 있는 별채에도 들어갔다. 오타미는 오랜만에 교이치와 슌조를 보며 힘없이 웃어 보였다. 셋은 별채에서 달리 할 일도 없어 조금 따분한 마음으로 오타미 곁에 앉아 있었다. 그러자 외할머니가 "저쪽에 가서 놀아라. 너무 떠들지는 말고." 하고 말했다. 그 말을 듣기 무섭게 지로는 교이치와 슌조를 마당으로 데리고 갔다. 그리고 자기가 화상을 입은 현장을 보여주며 그때 있었던 일들을 한 번 더 설명했다.

슌스케는 아이들을 남겨두고 그날 저녁 읍내로 돌아갔다. 돌아가기 전에 슌스케는 지로를 불러 말했다.

"엄마가 보는 앞에서 교이치나 슌조랑 싸우면 안 되는 거 알지?"

지로는 아빠가 자기를 늘 싸움이나 하는 녀석이라고 생각하는 것 같아 은근히 화딱지가 났다. 그리고 속으로 '엄마가 보는 앞에서만 아니라 보지 않는 곳에서도 누가 싸울 줄 알고 그러나? 아빤 요새 내가 얼마나 착해졌는지 모르면서.' 하고 투덜댔다.

화상에 대해서 슌스케는 더 말하지 않았다. 지로는 아빠가 화상에 대해 아무 말도 안 하는 것이 다행스럽기도 하고 또 조금은 서운하기도 했다.

지로가 화상을 입은 뒤에 오타미의 약은 사촌 형제들이 돌아가면서 타왔다. 어차피 약국에 가보았자 하루코도 없고, 설령 만난다 하더라도 하루코에게 흉측한 얼굴을 보여줄 수는 없었기에 지로에게도 잘된 일이었다. 교이치와 슌조가 마사키 가에 온 뒤로는 형제들과 놀아야 한다는 핑계로 별채에는 자주 들르지 않아도 되었다. 지로는 세이키치와 형제들을 데리고 하루에도 몇 번씩 강에 나가서 붕어 낚시를 했다.

교이치 형제가 마사키 가에 온 지 네댓새 지났을 때 연락도 없이 혼다 할머니가 찾아왔다. 지로가 다친 것은 할머니에게 좋은 이야깃거리가 되었다. 할머니는 오타미의 증세보다 지로가 화상을 왜 입었는지에 더 큰 관심을 보였다. 할머니는 말끝마다 "그렇게도 불효 짓만 골라서 하더니 천벌을 받은 거야." 하고 말했다. 할머니는 엄한 얼굴로 "네 엄마가 저토록 심하게 앓는 것도 다 까닭이 있었구나. 엄마한테 걱정만 끼치는 게 네가 말한 병구완이었느냐?" 하고 지로를 몰아세웠다. 할머니는 지로를 야단칠 책임은 오직 자신에게만 있다는 것을 마사키 가 사람들에게 보여주고 싶어 하는 것 같았다. 지로는 할머니가 말을 마치기도 전에 고개를 삐딱하게 돌려버렸다. 그 모습을 보고 혼다 할머니는 기가 막힌다는 얼굴로 잠깐 지로를 노려보다가 마사키 외할머니를 붙잡고 말했다.

"이거 정말 죄송해서 어찌해야 좋을지 모르겠습니다. 당장이 녀석을 데려가는 것이 도리일 것 같습니다. 그렇게 해도 괜찮을까요?"

그러나 외할머니를 비롯한 마사키 가 사람들은 아무도 할머니의 말에 대꾸하려 하지 않았다. 지로가 느끼기에도 분위기는 할머니에게 불리한 쪽으로 흐르고 있었다. 지로는 데려갈 수 있으면 어디 한번 데려가 보라는 표정을 하고 할머니를 쏘아보았다.

혼다 할머니는 점심도 먹기 전에 와서 오후 세 시가 넘도록 거실에 앉아 마사키 외할머니에게 병자를 맡겨서 너무나 죄송하다느니, 말은 안 해도 늘 감사하게 생각한다느니 하는 쓸데없는 말들만 끈질기게 늘어놓았다. 그런데도 자신이 지로를 얼마나 생각하는지 알아주는 사람이 없다며 투덜거렸다. 할머니는 갑자기 처량한 목소리로 신세 한탄하듯 이렇게 말했다.

"어미는 그렇다 쳐도 지로까지 이렇게 먼 곳에 따로 떨어져 지내다 보니 제 마음이 여간 불편한 게 아닙니다. 꿈을 꿔도 요즘은 어미와 지로밖에 안 보일 지경이에요."

지로와 형제들은 옆방에서 할머니가 이야기하는 것을 듣고 있었다.

벽시계가 세 시를 알리자 혼다 할머니는 안절부절못하고 주위를 두리번거렸다. 그러더니 차마 입이 떨어지지 않는다는 듯 말했다.

"하룻밤 정도는 어미 곁을 지키고 싶지만 하필이면 슌스케가 오늘 먼 곳에 갔답니다. 지금 가게엔 점원들밖에 없어요. 아무래도 어둡기 전에 그만 일어나야겠습니다."

마사키 외할머니는 물론이고 누워 있던 오타미마저 안심했다는 듯 얼굴이 밝아졌다. 할머니는 빨리 가봐야겠다고 말은 하면서도 좀처럼 일어나지 않았다. 할머니는 옆방에 있는 아이들을 흘끔거리며 말했다.

"저렇게 셋씩이나 폐를 끼치다니 염치가 없어도 너무 없군요. 환자에게도 좋지 않을 테고요. 아무래도 제가 아이 둘을 데려가는 게 좋을 것 같군요. 약만 챙겨주시면 지로도 같이 데려가고 싶은데……."

지로는 자기도 데려가겠다는 할머니의 말이 거짓인 것을 눈치 챘다. 그러나 만난 지 며칠 지나지 않아 교이치, 슌조와 다시 헤어진다고 생각하니 너무 아쉬웠다. 그동안 싸운 적도 없고 게다가 교이치에게는 중학교 입학에 대해서 물어보고 싶은 게 많았다. 무엇보다 오타미를 생각하면 이렇게 빨리 헤어져서는 안 된다고 생각했다. 지로는 문득 오타미가 걱정되어 별채 쪽을 살펴보았다.

"염치라뇨, 그런 말씀 마세요. 저흰 며칠이 되든 상관없습니다. 오타미도 아이들 노는 모습을 지켜보는 게 즐거운 모양이니까요."

"그야 그렇겠지만 제 처지가 좀 그렇습니다. 병자를 맡긴 것도 죄송한데 아이들까지 여기서 지내게 하면 뵐 낯이 없습니다. 오늘은 데려갔다가 나중에 다시 데리고 오는 게 좋을 것 같네요."

"글쎄요, 저희는 하나도 불편할 게 없는데……."

"그야…… 슌스케도 요즘 그런 얘길 자주 한답니다. 사람들 눈치도 있고 들리는 소문도 있고 해서……."

"사람들이 뭐라고 떠들든 그게 무슨 소용입니까? 그런 게 불편하시다면 진작부터 병자를 맡아달라는 부탁은 하시지 말았어야죠."

마사키 외할머니가 일부러 빈정거려 한 말은 아니었다. 그러나 혼다 할머니의 아픈 곳을 정통으로 찌르는 말이었다. 마사키 외할머니도 혼다 할머니의 얼굴을 보고는 자신이 너무 심했다고 후회할 정도였다.

서먹할 만큼 한동안 거실 안은 조용했다. 뜰에서는 매미 한 마리가 시끄럽게 울었다.

"교이치……, 슌조……."

오타미가 옆방에 있는 두 아이를 불렀다.

"할머니가 읍내로 가신다는구나. ……오늘은 너희들도 같이 가도록 해. 나중에 다시 오면 되니까."

오타미는 아이들이 다가오자 힘에 겨운 듯 띄엄띄엄 말하고는 그대로 눈을 감았다. 눈꺼풀과 미간에 쭈글쭈글하게 주름이 잡혔다.

혼다 할머니는 실쭉해진 얼굴을 애써 부드럽게 고치며 마사키 외할머니에게 공손히 인사를 했다. 오타미에게도 친절하게 몇 마디 건넨 뒤 두 손자를 재촉하며 일어났다.

혼다 할머니가 마사키 가에 찾아온 것은 교이치와 슌조를 데려가기 위해서였다. 굳이 교이치와 슌조를 데려가려는 까닭은 혹시라도 병이 옮을까 걱정되었기 때문이다. 할머니는 무슨 말 끝에 자기도 모르게 그런 속내를 드러내고야 말았다. 분위기가 삽시간에 싸늘해졌다. 할머니는 서둘러 마사키 가 사람들에게 듣기 좋은 말을 늘어놓으며 싸늘해진 분위기를 바꿔보려고 했다. 결국 할머니는 가지도 못하고 삼십 분 넘게 쓸데없는 말을 떠들어야 했다.

지로는 할머니에게 인사도 하지 않고 별채로 건너가 해쓱해진 엄마를 가만히 보았다. 자는 줄 알았는데 오타미의 눈에서 갑자기 눈물이 흘렀다. 그 눈물은 이상하리만큼 밝은 빛을 띠며 지로의 마음속에 스며들었다.

"엄마, 왜 그래?"

지로가 오타미의 머리맡으로 다가앉으며 물었다. 오타미는 눈물로 젖은 얼굴에 웃음을 띠며 조용히 지로의 눈을 들여다보았다.

"그래도 지로만은 언제나 엄마 곁에 있어주는구나."

대여섯 살 때부터 보아온 엄마의 얼굴은 이제 어디에도 남아 있지 않았다. 지로는 자기 앞에 누워 있는 엄마가 다른 사람처럼 보였다. 엄마의 두 눈은 오하마나 하루코, 마사키 외할머니나 외할아버지에게서도 본 적이 없는 깊은 빛을 띠고 있었다. 그 빛은 마치 연못에 잠긴 달빛처럼 조용히 지로를 보고 있었다.

재회

9월이 되어 새 학기가 시작될 무렵에는 지로의 눈썹도 보기 흉하지 않을 만큼 자랐다. 피부에는 아직도 군데군데 얼룩이 남아 있었지만, 다른 사람들이 보기에 끔찍할 정도는 아니었다. 지로는 당연히 개학하면 학교에 갈 작정이었다. 그러나 오타미가 위독해져 한동안 학교를 쉬어야 했다.

지로는 하루라도 빨리 류이치와 만나고 싶었다. 도쿄 이야기도 듣고, 또 하루코가 정식으로 도쿄로 올라가는 것은 언제쯤인지 궁금하기도 했다. 그래서 지로는 삼십 분 거리에 있는 학교로 달려가 단 몇 분 동안이라도 류이치를 만나고 올까 생각했다가 오타미 때문에 그마저도 포기했다. 오타미는 며칠 전부터 증세가 급속히 나빠져 지로가 잠깐이라도 보이지 않으면 무척 불안해했다. 지로가 약을 먹여줄 때마다 손을 붙잡고는 오랫동안 말없이 바라보았는데, 외할머니나 다른 사람이 먹여줄 때는 입을 벌리지 않다가도 지로가 주는 것이면 무엇이든 다 받아먹었다. 지로는 그런 엄마를 보면서 마음 한구석이 따뜻해지는 것을 느꼈다. 그즈음은 자신을 의지하는 엄마를 볼 때마다 예전에는 한 번도 느껴보지 못한 순수한 행복감에 젖어 마음이 뿌듯했다. 지로는 이제 다른 사람의 눈을 의식하거나 슌스케와 한 약속을 떠올리며 억지로 엄마를 배려하던 때와는 사뭇 행동이 달라졌다. 그래서 류이치를 만나고 싶은 마음은 굴뚝같았지만 엄마를 생각해서 참기로 했다.

병세가 심각해지기 네댓새 전에 오타미는 머리맡에 앉아 있는 지로의 얼굴을 물끄러미 보다가 무언가 생각났다는 듯 외할머니에게 물었다.

"오하마가 어디 있는지 알아보셨어요?"

지로는 이미 오하마에 대한 기억을 거의 잊었다. 오타미의 입에서 '오하마'라는 말이 나왔을 때는 난생 처음 듣는 말 같았다. 더구나 자기 기억이 맞는다면 엄마와 오하마는 결코 사이가 좋지 않았다. 그래서 오하마라는 말을 들었을 때 반갑기보다는 오히려 조금 불안했다.

"아 참, 내가 깜빡했구나. 파출소에 부탁했더니 확실히 빨리 알 수 있었단다. 오하마네는 아직도 탄광에서 일한다는 게야."

"그럼 한 번 오라고 할 수 있어요?"

"정 그렇게 만나고 싶다면 불러야지. 그런데 정말 만나도 괜찮겠니? 오랜만에 만나서 흥분이라도 하면 몸에 좋지 않을 텐데."

사실 오하마에게는 이삼일 전에 이미 마사키 노인이 편지를 보냈다. 만일을 생각해서 전보를 받으면 되도록 빨리 마사키가로 와달라고 여비까지 보냈다. 마사키 외할머니는 그런 사정을 뻔히 알면서도 오타미에게 숨기고 있었다.

"괜찮아요."

오타미가 생긋 웃으며 또 지로를 보았다.

그날 저녁 마사키 가에서는 오하마에게 전보를 쳤다. 오하마
가 온다는 소식을 듣고 나서야 지로는 마음이 들떴다. 오하마
와 만날 생각에 들떴다기보다는 알 수 없는 불안감과 함께 오
하마가 어떻게 변했을지 호기심 같은 게 생겼다. 지로는 자신
이 조금 흥분했다는 것을 알고는 엄마 앞에서 아무렇지도 않은
듯 꾸며 보이려 노력했지만, 몸은 언제나 마음과 정반대로 움
직였다. 지로는 볼일도 없으면서 괜히 방을 들락거렸다. 약 먹
을 시간이 아닌데도 약병을 들고 눈금을 비춰보거나 뚜껑을 땄
다. 또 멀거니 뜰을 바라보다가 퍼뜩 정신을 차려 엄마를 돌아
보고는 했다. 오타미는 그런 지로를 보면서 말없이 웃기만 했
는데, 지로는 엄마가 쓸쓸하게 웃는 모습과 마주치면 더욱 당
황했다.

오하마가 전보를 받고 곧바로 떠나면 이튿날 저녁 무렵에는
마사키 가에 올 수 있었다. 지로는 외할머니에게 들어서 그 사
실을 알고 있었다. 지로는 다음 날이 되어서도 마치 오하마가
온다는 소식을 못 들은 사람처럼 행동했다. 그러나 말과 행동
으로 비추어볼 때 긴장하고 있다는 것을 분명히 알 수 있었다.
사실 지로는 오하마에 대한 생각으로 가득 차 있었다. 그다지
뚜렷한 영상은 아니지만 눈앞에 오하마의 얼굴이 자꾸만 나타
났다 사라졌다.

"지로 형, 형네 유모 왔어!"

세이키치가 맨발로 뜰을 가로지르며 크게 외치고는 대문간으로 달려갔다. 지로는 자기도 모르게 일어설 뻔하다가 억지로 주저앉았다.

"빨리 가봐."

외할머니와 오타미가 거의 동시에 말했다. 지로는 곧 자리에서 일어났지만 서두르는 기색을 보이고 싶지 않았다. 안채로 걸어가는 그 짧은 시간이 하늘을 떠다니는 것처럼 느껴졌다.

오하마는 거실에 앉아 마사키 외할아버지와 오노부와 함께 한참 동안 이야기를 주고받았다. 세이키치와 다른 사촌 형제들은 툇마루에 서서 신기한 듯 오하마를 보고 있었다. 지로가 들어오자 오하마는 들고 있던 부채를 다다미에 내려놓고 반쯤 일어서면서 "어머나!" 하고 외쳤다. 기뻐서 외치는 소리로 들리지는 않았다. 이상한 물체를 보고 깜짝 놀랐을 때 외치는 비명 같았다. 화상으로 얼룩진 피부를 보고 놀란 모양이었다. 오노부가 재빨리 전에 일어난 사건에 대해 설명해주었다. 설명을 들으면서도 오하마는 몇 번씩 지로를 보았다. 지로는 외할아버지 옆에 앉아 오하마의 눈길을 피하기 바빴다.

설명을 다 듣고 오하마는 미간을 찌푸렸다. 무릎으로 기어서 지로 곁으로 다가오며 말했다.

"여전하군요. 하지만 그 정도였으니 정말 다행이에요."

오하마는 지로가 아직도 서먹해하는 것이 안타까웠다. 지로는 손님이라도 맞이하는 듯 얌전하게 앉아 잔뜩 굳은 얼굴로 앞만 보았다. 지로는 정말 마음이 이상했다. 자기 앞에 앉아 있는 사람은 삼 년 전에 헤어진 오하마 엄마가 틀림없었다. 하지만 처음 만나는 사람처럼 낯설었다. 늘 입던 옷을 장롱에 챙겨두었다가 아주 오랜만에 다시 꺼내서 입을 때와 같은 느낌이었다.

오하마는 지로에게 이것저것 물었다. 하지만 지로는 "응." 이나 "아니." 하고 대답만 짧게 했다. 그런 간단한 대답마저도 자연스럽지 못했다. 때로는 처음 만난 어른에게 예의를 지키는 것처럼 공손하게 대답하기도 했다.

"오타미가 기다리니 잠깐 얼굴이라도 보여주게. 지로, 네가 유모를 엄마한테 데리고 가렴."

외할아버지는 대충 두 사람이 이야기를 끝냈다고 생각했는지 지로에게 말했다. 두 사람은 곧 자리에서 일어섰다. 별채로 가다가 오하마는 지로의 어깨를 살짝 끌어안았다.

"정말 많이 컸네요."

오하마의 몸무게를 느끼는 순간 지로는 예전 감정이 새록새록 떠오르는 것을 느꼈다. 자기도 무엇인가 물어보고 싶었지만 갑작스레 질문을 찾자니 생각나는 게 없었다.

오하마는 별채에 들어가서 외할머니에게는 인사도 하지 않고 다리에 힘이 풀린 듯 오타미의 머리맡에 털썩 주저앉았다. 지로의 어깨에 아직도 팔을 올려놓고 있었기 때문에 지로까지 자리에 주저앉고 말았다. 오하마는 고개를 떨어뜨린 채 어깨를 심하게 떨었다. 오타미를 보고도 말을 잇지 못했다. 그때 지로는 오하마의 무릎에 떨어지는 눈물을 보았다.

"정말 잘 왔네."

외할머니가 한숨을 쉬며 말하자 오하마는 서둘러 눈물을 닦으며 살짝 웃었다.

"너무 죄송해요. ……이렇게 아프신 줄 꿈에도 몰랐어요."

외할머니와 오하마는 이런저런 이야기를 주고받았다. 오타미도 한 마디씩 끼어들었다. 서로 그동안 어떻게 지냈는지 물어보며 이야기를 나누었다. 지로는 오하마가 하는 이야기를 듣고 야사쿠 할아범이 죽었다는 것과 오카네가 남의 집 식모살이를 하면서 조금이나마 돈을 번다는 것 그리고 오쓰루가 학교에서 우등상을 탔다는 사실을 알게 되었다. 오하마의 이야기를 듣다 보니 이제는 자취조차 사라진 옛 학교의 낡은 교지기 방이 떠올랐다. 오하마는 혼다 가가 왜 읍내로 이사 갔는지, 오타미와 지로가 왜 마사키 가에서 지내고 있는지 무척 궁금해했다. 외할머니는 "아이들이 커서 중학교에 들어가려면 아무래도 도시 가까운 곳에 사는 편이 좋을 것 같아서 그랬지." 하거나 "지로는 자네 손을 떠난 뒤 절반은 여기서 자란 거나 마찬가지야. 외할아버지께서 중학교에 입학하기 전까지 맡기로 하셨네." 또는 "오타미가 앓는 병엔 시골 공기가 좋다고 해서……" 하며 대충 얼버무려 말했다. 하지만 오하마는 상황이 어떻게 돌아가는지 짐작했다는 듯 때때로 한숨을 내쉬며 지로의 얼굴을 안쓰럽게 보았다. 지로는 그런 오하마와 눈빛이 마주칠 때마다 거북했다.

외할머니와 오하마가 서로 궁금한 얘기들을 거의 다 주고받았을 때, 누워 있던 오타미가 고개를 살짝 들어 오하마를 쳐다보며 감회가 서린 듯 말했다.

"이제 유모를 만났으니 정말 안심이에요."

"원 별말씀을……."

감정이 북받친 오하마가 뒷말을 잇지 못하고 고개를 숙였다. 오타미는 잠깐 숨을 고른 뒤 말했다.

"지로 많이 컸지요?"

"예, 아까는 정말 놀랐어요."

"내가 이 아이하고 유모한테 나쁜 짓을 너무 많이 했지요? 나도 다 알아요."

"에그, 무슨 그런 말씀을……."

"어렸을 땐 그저 귀여워해주면 되는데……."

오하마는 오타미가 무슨 뜻으로 그렇게 말하는지 제대로 이해하지 못했다. 하지만 그 어느 때보다 오타미의 심정을 받아들일 수 있었다.

"난 이제야 겨우 알았어요. 헤어질 때가 돼서야 알았으니……."

"작은 마님 무슨 말씀을……."

"죽는 건 하나도 겁나지 않아요. 다만 지로에게 아무것도 해준 게 없어서 미안해요. 이대로 죽으면 지로에게……."

"그만 하시래도요!"

"날마다 지로에게 속죄하는 마음으로 살아요."

"에구머니나……."

지로도 이때쯤에는 고개를 숙인 채 눈물만 뚝뚝 흘렸다.

"그렇지만 이 아이도 내 마음을 어느 정도는 아는 것 같아요. 어쩐지 그런 생각이 자꾸 드네요. 정말 다행이에요. 이제 안심하고 죽을 수 있어요. 하지만 유모가 늘 마음에 걸렸어요. 죽기 전에 꼭 사과하지 않으면 편하게…… 죽을 수가 없을 것 같아서요."

"원 별말씀을……."

오하마가 소맷부리로 눈물을 닦으며 말했다.

"도련님…… 도련님이 얼마나 행복한지 알겠죠? 어머님이 이렇게 도련님을 생각해주시니……. 어머님 말고 도련님을 귀여워하는 사람이 이 세상에 없다고 해도 앞으론 걱정할 것 하나도 없어요. 외톨이로 살더라도 도련님은 누구보다 정직하고 훌륭한 사람이 될 거예요."

지로는 슬픔과 감정이 끓어올라 오하마의 무릎에 얼굴을 파묻었다. 마음이 격해져 머리가 어질어질했다. '외톨이'라는 그 한마디가 이상하게 지로의 가슴에 울려 퍼졌다. 오타미도 쉴 없이 눈물을 흘렸다. 오하마는 지로의 등을 어루만지며 말했다.

"하지만 절대로 외톨이로 살지는 않을 거예요. 아버지가 계시고, 이 댁에 외할아버지와 외할머니도 계시잖아요. 나도 멀리 떨어져 있긴 하지만 새벽마다 도련님이 잘 되게 해달라고 하느님께 기도할게요."

"지로…… 지로……."

오타미가 젖은 눈을 깜빡이다 힘겨운 듯 지그시 천장을 바라보며 말했다.

"엄마는 유모보다 더 먼 곳으로 갈 거야. 엄마는 거기서 지로를 지켜보고 있을 거야. 그러니 화가 나거나…… 슬퍼도……."

그 뒷말은 숨이 찼는지 아무도 알아듣지 못했다. 외할머니는 한쪽 구석에서 코를 훌쩍이며 두 사람이 나누는 이야기를 가만히 듣고 있다가 오타미에게 말했다.

"오늘은 그만 말해라. 그렇게 한꺼번에 많이 하면 지쳐서 안 돼."

"예, 알아요. ……이제 마음이 다 시원해졌어요."

오타미는 피곤한 듯 눈을 감았다.

그날 밤 지로는 오하마와 같이 모기장 안에서 잤다. 날씨가 후덥지근한데도 오하마는 밤새 지로의 어깨를 자기 쪽으로 끌어당겼다. 지로는 손끝이 오하마의 늘어진 가슴에 닿을 때마다 소스라치게 놀라며 돌아누웠다. 지로도 제대로 잠을 이루지 못했다. 오하마가 계속 끌어당겼기 때문만은 아니었다. 그동안 미처 깨닫지 못한 엄마의 사랑과 오랜만에 되살아난 유모에 대한 애틋함을 꿈결처럼 흘려보내고 싶지 않았기 때문이다.

엄마의 임종

오하마를 만난 뒤로 오타미는 이상하리만큼 깊은 잠에 빠지고는 했다. 그것은 흥분한 뒤에 나타나는 피로감 때문이라기보다 이제 모든 것이 정리되었다는 안도감에서 오는 잠이었다.

이튿날 류이치 아버지는 오타미를 진찰하고 나서 어두운 얼굴로 마지막을 준비해야 할 것 같다고 말했다. 마사키 외할아버지는 서둘러 전보를 치고, 심부름꾼들을 보내 친척들에게 소식을 전하느라 하루 종일 분주했다. 낮에 읍내 혼다 가에서 슌스케가 찾아왔다. 물론 교이치와 슌조도 데리고 왔다. 다행히 그날은 별 탈 없이 무사히 지나갔다. 오타미는 눈을 뜨고 주위를 둘러보다가 나란히 앉은 세 아이를 쳐다보고는 했다. 오타미는 거의 아무 말도 하지 않았는데 아이들 옆에 앉아 있는 슌스케를 보고는 미안해하며 물었다.

"이렇게 자주 가게를 비워도 괜찮아요?"

슌스케는 무겁게 가라앉은 분위기에 어울리지 않게 껄껄 웃으며 상관없다고 대답했다. 누가 들어도 일부러 웃는 소리라는 것을 알 수 있었다. 오타미는 슌스케의 대답에는 별다른 관심을 보이지도 않고, 쓸쓸하게 아이들을 보며 웃었다.

그날부터 이틀 동안 똑같은 상황이 되풀이되었다. 먼 곳에 사는 친척들 가운데 찾아올 만한 사람들은 모두 왔다. 넓은 마사키 가는 별채를 제외하고 혼다 가의 친척들로 북적거렸다. 겐조는 평소에는 말이 없다가도 이런 일이 생기면 거의 혼자서 사람들이 먹을 음식과 침구 정리를 도맡았다. 지로는 겐조가 끼니때마다 바쁘게 돌아다니는 것을 보면서 지금까지 알던 겐조가 아닌 마치 다른 사람을 보는 것 같은 착각에 빠졌다. 이제 겐조가 불쾌하지 않았다. 여전히 무뚝뚝했지만 겐조의 그런 성격이 지로는 더없이 미더웠다.

머리맡에 앉아 오타미를 보면서 지로는 교이치나 슌조가 생각하는 것과는 견줄 수 없을 만큼 죽음이라는 문제를 심각하게 받아들였다. 그러나 한편으로는 자신이 생각하기에도 너무하다 싶을 만큼 마음이 차분해졌다. 오랫동안 엄마의 병상을 지켜오면서 언젠가 이런 날이 올 것이라고 날마다 예상했기 때문이겠지만, 그보다 엄마의 마음을 완전히 이해했기 때문이었다. 지로도 엄마와 헤어지는 것이 견딜 수 없이 슬펐다. 더구나 참회하듯 아들에 대한 사랑을 한꺼번에 쏟아내는 엄마를 생각하며 이렇게 떠나보내는 것은 말도 안 된다고 수없이 마음속으로 외쳤다. 오타미에게는 육체보다 영혼이 더 가까워 보였다. 사람의 힘으로는 도무지 떼어낼 수 없을 만큼 단단하게 다음 세상과 묶여 있다는 것을 다른 사람은 몰라도 지로만은 분명하게 느낄 수 있었다.

지로는 어느 정도 마음의 준비를 끝내고 사람들을 찬찬히 훑어보았다. 최근 이삼일 동안 지로는 예전에 견주어 여러 가지 면에서 변화를 경험했다. 지로는 오늘날까지 오하마를 제외하고 거의 모든 사람들에게 조금씩이라도 경계하는 마음이 있었다. 슌스케나 마사키 노부부도 마음속 깊은 곳에서부터 온전히 믿고 따르지는 못했다. 자신을 사랑하고 아껴주는 사람에게도, 혹은 미워하고 싫어하는 사람에게도 언제나 마음을 포장해서 다가갔다. 어찌 보면 그동안 순탄치 못한 인간관계를 강요받아 왔기에 본능적으로 마음을 포장했는지도 모른다. 그런데 지난 며칠 동안 지로는 자신을 둘러싼 단단한 포장들을 모두 없애버린 것처럼 행동했다. 그는 이제 사람들을 의심하거나 경계하고 싶지 않았다. 그래서 겐조와 단둘이 마주쳐도 먼저 인사를 했다. 마사키 가에 모인 사람들은 그 진심이야 알 수 없지만, 어쨌든 자신과 오타미를 위해 일부러 발걸음을 해준 고마운 사람들이었다. 그들이 잠든 오타미를 보며 슬퍼하고, 오타미가 조금만 움직여도 관심을 기울였기 때문만은 아니었다. 정확히 의식하지는 못했지만, 오래전부터 지로는 사람을 굴절된 시각으로 바라보는 자신을 바로잡고 싶었다. 그것은 기적과도 같은 일이었다. 그리고 기적은 자신의 생명을 잉태한 엄마에게서 나왔다. 엄마가 진심을 담아 흘린 눈물이 지로의 마음을 지배했던 불신과 이기심에 찬 욕망들을 한꺼번에 허물어뜨린 것이다.

오타미는 슌스케와 아이들이 마사키 가에 온 지 사흘째 되는 날 오전 아홉 시쯤 숨을 거두었다. 마치 깊은 잠에라도 빠진 사람처럼 죽었다. 사람들도 심하게 동요하지 않았다. 희미한 한숨과 작게 흐느끼는 소리 그리고 안타까운 염불 소리만이 초가을을 알리는 바람결에 실려 사람들의 마음을 슬픔으로 적실 뿐이었다.

임종 직전, 지로 형제들은 나이대로 오타미의 입술을 마지막으로 축여주었다. 지로는 새털을 물에 적셔 입술로 가져가다가 오타미가 자신을 보며 살며시 고개를 끄덕거렸다고 생각했다. 지로는 눈물이 나오지 않았다. 옆에 앉은 교이치와 슌조가 콧물을 들이키는 소리를 들으면서 오타미가 마지막 가는 순간을 뚫어져라 지켜보았다. 지로는 오타미의 마지막 순간을 하나도 빼놓지 않고 마음속에 영원히 새겨두려는 듯했다. 그는 두 팔을 무릎 위에 막대기처럼 버티고 있었다.

마침내 류이치 아버지가 오타미의 임종을 알렸다. 곳곳에서 참고 있던 울음이 터져 나왔다. 지로는 죽은 사람 앞에 돌처럼 앉아 있었다. 교이치와 슌조가 양쪽에서 지로를 끌어당기며 일어설 때까지 지로는 제정신이 아니었다.

"지로."

마사키 외할아버지가 지로의 어깨를 살짝 흔들었다. 지로는 그제야 정신을 차리고 고개를 돌렸다. 비로소 모든 것을 알아차렸다는 듯 눈물이 흘렀다. 지로는 허물어지듯 다다미 위에 엎드려 울부짖었다.

"지…… 지로……."

외할아버지가 떨면서 부르는 소리가 머리 위에서 맴돌았다. 넓고 포근한 손길이 지로의 어깨를 살짝 흔들었다.

"도련님……."

비명 같은 오하마의 목소리가 뒤에서 들렸다. 그 순간 지로는 오하마의 품으로 달려갔다. 오하마도 지로의 등에 엎드려 통곡했다. 흐느끼는 소리가 점점 커졌다. 다른 사람들이 흐느끼는 소리를 들으면서 지로는 오하마에게 안겨 별채를 나왔다.

시신은 이내 거실로 옮겨졌다. 지로는 오하마와 슌스케, 마사키 노부부에게서 위로를 받고서야 겨우 울음을 그쳤다. 지로는 목이 따가울 만큼 향내가 진동하는 오타미의 머리맡에 잠자코 앉았다. 가문을 새긴 예복을 입고 누워 있는 엄마의 시신을 혼자서 물끄러미 내려다보았다. 지로에게는 얼핏 예복을 덮고 있는 오타미가 희미하게 숨을 쉬는 것처럼 보였다. 그러나 문상객이 들어와 얼굴을 덮은 예복을 들출 때마다 얼음처럼 차갑게 굳은 얼굴만 보일 뿐이었다.

혼다 할머니는 오후 늦게 왔다. 시신 앞에 앉자마자 당장이라도 숨이 넘어갈 듯한 목소리로 별의별 푸념을 잔뜩 늘어놓았다. 임종을 지키지 못한 변명이 끝도 없이 이어졌다. 할머니는 "참 곱게도 갔구나." "아이 셋을 이 늙은이한테 맡기고 먼저 가다니, 이 일을 어찌할꼬……." "어째서 세상이 이리도 불공평하단 말이냐." 하고 주절거렸는데, 사람들 귀에는 연극 대사를 읊조리는 것처럼 들렸다. 슌스케도 어찌할 바를 몰라 난감해하다가 더 두고 볼 수 없었던지 "어머니…… 어머니……." 하고 혼다 할머니를 만류했다. 그래도 할머니가 시신 앞에서 계속 중얼거리자 벌떡 일어나 할머니의 어깨를 세차게 흔들며 나무라듯 말했다.

"자꾸 우시면 죽은 사람에 대한 예의가 아니잖아요. 차라리
염불이나 외우세요."

그러자 할머니는 천연덕스럽게 염불을 몇 마디 외우고는 자
리에서 일어났다.

"내가 주책없이 굴었구나. 나무아미타불, 나무아미타불……"

그때부터 할머니는 사람들만 보면 '나무아미타불'을 연발했다.

할머니의 이런 거동을 가장 못마땅하게 여긴 사람은 지로였
다. 그러나 이날은 할머니마저도 예전처럼 얄밉거나 꼴도 보기
싫지는 않았다. '심술궂은 적'이 아니라 '불쌍한 외톨이 할망
구'로 보여 안쓰럽기까지 했다.

조금 뒤에 장례를 어디서 치를 것인가를 놓고 작은 실랑이가
벌어졌다. 읍내에는 아직 친분이 있는 사람도 드물고, 게다가 혼
다 가의 묘지가 가까이 있어서 사람들은 대부분 번거롭게 읍내까
지 나갈 필요가 없다고 주장했다. 하지만 마사키 가에서 장례를
치르는 것도 도리가 아니라는 의견이 있어, 장례 행렬을 없애고
대신 절에서 고별식만 갖기로 의견을 모았다. 여기에 대해서도
혼다 할머니는 세상 사람들이 어떻게 생각하겠느냐며 반대했다.
그러나 절에서 치르는 고별식이라면 마사키 가에서 장례를 치렀
다고 볼 수도 없고, 또 마사키 가는 단지 오타미가 묵었던 병실이
었을 뿐이라는 말을 듣고서야 이해가 간다는 표정을 지었다.

아직 날씨가 무더웠기 때문에 그날 밤에 입관을 마치기로 했
다. 아이들은 차례로 관 뚜껑을 돌로 쳤는데, 지로는 도무지 힘

껏 내려칠 자신이 없었다. 돌로 관 뚜껑에 박힌 못을 내려치는 순간 온몸이 하늘로 퉁겨 올라가는 것처럼 정신이 아득해졌다.

입관을 마치자 지로는 모든 게 끝났다는 생각이 들어 다리에서 힘이 빠졌다. 지로는 아무것도 보고 싶지도 않고, 듣고 싶지도 않았다. 어두컴컴한 곳에 틀어박혀 혼자 울고 싶었다. 지로는 살며시 자리에서 일어나 뜰로 내려갔다. 정원수를 지나 석가산 뒤편으로 돌아갔다. 석가산 너머에는 별이 총총하게 박힌 하늘이 끝없이 펼쳐져 있었다. 지로는 언젠가 외할아버지에게 배운 대로 '절대로 움직이지 않는 별' 북극성을 찾아보았다. 지로는 멍하니 북극성을 바라보았다. 갑자기 북극성의 희미하게 반짝이는 빛이 눈물로 글썽해진 엄마의 눈동자와 비슷하다는 생각이 들었다. 그러자 엄마의 얼굴이 북극성을 중심으로 뚜렷하게 그려졌다. 이어서 밤하늘에 오하마의 얼굴이 나타났다. 오하마의 얼굴은 천천히 엄마의 얼굴과 포개졌다. 교지기 방에서 오하마와 헤어진 뒤에 겪은 수많은 일들이 동화책을 넘기듯 차례로 펼쳐졌다. 지로는 이제 슬프지 않았다. 화도 나지 않았다. 다만 마음을 가라앉히고 지나온 짧은 삶을 뒤돌아볼 뿐이었다.

지로는 그림자처럼 자신을 뒤따르는 '운명'의 존재와 '사랑'으로 인해 사람은 영원히 죽지 않는다는 진리를 발견했다. 그리고 자신의 남은 삶이 '영원'을 갈망하는 기나긴 항해가 될 것이라 생각하며 인생의 모습을 그의 어린 지혜 속에 하나하나 새겨나갔다.

〈1부 끝〉

그리고

엄마와 사별한 뒤 지로의 생활은 예전과는 완전히 달라졌다. 지로를 아는 사람들이 믿어지지 않는다고 고개를 절레절레 흔들 만큼 차분하고 조용해졌다. 이 말은 달리 표현하면 쓸쓸해 보인다는 뜻과도 같았다.

지로는 가슴속에 새겨진 어머니의 얼굴이 밥상이나 벽, 칠판은 물론이고 가끔은 자유롭게 하늘을 오가는 구름을 볼 때도 문득문득 떠올랐다. 그럴 때면 주위에 사람들이 있어도 개의치 않고 혼자 감상에 빠졌다. 임종을 눈앞에 둔 어느 날 오타미는 지로에게 "엄마는 유모보다 더 먼 곳으로 갈 거야. 거기서 지로를 지켜보고 있을 거야. 그러니 화가 나거나…… 슬퍼도……." 하고 숨을 헐떡이며 말했다. 그때의 어머니 목소리가 늘 머릿속에 맴돌았다. 그 말이 떠오르면 지로는 혼자 우두커니 생각에 잠겼다. 그 모습이 다른 사람들 눈에는 외롭고 쓸쓸하게 보였겠지만, 정작 본인은 그 순간만큼 마음이 차분하게 가라앉은 때가 없었다.

마사키 외할머니는 자주 지로를 데리고 오타미의 무덤에 다녀왔다. 지로는 무덤 앞에 쭈그리고 앉아 몸을 굽히고 지그시 눈을 감으면, 땅속에 누워 있는 오타미가 보일 것만 같았다. 지로는 어머니의 시신이 땅속에서 허물어져 간다고는 생각하고 싶지 않았다. 지로의 마음속에서는 땅속 세상에 살고 있는 오타미가 어렴풋한 대리석상 같은 모습으로 떠올랐다. 지로는 성묘를 갈수록 더욱 확고하게 오타미가 무덤 속에서 대리석상의 숭고한 얼굴로 자신을 보고 있다고 생각했다. 더구나 대리석상이 된 오타미의 얼굴은 그의 기억 속에 남아 있는 엄마의 얼굴과 사뭇 달랐다. 살아 있을 때보다 더 아름답고 성스러운 자태를 하고 있었다. 눈을 살짝 내리뜨며 자신을 바라보는 엄마의 얼굴은 어딘지 모르게 관세음보살을 닮은 것 같았다.

어느 날 작문시간에 선생님이 무엇이든 좋으니 요즘 가장 많이 생각하는 것을 글로 써보라고 했다. 지로는 '지하에 잠든 어머니'라는 제목으로 성묘 때 느낀 감정을 글로 썼다. 그 다음 날 선생님은 아이들 앞에서 지로가 쓴 글을 큰 소리로 읽어준 뒤에 반 아이들이 볼 수 있도록 칠판에 붙여놓았다. 제목에 최고 점수를 뜻하는 동그라미를 세 개나 그려넣었고, 원고지 맨 마지막 장에는 "선생님도 이 글을 읽는 동안 네 마음에 충분히 공감할 수 있었단다. 어머니를 생각하는 네 마음이 진실했기에 좋은 글이 나온 것 같다." 하고 감상까지 몇 줄 적어놓았다.

지로는 선생님이 자신이 쓴 글을 읽어주는 순간 얼마나 후회했는지 모른다. 혼자 소중하게 감추어두고 시간이 날 때마다 꺼내보던 보물을 많은 사람에게 들켜버린 것 같아 불쾌했다. 선생님이 첫 장을 읽기 시작했을 때 지로는 얼굴이 빨개졌다. 마지막 장까지 다 읽었을 때는 새파랗게 질렸다. 쉬는 시간을 알리는 종이 울리자 아이들은 한꺼번에 칠판 앞으로 뛰어나갔다. 지로는 자신이 쓴 원고를 뜯어내고 싶었다.

그렇다고 기억 속에 떠오르는 실제의 엄마와 성묘 때마다 상상하는 엄마의 얼굴이 완전히 다른 것은 아니었다. 지로가 일부러 엄마의 얼굴을 둘로 나눈 게 아니라 상황에 따라 스스로 의식하지 못하는 상태에서 자연스럽게 상상 속의 엄마와 현실의 엄마가 번갈아 나타나는 것뿐이었다. 학교나 마사키 가 또는 그 밖의 장소에서 주위 사람들과 엄마에 대해 이야기할 때면 기억에 남아 있는 실제의 엄마가 생각났고, 불단 앞에 앉아 기도를 하거나 성묘를 갈 때, 잠이 안 오는 밤에 옛날 일을 떠올릴 때는 자기도 모르게 관세음보살을 닮은 엄마가 생각나는 식이었다.

시간이 흐르자 실제 엄마의 얼굴과 관세음보살을 닮은 엄마의 얼굴이 지로의 마음 상태에 따라 뒤죽박죽 섞여서 나타났다. 그러다 석 달쯤 지났을 때는 미처 깨닫지 못했지만 관세음보살을 닮은 엄마의 얼굴만이 뚜렷하게 떠올랐다.

지로는 오하마에게도 자주 편지를 썼다. 성묘하고 오는 날이면 거의 빼놓지 않고 편지를 썼다. 편지 쓰는 게 귀찮은 날에도 엽서 정도는 보냈다. 또 작문시간에 '지하에 잠든 어머니'를 썼다가 크게 곤욕을 치렀으면서도 오하마에게 동그라미가 세 개나 그려진 원고지를 그대로 보냈다. 뿐만 아니라 선생님이 아이들 앞에서 자기 글을 읽었다는 말까지 덧붙였다.

오하마에게 편지를 쓸 때는 소식을 알리기보다 자유롭게 감정을 드러내는 데 충실했고, 그럴 수 있다는 사실이 좋았다. 지로는 자기 자신에 대한 일은 물론이고 주변에서 일어나는 일들을 자신이 어떻게 생각하고 있는지 느낀 그대로 편지에 썼다. 또 읍내 혼다 가 사람들의 안부도 아는 대로 모두 썼다. 하지만 대부분은 오하마가 읽고 기뻐할 내용만 골라서 썼다. 그래서 혼다 할머니에 대해서는 딱 한 번 "할머니는 여전히 나를 싫어하지만 이젠 아무렇지도 않아요." 하고 쓴 게 전부였다.

오하마에게 편지를 쓰려고 책상 앞에 앉으면 맛 좋은 과일을 먹을 때처럼 마음이 산뜻해졌다. 자연스럽게 불쾌한 내용은 쓰고 싶지도 않았고 생각하기도 싫었다.

성묘를 하고 돌아와서는 엄마를 그리워하는 마음이나 무덤 모습을 느낀 대로 몇 줄씩 더 쓰고는 했는데, 스스로 읽기에도 너무 과장한 것이 아닌가 싶을 만큼 좋은 말만 골라 쓴 흔적이 뚜렷했다. 이렇듯 지로가 오타미를 떠올리면서 자신의 감정을 과장해서 표현하는 까닭은 상실감 때문이었다. 지로는 오하마에게 어리광을 부리듯 오타미를 그리워하는 마음을 편지에 담았다. 오하마를 그리워하는 마음이 깊어질수록 오타미를 그리워하는 자신의 심정을 과장해서 표현했다. 그렇게 편지를 쓰고 나면 한동안 마음이 무척 편안했다.

지로가 아무런 자제심과 경계심 없이 자신이 느낀 감정을 솔직하게 털어놓을 수 있는 사람은 세상에 단 한 사람뿐이었다.

또 지로가 거짓말을 하든 과장해서 편지를 쓰든 기쁜 마음으로 읽어줄 사람도 세상에 단 한 사람뿐이었다. 그리고 지로에게 화를 내고 야단을 쳐도 지로가 상처받지 않고 그것이 사랑의 표현이라는 것을 진심으로 느끼게 해줄 수 있는 사람도 세상에 단 한 사람뿐이었다. 세상에 그런 사람은 오직 오하마뿐이었다.

그런데도 지로는 편지에 오하마를 그리워하는 마음을 대놓고 드러내지 않았다. 오하마에게 하는 말은 편지 끝에 "그럼 몸 건강히 지내세요." 하고 짤막하게 쓴 인사말뿐이었다. 지금까지 오하마에게 보낸 편지 중에서 자신의 깊은 애정을 드러낸 말을 굳이 찾는다면 아마도 엄마의 장례식을 치르고 나서 처음 보낸 편지에 기껏 "이다음에 내가 어른이 될 때까지 건강하게 살아야 해요." 하고 쓴 것뿐이다. 그렇다고 이상할 것은 없었다. 지로가 오하마를 사랑하는 마음은 너무나 자연스러운 것이었기에, 그 사랑을 일부러 의식해서 표현해야 한다고는 조금도 느끼지 못했을 뿐이었다.

오하마가 보낸 답장은 지로가 보낸 편지에 견주면 무척 짧고 간결했다. 대개는 우편엽서에 달랑 몇 줄 써서 보내는 게 다였다. 그 내용도 편지를 잘 받았다는 것과 열심히 공부해서 일 등을 해야 한다는 것, 마사키 가에서 얌전하게 지내라거나 아프지 않도록 조심하라는 것, 성묘를 게을리하면 안 된다는 충고나 부탁이 대부분이었다. 가끔은 오하마가 답장을 보내지 않을 때도 있었다. 지로는 답장을 기다리다 지치면 조금 섭섭하기도 했지만, 기분 나쁘게 여기지는 않았다. 지로는 오하마가 글을 쓸 줄 모르기 때문에 언제나 다른 사람에게 대신 써달라고 부탁해야 한다는 사실을 알고 있었다.

지로는 오하마의 말을 받아쓰는 사람이 아마도 오쓰루일 것이라고 짐작했다. 만약 그렇다면 틀에 박힌 몇 마디 말로 그칠 게 아니라 답장에 더 많은 내용을 써도 괜찮을 텐데, 하고 생각한 적은 있었다. 하지만 오쓰루가 벌써 자기를 잊어버려서 편지를 대신 써주는 일이 귀찮아 성의없이 쓰는 것일지도 모른다고 생각하면 금세 풀이 죽었다.

지로는 돌아가신 엄마를 생각하면 오하마가 떠올랐고, 오하마를 생각하면 반드시 엄마가 떠올랐다. 지로는 두 사람에 대해 전혀 다른 인상을 갖고 색깔과 냄새도 달리 기억하고 있었지만, 두 사람에게 받은 사랑은 지로가 인생을 살아갈수록 내면에서 조화롭게 융화되어갔다. 어떤 날은 두 사람이 함께 떠올랐는데, 그때는 새벽별을 바라보며 한창 아름답게 피어나는 자운영 밭에 누워 있는 것 같았다. 새벽별과 자운영은 하늘과 땅처럼 서로 다른 곳에서 살아가는 전혀 다른 존재다. 그러나 지로의 마음속에서 이 둘은 결코 다르지 않았다. 서로 모자라는 부분을 채워주고 완성시켜주는 아름답고 정겨운 존재였다. 샛별은 맑고 깨끗하지만 조금 쓸쓸했고, 자운영은 포근하지만 왠지 허전했다. 지로는 이 두 가지를 함께 떠올리며 긴장감과 행복감을 동시에 맛보면서 무의식중에 자신의 영혼을 영원과 현실이라는 두 궤도 위에 옮겨놓게 되었다.

두 사람뿐 아니라 지로의 곁에는 마사키 가 사람들이 있었다. 마사키 가 사람들은 언제나 따뜻한 정으로 지로를 감싸주었다. 마사키 외할아버지는 곁에 있어도 그리운 사람이었지만, 또 아무리 자기에게 잘해주어도 조금은 두려운 존재였다. 외할머니는 오타미가 죽은 뒤로 지로를 아끼는 마음이 더욱 깊어졌다. 함께 성묘를 갈 때면 딸에 얽힌 추억을 자주 이야기해주었고, 지로를 위해서라면 언제든지 오하마를 부르겠다고 마음을 써주는 단 한 사람이었다. 이토록 지로를 챙겨주는 두 사람이었건만 오타미가 죽은 뒤 눈에 띄게 초라해진 외할머니와 외할아버지의 모습에 지로는 가슴이 아팠다.

겐조 부부나 사촌 형제들은 별로 달라지지 않았다. 지로는 이제 사람들 앞에서 자기감정을 포장하지 않았다. 또 상대방이 자신을 어떻게 대하든지 예전처럼 집착하지 않았다. 사촌들과도 자연스럽게 관계를 이어갈 수 있었다. 따라서 더 좋아지거나 나빠지는 일 없이 관계에 얽매이지 않고 생활했다.

이렇게 지로는 마사키 가 사람들과 함께 지내면서 시간이 날 때마다 오하마에게 편지를 썼고, 엄마를 떠올렸다. 덕분에 한 번도 자신이 불행하다고는 생각하지 않았다.

하루코는 오타미가 세상을 떠난 지 얼마 안 되어 도쿄로 갔다. 지로는 하루코가 떠났다는 말을 듣고 괜히 화도 나고 슬펐다. 지난번 하루코가 도쿄에서 돌아왔을 때 만나지 못한 게 두고두고 아쉬웠다. 하지만 그때는 오타미가 위독해서 학교도 쉬고 있었다. 그런 상황에서 하루코를 만난다는 것은 아무리 좋아하는 마음이 크더라도 양심에 찔리는 일이었다. 장례식이 끝나고 다시 학교에 다니면서 한 번 찾아가려고 했지만, 마사키 외할머니가 상중에 경사가 있는 집을 찾아가면 부정 탄다고 해서 뒤로 미루었다. 그러나 하루코가 도쿄로 떠났다는 말을 듣고도 엄마의 죽음 때문인지 하루코가 도쿄로 시집간다는 말을 처음 들었을 때만큼 충격이 크지는 않았다. 지로는 학교에서 류이치를 만나도 웬만해서는 하루코에 대해 묻지 않으려고 조심했다. 그래도 가끔 하루코가 생각났다. 하루코가 도쿄에 잠깐 머물 때 선물로 보내준 유리로 만든 사자 조각을 보고 있으면 더 그랬다. 그러나 하루코도 어느덧 지로의 마음속에서 유리처럼 투명한 추억으로 변해갔다.

다만 지로의 마음속에서 언제나 어두운 그림자를 드리우며 떠나지 않는 것은 역시나 혼다 할머니였다. 이제 지로는 혼자서도 읍내에 갈 수 있었기 때문에 토요일 낮에 가서 하룻밤 묵고 다음 날 돌아올 수도 있었지만, 실제로 읍내에 가는 날은 기껏해야 한 달에 한 번이 될까 말까 했다. 그마저도 스스로 원해서 간 적은 거의 없고, 마사키 외할아버지에게 억지로 끌려가거나 또는 읍내에서 한번 오라는 전갈이 오면 마지못해 가고는 했다.

할머니는 날이 갈수록 지로를 대하는 태도가 나아지기는커녕 점점 더 심해졌기 때문에 그럴 수밖에 없었다. 최근에는 지로를 아예 혼다 가의 자식이 아니라고 여기는 듯했다. 소학교를 졸업하면 지로가 다시 혼다 가로 돌아올 텐데 생각만 해도 귀찮아 죽겠다고 지로가 듣는 데서도 아무 거리낌 없이 말했다. 어떤 때는 슌스케에게 "이 녀석을 중학교까지 보낼 작정이냐?" "이왕 마사키 가에서 맡았으니 앞으로도 그 집에서 계속 맡으라고 부탁하지 그러냐?" 하는 말을 아무렇지도 않게 했다. 슌스케는 당연히 그런 엉뚱한 말에는 대구도 하지 않았지만, 지로는 자신의 앞날이 산산조각나는 것 같아서 그런 말을 듣고 돌아오면 한동안 우울한 마음에서 벗어나지 못했다.

게다가 할머니는 지로가 집에 가면 마사키 가 사람들을 흉보기 일쑤였다. 더구나 그런 험담은 죽은 엄마까지 들먹여야 끝이 났다. "부모가 올바르면 그 딸도 자연히 올바른 인생을 사는 거란다. 이 할미가 네 엄마 때문에 얼마나 고생했는지 모를 거다." 할머니는 지로를 쫓아다니며 입버릇처럼 이렇게 떠들어댔다. 또 밥 먹기 전에는 언제나 형제들을 불러놓고 "지로가 고집이 세고 순진하지 못한 건 엄마를 닮아서 그래. 교이치를 보렴, 제 어미를 닮은 구석이 하나라도 있나." 하는 끔찍한 말도 서슴지 않았다.

이럴 때는 교이치도 참지 못하겠는지 기분 나쁜 표정을 지었다. 지로는 더 말할 나위도 없었다. 자기를 욕하는 건 이미 익숙한 일이라 별로 화도 나지 않았지만, 샛별처럼 신성하고 대리석같이 고귀한 엄마를 모욕하는 것은 견딜 수 없었다. 하지만 지로는 이를 갈면서도 끝까지 참았다. 참지 않으면 할머니가 더 심하게 엄마를 욕할 것 같아서였다.

지로가 혼다 가에 가기 싫어하는 이유를 마사키 가 사람들이 모를 리 없었다. 그래서 마사키 외할아버지는 자주 슌스케를 만나 지로의 중학교 진학 문제를 의논했다. 슌스케는 지로 이야기만 나오면 언제나 한숨부터 쉬었다. 기숙사에 들어가는 게 가장 바람직했지만 경제사정상 무리였기 때문에, 조금 힘들기는 해도 마사키 가에서 자전거를 타고 통학하는 방법에 대해서도 의논했다. 그러나 제아무리 좋은 방법일지라도 자기 집이 가까운 곳에 있는데 기숙사에 들어가거나 자전거로 통학한다면 지로가 상처받지 않을까 걱정하는 눈치였다. 만약 지로가 그 이야기를 들었다면 상처는커녕 기쁜 마음으로 둘 중 하나를 선택했을 것이다. 그러나 슌스케는 그 문제로 지로의 생각을 들어보는 것조차 내켜하지 않았다. 사업이 신통치 않아 돈벌이도 힘겨운데 지로를 위해 많은 돈을 써가며 기숙사에 보낸다면 무엇보다 할머니가 가만있지 않을 게 분명했고, 마사키 가에서 자전거를 타고 통학한다면 돈은 많이 들지 않겠지만 남들을 의식하지 않을 수 없었다. 슌스케는 세상 평판 따위에 구애받는 사람은 아니었으나 이때만은 자식에 대한 일이라 아무래도 신경이 쓰였다.

'차라리 마사키 가에 양자로 보낼까?'

슌스케는 문득 그런 생각도 해보았다. 하지만 말도 안 되는 일이었다. 양심에 가책을 느껴서라기보다 지로를 사랑하는 마음이 그것을 허락하지 않았다. 이런 걱정들 때문에 슌스케는 지로를 보며 몰래 눈물을 훔치는 날이 많았다.

오타미의 장례식을 치르고 난 뒤부터 어른들은 자주 모여 지로 문제를 의논했는데, 결국 연말까지도 결론을 내리지 못한 채 해를 넘기고 말았다.

만년필

"오늘 외할아버지 댁에 볼일이 있는데 같이 갈래?"

순스케는 아침을 먹고 화로 옆에 앉아 편지봉투를 뜯어보면서 지로에게 말했다.

지로는 설을 쇠기 위해 며칠 동안 혼다 가에 머물고 있었다. 물론 단 하루도 할머니 때문에 마음 편하게 지내지 못했다. 교이치와 순조와 함께 아버지를 따라 영화구경 간 것을 빼면 설날다운 기분은 어디에서도 느껴보지 못했다. 더구나 밥상 앞에서 차별을 받으면 엄마의 빈자리가 사무칠 만큼 감정 상태가 엉망진창이 되었다. 지로는 혼다 가에 이틀 더 머물 작정이었는데, 아버지가 하는 말을 듣자 뛸 듯이 기뻤다.

"지금 간다고요? 잠깐만, 금방 가방 가지고 내려올게요."

지로는 후다닥 이 층으로 올라갔다.

"느닷없이 거긴 왜 가겠다는 게냐?"

밥상 앞에서 차를 마시고 있던 할머니가 언짢은 얼굴로 순스케에게 물었다.

"연말에 제대로 인사도 못 드렸고, 어차피 한번 들러야 하니까요."

"그래도 그렇지. 아직 상중이잖니."

"상관없어요. 연초도 지났는데요."

"그래도 보름이나 지나고 찾아가지 그러냐? 그 집에서 몰상식하다고 욕하면 어쩌려고 그래."

슌스케는 쓴웃음을 지으며 잠자코 있다가 무언가 생각난 듯이 말했다.

"실은 방금 마사키 가에서 편지가 왔어요."

하고 무릎 앞에 놓인 봉투를 눈으로 가리켰다.

"무슨 편진데?"

할머니는 서둘러 밥상을 물리고 언짢은 마음과 호기심이 뒤섞인 눈초리로 슌스케 앞으로 다가앉았다.

"오늘 저녁까지 꼭 좀 와달라고 하시네요."

"그렇게 급한 볼일이 대체 뭐기에?"

"가봐야 알겠지만……."

"왜 부르는지 이유도 안 썼단 말이냐?"

"예……."

슌스케는 조금 애매하게 대답했다.

"무슨 일 때문이라는 말도 없이 사람을 함부로 부르다니 우릴 너무 우습게 아는 게 아니냐?"

슌스케는 또 쓴웃음을 지었다.

"친척 간에 체면을 차리는 게 더 이상하죠. 또 우리 일로 부르시는 건데."

"우리 일이라니? 그럼, 우리 집 문제 때문에 무슨 의논이라
도 하겠다는 뜻이냐?"

할머니는 불안한 눈길로 편지를 보았다.

"아마도 그런 것 같아요. 궁금하시면 한번 읽어보세요."

슌스케는 씁쓸한 표정을 지으며 마사키 가에서 보낸 편지를
봉투째 할머니에게 건넸다.

"내가 꼭 읽고 싶어서 그러는 건 아니지만 말이다……."

할머니는 그렇게 말하면서 마사키 가에서 보낸 편지를 꼼꼼
히 읽었다. 슌스케 말대로 "자세한 것은 만나서 이야기하세." 하
고 쓰여 있을 뿐, 무엇을 의논하겠다는 건지 분명하지 않았다.
다만 편지 끝에 "지로의 앞날과도 관계가 있으니……." 하고 쓴
글귀가 할머니의 신경을 유난히 자극했다.

슌스케가 천천히 일어섰다.

"저녁때까지 오라는데 점심이나 먹고 가지 그러냐? 편지 한
통 왔다고 그렇게 서두를 게 뭐냐?"

할머니는 다시 한 번 마사키 가에서 보낸 편지를 훑어보며
못마땅한 듯 말했다. 슌스케를 붙잡고 자신의 신경을 자극한
내용에 대해 더 묻고 싶은 얼굴이었다.

"해도 짧은데 빨리 다녀와야죠."

슌스케는 옆방으로 가서 장롱 서랍에서 하오리(위에 덧입는
짧은 겉옷)를 꺼냈다.

곧이어 순조를 데리고 이 층에서 지로가 내려왔다. 그 뒤에

교이치가 서 있었다.

"할머니, 지로 형 벌써 간대요. 설 다 끝나려면 아직 이틀이
나 남았는데……."

지로와 헤어지는 게 아쉬운지 슌조가 불만스레 말했다.

할머니는 슌조의 말에는 대꾸도 하지 않고, 마사키 가로 떠
날 생각에 마음이 급해진 지로를 보며 밉살스럽기 그지없다는
말투로 쏘아붙였다.

"마사키 가에 가는 게 그리도 좋으냐?"

지로는 웃다가 그 한 마디에 얼굴이 차갑게 굳었다. 지로는
입을 굳게 다문 채 옆방에서 슌스케가 나오는 것을 지켜보았
다.

"뭐 선물로 가져갈 만한 거 없어요?"

슌스케는 차가워진 분위기에 아랑곳하지 않고 할머니에게
물었다.

"있긴 뭐가 있겠냐."

할머니는 쌀쌀맞게 대답했다.

"지로야, 가게에 가서 술 세 병만 가져와."

지로는 그 말이 떨어지기 기다렸다는 듯 가게로 달려갔다.

"가게 물건을 가져가는 건 좀 그렇구나. 그리고 술 세 병이면
꽤 무거울 텐데."

할머니는 요즘 들어 장사가 시원치 않다는 것을 생각하며 그
렇게 말했다.

"괜찮아요."

슌스케는 화로 곁에 앉아 펼쳐놓은 편지를 주섬주섬 챙기면서 말했다.

"지로에게 줄 만한 거 뭐 없을까요?"

"지로에게? 아무것도 없다."

"먹을 거라도 괜찮은데……. 먹을 만한 게 있으면 지로에게 한번 손수 줘보세요."

할머니는 눈알을 굴리면서 슌스케를 칩떠보았다. 그러다가 언제 그랬느냐는 듯 목소리를 가다듬고 말했다.

"눈깔사탕이라면 좀 있을 게야. 하지만 그런 걸 줘봤자 지로가 좋아하겠니? 눈깔사탕은 지로에게도 많이 줬으니까."

슌스케는 아무 말도 하지 않고 궐련에 불을 붙여 피는 둥 마는 둥 했다. 교이치는 두 사람이 나누는 이야기를 조용히 듣고 있다가 할머니를 보며 조심스레 말을 꺼냈다.

"지난번에 사주신 만년필, 지로 줘도 돼요?"

"연말에 내가 사준 거 말이냐?"

할머니는 당치도 않다는 듯 교이치를 보았다.

"예."

"네가 꼭 필요하다고 해서 일부러 사준 게 아니냐."

"그땐 빨간 잉크가 나오는 만년필이 필요해서 그랬어요. 이젠 검은 것만 있으면 돼요."

"나중에 또 사달라고 하려고?"

"아니에요. 빨간색은 색연필만 있으면 돼요."

"지로는 아직 만년필 같은 건 필요 없을 텐데……."

"그건 알지만……. 지로가 갖고 싶어 하는 것 같아서요."

"그 녀석은 눈에 보이기만 하면 죄다 갖고 싶어 한단다. 갖고 싶은 걸 일일이 줬다간 남아나지 않을 게야."

할머니는 교이치가 아니라 슌스케가 들으라는 듯이 그렇게 말했다.

교이치는 어쩔 줄 몰라 하며 슌스케에게 눈길을 돌렸다. 슌스케는 궐련 꽁초를 화로에 찔러넣었다.

"지로에게 만년필 하나쯤 줘도 괜찮지?"

"예……."

교이치는 곁눈질로 할머니를 슬쩍 보면서 조금 흐리터분하게 대답했다.

"그럼 지로한테 줘. 나중에 아버지가 더 좋은 걸로 사줄 테니까."

경련을 일으키듯 할머니의 볼이 심하게 떨렸다. 할머니는 허리를 펴고 자세를 고쳐 반듯이 앉더니 슌스케에게 말했다.

"아범아, 지로에게 주기 싫어서 그러는 게 아니다. 누구든 필요 없는 물건을 주면 나쁜 버릇만 드는 게야. 그리고……."

슌스케가 얼굴을 찡그리며 할머니가 하는 말을 잘랐다.

"예, 저도 알아요. 어머니가 뭘 걱정하시는지. 하지만 교이치의 마음도 헤아려주세요. 교이치가 만년필을 선물하면 지로가 얼마나 기뻐하겠어요? 형제끼리 더 가까워지는데 그깟 만년필 하나가 대수예요? 괜히 시끄럽게 문제 만들지 마세요."

할머니는 슌스케가 교이치의 마음을 헤아려달라고 하는 말

에는 더 반박할 수가 없었다. 그러나 뒷말이 괘씸했다. 지로가
기뻐하는 일은 할머니에게는 무조건 불쾌했고, 그깟 만년필 하
나가 대수냐는 말은 자신을 무시하는 것 같아 화가 뻗쳤다.

"내 얘기 좀 들어봐라⋯⋯."

할머니의 목소리가 떨렸다.

"갖고 싶어 하는 걸 무조건 사줘야 한다고 생각한다면 나도 더
할 말이 없구나. 그렇지만 애들 장래를 생각해보렴. 싫은 일도
겪어야 똑바로 자라는 게야. 너 자신을 한번 뒤돌아봐라. 외아들
로 어리광만 부리더니 결국엔 이 모양 이 꼴이 되었잖니. 그야
이 어미도 널 그렇게 키웠으니 할 말은 없다만. 하기야 다 내 잘
못이지, 내가 잘못 키워서 조상님이 물려주신 논밭 다 팔아치우
고 아들을 장사꾼으로 만들었으니⋯⋯. 조상님께 속죄하기 위
해서라도 손자들은 내 손으로 올바르게 키우련다. 내가 죽은 며
늘애한테 해줄 수 있는 건⋯⋯."

할머니는 눈가를 닦으며 울기 시작했다. 슌스케는 바로 앞에
앉은 교이치와 슌조가 몹시 걱정스러운 얼굴로 자기를 보고 있
다는 것을 깨닫자 조금 민망했다. 슌스케는 어떻게 해볼 도리
가 없다는 듯 한숨을 쉬고는 가게 쪽으로 고개를 돌렸다.

그러고는 아차 싶었다. 열어둔 맹장지(안과 밖에 두꺼운 종이
를 겹으로 바른 장지문) 뒤쪽에서 지로의 눈이 살며시 자기를 보
고 있었던 것이다. 지로는 곧 문 너머로 사라졌지만, 언뜻 보기
에도 눈에 눈물이 고여 있었다.

"지로!"

슌스케는 지로를 불렀다.

"그만 가자!"

어색해진 분위기를 바꾸려는 듯 슌스케는 일부러 기운차게 일어났다. 슌스케는 외투를 걸치며 말했다.

"교이치, 할머니가 사주신 만년필이니 소중히 잘 간직해."

슌스케는 굳은 얼굴로 할머니에게 다가갔다.

"어머니, 그럼 다녀올게요."

할머니는 눈가만 닦아낼 뿐 쳐다보지도 않았다.

"지로 형, 언제 또 올 거야?"

지로가 무거워 보이는 술병을 들고 방 안에 들어서는 것을 보고 슌조가 자리에서 일어나며 물었다. 교이치도 지로를 보았다.

"응……."

지로는 건성으로 대답했다. 술병을 마루 한쪽에 내려놓고, 불상과 위패를 모셔놓은 방으로 들어갔다. 방에는 시골에서 살 때처럼 반짝반짝 윤이 나는 불단이 그대로 있었고, 그 위에 아직 칠을 하지 않은 오타미의 위패가 검은 칠을 한 위패 궤짝 옆에 쓸쓸하게 놓여 있었다. 지로는 그 앞에 앉아 눈을 감고 합장부터 했다.

관세음보살을 닮은 엄마의 얼굴이 그리워졌다. 따뜻하게 격려해주는 오하마의 눈길이 엄마의 얼굴과 겹쳐 마음속에 떠오르다가 갑자기 사라졌다. 지로는 참을 수 없이 슬퍼졌다. 감고 있던 눈에서 뜨거운 눈물이 흘렀다. 눈물은 볼을 타고 내려와 입술을 적셨다. 그때 혼다 가의 불단 앞에 서는 것도 오늘이 마지막이라는 생각이 머리를 스쳤다.

"아빠가 기다리셔."

순조가 살며시 문을 열고 들어와 나지막이 말했다. 서둘러 눈물을 닦고 순조를 따라 거실로 나가려는데 교이치가 발소리를 죽이며 이 층에서 내려오는 것이 보였다. 교이치는 순조를 슬쩍 내려다보더니 지로에게 손짓을 했다.

"지로, 잠깐 나 좀 봐."

지로가 사다리를 올라가자 교이치는 지로 앞쪽으로 자기 몸을 숨기듯이 돌아서면서 안주머니에 넣었던 손을 잽싸게 꺼내 지로의 왼쪽 소매에 집어넣었다.

지로는 조그맣고 둥근 것이 겨드랑이를 찌르는 게 어쩐지 간지러웠다. 그것이 만년필이라는 것을 알아차렸지만, 기쁘기도 하고 쑥스럽기도 하고 두렵기도 한 낯선 감정에 사로잡혔다.

"거기서 뭐 해?"

순조가 궁금하다는 얼굴로 다가왔다.

"그냥 간지럼 태웠어. 그런데 지로가 웃지 않네."

교이치는 간신히 둘러대더니 얼굴이 발그스름해지면서 살짝 웃었다. 교이치의 성격에 비춰볼 때 대담한 연기였다. 순조는 여전히 굳어 있는 지로를 걱정스러운 듯 살펴보았다.

"지로 형, 화났어?"

지로는 더욱 당황했다. 다행히 그의 재빠른 순발력은 아직 살아 있었다. 지로는 교이치를 보고 한번 씽긋 웃더니 갑자기 순조에게 달려들어 옆구리를 간질이기 시작했다. 순조가 괴상한 소리를 지르며 물러났다. 그러자 교이치와 지로도 다시 한 번 크게 웃었다.

"지로, 뭐 하느라 안 나오는 거냐? 기특하게 위패에 인사라도 하는 줄 알았더니 그런 데서 장난이나 치고 있던 게냐? 마사키 가에 갈 작정이면 빨리 내려와."

할머니의 날카로운 목소리가 거실에서 들려왔다. 슌조는 두 손으로 입을 가리며 얼굴을 찡그렸다. 교이치는 조금 불안한 눈길로 지로를 보았다. 지로는 아무 일도 아니라는 듯 무표정한 얼굴로 방에서 나와 할머니 앞에 앉더니 공손히 인사했다.

"할머니, 안녕히 계셔요."

지로는 만년필의 감촉이 옆구리에서 따스하게 전해오는 것을 느끼며 힘차게 일어나 가방을 어깨에 둘러멨다.

혼다 가를 나오면서 지로는 자신의 처지가 불행한 것만은 아니라고 생각했다. 슌스케는 자전거에 술병을 싣고 천천히 끌고 갔다. 읍내 변두리에 다다르자 지로를 자전거 뒤에 태웠다. 얼굴을 스치는 바람이 차가웠고 뒷자리에 앉은 게 어쩐지 거북했지만, 지로는 통통하게 살이 찐 아버지의 몸에서 배어 나오는 따스한 기운을 느낄 수 있어 좋았다.

지로는 교이치에게 만년필을 받았다는 이야기를 털어놓고 싶었다. 하지만 입이 떨어지지 않았다. 4킬로미터쯤 자전거를 타고 달렸을 때 지로는 용기를 내어 고백했다.

"저기…… 있잖아요, 아버지. 교이치 형이 아까 나한테 만년필 줬어요."

"음⋯⋯."

슌스케는 그게 잘했다는 것인지 잘못했다는 것인지 모를 소
리를 냈다. 지로도 더는 말하지 않았다. 아버지가 어떤 표정을
짓고 있는지 궁금했지만, 자전거 뒤에 타고 있었기 때문에 알
수 없었다.

얼마쯤 더 달렸을 때 슌스케가 먼저 입을 열었다.

"언제 줬니?"

"어머니 위패에 인사하고 나올 때요."

"음⋯⋯."

또 한 번 슌스케의 입에서 묘한 소리가 새어나왔다. 슌스케
는 자전거 페달을 조금 천천히 밟으면서 말했다.

"교이치에겐 아버지가 더 좋은 만년필을 사줘야겠구나."

"예."

지로는 당연하다는 듯 대답했다. 교이치에게 새 만년필을 사
주겠다는 말을 듣고서야 마음이 한결 가벼워졌다.

지로는 자기가 받은 것보다 더 좋은 만년필을, 그것도 아버
지가 손수 사준 것을 받고 교이치가 기뻐하는 모습을 상상해보
았다. 부럽기는커녕 교이치가 자기에게 준 만년필이 훨씬 더
소중하게 여겨졌다. 만년필을 받았을 때부터 마음을 무겁게 짓
누르던 걱정거리에서 벗어난 것 같아 흐뭇했다. 슌스케가 교이
치에게 어떤 만년필을 사줄지 궁금하기는 해도 질투가 나지는
않았다.

'형이 나보다 더 좋은 만년필을 받는 건 당연해.'

지로는 그렇게 생각했다. 혹시 교이치에게 만년필을 받지 않고 아버지가 사주는 새 만년필을 받았다면 어떤 기분이 들었을까도 생각해보았지만, 몇 번을 다시 생각해도 사다리 밑에서 교이치가 몰래 건네준 만년필이 가장 마음에 들었다.

그 뒤부터 두 사람은 별다른 이야기를 주고받지 않았다. 서로 이런저런 이야기를 나누기에는 두 사람 모두 다른 생각을 하느라 심정이 복잡했다. 부자간에 아무 말 없이 마사키 가까지 가면서 둘은 그게 이상하다고 생각하지 않았다. 짐마차를 만나거나 흙다리를 건널 때처럼 조금이라도 위험한 곳을 지나갈 때면 반드시 자전거에서 내려 걸었다. 슌스케는 그때마다 지로의 얼굴을 살펴보았고, 지로도 아버지를 보았다. 눈이 마주치면 지로는 부끄러운 듯 고개를 숙이며 슌스케의 눈길을 피했다.

마사키 가에 거의 다다랐을 때 오타미의 무덤을 둘러보기로 했다. 거기서도 둘은 여전히 말이 없었다. 슌스케는 성묘를 마치고 자전거에 오르다 먼 하늘을 바라보며 말했다.

"네가 형한테 만년필 받은 걸 어머니가 아셨다면 틀림없이 기뻐하셨을 거야."

그 말을 듣고 지로는 가방을 만져보았다. 가방 속에는 교이치가 선물한 만년필이 들어 있었다. 지로가 지금까지 받은 선물 가운데 가장 소중한 것이었다.

보조개

두 사람이 마사키 가에 다다랐을 때는 열한 시가 조금 넘었다. 마사키 가에서는 슌스케가 정오쯤 올 거라고 예상했는지 슌스케와 지로가 집 안에 들어서자 모두 벌써 왔나 하는 얼굴로 맞이했다.

마사키 노부부는 지로에게 인사도 건네지 않고 부리나케 슌스케만 거실로 데려갔다. 지로는 마사키 노부부가 따뜻한 말 한 마디 해주지 않은 게 서운하다기보다 평소와 달리 허둥대는 두 사람의 모습에서 아무래도 무슨 일이 생긴 게 아닌가 싶어 불안했다. 지로는 이 층에 올라가 책상 위에 가방을 내려놓고 무슨 일인지 확인해볼 셈으로 사다리를 내려갔다. 사다리 앞에는 언제 달려왔는지 사촌들이 기다리고 있었다. 사촌들은 지로의 속이 타는 줄도 모르고 신나게 떠들며 지로를 밀랍 광으로 데리고 갔다.

밀랍 광 아궁이에서는 시뻘건 불길이 솟아오르고 있었다. 사촌들은 아궁이 앞에 앉아 저마다 나무토막을 하나씩 들고 아궁이 속에 수북이 쌓여 있는 재를 들쑤셨다. 그때마다 통째 구운 고구마가 계속 나왔다.

마침 배가 고팠기에 지로는 구수한 고구마 냄새를 맡자 허기부터 해결하자 싶어 잘 익은 고구마를 하나 집었다. 고구마는 까딱하면 손이 델 정도로 뜨거웠다. 두 손에 번갈아 고구마를 옮기며 둘로 쪼갰다. 노랗게 익은 고구마에서 김이 무럭무럭 났다. 지로는 호호 불면서 맛있게 고구마를 먹었다. 사촌 형제들도 질세라 맛있게 먹었다. 고구마를 먹으며 서로 농담을 주고받느라 밀랍 광은 아이들 웃음소리로 떠들썩했다.

지로는 그제야 마음이 편안해지는 것을 느꼈다. 지난 며칠 동안 읍내에서 겪은 불쾌한 일들이 꿈만 같았다. 그리고 새삼 마사키 가가 정말 좋은 곳이라는 것을 확인했다.

그런데 어찌 된 일인지 오랜만에 만난 사촌들이 답답하게만 느껴졌다. 사촌들이 자신을 냉담하게 대한 것은 아니었다. 사촌들은 고구마를 굽다가 지로가 왔다는 소식을 듣고 일부러 뛰어나오기까지 했다. 그래서 여느 때보다 사촌들에게 더 친근감을 느꼈다. 그런데도 지로는 사촌들과 함께 좋아라고 떠들거나 웃기가 싫었다.

사촌들은 대체로 공부를 잘 못했다. 교이치보다 두 살 위인 히사오는 귀가 조금 어두워서인지 중학교 시험에 두 번이나 떨어졌다. 결국 사립학교에 들어가 지금 2학년이다. 지로보다 한 살 많은 겐지는 재치와 순발력을 타고났지만 하는 일마다 마무리가 흐리터분했다. 히사오와 마찬가지로 지난해에 중학교 시험에 떨어져 올 3월에 지로와 함께 다시 시험을 치러야 한다. 그러나 도무지 공부에 관심이 없어 올해도 떨어질 확률이 높았다. 이 둘에 견주면 세이키치는 그나마 똑똑한 축에 들었다. 세이키치가 아무리 다른 형제들보다 똑똑해도 이제 겨우 초등학교 4학년이라 지로에게 상대가 되지는 못했다. 평소에도 지로는 사촌들이 워낙 공부를 싫어해서 함께 어울리기 망설였던 것이 사실이다.

하지만 이날처럼 같이 낄낄거리면서도 왠지 모르게 멀리 떨어져 있는 느낌이 든 것은 처음이었다. 이런 느낌은 공부를 잘하고 못하는 것과 전혀 상관없었다. 사촌 형제들이 자기를 얼마나 가깝게 생각하고 좋아하는지 잘 알고 있었지만, 그것이 마음에 와 닿지 않는 게 문제였다.

지로는 만년필을 떠올렸다. 분명하게 의식하지는 못했으나 틀림없이 고구마를 먹기 전부터 만년필을 생각하고 있었다. 그 만년필이, 더 정확하게 말하면 몇 시간 전에 교이치가 친형으로서 보여준 끈끈한 우애가, 지로의 핏줄 속에 꽁꽁 얼어붙어 있던 사랑의 또 다른 모습을 일깨워주었다. 그래서 사촌 형제들의 우애가 우습고 별 볼일 없는 아이들 장난처럼 느껴졌다. 역시 피는 물보다 진했다. 형제간에 흐르는 피는 사촌 사이에 흐르는 피보다 진한 것이 당연하다. 문제는 지로가 여태까지 그 사실을 모르고 지냈다는 점이다. 이날에야 비로소 지로는 친형제끼리 오가는 정리가 사촌들이 먹여주는 고구마보다 더 뜨겁다는 진리를 깨달았다.

지로가 사촌 형제들이 베푸는 정을 기껍게 받아들이지 못하는 까닭은 교이치가 준 만년필 때문만은 아니었다. 지로는 아주 복잡한 심리를 타고났다. 태어나기 전부터 운명은 지로를 눈으로 보고, 귀로 듣는 모든 상황들을 몸소 확인해야만 안심하는 성격으로 만들었다. 그래서 지로는 고구마를 먹다가도 교이치의 만년필을 떠올렸고, 사촌들과 이야기하면서도 서둘러 슌스케를 거실로 데려간 노부부를 생각했다.

지로는 고구마를 서너 개 먹고 나서 방금 생각났다는 듯이 말했다.

"그러고 보니 아직 외할아버지께 인사를 못 드렸네."

물론 거짓말이었다. 지로는 거실 툇마루에 오르자마자 맨 먼저 외할아버지께 공손히 인사했다.

지로는 아무렇지 않게 거짓말을 둘러대는 자신에게 염증을 느꼈다. 요즘 들어 웬만해선 잔꾀를 부리지 않았는데, 지금처럼 상황이 급박하다고 여길 때면 자기도 모르게 거짓말이 튀어나오고는 했다. 또 쓸데없이 거짓말을 했다고 자책하는 것도 괴로웠지만, 그 뒤에 뉘우치는 마음이 밀려오는 것은 더 견디기 어려웠다. 그리고 그보다 더 괴롭고 견디기 힘든 일은 후회하고 자책하면서도 방금 내뱉은 거짓말 때문에 또 다른 거짓말을 생각해내야 하는 것이었다. 상황을 벗어나기 위해서 거짓말을 하려고 할 때마다 엄마나 오하마가 생각나면 좋겠지만, 그 사람들이 떠오를 때면 이미 모든 일이 끝나버린 다음이었다.

"그럼 빨리 갔다 와."

사촌들 가운데 가장 나이 많은 히사오가 말했다. 사촌들은 지로가 어떤 심정인지 전혀 짐작조차 못 하는 눈치였다.

"얼른 다녀와. 좀 있다 떡 구워먹을 거야."

겐지가 고구마 껍질을 아궁이에 던져넣으며 말했다.

지로는 참담한 심정으로 일어섰다. 그때 세이키치가 지로의 어깨에 손을 올려놓으며 말했다.

"나도 가서 떡 가져올게⋯⋯. 지로 형, 같이 가자."

밀랍 광을 나온 지로와 세이키치는 안채 토방에 붙어 있는 부엌으로 들어갔다. 오노부는 점심을 준비하느라 한창 바빴다.

"엄마, 겐지 형이 떡 좀 달래. 지로 형하고 밀랍 광에서 구워 먹는대."

지로는 세이키치가 비굴하게 말하는 것으로 보여 어쩐지 듣기 싫었다.

"조금 있으면 점심 먹을 건데⋯⋯. 조금씩만 먹어."

오노부는 그렇게 대답하며 흘끗 지로를 보았다. 지로는 그런 이모의 태도도 마음 편치 않았다.

지로는 세이키치와 헤어져 툇마루로 올라섰다. 그때 장지문 너머로 소곤거리는 소리가 들렸다. 지로는 사촌 형제들에게 거짓말을 하고 마음이 상한 탓에 어른들의 이야기를 엿듣고 싶은 마음이 사라졌다. 그러나 이대로 돌아서면 외할아버지께 인사를 하고 온 것처럼 사촌들에게 또 한 번 거짓말을 해야 했다. 지로는 툇마루에서 우물쭈물하면서 사촌들에게 거짓말을 한 것부터 잘못이었다고 또다시 후회했다. 지로는 거실 옆방에 들어가기로 했다. 사촌들이 기다리는 밀랍 광에 가서 외할아버지께 인사를 하고 돌아온 것처럼 연기하고 싶지 않았기 때문이었다.

그때 갑자기 거실에서 들려오던 말소리가 커졌다.

"아닐세, 그쪽은 아직 아무것도 모르고 있어……."

외할아버지의 목소리였다. 뒤이어 외할머니의 목소리도 들렸다.

"그쪽에선 자네가 오늘 여기 오는 것도 몰라. 오늘은 상대방 얼굴만이라도 자네에게 보여주려고 했지. 그런데 그쪽에서 오늘 만나고 싶다는 거야."

"되든 안 되든 자네야 상관없잖나. 오타미가 마음에 걸리는 거라면 그런 걱정은 하지 않아도 되네. 조금이라도 지로를 위한 일이라면 오타미도 무척 기뻐할 걸세."

지로는 그 자리에 꼼짝 않고 서 있었다.

"성품은 참하다는데 소학교만 나왔다니 자네에겐 여러 가지로 부족한 점이 많겠지. 그래도 사람은 착한 게 제일일세."

"어설프게 똑똑하거나 배운 게 많으면 이럴 땐 되레 좋지 않아. 자네 처지에선 지로에게 잘하는 것이 무엇보다 중요하지 않겠나?"

지로는 자기도 모르게 장지문 앞으로 두서너 걸음 다가갔다. 거실에서 어른들이 나누는 이야기가 무슨 내용인지 대충 알 것 같았다.

"그래도……."

기다리던 슌스케의 목소리였다. 지로는 잔뜩 긴장한 채 마른

침을 삼켰다.

"지로 처지에서만 생각할 문제도 아닌 것 같아서……."

"그야 그렇지."

외할아버지가 목소리를 가다듬으며 대답했다.

"아시다시피 저희 집안사정이 넉넉한 편도 아니고, 누가 오더라도 쉽진 않을 겁니다."

"그런 문제라면 어느 정도 감수해야지. 그쪽도 초혼은 아니니까. 사정이란 것도 사람에 따라서는 그리 대수롭지 않게 받아들이는 경우도 있어. 내 생각엔 자네 정도면 딱히 나쁜 조건은 아닌 것 같네만……."

"아무튼 만나봐야 알겠죠. 그런데 혹시라도 그쪽에서 지로에게만 잘해준다면 그것도 문제가 될 것 같아요. 지로를 위한다고 하는 일이 지로에게 더 나쁘게 돌아가지나 않을지……."

"그건 자네 말이 일리가 있군. 아닌 게 아니라 미리 조심해야겠어. 하지만 뒤에서 지로를 감싸줄 사람도 하나쯤 있어야 할 것 아닌가……."

잠깐 동안 거실이 조용해졌다. 지로의 머릿속은 뒤죽박죽이 되었다. 슌스케가 물으면 뭐라고 말해야 좋을까. 그것을 생각하자 순간 혼란스러웠다. 새어머니라니, 지금껏 한 번도 생각해보지 않은 일이었다.

"여기서 이렇게 말할 게 아니라 한번 만나보는 게 어떻겠나?"

외할머니의 목소리였다. 지로는 또다시 마른침을 삼켰다.

"예, 그렇게 하겠습니다. 어차피 오늘은 늦게 돌아갈 생각이었으니까요."

지로는 슌스케의 말에 실망과 호기심을 같이 느꼈다.

"지로 형, 여기서 뭐 해? 이러다 떡 다 타겠어."

세이키치가 토방 쪽에서 급하게 손짓했다. 지로는 퍼뜩 정신을 차리고 서둘러 툇마루에서 내려왔다.

밀랍 광에서는 그새 떡이 부풀어오를 정도로 익어 뜨거운 김이 눈앞을 가렸다. 멍석 위에는 간장과 흑설탕을 버무려놓은 접시가 두 개 놓여 있었다. 하지만 지로는 전혀 입맛이 돌지 않았다. 벌겋게 달궈진 아궁이에서 열기가 뿜어 나와서 숨이 막혔다. 주위가 빙빙 도는 것처럼 머리가 어질어질했다.

조금 뒤에 오노부가 점심을 먹으라고 부르러 왔다. 지로는 얼떨결에 밥상 앞에 앉아 오노부가 쟁반을 들고 거실을 들락거리는 모습만 정신없이 보았다. 지로는 여느 때와 달리 밥 한 공기를 겨우 비웠다. 사촌 형제들은 지로가 밥 한 그릇을 억지로 먹는 것을 보고도 그다지 이상하게 여기지 않았다. 밀랍 광에서 고구마와 떡을 잔뜩 집어먹고 온 뒤여서 자기들도 배가 불렀는지 밥상 앞에서 서로 눈치만 보았다.

밥을 먹고 지로는 혼자 이 층으로 올라가 오하마에게 편지를 썼다. 먼저 읍내 혼다 가에서 마사키 가로 돌아왔다고 썼다. 방금 거실에서 들은 이야기도 알릴까 하다가 무슨 말부터 어떻게 꺼내야 좋을지 몰라서 그만두기로 했다. 대신 읍내에서 아버지랑 영화를 본 이야기와 교이치에게 만년필을 선물 받은 이야

세 어머니 ● 361

기, 아버지와 함께 성묘한 이야기를 썼다. 혼다 할머니 이야기는 한 마디도 쓰지 않았다. 아니 쓰고 싶지 않았다. 마사키 외할아버지와 외할머니 이야기는 뭐든 써야 할 것 같았지만, 조금 전에 들은 이야기가 마음에 걸려 이쯤에서 마무리했다. 지로는 마지막으로 "그럼, 몸 건강히 지내세요." 하고 쓴 다음 편지를 봉투에 넣고 풀로 붙였다.

하지만 지로는 뭔지 모르게 마음이 채워지지 않아 책상에 턱을 괴고 멀거니 앉아 있었다. 문득 자신이 알고 있는, 새어머니와 함께 사는 친구들이 생각났다. 새 어머니를 싫어하는 아이도 있었고, 아주 친하게 지내는 아이도 있었다. 그 친구들을 떠올려보면 새어머니가 생긴다는 것도 그리 나쁜 일 같지는 않고, 누구에게 위로받을 만한 일도 아닌 것 같았다.

지로는 그제야 가방 안에 만년필이 들어 있다는 사실을 떠올렸다. 가방에서 만년필을 꺼내 뚜껑을 열고 조심스레 살펴보았다. 만년필은 잉크를 빨아올리는 펌프 식이었는데, 잉크는 들어 있지 않았다. 지로는 읍내에서 지낼 때 교이치가 만년필에 잉크를 넣거나 빼는 장면을 여러 번 보았기에 잉크 넣는 법은 알고 있었다. 지로는 방에 잉크가 있는지 둘러보다가 히사오의 책상 위에 잉크병이 있는 것을 발견하고 만년필에 잉크를 넣어보았다. 지로는 다시 책상 앞으로 돌아와 오하마에게 보내는 편지 겉봉에 만년필로 주소를 썼다. 만년필로 글씨를 쓰는 것은 연필로 쓸 때와 전혀 달랐다. 생각만큼 쉽지 않았다. 펜 끝에 종이가 걸려 잉크가 번졌다. 그래도 지로는 오하마에게 보

362

낼 편지에 교이치가 선물한 만년필을 처음 써보았다는 기쁨에 넘쳐 가슴이 뿌듯했다. 여러 번 봉투를 햇빛에 비춰보았다. 푸르스름한 색이 나는 글자가 신기하기만 했다.

지로는 한결 가벼워진 마음으로 사다리를 내려갔다. 그러고는 사촌 형제들을 찾기 위해 밀랍 광 쪽으로 갔다.

그때 대문이 열리면서 큰 키에 머리가 벗겨지고 흰 턱수염이 난 노인이 들어왔다. 지로는 그 노인이 엄마의 장례식 때 왔던 사람이라는 것을 한눈에 알아보았다. 덴구(얼굴이 붉고 코가 높으며 신통력이 있어 하늘을 자유롭게 날아다닌다는 상상 속의 괴물)처럼 생긴 얼굴이 장례식이라는 특별한 순간에도 눈길을 사로잡았던 기억이 뚜렷했다.

노인은 몸을 뒤로 젖히듯 걸으며 성큼성큼 다가왔다. 지로가 그 자리에 못 박힌 듯 우두커니 서서 노인을 보고 있는데, 대문이 다시 열리더니 서른 살쯤 되어 보이는 여자가 들어왔다. 그 여자는 종종걸음으로 지로 곁을 지나갔다. 지로에게는 옆얼굴만 보였다. 한 번도 본 적이 없는 얼굴이었다. 피부가 희고, 부드러운 뺨은 조금 처진 듯했다. 지로는 두 사람이 지나간 뒤에도 멍하니 서서 빨려 들어갈 듯 뒷모습을 바라보았다.

"어머, 오셨어요. 어서 안으로 들어가세요. 아버님이 기다리고 계세요."

오노부가 반갑게 두 사람을 맞았다.

"수고가 많습니다, 허허."

노인은 어깨를 으쓱거리며 인사하더니 툇마루로 올라갔다.

뒤따라온 여자는 토방 옆에 서서 몇 번씩 오노부에게 머리를 숙이더니 노인을 따라 미닫이문 저편으로 사라졌다. 지로는 그때까지 넋이 빠진 얼굴로 여자의 뒷모습을 바라보았다. 문이 닫히고 나서야 정신을 차리고 주위를 둘러보았다. 다행히 아무도 없었다. 지로는 앞으로 어떻게 해야 할지 생각했다.

사촌 형제들과 어울릴 마음은 들지 않았다. 이 층에 혼자 있기도 싫었다. 지로는 부엌을 들락거리다 어느새 안채와 토방 사이에 난 좁은 골목을 빠져나가 뜰을 가로질러 거실 미닫이문 옆에 섰다. 하지만 미닫이문은 이중으로 되어 있어서 안에서 나누는 말소리가 하나도 들리지 않았다. 가끔씩 웃음소리가 메아리치듯 들렸는데, 방금 온 노인이 웃는소리가 가장 컸다.

지로는 매서운 겨울바람 속에 정원수 사이를 왔다 갔다 하며 미닫이문 안쪽에서 아버지와 낯선 여자가 어디쯤 앉아 있을지 상상해보았다. 그러다가 사촌 형제들이 자기를 찾아 여기까지 쫓아와서 시끄럽게 굴면 큰일이라는 생각이 들었다. 지로는 발소리를 죽여 밀랍 광으로 달려갔다. 하지만 밀랍 광에는 아무도 없었다. 공장도 일찌감치 문을 닫았는지 아궁이 속에는 재가 된 뜬숯만 잔뜩 쌓여 있었다. 지로는 차라리 혼자 있는 게 잘됐다고 생각했다. 지로는 멍석에 벌렁 드러누웠다. 허옇게 빛이 바래가는 뜬숯이 눈에 어른거렸다.

"조금이라도 지로를 위한 일이라면 오타미도 무척 기뻐할 걸세."

조금 아까 외할아버지가 하신 말씀이 생각났다. 맞는 말 같기도 하고, 틀린 말 같기도 했다. 자기를 골탕먹이려고 나쁜 일을 계획할 외할아버지는 아니니까 그렇게 믿고 싶었지만, 외할아버지가 하는 말이 또 모두 옳은 것만은 아니라고 생각했다.

"뒤에서 지로를 감싸줄 사람도 하나쯤 있어야 할 것 아닌가."

외할아버지가 그렇게 말한 것이 지로의 마음을 무겁게 짓눌렀다.

'만약 조금 전에 본 그 여자가 외할아버지가 말한 사람이라면 절대 유모처럼 친절하진 않을 거야. 처음 보는 여자가 나한테 잘해 줄 리 없잖아.'

지로는 이런저런 생각을 해보았다. 생각하면 할수록 상황이 어떻게 돌아가는지 모를 일이었다.

그새 주위가 어두워졌다. 아궁이 속에서 숯불이 부서질 때마다 밀랍 광이 환해졌다. 아궁이에서 뿜어나오는 밝은 빛이 근심 어린 지로의 얼굴을 비추었다. 그러나 뚫어져라 아궁이 속을 들여다보는 지로의 눈앞에 떠오른 것은 어머니나 유모가 아니라 방금 본 낯선 여자의 옆얼굴이었다.

밀랍 광에 더 앉아 있을 수만은 없었다. 지로는 살며시 광을 빠져나와 거실 쪽으로 갔다. 거실은 전등을 켜놓아 아주 환했고, 손님용 상이 여러 개 준비되어 있었다. 지로는 화롯불을 쪼이며 앉았다. 상 위에 반찬들이 올라오는 것을 구경하다 괜히 심술이 나서 밥상을 마구 뒤엎어버리고 싶은 충동을 느꼈다.

"혼자 있었니? 다들 어디 갔어?"

오노부가 바쁘게 오가면서도 지로를 보고 물었다.

"나도 몰라."

지로는 힘없이 대답하며 밥상만 뚫어져라 보았다.

"싸운 거 아냐?"

"아냐."

"세이키치도 어디 있는지 몰라?"

"몰라."

오노부는 지로의 태도가 평소와 다른 것을 이상히 여겨 무슨 말인가 물어보려다 부엌에서 식모가 부르자 그리로 뛰어갔다. 오노부는 식모와 함께 상을 들고 안채로 건너갔다. 지로는 눈 앞에서 상이 하나씩 없어질 때마다 방 안에 있는 사람들이 어떻게 앉아 있을지 상상해보았다. 낯선 여자와 함께 앉아 있는 슌스케를 떠올리자 가슴이 두근거렸다.

손님들은 저녁을 먹고 밤 아홉 시가 넘어서야 돌아갔다.

다른 아이들은 벌써 잠이 들었는지 지로 혼자 거실에 앉아 외할아버지에게 인사하는 낯선 여자의 얼굴을 주의 깊게 훑어 보았다. 낯선 여자는 얼굴이 넓고 턱이 커서 윤곽이 희미했다. 웃을 때마다 오른쪽 볼에 커다란 보조개가 생겼는데, 그 보조 개가 무척 인상 깊었다. 낯선 여자는 한마디로 인상이 온화했 다. 그러나 기억에 남아 있는 엄마의 조금 신경질적인 생김새 와 견주면 어딘지 모르게 얼빠진 얼굴처럼 보였다.

슌스케는 노인과 낯선 여자를 배웅하러 나가지 않고 거실에 남았다. 슌스케는 두 사람을 대문 밖까지 배웅하고 온 노부부와 이십 분쯤 이야기를 나눈 뒤 서둘러 돌아갈 채비를 했다. 지로는 슌스케의 표정을 관찰하는 것도 게을리하지 않았다. 낯선 여자를 만나기 전과 특별히 달라진 것 같지는 않았다.

"너 아직 안 잤니?"

슌스케는 아까부터 눈도 깜빡이지 않고 자신을 쳐다보는 지로에게 한 마디 툭 던지고는 툇마루로 내려갔다. 지로는 그런 슌스케의 모습이 예전과 하나도 다르지 않다는 것을 확인하고 다시 한 번 안심했다.

슌스케는 자전거에 전등을 달며 외할머니에게 말했다.

"급한 일도 아니니 먼저 어머니와 의논해보겠습니다. 이른 시일 안에 편지로라도 알려 드리겠습니다."

지로는 아버지의 말을 듣고 또다시 기분이 이상해졌다.

그날 밤 지로는 이부자리 속에서도 윤곽이 무척 희미하던 여자의 얼굴을 떠올렸다. 그리고 몇 번씩 몸을 뒤척였다.

잠꼬대

1월도 거의 끝나갈 무렵이었다. 오노부가 거실에서 바느질을 하다 지로가 학교에서 돌아오는 것을 보고 의미심장하게 웃으며 말했다.

"지금 오니? 오늘은 지로에게 아주 좋은 일이 있을 거야."

지로는 그 말이 무슨 뜻인지 몰라서 토방 옆에 가만히 서 있기만 했다.

"빨리 안채로 가봐. 외할머니가 기다리셔."

오노부는 머뭇거리는 지로를 재촉했다. 지로는 가방을 거실 귀퉁이에 던져놓고 안채로 들어갔다.

"저 왔어요."

지로는 흥분을 가라앉히며 방문을 열었다. 방 안으로 들어서다 전혀 예상치 못했던 사람과 눈길이 부딪쳤다. 지로는 그 자리에 우뚝 선 채 더 안으로 들어가지 못했다. 안채에는 지난번에 왔던 낯선 여자가 외할머니와 화로를 사이에 두고 정답게 앉아 있었다.

"이제 왔구나. 거기 서 있지만 말고 어서 들어와."

외할머니는 뭐가 그리 좋은지 웃음을 참지 못했다. 지로가
서둘러 장지문을 열고 도로 나가려 하자 외할머니가 붙잡았다.

"이리 앉아라. 어른을 봤으면 인사부터 해야지."

지로는 문턱에 앉으며 고개만 까딱거렸다.

"무슨 인사가 그 모양이냐. 가까이에서 공손하게 해야지."

지로는 마지못해 화로 옆에 앉았다. 이번에는 허리까지 숙여
서 인사하고는 다시 밖으로 나가려고 했다.

"여기 있어도 괜찮아. 이분은 손님이 아니야. 이쪽으로 가까
이 오래도."

외할머니는 멈칫거리는 지로 뒤편으로 돌아가 장지문을 손수
닫았다. 지로는 감금이라도 당한 것처럼 거북해하며 앉았다.

"오늘따라 이상하게 구네, 손님이 아니래도……. 이분은 말
이다……."

외할머니는 다시 제자리로 돌아가 앉았다.

"앞으로 우리와 한 식구가 될 분이야. 너무 불편하게 예의 차
릴 필요 없어. 과자라도 달라고 해봐."

그때 낯선 여자가 처음으로 입을 열었다.

"이름이 지로라고 했지? 이쪽으로 편하게 앉아. 과자 먹을
래?"

생각보다 힘없는 목소리였다. 여자는 과자 바구니 속에서 단
팥묵 하나를 꺼내 지로에게 내밀었다.

하지만 지로는 받지 않았다.

"왜? 싫어?"

지로는 내리뜨고 있던 눈을 들어 상대방의 얼굴을 슬쩍 보았다. 여자가 지로를 보며 웃었다. 오른쪽 뺨에 생긴 보조개가 지난번보다 더 커 보였다. 포동포동한 뺨이 어딘지 모르게 하루코와 닮은 것 같기도 했다. 그러나 하루코처럼 온 마음을 빨아들일 만큼 예쁘지는 않았다.

"어서 먹어."

외할머니가 다그쳤다. 그래도 지로는 손을 내밀어 단팥묵을 받지 않았다. 여자는 단팥묵을 들고 한동안 어쩔 줄 몰라 했다.

"아니, 오늘따라 얘가 왜 이러지. 과자라면 사족을 못 쓰던 애가. 어른이 주시는 건데 감사합니다, 하고 얼른 받아야지."

지로는 외할머니가 재촉하는 말을 듣고서야 쭈뼛거리며 손을 내밀었다. 하지만 억지로 단팥묵을 떠맡았다는 듯 무릎 위에 올려놓고 먹지는 않았다.

"처음이라 쑥스러운가 보네."

외할머니가 지로 대신 변명을 했다.

"어서 먹어……. 오요시도 하나 들어요. 지로 혼자 저렇게 쑥스러워하니 우리도 같이 먹읍시다."

"예, 고맙습니다."

두 사람은 잔뜩 경계하고 있는 지로를 조심스럽게 보면서 단팥묵을 먹었다. 그러나 지로는 여전히 먹을 낌새를 보이지 않았다. 지로는 '오요시'라는 여자의 이름을 머릿속에서 되뇌었다. 방금 외할머니가 "앞으로 우리와 한 식구가 될 분이야." 하고 말한 것을 떠올리며 이상한 느낌에 사로잡혔다. 세 사람은 아무도 말을 꺼내지 않았다. 외할머니와 오요시라는 여자가 단팥묵을 우물거리는 소리만 들렸다.

지로는 고개를 살짝 들어 오요시라는 여자를 한 번 더 훔쳐보았다. 아주 잠깐이었지만 다행히 상대방이 지로를 보지 않았기 때문에 자세히 관찰할 수 있었다. 아랫입술이 조금 튀어나왔고, 턱은 둥그스름하고 평평했다. 입술과 턱을 우물거리며 단팥묵을 씹는 모습이 썩 고상해 보이지는 않았다.

"먹기 싫으냐?"

외할머니가 애가 타서 또 단팥묵을 권했다.

"아니에요."

"그럼 어서 먹어봐."

그제야 지로는 억지로 단팥묵을 입에 물었다. 한번 먹기 시작하자 단팥묵 하나가 눈 깜짝할 사이에 사라졌다.

"잘 먹네. 하나 더 먹어."

오요시가 과자 바구니에서 단팥묵 하나를 더 꺼냈다. 이번에는 사양하지 않고 오요시가 건넨 단팥묵을 덥석 받아 게걸스럽게 먹어치웠다.

외할머니와 오요시가 그런 지로의 모습을 보고 똑같이 웃었다.

"이제야 좀 멀쩡해졌네. 더 가까이 가봐."

외할머니가 지로의 등을 떠밀었다.

단팥묵을 두 개나 먹기는 했지만 지로는 오요시라는 여자가 낯설기만 했다. 쉽게 마음을 열고 싶지 않았다. 기회를 틈타 서둘러 나갈 궁리만 했다.

"할머니, 나 숙제해야 돼요……."

지로는 어쩔 수 없이 하기 싫은 거짓말을 또 꾸며냈다. 하지만 거짓말을 하면서도 마음에 꺼리지 않았다. 한시바삐 그곳에서 나가는 게 중요했기 때문이다.

"그러냐?"

외할머니는 잠깐 생각하더니 말했다.

"그럼 숙제 다 하고 내려오너라. 할 얘기가 있으니까."

지로는 할 이야기가 있다는 말이 마음에 걸렸지만 후유, 하고 가슴을 쓸어내리며 잽싸게 방에서 빠져나왔다.

거실에서는 오노부 혼자 바느질을 하고 있었다. 얼굴 가득 웃음을 띤 게 조금 흥분한 것처럼 보였다.

"지로, 어때? 좋지?"

지로는 시무룩한 얼굴로 오노부를 흘끔 보고는 대답도 하지 않고 가방을 챙겨 이 층으로 올라가려 했다.

오노부가 웃음을 거두었다.

"지로, 왜 그래? 뭐 기분 나쁜 일이라도 있었어?"

오노부가 바느질하던 손을 멈추고 지로를 붙들었다.

"자, 이리 앉아봐."

지로는 하는 수 없이 자리에 앉았으나 눈은 다른 데를 보았다.

"왜 그러니? 마음에 안 드는 일이라도 있었어? 혹시 야단맞았니?"

지로는 대답하지 않았다.

"정말 이상하네. 이모한테 숨길 필요 없잖아."

그러자 지로는 오노부를 똑바로 보며 물었다.

"오요시가 누구야?"

오노부는 어이가 없다는 듯 지로를 보더니, 억지로 웃으며 말했다.

"오요시가 뭐야? 어른한테 그렇게 말하면 못써."

"왜?"

"왜라니? 외할머니가 아무 말씀도 안 하셔?"

"듣긴 들었어. 앞으로 우리랑 한 식구가 될 거래."

오노부는 뿌루퉁한 지로의 얼굴을 보며 무언가 생각하는 눈치였다.

"외할머니가 그렇게 말씀하셨어? 그 말도 맞네. 우리 집 사람이 되는 거니까."

"우리 집이라니? 그게 어딘데?"

"우리 집이 우리 집이지 어디야."

"이 집 말이야?"

"그래."

"그 여자가 왜 우리랑 한 식구가 되는데?"

"글쎄……. 지로는 그 이유가 뭘 거라고 생각해?"

오노부가 지로의 눈치를 살피며 물었다.

"우리 집 뭐가 되는 건데?"

"이모의 언니가 될 거니까……. 나이는 이모가 더 많지만, 이모한텐 언니가 되는 거야."

나이도 젊은데 오노부 이모의 언니가 되는 거라면, 돌아가신 엄마의 자리를 물려받는다는 뜻이다. 지로의 머리는 빠르게 움직였다. 이제 모든 것이 분명해졌다. 지로는 돌아가신 엄마를 위해서라도 안채에 있는 저 '오요시'라는 여자를 '어머니'라고 부를 생각은 없었다.

"그럼 난 그 여자를 뭐라고 부르면 되는데? 그냥 이모라고 부르면 되는 거야?"

"글쎄……."

오노부는 잠깐 뜸을 들이더니 말했다.

"저기 있잖아, 지로. 그분을 이모라고 부르면 안 돼. 사실은 말이야…… 그분이 지로의 새엄마가 되실 분이야. 나중에 외할머니가 지로에게 자세히 얘기해주실 거야."

이모는 억지로 말한 다음 걱정스러운 듯 지로를 살펴보았다. 뜻밖에도 지로는 그 말을 듣고도 놀라지 않았다. 오노부에게서 자기가 짐작했던 사실을 확인했다고 해서 기분이 더 나빠질 까닭도 없었다. 지로는 무언가 골똘히 생각하는 눈으로 오노부를 보았다.

"내 말, 알아듣겠지?"

오노부는 생각보다 지로가 침착해서 안심했는지 작게 한숨을 내쉬었다. 하지만 지로를 보는 눈길은 전보다 더 불안해졌다.

"그러니까 절대 이모라고 부르면 안 돼. 지금은 이모라고 불러도 괜찮을 것 같지만, 어쨌든 곧 새엄마가 되실 분이니까 아예 이모라고 부르지 않는 편이 좋아. 내 생각엔 처음부터 그냥 어머니라고 부르는 게 좋을 것 같아."

지로는 눈을 감고 오요시의 얼굴을 가만히 떠올려보았다.

하지만 납작한 그 얼굴에서 어머니다운 모습이라고는 도무지 찾을 수 없었다.

"처음엔 다 부끄러워한단다. 하지만 계속 우물쭈물하면 나중에 더 힘들어져. 이모 생각엔 그냥 오늘부터 어머니라고 부르는 게 좋을 것 같은데……."

"하지만……."

지로는 화로 속에 묻혀 있던 인두를 빙글빙글 돌리면서 작은 목소리로 대답했다.

"엄마처럼 안 생겼단 말이야."

"오늘 처음 봐서 그런 거야. 앞으로 지로를 얼마나 아껴주실 분인데. 지로를 위해서 여기까지 오셨어."

"난 이제 엄마 없어도 되는데……."

지로는 탄식하듯 낮은 목소리로 중얼거렸다. 오노부는 애처로운 눈길로 지로를 보았다.

"며칠 있으면 지로는 읍내 집으로 가야 해. 읍내에 가면 혼자 심심하지 않겠어?"

"아버지가 계시잖아. 교이치 형이랑 슌조도 요즘은 나한테 잘해줘."

지로는 교이치가 준 만년필을 떠올리며 자신 있게 말했다.

"그래도 집안에 여자라곤 할머니밖에 안 계시잖니. 할머니만 있으면……."

오노부는 무슨 말인가 하려다가 입을 다물었다. 바느질 도구를 한쪽으로 밀어놓고 찬 바람에 살갗이 튼 지로의 손을 잡으며 말했다.

"지로. 아버지는 말이지, 지로를 사랑하시기 때문에 새엄마가 꼭 필요하다고 생각하신 거야. 그러니까 지로가 새엄마가 필요 없다고 우기면 아버지는 어쩔 수 없이 이번 일을 취소하려고 하실 거야. 어때? 정말 새엄마 필요 없어? 그냥 읍내에서 할머니랑 살아도 괜찮아?"

지로는 아무 말도 할 수 없었다. 읍내에서 지낼 일이 걱정돼서가 아니었다. 마사키 노부부와 아버지가 자기를 위해 일부러 계획한 일을 망쳐놓는다면 그것은 죄를 저지르는 것과 마찬가지였기 때문이다.

"이모는 지로가 어떤 마음일지 잘 알아."

오노부가 주위를 둘러보며 목소리를 낮췄다.

"세이키치는 이 집에서 태어났어도 다른 형제들처럼 마음 편하게 지낼 처지가 못 된다는 거 알지? 아무리 외할아버지, 외할머니가 잘해주셔도 어쨌든 세이키치는 마사키 가 사람이 아니니까. 겐조 이모부가 아무리 노력해도 자기가 낳은 친아들하곤 다를 거야. 지로도 세이키치처럼 마사키 가 사람은 아니잖아. 그 대신 지로에겐 혼다 가가 있어. 하지만 지로도 알다시피 혼다 할머니가 지로에게 늘 좋게만 대해주시는 건 아니잖아.

이왕이면 할머니 말고 혼다 가에 새엄마처럼 지로를 챙겨줄 사람이 있는 것도 나쁘진 않을 거라고. 새엄마가 적어도 할머니보다는 지로를 훨씬 더 사랑해주실 거야."

지로는 오노부가 자신의 처지를 마음속에서 동정하고 있다는 것은 진작부터 알았지만 이렇게 마음이 울적할 때 그런 말을 들으니 큰 위로가 되었다.

"그리고……."

오노부는 지로의 손을 쓰다듬으며 말했다.

"마음이 내키지 않더라도 오늘 당장 그분을 어머니라고 불러드리면 무척 기뻐하실 거야. 정말 딱한 분이셔. 지로랑 순조 또래 되는 아들이 둘이나 있었는데, 두 아이 모두 사고로 잃으셨대. 그러니 네가 어머니라고 부르면 얼마나 기뻐하시겠니."

그 말에 지로는 정신이 번뜩 난 듯 고개를 들어 오노부를 보았다.

"만약 지로가 그분 곁에 가는 것조차 싫어한다는 걸 아셔 봐. 얼마나 슬프겠어. 지로는 몰랐겠지만 그분은 이미 마사키 가 사람이 되셨단다. 외할아버지와 외할머니가 돌아가신 엄마를 대신할 분으로 마사키 가 호적에 벌써 올리셨어. 무슨 말인지 알겠니?"

지로는 입을 꾹 다문 채 고개를 끄덕였다.

"그러니 지로가 그분을 새엄마로 모시지 않는다면 일이 정말 커지는 거야. 당장 그분은 갈 데도 없어. 기껏 지로를 위해 여기까지 오셨는데 정말 불쌍한 신세가 되는 거라고. 외할아버지와 외할머니만 해도 그래. 진짜로 그런 일이 일어나면 얼마나 난처해지시겠니."

지로는 확실히 나이보다 세상 돌아가는 이치에 밝았다. 어른들이나 이해할 수 있는 이런 이야기도 다른 형제나 사촌들은 도저히 헤아리지 못하겠지만, 지로는 어렵지 않게 상황을 판단했다. 그런 만큼 자신이 어떻게 행동해야 사람들이 안심하는지도 금방 알아차렸다. 지로는 새엄마가 될 사람이 불쌍했다. 불쌍한 사람만 보면 자신이야 어떻든 먼저 도와주고 보는 지로의 타고난 의협심이 천천히 고개를 치켜들었다.

"그럼 엄마라고 부를래."

지로는 대수롭지 않게 말했다. 정작 그렇게 말하고 나니 별일도 아니었다는 생각이 들었다. 마치 온 힘을 다해 씨름을 하다가 한순간에 무릎을 꿇는 것과 비슷했다.

오노부로서는 지로의 대답이 너무 뜻밖이었다. 오노부는 무언가 더 말하려다 순간 어안이 벙벙해져서 눈을 크게 떴다. 그러고는 무릎걸음으로 지로 쪽으로 당겨 앉더니 지로의 얼굴을 아래서부터 찬찬히 들여다보며 말했다.

"지금 한 말 정말이지?"

오노부가 다짐이라도 받듯 물었다.

지로는 기껏 마음을 다잡고 오요시를 새엄마라 부르기로 했는데, 오노부가 믿지 못하겠다는 얼굴로 자신을 보자 화가 나서 당장이라도 방금 한 말을 취소하고 싶었다. 그러나 순간의 감정으로 일을 그르쳐서는 안 된다는 사실을 누구보다 지로 자신이 잘 알고 있었다. 지로는 굳은 얼굴로 세차게 고개를 저었다. 그래도 오노부가 의심스런 눈초리로 자기를 보자 냅다 소리를 지르며 자리에서 일어났다.

"정말이라니까!"

"좋아, 이모는 지로를 믿어. 내가 맛있는 거 만들어줄게."

오노부는 지로를 진정시키며 바느질 도구를 챙겼다.

지로는 뒤도 안 돌아보고 뜰로 내려갔다. 어느새 발길은 오타미가 묻혀 있는 무덤으로 가고 있었다. 무덤을 둘러싼 대나무 숲이 저녁바람에 흔들리며 으스스 소리를 냈다. 지로는 어머니의 무덤에 가는 것이 오늘따라 미안했다. 그래서 멀찍이 떨어진 곳에 서서 바라보기만 할 뿐 다가가지 못했다.

문득 지난해 여름방학 때 일이 생각났다. 혼다 할머니는 교이치와 슌조가 오랜만에 어머니 병문안 온 것을 못마땅하게 여겨 이런저런 구실을 붙여 며칠 만에 형제들을 데리고 읍내로 돌아갔다. 지로는 그 뒤 엄마의 눈에서 전혀 예상치 못한 눈물이 진주처럼 흘러내리던 것을 지금도 분명히 기억하고 있다. 그날 엄마는 지로의 손을 붙잡고 눈물이 글썽한 얼굴로 힘겹게 웃으며 "지로만은 언제나 엄마 곁에 있어주는구나." 하고 말했다. 그 슬픈 목소리가 바로 어제 일처럼 지로의 귓전에 생생했다. "지로만은…… 지로만은……." 하던 엄마의 목소리가 마음속에서 메아리쳤다.

지로는 누군가에게 이끌리듯 엄마의 무덤 앞에 섰다. 무덤은 아직 봉분만 한 채 여기저기 낙엽이 굴러다녀 보기에도 처량했다. 지로는 낙엽을 줍다가 치밀어오르는 슬픔을 억누르지 못하고 눈물을 흘렸다.

지로는 웅크리듯 합장하며 눈을 감았다. 어느새 기억 속에서 잊혀가는 엄마를 떠올려보려고 노력했다. 하지만 머릿속에 떠오른 얼굴은 '오요시'였다. 보조개가 보였다. 지로는 세차게 머리를 흔들었다. 작은 목소리로 "엄마…… 엄마……." 하고 불러보았다. 그러나 엄마의 얼굴은 좀처럼 나타나지 않았다. 떠오르는가 싶으면 다시 '오요시'의 펑퍼짐한 얼굴에 가려 희미해졌다.

지로는 슬픔보다 두려움이 앞섰다. 손등으로 마구 눈을 비비며 자리에서 일어났다. 지로는 유난히 낯설게 느껴지는 무덤을 보다가 갑자기 도망치듯 마사키 가로 달려갔다.

저녁을 준비할 때는 오요시도 부엌에서 도왔다. 저러다 가겠지 했는데 식구들과 함께 밥상 앞에 앉기까지 했다. 음식은 대단하지는 않았지만, 경사스런 날이라고 생각했는지 외할머니는 팥 찰밥과 식초에 절인 어육을 준비했다. 지로는 외할머니 강요에 못 이겨 오요시 옆에 앉았다. 지로는 내내 무뚝뚝한 얼굴로 밥만 퍼먹었다.

오요시는 겉으로는 무척 태연해 보였다. 지로에게 잘 보이려고 애쓰지도 않고, 무뚝뚝하게 앉아 있는 지로를 못마땅하게 여기는 것 같지도 않았다. 오요시는 오래전부터 이 집에서 함께 밥을 먹어온 사람처럼 자연스럽게 행동했다.

외할머니와 오노부는 오요시에게 신경을 써주며, 오요시와 지로 앞에 덮밥을 내밀었다.

"지로 엄마, 이것 좀 먹어봐요."

"고맙습니다."

오요시는 짧게 대답할 뿐 지로의 접시에 따로 더 덜어주거나 하지도 않았다.

지로는 덮밥에는 관심도 없었다. 그러나 '지로 엄마' 라는 말은 그냥 지나칠 수 없었다. 더구나 외할머니나 오노부의 입에서 '지로 엄마' 라는 말이 나올 때마다 사촌 형제들의 눈이 휘둥그레지는 게 느껴져 음식을 먹는 것마저 귀찮아졌다.

외할머니는 저녁을 먹고 나서 '지로 엄마가 가져온 선물' 이라며 전병을 나누어주었다. 어른 아이 할 것 없이 '지로 엄마' 가 가져온 전병을 맛있게 먹었다.

아침부터 외출했던 외할아버지가 마침 그때 돌아왔다.

"아니, 나 몰래 잔치를 벌였구나."

외할아버지는 지로와 오요시가 나란히 앉아 있는 모습을 흐뭇하게 보았다. 외할머니가 눈짓을 하자 오요시는 곧 외할아버지의 뒤를 따라 안채로 들어갔다. 조금 뒤 거실로 나온 오요시는 커다란 보조개를 만들며 웃고 있었다.

"지로짱, 잠깐 나 좀 볼까."

지로는 여전히 무뚝뚝하게 앉아 있다가 오요시가 부르자 벌떡 일어났다. 오요시는 장지문 뒤편에 있는 어두컴컴한 툇마루로 지로를 데려가 종이로 곱게 싼 납작한 상자를 건넸다.

"이건 지로짱에게 주는 선물이야. 오늘 외할아버지께서 읍내에 가신다고 하기에 미리 부탁했단다."

뜻밖의 선물을 받고 지로는 얼굴을 붉히며 거실로 돌아왔다. 오요시도 아무 일 없었다는 듯 태연하게 지로의 뒤를 따라왔다. 모두 지로가 들고 있는 상자에 눈길을 보냈다. 지로는 상자를 어디에 두어야 할지 몰라 무릎에 올려놓았다 바닥에 내려놓았다 하면서 어수선하게 굴었다.

"지로, 여기서 상자 뜯어봐."

겐지가 궁금하다는 듯 지로 쪽으로 고개를 내밀며 말했다. 지로는 무슨 생각을 했는지 겐지에게 상자를 건넸다.

겐지는 곧바로 상자를 묶은 끈을 풀었다. 상자 속에는 그림물감이 들어 있었다. 빨간색과 노란색, 파란색, 금색, 풀색 따위로 구색을 갖춘 그림물감이 눈부셨다.

"야, 멋진데."

세이키치가 부러워하는 얼굴로 말했다. 공장에서 일하는 아저씨와 아주머니들까지 "벽에다 장식품으로 걸어도 되겠는걸" "이 정도면 몇 년을 쓰고도 남겠어" 하며 그림물감을 구경했다. 지로도 속으로 흐뭇했다. 하지만 사람들 앞에서 자신의 감정을 드러내고 싶지 않았다. 지로는 오노부와 여러 번 눈길이 마주쳤지만, 쑥스러운 생각이 들어 그때마다 고개를 숙였다. 오요시가 선물 받은 소감을 묻지 않는 게 조금 섭섭하기도 하고, 한편으로는 마음이 놓이기도 했다.

조금 뒤에 안채에서 외할아버지와 외할머니가 나왔다. 외할아버지는 싱글벙글 웃으며 말했다.

"지로가 쓰기엔 아무래도 너무 고급스러운 것 같은데?"

"나한테 딱 어울리는데."

겐지가 능청스럽게 대꾸하는 바람에 모두 웃었다. 지로도 엉겹결에 따라 웃었다.

"아무도 모르게 잘 보관하지 않으면 누가 훔쳐갈지도 모르겠구나."

외할머니가 겐지를 보며 한마디 덧붙였다. 그래서 또 다 같이 웃었다. 그때쯤에는 지로의 마음도 많이 풀려 있었다.

어느새 아이들이 자야 할 시간이 되었다. 지로는 당연히 사촌들과 함께 자려고 했다. 그런데 외할머니는 이미 거실 옆방에 지로와 오요시가 함께 자도록 이부자리를 준비해놓았다. 지로는 그것을 알아차리고 부끄러우면서도 외로운 기묘한 느낌에 사로잡혔다. 그러나 아무 말도 하지 않고 오요시보다 먼저 잠자리에 누웠다. 그러나 잔뜩 긴장한 탓에 좀처럼 잠이 오지 않았다. 그러다 어느새 잠이 들었는지 오요시가 방에 들어오는 것도 모른 채 아침까지 푹 잤다.

이튿날 아침 지로는 여느 때보다 한 시간 일찍 잠에서 깨어났다. 오요시는 벌써 일어나 자리에 앉아 있었다. 지로가 깨기를 기다렸는지 하품을 하며 또 커다란 보조개를 만들었다.

"지로짱, 간밤에 꿈꿨지?"

"아뇨."

"자다가 몇 번씩이나 잠꼬대하던데?"

지로는 곰곰이 생각해보았지만 잠결에 무슨 일이 있었는지 생각날 리 없었다. 뭐라고 잠꼬대를 했는지 물어보고 싶어도 용기가 나지 않았다. 그런 지로를 보고 오요시는 또 보조개를 만들며 웃었다.

"무슨 잠꼬대를 했는지 생각나?"

"아니요."

"가르쳐줄까?"

"예."

"뭐라고 했냐면……."

오요시는 지로를 보며 보조개를 한 번 더 만들었다.

"엄마, 엄마……, 하고 말했어."

지로는 눈이 휘둥그레져서 오요시를 쳐다보았다. 오요시의 보조개는 아직 사라지지 않았다. 지로의 눈에는 오요시의 보조개가 조금 비뚤어져 보였다. 창피해진 지로는 머리부터 이불을 뒤집어썼다. 오요시가 지로의 머리맡에 다가와 차분한 목소리로 말했다.

"지로짱은 틀림없이 돌아가신 엄마를 불렀을 거야. 하지만 나도 무척 기뻤어."

지로는 이불 속에서 자기도 모르게 몸을 웅크렸다. 그리고 마음속으로 '거짓말!' 하고 외쳤다. 하지만 자기가 생각하기에도 그렇게 외치는 소리에 힘이 빠져 있었다. 지로는 태어나서 지금까지 한 번도 겪어본 적 없는 낯선 감정에 어쩔 줄 몰랐다. 기쁘기도 하고 또 괜히 화가 나는 것 같기도 했다.

'왜 꼭 어머니라고 불러야 되는 걸까? 그냥 이모라고 불러도 상관없다면 얼마든지 친하게 지낼 수 있을 텐데.'

지로는 문득 그런 생각을 해보았다. 그러고는 언제까지고 이불 밖으로 얼굴을 내밀려 하지 않았다.

외과 수술

"사실대로 말씀드리면 그런 사정이 있었습니다. 장인어른께서 여러 가지 미리 말씀하셨다는 건 알고 있지만, 제가 바로 말씀드리는 게 나을 것 같아서 찾아왔습니다."

슌스케는 둥그스름한 무릎을 손바닥으로 쓰다듬으며 말했다.

"그 문제 때문에 예까지 왔다는 겐가. 마사키 가에서 들은 이야기와 별로 다른 것도 없네."

오마키 운페이 노인은 짐짓 별일도 아니라는 듯 시치미를 뗐다. 슌스케가 일부러 와서 그런 이야기를 꺼내는 게 못마땅했는지 턱수염을 거칠게 쓰다듬었다. 슌스케가 말을 꺼낼 때부터 오마키 노인은 커다란 눈알로 천장만 올려다보았다. 역시 이런 자리가 내키지 않는 모양이었다. 오마키 노인은 오요시의 아버지로 지로가 덴구처럼 생겼다고 했던 바로 그 노인이다. 근방에서는 뛰어난 검도 실력으로 아주 유명했다. 집 뒤에 흙으로 광을 만들어 도장 대신 사용하며, 생각날 때마다 마을 청년들

을 불러놓고 검도 수련을 시켰다. 스스로 철암(鐵庵)이라는 호
를 지었고, 틈만 나면 그림도 곧잘 그렸다. 주로 사군자를 그렸
지만 사슴도 무척 세밀하게 그렸다.

숸스케는 자신이 오마키 노인의 마음을 제대로 헤아리지 못
하는 것 같아 송구스러웠다. 조심스럽게 노인의 안색을 살폈
다. 구부정하게 앉아 있던 오마키 노인이 등뼈를 곧추세우며
몸을 반듯하게 폈다. 천장을 올려다보던 눈길을 끌어내려 쏘아
보듯 숸스케를 보더니 당장이라도 달려들어 한대 후려갈길 것
처럼 말했다.

"자네 말은 그러니까 이번에 혼사 얘기가 오간 것을 취소하
고 싶다, 이거로구먼."

"아닙니다, 그게 아닙니다. 절대 그런 뜻이 아니라……."

"알아, 알아. 자네 입으로 취소하겠다는 말을 꺼낼 순 없겠
지. 하지만 자네 사정이 그러하니 내가 대신 취소해주면 좋겠
다, 뭐 이런 뜻 아니겠나?"

"아닙니다. 그렇게 생각하셨다면……."

"그렇담 오요시를 약속대로 받아주겠다, 이건가?"

"그런 게 아니라 이 댁에서 방금 말씀드린 저희 사정을 이해
해주신다면……."

"이해라고 할 것도 없어. 그만 한 사정이야 처음부터 다 알고
시작한 건데."

"예, 그랬군요. 그럼, 제가 일부러 여기까지 찾아올 필요도
없었겠군요. 그래도 저는 장인어른께서 어디까지 말씀하셨는

지 궁금하기도 하고, 또 제가 설명하는 게 도리일 것 같아 이렇게 찾아왔습니다."

"자네도 신경이 꽤 날카로운 사람이구먼, 허허허. 어쨌든 생각해줘서 고맙네. 자네가 그런 뜻으로 내 집을 찾았다면 나도 이제 안심이 되는구먼."

오마키 노인은 금세 스스럼없이 아이처럼 웃었다.

"창피한 걸로 따지면 자네나 나나 마찬가지야. 자네도 알다시피 오요시는 멍청해서 여학교도 못 나왔고, 시집을 보냈더니 아이를 다 잃고 쫓겨났네. 실은 내가 평생 데리고 있을 작정이었어. 그런데 마사키 노인이 오요시가 그렇게 멍청한 점이 마음에 든다는 거야."

"죄송합니다."

"죄송하긴 뭘……. 원체 멍청하고 미련한 아이니 자네가 잘 이해해주기 바라네. 내가 하고 싶은 말은 그것뿐이야. 그래도 워낙에 덜떨어져서 참는 거 하나는 보통내기가 아니네. 그쪽에서 억지로 쫓아내지만 않는다면 제 발로 집을 나오거나 못살겠다는 말은 하지 않을 게야. 그거 하나는 자네보다 낫겠군, 그래. 날 때부터 돼지처럼 무신경했거든."

"별말씀을 다 하십니다."

"사실이 그런 걸 난들 어쩌겠나. 돼지라는 말이 좀 그렇다면 시골뜨기 식모라는 말로 바꾸겠네."

"무슨 말씀을 그렇게……."

"돼지보다 낫잖은가. 시골뜨기 식모도 한 가지씩 잘하는 건 있어서 그 아이도 가끔 쓸모가 있다네. 채소 절이는 솜씨가 기가 막혀. 된장도 잘 끓이고. 자네 어머님께서도 틀림없이 좋아하실 걸세."

오마키 노인은 하는 말마다 엉뚱했지만 표정만은 진지했다. 슌스케는 오마키 노인 앞에 앉아 있기가 무척 곤혹스러웠다. 억지로 웃으며 듣고 있자니 가만히 있어도 볼이 씰룩거렸다.

"그런데 말이야······."

오마키 노인은 갑자기 생각났다는 듯 차 도구를 얹어놓는 선반에서 엽서 한 장을 꺼내 슌스케에게 건네며 말했다.

"이게 뭔지 아나? 어제 지로라는 놈이 보낸 엽서라네. 글씨는 비뚤비뚤한 게 영 마음에 안 드는데 내용은 그럴듯하단 말이야. 천하의 오마키 운페이가 이 조그만 녀석한테 한 방 제대로 먹었지 뭔가."

"지로가 엽서를 보냈다고요?"

슌스케는 엽서를 받아들고 서둘러 읽었다. 엽서는 연필이 아닌 펜으로 쓰여 있었다. 교이치가 선물한 만년필이 분명했다. 아직 만년필에 익숙하지 않은 탓에 오마키 노인 말대로 연필로 썼을 때보다 글씨가 형편없었다. 편지 내용은 이랬다.

오마키 할아버지, 지난번에 귀찮게 해서 정말 죄송해요. 제게 검도를 가르쳐주는 할아버지가 생겨서 무척 기쁩답니다. 다음 일요일에도 시간이 나면 들를게요. 그때도 꼭 가르쳐주셔야 해요······.

여기까지 읽다가 슌스케는 고개를 갸우뚱거리며 운페이 노인에게 물었다.

"이 녀석이 여기 찾아왔다고요?"

"지난 토요일에 오요시가 데려왔다네. 하룻밤 자고 갔어."

"지로에게 검도를 가르쳐주셨나요?"

"나로서는 꽤 열심히 가르쳤네. 어쨌든 엽서를 끝까지 읽어 보게."

슌스케는 마저 읽어 내려갔다.

하지만 오마키 할아버지, 다음에 절 가르치실 땐 "카악, 카악." 하고 소리 지르는 건 관두시면 좋겠어요. 할아버지는 절더러 그런 소리를 내야 죽도를 잘 휘두를 수 있다고 하셨지만, 제 생각엔 다른 소리를 내도 똑같이 할 수 있을 것 같거든요. 어제 다른 소리를 내면서 해봤더니 할아버지가 가르쳐주신 소리를 지를 때만큼 잘됐어요. 이번 일요일엔 다른 기합으로 소리 지를 수 있게 가르쳐주세요. 할아버지, 이만 줄입니다.

슌스케는 다 읽고도 무슨 소리인지 몰라 몇 번씩 되풀이해서 읽었다. 오마키 노인은 혼자 실실 웃기만 했다.

"어떤가? 제법 잘 쓴 것 같지 않나?"

"아, 예……."

"이젠 그렇게 카악, 카악 소리 지르지 않아도 잘할 수 있게 됐다는 글귀엔 천금의 무게가 실려 있는 거야."

"아, 예. 그런데 전 무슨 말인지 전혀 모르겠는데요."

"그야 자넨 모를 수밖에 없지, 으하하하!"

오마키 노인은 무릎까지 흔들면서 웃었다. 실컷 웃고 나서 노인은 갑자기 진지해졌다.

"자네에겐 솔직히 털어놓겠네. 난 오요시를 마사키 가에 맡긴 뒤부터 오요시가 지로라는 어린놈하고 잘 지낼지 무척 걱정했다네. 그래서 오요시에게 편지를 썼지. 내가 도와줄 테니 지로를 한 번 데려오라고. 지난 일요일에 지로가 오요시와 함께 왔는데, 보아하니 둘 사이가 내가 걱정한 것처럼 나쁘진 않더군. 오요시에겐 아주 잘됐다고 생각했지."

"그 문제는 저희도 마사키 가에서 알려줘서 알고 있습니다. 정말 다행이라고 생각합니다."

"하긴 두 사람이 생각보다 빨리 가까워진 건 오요시 혼자 힘만으론 힘들었을 거야. 지로 그 아이의 마음이 착해서 그런 걸세."

"아닙니다. 그 녀석은 제 아들이지만 보통 아이하곤 좀 다릅니다. 고집도 세고 영악해서 다루기가 아주 힘들어요."

"아닌 게 아니라 내 보기에도 어린 녀석이 눈치가 보통 아냐. 그래도 걱정했던 것보다는 오요시와 잘 지내고 있네. 오요시 같은 멍청이도 이럴 땐 꽤 쓸모가 있는 것 같아, 으하하하!"

슌스케는 오마키 노인 앞에서 무슨 말을 해야 좋을지 종잡을 수가 없었다.

"그런데 딱 하나 걱정되는 게 있어. 지로 녀석이 오요시를 엄마라고 부르진 않더군. 자넨 아직 이르다고 생각할지도 모르겠네. 하지만 이런 일은 처음이 중요해. 처음부터 바로잡지 않으면 나중에 더 어려워진다고."

"옳으신 말씀입니다."

"그런 게 무슨 대수냐고 하면 또 별일 아닌 것 같기도 하지만, 그렇다고 우습게 넘어갈 일이 아니야. 엄마라고 못 부르는 게 굳어지면 앞으로 무슨 일이 생겨도 오요시에게 터놓고 얘기를 할 수 없다고. 그래도 한 식구인데 서로 할 말을 못하고 우물거려봐. 이건 보통 문제가 아니라고. 내내 그렇게 지내야 한다면 뭐 때문에 한 식구가 되겠나?"

"옳으신 말씀입니다."

"자기를 낳아준 사람도 아닌데 엄마라고 부르는 게 쉽진 않지. 처음부터 강요하면 더 싫어질 수도 있어. 무리하지 않고 이런 문제가 다 해결된다면 얼마나 좋겠나. 하지만 필요하다고 생각할 땐 무리를 해서라도 강요해야 돼. 가만히 내버려뒀다가 나중에 일을 복잡하게 만드는 것보다 낫지 않겠나. 그런데 이 강요라는 게 말이지, 외과 수술 같은 거야. 아주 조심해야 해. 그렇지 않으면 그냥 놔두는 것만도 못하거든."

"옳으신 말씀입니다."

슌스케는 오마키 노인이 말을 마치기 무섭게 "옳으신 말씀입니다." 하는 말만 되풀이했다. 오마키 노인은 지로가 보낸 엽서에 대해 설명하는 것을 깜빡 잊었는지 집 안이 쩡쩡 울리도록 큰 목소리로 '친부모와 친자식이 아닌 사이'에 대한 자신의 평소 지론을 펼쳐갔다.

오마키 노인의 말에 따르면 '친부모와 친자식이 아닌 사이'
는 누가 뭐라 해도 '친부모와 친자식이 아닌 사이'이며, 그렇기
때문에 자연이 정해준 부모 자식처럼은 될 수 없다는 것이었
다. 인간이 맺은 관계일 뿐이라는 것이다. 따라서 자연이 정해
준 부모 자식 사이가 아닌데도 자연이 정해준 부모 자식 같은
마음을 갖도록 요구하는 것은 처음부터 잘못이며, 그렇게 잘못
된 요구가 아무것도 아닌 일들을 까다롭게 만들고, 부모와 자
식 사이를 남들보다 더 서먹하고 비참하게 만든다는 얘기였다.
이런 상황이 생기는 까닭은 속이려고 해도 속일 수 없는 것들
을 억지로 속이려 하기 때문이며, 단 한 번이라도 이런 상황에
빠져본 사람은 두 번 다시 다른 사람을 믿지 않는다고 했다. 세
상에서 가장 위험한 것은 사람 사이에 믿지 않는 마음이 생기
는 것인데, 사람에 대한 믿음만 잃지 않으면 '친부모와 친자식
이 아닌 사이'도 '친부모와 친자식이 아닌 사이'를 인정하면서
즐겁게 한평생을 살 수 있다는 논리였다.

슌스케는 오마키 노인의 주장에 모두 동의했다. 그러나 한편
으로는 그렇게 생각하는 사람이 왜 지로에게 '어머니'가 아닌
여자를 '어머니'라 부르도록 강요하는지 이상했다. 확실히 오
마키 노인은 볼수록 흥미로운 인물이었다.

오마키 노인도 슌스케의 속마음을 꿰뚫어보았는지, 자신이
왜 이런 견해를 고집할 수밖에 없는지 외과 수술에 빗대어 설
명했다. '친부모와 친자식이 아닌 사이'는 서로 관계가 없는 두

사람을 외과 수술을 하는 것처럼 꿰맨 것이다, 따라서 꿰매는 데 필요한 절차만은 반드시 지켜야 한다. 아이에게 '어머니'라고 부르도록 강요하는 것은 외과 수술에서 중요한 절차 가운데 하나로서, 이 절차는 결코 세상 사람들의 눈과 집안의 체면을 생각해서 지켜야 하는 게 아니다. 이 절차를 늦게 치를수록 수술한 상처가 제때 아물지 못한다는 말이었다.

"세상 사람들이 뭐라고 지껄이건 상관없어. 어차피 수술한 상처는 숨길 수 없으니까. 나는 그 상처가 아무리 크더라도 잘 아물기만 하면 상관없다고 생각하네."

이로써 1월부터 오마키 노인이 줄곧 고민했다는 '친부모와 친자식이 아닌 사이'에 대한 연설이 끝났다.

슌스케는 지로에게 훌륭한 할아버지가 또 한 분 생겼다고 확신했다. 지로가 엽서에 쓴 내용이 무슨 뜻인지는 잘 모르겠지만, 심각하지 않고 재미있게 다가온 까닭이 어디에 있는지 알 것 같았다. 슌스케는 다시 엽서를 들여다보았다.

"아 참, 지로가 보낸 엽서를 깜빡했구먼……."

오마키 노인은 엽서에 대해 설명하려다 엉뚱한 얘기를 늘어 놓은 것을 뒤늦게 깨달았다는 듯이 말했다.

"지난 일요일에 나는 지로에게 엄마라는 말을 검도로 연습시 키려고 했네."

"예? 검도로요?"

"응, 검도로 가르치려고 했어. 이건 내가 생각해도 정말 묘안 이라 혼자 좋아했지."

오마키 노인은 그때 일이 생각났는지 혼자 또 껄껄대고 웃었다. 슌스케는 넋이 나간 얼굴을 하고 있었다.

"지로 그 녀석, 여간내기가 아니었어. 죽도를 쥐여주니 미친 듯이 휘두르더라고. 처음엔 대개 쑥스러워서 제대로 기합을 못 넣거든. 기합을 넣어도 목소리가 작아. 난 그걸 이용했네. 입을 크게 벌리고 카악, 카악 하고 외치면 제대로 기합이 들어간다고 가르쳤지."

"예?"

"그랬더니 지로 녀석, 내가 시킨 대로 카악, 카악 하며 죽도를 휘둘러댔어. 카악, 카악 하는 소리가 제대로 나올 때마다 일부러 머리를 대줬네. 이 녀석이 내 머리를 후려갈기면서 어찌나 재미있어하던지."

"아, 그랬군요……."

"지로도 그 나이 또래 녀석들처럼 순진하더라고."

슌스케는 잠자코 눈만 껌벅거렸다.

"그 녀석 카악, 카악 하는 기합만 넣으면 내 머리를 칠 수 있다고 생각한 게야. 소리소리 지르면서 죽도를 휘두르더군."

"아, 그랬군요……."

"늙은이하고 어린애하고 땀을 흠뻑 흘렸어. 같이 목욕도 했네. 검도가 재미있었는지 목욕탕에 들어가서도 죽도 휘두르는 흉내를 내더군. 입으로는 카악, 카악 하면서 말이지."

"아, 그랬군요……."

"난 지금이 기회다 싶어서 작은 목소리로 상, 상, 그랬네."

"아, 그랬군요······."

슌스케는 그때까지도 오마키 노인이 하는 말의 뜻을 알아듣지 못했다.

"지로 녀석 처음엔 내가 상, 상 하는 걸 몰랐다고. 그런데 내가 계속 상, 상 하니까 이상하다는 얼굴로 내 얼굴을 보더구먼. 그러더니 뭔가 한참을 생각하는 거야. 갑자기 아, 그랬구나, 하고 외치면서 나를 보더니 얼굴이 벌개졌어."

"아, 그랬군요······."

슌스케가 그제야 알겠다는 듯 웃었다(일본말로 어머니를 뜻하는 '오카상'을 보통 '카상'이라고 한다. 여기에서는 지로가 '카' 하고 외치면 운페이 노인이 '상' 하고 말한 것을 뜻한다. 즉 '카상', 다시 말해 '어머니'라고 부른 셈이다).

"그럼 목욕탕에서 나온 뒤에 어머니라는 말을 하던가요?"

"아니지. 그렇게 쉬운 녀석은 아니지. 자네 같으면 죽도 몇 번 휘둘렀다고 어머니 소리가 쉽게 나오겠나? 나도 그렇게 서두를 작정은 아니었네. 어쨌든 지로 녀석은 검도를 좋아하는 것 같아. 난 여기에 희망을 걸어볼 참일세."

"아, 예······."

"녀석은 검도 생각이 날 때마다 여기에 올 거야. 여기서 연습하려면 내가 시킨 대로 카악 하고 기합을 넣어야 한다고. 카악, 카악 할 때마다 목욕탕에서 내가 했던 것처럼 '상' 소리가 떠오르겠지. 그게 싫으면 검도를 관두겠지. 오요시를 엄마라고 불러도 되겠다 싶으면 계속 검도를 할 거고. 그건 지로가 선택하도록 기회를 줘야 해. 어찌 되었든 중요한 건 지로의 마음이야. 겉으로 어머니라고 불러도 속으로 딴 생각을 하면 늙은이가 헛고생만 하는 셈이지."

"그렇게 깊은 뜻이 있는 줄 몰랐습니다."

슌스케는 수긍이 간다는 듯 고개를 끄덕거렸다.

"어떤가, 이 엽서. 녀석이 이렇게나 빨리 내 뜻을 알아차릴 줄은 몰랐네, 으하하하!"

오마키 노인은 허리를 젖히며 크게 웃었다.

그러나 슌스케는 조금도 웃음이 나오지 않았다. 웃음은 그만두고 눈가가 벌겋게 충혈되었다. 지로가 보낸 엽서를 만지작거리던 슌스케는 조금 떨리는 목소리로 말했다.

"그러고 보면 지로도 아직 어린애 같은 구석이 남아 있었네요."

"나이가 있는데 당연히 어린애지, 으하하!"

오마키 노인은 또 한 번 크게 웃었다.

이번에는 슌스케도 따라 웃었다. 하지만 콧잔등이 시큰거려 이내 고개를 숙였다.

오마키 노인은 장지문 너머에 있는 아내를 불러 술상을 차려오도록 했다. 아직 저녁을 먹기는 이른 시간이었다. 슌스케는 폐 끼치는 것 같아 그만 일어나겠다고 했으나, 오마키 노인은 아들 데쓰타로가 돌아올 시간이 되었으니 한번 만나고 가라고 끈질기게 권했다. 슌스케는 너무 사양하는 것도 예의가 아닌 것 같아 그냥 자리에 앉았다.

숀스케가 오마키 부인과 마주한 것은 이날이 처음이었다. 오마키 부인은 뚱뚱했다. 말수가 적고 성격이 너그러운 게, 어딘지 오요시의 어머니답게 무딘 데가 있어 보였다. 기분 좋게 취한 오마키 노인이 숀스케를 붙잡고 말했다.

"오요시가 자리를 잡아서 정말 안심이네. 이봐, 할멈도 한마디 해야지."

"부디 우리 오요시를 잘 부탁해요. 데쓰타로를 결혼시키려고 해도 오요시가 처져 있어서 마음에 걸리는 게 한두 가지가 아니었는데, 정말 고마워요."

오마키 부인은 마음에 담고 있던 말들을 털어놓으며 숀스케에게 진심으로 고마워했다. 처음 보는 사이인데도 오마키 부인이 거리낌 없이 진심을 털어놓자 숀스케도 눈물이 날 만큼 고마웠다.

데쓰타로는 날이 완전히 저문 뒤에나 돌아왔다. 그는 사범학교를 나온 수재였다. 졸업한 뒤 부속 소학교 교사가 되어, 집에서 4킬로미터쯤 떨어진 학교까지 날마다 출퇴근했다. 올해 서른 살이고, 이목구비가 뚜렷하고 위엄 있어 보이는 게 오마키 노인을 그대로 닮았다. 키도 무척 컸다. 숀스케와 데쓰타로는 이날 처음 만났지만, 데쓰타로의 성격이 호탕해서 몇 마디 나누더니 서로 잘 통했다.

"지로에 대해선 아버지께 자세히 들어서 알고 있습니다. 지난 일요일엔 학교 일로 출장을 가서 만나지 못해 아쉬웠습니다. 앞으로 자주 만나야겠어요. 그러고 보니 중학교 입학시험이 얼마 안 남았네요. 시험이 끝나면 같이 등산이라도 가야겠군요."

데쓰타로는 슌스케에게 술을 권하며 지로에 대해 이것저것 물었다.

슌스케는 기분이 무척 좋아서 권하는 대로 술을 받아마시다 아홉 시가 훌쩍 넘어서야 오마키 가를 나왔다. 매서운 바람을 맞으며 자전거 페달을 밟으니 술기운이 확 달아났다. 슌스케는 오늘 오마키 가를 찾아가기 잘했다고 생각했다. 무거운 짐을 내려놓았을 때처럼 마음이 한결 가벼워졌다. 그러나 한편으로는 무엇 하나 제대로 갖춘 것 없는 처지에 오요시라는 새로운 사람을 맞아, 내려놓은 짐보다 더 무거운 짐을 새로 떠안은 느낌이 들기도 했다.

비겁한 사람

3월이 되어 중학교 입학시험을 치르는 날이 다가왔다. 지로가 다니는 학교에서는 지난해에 시험에 떨어진 겐지를 포함해 모두 열다섯 명이 시험을 보았다.

해마다 중학교 시험이 다가오면 이 학교 전통에 따라 인솔교사 한 명과 시험을 치르는 학생들이 이틀 전부터 세이후쿠지라는 절에서 지냈다. 읍내 지리와 중학교 건물에 미리 익숙해져야 중요한 시험을 앞두고 마음을 다지는 데 도움이 될 거라고 판단했기 때문이다. 그러나 학생들은 마음을 다지기 위해서라기보다 하루라도 빨리 번화한 읍내에서 친구들과 함께 지내고 싶은 생각에 마음이 들떴다. 이것도 전통인지 이곳 아이들은 중학교 입학시험을 앞두고도 그다지 긴장하지 않았다. 모두 편안하게 받아들였고, 경쟁의식 때문에 친구들과 신경전을 벌이는 일도 거의 없었다.

이번에 아이들을 인솔할 교사는 4학년 때부터 지로와 류이치의 담임을 맡은 곤다와라 선생님이었다. 곤다와라 선생님은 조금 괴상한 데가 있었다. 아이들이 심하게 떠들거나 장난치는 모습을 보면 커다란 눈을 부라리며 주먹을 머리 위로 번쩍 치켜들었는데, 정작 아이들 곁으로 다가가서는 부드럽게 머리를 쓰다듬어주곤 했다. 아무리 심한 장난을 쳐도 "앞으로 조심해." 하는 말만 했고, 기억력이 안 좋은지 똑같은 장난을 몇 번씩 쳐도 늘 처음인 것처럼 다정하게 머리를 쓰다듬어주었다. 한마디로 정이 많은 사람이었다. 나이는 마흔이 훌쩍 넘었지만 사범학교를 나오지 않아서 학교에서는 지위가 끄트머리였다. 둥근 얼굴에 덥수룩한 수염을 길렀는데, 빛바랜 제복을 엉성하게 걸쳐입고 천장을 올려다보며 느릿느릿 교단 위로 올라서는 버릇이 있었다. 그 모습이 이상하게도 아이들의 마음을 진지하고 부드럽게 만들었다.

이렇게 아이들에게 인기가 많은 곤다와라 선생님이 읍내까지 학생들을 데리고 갈 선생님으로 뽑혔다는 소식이 전해지자, 중학교 입학시험을 코앞에 둔 아이들은 큰 선물이라도 받은 양 합숙 날을 기다렸다. 둘만 모여도 곤다와라 선생님과 함께 읍내에 갈 일을 이야깃거리로 삼았다.

열다섯 명 가운데 합숙 얘기만 나오면 시큰둥해지는 아이가 하나 있었으니, 바로 지로였다. 지로도 처음에는 당연히 합숙을 기다렸다. 그러나 시험날이 다가올수록 읍내에 집이 있는 자신을 합숙에 끼워줄지 궁금했다.

'선생님이 알아서 나도 합숙할 수 있게 해주세요.'

지로는 날마다 속으로 기도하기까지 했다. 하지만 곤다와라 선생님은 시험을 치르러 가는 아이들을 한데 모아놓고, 합숙할 때 주의할 점과 비용에 대해 설명할 때 지로의 머리를 쓰다듬으며 말했다.

"지로는 합숙하지 않고 집에서 시험준비를 할 수 있어서 좋겠구나. 그래도 늦지 않도록 조심해야 한다. 선생님이 너희 집에 한번 들러서 잘 말씀드릴 테니까 걱정하지 마."

지로는 크게 실망했다. 며칠 전 마사키 외할아버지가 "겐지 녀석은 혼다 가에서 신세 지는 것보다 차라리 합숙하면서 선생님한테 야단맞는 편이 훨씬 나아." 하고 말했던 게 생각났다. 어쩌면 집에 가지 말고 선생님과 합숙하라고 할지도 모른다는 생각이 들었다. 그날 지로는 외할아버지와 단둘이 만나 자기도 합숙하게 해달라고 사정할 생각이었다. 그러나 기회는 끝내 찾아오지 않았다. 외할아버지도 외할머니도 시험 얘기만 나오면 "며칠 전부터 교이치가 예상문제까지 뽑아놓고 널 기다린다는구나. 그래도 형이라고 이럴 땐 도와주고 싶은 모양이지." 하며 지로를 격려했다.

지로는 합숙할 수 없다면 대신 겐지나 류이치를 읍내 혼다 가로 데려가야겠다고 생각했다. 지로는 먼저 겐지에게 슬쩍 물어보았다. 겐지는 지로가 미처 말을 끝내기도 전에 "안 돼." 하며 고개를 흔들었다. "외할아버지도 난 선생님 곁에서 한 문제라도 더 푸는 게 좋다고 하셨어." 겐지는 끝까지 외할아버지 핑계를 댔다.

류이치는 지로가 시험날까지 함께 지내자고 하자 마음이 흔들렸다. 그런데 엄마에게 물어보겠다고 하더니 다음 날이 되자 "엄마가 안 된대." 하고 미안해했다.

지로는 모두에게서 버림받은 것 같았다. 어린 시절 혼다 가에서 맛본 굴욕감이 새삼 되살아났다. 누가 합숙 이야기라도 꺼내면 자기도 모르게 거친 말투로 시비를 걸거나 빈정거리기 일쑤였다. 과거의 심각한 운명은 그것과 닮은 새로운 운명을 비웃을 뿐 아니라, 마치 뼛속까지 다쳐 오래 남은 상처처럼 작은 한기에도 마음을 욱신거리게 했다.

읍내에 갈 때는 지로도 다른 아이들과 함께 갔다. 떠나는 날 아침 학교에서는 특별히 운동장 조회를 열어 전교생 앞에서 교장선생님이 수험생들을 격려했다. 전교생은 우렁차게 만세를 부르며 수험생을 배웅했다. 지로와 아이들은 곤다와라 선생님을 따라 매서운 봄바람을 뚫고 엄숙하게 교문을 나왔다.

교문을 나와 오륙분쯤 걷자 덴만구(헤이안 시대의 학자 스가라 미치자네의 신령을 모신 신사)가 나왔다. 곤다와라 선생님은 아이들을 불러모아 한 사람씩 차례로 배례하게 한 뒤 다시 줄을 세워 걸어갔다. 조금 지나자 아이들은 마음이 들떠 떠들기 시작했다. 줄도 어느새 뒤죽박죽이 되었다. 곤다와라 선생님은 별일 아니라는 듯 느릿느릿 걸었다. 그러다가 도저히 못 참겠는지, 그 자리에 서서 뒤를 돌아보며 우레 같은 소리로 외쳤다.

"야, 이놈들아!"

선생님은 또 버릇처럼 주먹을 치켜들었다.

아이들은 발길을 멈추고 선생님을 보았다. 그러나 누구 하나

선생님을 무서워하지는 않았다. 선생님은 주먹이 굉장히 커서 한 대 얻어맞으면 아플 것 같았지만, 웃음을 머금고 먼 곳을 바라보는 눈은 따뜻했다.

곤다와라 선생님이 말했다.

"멋대로 줄을 흐트러뜨리거나 떠드는 건 비겁한 짓이다. 선생님은 뒤통수에 눈이 없어. 날 속이면 비겁한 놈이 되는 거야."

그렇게 말하고는 몸을 앞으로 돌려 느릿느릿 걸었다. 아이들은 교문을 나설 때와 마찬가지로 똑바로 줄을 서서 조용히 선생님 뒤를 따랐다. 그런데 얼마 안 가서 선생님은 들고 있던 도시락 가방을 휘두르며 말했다.

"음, 다들 아주 잘하는군. 좋아, 지금부터는 떠들어도 괜찮아. 줄 서지 않아도 좋다. 자, 뛰고 싶은 놈은 뛰고 마음대로 해라. 단, 무조건 선생님 앞에서 가라. 선생님보다 뒤처지는 놈은 평생 훌륭해질 수 없어. 그런 놈들이 꼭 시험에서 떨어지더라고."

아이들은 모두 와아 소리치며 선생님을 저만치 따돌리고 저희들끼리 달렸다. 지로도 아이들과 같이 선생님 앞으로 나왔지만 가장 뒤로 처졌다. 바로 뒤에 선생님이 따라오고 있었다. 지로는 아직도 합숙에 대한 미련이 남아서 아이들과 함께 떠들고 싶지 않았다.

십오 분쯤 지로는 아무하고도 말하지 않았다. 커다란 까마귀 한 마리가 길가의 아직 싹이 나지 않은 거먕옻나무 위에서 저수지 맞은편 보리밭으로 날아가더니, 목을 갸우뚱거리며 지로 쪽을 바라보았다. 그것이 이상하게 지로의 마음을 끌어당겼다. 지로는 까마귀를 바라보다가 고개를 돌려 선생님을 보았다. 마침 곤다와라 선생님도 그 까마귀를 보고 있었다. 다음 순간, 두 사람의 눈길이 부딪쳤다. 선생님의 표정없는 눈이 지로의 마음을 사로잡았다. 지로는 어쩐지 멋쩍은 생각이 들어 얼른 고개를 돌렸다.

그때 뒤쪽에서 선생님의 목소리가 들렸다.

"지로, 넌 선생님하고 같이 가자."

그들은 곧 나란히 걸었다. 하지만 어느 쪽도 입을 열지 않았다.

"중학교에 들어가면 다시 혼다 가에서 지내겠구나."

오륙 분쯤 지난 뒤에 선생님이 말했다.

지로는 대답 대신 살며시 선생님을 보았다. 그러자 선생님이 또 말했다.

"마사키 외할아버지 댁에서 지낸 지 얼마나 됐지?"

"4학년 때부터 지냈어요."

지로가 발끝으로 눈길을 옮기며 대답했다.

"응. 벌써 그렇게 됐나? 내가 너희들 담임이 된 해 여름부터였지, 아마."

지로는 마사키 외할아버지가 그 무렵 학교에 찾아와 곤다와라 선생님과 교무실에서 한참 동안 이야기하고 돌아간 것이 생각났다.

"음, 벌써 이년 반이 지났구나. 으음."

선생님은 계속 으음 하고 외마디 신음을 냈다. 지로는 선생님이 으음 하는 소리를 낼 때마다 죽은 어머니와 이번에 새어머니가 된 오요시 이야기를 꺼내는 것은 아닌지 괜히 불안해졌다. 하지만 선생님은 그 말은 꺼내지 않았다.

"선생님, 합숙하면 어떻게 지내요?"

한참만에야 지로가 물었다.

"합숙 말이냐……."

곤다와라 선생님은 잠깐 가만있다가 대답했다.

"합숙이라고 해봤자 별거 없어. 같이 먹고 자는 게 전부야."

지로는 선생님이 일부러 그렇게 말하는 것 같아 왠지 불만스러웠다.

"합숙하는 것보다 자기 집이 좋지."

곤다와라 선생님은 조금 뒤에 내뱉듯이 한마디 덧붙였다. 지로는 그 말 또한 선생님의 본심이 아닌 것 같아 더 울적해졌다.

아이들은 어느새 대나무 조각이나 나무토막을 들고 칼싸움을 하면서 가로수 줄기와 가지를 내려치는 데 여념이 없었다. 선생님은 아이들이 그런 장난을 하는 것을 보고 갑자기 크게 소리를 지르며 야단쳤다.

"야, 이놈들아! 가만히 서 있는 나무를 왜 패고 그러냐? 그게 바로 비겁한 짓이야!"

'비겁한 짓'이라고 말하는 것은 선생님의 입버릇이나 마찬가지였는데, 지로는 오늘따라 선생님이 그렇게 말하는 게 무척 재미있게 들렸다. 지로는 웃으며 선생님의 옆모습을 보았다. 선생님은 여전히 아이들 쪽만 보았다. 곤다와라 선생님과 지로는 그 뒤 오랫동안 서로 아무 말도 하지 않고 말없이 걷기만 했다.

지로는 칼싸움하는 친구들을 구경하다 오마키 노인이 생각났다. 검도를 배운 것과 오요시를 '어머니'라고 부르게 된 일들이 차례로 떠올랐다. 나란히 길을 가던 곤다와라 선생님이 모자를 눌러쓴 지로의 머리를 장난스럽게 흔들면서 말했다.

"지로는 아껴주는 사람이 많아서 행복하겠구나."

'행복'이라는 낱말이 지로는 무척 낯설게 느껴졌다. 그러고 보니 지금껏 한 번도 자신이 행복하다고 생각해본 적이 없었다. 주위에서 누가 자기에게 그런 말을 해준 기억도 나지 않았다. 지로는 늘 자기가 세상에서 가장 불행한 아이라고 생각했고, 둘레 사람들도 자기를 그렇게 여기는 줄로만 알았다. 하루하루 무사히 버틴다는 심정으로 순탄하지 않은 환경을 뚫고 오늘에 이르렀다고 생각했다. 철이 들 무렵부터 기억 속에 남아 있는 날들이 모두 그랬다. 지로는 곤다와라 선생님이 말하는 지로는 자기가 아닌 것 같았다.

"넌 그렇게 생각하지 않는 모양이구나?"

곤다와라 선생님이 지로의 머리를 한 번 더 흔들었다. 지로는 고개를 들어 선생님을 보았다. 대답할 말이 없었다.

"이 세상엔 말이지……."

선생님은 지로의 머리에서 손을 떼고 천천히 말했다.

"다른 사람보다 행복하게 살면서도 조금 마음에 안 드는 게 있다고 불행하다고 생각하는 사람이 많단다. 그런가 하면 아주 힘든 일을 날마다 겪으면서도 단 한 가지 기쁜 일 때문에 행복하게 살아가는 사람도 있어. 선생님이 무슨 말하는지 알겠지, 지로? 나중에 잘 생각해봐."

지로는 곤다와라 선생님의 말이 조금 어려웠다. 그렇다고 전혀 못 알아들을 만큼은 아니었다. 지로는 몇 번씩이나 곤다와라 선생님이 한 말을 되풀이해서 생각해보았다. 선생님이 무슨 뜻으로 자기에게 그런 말을 했는지 이해할 수 있었다. 지로는 유모와 아버지, 마사키 일가, 하루코, 교이치 그리고 최근에 알게 된 오마키 일가를 떠올렸다. 이 많은 사람들 가운데 자신을 슬프게 하거나 괴롭히는 사람은 아무도 없다. 이 넓은 세상에서 자신을 괴롭히는 사람은 단 한 사람, 혼다 할머니뿐이다. 난생 처음 그 사실을 깨닫자 지금까지 다른 세계에서 살다가 돌아온 것 같았다.

지로는 곤다와라 선생님 덕분에 그동안 모르고 지내던 중요한 것을 발견했다고 생각했다. 세상에는 자기를 미워하는 사람보다 아끼고 사랑해주는 사람이 더 많았다. 지로는 이날에야 비로소 그 사실을 깨달았다. 얼마 전 어머니의 사랑을 느꼈을 때처럼 세상에 새롭게 눈을 뜬 것 같았다. 강한 주관과 풍부한 감정을 지닌 지로의 이해력은 곤다와라 선생님이 생각했던 것보다 훨씬 깊었다.

곤다와라 선생님은 지로가 자신이 생각했던 것보다 더 많은 변화를 겪으며 갑자기 어른스러워진 것을 보며 내심 놀랐다. 지로는 끌려가듯 억지로 내딛던 발걸음이 가벼워지고, 거칠고 심술궂게 내뱉던 말투도 그 짧은 순간에 상냥하고 조용하게 바뀌었다.

조금 뒤에 지로가 곤다와라 선생님에게 말했다.

"선생님, 제가 지금까지 잘못 생각한 것 같아요. 이번에 집에 가면 교이치 형한테 부족한 부분을 많이 배워야겠어요."

"으음……. 교이치가 네 형이었구나."

"예, 지금 중학교 2학년이에요. 저하고 아주 친해요."

"당연히 형하고 친하게 지내야지. 하지만 시험 때 너무 많이 공부하면 오히려 좋지 않단다. 그보다는 감정 조절을 잘해야 돼. 쓸데없는 일로 화를 내는 건 금물이야. 혹시라도 기분 나쁜 일이 생기면 합숙하는 곳으로 오렴. 친구들하고 재미있게 떠들면 금세 풀릴 테니까."

"예, 그렇게 할게요. 하지만 앞으론 화낼 일이 없을 것 같아요."

지로는 선생님이 자기에 대해서 무엇이든 다 알고 있는 것 같아 무척 기뻤다. 지로는 다시는 화내거나 혼자 상처받지 않겠다고 속으로 다짐했다.

"그런데 넌 얼마 전까지만 해도 합숙에 끼지 못해서 서운해 했잖아."

지로는 머리를 긁적였다. 곤다와라 선생님은 재미난 구경이라도 하는 것처럼 난처해하는 지로를 물끄러미 보았다. 그러다 이내 진지하게 말했다.

"널 합숙에 참가시키는 건 대수로운 일도 아냐. 하지만 네가 합숙에 참가하면 혼다 지로는 비겁한 사람이 되는 거라고. 선생님은 너를 비겁한 사람으로 만들고 싶지 않았어. 마사키 외할아버지도 선생님과 똑같이 생각하셨을 거야. 어떤 사람이 훌륭한 건지 아니? 싫어하는 사람도 없고, 싫어하는 곳도 없는 사람이야. 어떻게 싫어하는 사람도 없고, 싫어하는 곳도 없을 수 있을까? 그건 용기가 있기 때문이란다. 용기 있는 사람은 무슨 일을 당해도 헤쳐나갈 수 있어. 너처럼 좋아하고 싫어하는 사람이 정해져 있으면, 그건 비겁한 사람이라는 뜻이다."

곤다와라 선생님은 또 '비겁한 사람'이라고 말했다. 그 말이 이때처럼 지로의 가슴에 와 닿은 적은 없었다.

'선생님은 그래서 날 합숙에서 뺐구나.'

지로는 마음속으로 몇 번씩 그렇게 되뇌었다. 곤다와라 선생님의 따뜻한 마음을 두고두고 잊지 못할 것 같았다.

얼마 뒤 곤다와라 선생님은 아이들을 데리고 길가 찻집에 들어갔다. 찻집에서 저마다 싸온 도시락으로 간단하게 점심을 해결할 작정이었다. 찻집은 차나 과자를 파는 휴게실 같은 곳이었다. 지로는 곤다와라 선생님에게 들은 말은 까맣게 잊어버린 듯 아이들 틈에 섞여 왁자지껄하게 떠들었다.

자명종

중학교 입학시험의 첫날이 탈없이 지나갔다. 첫날은 지로가 가장 좋아하는 읽기와 작문 시험을 보았기 때문에 좋은 점수가 나올 거라고 확신했다.

이튿날은 수학시험을 치른다.

수학은 지로에게 고통스러운 과목이었다. 교이치도 그 점을 우려해 지로가 마사키 가에서 돌아온 날부터 지로를 옆에 앉혀 놓고 수학공식을 가르쳤다. 둘은 머리를 맞대고 문제를 풀었다. 학교에서 선생님에게 배울 때와는 달랐다. 집중도 잘 되고, 알고 있는 문제도 교이치가 설명해주니 처음 푸는 문제처럼 새로웠다. 수학시험 전날 밤 교이치는 제법 어른스럽게 말했다.

"수학시험을 치를 땐 머리가 맑아야 해. 오늘은 일찍 자자."

아홉 시도 되기 전에 교이치는 지로에게 일찍 잠자리에 들자고 권했다.

형제는 이 층 공부방에서 함께 자기로 했다. 책상을 한쪽 구석에 밀어놓고 이불을 깔았다. 교이치는 읍내 혼다 가에 온 뒤

세 어머니 ● 411

부터 언제나 할머니와 함께 잤다. 물론 순조도 마찬가지였다. 그러나 이번에 지로가 온 것을 기회로 교이치는 할머니의 다다미방에서 벗어날 생각이었다. 공부를 도와야 한다는 핑계로 공부방에서 지로와 함께 지내기로 한 것이다.

당연히 할머니는 말도 안 된다며 한마디로 잘라버렸다. 할머니는 교이치가 쉬어야 할 시간에 지로의 공부를 도와주는 것 자체가 불만이었다. 교이치가 처음 지로를 도와주겠다고 했을 때 할머니는 바보짓도 분수가 있다고 말했다. 할머니는 교이치가 아무리 친절을 베풀어도 지로는 결코 고마워할 녀석이 아니라고 했다. 그런데도 교이치가 지로를 좋아하자 더욱 화를 냈다. 지로같이 영악하고 버릇없는 놈 때문에 교이치가 희생하는 꼴은 도무지 볼 수 없다는 것이다. 이런 태도는 할머니가 오래 전부터 굳건히 지켜온 신념이기도 했다. 공부를 도와주는 것도 마음에 안 드는데, 교이치가 지로와 함께 자겠다는 말을 꺼냈을 때 할머니가 잠깐 정신 나간 듯한 표정을 하고 교이치를 바라본 것은 어쩌면 당연한 일이었다.

"못난 짓도 작작 해야지. 너 괜히 그렇게 쓸데없는 일에 참견하다 지로에게 무슨 꼴을 당하려고 그러냐. 지로가 널 만만하게 보는 날엔 어떤 일이 벌어질지 할미는 생각만 해도 끔찍하구나."

교이치는 할머니의 강경한 태도에 충격을 받았다. 여리고 섬세한 마음을 타고난 교이치는 할머니가 옳지 않다는 것을 알면서도 반박할 용기가 나지 않았다.

"그렇다고 지로가 여기서 잘 순 없잖아요. 방도 좁은데."

교이치는 고심 끝에 자신의 주장을 뒷받침할 만한 근거를 찾은 것 같아 안도하는 심정으로 말했다.

"그야 당연히 같이 잘 수 없지. 다다미 여덟 장에 넷씩이나 잔단 말이냐?"

"그럼 지로는 어디서 자요?"

"그런 건 네가 걱정하지 않아도 돼. 지로는 아무 데서나 자도 괜찮아."

"아버지하고 같이요?"

"제가 그렇게 하고 싶다면 바라는 대로 해줘야지, 뭐."

"나하고 슌조만 여기서 자고, 지로만 다른 데서 자게 한다고요? 그건 말도 안 돼요."

"그게 왜 말이 안 된다는 게야? 어차피 셋 가운데 하나는 따로 자야 한다."

할머니는 형제 셋이 한 방에서 자도록 하고, 자기가 다른 방에서 자면 된다는 생각은 해보지도 않은 표정으로 말했다.

"한 사람이 따로 자야 한다면 제가 혼자 잘게요!"

교이치는 처음으로 할머니 앞에서 큰 소리로 외쳤다.

"지금 그게 무슨 말버릇이냐? 이 할미랑 한 방에서 자는 게 싫다는 게야?"

"아니에요, 그런 뜻이 아니에요. 제가 큰형이잖아요."

"아니, 갑자기 웬 나이 타령이냐?"

할머니는 분위기를 바꾸려는 듯 농담처럼 말하고 웃었다. 그러나 이내 얼굴이 굳어지면서 말했다.

"나이로는 분명 네가 형이지. 하지만 지로한테 그런 게 통할 것 같니? 지로는 너희하고 달라. 그 녀석 잔꾀엔 어른도 못 당해. 벌써 잊어버린 게냐? 새해에 지로에게 속아 만년필을 빼앗겼잖니. 그 녀석이 뭐라고 꼬였는지 몰라도 단둘이 잤다간 나쁜 것만 배워."

"할머니······."

교이치는 금방이라도 눈물을 흘릴 것 같았다.

"만년필은 지로가 달라고 해서 준 게 아니에요. 내가 준 거라고 몇 번을 말씀드려요? 이 층에서 자는 것도 제가 먼저 그렇게 하자고 한 거예요. 지로는 우리 때문에 늘 고생만 했어요. 그런데 왜 할머니는 지로를 무조건 미워만 하세요?"

교이치도 이제 곧 중학교 3학년이 된다. 교이치는 그동안 참았던 것을 할머니에게 털어놓으며 새파래진 볼을 눈물로 적셨다. 교이치의 그런 모습을 보고 할머니도 적잖이 당황했다. 할머니는 교이치가 서너 살 때, 툭하면 경기를 일으키던 모습이 떠올라 겁이 났다. 할머니가 꺾일 수밖에 없었다.

"이 할미가 잘못했다. 이 층에서 자다가 감기라도 들면 어떡하나 걱정해서 그렇게 말한 것뿐이야. 이 층에서 자고 싶으면 자도록 해라. 지로가 좋아하겠구나."

형제가 이 층에서 함께 자게 되기까지는 할머니와 교이치 사이에 이런 곡절이 숨어 있었다. 그래서 교이치는 이부자리 속에서 지로와 얼굴을 마주 대하자 야릇한 흥분마저 느꼈다.

지로는 교이치가 자기 옆에 누울 수 있게 되기까지 어떤 사연이 숨어 있는지 전혀 몰랐다. 다만 교이치가 할머니에게 말하고 오겠다며 아래층으로 내려간 지 삼십 분이 넘도록 돌아오지 않았고, 또 사다리를 올라올 때 얼굴이 새파랗게 질려 있어서 무슨 일이 있었던 것은 아닌지 조금 불안하기는 했다. 하지만 교이치가 "할머니가 괜찮다고 했어." 하고 아무렇지도 않다는 듯 말했기 때문에 그 뒤로는 별로 신경 쓰지 않았다.

형제는 전등을 켜둔 채 이부자리에 누웠다. 교이치는 자기 전에 자명종을 여섯 시 반에 맞추었다. 자리를 잡고 누워서 형제는 서로 마주 보며 웃었다. 지로가 손을 뻗어 전구를 껐다. 지로는 언제나 열 시가 넘어서야 잠자리에 들었기 때문에 아홉 시가 되기도 전에 이불을 덮고 눕는 게 낯설었다.

"마음 편하게 먹어."

"응."

"어려운 문제가 있으면 뒤로 미루고 쉬운 문제부터 빨리 풀어."

"응."

그런 이야기를 몇 마디 주고받고 나서 둘은 눈을 감았다. 여전히 잠은 오지 않았다. 교이치와 지로는 번갈아 눈을 뜨고 어둠 속에서 살며시 상대방의 얼굴을 보았다. 그러다 서로 아직 자고 있지 않다는 것을 눈치 채자 또다시 이야기를 나누었다.

이야기는 어느덧 새로 오실 어머니에 대한 이야기로 이어졌다. 교이치도 할머니에게서 들어 이미 알고 있었다.

"어떻게 생기셨어?"

"아주 뚱뚱해. 얼굴에 커다란 보조개도 있어."

"너한테 잘해주셔?"

"응……. 근데 아직은 잘 모르겠어. 아무튼 돌아가신 엄마하고 하나도 안 닮았어."

"너 그분에게 벌써 어머니라고 했다며?"

"응, 좀 창피했는데 그냥 말해버렸어. 그렇게 해도 괜찮지?"

"괜찮지. 어차피 어머니라고 불러야 되니까."

"형도 그렇게 부를 거야?"

"그럼, 나도 어머니라고 부를 거야. 하지만 좀 이상하긴 하다. 전혀 모르는 사람을 어머니라고 불러야 하다니……. 솔직히 말하면 새어머니가 우리 집에 안 오면 좋겠어."

"그래?"

지로는 조금 어두운 얼굴로 무엇인가 생각하다가 말했다.

"그런데 있잖아, 오마키 할아버지는 내가 보기에도 정말 괜찮은 분이야."

"오마키 할아버지는 또 누구야?"

"새어머니의 아버지. 나한테 검도를 가르쳐줬어."

"음……. 너 그 할아버지 집에 간 적 있어?"

"응, 여러 번 갔어. 토요일에 가서 하룻밤 자고 왔지."

"그렇게 좋은 할아버지야? 얼굴은 어떻게 생겼어? 마사키 외할아버지랑 비슷해?"

"아냐, 못생겼어. 꼭 덴구처럼 생겼어. 마사키 외할아버지도 키가 큰데 오마키 할아버지는 더 커. 만날 어깨를 으쓱대면서 걸어다녀."

"음, 그렇구나. 성격은 좋아?"

"성격이 좋은지는 잘 모르겠어. 어쨌든 재미있어. 그 할아버지가 야단치는 건 하나도 안 무서워."

"야단맞은 적 있어?"

"응, 벌써 여러 번 혼났어. 한 번은 할아버지네 연못에서 잉어를 낚았다가 혼이 났어."

"연못에 있는 잉어라니? 관상용 잉어를 잡았구나?"

"아냐, 강에 사는 진짜 잉어였어. 무지하게 큰 놈이었는데."

"그래서 어떻게 됐는데? 할아버지가 그것 때문에 화내셨어?"

"그냥 조금……. '야, 이 녀석아' 하고 소리만 질렀어. 깜짝 놀라서 잉어를 놓아줬더니 '잡은 걸 놓쳤으니 아깝겠구나' 하면서 날 놀리더라고."

"네가 낚시하는 걸 어디서 보고 계셨던 모양이군."

"응, 그랬나 봐. 다다미방에 숨어서 보고 계셨을 거야. 아마 내가 잉어를 못 잡을 거라고 생각하며 안심하셨겠지."

"재미있었겠네……. 너보다 그 할아버지가 더 놀랐겠다."

둘은 말소리가 새나가지 않게 이불로 입을 가리고 웃었다. 교이치는 잠깐 조용히 있더니 다시 물었다.

"할머니도 계셔?"

"응, 있어. 몸집이 이만해. 뚱뚱하고 못생겼는데, 아주 착해. 참, 부속학교에 다니는 선생님도 있어. 그 사람도 마음에 들었어."

"부속학교에 다니는 선생님이라니?"

"응. 식구가 선생님까지 셋이야. 새어머니가 될 사람까지 합하면 넷이지."

"부속학교 선생님은 몇 살쯤 됐는데?"

"글쎄, 한 서른 살쯤 된 것 같아. 우리 새어머니 남동생이야. 이름이 데쓰타로래."

"새어머니는 이름이 뭐라고 했지?"

"오요시, 오마키 오요시. 지금쯤이면 마사키 가 호적에 올라갔을 테니까 이젠 마사키 오요시지."

"그럼, 며칠 뒤엔 다시 혼다 오요시가 되는 건가? 그거 이상한데."

"후후후."

지로는 웃음이 터졌다. 그러나 처음 오요시를 만났을 때를 떠올리자 교이치가 지금 어떤 기분이 들지 짐작할 수 있었다.

교이치의 눈은 어둠 속에서도 맑고 깨끗하게 빛났다. 그때 교이치는 장지문 맞은편 계단에서 삐걱거리는 소리가 나는 것 같아 귀를 기울였지만, 곧 아무 소리도 나지 않았다.

"너, 돌아가신 어머니 이름 알아?"

"당연히 알지. 오타미잖아."

둘은 캄캄한 어둠 속에서 돌아가신 어머니를 떠올렸다.

교이치는 계단 쪽에서 또 한 번 삐걱거리는 소리가 나는 것 같아서 베개에서 머리를 조금 들어 계단 쪽을 살펴보았다. 이 번에도 인기척은 없었다.

"형, 나 잠이 안 와."

지로가 말했다.

"음, 이제 아홉 시 반쯤 됐을 거야. 빨리 자자."

"난 열 시에 자도 돼. 우리 더 얘기하자."

"음……."

교이치는 건성으로 대답했다.

"그분은 언제 오신다고 했지?"

"새어머니? 곧 올 거야. 입학시험 끝나면 온다고 했거든."

"시험 끝나면 넌 다시 마사키 외할아버지 댁으로 가는 거 아니었어?"

"응, 졸업식은 해야 하니까."

"그럼 따로 지내는 거야, 그분하고?"

"잠깐 동안은 그럴 거야. 졸업하면 여기 와야 하잖아."

"네가 없을 때 그분이 오면 좀 곤란하겠는데. 너도 없는데 그분하고 단둘이 있으면 부끄러울 것 같아."

"부끄럽긴 뭐가 부끄러워. 여기 할머니처럼 심술궂지도 않은데."

교이치는 그 말에는 대답하지 않았다. 지로는 왜 갑자기 교이치가 아무 말도 하지 않는지 궁금했다. 그러다가 문득 자기가 방금 무슨 말을 했는지 떠올려보고는 깜짝 놀랐다. 교이치와 사이가 좋아졌다고는 하지만 그래도 교이치 앞에서 할머니를 욕하는 건 분명 금기였다. 해서는 안 될 큰 실수를 저질렀다는 생각에 지로는 아무 말도 못하고 교이치 쪽만 흘끔거렸다.

교이치가 한숨을 쉬며 조금 가라앉은 목소리로 말했다.

"넌 마사키 외할아버지 댁에서 지내는 게 제일 좋지?"

지로는 잠자코 있었다. 교이치도 지로가 대답하는 것을 기다리는 것 같지는 않았다. 교이치는 잠깐 뜸을 들인 뒤 말했다.

"이번에 어머니가 되실 분 집안 말이야. 오마키 가였던가? 그 집만 해도 넌 이 집보다 훨씬 좋지?"

지로는 그래도 잠자코 있었다.

"그렇지? 내 말 맞지?"

지로는 끝까지 잠자코 있었다.

교이치는 몸을 조금 일으키며 지로를 보았다. 그러고는 다시 베개에 머리를 파묻으며 팔을 뻗어 지로가 덮고 있는 이불을 더듬었다. 지로는 두 손을 포개 가슴에 올려놓고 있었다. 교이치가 자기 이불을 더듬고 있다는 걸 알았지만 꼼짝도 하지 않았다. 교이치의 손가락이 지로의 팔꿈치를 지나 팔목에 닿았다. 곧이어 팔목에서 손등으로, 손등에서 마지막으로 손가락을 단단히 붙잡았다. 지로도 더 참지 못하고 교이치의 손을 움켜쥐었다.

"네가 무슨 생각하는지 나도 다 알아."

교이치는 얼굴을 지로 쪽으로 천천히 갖다댔다.

"난 그냥……."

지로는 잔뜩 풀이 죽은 목소리로 대답했다.

"난 아버지하고 형이 누구보다도 좋아. 그런데……."

"이건 그냥 물어보는 건데, 만약 할머니가 여기 안 계신다면 이 집은 어때? 다른 집보다 여기가 더 좋지?"

"응. 하지만 형은 할머니를 좋아하잖아."

"그건 어렸을 때 얘기야. 요즘은 나도 할머니가 싫어."

"그래도 할머니는 형을 제일 좋아하잖아."

"나만 귀여워해주고 넌 귀여워해주지 않는데, 그게 무슨 소용이야? 할머니가 너한테 하는 걸 보면 더 참을 수가 없어."

하지만 지로는 교이치가 하는 말을 믿을 수 없었다. 교이치가 정말 그렇게 생각하는지 의심스러웠다. 지로는 교이치가 자신을 동정해서 그러는 거라고 생각했다. 물론 공평한 것이 형제간의 우애에서 얼마나 중요하고 바람직한 일인지는 자신의 지난날을 떠올리면 충분히 공감하고도 남았다. 그러나 굶주린 사람이 찾아헤매는 정의와 배부른 사람이 말하는 정의는 다를 수밖에 없다. 그 감정의 괴리는 상대방의 처지가 되어보지 않는 한 결코 좁혀지지 않는다. 지로와 교이치의 경우도 다를 바 없었다.

"형도 그랬구나."

지로는 여전히 이해할 수 없다는 투로 말했다.

"그렇다니까. 앞으로 될 수 있으면 할머니 곁에 가지도 않을까 해. 그리고 할머니가 뭘 주면 절반은 꼭 너한테 줄게."

"정말?"

"정말이야."

"그럼 나도 마사키 외할아버지나 오마키 할아버지가 뭘 주면 형한테 꼭 나눠줄게."

"그래, 고맙다. 아 참, 슌조한테도 줘야지."

"아, 맞아. 슌조한테도 나눠줘야지."

지로는 깜빡 잊어버려서 미안하다는 듯 말했다.

"셋이서 사이좋게 지내다 보면 너도 언젠가 이 집이 마음에 들 거야."

"응, 이제 할머니는 하나도 겁나지 않아. 내가 오면 할머니를 이 집에서 외톨이로 만들어버릴 거야."

지로는 한껏 우쭐해진 마음에 그렇게 말했다. 그러나 교이치는 지로의 그 말이 왠지 두렵게 들렸다. 교이치는 지로의 손을 흔들며 말했다.

"그렇게 말하면 안 돼. 그냥 우리 셋이 사이좋게 지내면 되는 거야."

캄캄한 어둠 속에서 지로는 자기도 모르게 미간을 찡그리며 뒷목을 오그라뜨렸다. 따뜻한 이불을 헤치고 무언가 오싹한 물체가 가슴 근처에 떨어지는 것 같았다.

지로는 불분명한 교이치의 태도가 마음에 들지 않았다. 교이치가 한 말에 긍정이든 부정이든 대답을 해야 했는데 알맞은 말이 떠오르지 않았고, 또 대답하고 싶지도 않았다.

바로 그때였다. 영화관 은막에 어둔 밤의 장면이 비치는 것처럼 장지문이 드르륵 열리면서 아래층을 밝히는 전구 불빛이 사다리를 타고 올라왔다. 그 불빛 속에 사람 그림자 하나가 떠올랐다. 교이치와 지로는 숨을 죽이고 그림자의 주인이 누구인지 확인하기 위해 눈에 잔뜩 힘을 주었다. 그림자는 발밑을 더듬거리며 올라왔다. 둘이 누워 있는 곳까지 와서는 조금 우물거리다가 곧 전등을 켰다. 교이치와 지로는 그림자를 본 순간 할머니를 떠올렸는데, 역시나 할머니였다.

지로는 이불을 머리끝까지 뒤집어썼다. 교이치는 할머니가 여기까지 무슨 일로 왔는지 모르겠다는 표정을 하고 눈을 깜빡였다. 할머니의 턱살은 개구리가 숨 쉴 때처럼 부풀어올랐다 가라앉았다 했다. 할머니는 조용히 둘을 내려다보다가 교이치의 머리맡에 앉았다. 턱을 부들부들 떠는 것이 충격을 받은 모양이었다. 어느 정도 마음을 진정시킨 할머니는 가늘게 떨리는 목소리로 말했다.

"얘야, 이 할미가 너희들이 하는 말을 밖에서 다 들었단다. 할미가 뭐라고 그러든. 지로하고 같이 자면 나쁜 것만 배운다고 그렇게 말하지 않았냐?"

교이치는 무슨 생각을 했는지 벌떡 일어나더니 이불 위에 앉았다. 잠옷 바람이었다.

"그러다 감기 들면 어쩌려고 그러니. 제대로 옷을 입어야지. 이런 데 더 있다가 무슨 말을 들을지 모르니 어서 할미랑 아래층으로 내려가자. 이불은 할미가 가져갈게."

교이치는 할머니의 말을 듣고 겉옷을 걸쳤지만, 움직이려 하지는 않았다.

"그래도 여기서 자겠다는 게야?"

교이치가 고개를 끄덕였다.

"에구, 어째 넌 이리도 순진하단 말이냐. 평소엔 그렇게 할미 말을 잘 듣더니, 지로랑 같이 있으니 이렇게 달라지는구나."

교이치는 볼이 새파래지면서 씰룩거렸다. 할머니에게 무슨 말인가 하려고 했지만, 목이 잠겨 말이 나오지 않았다. 교이치는 천천히 고개를 숙였다. 할머니는 자기 말을 듣고 교이치가 반성하는 거라고 여겼는지 손을 뻗어 교이치의 잠옷을 매만지며 말했다.

"그만 아래층으로 내려가자. 할미가 아무 말 안 할게. 계속 이러고 있으면 감기 들어."

"안 내려간다고요!"

교이치가 날카롭게 외치면서 이불 위로 푹 고꾸라졌다. 교이치는 심하게 숨을 할딱거렸다. 할머니는 느닷없는 교이치의 행동에 놀라 멍하니 교이치를 내려다보다가 교이치의 등에 얼굴을 파묻고 울었다.

"애야, 그렇게 아래층으로 내려가기 싫으면 내려갈 필요 없다. 하지만…… 하지만…… 네가 방금 한 말, 이 할미 곁에 있기 싫다고 한 말 그게 정말이냐? 넌 그렇게 이 할미가 싫었던 게야? 이 할미가 무슨 낙으로 사는지 네가 정말 몰랐단 말이냐. 지로가, 저까짓 지로가 이 할미보다 더 소중하단 말이냐."

"할머니…… 할머니…… 내…… 내가 잘못했어요. 그렇게 말해서 정말 죄송해요. 그렇지만 할머니…… 나, 지로하고 사이좋게, 사이좋게 지내고 싶어요. 할머니, 이렇게 부탁할게요.

제발, 제발 지로도 사랑해주세요."

이불 위에 고개를 파묻고 교이치는 흐느끼며 중얼거렸다.

어느새 지로도 이불을 걷고 자리에 앉아 있었다. 지로는 나란히 한데 포개진 두 사람을 뚫어져라 보면서 착잡하기만 했다. 두 사람에게 지로는 분노도, 슬픔도 느끼지 않았다. 놀라지도 않았다. 지로는 냉정하게 눈앞에 벌어진 사태를 관찰할 뿐이었다. 마치 이 일에 나는 아무 책임도 없다는 듯 편안해 보이기까지 했다. 지로는 조만간 할머니가 자기에게 심한 말을 퍼붓거나 달려들 거라고 생각하며 마음을 단단히 먹었다.

지로가 이런 일을 겪고도 침착할 수 있었던 것은 어린 시절부터 자주 궁지에 몰리면서 나름대로 터득한 본능이 있었기 때문이다. 하지만 이번만큼은 예전과 사정이 달랐다. 자신을 안전하게 지키기 위해 책략을 쓰려는 교활한 마음이 생기지 않았다. 지로의 무의식은 빠져나갈 궁리를 하는 대신 눈앞에 벌어진 일이 진실이며, 그 진실을 하나도 빼놓지 않고 보고, 듣고, 겪어야 한다고 스스로에게 속삭였다.

지로는 할머니가 야속하면서도 연민이 느껴져 무척 혼란스러웠다. 또 자신은 지금껏 가져보지 못한 존귀한 마음씨를 지닌 교이치에게 단순한 형제애보다 더 깊은 정을 느꼈다. 그러나 이런 감정들 때문에 자기 앞에 놓인 진실이 비뚤어지거나 흐려지지는 않았다. 지로는 그 어느 때보다 자신을 둘러싼 현실을 확연하게 느꼈다. 그래서 단순히 화를 내거나 섭섭해하거나 두려워하는 대신 나름대로 의식하고 판단하고 분별할 수 있었다.

'운명'과 '사랑'과 '영원'은 다시 한 번 지로의 마음속에 손길을 뻗쳤다. 하지만 지로는 아직 아이일 뿐이었다. 이번에도 기쁨보다는 슬픔이 더 컸다. '영원'은 간직하고 있기에 너무나 쉽게 사라졌고, 어쩌다 다가온 '사랑'은 작은 일에도 상처를 받았다. 오직 남다른 '운명'만이 끈질기게 그를 붙잡고 놓아주지 않았다.

  할머니는 언제까지고 그 자리에 앉아서 교이치를 어루만졌다. 교이치는 곧 울음을 그쳤지만, 이불 위에 엎어진 채 일어나지 않았다. 두 사람은 아무 말도 주고받지 않았다. 지로는 두 사람이 어떤 처지인지 이해할 수 있었고, 마음 깊이 그들의 감정에 공감했다. 하지만 이대로 계속 시간이 흐르는 건 바라지 않았다. 한기가 스며들어 몸이 오싹했다. 자명종 바늘은 이미 열한 시를 지났다. 현실 세계로 되돌아오자 당장 내일 볼 시험이 걱정되었다. 지로는 할머니가 자기를 혼내야만 이 어색한 상황이 빨리 마무리될 것이라고 생각했다. 차라리 이럴 때는 자기에게 실컷 화를 내고 아래층으로 내려가면 좋겠는데, 할머니는 교이치의 등에 얼굴을 기댄 채 커다란 돌덩이처럼 움직이지 않았다. 지로는 슬슬 화가 났다.

  '맞아, 할머니는 일부러 저러는 거야. 어떻게든 내일 시험을 방해하고 싶어서 저렇게 꼼짝도 않는 거야.'

  지로는 문득 그런 생각이 들었다. 어머니가 살아 있을 적에 자기도 가끔은 엉뚱한 일로 고집을 부리며 상대방을 애먹인 경험이 있었기 때문에 그렇게 생각하는 것도 무리는 아니었다. 또 실제 성격에 비추어볼 때 할머니는 충분히 그럴 수 있는 사람이었다. 그런 점에서 할머니와 지로는 혼다 가에서 유일하게 닮은 꼴이었다. 악마의 마음을 가장 잘 꿰뚫어보는 것은 결국 악마이며, 그 한 가지 이유 때문에 악마와 악마는 영원히 친구가 될 수 없다는 격언은 두 사람을 위해 만들어진 얘기였다. 이날 밤 지로와 할머니에게 서로의 존재는 저주받은 만남, 그 자체였다.

시계는 가차 없이 삼 분, 오 분을 지나더니 어느새 자정으로 내달리고 있었다. 할머니는 여전히 꿈쩍도 하지 않았다. 지로는 아무 물건이나 들어 할머니의 머리 위에 던져버리고 싶은 충동을 느꼈다. 삼사 년 전쯤 할머니가 숨겨둔 과자 상자를 몰래 훔쳐다가 뒷밭에서 발로 짓뭉개버린 일이 생각났다. 혼다 가는 무사의 집안이라는 말을 자주 들었는데, 지금이야말로 무사의 포악함이 그의 마음속을 지배하기 직전이었다. 그러나 충동을 느낀다고 예전처럼 곧바로 행동에 옮길 지로가 아니었다. 그리고 자기 앞에는 할머니 말고도 교이치가 있었다. 푹 엎드려 있는 교이치의 모습은 할머니와는 전혀 다른 의미로 지로에게 다가왔다. 지로의 눈에는 그 모습이 신성해 보이기까지 했다.

지로는 벌떡 일어나 일부러 발자국 소리를 크게 내며 화장실에 갔다 와서는 곧바로 이불을 뒤집어썼다. 하지만 전등이 환하게 켜 있어 잠이 올 리 없었다. 자명종의 초침 소리마저 소음으로 들렸다. 지로는 몇 번 꿈지럭꿈지럭 이불 속에서 뒤척이다가 두 사람에게 들리도록 크게 한숨을 내쉬었다. 자명종을 보는 척하면서 몰래 두 사람을 살펴보기도 했다.

자정이 되어서야 할머니가 천천히 일어났다. 교이치에게 이불을 덮어주는 소리가 들렸다.

"웅크리지 말고 발을 쭉 뻗고 누워야지."

할머니의 목소리는 이제 떨리지 않았다. 마침내 전등을 끄는 소리가 들렸다. 이불을 뒤집어썼지만 방 안이 캄캄해지는 게 느껴졌다. 지로가 이제야 잘 수 있겠다고 마음을 놓는 순간, 방 안이 다시 환해졌다. 발소리가 머리맡으로 다가오더니 지로가 덮고 있던 이불을 슬며시 젖혔다. 할머니였다. 할머니는 차갑게 눈을 내리뜨고 지로를 노려보았다. 지로도 눈을 동그랗게 뜨고 할머니를 노려보았다.

"그따위 심보로 중학교에 들어가면 잘도 훌륭한 놈이 되겠다."

할머니는 독하게 한마디 내뱉고는 들고 있던 이불을 지로의 얼굴에 털썩 떨어뜨렸다. 지로는 가슴이 벌떡거렸지만 꾹 참고 가만히 누워 있었다. 전등이 다시 꺼지고 계단을 내려가는 발소리가 들렸다.

"지로, 미안해. 다 나 때문이야. 빨리 자자."

교이치가 울먹이며 말했다.

"응, 괜찮아. 형도 빨리 자."

지로는 이불 속에서 조그만 목소리로 말했다. 언제부터인지 눈물이 흘렀다.

지로가 겨우 잠들었을 때, 자명종 시계는 새벽 두 시를 막 지나고 있었다.

개미에게 물린 애벌레

이튿날 지로는 자명종이 울리기 전에 눈을 떴다. 푹 잔 것 같기도 하고, 한숨도 못 잔 것처럼 정신이 멍하기도 했다. 머릿속이 바짝 말린 스펀지로 가득 찬 것 같았다. 고개를 흔들 때마다 서걱 서걱 모래 밟히는 소리가 났다. 방 안은 아직 어두웠다. 자명종을 손으로 더듬는데 교이치도 막 잠에서 깼는지 지로에게 말했다.

"벌써 일어났어? 일곱 시 지나서 깨우려고 자명종을 미리 꺼 놨어. 아홉 시부터 시험이지?"

"응, 조금 더 자고 일어나도 될 것 같아."

지로는 그렇게 대답하며 자명종을 보았다. 어두워서 잘 보이지 않았다.

'형은 어젯밤에 한숨도 못 잔 것 같은데.'

지로는 이불 속에 얼굴을 파묻으며 그렇게 생각하다가 어느새 또 꾸벅꾸벅 졸았다. 눈만 잠깐 감았다 뜬 것 같은데, 교이치가 다급하게 깨우는 소리에 퍼뜩 정신이 들었다.

"지로, 일곱 시 반이야. 빨리 일어나."

벌써 세수를 했는지 교이치는 얼굴이 말갰다. 지로는 벌떡 일어났다. 이불 위에서 정신을 잃고 잠깐 비틀거렸지만, 헤엄치듯 벽을 붙잡고 기어가 걸려 있는 교복을 주섬주섬 챙겨입었다.

"세수부터 해. 이불은 내가 갤게."

지로는 교이치가 시키는 대로 서둘러 아래층으로 내려갔다. 대충 세수를 하고 이 층으로 올라가려는데 교이치가 지로의 필통과 모자를 들고 내려왔다. 필통에는 시험 볼 때 필요한 연필과 칼, 지우개 따위가 가지런히 정리되어 있었다.

둘은 부엌으로 가 밥상 앞에 앉았다. 밥을 먹으면서 어젯밤 사건 뒤 처음으로 서로의 얼굴을 보았지만, 잠을 제대로 못 자서 푸석한 상대방 얼굴을 보는 게 민망해서인지 둘 다 눈길을 피했다.

할머니가 불상을 모신 방에서 나와 밥상 앞에 앉다가 슬쩍 지로를 보았다. 할머니는 입술을 꾹 다문 채 아무 말도 하지 않았다. 어제 아침만 해도 교이치가 지로를 위해 날계란을 달라고 조르기도 하며 집안이 어수선했는데, 오늘은 작은 소리라도 날까 봐 다들 조심하는 눈치였다. 할머니는 젓가락을 들 생각도 않고 교이치와 지로를 번갈아보며 말했다.

"교이치, 어째 얼굴빛이 안 좋구나. 오늘은 지로 따라가지 말고 집에서 쉬어."

할머니는 교이치의 이마를 짚어보았다.

"열이 좀 있는데."

교이치는 신경질적으로 할머니를 보았다. 그러고는 고개를 숙이며 말했다.

"아무렇지도 않아요."

할머니도 더는 말하지 않았다.

안방에서 신문을 보던 슌스케가 부엌 쪽을 잠깐 살피며 무슨 말인가 하려다가 천장을 올려다보며 크게 한숨을 내쉬었다.

"지로, 화장실 갔다 왔어? 아직 시간 넉넉해."

밥을 먹자마자 서둘러 나가려는 지로를 붙잡고 교이치가 말했다.

"괜찮아, 안 마려워."

둘은 8시 10분쯤 집을 나왔다. 학교까지는 걸어서 이십 분밖에 걸리지 않지만, 세이후쿠지 절에서 친구들과 선생님을 만나 함께 가기로 약속했다. 집에서 세이후쿠지까지는 칠 분 쯤 걸렸다.

"머리가 띵하진 않지?"

교이치가 걱정스러운 듯 물었다.

"아니, 아무렇지도 않아."

지로는 정말 괜찮다는 듯 웃으며 대답했지만, 아닌 게 아니라 귀도 좀 울리는 것 같고 머리도 보통 때보다 훨씬 무거웠다.

세이후쿠지에 다다르자 신나게 떠드는 귀에 익은 목소리들이 들렸다. 본당 앞에서 친구들과 시험 이야기를 하고 있을 때 절 부엌에서 곤다와라 선생님이 나왔다.

"눈이 조금 충혈되었구나."

선생님은 지로에게 말하면서 교이치를 보았다. 곤다와라 선생님은 다시 지로와 교이치를 번갈아보더니 걱정스런 눈초리로 말했다.

"이 녀석들 어제 밤샜구나. 그러면 안 되는데."

둘은 고개를 숙인 채 조용히 있었다.

"어젯밤 몇 시쯤 잤니?"

"아홉 시 조금 전에 누웠어요."

지로가 고개를 들며 말했다.

"아홉 시도 되기 전에 잤다고? 그럼 우리보다 일찍 잤는데. 음……."

곤다와라 선생님은 이상하다는 듯이 또 한참 동안 교이치와 지로를 번갈아보았다. 선생님은 외투 안주머니에서 검은 끈이 달린 커다란 니켈 시계를 꺼내 시간을 확인했다.

"너희들 화장실은 다녀왔지? 똥도 시원하게 쌌냐? 그럼 출발이다."

아이들은 소리를 지르며 힘차게 밖으로 나갔다. 지로는 친구들과 달리 마음 한구석이 쓸쓸했다. 교이치는 맨 뒤에서 곤다와라 선생님과 나란히 걸었다.

"정말 아홉 시에 잔 거 맞아?"

곤다와라 선생님이 다시 한 번 물었다.

"예, 자긴 잤어요."

"자긴 잤다……. 혹시 어젯밤에 무슨 일 있었니?"

"예…… 둘이 얘기 좀 했어요."

"얘기를 했다? 으음…… 몇 시까지 했는데?"

"예, 조금 늦게까지 했어요."

"무슨 얘기를 했기에 새벽까지 잠도 안 잤어?"

교이치는 힘없이 고개를 떨어뜨리며 대답하지 못했다. 곤다와라 선생님도 어쩔 줄 몰라 하는 교이치를 보고 더 묻지 않았다. 중학교에 도착하자 곤다와라 선생님은 아이들과 멀찍이 떨어져 운동장 구석에 있는 포플러 나무에 등을 기댄 채 팔짱을 끼고 생각에 잠겼다. 곤다와라 선생님은 시험을 알리는 종소리가 울리기 오륙 분 전에야 아이들 곁으로 다가와서 난데없이 지로의 머리를 두 손으로 꽉 붙들고 세차게 흔들었다.

"조바심치지 마, 알았지? 초조해하지도 말고, 응? 오늘은 시험장에서 낮잠이나 잘 각오를 하는 거야. 선생님 친구 가운덴 말이지 시험 시간만 되면 낮잠을 자는 녀석이 있었거든. 근데 지금 그 친구가 뭘 하는 줄 아니? 대학교수란다."

아이들은 모두 웃었다. 지로도 머리를 긁적이며 웃었지만 왠지 씁쓸했다. 옆에 있던 겐지가 참지 못하고 물었다.

"선생님 친구는 시험에서 떨어진 적 없었어요?"

"응, 떨어진 적도 있지. 하지만 붙은 적이 더 많아."

엉뚱한 대답에 아이들은 또 웃음을 터뜨렸다. 류이치가 물었다.

"그런 사람이 정말 있어요?"

"있고말고. 그 친구는 공부를 아주 열심히 하는 사람이었어. 책을 읽다가 밤을 꼬박 샌 적도 많았지. 하지만 시험에 붙으려고 그런 건 아니었어. 그 친군 시험 같은 건 아무래도 좋다는 말을 자주 했어. 그래서 시험을 보다가도 졸리면 그냥 잤지."

"그래도 시험 시간에 졸다가 떨어졌을 거 아녜요?"

다른 아이가 물었다.

"응, 그건 네 말이 맞다. 그땐 좀 심하게 잤거든. 한 문제도 안 풀고 자버린 거야. 어찌나 깊이 잠들었는지 종이 칠 때까지 세상모르고 잤어. 시험에 떨어진 건 그때 딱 한 번뿐이었지."

"선생님은 우리도 시험 시간에 졸면 좋겠어요?"

다른 아이가 물었다.

"아니지. 그러니까 너희들은 정신 똑바로 차리고 시험을 봐야 한다, 뭐 그런 말이지. 그리고 시험 시간에 자는 건 아무나 할 수 있는 일이 아냐. 너희 같은 녀석들은 마음먹고 시험 시간에 자려고 해도 잠이 안 올 테니까. 그런데 지로는 할 수 있을 것 같다. 어제 잠을 못 잔 것 같거든. 어쨌든 말이다, 지로. 이 까짓 시험, 낮잠 잘 시간에 한번 해보는 거다, 뭐 그런 마음으로 편하게 보고 와라. 하하하."

그제야 아이들은 선생님이 긴장을 풀어주려고 농담 비슷한 말을 꺼냈다는 사실을 알아차렸다. 지로와 교이치만 곤다와라 선생님이 무슨 뜻으로 그런 말을 하는지 이해할 수 있었다.

이윽고 시험실 입장을 알리는 종이 울렸다. 운동장에 모여 있던 학생들이 한꺼번에 교실로 들어갔다. 2백 명 모집에 천여 명이나 응시했기 때문에 출입구는 무척 복잡했다. 지로는 전날까지만 해도 그런 모습이 아무렇지도 않아 보였는데, 이날은 무척 부담스러웠다.

시험장에 들어가 자리에 앉고 나서야 겨우 답답했던 마음이 한결 차분해졌다. 감독관이 곧바로 시험지를 나눠주었다. 지로는 한 번 죽 훑어보았다. 모두 열 문제였다. 그다지 어려운 문제도 없는 것 같아 더욱 마음이 차분해져서 연필을 움직여나갔다.

1번부터 3번까지는 쉽게 풀었다. 4번 문제는 소수와 분수가 섞인 계산 문제였다. 언뜻 보기에는 간단한 것 같았지만 정작 공식을 적용하다 보니 점점 복잡해졌다. 겨우 답을 쓰기는 했지만 어쩐지 불안해서 한 번 더 계산을 했다. 그랬더니 엉뚱한 답이 나왔다. 조금 초조해진 지로는 마음을 가다듬고 처음부터 다시 계산을 했다. 그러자 이번에는 더 이상한 답이 나왔다. 머리가 지끈거렸다. 4번은 제쳐놓고 다른 문제부터 풀어야겠다고 생각했다.

그러나 한 번 출렁거린 마음은 쉽게 가라앉지 않았다. 바로 뒷자리에서 싹싹 연필 깎는 소리까지 들려와 지로의 신경을 자극했다. 무릎이 후들거렸다. 게다가 엎친 데 덮친 격으로 똥까지 마려웠다. 아랫배의 불만은 그리 심각하지 않았지만, 가뜩이나 복잡해진 머릿속을 마구 헝클어놓았다.

그래도 자신 있게 두 문제 정도를 더 풀었다. 앞의 세 문제와 합치면 다섯 문제다. 그러나 열 문제 가운데 일곱 문제 이상은 맞혀야 합격할 수 있다는 게 상식이었다. 앞으로 두 문제! 지로는 남은 문제 가운데 어떤 것을 선택할지 결정하기 위해 연필을 책상에 내려놓고 침착해지려고 노력했다. 하지만 허리 부근에서 시작된 생리적 욕구는 이미 걷잡을 수 없어졌다. 그때 교단에 서 있던 감독 선생님이 큰 소리로 외쳤다.

"앞으로 삼십 분!"

지로는 반사적으로 연필을 들었다. 조금 전에 실패한 소수와 분수 문제를 다시 계산했다. 이번에는 처음과 같은 답이 나왔다.

'괜히 시간만 낭비했잖아.'

지로는 속으로 중얼거리며 한숨을 내쉬었다. 골치 아픈 문제를 처리했다고 마음을 놓자 생리적 욕구가 더욱 강해졌다. 시간은 아직 이십 분이나 남아 있었다. 배만 아프지 않았다면 두 문제 정도는 확실하게 풀 수 있었을지도 모른다. 그러나 모든 것은 운명이었다. 아랫배는 금방 폭발할 것처럼 쉴 새 없이 경고를 보냈다. 지로는 진땀을 닦으며 왼손으로 아랫배를 움켜쥐었다.

종이 울릴 때까지 지로는 남은 네 문제 가운데 두 문제만을, 마치 개미에게 습격당한 애벌레처럼 초조한 마음으로 풀었다. 물론 자신이 쓴 답이 맞을 거라는 확신은 없었다. 지로는 서둘러 답안지를 낸 뒤 미친 듯이 화장실로 달려갔다.

화장실에서 볼일을 보고 나온 지로는 온몸에서 기운이 빠져나가 서 있기조차 힘들었다. 일부러 사람이 없는 복도를 골라 출입구 쪽으로 나갔다. 마음속에서 분노가 치밀었다. 어느새 또 눈물이 흘렀다. 지로는 출입구 기둥을 주먹으로 내리치며 머리를 파묻은 채 꼼짝도 하지 않았다.

"지로, 왜 그래? 어떻게 된 거야?"

뒤에서 교이치의 목소리가 들렸다.

"나…… 나…… 틀렸어!"

기둥을 붙잡고 있는 어깨가 들썩였다. 교이치는 비통한 심정으로 멍하니 지로의 어깨만 보았다.

"야, 너답지 않게 왜 그래? 곤다와라 선생님이 기다리셔."

지로는 겨우 눈물을 닦고 곤다와라 선생님이 있는 곳으로 갔다. 가면서 지로는 시험을 제대로 치르지 못한 이유를 교이치에게 설명했다. 교이치는 국어점수가 좋기 때문에 가망이 없는 것은 아니라고 말했지만, 그렇게 말하는 얼굴은 어두웠다. 곤다와라 선생님은 운동장 구석에서 아이들에게 둘러싸여 팔짱을 낀 채, 교이치와 지로가 다가오는 것을 지켜보고 있었다.

"화장실에 갔다 왔대요."

교이치가 변명하듯 말했다. 곤다와라 선생님은 으음 하고 짧게 신음소리를 내며 지로를 보았다. 선생님은 여전히 팔짱을 풀지 않고 그 자리에 서 있기만 했다.

"으음, 그래……. 으음…… 다 모였으면 가자."

한참 뒤에야 곤다와라 선생님은 그렇게 말하고 앞장서서 걸었다.

선생님은 교문을 나와 말없이 길을 걷다가 아이들을 돌아보았다.

"이제 구술시험하고 체력장만 남았구나. 오늘은 지로도 합숙하는 곳에 놀러오지 그러냐. 교이치도 같이 오고. 점심이야 2인분 정도는 어떻게 될 거야."

"저희는 그냥 갈게요. 집에서 걱정하실 것 같아서……."

교이치가 지로를 보며 말했다.

"으음, 그것도 그렇군. 그럼 선생님이 나중에 너희 집에 갈 테니까 아버지한테 잘 말씀드려라."

교이치와 지로는 세이후쿠지에서 아이들과 헤어져 집으로

돌아왔다. 무슨 맛인지도 모르고 점심을 먹었다. 점심을 먹고 나서는 식구들을 피해 이 층으로 올라가버렸다. 교이치와 지로는 책상에 턱을 괴고 앉아 서로 눈치만 살피며 멍하니 앉아 있다가 갑자기 약속이나 한 듯 조용히 울기 시작했다.

그러다 교이치가 벌떡 일어나 반침에서 이불을 꺼내 자리를 깔았다.

"잠이나 자자."

교이치가 먼저 이불 속으로 파고들었다.

지로는 교이치가 깔아놓은 이부자리를 슬픈 눈으로 내려다보다가 누워 있는 교이치에게 달려들었다.

"나…… 내년엔 꼭 합격할 거야. 형, 미안해…….."

교이치는 대답 대신 이불 속에서 몸을 웅크렸다. 머리까지 이불을 뒤집어쓰고 교이치가 숨을 헐떡거리며 말했다.

"다 나 때문이야. 어젯밤 일도 그렇고, 너한테 괜히 이상한 말만 시켜서…….."

둘은 그 뒤로도 한참 동안 같은 자세로 있었다.

그러는 사이에 지로도 어느 정도 마음이 가라앉았는지, 교이치의 이불에서 몸을 일으키더니 교복도 벗지 않은 채 자신의 이부자리로 들어갔다. 둘 다 너무 피곤해서 그날 오후 곤다와라 선생님이 슌스케를 만나고 돌아간 것도 모르고 저녁까지 잠을 잤다.

구두

다음 날 지로는 생각보다 주눅 들지 않고 구술시험과 체력장을 무사히 마쳤다. 그러나 다른 친구들이 어제 본 수학시험 이야기를 하자 자신이 떨어졌다는 생각이 더 확실하게 들었다. 억울하지는 않아도 맥이 빠지는 건 어쩔 수 없었다. 무엇보다 마사키 가로 돌아가 입학시험에 떨어졌다는 말을 해야 한다는 사실이 걱정이었다. 교이치의 말대로 혹시나 하는 마음에 합격자를 발표할 때까지 읍내에서 지낼까 하는 생각도 해보았다. 그러나 어차피 떨어질 게 분명하다면 혼다 가에 남아 있는 것도 이상했다. 지로는 일단 마사키 가로 돌아가야겠다고 마음먹고 겐지, 류이치와 함께 가기로 약속했다.

그런데 시험을 모두 마치고 돌아오는 길에 곤다와라 선생님이 평소와 다름없는 무표정한 얼굴로 이렇게 말했다.

"지로는 사나흘 더 읍내에서 지내야 한다면서? 어쩌면 합격자 발표 날까지 읍내에 있게 될지도 모르겠구나. 만에 하나 떨어져도 아무 생각 말고 학교로 와. 떨어진 아이는 너 말고도 아주 많을 테니까."

지로는 선생님이 처음으로 합격 이야기를 했기 때문에 머쓱해졌다. 그보다 사나흘 읍내에 더 남아 있어야 한다는 게 무슨 말인지 궁금했다. 조금 망설이다 그 이유를 묻자 선생님은 별일 아니라는 듯 웃으면서 얼버무리기만 할 뿐 자세한 설명은 해주지 않았다.

"집에 가서 아버지께 여쭤보면 알 텐데 뭘."

지로와 교이치는 서둘러 집으로 돌아왔다. 그러나 아버지는 밖에 나가고 안 계셨다. 할머니에게 물어보면 무슨 일인지 알 수 있겠지만, 지난번 일이 아직도 커다란 벽처럼 할머니와 자신들 사이를 가로막고 있는 것 같아 물어볼 엄두가 나지 않았다. 둘은 하는 수 없이 이 층으로 올라갔다.

조금 뒤에 슌조도 이 층으로 올라왔다. 슌조는 누가 들을세라 목소리를 잔뜩 죽인 채 흥분해서 말했다.

"우리 집에 새엄마가 온대."

"그래?"

지로는 그 얘기라면 이미 알고 있다는 듯 관심을 보이지 않았다. 교이치는 뭔가 짚이는 거라도 있는지 고개를 끄덕이더니 슌조에게 물었다.

"새어머니가 오신다고? 언제 온다고 그랬는데?"

"내일모레 밤이래."

"정말이야? 아버지한테 들었어?"

"아니, 할머니한테 들었어."

교이치가 지로의 얼굴을 보았다. 지로는 새어머니가 온다는 것쯤 이미 알고 있지 않았느냐는 표정을 지으며 어깨를 으쓱했다.

"할머니가 그러는데……."

순조가 목소리를 더 한층 낮추며 말했다.

"우리 집에 새엄마가 올 필요는 없지만, 마사키 외할아버지가 하도 권해서 어쩔 수 없다고 그랬어."

그 말에 지로는 눈을 번뜩이며 교이치를 보았다. 교이치는 무척 복잡한 얼굴을 하고 지로와 순조를 보았다. 셋은 서로 얼굴만 보고 있을 뿐 잠잠했다. 한참만에야 교이치가 입을 열었다.

"순조는 어때? 새어머니가 오는 게 좋아, 오지 않는 게 좋아?"

"난 다 좋아. 형은?"

"음……."

교이치는 조금 망설이더니 우물거렸다.

"나도 다 좋아."

"지로 형은?"

순조는 지로의 생각이 궁금했는지 눈치를 살피며 물었다.

"나도 좋지."

지로는 태연하게 대답하고 고개를 돌렸다.

"하지만 할머니는 이번에 오는 엄마가 지로 형을 제일 좋아할 거라고 그랬어."

"……."

지로의 얼굴이 조금 붉어졌다. 지로는 곁눈질로 교이치를 보

왔다. 마침 교이치도 지로를 보고 있었는데, 지로와 눈이 마주
치자 재빨리 순조에게 눈길을 돌리며 말했다.

"그렇지 않아. 그런 말 하면 안 돼."

"왜 안 되는데?"

"왜라니? 아직 한 번도 못 본 분인데, 어떤 분인지도 모르면
서 그렇게 사람을 구별하는 건 나쁜 거야."

"하지만 할머니는……."

"아무리 할머니가 그래도, 틀린 말은 틀린 거야. 할머니는 지
로가……."

교이치는 무슨 말인가를 하려다가 갑자기 입을 다물며 순조
를 보았다.

"순조."

교이치가 목소리를 가다듬고 말했다.

"우린 지금부터 누가 뭐라고 해도 친하게 지내야 해."

순조는 어리둥절해하는 눈으로 교이치를 보았다. 교이치가
다시 지로를 보며 물었다.

"이번에 오실 새어머니는 우릴 차별하거나 그럴 분이 아니
지?"

"응. 안 할 거야……. 틀림없어."

지로는 자신이 없었는지 띄엄띄엄 대답했다. 지로는 조금 겸연
쩍었다. 세 형제는 그 뒤 아무 말도 하지 않고 저마다 무언가 골
똘히 생각했는데, 이윽고 순조가 시시해졌는지 혼자 아래층으로
내려갔다. 곧이어 아래층에서 할머니가 부르는 소리가 들렸다.

"교이치, 잠깐 내려오렴."

교이치는 지로의 낯빛을 살피다가 마지못해 일어섰다.

지로는 또 혼자 남았다. 하지만 이제는 이런 일에 익숙해져서 마음 쓰이지도 않았다. 할머니가 왜 교이치를 아래층으로 불렀는지 궁금하지도 않았다. 지로는 문득 입학시험을 생각했다.

'내일모레 저녁까지는 합격자 발표가 나지 않을 거야. 하지만 새어머니가 오시면 틀림없이 이것저것 물어볼 게 뻔한데, 그땐 뭐라고 대답해지? 차라리 새어머니가 오시기 전에 마사키 외할아버지 댁으로 가버릴까?'

지로는 이런 생각을 하면서 삼십 분쯤 혼자 책상 앞에 앉아 있었다. 삼십 분이 넘도록 교이치가 올라오지 않자 지로는 조금 걱정이 되었다. 아래층에 내려가 볼까 하다가 아무래도 기다리는 편이 낫겠다 싶었다. 아래층에 내려가면 틀림없이 안 좋은 일이 자신을 기다리고 있을 것만 같았다. 지로는 초조해하면서도 저녁 먹을 때까지 혼자 우두커니 이 층에 앉아 있었다.

"형, 밥 먹어!"

순조가 부르는 소리를 듣고 아래층으로 내려가니 이미 식구들은 밥상 앞에 둘러앉아 있었다. 교이치는 눈 밑이 벌겋게 달아오른 것이 한바탕 운 듯했고, 할머니는 화가 나서 어쩔 줄 모르겠다는 얼굴을 하고 있었다. 순스케는 아직 돌아오지 않은 모양이었다.

모두 조용히 밥만 먹었다. 교이치는 억지로 한 공기를 다 먹고는 젓가락을 내려놓자마자 잘 먹었다는 말도 없이 이 층으로 올라갔다. 좀 뒤에 지로도 교이치를 따라 이 층으로 올라갔다. 형제는 저마다 자기 책상 앞에 등을 돌린 채 앉았다.

"형, 무슨 일 있었어?"

지로가 먼저 말을 걸었다.

"아냐, 일은 무슨……."

둘은 전등도 켜지 않고 어둠 속에 멀거니 앉아 있었다.

일곱 시가 조금 지나 슌스케가 돌아왔다. 저녁을 먹고 슌스케는 곧 형제 셋을 다다미방으로 불렀다. 슌스케는 간단하게 새어머니가 오실 거라고 전했다. "돌아가신 어머니를 대신해 마사키 가에서 한 분이 오기로 했다." "지금처럼 할머니 혼자 집안살림을 계속 꾸려나가려면 너무 힘드실 것 같아서." 하며 까닭을 밝혔다.

"뭐 그렇게 심각할 필요 없어. 너희들 마음대로 생각하면 될 거야. 친절한 아주머니가 한 분 오시는 걸로 알면 되겠구나. 그렇지만 어머니라고 부르는 것만은 절대로 잊지 말아야 한다."

슌스케는 그렇게 말하며 지로에게 슬쩍 웃어 보였다.

할머니는 슌스케 뒤쪽에 앉아 있다가 슌스케가 말을 마치기 무섭게 무릎을 꿇은 채 상 앞으로 다가오면서 말했다.

"교이치는 이 집의 장남이니까 장남 노릇을 톡톡히 해야 해. 지로나 슌조가 보고 배울 수 있게 새어머니가 오시면 각별히 잘해야 한다. 이 늙은 할미 같은 건 아예 잊어버려도 상관없어."

당황한 교이치가 눈길을 바닥에 떨어뜨렸다. 슌스케는 눈을 감고 미간을 찡그렸다. 하지만 곧 크게 웃었다.

"새로 오실 어머니한테 효도니 뭐니 그런 거창한 거 안 해도 돼. 효도는 할머니하고 아버지에게만 하면 돼. 새어머니가 오시면 너희들은 마음 편하게 지내기만 하면 되는 거야."

"정말 그렇게 해도 괜찮아요?"

슌조가 진지하게 물었다.

"괜찮지."

슌스케가 웃으며 대답했다.

할머니는 자기 혼자 따돌림당한 것 같아 마음이 또 언짢아진 모양이었다. 교이치는 새어머니에 대한 이야기가 나오자 서먹해했다. 하지만 지로는 며칠 동안 우울했던 마음이 새어머니 이야기로 조금 누그러지는 것 같아 반가웠다. 새어머니가 오기 전에 마사키 가로 돌아가야겠다고 생각한 것도 몽땅 잊어버리고 말았다.

이틀 뒤 슌스케와 오요시의 결혼식이 있었다. 결혼식은 밤에 아주 간단하고 소박하게 치렀다. 오요시는 예복도 입지 않았다. 무늬가 있는 하오리(기모노 위에 입는 짧은 겉옷)만 걸치고 마사키 부부와 아오키 선생이 인도하는 대로 읍내 혼다 가를 찾아왔다. 거의 같은 시간에 오마키 할아버지 내외도 왔다. 사람이 그리 많은 것도 아닌데 방이 워낙 좁아 서로 엉덩이를 비비며 앉아야 했다. 아오키 선생이 입회하여 간단하게 예식을 치르고, 슌스케와 오요시는 이제부터 서로 부부라는 것을 알리는 술을 나눠 마셨다. 마지막으로 아이들에게 오요시가 따라주는 술이 돌아갔다. 식을 진행하는 아오키 선생이 말했다.

"오늘 예식에서 가장 중요한 술잔입니다."

교이치는 뻣뻣하게 굳은 자세로 술잔을 받았다. 지로는 교이치가 잔뜩 긴장한 모습을 보고 하마터면 웃음이 나올 뻔했다. 아이들이 술잔을 모두 받자 이어서 어른들끼리 음식을 먹으며 술을 마셨다. 마사키 외할머니가 눈짓하자 오요시는 곧 술잔을 들고 사람들에게 권하며 시중을 들었다. 안방과 부엌을 여러 번 오가며 음식도 날랐다. 교이치와 아이들은 신기한 듯 오요시를 자세히 살펴보았다. 오요시는 아이들과 눈이 마주칠 때마다 커다란 보조개만 보일 뿐 한 번도 말을 걸거나 하지는 않았다.

다다미방에서는 거의 오마키 운페이 노인의 말소리만 들렸다. 오마키 노인은 또 오요시가 채소 절임을 아주 잘한다고 자랑했다.

"그렇지만 내가 먹기엔 간이 좀 맞지 않아요. 이 점은 사돈께서 잘 가르치셔야 할 겁니다, 으하하!"

오마키 노인은 이렇게 말하며 큰 소리로 웃었다.

오마키 노인은 어른들만 즐겁게 해주는 게 아니었다. 안방에 있는 교이치와 아이들도 온통 오마키 노인에게 정신이 팔렸다. 장지문 뒤에 숨어 다다미방을 들여다보던 지로가 말했다.

"진짜 덴구처럼 생겼지?"

"응, 진짜 똑같아."

슌조는 진짜 덴구라도 보고 있는 것처럼 심각한 표정을 짓고 고개를 끄덕였다.

"조금만 코가 더 컸으면 진짜 덴구가 됐을 텐데."

교이치마저 언제 긴장했느냐는 듯 재미있게 이야기했다.

밤 열 시쯤 되자 오요시만 남겨두고 모두 인력거를 타고 돌아갔다. 오마키 노인은 인력거에 오르다 말고 세 아이의 머리를 차례로 쓰다듬어주면서 큰 소리로 말했다.

"이 할아버지가 검도를 가르쳐줄 테다. 어머니하고 꼭 와야 한다."

사람들이 모두 돌아간 뒤에 오요시는 할머니와 아이들에게 손수 준비한 선물을 나눠주었다. 할머니에게는 옷감을, 교이치에게는 작은 탁상시계를, 지로에게는 구두를, 슌조에게는 언젠가 마사키 가에서 지로가 받았던 것과 똑같은 그림물감을 주었다.

그날 밤 모두 기분이 좋았다. 지로는 구두를 본 순간 마음이 조금 울적해졌다. 중학교에 입학하면 구두를 사주겠다고 오요시가 약속했던 게 생각났기 때문이다.

전골

지로는 입학시험에 실패했지만, 크게 낙담하지는 않았다. 마사키 가에 돌아온 뒤 어쨌든 체면은 구겨졌지만, 그래도 아무일 없었던 듯 학교에도 다니고 사촌들과 어울려 실컷 놀았다. 지로가 입학시험에 떨어진 것을 가장 속상해한 사람은 아마도 교이치였을 것이다. 학년시험이 눈앞에 닥쳤는데도 지로에게 편지를 써서 보내고는 했다. 그나마 지로는 겐지와 류이치도 함께 떨어진 것을 위안으로 삼았다. 류이치는 변명이라도 하듯 "전부 수만 받은 지로짱도 떨어졌다고요. 내가 떨어지는 건 당연하잖아요." 하고 말했다.

겐지는 두 번이나 떨어져서 지난해보다 며칠 더 창피해했지만, 이삼일 지나자 어디서 주워들었는지 자기는 '대기만성형'이라고 천연덕스럽게 떠들었다.

중학교 입학시험에는 6학년 가운데 넷, 졸업생 가운데 둘만 합격했다. 열다섯 명 가운데 절반도 안 되는 여섯 명만 합격한 셈이다. 그래도 다른 지역에 견주면 꽤 합격률이 높은 편이었다. 셋만 붙어도 다행이라고 했는데 여섯이나 붙었으니 대단한 결과였다. 다만 반드시 붙을 거라 믿었던 지로가 떨어지는 바람에 학교에서는 이만저만 실망한 게 아니었다. 선생님들은 지로를 볼 때마다 "억울하게 됐구나." 하며 아쉬워했다.

하지만 곤다와라 선생님은 지로에게 아무 말도 하지 않았다. 곤다와라 선생님은 지로를 대할 때뿐만 아니라 합숙에서 돌아온 뒤로 시험을 완전히 잊어버린 사람처럼 행동했다. 지로는 선생님이 시험 이야기를 꺼내지 않는 게 고마웠다. 그런 반면 툭하면 자신을 이야깃거리 삼아 입학시험 이야기를 늘어놓는 선생님들과 친구들은 귀찮고 야속했다.

시험에 떨어지고 지로는 예상치 못한 큰 문제에 부딪혔다. 당장 4월부터 읍내 소학교로 옮기느냐, 아니면 앞으로 일 년 더 마사키 가에서 지내느냐 하는 문제였다. 이 문제를 놓고 슌스케와 마사키 노부부가 여러 번 의논했지만, 쉽게 결론을 내지 못했다. 먼저 오요시가 어떻게 생각하는지 들어보기로 했다. 그런데 오마키 노인 말마따나 오요시는 본디부터 생각이라는 것이 전혀 없는지 "저는 그냥 정하시는 대로 따르겠어요." "지로가 좋아하는 대로 따르겠어요." 하는 말만 되풀이할 뿐 자신이 지로의 새어머니가 되었다는 것조차 생각하지 못하는 것 같았다. 집안에서는 다시 한번 지로의 뜻에 따르기로 의견을 모았다. 그렇게 되자 이번에는 지로가 혼란에 빠졌다.

솔직한 심정으로 지로는 슌스케와 교이치와 함께 살고 싶었다. 오요시는 두 사람만큼 매력 있지는 않았지만, 새어머니 뒤에는 오마키 할아버지가 있었다. 오마키 할아버지는 그동안 지로가 겪어보지 못한 새로운 사람이었다. 지로는 당연히 오마키 할아버지에게 마음을 빼앗겼다. 오요시와 떨어져 지내면 오마키 할아버지 집에 찾아갈 기회도 자연히 줄어들 것이다. 지로는 그런 상황은 바라지 않았다. 하지만 혼다 가에는 할머니의 싸늘한 눈빛이 자신을 기다리고 있다. 할머니의 눈빛을 떠올리기만 해도 지로는 혼다 가 근처에는 얼씬거리고 싶지도 않았다.

반대로 마사키 가에서는 완전한 자유를 누릴 수 있었다. 요즘 들어 지로가 새롭게 눈뜬 눈물겨운 형제애가 없다는 게 아쉽기는 했지만, 혼다 가에서 할머니에게 시달릴 것을 생각하면 마사키 가 역시 뿌리칠 수 없는 유혹이었다. 이 모든 조건을 젖혀두고라도 아는 친구 하나 없는 읍내 학교로 전학을 가는 것보다는 지금 다니는 학교에서 곤다와라 선생님이나 류이치 같은 아이들과 함께 지내는 편이 내년에 입학시험을 치를 때 훨씬 유리할 것 같았다. 그리고 지로 스스로 생각한 것은 아니지만, 고향의 낯익은 풍경도 은연중에 마음을 붙잡고 놓아주지 않았다.

이삼일 동안 지로는 이 문제로 무척 고민했다. 둘 중 한 가지를 선택할 때는 좋은 조건과 나쁜 조건이 있게 마련인데, 이번 선택은 둘 다 마음에 드는데 하나를 버려야 하는 것이었다. 포기할 수밖에 없는 조건에 미련이 생기는 것은 당연했다. 불행 중 다행인 것은 결정을 서두르지 않아도 된다는 점이었다. 적어도 일주일에서 열흘 동안은 생각할 시간이 있었다. 지로는 고민을 해도 결론이 나지 않자 혼자 힘으로 결정할 수 없다고 판단했다. 졸업식이 이삼일 앞으로 다가왔을 때쯤 지로는 곤다와라 선생님을 찾아갔다.

곤다와라 선생님은 지로의 기대를 저버리지 않고 간단하게 결론을 내려주었다.

"여기서 1년 더 지내는 게 좋을 것 같구나. 그리고 내년엔 너도 합숙을 시킬 테니까 올해 같은 일은 없을 거야. 이제 와서 전학을 가면 입학시험을 앞두고 또 배가 아플지도 모르고. 하하하!"

지로는 곤다와라 선생님의 충고에 따라 마사키 가에 일 년 더 남기로 했다. 얼마 전까지만 해도 지로가 혼다 가로 가는 것을 당연히 여기다가 뜻밖에도 상황이 바뀌자 지로는 물론이고 혼다 가, 마사키 가, 오마키 노인과 오요시까지 계획에 차질이 생겼다.

사람이 살다 보면 자신에게 주어진 길이 있다는 믿음이 생기게 마련인데, 이 길이라는 것이 또한 사막의 모래 언덕과 같아서 언제 어떻게 변할지 인간의 힘으로 예측할 수 없는 법이다. 어제까지만 해도 분명 이 길이었던 것이 오늘 아침 눈을 뜨고 보니 어느새 다른 길이 되어버린 것, 그리고 끊임없이 그 과정이 되풀이되는 것이 곧 인생이다. 지로의 인생에도 길이 바뀌는 일들이 슬슬 되풀이되려 하고 있었다.

'지로를 위해' 일부러 한 식구가 된 오요시가 시작부터 지로와 다른 지붕 밑에서 지내야 한다는 것은 지로에게나 오요시에게나 뜻하지 않은 운명의 변절이었다.

아마도 오요시가 자신이 '지로를 위해' 혼다 가에 왔다는 것을 진지하게 고민했더라면 역시 운명은 자기 마음대로 정하는 게 아니라고 생각했을 것이다. 그러나 지로가 중대한 운명으로 받아들인 이 사건을 과연 오요시도 그렇게 받아들였는가 하면 꼭 그렇지는 않았다. 어렵사리 두 사람 사이에 애정이 형성된 상황에서 이 일로 어느 한쪽에서 애정이 엷어진다고 가정할 때, 그 장본인인 지로보다 오요시는 비교적 가벼운 충격을 받았을 것이다. 오요시에게는 지로 말고도 교이치와 슌조가 있었다. 오요시 처지에서는 세 아이 가운데 단지 지로에게 먼저 친근감을 느낀 것뿐이었다. 물론 주위 사람들은 오요시가 '지로를 위해' 혼다 가 사람이 되었다고 굳게 믿었고 또 요오시가 그렇게 해주기를 바랐지만, 만에 하나 오요시가 사람들이 거는 기대와는 다르게 결혼이라는 것을 생각했다면, 지로가 아닌 교이치나 슌조에게도 당연히 애정이 쏠릴 것이다. 더구나 오요시는 무사태평한 성격이기 때문에 주위 사람들이 자신에게 어떤 기대를 하고 있는지 그다지 신경 쓰는 낌새도 보이지 않았다. 게다가 혼다 가의 시어머니는 만만한 인물이 아니었다. 오요시가 지로 대신 교이치와 슌조를 사랑하면 독살스런 시어머니와 좀 더 원만하게 지낼 수 있다는 것을 알아차리는 순간, 자신이 혼다 가에 온 이유를 분명히 알고 있다고 할지라도 생각이 바뀌지 않는다고 보장할 수는 없었다.

따라서 이번 일은 지로의 삶에 더 큰 영향을 끼쳤다. 지로는 오요시를 이제 막 '어머니'로 받아들이기 시작했으며, 아직은 오요시를 깊이 사모하거나 그다지 깊은 정을 느끼지는 못한다고 해도 오요시의 관심을 잃는 것은 혼다 가에서 유일한 버팀목이 되어줄 사람을 잃는 것과 마찬가지였다. 지로는 일 년 뒤에 혼다 가로 돌아가야 했다. 그때 오요시의 존재가 이번 일 때문에 지로에게 또 다른 장애가 될지, 아니면 기대했던 대로 위로가 될지는 오직 운명만이 알고 있었다.

혹시 오요시의 존재가 지로에게 장애가 된다면 가장 큰 충격을 받을 사람들은 마사키 노부부와 슌스케, 오마키 노인이었다. 아마도 이들은 그런 일이 일어나리라고는 상상도 하지 않았겠지만, '자연'은 언제나 사람의 '소망'보다 강하게 마련이다. 가끔 '자연'은 사람이 '있을 수 없는 일'이라고 정의한 일들을 '있을 수 있는 일'로 만들기도 한다. 물론 어떤 사람들은 자신의 '소망'으로 '자연'을 극복했다고 말한다. 그러나 이것은 어디까지나 사람의 '소망'이 '자연'을 따랐을 때 가능한 일이다. 사람들이 과연 오요시에게 '자연'의 순리대로 '소망'을 걸었는지는 몰라도, 사람들의 '소망'과 달리 '자연'이 지로 대신 교이치와 슌조를 오요시 곁에 둔 것만은 사실이었다.

'자연'이 바라는 가장 숭고한 부모의 사랑마저 사람의 '소망'을 앞세울 때는 조그만 자극에도 흔들려 뿌리째 뽑히고 만다. 사람은 의지와 이성으로 부자연스러운 '소망'을 자연스럽게 만들 수 있다고 착각한다. 특히 어머니들이 그런 유혹에 쉽게 빠진다. 이는 오타미와 혼다 할머니에게서 증명된 것이기도 하다. 하물며 지로가 보기에도 오요시는 그 존재 자체가 부자연스러워, 흔들기도 전에 뽑혀버릴 것 같은 접붙인 나뭇가지에 지나지 않았다. 지로가 무의식중에 수양아들 시절에 겪은 일들을 떠올리며 불안해하는 것도 무리는 아니었다.

입학시험이 끝나고 지로는 마사키 가에서 한 달 가까이 지내다 토요일을 맞아 오랜만에 혼다 가를 찾았다. 그날 지로는 오요시가 선물한 새 구두를 신었다. 소학교에서는 구두를 신을 수 없었기 때문에 처음으로 구두를 신어본 셈이었다.

교이치와 슌조, 할머니 그리고 오요시가 커다란 보조개로 지로를 맞았다. 오요시에게는 반갑게 지로를 끌어안을 생각이 처음부터 없어 보였지만, 단 며칠이라도 마사키 가에서 함께 지낸 기억 때문에 지로는 오요시의 보조개를 보는 것만으로도 좋았다. 혼다 가에서는 지금까지 느끼지 못했던 푸근한 분위기가 감돌았다. 지로는 색다른 변화를 다행으로 여기며 구두끈을 풀었다.

그 모습을 본 할머니가 말했다.

"아니, 너 구두를 신고 여기까지 온 게냐? 어머니가 사주신 걸 벌써 신다니, 시골 소학교에서 구두를 신으면 안 될 텐데……."

지로는 고개를 쳐들고 오요시를 보았다. 오요시는 역시나 담담하게 서 있을 뿐이었다. 지로는 안심했다. 하지만 어딘지 모르게 서운한 마음이 들었다.

지로가 들어오자 다 함께 거실에 있는 직사각형 화로를 둘러싸고 앉았다. 우연인지 아니면 그게 자연스러운 것인지 늘 슌스케가 앉던 자리에 할머니가 앉았고, 그 오른쪽에 교이치가 앉았다. 오요시는 할머니 맞은편에 앉았는데, 그 왼쪽에 슌조가 앉았다. 지로만 교이치와 슌조 사이에 혼자 앉아야 했다. 네 사람은 자리에 앉아 곧장 화로에 손을 내밀었다. 이번에도 지로만 손을 내밀지 않았다. 4월이지만 아직 싸늘했다. 하지만 지로는 12킬로미터나 되는 길을 걸어왔기 때문에 방 안이 후덥지근하게 느껴졌다. 화롯불에 손을 쬐고 싶은 생각은 처음부터 없었다.

그러나 이때 지로는 방 안에 감도는 차가운 공기가 가슴 한 구석을 스치고 지나가는 것을 느꼈다. 아주 짧은 순간이었지만, 지로가 가장 싫어하는 느낌이었기에 충분히 느낄 수 있었다. 지로는 애써 그 느낌을 지우려고 했다. 그러나 쉽지 않았다. 더구나 교이치와 슌조가 몇 마디 이야기를 주고받다가 점점 어색해지더니, 지로를 경계하는 분위기가 화롯불 주변에 감돌았다.

그때 만약 오요시가 지로에게 아무 말이나 시켰거나, 아니면 조금 마음을 써서 화로 곁 선반 위에 놓인 과자 상자를 꺼내 모두 보는 앞에서 단팥묵이라도 하나 건네줬더라면……. 그래서 할머니의 마음이 언짢아져서 지로의 심기를 불편하게 만드는 악담을 서슴지 않았다 하더라도, 지로는 한 달 전에 만난 '카상'의 모습을 혼다 가에서도 분명히 발견함으로써 충분히 마음의 상처를 보상받을 수 있었을 것이다. 그러나 오요시는 멍청히 앉아 있기만 했다. 눈치가 없는 것인지, 용기가 없어서인지, 그도 아니면 자기가 가만히 앉아 있는 게 당연하다고 여겨서인지 오요시는 얼빠진 얼굴로 화롯불만 쬐고 있었다.

게다가 슌조는 응석을 부리듯 오요시의 품에 기대어 본의 아니게 지로를 자극하고 말았다. 뜻밖에 벌어진 상황 속에서 슌조를 보고 있던 지로는 문득 예닐곱 살 때 일을 떠올렸다. 지로는 학교에 다니는 교이치가 오하마의 사랑을 자신에게서 빼앗아갔다고 착각해서 교이치의 가방을 몰래 똥통에 던져버렸다. 지로는 점점 그때와 비슷한 심정으로 슌조를 보았다. 그때만큼 분하고 억울하지는 않았으나, 나이가 나이인 만큼 더 크고 완고하게 가슴속에 상실감이 와 닿았다. 지로는 오요시와 슌조를 보는 자신이 비참하여 교이치에게로 눈길을 돌렸다.

"지로, 우린 이 층으로 올라가자."

교이치도 무슨 생각을 했는지, 오요시를 주의 깊게 보다가 지로의 눈길이 느껴지자 그렇게 말하고 자리에서 일어났다. 그리고 일부러 오요시의 뒤쪽으로 돌아가 선반 위에 올려놓은 과자 상자를 꺼냈다.

"할머니, 이거 가져가서 먹어도 되죠?"

할머니는 금세 기분 나쁜 얼굴로 물었다.

"이 층에 가져간다고?"

"예, 이 층에서 먹으면 안 돼요?"

"먹고 싶으면 여기서 먹지 그러냐?"

"여기선 맛이 없어요. 그렇지, 지로?"

교이치의 말투에는 평소와 다르게 감정이 실려 있었다.

지로는 할머니와 오요시의 얼굴을 잽싸게 살펴보았다. 오요시는 여전히 표정 없는 얼굴로 앉아 있었다.

"난 여기서 먹고 싶어."

슌조가 오요시를 흔들며 칭얼거렸다.

"그럼 넌 여기서 먹어."

교이치는 과자 상자에 손을 넣어 과자 몇 개를 꺼내 슌조에게 주었다. 거북이를 새겨넣은 전병이었다. 슌조는 태연하게 과자를 받았다.

"지로, 우린 올라가자."

교이치는 지로를 재촉하여 이 층으로 올라갔다.

지로도 엉겁결에 일어섰다. 지로는 일어서며 한 번 더 오요시를 보았다. 오요시는 방금 전과 달리 눈을 조금 내리뜬 채 날카로운 눈길로 지로를 슬쩍 쳐다보았다. 그 눈빛에는 분명히 어떤 의미가 담겨 있는 것 같았다. 그러나 지로는 오요시가 무슨 뜻으로 그런 눈빛을 보내는지 종잡을 수가 없었다. 지로는 할머니가 자신을 노려보고 있다는 것을 알아차렸지만 모르는 척 교이치를 따라 이 층으로 올라갔다.

교이치는 과자 상자를 책상에 내려놓고 지로를 보았다.

"많이 실망했지?"

교이치가 한숨을 쉬며 말했다.

"뭘?"

지로는 짐짓 무슨 말인지 모르겠다는 듯 멍하니 서 있었지만, 볼이 조금씩 떨리는 것을 감추지는 못했다.

"하지만……."

교이치는 머뭇거리며 과자 상자를 보았다.

"자, 이거나 먹자."

교이치가 전병 하나를 들었다. 그러나 둘은 전병에 찍혀 있는 거북이 무늬만 우두커니 보고 있을 뿐 좀처럼 입으로 가져가지 못했다.

"새어머니가 좀 이상한 것 같지 않아?"

"뭐가?"

"네가 와도 별로 반가워하지 않잖아."

"그런가?"

"넌 그런 것도 못 느꼈어?"

"……."

지로는 고개를 숙이고 전병만 만지작거렸다. 알 수 없는 눈물이 치밀어올랐지만, 겨우 참았다.

"난 저런 사람은 싫어."

교이치가 내뱉듯이 말하며 들고 있던 전병을 씹었다.

그러나 지로는 섣불리 교이치에게 맞장구칠 수 없었다. 지로는 아직 오요시에 대한 미련이 남아 있었다. 조금 전에 일어서면서 본 오요시의 눈빛이 마음에 걸렸다.

"새어머니가 형 별로 안 좋아해?"

지로는 조심스레 궁금한 것을 물어보았다. 복잡한 감정을 실어 지로는 교이치를 살펴보았다. 교이치가 귀여움을 받지 않는다는 것은 지로에게 다행스러운 일이기도 했고, 그만큼 오요시의 사랑이 슌조에게 집중되고 있다는 것이기도 했다.

"난 말이지……."

교이치의 눈동자가 어느 때보다 차갑게 빛났다.

"이 집에서 가장 소중하게 대접받고 있어. 그래서 나 새어머니가 싫어."

지로는 교이치가 도무지 무슨 말을 하는지 이해가 안 갔다. 교이치가 뒤이어 말했다.

"새어머니는 말이지, 할머니가 시키는 대로만 한다고. 할머니가 너보다 나랑 슌조에게 더 잘해야 한다고 말했거든."

지로에게 그 말은 한 줄기 빛과도 같았다. 오요시의 눈빛이 다시 한 번 떠올랐다.

"그럼 새어머니가 슌조를 귀여워하는 것도 진심이 아니란 말이야?"

역시 지로는 그것이 가장 궁금했다. 무턱대고 아무에게 물어볼 수도 없는 노릇이어서 내심 답답해하던 차에 지금이 기회라고 생각한 지로는 자기와 상관없다는 듯 지나가는 말투로 물은 것이었다.

"그거야 모르지. 정말 슌조를 귀여워하는지도……. 하지만 아무리 슌조가 귀여워도 그렇지, 오랜만에 찾아온 널 모른 척한다는 게 말이나 돼? 널 위해 우리 집에 온 거라면, 할머니든 다른 사람 앞에서든 당당하게 행동해야 하는 거 아냐? 지금 새어머니는 우리 모두를 속이고 있다고. 그래서 싫다는 거야."

지로는 교이치의 말을 듣고 은근히 기쁘면서도 내심 안타까웠다. 지로는 오요시가 정말 슌조를 사랑하고 자기를 꺼리는 것인지, 아니면 단순히 할머니 앞에서 그러는 척하는 것인지 교이치에게 분명한 대답을 듣고 싶었다. 지로는 슌조에 대한 질투심을 교이치에게 들키지 않으려면 어떻게 물어보는 게 좋을지 곰곰이 생각한 다음 다시 물었다.

"슌조가 새어머니를 좋아하는 건 진짜야?"

"진짜 좋아하는지 어쩐지 잘 모르겠지만, 아무튼 그 녀석은 새어머니 앞에서 제멋대로 굴고 있어. 분명히 지난번에 아버지가 하고 싶은 대로 편하게 하라고 한 말을 믿고 저러는 걸 거야."

"그렇게 해도 어머니가 화 안 냈어?"

"버릇없이 굴면 더 귀여워하더라."

지로의 눈이 반짝였다. 한 달 전까지만 해도 자신은 오요시에게 되도록 순진한 태도를 보여주려고 얼마나 노력했던가. 진작 오요시가 버릇없이 구는 것을 좋아하는 줄 알았다면, 슌조보다 훨씬 더 귀여움을 받을 수 있었을 텐데. 지로는 이제야 그 사실을 알게 된 것이 못내 아쉬웠다.

"그럼 형도 버릇없이 굴어보지 그랬어?"

"바보 같은 소리하지 마! 내가 슌조처럼 새어머니 앞에서 투정이나 부려야겠어?"

교이치는 무척 기분 나쁜 얼굴로 대답했다. 지로는 교이치의 그런 반응에 놀랐다. 자신은 지금까지 다른 사람에게 사랑받기 위해서라면 무슨 짓도 마다하지 않고 살았는데, 교이치는 다르다. 교이치에게는 새어머니의 사랑보다 자신의 마음을 지키는 것이 더 중요해 보였다. 지로는 그것이 도무지 이해가 되지 않았다.

"지로……."

교이치가 작지만 단호하게 말했다.

"많이 생각했는데, 차라리 새어머니가 안 오시는 게 좋을 뻔했어."

"왜?"

"갑자기 다들 거짓말쟁이가 된 것 같아. 새어머니가 오신 뒤부터 속으론 그렇게 생각하지 않으면서 겉으로는 그런 척하는 게 정말 싫어."

"그게 새어머니 때문이야? 새어머니가 그렇게 나빠?"

"어머니가 나쁘다는 게 아냐. 하지만 어머니가 오기 전엔 그런 대로 솔직했어. 요즘은 아버지도 거짓으로 행동할 때가 많아. 할머니는 아예 거짓말만 하고."

교이치는 감정이 격해져서 거칠게 말했다.

"형도 거짓말했어?"

"아니, 난 거짓말 따윈 안 해. 누가 무슨 말을 시켜도 내가 생각한 대로 솔직하게 말했어. 그랬더니 다들 나 하나 때문에 집안 분위기가 엉망이 되었다는 식으로 보는 거야. 어차피 나하곤 상관없지만."

지로는 화롯불 앞에서 감돌던 차가운 분위기가 교이치 때문에 생긴 것임을 깨달았다. 어쨌든 자신과는 상관없다는 것을 알

왔기에 마음은 한결 가벼워졌다. 그러나 지금은 자기 머리로 이해할 수 없는 교이치의 불만을 아는 것보다 슌조와 오요시가 어떤 관계인지 실체를 파악하는 게 더 중요했다.

"슌조는 어때? 그 녀석도 거짓말만 하는 것 같아?"

"슌조?"

교이치는 잠깐 생각하다가 대답했다.

"슌조는…… 잘 모르겠어. 일부러 새어머니에게 버릇없이 구는 것 같진 않던데……."

"그렇담 새어머니가 슌조를 귀여워하는 것도 거짓말은 아니겠네?"

교이치는 한 번 더 생각하는 것 같았다.

"그건 나도 잘 모르겠어."

지로는 중요한 뭔가가 채워지지 않아 아쉬웠다.

둘은 할 말이 없어져 열심히 전병만 먹었다. 어느새 날이 저물었다. 그렇지 않아도 어두운 방 안이 더욱 캄캄해졌다. 전병 씹는 소리만이 방 안에 퍼졌다. 과자 상자도 거의 비워지고, 방 안은 쥐 죽은 듯 조용한데, 날씨는 점점 차가워졌다. 그러나 둘은 아래층에 내려갈 생각이 없는지, 책상에 턱을 괴고 앉아 텅 빈 과자 상자만 멀거니 들여다보았다.

그때 사다리를 올라오는 묵직한 발자국 소리가 들렸다. 조금 뒤 방 안을 기웃거리는 슌스케의 그림자가 어른거렸다. 지로는 예상치 못한 곳에서 아버지를 만나자 조금 어색해하며 인사를 했다.

"응, 지로 왔구나."

슌스케는 지로의 인사에 한 마디로 대꾸하더니 문간에 서서 교이치를 보았다.

"이제 아래층으로 내려가지 그러냐? 여긴 좀 추운데."

그 말을 듣고 지로는 반사적으로 자리에서 일어났다. 힐끔 교이치를 보자 교이치는 우울한 눈으로 지로를 쳐다보더니 책상에 턱을 괸 채 꼼짝도 하지 않았다.

"오랜만에 지로가 왔는데, 어머니한테 맛있는 것 좀 만들어 달라고 해야겠다. 지로, 뭐 먹고 싶니?"

슌스케가 빙그레 웃으며 물었다. 지로는 대답 대신 또 교이치를 보았다. 교이치는 턱을 들고 슌스케를 흘깃 쳐다보더니 그대로 고개를 숙여버렸다.

"소고기 전골은 어때? 그게 좋겠구나. 교이치, 고깃간에 좀 다녀와야겠다."

슌스케는 교이치가 전에 없이 차갑게 구는데도 신경 쓰지 않고 지갑에서 5엔짜리 지폐를 한 장 꺼내 책상 위에 던졌다.

"얼마나 사와요?"

교이치는 돈을 보자 갑자기 생기가 솟은 듯 5엔짜리 지폐를 집어들며 물었다.

"먹고 싶은 만큼 사와. 두 근 정도면 충분할 것 같은데."

교이치는 곧 방을 나가려다 뒤돌아보며 말했다.

"지로, 같이 가자."

그때 슌스케는 지로의 머리를 쓰다듬고 있었다.

"응, 알았어."

교이치가 부르자 지로는 얼른 슌스케의 곁을 빠져나갔다.

소고기를 사오자 부엌일에 조금도 관심을 안 보이던 슌스케가 오요시에게 이것저것 지시하며 전골을 준비했다. 슌조도 소고기 먹을 생각에 들떠 신나게 떠들면서 오요시가 건네주는 접시들을 안방으로 날랐다. 그 와중에도 할머니만은 화로 옆에 앉아서 식구들이 웃고 떠드는 모습을 시무룩하게 지켜보았다.

대충 준비가 끝났을 때, 시간은 벌써 여섯 시가 지났다. 밝은 안방 전등 밑에서 전골은 지글지글 끓어오르고, 아버지와 교이치 사이에 지로를 위한 자리가 마련되었다. 지로는 마음이 한없이 부풀어올랐다. 쟁반 가득 올려놓은 고기와 방금 씻은 파, 노릇하게 튀긴 두부, 풍로에서 뿜어나오는 더운 열기, 고소한 기름 냄새, 모락모락 피어오르며 방 안을 떠도는 김. 지로는 주린 배를 채우기도 전에 자신을 위해 차린 황홀한 만찬에 넋을 빼앗겼다.

지로는 마사키 가에서도 이제껏 이런 음식을 먹어본 적이 없었다.

"지로, 이쪽은 벌써 다 익었구나."

아까부터 자작으로 술을 마시던 슌스케가 펄펄 끓는 냄비 속에 젓가락을 집어넣으며 지로에게 어서 먹으라고 재촉했다. 지로는 멈칫거리며 교이치를 보았다. 교이치가 접시 위에 계란을 깨자 지로도 따라했다. 교이치가 고기를 집자 지로도 고기를 집었다. 잘 익은 전골 요리가 지로의 허기진 뱃속에 들어가자 지로는 온통 먹는 데만 열중했다. 슌스케와 교이치가 경쟁하듯 "다 익었어." 하며 고기와 파를 계속 접시에 담아주었기 때문에 지로는 젓가락질을 쉴 틈이 없었다. 할머니가 지금 어떤 눈초리로 자기를 보고 있을지, 또 오요시는 어떻게 슌조의 시중을 들어주는지, 지로는 개의치 않았다. 그저 먹기에도 너무 바빴다.

굶주린 식욕을 채우고 슬슬 포만감이 밀려오자, 또 전골이라는 새로운 음식에 익숙해지자 조금씩 주변을 돌아볼 여유가 생겼다.

"엄마, 난 두부는 싫어."

"그래? 그럼 두부는 엄마가 먹을게. 조금 있으면 고기 다 익으니까 기다려."

슌조와 오요시가 주고받는 자연스런 이야기가 지로의 귀에 들어왔다. 하지만 그 다음에 벌어진 상황이 더욱 지로의 흥미를 자극했다.

"슌조, 너도 이젠 어머니한테 어리광만 부릴 나이는 지났어."

"어리광부리는 거 아니에요."

"아버지 눈엔 그렇게 보이는데?"

"에이, 아빠도……."

"그래? 그럼 오늘 밤엔 지로 형이 어머니하고 자도 괜찮겠구나?"

"그건 안 돼."

"왜?"

"교이치 형은 할머니, 지로 형은 아빠, 난 엄마, 이렇게 정해진 거잖아요."

"누가 그렇게 정했니?"

"할머니가 그렇게 말했어."

이 짧은 말이 지로뿐 아니라 전골을 사이에 두고 앉은 식구들의 마음을 아프게 찌른 것은 말할 나위도 없었다. 냄비에서 끓는 소리가 요란하게 났다.

지로는 슌조의 말이 틀리지 않는다고 생각했다. 만약 이 여섯 명을 두 사람씩 짝 지을 일이 생긴다면, 방금 슌조가 말한 구성이야말로 지로가 생각하기에도 가장 바람직한 형태였기 때문이다.

'새어머니가 누구 편이든 알게 뭐야.'

지로는 그렇게 생각했다. 하지만 그럴수록 마음 한구석이 쓸쓸해졌다.

"아버지!"

어색할 만큼 조용한 분위기를 깨고 갑자기 교이치가 말했다.

"전 이렇게 식구들을 나누는 거 정말 싫어요. 아버지는 어떻게 생각하세요?"

"글쎄다."

슌스케는 애써 할머니를 외면하며 뭔가 생각하는 듯했다.

"아무러면 어떠냐?"

"아무러면 어떠냐고 할 문제가 아니잖아요!"

교이치는 느닷없이 젓가락을 내던지며 금방이라도 울음을 터뜨릴 것 같은 목소리로 외쳤다.

"할머니는 저만의 할머니가 아니에요. 지로에게도, 슌조에게도 똑같은 할머니라고요. 아버지도 그렇고, 어머니도 그렇고, 우리 모두의 아버지고 어머니잖아요."

"그건 당연한 얘기 아니냐?"

"근데 왜 오랜만에 지로가 집에 왔는데도 할머니나 어머니는……."

교이치는 그렇게 말하다 말고 두 손으로 얼굴을 감싸며 이층으로 올라가버렸다.

슌스케가 크게 한숨을 쉬었다. 할머니는 불안한 얼굴로 교이치의 뒷모습을 보았다. 그러더니 무섭게 치뜬 눈으로 지로를 쏘아보았다. 오요시는 무슨 생각을 하는지 고개를 수그린 채 움직이지 않았다. 슌조는 고기를 씹다 말고 놀란 눈으로 오요시의 얼굴만 살폈다. 그때까지도 젓가락을 쥐고 있던 지로는 하염없이 눈물을 흘렸다.

냄비 속에서는 전골 끓는 소리가 요란했다. 하지만 식구들에게는 그 소리가 아주 먼 곳에서 울려 퍼지는 희미한 소리처럼 처량하게 들렸다.

난초 그림

전날 헝클어진 마음은 이튿날 아침이 되어서도 좀처럼 풀리지 않았다. 아침을 먹고 슌스케는 거실에서 목재 화로를 끼고 앉아 신문만 들여다볼 뿐 어제 일에 대해서는 한 마디도 꺼내지 않았다. 교이치와 지로는 몇 번씩 슌스케 앞을 지나 안방을 들락거렸다. 할머니는 불상을 모신 방에서 계속 덜커덕거리는 소리를 냈다. 오요시는 늦게 일어난 슌조를 위해 부엌에서 밥상을 차리고 있었다.

그때 우중충한 집안 분위기와 전혀 어울리지 않는 시원한 목소리가 들렸다.

"안녕하세요!"

대문을 열고 검은 양복을 입은 사람이 집 안으로 불쑥 들어왔다. 오마키 데쓰타로였다.

"어, 오랜만이야. 어서 안으로 들어오게."

슌스케는 자리에 앉은 채 데쓰타로를 맞으며 목재 화로 맞은편에 깔아놓은 방석을 가리켰다. 데쓰타로는 주저하지 않고 방석 위에 털썩 앉았다.

"어제 숙직이었어요. 지금 막 돌아가는 길입니다."

"아, 그랬군. 고단하겠어. 밥은 먹었나?"

"학교에서 대충 먹었습니다. 그런데 지로 왔나요?"

"응, 왔어."

"잘됐군요. 오늘 저희 집에 데려갈까 하는데 괜찮을까요? 교이치와 슌조도 같이 데려가면 좋겠는데요."

"아이들이 좋아하겠군. 지로! 교이치!"

슌스케가 부르는 소리를 듣고 교이치와 지로가 안방에서 나왔다.

"지로, 오랜만이구나. 이젠 혼자서도 잘 다니네. 어때, 오늘 교이치랑 셋이서 아저씨 집에 갈까? 할아버지하고 할머니가 좋아하실 텐데."

지로는 쭈뼛거리며 교이치의 얼굴부터 살폈다. 지로는 갑자기 데쓰타로가 친근하게 다가와 조금 낯설기도 하거니와 어제 저녁의 앙금이 풀리지 않은 상태에서 누구하고도 기분 좋게 지내고 싶지 않았다.

교이치도 지로와 비슷한 것 같았다.

"아이고, 사돈총각 왔군요. 오랜만입니다. 잘 오셨어요."

불상을 모신 방에서 할머니가 나와 반갑게 인사했다. 할머니는 데쓰타로 옆에 교이치와 지로가 어정쩡하게 서 있는 것을 보고 말했다.

"너희들 뭐 하는 게야? 아직도 예의라는 걸 모르는구나. 어서 인사부터 해야지."

그 말을 듣고 교이치와 지로는 얼른 허리를 숙였다.

"됐어."

데쓰타로는 빙긋이 웃으며 가볍게 손을 내저었다.

"지로, 어차피 저녁까지는 마사키 가로 돌아가야 하지? 그럼 우리 집에 들렀다 가자. 지금 가면 점심 먹기 전에 도착할 거야."

"형, 우리 갈까?"

지로는 당장 가고 싶어 몸이 들썩거렸다.

"음, 글쎄……."

교이치는 마음이 쉽게 정해지지 않는 듯 조금 망설였지만 딱히 거절할 이유도 없었다.

"슌조는 어때? 슌조도 오마키 할아버지 댁에 갈래?"

슌스케가 그때까지도 오요시의 시중을 받으며 부엌에서 아침을 먹던 슌조에게 물었다. 슌조는 눈만 끔뻑거리며 대답하지 않았다. 지로는 슬며시 부엌 쪽을 보았다. 슌조가 오요시의 귓가에 대고 한창 소곤대는 모습이 보였다. 지로의 눈이 저도 모르게 그쪽으로 쏠렸다.

"슌조, 너도 갈래?"

슌스케가 답답해하며 재촉했다. 그래도 슌조는 대답이 없었다. 그저 밥그릇만 내려다보다가 오요시의 귀에 또 뭐라고 소곤거렸다. 그때마다 오요시는 난처한 듯 고개를 옆으로 저었다.

"슌조, 빨리 안 나오면 그냥 교이치 형하고 나만 갈 거야!"

보다못해 지로가 외쳤다. 화난 목소리였다.

"엄마 안 간대. 나도 안 가."

순조는 아이들끼리 술래잡기할 때처럼 장난기 섞인 목소리로 대답하고, 밥그릇으로 눈길을 돌렸다.

지로는 순조의 대답을 듣고 화가 치밀었다. 하지만 내색하지 않으려고 억지로 웃었다. 그러다가 언제부터인지 자기를 보고 있던 슌스케와 눈이 마주치자 재빨리 이 층으로 올라갔다.

이 층에서 내려온 지로는 어느새 모자를 쓰고, 손에는 교이치의 모자까지 들고 있었다.

"아저씨, 빨리 가요."

교이치에게 모자를 건넨 지로가 데쓰타로에게 재촉했다.

"아직 차도 안 드셨는데, 뭐가 그리 급하다고 방정이야."

할머니가 인상을 찌푸리며 나무랐지만 지로는 들은 척도 하지 않고 구두를 신었다.

"차는 안 마셔도 괜찮습니다. 그럼 순조는 다음에 가야겠구나."

데쓰타로는 부엌 쪽을 보며 싱긋 웃고는 슌스케와 할머니에게 작별인사를 건넸다. 할머니는 또 뭐가 마음에 안 드는지, 기분 나쁜 표정을 지으며 데쓰타로에게 건성으로 인사했다.

세 사람이 문밖으로 나오자 오요시와 순조도 배웅하러 나왔다. 지로는 순조의 얼굴을 보고 싶지 않아 저만치 앞서 나갔다.

"세 시쯤엔 집으로 보내게. 날이 저물면 마사키 가에서 걱정하실 테니까."

등 뒤에서 슌스케가 하는 말이 들렸지만, 지로는 돌아보지도 않고 부리나케 걸었다. 이날따라 걸음이 무척 빨랐다. 마을 어귀를 지날 때까지 지로는 누구하고도 이야기하지 않았다.

"3학년 올라가면 공부가 더 어려워질 거야."

"예, 동양사가 가장 어려워요. 외우기 힘든 이름이 너무 많아요."

"무도 과목은 뭘 선택했니? 검도?"

"아뇨, 유도를 배워요."

"네 체격엔 검도가 더 어울릴 텐데."

"예. 그렇지만 호구 쓰는 게 싫어서요. 냄새가 나거든요."

"음, 교이치는 성격이 아주 예민한 것 같구나. 운동은 뭘 좋아하니?"

"특별히 좋아하는 운동 없어요."

"등산은 어때?"

"좋아해요. 요샌 가끔 혼자 산에 갈 때도 있어요. 집 근처에 있는 낮은 산이지만."

"잘됐구나. 등산 좋지. 앞으로 아저씨랑 높은 산에도 가자."

"예."

지로는 뒤쪽에서 데쓰타로와 교이치가 주고받는 이야기에 잔뜩 신경을 곤두세우며 걸었다.

"지로는 어때? 등산 좋아해?"

지로는 데쓰타로가 말을 걸자 그제야 걸음을 조금 늦춰 어깨를 나란히 했다.

"예, 좋아해요."

"산에 가봤어?"

"학교에서 두서너 번 소풍 간 게 전부예요."

"날씨가 조금 따뜻해지면 교이치하고 셋이서 산에 한번 가자. 텐트도 가져가서 야영도 하고 오자고."

그 말을 듣자 지로의 눈이 반짝였다. 데쓰타로는 등산과 야영에 대해 이것저것 설명해주었다.

읍내에서 오마키 가까지는 기껏해야 4킬로미터밖에 안 된다. 10시쯤에는 근방에서 보기 드문 마키나무(일본 특산의 키가 큰 상록수)가 서 있는 오마키 가의 커다란 대문 앞에 다다랐다.

오마키 노인은 안방에 화선지를 펼쳐놓고 한창 그림을 그리다가 교이치와 지로가 들어오는 것을 보자 돋보기를 코끝에 걸치면서 반갑게 맞았다.

"옳지, 잘 왔다."

그러고는 다시 붓을 놀렸다.

교이치와 지로는 조금 따분했다. 하지만 오마키 노인이 그림 그리는 모습을 처음 보는 거라서 가만히 앉아 붓끝을 유심히 지켜보았다. 오마키 노인은 화선지에 정체를 알 수 없는 선과 점들을 다닥다닥 잇고 있었다. 한참 뒤에 선과 점이 연결되면서 절벽 비슷한 형체가 되었다. 그 중간쯤에 긴 수염 같은 것이 구불구불 몇 가닥 튀어나왔는데, 조금 뒤에야 그것이 난초라는 것을 알 수 있었다.

난초를 다 그린 오마키 노인은 붓을 내려놓고 팔짱을 끼었다. 그리고 이번에는 다른 붓을 들고 그림 오른쪽 위의 여백에 한자를 써나갔다. 교이치와 지로로서는 도무지 읽을 수 없는 글자였다. 마지막으로 오마키 노인은 '철암거사'라고 쓰고 붓을 내려놓았다. 교이치와 지로가 읽을 수 있는 글자는 이 네 글자뿐이었다. 둘은 이미 오마키 노인의 아호가 '철암거사'라는 것을 알고 있었기 때문에 이것이 낙관일 거라고 짐작했다.

"어떠냐? 학교에서 너희들이 그리는 그림이랑은 차원이 다르지?"

오마키 노인은 돋보기를 벗고 교이치와 지로를 보며 뽐내듯이 말했다.

"학교에서 배운 그림은 다 가짜야. 선생들이 가르치는 건 형태뿐이란 말이다. 형태만 그려넣은 것을 그림이라고 하면 안 되지. 진짜 그림은 말이다, 마음으로 그리는 거야. 사념을 떨쳐버리고 붓을 쥐어야 한다는 거지. 그러면 가만히 있어도 붓이 알아서 자기 마음을 그린단다. 그런 게 진짜 그림이야."

"할아버지, 사념이 무슨 뜻이에요?"

불쑥 교이치가 물었다. 목소리가 아주 진지했다.

"음……."

오마키 노인은 예상치 못한 질문에 대답이 궁색해졌는지 커다란 눈알을 몇 번 굴렸다.

"사(邪)란 부정이고, 염(念)은 생각이다. 즉 부정한 생각이란 뜻이지. 부정한 생각을 사념이라고 한단다. 헤매는 것을 미혹이라고 하는데, 사람들은 자기 형편에 맞는 생각만 해서 화를 내고, 슬퍼하고, 기뻐한단다. 이게 바로 미혹이고 사념이지. 사념에 빠져 붓

474

을 쥐면 자연히 그림도 천해질 수밖에 없어."

지로는 오마키 노인이 그린 그림이 고상한지 천한지 알 수 없었다. 미술 책에 있는 그림들은 하나같이 아름답기만 한데, 자기는 그렇게 그릴 줄 모르니까 괜히 엉뚱한 말로 으스대는 거라고 생각했다. 그러나 또 한편으로 오마키 노인이 사념에 대해 설명한 게 자꾸 마음에 남았다. 지로는 어제 있었던 일을 떠올려보았다. '헤맨다'는 말이 어쩐지 낯설지 않았다. 꼭 자기를 두고 하는 말 같았다.

"할아버지는 오늘 난초만 그리실 거예요?"

오마키 노인은 아침부터 난초를 그렸는지 난초 그림들을 벽에 핀으로 꽂아놓았는데, 교이치가 그것들을 가리키며 물었다.

"그래, 오늘은 난초만 그릴 거야. 마음에 드는 난초가 완성될 때까지 몇 장이고 그려야 한단다."

오마키 노인은 그렇게 대답하면서 채 먹도 마르지 않은 그림을 벽에 붙였다. 노인은 자기가 그린 그림들을 뚫어져라 보더니 "음, 음……." 하고 혼자 고개를 끄덕거렸다. 오마키 노인은 만족한 듯 교이치에게 물었다.

"어떠냐? 이 그림이라면 불만 없겠지?"

불만은 고사하고 교이치는 다 똑같은 난초 그림인데 뭐가 다르다는 것인지 이해가 안 되었다. 교이치는 어색한 표정을 지으며 오마키 노인을 보았다. 그러자 오마키 노인이 혼잣말처럼 중얼거렸다.

"난초 한 그루가 깊은 절벽에 뿌리를 내리고 오묘한 향기를 내뿜고 있다. 너는 그 향기를 맡을 수 있느냐? 오직 난초 단 한 그루만이 절벽에 뿌리를 내렸단 말이다. 그 아래는 깊은 골짜기다. 절벽을 타고 밑을 내려다보면 허연 물거품이 피어오르는 커다란 강물이 흐르고 있어. 강가엔 숲도 있고 밭도 있겠지. 그 숲을 넘어가면 사람들이 사는 마을도 있을 거고. 어딘가에 작은 사람 그림자도 보일 것이다. 그 위를 솔개 한 마리가 빙빙 원을 그리며 날고 있을지도 모를 일이야. 이 얼마나 좋은 경치냐……."

오마키 노인은 잠깐 말을 끊었다. 그리고 여러 번 고개를 끄덕거리더니 말했다.

"이번엔 위를 봐라. 절벽은 위쪽으로도 까마득하게 뻗어 있어. 하지만 그 위엔 나무 한 그루, 풀 한 포기 없단다. 알몸뚱이 바위들이 새파란 하늘과 맞닿아 있을 뿐이야. 흰 구름 하나쯤은 둥둥 떠다닐지도 모르지. 어떠냐, 여기도 좋지?"

지로는 오마키 노인이 무슨 말을 하는지 전혀 이해할 수 없었다. 하지만 교이치는 아주 진지하게 그림을 보았다. 지로도 하는 수 없이 교이치를 따라 아무것도 그리지 않은 여백을 들여다보았다.

오마키 노인은 그림과 교이치를 번갈아보면서 말했다.

"천지를 잇는 절벽에 뿌리를 내린 난초가 곧 천하를 지배하는 거야. 이 난초의 마음에는 미혹이 없으니 쓸쓸하지도 않고, 비바람을 맞아도 고통스럽지 않단다. 꽃이 필 때는 꽃이 피게 내버려 두고, 시들 때가 되면 시들게 내버려둔다. 나도 오늘은 아주 오랜만에 기분 좋은 그림을 그렸구나. 자, 이것으로 끝이다."

오마키 노인은 그림이 마음에 들었는지 유쾌하게 웃으며 붓을 씻었다.

"너희들 꽤 의젓하게 앉아서 그림을 볼 줄도 아는구나. 언제 온 게냐?"

그 말에 교이치와 지로는 서로 얼굴을 마주 보며 웃었다. 교이치가 곧 웃음을 그치고 대답했다.

"할아버지가 그 그림을 그리고 있을 때 왔어요."

"그랬구나. 둘이 왔냐?"

"데쓰타로 아저씨랑 같이 왔어요."

"그래? 데쓰타로는 간밤에 숙직을 했을 텐데……. 아, 맞아. 너희들을 데려오겠다고 했지, 으하하!"

오마키 노인은 그제야 화폭의 세계에서 현실로 돌아왔다.

거실에서 오마키 할머니가 교이치와 지로를 불렀다. 오마키 노인도 거실로 나와서 함께 과자를 먹었다. 과자를 먹으면서 데쓰타로는 또 등산 이야기를 했다. 데쓰타로가 절벽에서 자라는 식물에 대해 말하자 오마키 노인은 옳거니 하고 좀 전에 그린 난초 이야기를 꺼냈다. 신이 나서 한참 동안 난초 이야기를 하다가 데쓰타로에게 자신이 그린 난초 그림을 보고 오라고 성화를 부렸다.

"아버지의 독선이 또 시작되셨군요."

데쓰타로는 웃으며 안방으로 건너가더니 조금 뒤에 돌아와서 말했다.

"역시 단순한 난초예요. 살아 있다는 느낌이 전혀 없어요. 그런 난초는 징검다리에나 붙어 있으면 딱 알맞겠어요."

오마키 노인이 커다란 눈알을 부라리며 말했다.

"뭐라고? 징검다리? 너 같은 평범한 학교 선생이 감히 묵화의 마음을 함부로 떠들다니, 너보다는 차라리 교이치가 훨씬 더 똑똑하다!"

교이치는 얼굴이 조금 붉어졌다.

"후후후."

오마키 노인이 역성을 내자 데쓰타로는 아무렇지도 않다는 듯 웃어넘겼다. 데쓰타로가 과자를 하나 집으며 말했다.

"교이치, 할아버지 말에 넘어가지 마라. 설명이 있는 그림 따위는 인쇄물에 지나지 않아."

"발칙한 소릴 하는구나. 수채화나 유화야말로 그림이 아니라 설명이야. 내가 그린 묵화엔 설명 같은 건 단 한 줄도 없단 말이다."

"그 대신 입으로 설명하셔야 되잖아요."

"그건 초짜들이 내 그림을 못 알아보니까 그렇지. 설명을 듣지 않으면 처음엔 그림의 깊이가 헤아려지지 않아. 하긴 너 같은 저능아는 아무리 설명해줘도 이해가 안 되겠지만."

"아버지 그림을 이해 못하는 사람은 무조건 저능아군요. 뭐, 그렇다고 치죠. 어쨌든 교이치 생각이 중요하잖아요. 교이치, 넌 어떻게 생각하니? 할아버지의 난초가 절벽에서 자라는 것 같았어?"

478

"처음엔 그렇게 안 보였어요. 하지만 할아버지 말씀을 듣고 보니까 높은 절벽이 보이는 것 같았어요."

교이치가 진지하게 대답했다.

"거 봐라."

오마키 노인이 의기양양해서 말했다.

"교이치는 역시 마음이 깨끗하군. 마음이 깨끗한 사람만이 내 그림의 진가를 알아보는 거야."

"그러니까 교이치 말은 설명을 들어야 눈에 보이고, 설명을 안 들으면 보이지 않는다는 말이군."

"아냐, 교이치는 그렇게 말하지 않았어. 교이치는 마음이 깨끗해서 내 설명을 알아들은 거야. 교이치처럼 마음이 깨끗한 녀석이 내 그림을 몇 번만 더 보면 내 이야기를 듣지 않아도 자연히 눈에 보이는 거라고. 너 같은 저능아는 머리가 나쁜 데다 심보까지 돼먹지 못해서 이런 고상한 얘기를 들어도 이해를 못하는 거지."

"저능아로도 모자라 이번엔 돼먹지 못한 심보라니······. 오늘은 제가 졌습니다."

데쓰타로는 노인이 막말을 해도 조금도 기분 나빠하지 않았다.

"지로는 어때? 너도 할아버지 말씀 듣고 나서 절벽이 보였니?"

데쓰타로가 느닷없이 묻자 지로는 말문이 막혔다. 지로는 오마키 노인과 데쓰타로가 말다툼하는 데 정신이 팔려 난초 그림은 까맣게 잊고 있었다. 솔직히 지로는 오마키 노인의 설명을 듣고도 절벽이 보이지는 않았다. 그러나 오마키 노인이 교이치를 칭찬하는 말을 듣고는 생각이 달라졌다. 왠지 자신이 받은 느낌을 있는 그대로 이야기하면 오마키 노인의 기대를 저버리는 꼴이 될 것 같았고, 그러면 앞으로 오마키 노인은 자기보다 교이치를 더 좋아하게 될 것 같았다.

"뭘 그렇게 오래 생각해? 솔직히 말해봐. 할아버지 그림이 마음에 안 들었지?"

데쓰타로가 그렇게 말하는 바람에 지로는 더욱 갈피를 못 잡았다. 지로는 데쓰타로와 오마키 노인을 몇 번씩 번갈아보다 겨우 대답했다.

"잘 모르겠어요."

지로는 곧 그렇게 대답한 것을 후회했다. 모두 별다른 표정 변화 없이 이삼 초 동안 조용했는데, 그 짧고 조용한 분위기 속에서 지금까지 화기애애하던 분위기가 딱딱하게 굳어버리는 것을 느꼈기 때문이다.

"모르겠다? 모르겠다면 할 수 없지. 오늘은 교이치가 할아버지 편이 되었으니 명작이 한 장 만들어졌다고 생각하지, 뭐."

데쓰타로가 크게 웃었다. 오마키 노인도 따라 웃었다. 오마키 노인은 어린애처럼 어깨를 으쓱거렸다.

"누가 뭐라고 해도 이 그림은 요즘 들어 최고로 잘 그린 걸작이야. 그 증거로 나는 이 녀석들이 언제 들어왔는지도 모르고 붓을 놀렸단 말이다."

지로는 오마키 노인이 이상한 논리를 펴자 어이가 없었다. 그러나 데쓰타로는 오마키 노인과 시답잖은 말다툼을 더 할 생각이 없어 보였다. 그럼 이야기는 이로써 깨끗이 끝이 났다. 아까부터 내키지 않는 표정으로 아버지와 아들이 나누는 이야기를 듣고 있던 할머니가 선반 위에 올려놓은 탁상시계를 쳐다보며 말했다.

"아니, 벌써 열한 시구나. 점심은 뭘 먹을까?"

"맛있는 걸로 해주세요. 읍내에서 어묵을 좀 사왔는데 찬장에 넣어뒀어요."

"오늘이 오보리 저수지에서 물 빼는 날 아니냐? 잘하면 붕어하고 뱀장어도 얻을 수 있겠는데."

"아, 그러네요. 저수지 물 빼는 날이 오늘이었군요. 제가 한번 가볼게요. 벌써 꽤 잡았겠는데요."

데쓰타로는 교이치와 지로를 데리고 저수지로 갔다. 오보리 저수지는 마을에서 가장 큰 관개용 저수지로 봄이 되면 저수지 물을 강으로 흘려보낸 다음 바닥에 괸 진흙을 퍼서 비료로 썼다.

세 사람이 갔을 때는 땅을 파서 만든 수로 위에 농부들이 두 사람씩 짝을 지어 밧줄 여덟 개를 달아맨 찌그러진 통을 교묘하게 움직여 진흙을 퍼올리는 중이었다. 저수지 바닥에는 사내 대여섯이 흙투성이가 되어 작은 통으로 흙탕물을 퍼서 발판 쪽으로 긁어모으고 있었다. 가끔씩 뱀장어와 메기를 잡아 물가에 던졌는데, 퍼올린 진흙 속에서 붕어가 펄떡거리고 우렁이도 슬슬 기어나왔다.

"어때요? 뭐 좀 잡혀요?"

데쓰타로가 묻자 저수지 바닥에 있던 한 사람이 큰 소리로 말했다.

"붕어는 얼마 안 돼. 올해는 뱀장어가 지천이야."

"조금이라도 괜찮으니까 좀 나눠주실래요? 읍내에서 귀한 손님들이 왔거든요."

"응, 알았네."

남자는 기분 좋게 대답하고 저수지 출구에 만들어놓은 봇둑 너머로 모습을 감추었다. 데쓰타로가 물가로 내려가 봇둑을 넘어갔다. 남자가 건네준 바구니 속에서 붕어가 펄떡이고, 뱀장어들은 꾸역꾸역 거품을 내며 움직였다. 지로가 잽싸게 오마키 가에서 가져온 어롱을 내밀어 붕어와 뱀장어를 담았다.

데쓰타로는 집에 돌아와 붕어만 할머니에게 건네주고, 뱀장어는 장어구이를 만들기 위해 손수 손질했다. 지로는 데쓰타로의 능숙한 손놀림을 흥미롭게 지켜보면서 심부름을 했고, 교이치는 뱀장어 머리통에 송곳을 찔러넣을 때마다 고개를 돌렸다.

점심은 한 시쯤 되어서야 먹었다. 오마키 가로서는 최근 보기 드물게 차린 풍성한 상이었다. 붕어 된장국만 빼고 나머지 음식은 저마다 자기 접시에 먹고 싶은 만큼 덜어 먹었다. 교이치와 지로는 처음 해보는 새로운 방식이었다. 둘은 처음에는 서먹했으나 조금 익숙해지자 자유롭고 편안한 분위기 속에서 마음껏 먹었다. 지로는 주로 뱀장어를 먹었고, 교이치는 뱀장어보다 어묵을 더 많이 먹었다.

점심을 먹고 삼십 분쯤 지나자 오마키 노인이 지로를 데리고 검도 도장으로 갔다. 교이치에게도 권했지만, 교이치가 호구 뒤집어쓰는 것을 내켜 하지 않자 데쓰타로가 교이치를 데리고 이 층 서재로 올라갔다. 서가에는 청소년 잡지부터 철학 책까지 제법 많은 책들이 빼곡했다. 미술 관련 책도 두서너 권 보였다. 교이치는 아침에 있었던 일을 떠올리고 미술 책 한 권을 끄집어냈다.

"교이치는 그림에 관심이 많은 모양이구나."

데쓰타로가 말하자 교이치는 머리를 긁적였다. 눈길은 책에 고정시킨 채였다.

지로와 오마키 노인이 검도 연습을 마치고 돌아오자 다시 거실에 모여 파인애플 통조림을 먹었다. 오마키 노인과 데쓰타로는 틈만 나면 말다툼을 했는데, 온통 세상일과는 동떨어진 이야기들뿐이었다. 그리고 어느 쪽이 이기고 지든 마지막에는 크게 웃으며 끝냈다. 그들이 나누는 이야기는 교이치와 지로가 이해하기 어려운 주제들이라서 흥미는 없었지만, 여태껏 알지 못했던 새로운 세계를 만난 것 같아 가슴이 두근거렸다.

데쓰타로가 시계를 보며 말했다.

"자, 돌아갈 시간이 됐구나. 앞으로는 아저씨가 가지 않아도 너희들끼리 놀러와."

지로는 돌아갈 시간이 되었다는 말을 듣고 아쉬워 교이치를 보았다. 교이치는 그리 아쉬워하는 기색도 없이 인사를 했다. 그러자 할머니가 걱정스러운지 데쓰타로에게 말했다.

"지로는 마사키 가로 가는 거 아니었니? 먼 길인데 혼자서 괜찮을까?"

"언제나 혼자 다녔는걸요. 그렇지, 지로?"

데쓰타로가 지로의 머리를 어루만졌다. 지로는 '혼자'라는 말에 고개를 숙였다.

"기특하기도 해라. 혼자 갈 수 있겠니?"

오마키 노인이 지로의 낯빛을 살피며 물었다.

"앞으로는 읍내에 갈 일이 있으면 돌아오는 길에 이리 오거라. 교이치도 데리고 오고. 내가 특별히 교이치에게 그림을 가르쳐줄 테니."

그러자 데쓰타로가 웃으며 말했다.

"교이치, 할아버지한테 넘어가면 안 된다."

오마키 가를 나온 뒤 지로는 왠지 풀이 죽었다. 큰길에 나올 때까지 둘은 한동안 말이 없었다. 마을 어귀쯤 왔을 때 교이치가 문득 입을 열었다.

"오마키 할아버지 댁은 참 좋은 곳 같아."

"응."

"저렇게 사이가 좋으면 식구들끼리 서로 속이지 않아도 될 텐데……."

지로는 교이치의 옆얼굴을 슬쩍 볼 뿐 아무 말도 하지 않았다.

"넌 그렇게 생각 안 해?"

"나도 그렇게 생각해."

"오늘 여기 오길 잘했어."

"응."

484

"지난번에 할머니하고 한 번 왔는데, 그때는 하나도 재미없었어."

"할머니하고 왔다고? 할머니하고 한 번밖에 안 왔어?"

"응, 딱 한 번 왔어."

"새어머니하고 같이 오진 않았어?"

"아니, 할머니하고 왔어. 아마 할머니는 내가 새어머니하고 오마키 할아버지 댁에 간다고 하면 분명히 싫어하실 거야."

"그럼 슌조는?"

"슌조는 어머니하고 여러 번 왔을 거야."

지로는 갑자기 입을 다물었다. 교이치는 지로의 얼굴이 어두워진 것을 눈치 채고 서둘러 말머리를 돌렸다.

"오마키 할아버지가 말한 그림 이야기 재미있었지?"

"응."

"난 그 얘기 듣고 많이 생각했어. 좀 어려웠지만 좋은 공부가 된 것 같아."

"응."

지로는 아직도 오마키 노인이 그린 난초 그림을 이해하지 못했지만, 교이치 앞에서 그런 속내를 들키고 싶지 않았다. 지로는 오늘따라 교이치가 무척 어른스럽게 느껴졌다. 교이치가 하는 말마다 무언가 자신에게 충고하는 것처럼 들렸다. 교이치가 혼잣말처럼 중얼거렸다.

"오마키 할아버지가 그림을 가르쳐준다고 했지? 한번 배워 볼까?"

"그럼 배우고 싶어?"

"응, 읍내에서 가까우니까 언제든지 갈 수 있어."

지로는 또 입을 다물었다. 하지만 이번에는 교이치도 눈치 채지 못한 듯했다. 교이치는 지로가 듣건 말건 오마키 노인에 대한 감상을 말했는데, 오마키 노인과 좀 더 가까워지고 싶어 하는 마음이 묻어났다.

헤어질 때 교이치가 물었다.

"다음에 언제 또 올 거야?"

"아직 모르겠어."

교이치는 축 처진 지로의 어깨를 보며 왠지 딱하다고 생각 했다.

"왜, 읍내 오기 싫어?"

"……"

지로는 발끝만 내려다보았다.

"지로."

교이치가 지로의 어깨를 힘껏 잡았다.

"지는 건 재미없잖아. 우린 오마키 할아버지가 그린 난초가 되는 거야. 상대가 누구든 지면 안 돼. 아무 잘못도 없는 사람 을 미워하는 사람이 있다면 그건 그 사람이 나쁜 거야. 난 앞으 로 그런 사람은 상대하지 않겠어. 할머니든 어머니든 그런 사 람하곤 말도 하지 않겠어."

지로가 눈물을 글썽였다.

"날 미워해도 이젠 아무렇지 않아. 나만 정직하면 되니까."

486

교이치는 지로의 말이 앞뒤가 안 맞는다고 생각했다.

그러자 느닷없이 지로가 손을 흔들며 마사키 가 쪽으로 재빨리 돌아섰다.

"잘 가, 형."

교이치는 지로가 멀리 사라질 때까지 그 자리에 서서 바라보다가 겨우 정신을 차리고 외쳤다.

"잘 가!"

지로도 뒤돌아보며 다시 한 번 소리쳤다.

"잘 가!"

드문드문 핀 유채꽃이 여린 햇살과 으스스 불어오는 봄바람 속에 살랑거리고 있었다. 지로는 길가에 하늘거리는 유채꽃이 무척 쓸쓸해 보였다. 지로는 고개를 떨어뜨리고 마사키 가까지 8킬로미터가 넘는 길을 힘없이 터벅터벅 걸었다. 한참을 걷다가 어제 일들을 떠올렸다.

어제 혼다 가에서 일어난 일을 생각하면, 오마키 가에서 즐겁게 보낸 기억까지 엉망이 되었다. 전골 냄비에서 커다란 소고기를 건질 때 뿌듯하던 기쁨마저 쓰디쓴 입맛으로 돌아왔다. 그에 대면 밝고 명랑한 오마키 가는 지로의 마음을 푸근하게 감싸주었다. 같은 사람이 사는 세상인데 혼다 가와 오마키 가의 분위기가 그토록 다를 수 있다니, 지로는 한심한 생각까지 들었다. 오마키 가에서 만난 사람들은 하나같이 표정이 밝고 생기가 넘쳤다. 오마키 가에서 지로는 살아 있는 힘을 느꼈다. 지로는 오마키 가를 생각하면 그 집이 오요시와 어떤 관계에 있는 곳인지

조차 잊어버리게 될 정도였다.

그런데 오마키 가에서 가슴이 답답해진 일도 있었다. 그런 감정은 오마키 노인에게서 그림 이야기를 들었을 때와 데쓰타로의 질문에 엉뚱한 대답을 했을 때부터 조금씩 싹텄다. 혼자먼 길을 걷다 보니 자연스럽게 그때 받은 느낌이 되살아나면서 무거운 돌처럼 마음을 짓눌렀다.

그 전까지 지로를 불쾌하게 만든 원인은 언제나 둘레 사람들에게 있었지만, 이번에는 달랐다. 지로는 처음으로 자신의 나약함과 어리석음에 불만을 품었다.

'세상에 나처럼 다른 사람이 날 귀여워해주고 생각해주기를 바라는 녀석이 또 있을까. 대체 왜 교이치 형이나 슌조가 다른 사람에게 사랑받는 걸 보면 비참한 마음이 되는 것일까. 다른 사람이 나한테 거짓말을 하면 못 참으면서, 왜 나는 금방 탄로날 거짓말로 사람들을 속이려 하는 것일까. 오마키 할아버지가 말한 미혹이라는 게 이런 것일까.'

'어쩌면 나는 비겁한 놈일지도 몰라. 얼마 전까지만 해도 교이치 형을 겁쟁이라고 생각했는데, 요즘은 내가 더 겁쟁이 같아. 교이치 형은 다른 사람이 자기를 어떻게 생각하든 신경 안써. 다른 사람이 자기를 생각해주는 것보다 자기가 어떤 생각을 하는지가 더 중요하다고 여기고 있어. 형은 나처럼 마음에도 없는 말로 사람들 기분이나 맞춰주는 짓은 절대로 하지 않을 거야. 할머니가 귀여워해주는 것도 좋아하지 않잖아. 그건 할머니의 생각이 잘못됐다는 걸 알기 때문이야. 그런데 난 뭐지? 교이

치 형하고 얘기하다 보면 내가 너무 바보처럼 느껴져.'

분명하지는 않았지만 그의 머릿속에서 조금씩 이런 의문들이 움텄다. 어린 시절부터 스스로 선택한 운명이 아니라 타고난 운명에 복종해온 지로의 복잡한 심리가 이런 것들을 깨닫게 만든 것이다.

굶주린 자는 먹을 것 앞에서 나약해질 수밖에 없다. 먹을 것을 보는 순간 자기를 잊고 손을 뻗친다. 그 순간이 굶주린 자에게는 행복이다. 하지만 그것을 놓치거나 다른 이의 눈길을 보고 자신의 행동에 부끄러움을 느낀다면 어떻게 될까. 그 결과는 자기혐오다. 자신의 불행과 남들의 동정과 먹을 것 앞에서 인격이 작아지는 것을 스스로 깨달을 때, 굶주린 자는 배고픔보다 한층 더 괴로운 자기연민에 빠지고, 그것을 치유하기 위해 자신을 혐오한다. 지로는 스스로 자신의 상태를 깨닫자 바로 이 같은 자기혐오의 굴레에 빠져들었다. 이것은 지금까지 겪은 그 어떤 불행보다 더 큰 불행이었다.

봄빛이 저녁 구름에 휩싸여 조금씩 나른해져 갔다. 지로의 구두 소리는 점점 무거워졌다. 평소 같으면 8킬로미터쯤은 아무렇지도 않게 걸었지만, 마사키 가에 다다랐을 때 지로는 완전히 지쳐 있었다. 모두 이상하게 여겨 무슨 일이 있었는지 물어도, 지로는 그저 "아무 일도 아니에요." 하고 대답했다. 그러면서 지로는 어딘가 먼 곳을 바라보았다.

생각하는 지로

"지로도 이젠 제법 어른스러워졌구나." 하는 말이 마사키 가 사람들 사이에서 지로를 가리키는 암호처럼 쓰였다. '어른스럽다'는 말은 그 의미가 단순하지 않다. 그 말 속에는 '저 아이가 나이에 비해 고생을 많이 했다'는 안타까움과 '어렸을 땐 그렇게 사고만 치더니 그래도 나쁜 길로 빗나가지 않아 다행'이라는 안도감과, 때로는 '아이답지 않게 너무 되바라졌다'는 유감이 담겨 있게 마련이다. 마사키 가 사람들이 지로를 보며 '어른스러워졌다'고 말할 때는 이 세 가지 의미를 모두 포함하는 뜻으로 쓰였다.

이제 열네 살이 된 지로는 대체 무슨 생각을 하고 있을까. 지로의 머릿속에는 온통 자신뿐이었다. 더 정확히 말하면 그동안 다른 사람의 애정에 집착하던 자신의 모습을 혐오하고 있었다. 자기 자신마저 속이려 들던 어린 시절의 교활함에 치를 떨고 있었다.

오로지 머릿속에 자신에 대한 생각으로 꽉 차 있는 지로를 더욱 고독하게 만드는 사람은 마사키 외할아버지였다. 깊은 생각에 잠긴 듯 눈도 깜빡이지 않고 자신을 바라보는 외할아버지의 눈과 마주칠 때마다 지로는 외할아버지가 자신의 속내를 모두 꿰뚫어보는 것 같아서 괴로웠다. 또한 지난날 자신을 지배한 행동과 사고방식들을 한꺼번에 지워버리고 싶은 충동에 사로잡혔다. 그렇다고 지로를 보는 외할아버지의 눈길이 갑작스레 변한 것은 아니었다. 처음 마사키 가에 왔을 때부터 외할아버지는 줄곧 평온한 눈길로 지로를 보았다. 다만 최근에 지로의 신경이 예민해지면서 외할아버지의 따뜻한 눈길마저 복잡한 감정으로 받아들이게 되었을 뿐이다. 지로는 자신이 왜 그렇게 변했는지 그 까닭을 몰라서 당황했다. 그래서 외할아버지를 피해 다녔고, 피할수록 어찌 된 일인지 더 자주 마주쳤다.

자신을 두고 어른스러워졌다고 말할 때에도 지로는 여러 가지 감정을 동시에 느꼈다. '어른'이라는 말에서 책임감, 인내심, 남을 배려하는 마음 같은 낱말을 떠올리면 자신이 무척 대견스러웠다. 그러나 동시에 열네 살 소년을 어른스럽다는 말로 포장해서 자기들이 바라는 대로 길들이려고 욕심부리는 것 같아 씁쓸하기도 했다. 또 어떤 때는 그런 칭찬에 겉으로는 태연한 척하면서 속으로는 마음이 들뜨는 자신의 이중성을 사람들 앞에서 폭로하고 싶은 충동도 느꼈다.

마사키 가에서는 그 어느 때보다 별 탈 없이 조용히 지냈지만, 지로의 내면에서는 언제 터질지 모르는 감정의 소용돌이가 휘몰아쳐 늘 마음이 울적했다. 사춘기로 넘어오는 과정에서 겪는 자기혐오에, 지기 싫어하는 성격이 보태져 지로는 자기감정을 다른 사람에게 솔직히 털어놓지 않게 되었다. 누가 자신의 진짜 속마음을 알아차리기라도 하면, 그 사람에게 패배한 것 같은 느낌이 들 정도였다. 그런 점에서 지로에게는 아직 어린아이 같은 면이 남아 있었다.

또 한 가지 중요한 변화는 혼다 가에서 지로는 이제 마사키가의 지로가 아니라는 점이었다. 지로는 한 달에 한 번씩 그것도 마사키 외할아버지의 강요로 읍내에 들렀는데, 혼다 할머니를 만나도 전혀 주눅 들지 않았다. 할머니가 무슨 말을 하든 꼬박꼬박 말대꾸를 했고, 누가 주는 사람이 없어도 제멋대로 할머니 방을 뒤져 과자든 단팥묵이든 꺼내서 먹었다. 지로가 이렇게 반항하자 할머니는 슌스케를 붙잡고 "커서 뭐가 되려고 벌써부터 저러냐." "이젠 손자까지 날 무시하니 살아서 더 뭐 하겠느냐."면서 신세 한탄을 하거나, 나오지도 않는 눈물을 억지로 짜냈다. 지로는 당황하기는커녕 보란 듯이 두 사람 앞에 무릎을 꿇고 앉아 야단맞기를 기다리는 사람처럼 지그시 눈을 감았다. 슌스케가 할머니를 다독이기 위해 잔소리라도 꺼내는 날에는 "난 교이치 형이나 슌조가 하는 것처럼 행동하면 안 되는 건가요?" 하고 짓궂게 되물었다.

슌스케는 갑자기 지로가 도전적으로 변하자 걱정이 되었다. 그래서 어느 날 지로와 산책도 할 겸 논길을 거닐며 요즘 들어 태도가 불순해졌다며 듣기 좋게 타일렀다. 그러자 지로는 자못 심각한 얼굴로 말했다.

"아버진 내가 솔직해지는 게 그렇게 마음에 안 드세요?"

지로가 이렇게 말하자 슌스케는 어이가 없어서 자기도 모르게 버럭 화를 냈다.

"그런 식으로 행동하면 이 세상에서 널 좋다고 할 사람은 아무도 없어!"

그러자 지로가 그 자리에 우뚝 멈춰 서며 슌스케를 똑바로 보며 말했다.

"다른 사람이 날 어떻게 생각하든 상관 안 해요. 날 좋아하든 싫어하든 다 필요 없다고요."

지로는 이렇게 내뱉고는 혼자 가버렸다.

오요시를 대할 때는 처음 보는 사람에게 하듯 냉담했다. 먼저 말을 걸지도 않거니와 오요시가 무슨 말을 물어도 대답하기 싫다는 표정을 지었다. 특히 슌조가 오요시 곁에 있을 때는 기분 나쁜 티를 내며 그 자리를 피하고는 했다.

혼다 가에서 지로가 상대하는 사람은 교이치뿐이었다. 교이치와 단둘이 이 층에 있을 때 지로는 예전처럼 활달하고 말도 많이 했다. 지로는 교이치 앞에서 자랑삼아 할머니나 어머니에게 어떤 식으로 반항했는지 말했고, 그러면 교이치는 금세 얼굴이 굳어지며 지로를 타일렀다. 그러면 지로는 "나한테 솔직해지고 싶을 뿐이야." "다른 사람이 날 어떻게 생각하든 상관없어." 하고 거칠게 대답하며 한동안 입을 굳게 다물었다.

그런가 하면 지로는 오마키 가에서는 편안하게 잘 지냈다. 이상하게도 오마키 가에서는 복잡한 감정에 빠지지 않았다. 오마키 노인과 데쓰타로는 지로 앞에서 거리낌 없이 자신들이 하고 싶은 이야기를 주고받으며 크게 웃었다. 마치 지로 같은 건 처음부터 개의치 않는 모습이었다. 지로도 그것을 알았지만, 무시당한다는 느낌을 받지는 않았다. 어른들의 관심을 끌려고 아이가 울음을 터뜨릴 때 달래주면 더 크게 울지만, 내버려두면 제풀에 그치는 것과 마찬가지였다.

오마키 노인과 데쓰타로는 지로의 생활이 어떻게 변했는지 오요시에게서 전해 들어 속속들이 알고 있었다. 오요시는 말주변이 없고 다른 사람과 말하는 것을 꺼리는 성미를 타고나서 지로 때문에 아주 애를 먹고 있었다. 혼다 할머니 앞에서는 어쩔 수 없이 지로보다 슌조를 더 챙겨줘야 했는데, 막내라 그런지 슌조에 대한 감정이 점점 커지는 것을 느꼈다. 그렇다고 해서 지로에 대한 애정이 사그라진 것은 아니었지만, 점점 반항아로 변해가는 지로가 부담스러운 것은 사실이었다. 그래서 오요시는 지로와 슌스케에게 미안한 마음이 들어 오마키 노인과 데쓰타로를 만나 몇 번 의논하기도 했다.

지로의 변화는 오마키 일가, 더구나 오마키 노인과 데쓰타로에게 꽤 큰 근심거리였다. 지로가 걱정되어 두 사람은 일요일마다 지로가 놀러오기를 기다렸다. 혹시라도 지로가 찾아오지 않으면 이튿날 일찍 데쓰타로가 혼다 가나 마사키 가에 들러 넌지시 동태를 살필 정도였다.

그렇지만 정작 지로가 찾아오면 자신들이 걱정하고 있다는 것을 지로가 눈치 채지 못하도록 오마키 노인은 익살스럽게 눈을 깜빡거리며 재미난 이야기로 지로의 기분을 맞춰주었다. 데쓰타로 또한 오마키 노인과 실랑이를 하거나 별일도 아닌데 트집을 잡아 분위기를 재미나게 만들었다. 두 사람은 누가 더 지로를 많이 웃기나 경쟁이라도 하는 것처럼 보였다. 그러다가 무슨 말끝에 지로의 얼굴이 어두워지기라도 하면 오마키 노인은 서둘러 지로에게 죽도를 쥐여주고, 데쓰타로는 등산 이야기를 꺼내며 여기저기 데리고 돌아다녔다.

데쓰타로는 약속한 대로 교이치와 지로를 데리고 여러 번 산에 올랐다. 지로는 데쓰타로의 꾸밈없는 태도가 마음에 들었는지, 친구를 대하듯 아무 말이나 지껄이며 장난을 쳤다. 데쓰타로가 예상한 대로 등산은 지로의 우울한 마음에 새로운 활력을 불어넣어 주었다. 텐트를 치거나 땔감을 모을 때 지로는 교이치와 상대도 되지 않을 만큼 재빠르게 움직였다.

교이치와 지로는 등산을 즐기는 방법이 완전히 달랐다. 교이치는 조용히 생각하면서 걸었고, 가끔 수첩을 꺼내 뭔가 적기도 했다. 지로는 정반대였다. 어디서 주웠는지 커다란 막대기를 들고 다니며 나무줄기와 바위를 두들겼다. 또 확 트인 곳이 나오면 메아리가 골짜기에 울려 퍼지도록 크게 소리를 질렀다. 아마도 이런 모습을 마사키 가와 혼다 가 사람들이 보았다면 자신들이 알고 있는 지로가 아니라고 생각했을 것이다.

지로가 등산을 하면서 딱 한 번 데쓰타로와 교이치를 걱정스럽게 만든 적이 있었다. 산허리에서 도시락을 먹다가 옆에 있는 소나무에 대해 이야기를 할 때였다. 소나무는 신기하게도 바위를 뚫고 자라 있었다.

"너희들 저 바위가 움직이는 게 보이니?"

데쓰타로가 소나무 밑동 때문에 둘로 쪼개진 바위를 가리키며 물었다. 교이치와 지로가 이상하다는 표정을 짓고 바위를 보았다. 바위는 소리 없이 햇볕을 쪼이고 있을 뿐이었다.

데쓰타로가 웃으면서 말했다.

"눈으로 보려고 하면 안 돼. 마음으로 봐야지."

"마음으로 보라고요?"

교이치가 지로를 보았다. 지로는 도대체 무슨 뜻인지 모르겠다는 얼굴이었다.

교이치와 데쓰타로가 소나무에 대해 이야기를 나누는 동안에도 지로는 여전히 같은 표정을 하고 있었다.

"그럼, 아저씨는 어릴 때부터 저 소나무를 봤겠네요?"

"그래, 맞아."

"그땐 바위가 저 자리에 없었어요?"

"그때도 저 자리에 있었지. 어릴 때 본 모습과 똑같아. 하지만 분명히 바위는 움직였을 거야. 왜냐하면 소나무가 그때보다 훨씬 컸거든."

"옛날에는 이 바위가 하나였을까요?"

"아마 그랬을 거야. 소나무를 뿌리째 뽑아버리면 지금도 딱 붙을 것 같구나."

"소나무는 참 강하네요."

"그래, 정말 대단하지? 하지만 소나무만이 아니야. 생명 있는 것들은 모두 강하단다. 잡초 뿌리도 오래 놔두면 돌담을 무너뜨리거든."

"정말이에요?"

교이치가 흠칫 놀라며 물었다.

"이 소나무도 처음엔 잡초랑 별로 차이가 없었겠네요?"

"맞아, 어쩌면 잡초보다 더 작았을 거야. 처음엔 바위가 갈라진 틈에 뿌리를 내렸겠지. 그땐 손가락으로 짓누를 수 있을 만큼 작았을 거야. 그러던 게 어느 날부터 바위를 뚫고 뿌리를 깊이 내린 거야. 그리고 지금은 이 큰 바윗돌을 둘로 쪼개버린 거다. 우리 눈에는 보이지 않지만 지금도 조금씩 바윗돌을 밀어내고 있어. 이런 게 바로 생명이란다. 생명은 소나무에만 있는 게 아냐. 우리에게도 있단다. 무슨 말인지 알겠니?"

방금 전까지만 해도 둘이 나누는 이야기를 들으며 지루해하던 지로의 눈빛이 갑자기 빛났다. 지로는 데쓰타로와 소나무를 번갈아 보면서 다음 말을 기다렸다.

"하지만 말이다……."

데쓰타로도 흘깃 지로를 보았다.

"생명이라고 다 같은 생명이 아니야. 어떤 생명은 아주 비겁하단다. 그런 생명은 세상에 도움이 안 돼. 비겁한 생명은 자기 운명을 불평하다가 끝나버리지. 내 말, 무슨 뜻인지 알겠니? 진짜로 살아 있는 놈들은 어떤 운명을 만나도 기쁘게 받아들인단다."

"무슨 말씀인지 알 것 같아요."

교이치가 대답했다.

"지로는 어때? 모르겠어?"

지로는 잠깐 꾸물거리다 솔직히 대답했다.

"운명이라고 하니까 잘 모르겠어요."

"으음, 운명이란 말이 어렵다고? 그럼 환경이라고 하자. 예를 들면 저 소나무를 한번 봐라. 몇 백 년 전에 있었던 일일 거야. 아주 먼 곳에서 솔방울 하나가 바람에 날려 여기까지 온 거야. 그런데 하필이면 재수 없게 바위틈에 떨어졌어. 결국 바위틈이 솔방울의 운명이 된 거야. 다시 말하면 솔방울은 평평한 땅이 아니라 바위틈에서 살아가야 할 운명에 처한 거란다. 솔방울이 선택한 게 아니야. 솔방울은 자신의 운명 앞에서 뭘 어떻게 해야 좋을지 몰랐을 거다. 여기까지는 이해가 되니?"

"예, 조금요."

지로가 눈을 내리뜨고 대답했다.

"자신의 뜻과 상관없이 바위틈에 떨어진 솔방울, 이게 바로 운명이란다. 한번 타고난 운명은 바꿀 수가 없어. 혼자 울거나 누구를 원망해도 소용이 없어. 그럴 바에야 기쁜 마음으로 운명에게 달려드는 편이 훨씬 속 편하지. 운명에게 달려든다는 건 아무렇게나 한다는 뜻이 아니야. 타고난 운명 속에서 기쁨을 찾으려고 노력하는 걸 말한단다. 그게 바로 진짜 생명이지. 솔방울에게는 진짜 생명이 있었을 거야. 그래서 천천히 이 커다란 바위를 뚫고 바위 밑에 깔려 있는 흙을 찾아냈겠지. 자, 봐라. 지금은 소나무 줄기가 바위를 둘로 쪼개버렸어. 소나무

498

는 지금도 바위에 갇혀 있지만, 이제 바위는 소나무에게 아무 짓도 할 수 없단다."

지로는 데쓰타로가 하는 말을 듣고 오마키 노인이 그린 난초 그림이 떠올랐다. 오마키 노인이 그때 무슨 말을 했는지 기억해내려고 했지만, 확실하게 떠오르지 않았다.

세 사람은 저마다 생각에 잠긴 채 소나무를 바라보았다. 조금 뒤에 데쓰타로가 다시 입을 열었다.

"너희들이 지금까지 살아온 시간은 타고난 운명과 싸워온 시간에 지나지 않아. 알게 모르게 타고난 운명과 싸우는 법도 터득했을 거야. 어쨌든 우리는 운명을 이겨내야 하니까. 그런데 한 가지 조심할 게 있단다. 운명과 싸우는 데만 열중하다 보면 어쩌다 엉뚱한 짓을 저지르고 말아. 그래서는 운명을 이길 수 없어. 운명을 이기려고 조바심을 내거나 자기 힘으로 할 수 없는 일에 집착하는 것은 패배하는 것과 마찬가지야. 솔방울이 싹을 틔웠다고 당장에 바위가 쪼개지는 것은 아니야. 또 아무리 큰 소나무라고 해도 줄기만으로는 바위를 쪼갤 수 없어. 바위가 쪼개진 건 줄기 때문이 아니란다. 소나무의 생명력이 그렇게 만든 거야. 조금씩 흙 쪽으로 뻗어나가려는 힘이 바위를 쪼개버린 거야. 너희들도 운명을 이기고 싶으면 꼭 기억해야 한다. 서둘러선 안 돼. 천천히 너희들 자신을 성장시키는 거야. 이기고 지는 것은 다 잊어버려. 오직 너희들 자신을 성장시키는 거다. 그러다 보면 언젠가 이 바윗돌처럼 너희들 운명도 별 거 아니었다는 것을 깨닫는 날이 온단다."

데쓰타로에게서 평소의 장난기라곤 찾아볼 수 없었다. 지로는 데쓰타로가 자신을 혼내고 있다는 생각이 들었다.

"나를 성장시키려면 먼저 운명에 몸을 맡겨야 해. 바위틈이 내가 뿌리를 내려야 할 환경이라면 더 생각할 필요도 없이 싹부터 틔우는 거야. 어떻게 하면 이 바위틈에서 벗어날까 하는 어리석은 생각은 소용없단다. 바위를 적으로 여겨서는 안 돼. 오히려 나를 도와주는 고마운 친구라고 생각하는 거야. 나를 괴롭히는 환경을 탓하는 건 비겁한 놈들이나 하는 짓이야. 정말 괴롭다면 나를 괴롭히는 환경과 친구가 되는 거야. 도망치고, 욕하고, 화내는 건 비굴한 짓이야. 운명 앞에서 비굴해지는 건 그 사람에게 이제 생명이 존재하지 않는다는 뜻이란다. 내가 처한 환경에서 즐거워할 줄 아는 사람만이 올바로 성장할 수 있어. 그리고 올바로 성장한 사람만이 나를 괴롭힌 운명을 실컷 비웃어줄 수 있는 거야. 우린 그렇게 믿어야 돼. 아저씨 말이 조금 어려웠니? 교이치는 알아들은 것 같은데."

"예."

교이치가 고개를 끄덕였다.

지로는 한 번 더 소나무로 눈길을 돌렸다. 그늘이 어려서인지 소나무를 바라보는 지로의 얼굴이 어두웠다.

세 사람은 도시락 먹은 자리를 깨끗이 정리하고 그곳을 떠났다. 그 뒤로 데쓰타로는 소나무 이야기를 다시 꺼내지 않았다. 그런데 지로의 행동이 조금 이상해졌다. 무슨 생각을 그리도 열심히 하는지 데쓰타로와 교이치가 말을 걸어도 못 알아들을 만큼 정신이 팔려 있었다. 결국 지로는 그날 하루 종일 먼저 입을 열지 않았다. 산꼭대기까지 오르는 동안 커다란 나무가 눈에 띄면 넋을 놓고 바라보기만 했다.

바위를 뚫고 자란 소나무가 지로에게 끼친 영향이 얼마나 대단했는지 지로 자신만이 알고 있을 뿐이다. 그 뒤로도 지로는 여전히 마사키 가에서는 어른스러웠고, 혼다 가에서는 반항아였다. 그리고 오마키 가에서는 열네 살 소년이었다. 그날부터 달라진 점을 찾는다면 데쓰타로를 대하는 태도였다. 지로는 이제 데쓰타로가 재미있고 똑똑한 아저씨로 보이지 않았다. 데쓰타로를 어려워하지는 않았지만, 지금까지 그랬듯 가까운 친구처럼 마음 편하게 대할 수는 없었다. 언제부터인지 지로는 곤다와라 선생님을 대하듯 데쓰타로 앞에서 깍듯하게 행동했다.

소학교를 일 년 더 다녔지만, 지로의 학창 시절은 이렇다 할 변화 없이 조용히 지나갔다. 마사키 가와 마찬가지로 선생님들도 지로가 어른스러워졌다고 말했다. 중학교 시험에 실패한 아이들 가운데서 지로는 늘 일 등을 했고, 행동까지 어른스럽다 보니 자연스레 반장을 맡았다. 지로는 누가 시키지 않아도 반장으로서 해야 할 일들을 알아서 처리했다. 그 무렵에는 친구들의 신임도 대단해서 지로가 나서서 해결되지 않는 문제가 거의 없을 정도였다. 날이 갈수록 아이들 사이에서 지로의 위세도 더욱 커졌다.

그동안 곤다와라 선생님은 마사키 가와 혼다 가를 몇 번 찾아와 지로에 대한 이야기를 들었다. 또 데쓰타로가 학교로 찾아가 이런저런 이야기를 해주었기 때문에, 겉으로 내색하지는 않았지만 늘 지로를 걱정스럽게 지켜보았다.

곤다와라 선생님은 무엇보다 지로의 얼굴에서 웃는 모습은 물론이고 노여움조차 드러나지 않게 된 것을 걱정했다. 웃어도 웃음에 때때로 소리가 없었다. 예전처럼 혈기를 부리며 화를 내는 일도 거의 찾아볼 수 없었다. 그리고 모든 게 하나도 재미없다는 표정을 짓거나, 화를 내고 있으면서도 코웃음을 칠 때가 많았다.

"이러다가 큰일 나겠는데." 곤다와라 선생님은 가끔 이렇게 중얼거리며 멀찍이 떨어진 곳에서 지로를 지켜보았다. 그리고 일부러 지로를 위해 교실에서 웃기는 이야기를 늘어놓거나, 교장선생님께 야단맞을 각오를 하고 아이들에게 난폭한 경기를 시키기도 했다. 하지만 지로는 여전히 어른스러웠고, 절대 웃거나 화를 내지 않았다.

어느 날 아침, 여름방학이 끝난 지 얼마 안 되었을 무렵이었다. 곤다와라 선생님이 교무실 문을 열고 들어서자 교장선생님이 잔뜩 긴장한 얼굴로 기다리고 있었다.

"곤다와라 선생, 큰일 났소! 어젯밤에 아주 큰 말썽이 있었던 모양이오. 곤다와라 선생 반의 혼다 지로가 주모자인 것 같아요."

어젯밤에 일어난 말썽이라는 것은 지로와 친구 열댓 명이 이웃마을 청년 네다섯 명과 강둑에서 패싸움을 한 일인데, 상대방이 큰 상처를 입었다는 것이다.

"빨리 지로를 불러와요. 수업은 내가 대신 맡을 테니까."

곤다와라 선생님은 지로를 찾으러 운동장으로 나갔다. 그러나 지로는 어디에도 보이지 않았다. 시계를 보자 수업 시간까지 삼사 분밖에 남지 않았다.

곤다와라 선생님은 혹시나 하는 마음에 교문 밖으로 나가보았다. 학교에서 멀지 않은 곳에 거망옻나무 숲이 있는데, 6학년 아이들이 자주 모이는 비밀 장소 같은 곳이었다. 예상대로 그곳에 아이들이 열댓 명 모여 있었다. 자기네들끼리 무슨 말인가를 주고받는 모습이 멀리서 보기에도 꽤 중요한 일 같았다. 곤다와라 선생님이 큰 소리로 아이들을 불렀다.

느닷없이 곤다와라 선생님이 나타나자 아이들은 깜짝 놀랐다. 또 서로 마주 보며 무엇인가 의논하더니 한참만에야 한 아이가 부지런히 언덕을 내려왔는데, 바로 지로였다. 나머지 아이들은 여전히 거망옻나무 숲에 숨어 곤다와라 선생님 쪽을 보고 있었다. 곤다와라 선생님이 다시 큰 소리로 부르고 지로가 손짓하자, 마지못해 다른 아이들도 하나 둘씩 언덕에서 내려왔다.

아이들과 함께 학교에 돌아온 뒤, 곤다와라 선생님은 지로를 데리고 숙직실로 갔다. 곧 종이 울리고 수업이 시작되었다. 시끌벅적하던 복도가 갑자기 잠잠해졌다. 곤다와라 선생님은 숙직실 다다미방에 책상다리를 하고 앉아 턱수염을 잡아 뜯으며 천장을 올려다보다가 종소리를 듣고서야 생각난 듯 물었다.

"간밤에 무슨 일 있었냐?"

"싸웠어요."

지로는 별일 아니라는 투로 대답했다.

"마사키 할아버지는 아직 모르시겠구나."

곤다와라 선생님도 그다지 마음 쓰지 않는다는 듯 말했다.

"예, 아직 모르세요."

"그거 다행이군. 먼저 나한테 털어놓아 봐. 이웃 마을 청년들하고 왜 싸웠어?"

지로의 말에 따르면, 얼마 전 여름마다 올리는 마을 제사가 있던 날 밤 행실이 불량한 이웃마을 청년 다섯 명이 마을로 와서 지로 친구의 누나에게 못된 장난을 했다. 그것을 보고 지로의 친구가 화를 내며 돌을 던지자 청년들이 달려들어 마구 때렸다. 그때 지로와 다른 아이들도 곁에 있었지만 사람 수가 모자라 손을 쓰지 못했다. 다음 날 지로와 친구들이 마을 청년들을 찾아가 어제 일을 거론하며 복수해달라고 부탁했는데, 청년들은 오히려 불량배들을 상대해봐야 소용없다며 아무도 나서지 않았다. 그래서 할 수 없이 지로가 중심이 되어 아이들끼리 복수를 계획하고, 간밤에 이웃 마을 청년들을 강둑으로 불러내 싸웠다는 이야기였다.

"이웃마을에는 누가 갔지?"

"제가 갔어요."

"그래? 가서 뭐라고 그랬냐?"

"오늘 밤 둑에서 복수할 테니 다섯 사람 모두 나오라고 했어요."

"그랬더니 그쪽에서 그렇게 하겠다고 했어?"

"예."

"그 친구들은 이쪽도 청년들이라고 생각했나 보지?"

"아니에요. 제가 분명히 말했어요. 우린 초등학생이라고."

"그러니까 뭐라고 그러든?"

"건방진 놈들이라며 비웃었어요."

"으음……. 그래서 너희는 몇이나 모인 거냐?"

"열다섯이요. 우린 초등학생이니까 그 정도는 모여야 할 것 같았어요."

지로는 변명하듯 말했다.

"으음……. 그건 그렇구나. 그래 어떻게 싸웠냐?"

"우리 쪽에서 다섯 명은 장대를 가져갔어요."

"장대? 으음……. 무기는 그것뿐이었어?"

"아뇨. 그 뒤에 다섯 명이 몽둥이를 들고 따라갔어요."

"음, 몽둥이를 들고 갔다……. 그리고 또?"

"나머지 다섯 명은 주머니에 자갈을 잔뜩 넣고 맨 뒤에서 따라갔어요. 조그만 막대기도 하나씩 가져갔고요."

"음, 그래서 그 자갈을 던진 거냐?"

"예, 그 자식들이 우릴 쫓아와서 먼저 자갈부터 던졌어요."

"밤이라 캄캄했을 텐데, 그놈들인지 어떻게 알았어? 사람을 잘못 봤다가는 큰일 날 수도 있었잖아."

"달이 떠서 쉽게 알아봤어요."

"참, 그랬지. 어젯밤은 달이 떴지. 그래서 그놈들이 어떻게 했어?"

"한 사람이 돌에 맞은 것 같았어요. 그 자식이 소리를 지르며 둑 밑으로 굴러 떨어졌어요. 그걸 보고 나머지 놈들이 욕을 하면서 우리 쪽으로 달려왔어요."

"모두 맨주먹이었냐?"

"예."

"상대는 맨주먹인데 너희들은 장대를 휘둘렀구나?"

"예, 그런데 장대는 별로 소용이 없었어요."

"뭐?"

"금방 다 잡혔어요."

"혼났겠구나."

"하지만 몽둥이를 가져간 아이들이 달려들어 놈들을 팼어요."

"그거 다행이구나. 자갈을 가져간 아이들도 막대기를 하나씩 가져갔으니까, 열 사람이 몽둥이를 휘두른 셈이구나. 그쪽은 맨주먹만 넷인데 이쪽은 완전무장한 녀석들이 열이나 됐으니, 실컷 두들겨팼겠군."

지로는 히죽 웃으며 고개를 숙였다.

"장대를 가져간 놈들은 어떻게 됐어?"

"그때는 저도 패는 데 정신이 팔려서 잘 못 봤어요."

"승부는 어떻게 됐냐?"

"우리가 이겼어요. 그놈들이 막 도망갔어요."

"너희 쪽에는 다친 아이 없어?"

"크게 다친 아이는 없어요. 뺨을 맞고 입술이 터진 아이는 있어요."

"몽둥이로 두들겨맞았으니 청년들이 많이 다쳤겠구나."

지로는 고개를 숙이며 대답하지 않았다. 곤다와라 선생님도 조용히 턱수염만 잡아 뜯었다.

"처음에 장대나 몽둥이, 자갈 같은 것을 가져가자는 얘기는 어떤 놈이 꺼낸 거냐?"

"제가 그랬어요."

지로는 순순히 시인했다.

"네놈들 나이치고는 꽤 머리를 잘 썼구나. 어른들하고 싸우려면 그 정도 준비는 당연히 해야지. 그런 건 비겁한 짓이라고 할 수 없지."

지로는 조금 우쭐했다.

"그런데 지로……"

곤다와라 선생님은 여전히 턱수염을 잡아 뜯으며 말했다.

"넌 싸우는 게 지금도 그렇게 재미있나?"

"하나도 재미없어요."

지로가 씁쓸하게 대답했다.

"그런데 왜 그런 짓을 한 거야?"

"올바른 일이라고 생각했기 때문입니다."

"올바른 일이라고? 아닌 게 아니라 그놈들이 먼저 나쁜 짓을 했으니, 그런 녀석들을 혼내주는 건 좋은 일이라고 할 수도 있지. 그런데 넌 누구 부탁을 받고 그런 짓을 한 거지?"

"아무도 부탁한 사람 없어요."

지로는 당당하게 대답했다.

"으음…… . 그럼 누구 허락을 받고 싸운 거냐?"

지로는 무슨 말을 하는지 모르겠다는 표정을 하고 곤다와라 선생님을 보았다. 곤다와라 선생님도 지로의 얼굴을 똑바로 마주 보았다.

"그런 건 둘째 치고, 도대체 누구를 위해 그런 짓을 저질렀냐?"

지로는 이번에도 대답하지 못했다.

"설마하니 그 녀석들에게 잘못을 일깨워주기 위해 한 짓이라고는 말하지 않겠지? 아마 그런 것까지는 생각 못했을 테니까."

곤다와라 선생님의 말은 뜻밖이었다. 상대방을 위해서? 선생님 말대로 지로는 그렇게까지는 생각하지 못했다.

곤다와라 선생님은 조금 기가 죽은 지로의 눈길을 살피며 말했다.

"너는 아마도 그놈들에게 모욕당한 네 친구와 친구의 누나를 생각했겠지. 네 친구를 위해 복수했다고 여기고 있을 거야."

지로는 "예." 하고 대답하려 했다. 하지만 곤다와라 선생님의 목소리가 갑자기 커지는 바람에 대답할 기회를 놓치고 말았다.

"그런데 그거 다 거짓말이야. 네 본심은 그게 아니었어."

지로는 곤다와라 선생님을 보았다. 자신은 분명 친구의 복수를 하려고 애쓴 것인데, 선생님은 아무렇지도 않게 자신의 순수한 용기를 비웃었다.

"네 스스로 잘 생각해보란 말이야."

곤다와라 선생님은 그렇게 말하면서 지로를 보았다. 지로는 도대체 뭘 생각해보라는 건지 종잡을 수가 없었다. 믿었던 곤다와라 선생님에게 배신당한 것 같기도 하고, 선생님 말처럼 자신이 무슨 생각으로 그런 큰일을 저질렀는지 궁금하기도 했다. 그때 곤다와라 선생님의 말소리가 들렸다.

"생각해도 잘 모르겠지? 그럼 선생님이 말해줄게. 넌 요즘 기분이 좋지 않아, 그렇지? 그런데 너도 그 이유를 모르겠는 거야. 그래서 한 번 신나게 날뛰고 싶었던 거야. 네 마음속에 잔뜩 쌓인 감정을 실컷 터뜨리고 싶었던 거라고. 그런데 마침 어젯밤에 기회가 찾아온 거지."

곤다와라 선생님의 눈이 웃고 있었다. 하지만 지로는 웃을 수 없었다. 지로는 곤다와라 선생님의 눈이 어쩐지 무서운 느낌이 들었다.

"지로……."

곤다와라 선생님이 지로의 어깨에 손을 올리며 말했다.

"선생님은 네가 날뛰고 싶어 하는 마음을 조금은 알고 있다. 그렇기 때문에 간밤에 있었던 일로 널 야단치고 싶지는 않아. 하지만 만약 네가 어젯밤 일이 올바른 행동이라고 생각한다면 큰 착각이다. 올바른 행동은 자기만을 생각하는 사람이 할 수 있는 일이 아니야."

지로는 아직도 선생님이 하는 말을 이해하지 못했다. 그러나 '자기만을 생각하는 사람'이라는 말이 무겁게 마음을 뒤흔들었다.

곤다와라 선생님은 또 턱수염을 잡아 뜯었다. 그리고 천장을 올려다보며 입을 굳게 다물었다.

그때 종이 울렸다. 곤다와라 선생님이 느릿느릿 일어나며 말했다.

"어제 일은 선생님이 알아서 처리할 테니 넌 걱정하지 마. 대신 내가 한 말을 곰곰이 생각해봐야 한다. 어쨌든 네가 한 일을 자랑스러워해서는 안 돼. 그런 심보를 가지고 있으면 마음속으로 웃지도 못하고 화를 낼 수도 없는 거다. 알겠지, 지로? 넌 좀 더 순진해져야 해."

곤다와라 선생님은 그렇게 말하고 방을 나가려다가 다시 걸음을 멈추고 말했다.

"하지만 순진해져야 한다고 해서 다시 갓난아기가 될 수도 없는 일이고……. 이게 어렵구나. 갓난아기는 자기감정만 생각하면 그게 순진한 거고, 너 정도 나이면……."

곤다와라 선생님은 그렇게 말하고는 또 생각에 잠겼다. 잠깐 방 안을 서성이더니 말했다.

"이건 좀 어려운 얘기다. 선생님도 너한테 어떻게 말을 해야 좋을지 모르겠구나. 어쨌든 넌 생각하지 않아도 되는 건 생각하고, 생각해야 될 일은 생각하지 않는 것 같아. 그 점을 분명히 구분한다면 순진한 아이가 될 수 있을 거야. 오늘은 이 정도로 해두자. 언제 한번 또 얘기하자. 이번 시간부터 수업받아라."

곤다와라 선생님은 생각에 잠긴 얼굴로 방을 나갔다. 지로도 선생님을 따라 숙직실을 나왔는데, 갑자기 오마키 노인이 그린 난초 그림이 생각났다.

510

그 뒤로 이웃마을 청년들과 패싸움한 일에 대해서는 곤다와라 선생님 말대로 아무도 묻지 않았다. 학교에서도 마사키 가에서도 그 문제 때문에 지로를 야단치거나 하지 않았다. 그리고 곤다와라 선생님이 '언제 한번 또 얘기하자'는 말도 결국 말로 끝났다.

  지로는 은근히 선생님과 만나기를 기대하다가 며칠이 지나도 자기를 부르지 않자 조금 실망했다.

  그러나 곤다와라 선생님이 숙직실에서 한 말은 데쓰타로가 들려준 소나무 이야기와 함께 마음에 오래도록 남았다. 그리고 마침내 중학교에 들어갈 무렵에는 계속 자신을 괴롭혀온 감정에서 많이 벗어났다. 지로는 그것이 곤다와라 선생님과 데쓰타로 그리고 오마키 노인이 그린 난초 그림 덕분이라고 생각했다.

돈지갑

일 년 가까운 시간이 흘렀다.

지로에게 그 일 년은 그다지 행복하지 않았다. 그러나 기쁨
과 분노와 슬픔이 언제나 주위 사람들 때문에 결정되었던 어린
시절에서 벗어나 자아를 의식하기 시작한 것은 지로의 인생에
서 무엇과도 바꿀 수 없는 성과였다. 사람을 사람답게 만드는
가장 중요한 조건 가운데 하나가 '자신에 대해 생각하는 것'이
라면 지로는 조금 이른 시기부터 그런 삶을 살았다는 점에서
괴롭고 힘들었던 지난 일 년이 축복이었을지도 모른다.

지로는 일 년 동안 자신의 생활과 환경을 제삼자의 눈으로 냉
정하게 관찰하는 기술을 터득했다. 편견이 어느 정도 섞이는 것
은 어쩔 수 없었지만, 자신이 어떻게 살아왔고 무엇을 원해왔는
지 정확하게 바라볼 수 있었다. 처음에는 지금까지 믿어온 자신
의 모습과 실제 모습이 너무나 달라서 충격을 받았고, 자신의
모든 행동과 감정을 아무 이유도 없이 증오하고 비웃었다. 그리
고 증오의 방편으로 주위 사람들과 투쟁을 선언했다. 이런 투쟁

은 어릴 때 기분에 따라 자기에게 피해를 입혔다고 생각하는 대상에게 덤벼들던 것과는 달랐다. 아직 유치하기는 했지만 나름대로 주관과 기준이 있었다. 물론 그 기준에는 지로 자신도 못 미쳤다. 그래서 지로는 자신의 행동과 감정을 혐오할 수밖에 없었는데, 스스로를 혐오하면서도 기준을 낮추려고 하지는 않았다. 그 대상이 누구든 간에 자신이 정한 기준에 못 미친다고 판단하면 마음속에서 투쟁 상대로 정해버렸다. 어쩌면 이것이 지로를 '영원'으로 나아가게 한 첫걸음인지도 모른다.

두 번째 중학교 입학시험이 다가올 무렵, 지로는 이미 평범한 열네 살 아이가 아니었다. 지로도 중학교 교복을 동경했지만, 그것은 어른들의 기대와 어린아이의 성취욕을 만족시키기 위한 것이 아니었다. 중학교에 들어가면 지금까지 살아온 세계와 다른, 동경하고 그리워할 만한 새로운 세계가 펼쳐질 것만 같아서였다. 그래서인지 곤다와라 선생님이 배려하여 합숙을 할 수 있게 되었지만, 들뜬 기색이나 긴장한 표정은 찾아볼 수 없었다. 오히려 지로는 합숙 기간 내내 아이들한테서 떨어져 혼자 생각에 잠길 때가 많았다. 첫 시험을 마치고 돌아왔을 때도 마찬가지였다. 다른 아이들이 곤다와라 선생님을 둘러싸고 답안지를 맞혀보는 동안 지로는 혼자 책을 읽었다.

그런데도 합격자 발표 날 중학교를 찾아갈 때는 다른 아이들처럼 지로도 잔뜩 긴장했다. 마침내 합격자 명단에서 자기 이름을 발견했을 때, 지로는 정신없이 집으로 돌아와 슌스케에게 교과서와 학용품을 사달라고 졸랐다. 슌스케도 오랜만에 예전의 지로를 보는 것 같아 중요한 약속도 미루고 지로와 함께 책방을 찾았다. 지로는 교과서와 학용품을 모두 고르고 마지막으로 엽서를 사달라고 부탁했다.

"필요한 게 있으면 오늘 다 사버려. 아버지는 바빠서 너랑 이런 데 자주 오기 힘드니까. 온 김에 몽땅 사자."

지로는 슌스케가 그렇게 말하며 변함없이 애정을 베풀자 그 어느 때보다 반가웠지만, 마음과는 달리 무뚝뚝하게 대꾸했다.

"엽서만 사면 돼요."

엽서를 열 장 고른 뒤 지로는 나가자는 말도 없이 먼저 책방을 나왔다. 아버지에게 고맙다는 말을 하고 싶었지만 어리광을 부리는 것 같아 내키지 않았다.

책방에서 나와 슌스케가 지로에게 물었다.

"너, 지갑 있니?"

"아뇨."

"그럼 하나 사줄까?"

"지갑 같은 거 필요 없어요."

"그래도 이젠 중학생이잖아. 사고 싶은 게 있으면 네 마음대로 살 수 있도록 용돈을 갖고 있어야 해."

지로는 대답 대신 발끝만 내려다보며 걸었다.

슌스케는 잡화점 앞을 지나다 지로를 세워놓고 가게 안으로 들어갔다. 지로가 진열장 앞을 서성이고 있는데, 슌스케가 작은 물림쇠가 달린 지갑을 들고 밖으로 나왔다.

"1엔 넣어뒀다. 다 쓰고 모자라면 어머니에게 말해. 생각 같

514

아서는 많이 주고 싶지만, 지금은 형편 때문에 한 달 용돈은 2
엔이다."

2엔은 지로에게 결코 적지 않았다. 달마다 2엔이나 되는 돈
을 누구한테도 허락받지 않고 마음대로 쓸 수 있다고 생각하면
좋았지만, 어쩐지 자신과는 어울리지 않는다는 생각이 들었다.
또 슌스케가 "다 쓰고 모자라면 어머니에게 말해." 하고 말한
것도 은근히 걸렸다. 아버지는 분명 특별한 생각 없이 그렇게
말했겠지만, 그 말을 듣는 지로 처지에서는 앞으로 오요시에게
돈을 타쓰라는 말을 하고 싶어서 일부러 돈지갑을 사준 것은
아닐까 하는 의심이 생겼다.

지로는 집에 돌아와서 책상을 정리했다. 책꽂이에 꽂아둔 새
교과서를 보고 나서야 중학생이 되었다는 실감이 났다. 제목에
금빛이 새겨진 교과서도 두세 권 있었다. 지로는 낡은 교과서
만 보고 공부했기 때문에 새 교과서에 특별한 감정이 생겼다.
교이치는 벌써 중학교 4학년(우리나라의 고등학교 1학년에 해당)
이었다. 교이치의 책꽂이에는 두꺼운 사전과 참고서들이 잔뜩
꽂혀 있었다. 그에 대면 자기 책꽂이는 너무 썰렁해 보였지만,
이제부터 시작이라는 생각을 하면 앞으로 중학교에서 겪게 될
새로운 세계에 대한 기대로 끝도 없이 마음이 부풀어올랐다.
그러는 사이에 지로는 지갑에 대해서는 까맣게 잊고 말았다.

지로는 대충 정돈을 하고 방금 사온 엽서와 합격통지서를 꺼
냈다. 지로는 한 글자도 빼놓지 않고 합격통지서에 적힌 내용
을 엽서에 그대로 베껴 썼다. 먼저 마사키 외할아버지와 오마

키 할아버지, 곤다와라 선생님 그리고 류이치에게 차례로 엽서를 썼다. 겐지와 류이치도 합격했기 때문에 마음 편하게 쓸 수 있었다. 곤다와라 선생님은 성적을 발표하는 날 중학교에서 만났으므로 굳이 엽서를 보내지 않아도 되지만, 그동안 마음 써준 보답으로 몇 마디 적고 싶었다.

류이치에게 보낼 엽서까지 쓰고 나서 지로는 책상에 턱을 괴고 한참 동안 이리저리 생각을 굴렸다. 그러다 붓글씨 연습할 때 쓰는 긴 종이 두 장을 꺼내 연필로 무언가 써나갔다. 지로는 긴 종이에 빼곡히 글을 썼다. 다 쓴 뒤에 다시 읽어보며 지웠다가 쓰기를 되풀이했다. 그러고는 편지지에 펜으로 옮겨썼다. 오하마에게 보내는 편지였다.

유모, 안녕하셨어요. 일 년 동안 편지를 보내지 못했습니다. 정말 죄송해요. 저 때문에 걱정 많이 하셨죠? 편지를 못 보낸 데는 그럴 만한 이유가 있었어요. 지난해 시험에 떨어졌거든요. 그래서 유모에게 편지 쓸 용기가 생기지 않았어요. 하지만 안심하세요. 올해는 시험에 붙었어요. 이제 나도 중학생이에요. 오늘 아침에 합격통지서를 받아왔어요. 앞으로는 유모에게 자주 편지 쓸 거예요.

중학교를 일 년 늦게 들어가서 억울하지만, 대신 일 년 동안 훌륭한 사람이 되려면 어떻게 해야 되는지 생각해봤어요. 중학교에 들어가는 것보다 더 많은 도움이 되었다고 생각해요. 지금까지는 사람들이 날 어떻게 생각하는지가 가장 중요하다고 믿었어요. 하지만 이제는 그렇지 않아요. 앞으로는 무슨 일을 겪어도 화내거나 슬퍼하지 않을 거예요.

난 정말 올바른 사람이 되고 싶어요. 용기 있는 사람이 되고 싶어요. 그리고 아무도 나를 사랑해주지 않아도 혼자 세상을 헤쳐나갈 수 있는 사람이 되고 싶어요. 그래서 중학교에 들어가면 지금보다 더 열심히 공부하려고 해요.

세상 사람들이 모두 나를 싫어해도 상관없지만, 유모는 언제까지나 나를 좋아해주면 좋겠어요. 유모는 내 곁에 있을 수 없으니까 유모가 날 사랑해줘도 나는 약해지지 않을 거 같아요.

오늘은 여기까지예요. 안녕히 계세요.

오하마에게 편지를 다 쓰고 난 뒤에 지로는 하루코에게도 간단하게 중학교에 입학했다는 소식을 알리고 싶었다. 그러나 류이치가 알려준 하루코의 도쿄 주소를 오래전에 잊어버렸기 때문에 류이치를 만나면 다시 주소부터 확인해야겠다고 생각했다.

엽서는 아직 여섯 장이나 남아 있었다. 지로는 이번에 사정이 있어서 중학교 시험을 치르지 못한 소학교 친구들에게 엽서를 보내기로 했다. 지로는 "떨어져 있더라도 늘 생각하며 지내자. 그리고 올바르고 용기 있는 사람이 돼서 다시 만나자."고 썼다.

엽서를 다 쓰고 지로는 우체국으로 갔다. 우표 요금을 내려고 지갑을 꺼내는데 낮에 슌스케가 한 말이 생각났다. "다 쓰고 모자라면 어머니에게 말해." 지로는 그 말을 되뇌면서 집에 돌아왔다.

교이치는 친구들과 약속이 있다면서 지로가 합격한 것을 확인한 뒤 외출했다. 그러고는 저녁 늦게 돌아와서 할머니에게 지로의 합격을 축하하는 뜻으로 맛있는 음식을 해달라고 졸랐다.

"꼭 오늘이 아니면 어떠냐. 밤이 늦었으니 내일 아침에 할미가 팥 찰밥이라도 해주마."

할머니는 자꾸만 일그러지려는 얼굴을 억지로 고치며 교이치를 달랬다.

그러자 교이치는 갑자기 오요시에게 따지듯이 물었다.

"어머니도 내일 해주고 싶으세요? 음식 몇 가지 만드는 게 그렇게도 귀찮으세요?"

오요시는 어색하게 보조개를 만들며 웃었다. 그러나 할머니의 안색이 차가워진 것을 살펴보고는 이내 말없이 고개를 숙였다.

"그럼 됐어요."

교이치는 한 마디 툭 내뱉더니 이 층으로 올라갔다.

그때 지로는 이 층에 있었다. 교이치가 온 것도 모르고 책상 위에 놓아둔 지갑만 우두커니 보고 있었다. 교이치가 올라오자 지로가 지갑을 가리키며 말했다.

"오늘 아버지가 지갑 사주셨어."

"그래? 용돈도 넣어주셨어?"

"응, 1엔."

"겨우 1엔? 책 한 권 사면 그걸로 끝이잖아. 설마 그 돈이 한 달 용돈은 아니겠지?"

"응, 한 달에 2엔까지는 괜찮다고 하셨어."

"2엔이면 넉넉할 거야. 나머지 1엔은 언제 주신데?"

"다 쓰면 어머니한테 말하래."

"흐응……."

교이치는 이해할 수 없다는 표정을 지었다.

"형은 누가 용돈 줘?"

"당연히 아버지나 할머니지. 용돈은 어머니에게 타지 않는 편이 좋은데."

"왜?"

"우리 집 생활비는 할머니가 맡고 있어. 어머니는 돈이 없단 말이야. 난 전부터 어머니가 살림을 맡아야 한다고 생각했지만."

지로는 다시 지갑을 보았다. 이 지갑을 보면 앞으로 아버지와 어머니와 할머니의 마음을 알 수 있을 것이다. 지로는 지갑 속에 돈 대신 구차한 자신의 생활이 담겨 있을 것만 같아 불안해졌다.

짓밟힌 모자

지로가 중학교 입학식에 참석하려고 강당에 들어서자 가장 먼저 정면 오른쪽 벽에 걸린 커다란 액자가 눈에 띄었다. 액자에는 '진덕수업(進德修業)'이라는 네 글자가 적혀 있었다. 빗자루로 쓴 것처럼 글씨가 엉망이었다. 지로는 저렇게 큰 액자에 어떻게 저런 글씨가 들어 있는지 이상했다.

'왜 저렇게 형편없이 쓴 글씨를 액자에 넣었을까?'

이번에는 왼쪽 벽을 보았다. 왼쪽에도 크기가 같은 액자가 걸려 있었다. 히라가나를 섞어서 4개 항목이 차례로 쓰여 있었다. 글씨도 그렇게 크지 않고 반듯한 게, 정성들여 썼다는 것을 알 수 있었다. 서체를 조금 흘려서 쓴 게 탈이었지만 충분히 읽을 수 있었다. 지로는 다른 신입생들이 소곤거리는 동안 꼼꼼하게 그 문구를 읽어보았다.

1. 무사도를 발휘하여 남들에게 뒤지지 말 것.
2. 군주가 부릴 수 있는 훌륭한 인물이 될 것.

3. 부모에게 효도할 것.
4. 자비를 실천하며 남을 위해 몸바칠 것.

지로는 무사도가 정확히 무슨 뜻인지 아직 몰랐다. 그러나 1
항이 무슨 뜻인지는 어렴풋하게 알 것 같았다. 2항과 3항은 수
신(지금의 도덕 과목에 해당) 시간에 배운 내용이라 자세히 읽지
도 않았다. 더구나 '효도'라는 낱말이 마음에 들지 않았다. 자
기 처지를 돌이켜볼 때 효도는 생각하고 싶지도 않았다. 그래
도 1항보다 2항과 3항이 교육목표에는 더 알맞을 것 같은데, 왜
뒤쪽에 써놓았는지 조금 궁금하기는 했다.

그런 반면 4항의 '자비'라는 낱말은 지로의 눈길을 단번에
사로잡았다. '무사도'만큼이나 '자비'도 지로에게는 어려운 말
이었다. 그러나 '자비'라는 글자를 보는 순간 마사키 외할머니
가 생각났다. 마을 사람들은 마사키 외할머니를 두고 "자비로
운 분이시다." "부처님 같다."는 말을 자주 했다. 지로는 몇 번
씩 '자비'라는 글자를 읽어보았다. 그리고 마사키 외할머니가
자기와 식구들, 또 마을 사람들에게 하는 말과 행동을 떠올려
보았다. 마사키 외할머니의 행동이 자비와 관계된 것이라면,
자신은 절대로 자비를 실천할 수 없을 것 같았다. 그러다가 외
할머니와 함께 어머니 무덤을 찾았던 일이 떠올랐고, 마침내
돌아가신 어머니까지 생각났다.

왼쪽 창 위에는 커다란 유화들이 나란히 걸려 있었다. 이 마
을 출신의 위인들 초상화였다. 지로는 초상화를 보다가 창가

밑에 학부모들이 나란히 앉아 있다는 것을 깨달았다. 지로는
재빨리 슌스케를 찾았다. 때마침 슌스케도 지로를 찾고 있었던
지 눈이 서로 마주쳤다. 지로는 문득 부끄러운 생각이 들었다.
슌스케의 눈길을 피하기 위해 반대편으로 눈길을 돌렸다.

오른쪽 벽에는 군인들의 사진 액자가 나란히 걸려 있었다.
지로는 아마도 이 학교 출신의 전사자들일 거라고 생각하며 이
름을 확인하려고 했지만, 지로가 서 있는 곳에서는 잘 보이지
않았다.

그때 교장선생님이 훈화를 시작했다.

교장선생님은 바짝 깎은 머리와 네모난 턱 그리고 무척 큰
눈을 한, 보기에도 우람한 느낌이 드는 오십 대 중반쯤 되는 남
자였다. 그 나이에 벌써 풍기가 있는 것은 아닐 텐데 가끔 턱과
손을 떨었다. 커다란 눈알이 어찌나 번뜩이는지 사람을 쏘아보
는 눈빛이 예사롭지 않았다. 그러면서도 한편으로는 사람의 마
음을 끄는 다정한 기운이 물씬 풍겼다.

지로는 처음 본 교장선생님이 마음에 들었다.

"나는 본교 교장인 오가키 요스케다."

교장선생님은 몸집에 걸맞게 우렁찬 목소리로 입을 열었다.
다행히 훈화는 길지 않았다.

"너희들은 이 나라 청소년들 가운데서도 선택받은 소수이다.
너희들에게 가장 필요한 것은 겸손한 마음과 자비심이다. 그런
마음을 가진 사람만이 진정으로 노력할 수 있다. 진정으로 노
력할 때만이 지금보다 더 뛰어난 사람이 될 수 있다. 앞으로 나

아가지 못하는 사람은 이 학교의 구성원이 될 자격이 없다. 거만한 사람이나 남을 불쌍히 여길 줄 모르는 사람은 진정한 노력이 무엇인지 모른다. 그런 사람은 겉으로는 강해 보이지만 실제로는 나약할 뿐이다. 진정으로 자기 자신을 위해 노력하지 못하는 사람에게는 생명력이 없다. 나는 너희들이 그런 사람으로 자라기를 바라지 않는다. 학문은 물론이고 마음을 갈고 닦을 때도 꾸준히 자기 자신을 발전시키는 사람이 되기 바란다. 그래야만 이 나라가 올바르게 건설될 수 있다. 여러분의 겸손한 마음과 남을 위하는 그 마음만이 오직 이 나라를 발전시킬 수 있다. 만나서 반가웠다. 첫인사는 이것으로 마치자."

교장선생님은 이렇게 훈화를 끝냈다. 그래도 사이사이 두서너 가지 실례를 들어 알기 쉽게 이야기했기 때문에 십오 분 정도 걸렸다. 교장선생님은 학부모들에게 자신의 교육방침을 설명했고, 그것으로 입학식이 끝났다.

"교장선생님이 아주 훌륭한 분이시구나."

입학식이 끝나고 교문을 나서면서 슌스케가 만족한 얼굴로 지로에게 말했다. 지로도 무척 기뻤다.

이튿날은 강당에서 시업식이 있었다.

학년주임 선생님을 따라 강당에 들어선 신입생들의 바로 오른쪽 자리에 5학년으로 보이는 학생들이 거들먹거리며 서 있었는데, 대부분 기분 나쁜 눈초리로 흘낏흘낏 신입생들을 노려보았다.

지로는 자리에 앉은 뒤 목을 웅크리며 옆자리에 앉은 신입생에게 물어보았다.

"저쪽에 5학년 맞지?"

"응, 5학년 선배들이야. 5학년 선배들 오른쪽이 4학년이고, 3학년하고 2학년은 우리 뒤에 있어. 이 학교는 1학기 시업식 때마다 재학생들이 신입생 환영회를 열어."

처음 본 신입생은 중학교에 다닌 지 몇 년 된 사람처럼 말했다. 지로는 그 학생의 말투에 마음이 상해 더 묻지 않고 고개를 숙인 채 앉아 있었다.

이윽고 선생님들이 강당에 들어섰고, 마지막으로 교장선생님이 단상에 올라 학생들에게서 인사를 받고는 말했다.

"지금부터 2학년 이상 재학생들이 마련한 환영식이 있다."

환영식이라고 해봐야 그리 대단한 것은 아니었다. 1학년이 오른쪽으로, 4, 5학년이 왼쪽으로 방향을 틀고 2, 3학년은 그대로 있는 상태에서 체육 선생의 호령에 맞춰 다 함께 고개 숙여 인사하는 것뿐이었다. 지로는 이 환영식이라는 게 영 마음에 들지 않았다. 5학년 선배들은 1학년들이 머리를 숙일 때는 가만히 있다가 고개를 들 때쯤에야 귀찮다는 듯 건성으로 목만 까딱거렸다. 또 하나같이 반갑다기보다는 비웃는 듯한 얼굴이었다.

환영식이 끝나자 교장선생님이 훈화를 했다. 먼저 신입생들을 바라보며 상급생들을 대하는 마음가짐에 대해 말했는데, 겨우 이삼 분 만에 끝났다. 교장선생님은 주로 5학년들을 보며 말했다. 5학년에게 이야기할 때는 목소리도 컸고, 눈매도 매섭게 빛났다.

"아무리 작은 힘이라도 부정한 데 써서는 안 된다. 부정한 마음에는 자비심이 없다. 무사도란 폭력이 아니다. 나보다 약한 사람을 위하는 마음이 근본이다. 자기 마음도 다스리지 못하는 사람에게는 자비심을 기대할 수 없고, 자비심을 기대할 수 없는 사람에게 무사도는 분에 넘치는 표현이다. 알겠는가? 본교 학생들은 눈물을 흘릴 줄 알아야 한다. 언제 눈물을 흘려야 하는지 아는 사람만이 세상을, 그리고 자기 자신을 지배할 수 있다."

교장선생님이 마지막으로 한 말은 5학년들에게만 하는 것 같지는 않았다.

그때 5학년 학생 가운데 서로 얼굴을 보며 히죽거리거나, 거만한 눈초리로 교장선생님을 노려보는 학생들도 더러 있었다. 지로는 5학년 바로 옆자리에 앉아 있었기 때문에 그런 표정들을 자세히 관찰할 수 있었다. 지로는 5학년들이 교장선생님을 그다지 존경하는 것 같지 않아 불쾌했다.

환영식이 끝난 뒤에는 저마다 교실로 흩어져 새로운 담임에게서 주의사항을 들었다. 그날 일정은 그것으로 끝이었다. 그런데 담임선생님이 갑자기 미안한 얼굴로 말했다.

"5학년 선배들이 학교 기풍을 가르친다고 체육관에 모이라는구나. 학교에서 해마다 실시하는 전통이다. 조금 있으면 선배들이 올 테니 그때까지 기다리도록. 선생님은 회의가 있어서 먼저 나가겠다."

그 말만 남기고 담임선생님은 교실을 나갔다. 남은 학생들은 서로 얼굴만 보며 멀뚱히 앉아 있었다. 몇 분 뒤 5학년으로 보이는 학생 둘이 어슬렁거리며 교실로 들어왔다. 그 중 하나가 교단에 올라서서 싸늘한 눈으로 반 아이들을 훑어보았다. 인상도 좋지 않고, 다섯 개여야 할 교복 단추가 달랑 세 개밖에 없었다. 그마저도 맨 위 단추와 맨 아래 단추는 풀어헤쳤다. 언제 빨았는지 때가 꼬질꼬질한 셔츠를 바지 밖으로 내어 입은 모습이 보기에도 불량했다.

갑자기 단추 셋 달린 교복이 외쳤다.

"선배를 존경하지 않는 놈들은 얼굴만 봐도 다 알아!"

지로는 웃음이 터지려는 것을 꾹 참았다.

"모두 따라와!"

단추 셋 달린 교복이 어깨를 으쓱거리며 위협하듯 말하고 자기가 먼저 복도로 나갔다. 반 아이들도 우르르 복도로 나갔다. 아이들은 어떻게든 뒤쪽으로 물러나려 애쓰며 선배들을 따라갔다. 모두 입을 굳게 다문 채 잔뜩 긴장한 얼굴을 하고 있었다.

또 다른 5학년 학생은 문간에 기대서서 교실에서 나가는 아이들을 전부 확인한 뒤 마지막으로 따라나섰다. 이 학생이 입은 교복에는 단추 다섯 개가 가지런히 달려 있고, 얼굴도 제법 의젓해 보였다. 지로는 교실을 나가면서 슬쩍 얼굴을 훔쳐보았는데, 단추 셋 달린 교복만큼 불량해 보이지는 않았다.

체육관까지는 복도로 이어져 있었다. 그래도 1학년 교실에서는 한참 걸어가야 했다. 지로네 반이 도착했을 때 이미 다른 반

학생들은 모두 체육관에 모여 있었다. 지로네 반은 단추 셋 달린 교복을 따라 가장 왼편에 사 열 종대로 섰다. 오래된 양철지붕과 널찍한 체육관이 어딘지 모르게 살벌한 분위기를 자아내고 있었다. 여기저기 흩어져 있던 5학년들은 신입생이 모두 모인 것을 확인하고 강가에 그물을 둘러칠 때처럼 에워쌌다.

단상 위로 학생 하나가 올라갔다. 단추 셋 달린 교복과는 달리 모범생의 전형 같은 얼굴이었다. 지로가 보기에도 무척 똑똑할 것 같았다. 그는 안주머니에서 조그만 종이쪽지를 꺼내더니 조용한 목소리로 읽어나갔다. 지로는 무슨 말을 하려고 여기까지 불러냈는지 궁금해서 귀를 쫑긋거렸지만, 문장이 복잡한 데다가 들어본 적도 없는 한자를 너무 많이 쓴 바람에 무슨 말을 하려는 건지 종잡을 수가 없었다. 그래도 나쁜 말은 아닌 것 같아 안심했다. '우리 학교는 사랑과 질서로 유지된다. 선배는 후배를 사랑하고 후배는 선배들이 만든 질서에 순종해야 한다. 그리고 선배들에게 늘 존경하는 마음을 갖기 바란다.' 대충 이런 뜻이었다.

그 학생은 "이상, 5학년을 대표해서 당부하고 싶은 말을 마치겠다. 신입생들은 우리의 질서에 빨리 적응하도록 노력하기 바란다." 하고는 단상에서 내려갔다. 이게 끝인가, 지로는 어쩐지 시시하다는 느낌을 지울 수 없었다.

그런데 문제는 그때부터 시작되었다. 모범생이 단상에서 내려가자 꼭 들개처럼 사납고 험상궂게 생긴 학생이 나타났다. 들개는 단상에 올라서자마자 "난 너희들이 맘에 안 들어. 이유

를 말해줄까? 첫째, 네놈들 눈매가 건방져."라느니 "이제 막 입
학한 주제에 벌써부터 건들거리며 돌아다니는 놈을 보았다."
"환영식 때 5학년 선배들에게 인사 안 한 놈이 누군지 다 알아.
당장 나와!" 하면서 미친놈 술 먹고 주정하듯 떠들어댔다. 들개
가 말도 안 되는 트집을 잡으며 꽥꽥거릴 때마다 신입생을 둘
러싼 녀석들은 "맞아, 나도 봤어." "잘한다, 어떤 새끼가 그랬
어!" "그 자식 끌어내!" "이게 누굴 쳐다봐, 죽고 싶어?" 하며
앞뒤, 옆에서 쉴 새 없이 떠들어댔는데, 그게 그 녀석들의 임무
인 듯했다. 어찌나 목소리들이 큰지 양철지붕이 덜그럭거릴 정
도였다.

1학년들은 5학년들의 위세에 눌려 고개를 숙인 채 숨도 크게
쉬지 못했다. 지로는 키가 작고, 더구나 반에서 맨 오른쪽 열
번째 자리에 서 있었기 때문에 5학년들과 눈이 마주칠 염려는
없었지만, 다른 아이들처럼 고개를 푹 숙이고 꼼짝도 하지 않
았다.

주위가 갑자기 잠잠해졌다. 광분한 들개의 목소리도 들리지
않았다. 이제는 진짜 끝인가 생각하는 순간, 단상 쪽에서 고막
을 찢을 듯 신경질적인 목소리가 울려 퍼졌다. 신입생들은 도
대체 어떻게 생겼기에 목소리가 저렇게 기분 나쁜지 궁금해서
살짝 고개를 들었다. 목소리의 주인공은 눈매가 매섭고 여우처
럼 파리하게 생긴 학생이었다. 여우 얼굴은 들개보다 더 악질
이었다. 빈정거리는 말투로 신입생들을 깔보면서 이것저것 트
집을 잡고 자존심 상하는 말만 골라서 했다. 여우 얼굴은 신입

생 주변에 흩어져 있는 패거리들이 큰 소리로 맞장구를 칠 때마다 샐쭉한 눈으로 웃으며 그것을 즐겼다.

여우 얼굴은 말도 가장 길게 했다. 삼십 분 가까이나 떠들어 댔다. 그리고 마침내 사십 분이 지났을 때, 지로는 뼛속에서부터 증오가 치밀어오르는 것을 느꼈다. 어떻게든 감정을 눌러보려고 이를 악물었다. 여우 얼굴은 여유 있게 단상을 오가다가 이제 별 희한한 트집까지 잡아 신입생들을 몰아세웠다. 그러다가 갑자기 재미있는 게 생각났다는 듯 자기 혼자 낄낄거리더니 "감히 선배가 좋은 말씀으로 가르치고 계신데 어린것들이 건방지게 땅바닥만 내려다봐? 이 자식들, 내가 우습다 이거지?" 하고 비아냥거렸다. 이 말은 같은 패거리들이 듣기에도 앞뒤가 안 맞는다고 생각했는지 잠깐 체육관 안이 조용해졌다. 그러다가 한 학생이 "맞아, 이 새끼들 버르장머리가 없어." 하자 그제야 여기저기서 "이것들이 우리 말을 무시했어." "선배를 병신으로 알아." 하며 갖은 욕설을 퍼부어댔다.

1학년들은 움칫움칫 고개를 들었다. 그러나 어디를 보아야 좋을지 난감했다. 1학년 가운데 고개를 뻣뻣이 들고 여우 얼굴을 노려보는 사람은 지로 하나뿐이었다.

잠깐 동안 긴장감이 팽팽했다. 여우 얼굴은 신입생 얼굴을 하나하나 꼼꼼히 살피다가 마침내 지로와 눈이 마주쳤다. 여우 얼굴은 지로를 뚫어져라 내려다보았다. 그때 여우 얼굴의 입가에 비웃음이 번졌다. 곧이어 쇳소리 같은 목소리가 양철지붕이 떨릴 정도로 체육관에 메아리쳤다.

"야, 거기 꼬맹이! 나와!"

지로는 못 들은 척했다. 그러나 눈은 여전히 여우 얼굴을 노려보았다.

"이 자식이……. 안 나와!"

여우 얼굴이 큰 소리로 외쳤다. 지로는 여전히 꿈쩍도 하지 않았다.

"선배 말이 우습다 이거지? 좋아."

여우 얼굴이 단상에서 껑충 뛰어내리더니 신입생들을 마구 헤치고 지로에게 다가왔다. 그러고는 다짜고짜 지로의 목덜미를 잡아 단상 앞으로 끌고나갔다. 주위에 있던 5학년 네다섯 명도 포위하듯 몰려들었다. 처음 단상에 올랐던 모범생과 들개는 보이지 않았다. 그 대신 단추 셋 달린 교복이 금방이라도 달려들 듯 지로를 쏘아보았다.

"이름이 뭐야?"

여우 얼굴이 물었다.

"혼다 지로."

지로가 무뚝뚝하게 대답했다.

"뭐야, 이 새끼. 보통 건방진 자식이 아니잖아."

단추 셋 달린 교복이 끼어들며 말했다.

"너, 아까부터 날 노려봤지?"

여우 얼굴이 싸늘하게 웃으며 말했다.

"예, 보고 있었어요."

"뭐? 보고 있었어요?"

"예, 그냥 좀 봤어요. 땅바닥을 보는 게 건방지다고 해서 쳐다본 거예요."

"잔소리 마!"

그 말이 끝나기도 전에 여우 얼굴이 지로의 뺨을 갈겼다. 그와 동시에 지로의 두 주먹이 여우 얼굴의 코를 정통으로 후려쳤다. 그 뒤 무슨 일이 일어났는지 지로는 모른다. 시커먼 것들이 주위를 둘러쌌는데, 거기서 손과 발이 여러 개 튀어나와 자기 몸 구석구석을 짓밟는 느낌이 들었다.

"그만 해. 그 정도면 됐어."

굵고 탁한 목소리가 들개인 것 같았다. 갑자기 주위가 환해졌다. 언제부터였는지 지로는 땅바닥에 엎어져 있었다. 눈앞에 페인트칠이 벗겨진 단상이 보였다. 지로는 가만히 눈을 떴다.

"멍청한 자식."

누군가 지로를 보고 그렇게 말했다.

그 소리를 듣고 지로는 반사적으로 몸을 퉁겨 일어섰다. 몸을 한 바퀴 돌려 신입생들을 보았다. 이상하게 마음이 가라앉았다. 신입생들은 모두 새파랗게 질린 얼굴로 지로를 보고 있었다. 그런 신입생들 양쪽에 서서 5학년생들이 히죽히죽 웃고 있는 게 보였다.

지로도 이런 일은 처음이라 어떻게 해야 할지 망설였다. 확실한 것은 자기 자리로 돌아가기에는 이미 늦었다는 점이었다. 그렇다고 언제까지 단상 앞에 멍청히 서 있을 수도 없었다. 지로는 곁눈질로 주위를 둘러보았다. 저 앞에 짓밟혀 뭉개진 모자가 눈에 띄었다. 그것은 며칠 전에 아버지가 사준, 오늘 처음 담임선생님이 중학교 배지를 달아준 자기 모자였다. 그것을 보는 순간, 지로의 마음속에서 다시 한 번 불길이 솟구쳤다. 동시에 콧속이 시큼해지면서 뜨거운 것이 머리 위로 스며드는 느낌이 들었다. 코피였다. 지로는 입술을 꾹 다물고 소매로 대충 문지른 뒤에 모자를 주웠다. 정성껏 모양을 다듬고 먼지를 털어 눌러썼다. 그러고는 선배들을 한 번 둘러보고 복도 쪽으로 걸어갔다.

"야, 임마! 너 어디 가?"

5학년 학생 하나가 외쳤다. 단추 셋 달린 교복인 게 분명했다. 지로는 돌아보려고도 하지 않았다.

"저 자식 진짜 건방진데."

"저런 놈을 그냥 놔뒀다간 다른 녀석들까지 선배를 우습게 알 거야."

"저 새끼 잡아!"

5학년들 뒤에서 술렁거리는 소리를 들으며 어느새 지로는 복도를 빠져나갔다.

지로는 잠깐 그 자리에 서서 뒤를 돌아보았다. 체육관의 모든 눈들이 자신을 지켜보고 있었다. 체육관 입구 쪽에 두 사람이 서 있었다. 하나는 단추 셋 달린 교복이고, 나머지 하나는 처음 단상에 올라간 모범생이었다. 지로는 단추 셋 달린 교복이 자신을 쫓아오려는 것을 모범생이 말렸을 거라고 생각했다. 자기도 모르게 걸음이 빨라졌다.

지로가 교실로 들어가려는데 방금 교직원회의가 끝났는지 선생님들이 우르르 교무실에서 나왔다. 지로는 선생님들에게 들켰다가는 골치 아픈 일만 생길 것 같아 살그머니 밖으로 나갔다. 복도에서 사람 그림자가 사라질 때까지 밖에서 기다렸다.

그동안 지로는 자신의 옷 – 교복이 완성될 때까지 당분간은 기모노 위에 하카마(기모노 겉에 입는 아래옷으로 허리에서 발목까지 덮으며 넉넉하게 주름이 잡혀 있다)를 입었다 – 을 살펴보았다. 혹시라도 찢어졌으면 집에 가서 또 거짓말을 꾸며대야 하기 때문이었다. 다행히 찢어진 곳은 없었다. 그렇게 얻어터졌는데 옷이 멀쩡했다. 한 번 더 살펴보니 하카마 오른쪽에 조금 터진 곳이 보였다. 지로는 깜짝 놀라 안주머니를 뒤져보았다. 시간표를 적으려고 가져온 수첩과 아버지가 사준 지갑이 생각났기 때문이다. 다행히 그것들도 무사했다.

어깨와 넓적다리 근처에 두서너 군데 상처를 입었는지 걸을 때마다 아팠다. 하지만 지로는 그동안 큰 싸움을 여러 번 해본 경험이 있어서 이 정도는 상처라고 하기에도 민망했다. 그래도 양쪽 뺨이 푸석푸석한 게 부은 것은 아닌지 걱정스러워 자꾸 쓰다듬었다. 여러 사람에게 맞기는 했지만, 본능적으로 잘 피한 덕분에 얼굴 상처도 대수롭지는 않았다.

'이 정도면 괜찮아. 집에서 눈치 못 챌 거야.'

지로는 교문 쪽을 바라보았다. 지나가는 사람이 하나도 없었다. 지로는 조용히 자리에서 일어나서 주위를 살피며 교문을 빠져나갔다.

교문을 나서자 애써 외면했던 억울한 감정이 밀려들면서 눈물이 볼을 타고 흘렀다. 그러나 지로는 눈물이 부끄럽지 않았다. 그 많은 신입생 가운데 선배들의 부당한 횡포에 맞선 용기 있는 사람은 자신뿐이었다. 생각할수록 방금 있었던 일이 뿌듯하고 자랑스러웠다. 그렇게 생각하자 눈물이 멎었다. 지로는 혼자 걷고 있었지만 조금도 외롭다는 생각이 들지 않았다. '무사도'와 '자비'. 지로는 아침에 강당에서 본 글들을 떠올렸다. 지로에게 '자비'라는 말은 이제 마사키 외할머니를 생각나게 하는 다정한 말이 아니었다.

"언제 눈물을 흘려야 하는지 아는 사람만이 세상을, 그리고 자기 자신을 지배할 수 있다."

오가키 교장선생님이 한 말을 생각하니 가슴이 저렸다.

집까지 걸어가는 동안 들개와 여우 얼굴, 단추 셋 달린 교복이 자연스레 떠올랐다. 그러나 지로는 조금도 무섭지 않았다. 그들 앞에서 새파랗게 질려 있던 신입생들을 생각하면 가슴 한 구석이 우쭐해지기까지 했다.

집에 돌아와서 지로는 다녀왔다는 인사도 제대로 하지 않고 서둘러 이 층으로 올라갔다. 그리고 안주머니에서 수첩과 지갑을 꺼내 책상 서랍에 넣었다. 아침까지만 해도 지갑 때문에 신경이 곤두섰는데 이제는 아무렇지도 않았다.

지로의 중학교 첫날은 이렇게 지나갔다.

영감님

이튿날 체육관 사건으로 아침부터 전교생이 들썩거렸다. 교이치네 교실도 예외는 아니었다. 수업 전부터 학생들이 삼삼오오 모여 침을 튀기며 떠들어댔다.

"그 1학년 녀석, 키도 작은 게 완전 꼬맹이였대. 근데도 5학년 선배 앞에서 주눅 들지 않았다는 거야."

"아침에 보니까 5학년들 기분이 안 좋은 것 같더라고. 신입생들 겁 좀 주려다가 망신만 당한 거잖아."

"그 녀석이 진짜 5학년 선배들에게 덤볐을까?"

"응, 정말이래. 실컷 얻어맞고도 눈 하나 깜짝 안 했대. 선배들을 하나하나 쏘아보면서 땅에 떨어진 모자까지 털고 나갔다네. 보통 녀석이 아니었나 봐."

"문제는 그 자식이 정말 여우 얼굴을 주먹으로 때렸느냐는 거야. 난 아무래도 못 믿겠어."

"내가 듣기론 한 대도 아니고 두 대씩이나 갈겼다는데?"

"맨 처음엔 여우 얼굴이 먼저 따귀를 올렸대. 그랬더니 1학년 꼬맹이가 얼굴을 할퀴었다는 거야."

"조그만 게 제법인데."

"여우 얼굴, 꽤 황당했을 거야."

"지금 창피해서 교실 밖으로 나오지도 못한대."

"잘됐어. 그 자식 언젠가 그런 꼴 날 줄 알았어."

"올해는 시작부터 5학년들이 개망신이군. 꼬맹이 하나 때문에 5학년 전체가 똥칠을 당했어."

"하긴 이번 일은 좀 심했어."

"심하긴 뭐가 심해. 돌대가리들만 모였으니 그런 꼴을 당하는 거라고."

"그런 말 하지 마. 내년엔 우리 차례야. 잘 될까?"

"그걸 말이라고 해? 우린 5학년 선배들하곤 달라. 처음부터 당당하게 나가야 돼. 여우 얼굴처럼 얼간이 짓을 하면 안 되지. 그놈은 스스로 올가미에 걸려들었다고."

"올가미에 걸려들다니, 그게 무슨 뜻이야? 여우 얼굴이 또 무슨 일 저질렀대?"

"1학년들에게 선배가 말할 때 땅바닥을 내려다보는 건 버릇없는 짓이라고 했다는 거야."

"그래? 그럼 그 꼬맹이 녀석이 여우 얼굴을 뚫어져라 쳐다봤겠네?"

"그랬겠지. 그러니 여우 얼굴도 자기가 한 말이 있는데 어떻게 건방지다고 할 수 있겠어?"

"자기가 그렇게 말해놓고 트집을 잡았다면 문제가 심각해지겠는데. 5학년들은 할 말이 없잖아. 여우 얼굴, 처음부터 멍청한 놈이란 건 알고 있었지만 정말 돌대가리군. 그 녀석 머리 수준을 알겠어."

"그러니 이 학교에서 믿을 건 4학년밖에 없어. 5학년이고 뭐고 우리가 알아서 학교를 끌고나가야 돼."

그 말에 모두 신나게 웃었다. 4학년과 5학년의 감정 대립은 해마다 되풀이되는 연례행사였다. 올해는 5학년 중에 유난히 엉뚱한 녀석들이 많아 4학년들의 반감이 그만큼 컸다.

"그 꼬맹이 어떻게 생겼는지 궁금하다. 겁도 없이 입학하자마자 사고를 쳤으니……."

"그러게 말이야. 1학년 주제에 5학년을 팰 정도면 대단한 놈이지. 4학년은 겁도 안 내겠네. 아주 건방진 녀석이야."

"건방지긴 해도 그만하면 용감한 녀석 아냐? 입학식이 엊그제였는데 5학년을 상대로 맞서다니, 우리 학교에서도 처음 있는 일일 거야."

"그 자식 아주 역사에 남을 만한 놈인데, 하하하."

"그건 그렇고, 이름은 뭐래?"

"혼다 뭐라고 하는 것 같았는데."

그때까지 교이치는 별 관심 없이 친구들이 하는 이야기를 듣고 있다가 '혼다' 라는 이름이 나오자 눈이 휘둥그레졌다.

"맞아, 혼다 지로라고 했어."

"어디 사는 놈일까? 이봐 혼다, 너 그 녀석 누군지 몰라? 너하고 성이 같은데."

그 순간 반 전체의 눈길이 교이치에게 쏠렸다. 파랗게 질려 있던 교이치의 얼굴이 갑자기 새빨개졌다.

"설마하니 네 동생은 아니겠지?"

궁금하다는 듯 교이치 옆에 앉은 학생이 물었다.

"내 동생 이름도 지로인데……."

교이치는 쉰 목소리로 겨우 대답하고 고개를 떨어뜨렸다.

"동생 이름이 지로야? 그래, 맞아. 그러고 보니까 이번에 네 동생도 입학시험 봤다고 했잖아."

"이름만 똑같은 거 아냐? 혼다 동생이 그렇게 용감할 리가 없는데……. 네 동생 성격은 어때?"

교이치가 여전히 푹 잠긴 목소리로 대답했다.

"응, 조금 거칠긴 해. 어릴 때부터 큰 싸움도 많이 했고. 하지만 요즘은 안 그런데……."

"어제 동생이 무슨 말 안 했어?"

"나한테? 아니, 아무 말도 안 했어."

"정말 아무 말도 안 했단 말이야?"

"그래, 동생한텐 아무 말도 못 들었어. 어제 그런 일이 있었다는 것도 너희들 얘기 듣고 지금 처음 알았어."

"만약 어제 그놈이 진짜 네 동생이라면, 우리 학교에 정말 대단한 놈이 들어온 거네."

"혼다, 그래도 네가 형인데 성질 좀 죽이고 살라고 말해보지 그랬어?"

"동생이 형을 가르치겠지."

그 말에 모두 와 하고 웃음을 터뜨렸다. 교이치는 쑥스러워서 입맛을 다시며 씁쓸하게 웃었다.

"됐어, 이제 농담은 그만 하자. 혼다, 네 동생은 어떤 녀석이야? 세상물정 같은 건 알고 설치는 놈이야? 아니면 무턱대고 아무한테나 달려드는 놈이야?"

그렇게 물은 사람은 교이치의 친구 오자와 유지로였다. 오자와는 소학교를 졸업한 뒤 삼 년 동안 읍내에 있는 어느 제철 공장에서 일하다 중학교에 입학했다. 한 독지가가 그의 장래성을 보고 중학교에 보내준 것이다. 따라서 오자와는 전교에서 나이가 가장 많았다. 어떤 상황에서도 쉽게 흔들리지 않고 침착했으며 자기보다 약한 친구들을 동정하고, 게다가 머리까지 좋아서 아이들이 '영감님'이라는 별명으로 불렀다. 오자와를 아는 학생들 대부분이 진심으로 그를 좋아했고, 그 가운데서도 교이치와 오자와는 가장 가까운 사이였다. 친하다기보다는 교이치가 오자와를 존경한다는 말이 더 맞을 것이다. 둘은 성격은 완전히 딴판이지만 사고방식은 비슷했다. 다만 오자와는 세상이 어떤 곳인지 알고 있어서 교이치보다 생각이 좀 더 웅숭깊은 데가 있었다. 오자와도 자신을 잘 따르는 교이치를 친동생처럼 아꼈다. 일요일에는 가끔 둘이서 하루 종일 인생이나 세상 이야기를 하며 보내기도 했다.

"함부로 날뛰고 그러지는 않아."

교이치는 조심스럽게 대답했다.

"생각이 깊은 편인가 보네."

"응, 지난해에 시험에 떨어졌거든. 일 년 동안 나름대로 고민도 많이 하고 생각도 깊어져서 이젠 싸움 같은 건 안 할 줄 알았는데……."

"너희 집에서 동생을 본 기억이 없는 것 같은데."

"아, 지로는 계속 외가에서 지냈어."

"그랬구나."

오자와는 무언가 골똘히 생각하는 듯 멍하니 교이치를 보다가 입을 다물었다. 그러자 옆에 있던 친구가 물었다.

"혼다의 동생이라면 우리가 감싸줘야 하는 거 아냐? 여우 얼굴이 가만두지 않을 텐데. 4학년인 우리가 나서지 않으면 된통 당할 거라고."

"맞아, 당연히 우리가 나서야지."

곧 여기저기서 찬성하는 소리가 들렸다.

"이왕 나설 거라면 왜 이런 일이 일어났는지 떳떳하게 알리자고. 칠칠치 못한 5학년들에게 겁 좀 줘야겠어."

"그래, 이건 개인의 문제가 아냐. 5학년 전체의 문제야."

"이런 일은 신중해야 돼. 잘못하면 4학년과 5학년의 싸움으로 번질지도 몰라. 그래도 상관없다는 거야?"

잠자코 듣고만 있던 한 학생이 자중론을 제기했다.

"그런 게 겁난다면 우린 혼다 동생만도 못한 놈이 되는 거라고. 어차피 학교 분위기를 바로잡을 때가 됐어."

"1학년 녀석 때문에 5학년에게 덤빈다는 건 말이 안 돼. 생각해봐. 내년엔 우리가 5학년이라고. 그때 또 이런 일이 일어나면 어떻게 할 거야?"

이번에는 전통을 존중해야 한다는 의견까지 나왔다.

"바보 같은 소리 하지 마. 우리가 지금 말하는 건 정의야. 정의를 지키는데 질서가 문란해지겠냐? 넌 정의가 곧 질서다, 이런 말도 못 들어봤어?"

"질서를 깨고 정의를 세운다는 게 어느 나라 말이냐?"

농담처럼 시작된 이야기가 정의와 질서의 등장으로 관념에 빠지면서 학생들의 감정도 점점 격해졌다.

오자와는 빙긋이 웃으며 흥미롭게 듣고 있다 학생들이 서로 시비를 걸며 감정을 앞세우자 안 되겠다 싶었는지 큰 소리로 외쳤다.

"집어치워! 우리끼리 말싸움한다고 뭐가 달라지냐!"

오자와가 표정을 바꿔 교이치에게 물었다.

"혼다, 네 생각을 말해봐. 어쨌든 네 동생이잖아. 4학년이 네 동생을 위해 나서도 좋아?"

"난 반대야."

교이치는 입술 한쪽을 신경질을 내듯 씰룩이며 단호하게 대답했다.

"그렇지? 나도 4학년이 혼다의 동생을 위해 나서는 건 반대야."

오자와가 천천히 말하며 모두를 둘러보았다.

"왜 반대하는데?"

처음 그 제안을 내놓은 학생이 오자와에게 물었다. 목소리가 조금 작아진 게 처음보다는 자신감이 줄어들었다.

"혼다의 동생을 모독하면 안 된다고 생각하기 때문이야."

이 한 마디에 모두 잠잠해졌다. 오자와가 교이치에게 몸을 돌리며 말했다.

"그렇지만 혼다, 이대로 내버려두면 위험해. 여우 얼굴은 성질이 끈질겨서 분명히 앙심을 품을 거야. 하급생에게 얻어맞고 잠자코 있을 놈이 아냐."

"나도 그렇게 생각하지만……."

교이치도 무척 불안한 얼굴이었다.

"그래서 우리가 뒤를 받쳐줘야 해. 그런 일이라면 나도 언제든 나설 거야. 5학년 가운데도 이번 일이 네 동생의 책임이 아니라고 생각하는 놈들도 있을 테니까, 우리가 나서면 여우 얼굴도 함부로 설치진 못해. 그렇다고 4학년 전체가 나서면 문제가 복잡해질 게 뻔하고, 5학년도 가만히 보고만 있지는 않을 거야. 그땐 정말 큰 소동이 일어날 거라고. 이 일로 소동이 일어나면 네 동생만 피해를 입어. 5학년은 물론이고 4학년 가운데도 네 동생 때문에 일이 이렇게 됐다고 생각하는 녀석들이 나올 테니까. 내 생각엔 우리가 눈에 띄지 않게 네 동생을 감싸주는 게 가장 좋을 것 같아."

오자와가 말하자 여럿이 찬성했다.

"영감님 말이 맞아. 우리만 나서면 5학년도 문제를 크게 만들지는 못할 거야. 이번 기회에 우리가 만만치 않다는 걸 보여주자."

누군가 들뜬 목소리로 그렇게 말했다.

"이봐……."

오자와가 방금 말한 학생에게 위협하듯이 말했다.

"그런 쩨쩨한 생각은 머리에 좋지 않아. 4학년이니 5학년이니 하는 데 집착하지 말라고. 학교를 바로잡고 싶으면 1학년부터 5학년까지 마음이 맞는 사람들끼리 손을 잡는 게 중요해. 혼다 동생은 우리와 생각이 비슷한 녀석일 거야. 그래서 우리가 나서려는 거라고. 4학년 가운데도 형편없는 놈들은 아주 많아. 우리는, 적어도 나만은 그런 놈들하고 손잡지 말자는 얘기야. 그런 놈들과 마음을 모아 5학년에게 덤벼든들 그게 무슨 소용이겠어?"

오자와는 연설이라도 하듯이 심각하게 말했다.

"너희들이 말하는 정의는 4학년이나 5학년 같은 계급에 있는 게 아니야. 어떤 계급에도 정직한 사람이 있는가 하면 정직하지 않은 사람도 있어. 정의는 정직한 마음을 지닌 한 사람 한 사람의 가슴속에 있는 거야. 5학년이기 때문에, 혹은 4학년이기 때문에 정의로워야 하는 게 아니야. 4학년이니 5학년이니 하는 것은 정의와 아무 상관없다고. 그걸 관계가 있다고 착각하는 데서 학교의 질서가 문란해지고 기본이 바로 세워지지 않는 거야. 학교에서는 해마다 상급자라는 이유만으로 정의를 짓밟고 있어. 그 증거가 바로 혼다 동생이야. 분명히 말하는데 정의는 계급이 아니라 사람이 스스로 만드는 거야. 만일 그렇게 할 수 없다면 우리가 다니는 학교에서는 정의를 기대할 수 없어. 우리가 학교에서도 정의가 실현될 수 있다고 믿는 이유는 계급 때문이 아니라 우리 마음속에 정의가 있다고 믿기 때문이야. 그래서 동급생이 단결하기보다 학년을 떠나서 정직한 학생들끼리 단결해야 한다고 말하는 거야. 내가 4학년이기 때문에 5학년을 증오해서 혼다의 동생을 감싸주자는 게 아니야. 우리가 정말 학교를 위한다면 4학년만의 정의가 아니라 학교 전체의 정의를 생각해야 해. 혼다의 동생처럼 잘못된 횡포에 맞서는 후배들을 지켜주는 게 진짜 정의야. 4학년의 권위가 어떻다느니, 5학년을 손봐야 한다느니 하는 쩨쩨한 데 정의라는 말을 쓰지 말자. 오가키 교장선생님이 뭐라고 그러셨지? 남을 위해 눈물을 흘리는 게 진짜 정의라고 하셨어. 내가 하고 싶은 말은 그거야. 너희들에게 듣기 싫은 소리 할 생각은 없었으니 오해는 하지 마라."

모두 오자와가 말을 끝낼 때까지 조용히 듣고만 있었다.

오자와의 열변에 감격한 사람은 역시 교이치였다. 다른 사람보다 옳고 그른 데 훨씬 예민한 성격이지만 유약한 교이치는 오자와의 말을 듣고 든든한 지주를 얻은 것 같았다. 앞으로 오자와 같은 든든한 친구가 나서서 지로를 지켜준다니, 교이치는 정말 잘된 일이라고 생각했다. 그날 수업이 끝날 때까지 교이치는 오자와 옆자리에 앉아 지로의 성장배경과 그동안 있었던 일들을 자세히 털어놓았다.

오자와는 교이치의 이야기를 들을수록 지로가 더욱 궁금해졌다. 오자와는 마지막 수업이 끝나자마자 교이치에게 말했다.

"지로 녀석, 한번 빨리 만나보고 싶은데. 오늘 너희 집에 가도 될까?"

"물론이지. 당장 가자."

"그래, 한번 만나봐야겠어. 하지만 오늘 우리끼리 했던 얘기는 비밀이다. 절대 말하면 안 돼."

"알았어, 걱정 마."

교문을 나온 뒤에도 두 사람은 계속 지로에 대한 이야기만 했다.

지로는 두 사람보다 조금 먼저 집에 돌아와서 책상 앞에 앉아 일기 비슷한 것을 쓰고 있었다. 교이치를 보고 반갑게 맞으려다가 오자와가 뒤따라 들어오는 것을 보고는 의심이 가득한 눈초리로 보았다. 5학년이라고 해도 너무 나이 들어 보이는 오자와의 얼굴 생김새와 떡 벌어진 체격이 교이치와 전혀 어울리지 않았기 때문이다. 지로는 체육관을 떠올렸다. 들개나 여우 얼굴, 단추 셋 달린 교복의 친구가 아닐까 하는 생각이 들었다. 그러자 교이치가 왜 저런 녀석을 집에까지 데려왔는지 화가 났다. 하는 수 없이 오자와에게 억지로 인사를 하자 오자와는 "야, 반갑다." 하고는 아무 데나 털썩 주저앉았다.

"얘가 지로야?"

오자와가 교이치에게 물었다.

"응."

지로의 신경이 민감하게 반응했다.

'벌써 내 얘기를 다 했군.'

지로는 오자와의 옷깃에 달린 배지부터 살폈다. 뜻밖에도 4학년 배지였다. 지로는 뭐가 뭔지 헷갈렸다.

"이쪽은 내 친구 오자와라고 해. 같은 반이야."

교이치의 말을 듣고 지로는 다시 한 번 오자와를 찬찬히 살펴보았다. 팽팽하고 거무스름한 얼굴은 읍내에서 쉽게 볼 수 있는 노동자 같았고, 볼에서 턱까지 길게 자란 구레나룻은 중학교 교사에게나 더 어울릴 것 같았다. 아무리 봐도 교이치의 친구로 보이지는 않았다. 지로는 오자와가 5학년이 아니라는 것을 알고 한시름 놓았지만, 시간이 지날수록 우스웠다.

"모두 나를 영감님이라고 불러, 와하하!"

오자와는 지로의 의중을 읽었는지 자신이 먼저 털어놓았다. 그런 오자와의 솔직함에 지로는 호감을 느꼈다.

조금 뒤 교이치가 아래층에서 전병을 가져왔다. 셋은 전병을 먹으며 이런저런 이야기를 나누었다. 일정한 이야깃거리는 없었지만 다들 재미있어했다. 학교 이야기도 가끔 나왔는데, 지로는 체육관 사건에 대해서는 입도 뻥긋하지 않았다.

한 시간쯤 지났을 때 마침내 오자와가 그 말을 꺼냈다.

"어제 많이 맞았다며? 체육관에서 말이야."

지로는 대답 대신 교이치를 보았다.

"형도 얘기 들었어?"

"응, 나도 들었어. 이젠 학교에서 널 모르는 애가 없어."

"그래? 집에선 아직 모르지?"

"아마 모르실 거야."

"얘기하면 안 돼."

"말하면 어때서 그래? 네가 잘못한 일도 아닌데."

"아버지는 괜찮지만……."

교이치는 곧 지로의 마음을 알아차렸다.

잠깐 동안 모두 말이 없었다. 오자와가 재미있다는 듯 웃으며 물었다.

"학교 가기 싫지?"

"아뇨."

지로는 왜 그렇게 묻느냐는 얼굴로 오자와를 흘겨보았다.

"5학년 형들, 안 무서워?"

"아무렇지도 않아요. 내가 먼저 잘못한 것도 아니니까."

"5학년 중에 내 친구가 여러 명 있거든. 앞으로 괴롭히지 말라고 부탁해줄까?"

"난 겁쟁이가 아니에요."

지로는 오자와가 무슨 말을 하려고 여기까지 왔는지 이제야 알 것 같았다. 덩치도 있고 솔직해서 호감을 느꼈는데 갑자기 오자와가 가소롭게 여겨졌다.

"그런 건 비겁한 놈들이나 하는 짓이에요."

"그렇지만 괜히 시끄러워질까 봐 그래. 올해 5학년들 중에는 못된 놈들이 아주 많다고."

"상관없어요. 비겁하게 구느니 얻어맞는 게 더 속 편해요."

"그래? 음…… 그럼 앞으로 어떻게 할 건데?"

"뭘 어떻게 해요? 다른 애들이랑 똑같이 지낼 거예요."

"5학년 선배들이 이미 널 건방진 놈으로 찍었는데도?"

"그럼 할 수 없죠."

"때리는 대로 맞겠다, 이거냐?"

"맞긴 내가 왜 맞아요? 나도 때리면 되지."

"하지만 넌 상대가 안 돼. 그리고 치사한 놈들과 싸운들 너한
테 좋을 것도 없잖아."

"그럼 그놈들한테 굽실거려야 한다는 거예요?"

지로는 당장이라도 덤벼들 것처럼 몸을 반쯤 일으켰다.

"그러니까 굽실거리지 않도록 내가 도와주겠다는 거야."

지로는 어이가 없다는 듯 오자와를 비웃으며 고개를 돌렸다.
오자와가 교이치를 보고 싱긋 웃었다.

"내가 졌다. 오늘은 지로한테 완전히 무시당했어. 하하하. 오
늘은 이만 가야겠다."

오자와가 일어섰다. 그러자 지로가 교이치에게 말했다.

"우린 자기만 생각하는 그런 비겁한 짓은 하지 않기로 했
지?"

"응."

교이치는 지로와 오자와를 번갈아 보며 대답했다. 오자와는
그 자리에 선 채 지로가 하는 말을 듣고는 빙그레 웃으며 다시
앉았다.

"나도 얻어맞는 거 싫어. 나만 생각했다면 5학년에게 덤비지
않았을 거야."

"그럼 왜 가만히 있지 않았어?"

548

오자와가 옆에서 물어보았다.

"5학년들이 말도 안 되는 걸로 계속 트집을 잡았어요. 처음 엔 참으려고 했는데 그런 말을 계속 들으니까 참을 수가 없었 어요."

"그래서 화가 났구나. 화가 나서 덤빈 거라면 그건 어디까지 나 네 감정 때문에 그런 거 아냐?"

지로는 오자와가 반론을 펴자 조금 당황했다. 그러나 곧 정 색을 하고 말했다.

"아니에요, 나 때문에 그런 게 아니에요."

"흠, 네 말은 신입생들을 위해 싸웠다는 말이지?"

지로는 그 말을 듣고 입을 다물었다. 무언가 더 하고 싶은 말 이 있기는 한 것 같은데 생각이 나지 않았다. 그래서 조금 생각 하고 나서 말했다.

"신입생을 위해서 그런 것도 아니에요. 5학년 선배들은 교장 선생님이 하신 얘기를 우습게 알았어요. 그런 주제에 우리한테 이래라저래라 하는 게 마음에 안 들었어요. 5학년 선배들은 학 교를 위해 우리를 겁준 게 아니라고요."

"그래, 알아."

오자와가 지로의 어깨에 손을 올려놓으며 차분하게 말했다.

"아주 잘했어. 앞으론 너도 우리 동지야. 학교에는 우리 동지 가 아주 적어. 그래서 다들 혼자 힘으로 어려움에 맞서 싸우고 있지. 무슨 뜻인지 알겠니?"

지로는 어안이 벙벙한 얼굴로 오자와를 보았다.

"그럼 진짜 가봐야겠다."

오자와는 교이치에게 인사한 뒤 아래층으로 내려갔다. 교이치도 뒤를 따라 층계를 내려갔다. 지로가 제정신으로 돌아와 다급히 층계를 내려갔을 때는 오자와가 벌써 문밖으로 나간 뒤였다.

오자와를 배웅하고 교이치는 다시 이 층으로 올라왔다. 지로는 책상에 턱을 괴고 앉아 생각에 잠겨 있었다. 그 모습을 보고 교이치가 조금 뜸을 들이고 나서 말했다.

"오자와라는 친구, 대단하지?"

"응, 그런 것 같아. 근데 아무리 봐도 중학생 같지 않아. 너무 늙었어."

"중학교에 입학하기 전에 삼 년씩이나 공장에서 일했대."

"정말?"

"그래, 그러니까 더 대단하다는 거야."

지로는 일 년 늦게 중학교에 입학한 자신에 대해 생각해보았다. 그러나 생각은 또다시 오자와에게 쏠렸다.

'나는 오자와 앞에서 뽐낼 생각으로 그런 말을 한 게 아냐. 하지만 내가 정말 자신 있게 털어놓은 말은 별로 없어. 또 거짓말을 한 걸까?'

지로는 어쩐지 그런 생각이 들어 불안했다. 그러나 한편으로는 오자와가 자신을 격려해준 것이 무척 기뻤다.

'앞으로가 중요해. 내가 한 말을 지키면 거짓말한 게 아냐.'

지로는 스스로 자신을 격려하며 마음을 추슬렀다.

교이치와 지로는 저녁 늦게까지 오자와에 대한 이야기를 나누었다. 지로는 '영감님'이라는 별명이 오자와에게 딱 어울린다고 생각했다. 그런 친구가 있는 교이치가 부럽기도 하고 오자와만큼 대단해 보이기도 했다. 어제부터 걱정하느라 괴로웠는데, 그런 마음이 조금씩 물러나면서 중학교 생활도 그리 힘들지만은 않을 거라는 생각이 들었다.

엽서

　꽃이 지고 장마철도 지나 드디어 매미 우는 계절이 찾아왔다. 다행히 지난 몇 달 동안 지로는 걱정한 일들을 하나도 겪지 않았다. 지로도 되도록 조용히 학교에 다니고 싶었다.

　중학교에 들어가서 지로는 늘 열심히 공부했다. 교과서 말고 다른 책들도 날마다 조금씩 읽었다. 주로 소년 잡지와 전기문이었다. 조금 특별한 책이 읽고 싶을 때면 교이치의 책장에서 아름답게 장정된 시집을 꺼내 읽기도 했다. 교이치가 읽는 시집은 지로에게는 아직 어려웠다. 그나마 교이치가 설명을 해주어야만 무슨 내용인지 이해할 수 있었다. 그러는 사이 지로의 마음에도 어느덧 '시' 라는 것이 스며들었다. 잠이 오지 않는 밤이면 이불 위에 누워 혼자 시상을 떠올리다가 슬그머니 일어나 수첩에 옮겨보기도 했다.

　그 무렵 교이치는 제법 시를 많이 썼고, 일 년에 두 번 발행하는 교지에 빼놓지 않고 발표했다. 지로는 교이치가 교지에 발표한 시를 읽고도 무슨 뜻인지 잘 몰랐지만, 무척 대단한 일인 것만은 틀림없다고 생각했다. 교이치를 생각하는 마음도 단순한 형제애를 넘어 본받고 싶은 마음으로 확대되었다. 그와 동시에 마음속에서는 교이치를 뛰어넘고 싶다는 질투심도 더욱 강해졌다.

'조금만 있으면 나도……'

지로는 교이치의 뒷모습을 바라보다가 자기도 모르게 속으로 이렇게 중얼거렸다. 어린 시절 교이치에게 품었던 경쟁의식이 '어머니의 애정'이 아니라 '시' 때문에 다시금 마음속에서 싹튼 셈이다.

지로와 시. 만약 마사키 가나 그 마을 사람들이 지로가 시를 쓴다는 사실을 안다면 세상에 별 어이없는 일을 다 본다고 생각할지도 모를 일이다. 실제로 지로는 지금껏 서정성 짙고 예민한 감수성이 넘치는 시인의 마음으로 살아왔다기보다, 투쟁심과 반항심이 가득 찬 싸움꾼에 가까운 삶을 살아왔다. 게다가 지로는 다른 사람들 앞에서 늘 자기 모습을 거짓으로 꾸미는 데 익숙했다.

그러나 지로의 삶을 처음부터 자세히 관찰한 사람이라면 지로가 왜 그렇게 행동하는지 잘 알 것이며, 그가 시의 세계에 흠뻑 빠진 것도 공감할 수 있을 것이다. 지로는 슬픔의 감정을 안고 태어났다. 슬픔이 지난 십오 년 동안 지로의 삶을 지배해왔다고 해도 지나친 말이 아니다. 상대를 가리지 않고 지기 싫어하는 자존심과 남 앞에 자신의 모습을 어떻게든 포장해서 드러내고 싶어 하는 가식 그리고 부당하다고 생각하면 그에 굴하지 않고 맞서 싸우는 반항심과 투쟁심. 그것은 겉으로 보기에는 슬픔 같은 나약하고 애잔한 감정과 상관없어 보이지만, 지로의 경우 이 모든 특징들은 타고난 슬픔을 억누르지 못해서 나오는 행동들이었다. 이것은 자위본능에 가까웠다. 운명은 그의 영혼에 슬픔을 새겨놓았고, 그 슬픔에서 도망치는 방법으로 자존심과 가식, 반항에 가득 찬 투쟁심을 가르쳐주었다. 그리고 이제 남들보다 훨씬 일찍 지난 삶을 돌이켜보며 말할 수 없는 회의감에 젖어 인생의 기쁨을 스스로 포기한 열다섯 살 아이에게, 운명은 또 한 번 '시'를 선물했다. 사람은 누구나 자기 안에 있는 진실을 겉으로 표현하고 싶은 욕망이 있게 마련이며 지로처럼 타고난 슬픔을 간직한 사람일수록 그런 욕망은 더 크고 집요하다. 시는 자신도 모르게 자기 안에 숨어 있는 진실을 드러내는 데 가장 알맞은 수단이기에 지로가 시를 선택한 것은 어찌 보면 숙명이나 다름없었다.

그러나 지로와 시의 관계를 설명하기에는 아직은 이르다. 무엇보다 지로는 아직 제대로 형식을 갖추어 시를 쓸 줄 몰랐다. 게다가 교이치의 시를 읽고 질투심을 느끼기는 했어도 당장 그의 주변에는 시보다 훨씬 절박한 문제들이 많이 남아 있었기 때문이다.

입학 첫날부터 5학년 선배들에게 '건방진 신입생'으로 찍힌 지로는 그들이 공격할 구실을 만들지 않으려고 학교 안에서 뿐만 아니라 산책하기 위해 잠깐 집을 나설 때에도 늘 조심스럽게 행동했다. 여우 얼굴이나 단추 셋 달린 교복 같은 상급생들을 피해 다니는 일은 무척 힘들었다. 지로는 혹시나 하는 마음에 집에서 심부름을 갈 때도 반드시 교복과 모자를 갖추어 입었다. 길에 나가면 사방을 둘러보는 게 버릇이 되었고, 처음 보는 5학년 상급생과 마주치면 자기를 보든 안 보든 정중하게 인사했다. 교칙은 아무리 작은 것이라도 모두 지켰다. 그런 점에서는 성격이 치밀한 교이치도 지로를 당할 수 없었다. 그렇다고 지로가 5학년 선배들의 눈치나 보는 겁쟁이가 되었다는 뜻은 아니다. 지로는 만에 하나 5학년들이 자신에게 부당하게 폭력을 휘두를 경우 퇴학도 각오하고 있었다. 지로가 연필을 깎을 때 쓰는 주머니칼을 필통에 넣지 않고 안주머니에 넣고 다니는 것도 그 때문이었다.

지로는 1학년 전체는 아니더라도 적어도 자기 반 친구들만은 자신의 심정을 이해해주기 바랐다. 그래서 어느 날 기회를 보아 친구들 대여섯 명을 모아놓고 진지하게 오자와 나눈 이야기를 해보았다. 친구들은 멀뚱히 서로 얼굴만 보며 반대도 찬성도 하지 않았다. 지로처럼 한 번 낙제한 뒤 입학한 친구는 코웃음만 쳤다. 그날부터 지로는 같은 반 친구들에게 정나미가 떨어져 다시는 이런 문제로 의논하지 않겠다고 다짐했다.

지로를 실망시킨 일은 이뿐만이 아니었다. 1학년들 대부분, 류이치와 겐지마저도 자신과 즐겁게 이야기를 하다가도 상급생이 지나가면 불안한 표정을 하고 자리를 떴다. 지로는 왜 이런 일이 되풀이되는지 알고 있었다. 한때는 너무 속이 상해서 그런 녀석들을 혼내주고 싶다는 생각도 여러 번 했지만, 그때마다 소란을 피워서는 안 된다고 자신을 다독였다.

'무슨 일이 있어도 5학년들에게 기회를 주면 안 된다.'

이것이 지로의 첫 번째 신조였다.

결국 지로는 동기 중에서 마음으로 우정을 나눌 친구를 단한 사람도 사귀지 못했다. 류이치와 겐지마저도 이제 속마음을 털어놓는 친구도 사촌 형도 아니었다. 소학교 시절부터 주고받은 따뜻한 감정이 그렇게 빨리 식을 수는 없다고 생각했기에 다른 친구들보다 훨씬 친근하게 둘을 대했지만, 이미 지로의 마음속에서 그들은 자취를 감추고 있었다. 물론 지로는 토요일이나 일요일에 류이치네 집과 마사키 가를 찾아가 예전처럼 재미있게 놀 때가 많았다. 그러나 지로는 그것을 우정이라고 생각하지 않았다. 그것은 술 단지 속에 담긴 원액이 아니라 술 단지 밖으로 흘러내린 술 방울을 맛보는 기분이었다. 지로가 이들을 찾을 때는 옛날이 그리울 때뿐이었다. 지로에게 류이치와 겐지는 언제든 필요할 때 꺼내볼 수 있는 과거일 뿐이었다.

하지만 지로는 외롭지 않았다. 처음에는 친구들에게 무시당한 것 같아 모멸감도 들고 분노했지만, 그런 감정도 시간이 지나자 희미해지고 나중에는 도리어 같은 반 친구들이 불쌍해 보였다. 마치 어린 시절 주판을 깨뜨린 슌조를 대신해 벌을 받았을 때처럼 친구들에게 연민을 느꼈다.

지로가 중학교에 들어가서 가장 크게 실망한 사람들은 그런 친구들보다 선생님들이었다. 교실에 들어오는 선생님들 가운데 곤다와라 선생님처럼 따뜻한 눈빛으로 학생들을 지켜보는 선생님은 하나도 없었다. 중학교 선생님들은 소학교 선생님들보다 자기 과목에 대한 전문 지식이 좀 더 많을 뿐 인간미는 찾아보기 힘들었다. 오래전에 배운 지식을 오늘날까지 교실에서 쥐어짜 내야 하는 선생님들이 안쓰러울 때도 많았다. 더구나 점수와 처벌로 학생들을 위협하는 것이 교사의 권위라고 착각하는 선생님들을 볼 때면, 안쓰러움을 넘어 인간적으로 불행해 보였다. 학교에 볼모로 붙잡힌 자신의 신세를 한탄하며 지루한 표정을 하고 복도를 서성이는 인간들, 지로는 그것이 중학교 선생님들이라고 생각했다.

소문에는 존경할 만한 선생님들이 두서너 사람 있다고 했다. 또 입학식 때 본 교장선생님의 신념은 아직도 머릿속에 생생했다. 그런데 같은 중학교 안에 보이지 않는 또 다른 세계가 있는 것인지, 그런 선생님들과 마주칠 기회조차 없었다. 시간이 지날수록 지로는 중학교가 동경할 만한 곳이 못 된다는 자신의 논리에 빠졌다.

선생님들에게 실망하자 기대가 컸던 만큼 외로웠다. 어떤 날은 수업 시간 내내 곤다와라 선생님의 목소리를 떠올리며 공책에 선생님의 얼굴을 그리기도 했다. 그렇게 몇 달이 지나자 지로는 중학교가 본디 이런 곳이었구나 하고 체념해버렸다. 중학교 선생님에 대한 기대를 저버리자 곤다와라 선생님에 대한 추억도 함께 잊혀갔다.

지로는 학교만 체념한 것이 아니었다. 혼다 가에서도 오요시에게 사랑받는 것을 오래전에 포기했다. 할머니는 여전히 지로만 보면 악다구니를 퍼부었지만 예전처럼 말대꾸를 하며 반항하지 않았다. 할머니는 언제나 피하고 싶고 귀찮은 존재였다.

'어머니나 할머니 같은 사람을 상대하면 나도 똑같이 어리석어진다.'

언제부터인가 지로는 오요시와 할머니를 보면서 그렇게 생각했다. 중학교에 들어간 뒤부터 어머니나 할머니와 자신의 관계가 그다지 중요하지 않다고 생각하게 되었다. 그래서인지 오요시와 슌조가 정답게 앉아 있는 모습을 보거나, 할머니의 번뜩이는 눈매와 마주쳐도 담담했다. 중학교라는 특이한 분위기 속에서 지로의 마음이 집에서 해방된 것만은 틀림없었다. 확실히 중학교에 들어간 뒤 지로는 집에서 벗어나 더 넓은 세계로 관심을 넓혀갔다. 그런 점에서는 존경할 만한 선생님이 단 한 사람도 없는 중학교였지만, 인간을 성장시킨다는 의무만은 해내고 있는 셈이었다.

지로는 오하마에게 편지를 쓰는 것만큼은 잊지 않았다. 오하마도 반드시 답장을 보냈는데 일 등을 해야 한다, 훌륭한 사람이 되어야 한다는 뻔한 내용뿐이었다. 가끔씩은 새어머니가 잘해주는지 궁금하다는 말도 썼다. 지로는 오하마에게 편지를 보내는 것을 중요하게 여겼을 뿐 답장에는 그리 연연하지 않았다. 따라서 오하마가 쓴 편지 내용에는 별로 신경도 쓰지 않았다. 꼭 일 등을 해야 한다, 반드시 훌륭한 사람이 되어야 한다는 한결같은 내용에서 애정을 느낄 수는 있었지만, 대학생이 고향에서 어머니가 보낸 훈계조의 편지를 읽는 것처럼 속으로는 오하마를 은근히 깔보는 마음도 조금 생겼다.

'꼭 일 등을 해야 해요. 세상에서 가장 훌륭한 사람이 돼야 해요. 유모는 언제나 할 말이 이것밖에 없나 봐. 어떤 게 훌륭한 건지도 모르면서.'

지로는 오하마가 보낸 편지를 건성으로 읽으며 이렇게 생각했다. 오요시와 어떻게 지내는지 궁금하게 여기는 것도 마음에 안 들었다. 아직도 자신을 어린아이 다루듯 하는 것 같아서 자존심이 상했다. 하기야 지로도 오요시와 자신이 정확히 어떤 관계인지 설명할 자신이 없었다. 겉으로는 잠잠했지만 한번 건드리면 바닥에서부터 쓰디쓴 감정이 올라올 것 같았다. 일 등이니 훌륭한 사람이니 하는 말이 나올 때는 슬며시 웃다가도 새어머니라는 말이 나오면 얼굴이 딱딱하게 굳었다.

7월이 되자 오하마가 슌스케에게 엽서 한 통을 보냈다. 처음 있는 일이었다. 오하마도 꽤 신경을 썼는지 지로에게 보낸 엽서보다 글씨체가 훨씬 깨끗하고 정갈했다. 아마도 글깨나 읽는 마을 청년에게 부탁한 모양이었다. 계절에 대한 인사말로 시작한 편지에는 다음과 같은 내용이 적혀 있었다.

이달 8일에 바깥어른을 뵙고 말씀드릴 게 있어서 한번 올라갈까 합니다. 지로 도련님께도 꼭 전해주세요. 벌써부터 만날 날만 손꼽아 기다리고 있답니다.

슌스케는 지로가 학교에서 돌아오자 오하마가 보낸 엽서를 건네주었다. 그리고 옛날 생각이 난 듯 아주 오랜만에 지로의 머리를 장난스럽게 툭툭 건드렸다.

8일에 오하마가 온다는 사실을 알고 지로는 두근거리는 가슴을 진정시킬 수 없었다. 그러나 겉으로는 자신과 상관없다는 듯 슌스케에게 엽서를 돌려주고는 이 층으로 올라갔다. 책상 앞에 앉아서도 자기를 보던 할머니와 오요시의 눈길이 이 층까지 따라온 것 같아 뒤통수가 따가웠다.

주머니칼

7월 8일은 마침 토요일이었다. 토요일에는 오전 수업이 끝나고 오후에 특별활동이 있다. 지로는 검도부였다. 점심을 먹고 한 시간 남짓 검도 연습을 하고 곧장 집으로 돌아갈 작정이었다.

교실에서 혼자 도시락을 먹다 지로는 오하마를 생각했다.

'엽서에는 기차 시간을 적지 않았던데 어쩌면 지금쯤 집에 왔을지도 몰라. 그랬다면 내 얘기를 하고 있겠지? 할머니가 도대체 뭐라고 했을까. 그러고 보니 유모는 새어머니를 처음 보는 거구나. 서로 인사는 했을까.'

지로는 이런저런 생각을 하며 거실의 풍경과 사람들의 표정까지 머릿속에 그려보았다. 그러는 동안 도시락을 다 먹었다. 지로는 그것도 모르고 젓가락을 쥔 채 우두커니 창밖을 내다보며 오하마와 오요시, 할머니가 둘러앉아 있는 모습을 상상했다.

지로네 교실은 길에서 얼마 떨어지지 않은 곳에 있었다. 학교와 길은 기껏 나무울타리로 경계를 만들어놓았을 뿐이었다. 지로는 얼빠진 얼굴로 나무울타리를 보고 있다가 순간 "어, 저 사람!" 하

고 중얼거리면서 벌떡 일어났다. 울타리 밖을 두 여자가 나란히
지나가고 있었다. 그 가운데 한 사람이 아무래도 오하마였다.

지로는 서둘러 밖으로 뛰어나갔다. 나무울타리와 총기고 사
이를 두 여자가 천천히 걷고 있었다. 뒷모습은 아무리 봐도 영
락없이 오하마였다. 지로는 큰 소리로 부르려다가 멈칫했다.
오하마로 보이는 중년 여자와 나란히 걷고 있는 여자아이 때문
이었다. 빨간 양산을 받쳐 쓰고 있었는데, 나이는 열대여섯 살
쯤 되어 보였다. 지로는 왠지 부끄러운 생각이 들었다. 만에 하
나 사람을 잘못 본 것이라면 망신당할 것이 뻔했기 때문이다.

지로는 어떻게 할까 고민하다가 고개를 숙이고 부지런히 달
려서 그들을 앞질렀다. 두 사람이 뒤쪽에 멀찍이 떨어진 것을
확인한 다음 체육 시간에 제식훈련할 때처럼 '뒤로 돌아' 구령
에 맞추어 그 자리에서 돌아섰다. 예상한 대로 중년 여인은 오
하마였다. 오하마도 울타리 너머에 서 있는 지로를 보았다.

"에구머니나!"

익숙한 오하마의 목소리가 들렸다.

나무울타리를 사이에 두고 지로와 오하마는 서로 마주 보았
다. 오하마는 울타리가 거추장스럽다는 듯 팔로 몇 번 헤집으
며 지로 쪽으로 다가왔다.

"어쩜……. 집에 가기 전에 여기서 먼저 만나네요. 신기해
라. 근데……."

오하마가 이상한 듯 울타리 안쪽을 둘러보면서 말했다.

"왜 이런 데 혼자 있어요?"

"교실에서 유모가 지나가는 걸 봤어요. 그래서 여기까지 쫓아온 거예요."

"아이고 저런……. 눈은 여전히 좋네요. 오늘 아침에 왔는데 가까운 데 볼일이 있었거든요. 도련님 학교가 어떻게 생겼는지 궁금하기도 해서 일부러 이쪽으로 온 건데……. 여기서 도련님을 볼 줄은 꿈에도 몰랐어요."

지로는 오랜만에 만난 오하마가 반갑기도 하고, 여전히 어린애 다루듯 자신을 대하는 게 부끄럽기도 해서 고개를 숙인 채 교복 단추만 만지작거렸다.

오하마는 지로의 모습을 아래위로 훑어보면서 말했다.

"벌써 이 년이나 지났네요. 이 년 만에 이렇게나 크다니. 교복을 입으니 더 못 알아보겠어요. 지금은 도련님 혼자라 금방 알아봤지만."

오하마는 자기 뒤쪽을 가리키며 물었다.

"도련님, 이 애가 누군지 알겠어요?"

지로는 고개를 끄덕거렸다. 아까부터 오하마 뒤에 서 있는 여자아이가 오쓰루라는 것을 알고 있었다.

조금 고개를 숙이고 있는 오쓰루의 왼쪽 뺨을 보자 지로는 옛 추억이 떠올랐다. 화장품을 발랐는지 피부가 조금 하얘져 예전처럼 금방 눈에 띄지는 않았지만 올챙이를 닮은 반점은 그대로였다.

"오쓰루도 많이 컸죠? 이제 막 도련님 집에 가려던 참이었어요. 도련님은 몇 시쯤 집에 와요?"

"수업은 다 끝났는데 검도 연습이 있는 날이라서 조금 늦을 것 같아요."

"세 시까지는 돌아올 수 있죠? 나도 물건 좀 사고 그때쯤에 갈게요. 이따가 다시 얘기해요."

"끝나는 대로 곧장 갈게요."

지로는 그렇게 말하고 나무울타리에서 돌아섰다. 그러다가 오쓰루 쪽을 슬쩍 보았다. 마침 오쓰루도 지로를 보고 있었다. 둘은 눈길이 마주치자 당황해서 동시에 고개를 숙였다.

교실로 돌아가다 지로는 다시 울타리 쪽으로 걸어갔다. 그러고는 나무 틈을 비집고 빨간 양산을 바라보았다. 지로의 마음은 어느덧 대여섯 살 시절로 돌아갔다. 오쓰루의 볼에 붙은 올챙이를 떼려고 했던 일이 바로 어제처럼 생생하게 되살아났다. 오쓰루는 이제 어른이 다 되어 있었다. 길거리에 같이 나가면 누나라고 불러도 믿을 정도였다. 하지만 올챙이만은 옛날과 똑같은 자리에 붙어 있다. 오쓰루는 그 반점을 얼마나 싫어했을까. 하지만 지로에게 그 올챙이가 얼마나 달콤하고 아름다운 추억인지 오쓰루는 과연 알까.

지로는 넋을 잃고 울타리 앞에 서 있었다. 그런데 느닷없이 뒤쪽에서 목소리를 낮게 깔고 자기를 부르는 소리가 들렸다.

"어이…… 혼다."

갑작스런 소리에 지로는 움찔 놀라 고개를 돌렸다. 울타리 모퉁이에서 상급생이 담배를 입에 문 채 천천히 다가왔다. 단추 셋 달린 교복이었다. 못 본 사이에 교복 단추는 네 개로 늘어나 있었다.

"너, 거기서 뭐 하는 거야?"

단추 셋 달린 교복이 어깨를 으쓱거리며 지로 앞에 섰다. 지로는 먼저 공손하게 인사부터 했다. 하지만 고개를 든 지로의 눈가에 핏발이 서 있었다.

"난 다 봤다고."

단추 셋 달린 교복이 담배를 뱉고 구둣발로 짓이겼다. 그러고는 아주 천천히 팔짱을 끼었다. 지로는 입을 꾹 다물고 노려보기만 했다.

"여기서 뭘 했는지 다 털어놔. 바른 대로 말하지 않으면 가만안 둘 테니까."

단추 셋 달린 교복이 팔짱을 풀면서 오른손 주먹을 지로에게 쑥 내밀었다. 위협하는 태도였다. 그러나 지로는 눈 하나 깜짝하지 않았다. 핏기 가신 입술이 바르르 떨렸다.

"아무것도 아니에요. 나쁜 짓 같은 건 하지 않았어요."

지로가 침착하게 대답했다.

"뭐, 나쁜 짓을 안 해? 그럼 왜 여기 혼자 있는 거야?"

"볼일이 좀 있었어요."

"무슨 볼일인데?"

단추 셋 달린 교복이 비웃듯이 히죽거렸다.

그 천한 웃음을 보는 순간 지로는 모욕감이 치밀었다. 방금 전 주먹으로 위협할 때보다 더 치욕스러웠다. 지로는 슬그머니 오른손을 안주머니에 넣었다. 주머니칼이 손에 닿았다. 단추 셋 달린 교복은 지로의 행동을 알아차리지 못하고 울타리 밖을 바라보며 비아냥거렸다.

"말하기 창피할 거야. 중학생이 울타리 너머로 지나가는 여자나 훔쳐봤으니, 그런 걸 자기 입으로 말하는 게 쉬운 일은 아니지."

주머니칼을 쥐고 있는 지로의 손이 어느새 땀에 젖어 홍건했다.

"이봐, 혼다……."

단추 셋 달린 교복은 지로의 담임이라도 되는 양 거들먹거렸다.

"네놈은 말이지 이 학교의 수치야. 넌 아직 1학년이라고. 1학년 주제에 벌써부터 지나가는 여자를 훔쳐보다니, 네 녀석이 어떤 놈인지 알 것 같다. 너 같은 건방진 놈 때문에 이 학교의 미래가 심히 우려된다, 이거야."

지로는 진지하게 그런 말을 내뱉는 단추 셋 달린 교복을 아니꼬운 눈길로 노려보았다. 자기 주제도 모르고 건방지게 자신을 가르치려 드는 말투에 웃음이 났다. 그래서인지 긴장이 풀리면서 조금 마음의 여유가 생겼다.

지로는 웃음기를 감추고 무언가 오해가 있었다는 표정을 지으며 말했다.

"여자를 훔쳐본 게 아닌데요."

"이 자식이 누굴 속이려 들어. 조금 전에 훔쳐봤잖아."

"내가 여자를 훔쳐봤다는 증거 있어요?"

"뭐, 증거? 이 새끼 정말 뻔뻔하군. 그래 증거 있다. 바로 내 눈이 증거다."

"내가 어떻게 생긴 여자를 보고 있었는데요?"

"이 새끼가 점점……."

단추 셋 달린 교복은 흥분한 나머지 얼굴이 시뻘게졌다. 하지만 상대방은 어차피 생쥐에 지나지 않고 난 고양이다 하는 자신만만한 얼굴로 능글맞게 대꾸했다.

"넌 역시 우리 학교의 역사에 남을 만한 놈이야. 1학년이 감히 5학년 선배에게 말대꾸하는 것도 모자라 따지기까지 하다니……. 너 같은 놈은 정말 처음이다. 네놈 눈깔엔 5학년하고 1학년이 친구로 보이냐? 좋아, 어쨌든 물었으니 대답을 해줘야겠지. 내가 적당히 짐작해서 이러는 게 아니라는 걸 알려줄 테니 잘 들어. 넌 말이지, 빨간 양산을 들고 지나가는 계집애를 훔쳐봤어. 어때, 내 말 맞지?"

지로는 희미하게 웃었다. 그러나 단추 셋 달린 교복은 알아차리지 못했다. 지로는 무슨 말인지 모르겠다는 순진한 얼굴로 물었다.

"빨간 양산? 난 못 봤는데……. 언제 지나갔는데요?"

"의뭉스런 놈!"

단추 셋 달린 교복이 큰 소리를 지르며 주먹을 치켜들었다.

다행히 지로가 상대방의 동작을 눈치 채고 두서너 걸음 물러난 뒤였다. 어느 사이에 지로의 오른손에서 하얗게 날이 선 주머니칼이 반짝였다. 지로는 주머니칼을 허리 근처에서 시계추처럼 흔들면서 싸늘하게 웃었다. 침을 한 번 꿀꺽 삼키고 나서 토하듯이 외쳤다.

"5학년은 여자를 훔쳐봐도 괜찮고, 1학년은 안 된다 이거지?"

지로의 태도가 갑작스럽게 바뀌자 단추 셋 달린 교복은 충격을 받은 것 같았다. 후배는 선배에게 무조건 복종해야 한다는 낡은 전통을 믿고 받드는 단추 셋 달린 교복은 지로가 주머니칼을 들고 달려드는 걸 눈으로 보고도 믿을 수 없었다. 그는 잠이 덜 깬 사람처럼 눈을 게슴츠레 뜨고 지로가 손에 들고 있는 칼을 멍하니 보았다.

단추 셋 달린 교복은 자신이 어떤 상황에 처해 있는지 조금씩 깨달았다. 지금 자신이 얼마나 처참한 대우를 받고 있는지도 알아차렸다. 마음에 안 드는 1학년 녀석을 혼내주려다가 반대로 그 녀석에게 농락당하고 있는 자신을 발견한 것이다. 단추 셋 달린 교복은 어디에서부터 일이 틀어졌는지 머리를 굴려봤지만, 대답이 나오지 않았다. 그렇다고 상황이 이 지경에 이르렀는데 그냥 넘어가는 것도 말이 안 된다. 무슨 일이 있어도 선배의 권위를 지켜야 한다. 그러기 위해서는 지로가 오른손에 들고 있는 번쩍거리는 주머니칼부터 제압해야 한다. 한데 지난번에 겪어서 알듯이 만만한 녀석이 아니다. 꿀꿀한 기분을 풀어줄 먹잇감이라고 생각했는데, 알고 보니 자신의 목숨을 노리는 사냥개였다.

상황이 이렇게 되자 단추 셋 달린 교복이 할 수 있는 일은 코웃음을 치는 것뿐이었다. 그것은 자신의 잘못을 인정할 테니

568

자존심은 건드리지 말아 달라는 암시였다. 내가 잘못했으니까 서로 파국은 피해가자는 최후의 교섭인 셈이다. 교섭이 통하려면 상대방 또한 자신과 비슷한 잘못을 저지른 것은 물론이고 상황이 극단으로 치닫는 것을 바라지 않아야 한다. 다시 말해 서로 코웃음 치는 것으로 상황을 마무리하는 차례가 이어져야 한다. 그러나 지로에게 이 교섭은 먹히지 않았다. 지로는 단순히 자존심을 지키거나 몇 대 얻어맞는 게 겁나서 칼을 뽑아든 게 아니었다. 지로의 마음은 걷잡을 수 없는 분노로 불타고 있었다. 단추 셋 달린 교복 개인에 대한 분노가 아니라 그동안 쌓이고 쌓인 모든 억압에 대한 분노, 그리고 비정상적인 질서와 정의라는 이름으로 저지르는 온갖 폭력에 대한 분노였다. 지로는 다분히 방어하는 자세를 취했지만 자신을 지키려고 그런 게 아니었다. 어디까지나 함께 죽자는 뜻이었다.

단추 셋 달린 교복이 한 번 더 코웃음을 쳤다. 지로는 그 웃음이 자신의 분노를 깔보는 거라고 생각했다.

"왜 자꾸 웃는 거야? 빨간 양산이 누군지 알아? 우리 유모 딸이라고. 나는 우리 유모하고 얘기한 거란 말이다. 그냥 배웅한 건데 그게 네놈 눈엔 잘못이라는 거냐? 알지도 못하는 여자를 훔쳐본 네놈보다 우리 유모하고 얘기한 내가 더 나쁘다는 거냐?"

지로의 눈에서 눈물이 글썽거렸다. 하지만 입으로는 계속 욕을 퍼부었다.

"네놈 말대로 이 학교가 얼마나 대단하기에 5학년이 교복 단추를 풀어헤치고 돌아다녀도 혼내는 선생이 없냐? 이런 데 숨어서 담배나 피는 새끼가 선배라고……. 이딴 학교라면 잘려도 괜찮아. 그 전에 네놈부터 죽여버리겠다! 어디 한번 덤벼봐! 너 같은 놈한텐 죽는 한이 있어도 안 진다. 이 비겁한 새끼야, 이 개망나니 같은 새끼야, 덤벼!"

지로는 자기 목소리에 스스로 흥분했다. 자기가 무슨 말을 하고 있는지도 몰랐다.

더욱 처참해진 것은 단추 셋 달린 교복이었다. 그는 웃지도 못하고 그렇다고 덤비지도 못했다. '비겁한 새끼'니 '개망나니 같은 새끼'니 하고 지로가 욕을 퍼부을 때마다 울화가 치밀었지만, 칼을 들고 날뛰는 놈에게 달려들었다가 무슨 꼴을 당할지 몰라 마른침만 꿀꺽 삼켰다. 단추 셋 달린 교복은 악몽을 꾸는 것 같았다.

바로 그때, 확실히 단추 셋 달린 교복 쪽이 더 안도했을 테지만 단추 셋 달린 교복을 구원해주는 밧줄이 내려왔다. 교내를 순시하던 선생님이 울타리 쪽을 지나간 것이다. 교내 순시는 선생님들이 토요일마다 당번제로 돌아가며 맡았는데, 이날은 아사쿠라 선생님 차례였다. 아사쿠라 선생님은 학생들 사이에서 평판이 대단했으나, 1학년 담임이 아니었기에 지로는 선생님을 처음 본 것이다. 지로가 단추 셋 달린 교복에게 마지막 욕설을 퍼부은 지 삼십 초도 채 안 되어 아사쿠라 선생님이 나타났다. 아사쿠라 선생님을 먼저 본 것은 단추 셋 달린 교복이었다. 선생님이 지로의 뒤쪽에서 나타났기 때문이다. 선생님은 재미있는 구경거리라도 발견했다는 듯 광분해서 날뛰는 지로의 뒷모습을 바라보았다. 그러더니 조용히 둘 사이에 끼어들었다.

아사쿠라 선생님을 보고 단추 셋 달린 교복은 고개를 떨어뜨렸다. 그러나 아사쿠라 선생님이 누군지 모르는 지로는 끝까지 칼을 쥐고 휘둘렀다. 선생님은 지로가 들고 있는 주머니칼을 물끄러미 내려다보았다. 그러나 아무 말도 하지 않았다. 선생님은 다시 고개를 돌려 단추 셋 달린 교복을 보았다. 그렇게 이 분 정도 지났다. 선생님은 갑자기 풀이 우거진 땅바닥에 털썩 주저앉으며 걸걸한 목소리로 말했다.

"자, 여기 앉아봐."

단추 셋 달린 교복이 곧 자리에 앉았다. 하지만 지로는 여전히 칼을 움켜쥔 채 선생님을 내려다보았다. 그러자 아사쿠라 선생님이 빙긋이 웃으며 지로를 쳐다보았다. 그러자 지로도 맥이 빠져서 무너지듯 자리에 앉았다.

"이제 그 칼은 집어넣지 그러냐."

선생님이 다시 한 번 웃으며 말했다. 그제야 지로는 자신이 아직도 주머니칼을 쥐고 있다는 것을 깨달았다. 지로는 부끄러워하며 서둘러 주머니 속에 칼을 넣었다.

"넌 1학년이구나. 이름이 뭐니?"

아사쿠라 선생님이 지로의 배지를 보며 물었다.

"혼다 지로입니다."

"혼다? 응……. 무로자키하고 일대일로 맞서면 네가 질 텐데."

지로는 단추 셋 달린 교복의 이름이 무로자키라는 것을 알았다.

"그래도 꽤 쓸 만했어. 네가 무로자키에게 하는 말을 울타리 뒤에서 엿들었거든."

지로는 고개를 들었다. 아사쿠라 선생님은 피부가 거무스름 하고 턱은 길고 얼굴에는 수염이 없었다. 인상은 별로 좋지 않 았지만, 새카만 눈동자만큼은 아이처럼 맑았다. 나이는 곤다와 라 선생님보다 조금 젊은 듯했다.

"그런데 혼다……."

선생님은 무슨 말인가를 하려다 잠깐 뜸을 들였다.

"가만있자……. 무로자키, 네 얘기부터 들어볼까? 지금 기 분이 어때?"

무로자키는 여전히 고개를 떨어뜨리고 있었다. 선생님은 딱 하다는 눈초리로 무로자키를 보면서 말했다.

"정당한 힘이 어떤 건지 오늘 처음 알게 되었을 거야. 좋은 교훈을 얻었어. 혼다를 후배라고 우습게 보지 말아라. 선생님 도 가르치지 못한 걸 가르쳐줬어. 부끄러움이 어떤 건지 알게 되면 너도 진짜 강한 사람이 될 거야. 하지만 지금처럼 생활한 다면 세상에 너보다 약한 사람은 없어. 난 그걸 말해주고 싶다, 무로자키."

무로자키는 고개를 더 깊숙이 떨어뜨렸다.

"이 세상에서 가장 부끄러운 게 뭔지 알아? 그건 무자비한 짓 이야. 그런 사람은 언뜻 강해 보이지만 실제로는 아무짝에도 쓸 모없는 가장 약한 인간이야. 난 너희가 무엇 때문에 싸웠는지 알고 싶지 않아. 또 앞으로도 물어보지 않을 거야. 모르긴 해도 이 싸움은 무로자키 때문에 시작됐겠지? 무로자키는 평소에도 후배들을 무자비하게 다뤘으니까. 강당에 걸려 있는 액자는 장식품이 아냐. 우리가 지금 편하게 공부할 수 있는 것도 오래전에 누군가가 다른 사람을 위해 이곳에 학교를 세웠기 때문이야. 우린 모두 다른 사람에게 은혜를 입고 있다는 뜻이지. 넌 사 년이나 학교를 다녔으니 혼다보다 은혜를 더 많이 입은 거라고. 교장선생님이 늘 말씀하시는 자비로운 마음을 네가 어떻게 받아들이는지 모르겠다만……. 무로자키, 너야말로 교장선생님의 자비로운 마음 덕분에 오늘날까지 학교에서 쫓겨나지 않고 다닐 수 있었어. 선생님들 대부분이 너 같은 학생은 퇴학시켜야 한다고 했을 때 누가 널 지켜줬는지 아니? 교장선생님이었어. 너 같은 문제아 때문에 선생들이 존재하는 거라고 말씀하신 분이 교장선생님이었단 말이다. 우리 학교에서 선생님들에게서 은혜를 가장 많이 입은 네가 다른 사람에겐 이토록 무자비하다니 세상은 정말 희한한 곳이로구나. 무로자키, 앞으론 좀 진지해져 봐. 그동안 다른 사람이 너에게 베풀어준 자비로운 마음을 조금이라도 생각했다면, 오늘 같은 일은 일어나지 않았을 거다. 그리고 이제 그만큼 날뛰었으면 됐어. 다시 사람으로 돌아가야지. 넌 본디 똑똑한 놈이니까 선생님 말이 무슨 뜻인지 알 거라고 믿는다."

지로는 아사쿠라 선생님이 자기에게 말하는 것 같은 착각이 들었다. 선생님의 이야기가 지로의 가슴속에서 물결처럼 퍼졌다.

"자, 그만 일어나자. 조금 있으면 특별활동이다. 이번 기회에 사이좋게 지내라고. 무로자키, 네놈 성격에 어렵겠다만 한번 노력해봐. 사람들이 네게 베푼 자비를 다른 사람들에게도 돌려 줘야지. 오늘 있었던 일은 비밀로 하마. 이건 너희들 명예에 대한 문제니까."

아사쿠라 선생님이 일어났다. 지로와 무로자키도 주춤주춤 일어섰다. 셋이 울타리 모퉁이를 빠져나오는데 아사쿠라 선생님이 생각났다는 듯 물었다.

"아 참, 혼다 얘기를 들어본다는 걸 깜빡했구나. 혼다, 넌 특별활동 뭘 하지?"

"검도요."

"그럼 같이 도장까지 가면서 얘기하자. 교실엔 더 볼일 없지?"

"죽도를 놓고 왔어요."

지로는 교실로 뛰어가 책상 위에 펼쳐놓은 도시락을 챙긴 다음 다시 아사쿠라 선생님이 있는 곳으로 돌아왔다.

아사쿠라 선생님은 미루나무 가로수를 보면서 천천히 돌아다니고 있었다. 지로가 다가오자 시계를 들여다보더니 말했다.

"아직 시간이 조금 남았구나. 여기 앉아."

선생님은 미루나무 밑에 앉아 지로에게 손짓했다. 지로는 조금 쑥스러워하며 선생님 곁에 앉았다.

"나보다 강한 녀석을 이기면 그때부터 겁나는 게 없어. 그건 좋은 거야. 그런데 어떤 사람은 더 나빠지기도 하지. 내 생각에 넌 앞으로 더 좋아질 것 같아. 그래도 늘 조심해야지. 교만해지면 안 된다. 강하다고 우쭐대는 건 이미 약해졌다는 뜻이거든.

남보다 더 강해지고 싶으면 다른 사람을 불쌍히 여길 줄 알아야 해. 내가 아닌 다른 사람을 불쌍히 여길 줄 알면 세상에 겁날 게 없단다. 그리고 말이지…….”

아사쿠라 선생님은 슬쩍 웃었다.

“너 아까 칼을 휘둘렀지? 어쩔 수 없었다는 건 알지만 앞으로는 싸울 일이 있어도 칼은 휘두르지 마라. 여긴 전쟁터가 아니라 학교야. 그리고 이런 걸 써서 이겨봤자 진짜로 이긴 것도 아니야. 마음으로 이겨야 해. 상대방이 나한테 겁을 먹는 게 아니라 내 생각을 받아들이도록 만드는 거야. 그게 진짜 이기는 거란다. 진짜 이기는 건 주먹에서 시작하는 게 아냐. 그 사람을 감싸고 이해하는 데서 시작하는 거지. 다음부터 날붙이는 쓰지 말아라. 무기는 당하는 쪽보다 쓰는 쪽을 약하고 비겁하게 만들어. 정말 싸움을 해야 한다면 얻어맞는 걸 무서워하면 안 되지. 싸움이란 때리고 얻어맞는 거야. 내가 때리는 만큼 상대방에게 얻어맞는 게 싸움이라고. 정말 싸워야겠다면 그런 각오쯤은 해야 한다. 그렇지 않다면 아예 싸울 필요도 없어.”

아사쿠라 선생님이 무슨 뜻으로 그렇게 말하는지 지로는 대충 이해가 되었다. 하지만 얻어맞으라는 말은 받아들이기 힘들었다. 맞을 바에야 굳이 싸울 필요가 없는 것 아닌가, 지로는 그렇게 생각했다.

“선생님, 그럼 검도 같은 건 왜 있는 거예요?”

“으음…….”

선생님은 아이처럼 맑은 눈으로 지로의 얼굴을 보았다.

"그건 훌륭하게 죽기 위해서지."

선생님의 대답은 뜻밖이었다. 지로는 눈을 둥그렇게 뜨고 아사쿠라 선생님을 똑바로 보았다.

"조금 어려운가?"

아사쿠라 선생님은 고개를 갸웃거리며 웃었다. 그러고는 잠깐 생각하더니 말했다.

"야마오카 뎃슈라는 사람은 검도 달인이었어. 에도 바쿠후 시대 말기에 피비린내나는 곳에서 일한 사람인데 평생 사람을 죽인 적이 한번도 없었단다. 그때 전쟁이 일어났다면 사람을 죽였을까? 아마 그래도 사람을 죽이진 않았을 거야. 야마오카는 같은 민족끼리 죽고 죽여서는 안 된다고 믿었지. 도쿠가와 요시노부의 명령으로 관군 쪽에 심부름을 간 적도 있었으니 분명 칼싸움도 잘했을 거야. 그런데도 사람을 죽이지 않았어. 그 이유를 말해줄까? 야마오카 뎃슈에게 검은 사람을 살리는 도구였거든. 그게 야마오카 뎃슈의 신념이었어."

아사쿠라 선생님은 잠깐 이야기를 끊었다가 다시 말했다.

"검이 사람을 살리려면 먼저 자기부터 죽여야 한단다. 자신을 죽인다는 건 상대방을 죽이기 전에 자신의 나쁜 버릇부터 잘라낸다는 뜻이야. 그렇게 자신을 죽인 사람은 두 번 다시 사람을 죽일 수 없단다. 사람을 죽이지 못하는 검은 이제 사람을 살리는 데만 쓰는 거야. 사람을 죽이는 검은 자신의 이익이나 명예, 행복만 바랄 뿐이야. 그러나 사람을 살리는 검은 이 세상이 살기 좋은 곳이 되기를 바란단다.

야마오카 뎃슈의 목적은 훌륭하게 죽는 거였어. 훌륭하게 죽는 것만이 훌륭하게 살았다는 증거라고 여긴 거야. 이게 바로 진정한 무사도란다. 강당에 걸려 있는 액자에서 무사도라는 글 봤지? 무사도, 충효, 대자비는 나를 위한 게 아냐. 다른 사람의 행복을 위해 존재하는 거야. 하지만 넌 이제 겨우 중학교 1학년이야. 네 힘으로 남을 도울 수 있는 방법이 뭐가 있을까? 그건 자벌레처럼 천천히 너를 성장시키는 거야. 언젠가 네 힘으로 남을 도울 수 있는 날이 올 때까지 너 자신을 성장시키는 거야. 그게 지금 네가 할 수 있는 선행이란다. 무로자키 같은 녀석을 이기려고 검도를 배우는 거라면 당장 그만둬. 무로자키 같은 녀석에게 올바른 것을 가르쳐주기 위해 검도를 배운다고 생각하란 말이야. 무로자키 같은 녀석을 위해 죽을 수도 있다는 믿음이 네 안에서 생기지 않는다면, 넌 영원히 무로자키를 이길 수 없어. 그런 믿음이 생기지 않는다면 너에게 검도는 폭력의 수단일 뿐이야."

그때 종이 울렸다.

아사쿠라 선생님은 바지에 묻은 흙을 털며 일어났다.

"자, 그런 마음이 생길 때까지 열심히 죽도를 휘두르라고."

지로는 선생님께 꾸벅 인사를 하고 도장 쪽으로 달려갔다. 아사쿠라 선생님은 지로가 도장에 들어갈 때까지 지켜보았다. 지로가 도장에 들어간 것을 확인한 선생님은 크게 숨을 들이키며 높다란 미루나무 가지를 올려다보았다.

파란 하늘에 흰 구름이 조용히 떠다니고 있었다.

전환기

오마키 할아버지가 처음 죽도를 건넬 때부터 지로는 검도가 좋았다. 중학교에 들어간 뒤에도 검도 시간을 기다리며 늘 열심히 했는데, 이날은 특별히 더 열심히 죽도를 휘둘렀다. 그러나 죽도를 휘두르는 마음은 평소와 많이 달랐다. 죽도에 맞을수록 기분이 산뜻했다. 평소 같으면 한 대만 맞아도 격분해서 미친 듯이 덤벼들었을 텐데, 이날은 이상하게도 마음이 차분하게 가라앉았다.

연습을 마치고 교문을 나선 지로는 학교에서 멀지 않은 곳에 있는 옛 성터를 지나 집으로 가야겠다고 생각했다. 성터에는 울창하게 솟아오른 녹나무의 푸른 잎들이 고요하게 빛나고 있었다. 연푸른 이파리를 보는 순간 지로는 가슴이 확 트였다. 도장에서 흘린 땀이 아직도 흐르고 있었지만, 햇살 아래서도 덥지 않았다.

지로는 아사쿠라 선생님을 생각하며 천천히 걸었다. 선생님의 인상이 마음속에 뚜렷이 남았다. 천천히 걸음을 옮기면서 하루 종일 있었던 일들을 하나씩 떠올려보았다. 생각은 시간을 거슬러 올라갔다. 미루나무 숲, 울타리 뒤편, 단추 셋 달린 교복, 빨간 양산 그리고 오하마와 울타리를 사이에 두고 나눈 이야기…… 오하마를 생각하자 갑자기 걸음이 빨라졌다.

지로는 문득 발바닥에 무언가 걸린 것 같은 착각이 들어 그 자리에 멈추었다. 하지만 발밑에는 아무것도 없었다. 다시 걸음을 옮기는데 한 발짝 한 발짝 뗄 때마다 무언가 자신의 발길을 잡아채는 것 같았다.

'오늘 아사쿠라 선생님을 만난 것은 무로자키 덕분이야. 아사쿠라 선생님은 무로자키에게 무자비한 놈이라고 했어. 하지만 무자비한 무로자키가 아니었다면 난 오늘 아사쿠라 선생님을 만나지 못했다.'

지로는 자신이 무슨 생각을 하고 있는지 깨닫고는 깜짝 놀랐다. 예전에는 이런 일을 겪고도 왜 이런 일이 일어났는지 유추해본 적이 없었는데, 이날은 웬일인지 그때의 상황을 돌이켜보고 싶었다.

'무로자키가 나에게 시비를 건 이유는 오쓰루 때문이야. 오쓰루를 데리고 온 건 유모였어. 유모는 왜 학교까지 찾아왔을까. 나를 만나기 위해서였어. 유모는 왜 나를 만나고 싶어 했을까. 그건 내 유모이기 때문이다. 그렇다면 오늘 아사쿠라 선생님을 만날 수 있었던 것은 유모 덕분이야.'

지로는 그동안 미처 몰랐던 새로운 사실을 깨닫고 흥분에 휩싸였다. 세상살이와 사람과 사람의 만남은 생각처럼 그리 간단

한 게 아니었다. 지로는 자신이 세상이라는 곳에 살고 있다는 게 무척 신기했다. 갑자기 머릿속에 '운명'이라는 낱말이 떠올랐다. 지난번에 데쓰타로가 말했던 바로 그 '운명'이었다. 지금까지 자신은 인간으로서 살아온 게 아니라 곤충이나 짐승처럼 충동에 휩싸여 살아온 것만 같았다. 이 세상 어딘가에 분명히 하느님이라는 존재가 있고, 그분이 자신을 지켜보면서 지로라는 이름에 어울리는 운명을 만들어놓고 기다리는 건 아닐까 하는 생각이 들었다. 지금 이 순간에도 하느님이 어딘가에서 자신을 생각하고 있을 것만 같았다.

이런 생각을 하면서도 지로의 마음은 평소보다 훨씬 침착하고 투명했다. 지로는 다시 오늘 있었던 일들을 차근차근 되돌아보았다. 생각의 끈은 이제 오하마에서 돌아가신 어머니로 이어졌다.

'나를 유모에게 맡긴 사람은 돌아가신 어머니였어. 어머니가 그때 나를 유모 집에 맡기지 않았다면 유모는 오늘 학교 앞을 지나가지 않았을 거야. 그렇다면······.'

지로는 여기까지 생각하고 크게 숨을 들이켰다. 돌아가신 어머니의 얼굴이 눈앞에 나타났다. 어머니는 여전히 관세음보살을 닮아 있었다. 자기를 보며 웃고 있는 것 같기도 하고, 걱정하는 것처럼 보이기도 했다. 그때 아사쿠라 선생님의 얼굴이 떠올랐다. 아사쿠라 선생님은 어머니 곁에 나란히 서서 지로를 보고 있었다. 이윽고 두 사람이 자신에 대해 이야기하는 것 같은 착각이 들었다.

지로는 사람과 사람의 만남에 대해 생각해보았다. 아직은 나이가 어려서 인생에서 만남이 차지하는 깊은 의미를 깨닫지 못했지만, 오늘 같은 일을 겪고 보니 모든 만남은 아주 오래전부터 계획된 운명일지도 모른다는 생각이 들었다. 지난 시절에 겪은 슬픔과 두려움, 기쁨, 아쉬움 같은 감정은 대부분 사람을 만나면서 느낀 것들이다. 그런 것을 생각할 때, 이 모든 것이 처음부터 정해진 일이었다면 대체 운명은 나에게 무엇을 요구하고 싶었던 것일까, 지로는 그것이 궁금했다. 운명은 내가 어떤 사람이 되기를 바라기에 슬픔과 두려움과 기쁨과 아쉬움을 가르친 것일까. 그렇게 생각하는 사이에 어느새 지로는 집 앞에 이르렀다.

　대문을 열고 들어서기 무섭게 거실에서 시끄러운 목소리가 들렸다. 오하마가 벌써 온 모양이었다. 오하마는 지로가 들어오는 것을 보고 너무 반가운 나머지 마당까지 뛰어나왔다. 오쓰루도 수줍게 자리에서 일어나며 살짝 고개를 숙였다. 지로는 그때까지도 자신의 생각에서 헤어나오지 못하고 있었다. 지로는 낯선 사람을 보듯 멀찍이 떨어져서 오하마와 오쓰루를 바라보았다. 그리고 할머니와 슌스케, 오요시, 슌조를 차례대로 바라보며 그 자리에 서 있었다.

　"왜, 무슨 일 있었어요?"

　오하마가 걱정스런 눈초리로 물었다.

　"아니에요."

　지로는 무의식적으로 고개를 흔들었다. 그제야 여기가 어딘지 알게 되었다는 듯 "다녀왔습니다." 하고 식구들에게 인사한 뒤 도망치듯 이 층으로 올라가버렸다.

당황한 오하마가 실망스런 눈빛으로 지로의 뒷모습을 보았다. 슌스케의 얼굴이 조금 굳어졌다. 할머니는 말없이 오하마와 오요시를 흘끔거렸다. 오요시는 언제나 똑같이 덤덤한 얼굴이었다. 슌조와 오쓰루는 서로 얼굴을 마주 보며 고개를 갸웃거렸다.

지로는 책상에 가방을 내던진 채 앉지도 않고 또다시 생각에 잠겼다. 교이치는 아직 오지 않았는지 모자와 가방이 보이지 않았다. 별다른 생각 없이 교이치의 책꽂이를 살펴보다가 지로는 책 한 권을 발견했다. 낡고 오래된 작은 책이었다. 책 뒤표지에 '엽은초(葉隱抄)'라고 쓰여 있었다. '엽은초'란 나뭇잎 사이로 들여다본 고전의 초록(抄錄)이라는 말이다. 지로는 무심코 그 책을 꺼내 책장을 넘겼다.

첫 페이지에 학교 강당에 걸려 있는 액자와 똑같은 말이 적혀 있었다. 예상치 못한 것을 발견하고 놀라 다음 장을 넘기자 "훌륭하게 죽는 것만이 훌륭하게 살았다는 증거이다. 이것이 곧 무사도 정신이다."는 글이 보였다. 겨우 몇 시간 전에 아사쿠라 선생님이 자신에게 해준 말이 그대로 적혀 있었다. 교이치도 이 글귀가 마음에 들었는지 빨간 펜으로 줄을 쳐놓았다. 지로는 빨간 밑줄이 쳐진 곳만 읽었다. 모르는 글자가 많았지만, 자기 마음을 이해해주는 구절들이 곳곳에서 나왔기 때문에 책 속으로 빨려 들어가듯 계속 책장을 들추었다.

"……남에게 이기는 길을 구하지 말라. 나를 이기는 길을 찾기에도 인생은 짧다."

"……다른 이의 허물을 사랑하는 것이 지혜이며 용기다."

"……세상을 위해 무언가 하고 싶다면 너의 고통부터 견뎌라."

"……나를 위해 좋은 일이 아니더라도 그를 위해 좋은 일이라면 그를 위해 실천하라."

"……젊음은 누구에게나 불행하다. 불행을 이겨내지 못하면 인생은 아무것도 아니다."

이런 구절들이 마치 지로 자신을 위해 써놓은 것 같았다.

"에고, 벌써 공부하는 거예요?"

어느새 오하마가 이 층으로 올라와 있었다. 지로가 고개를 돌렸다. 그러자 오하마는 지로 옆에 바짝 다가앉으며 물었다.

"시험이라도 있어요? 오늘 토요일인데……."

오하마의 눈이 왠지 허전해 보였다. 지로는 서둘러 책을 덮고 오하마의 무릎에 두 손을 올려놓으며 말했다.

"오늘 낮에 어떤 선생님한테 들은 말이 이 책에 그대로 나와 있었어요. 그래서 조금 읽은 거예요. 다 유모 덕분이지만."

"내가 뭘 어쨌는데요?"

"아니에요. 그냥 고맙다고요."

"도련님 별소릴 다 하네, 호호호."

"정말이야. 정말 오늘은 유모한테 너무 고마워요. 유모가 날 도와줬어요."

지로의 얼굴이 무척 진지했다.

"진짜로? 그럼 한번 얘기해봐요."

지로가 장난친다고 여긴 오하마는 키득키득 웃기만 했다.

"알았어요. 다 말해줄게. 그런데 이왕이면 아버지가 있는 데
서 얘기해야겠어요. 아냐, 할머니랑 어머니한테도 말해야겠어.
아래층으로 내려가요."

지로는 흥분해 있었다.

"아래층으로 내려가자고?"

지로와 단둘이 있고 싶었던 오하마는 조금 실망했다.

"그럼 내려가요. 어차피 유모는 오늘 여기서 잘 거니까."

"형은 아직 안 왔나? 형도 같이 들으면 좋은데."

지로는 그렇게 말하면서 아래층으로 내려갔다. 오하마는 그
틈에 교이치와 지로의 책상을 견주어 보았다.

지로가 아래층으로 내려갔을 때 교이치가 들어왔다. 오하마
가 왔을 때부터 기분이 찜찜했던 할머니는 교이치를 보자마자
얼굴에 화색이 돌았다. 오늘 느낀 생각을 모두에게 털어놓기로
마음먹고 들떠서인지 지로 눈에는 식구들이 기운 넘쳐 보였다.

지로는 집에 올 때까지 생각했던 것들을 식구들에게 들려주
고 싶어 몸살이 날 지경이었다. 어떻게든 말할 기회를 엿보았
지만, 여간해서 말을 꺼낼 기회조차 돌아오지 않았다. 오하마
도 이 층에서 지로가 했던 말을 그새 까맣게 잊어버렸는지 오
요시를 붙잡고 옛날이야기만 늘어놓았다.

"오늘 학교에서 지로 도련님을 만난 것도 그냥 넘길 일이 아

니라고요. 학생들이 얼마나 많았는데요. 그 많은 학생들을 다 제치고 나랑 도련님이 딱 마주쳤다고요."

오요시의 표정을 보건대 오하마는 벌써 몇 번째 같은 말을 되풀이하는 것 같았다. 오하마는 그렇게 해서라도 혼다 가에 새로 들어온 오요시에게 자신의 존재를 알리고 싶은 모양이었다.

"아 참, 내 정신 좀 봐……."

오하마가 지로를 보며 웃었다.

"도련님, 아까 뭐 할 말이 있다고 했잖아요. 무슨 얘기예요? 나 때문에 책이 어떻게 됐다고 하던데."

드디어 기다리던 순간이 찾아왔다. 지로는 슌스케를 보며 오늘 학교에서 오하마를 만난 경위부터 자세히 털어놓았다. 지로는 오늘만큼은 하찮은 일이라도 감추거나 과장하고 싶지 않았다. 주머니칼 이야기도 있는 그대로 했다. 다만 무로자키에 대해서는 5학년이라는 것만 밝히고 이름은 말하지 않았다. 아사쿠라 선생님이 해준 이야기도 빠짐없이 전했다. 무로자키에 대해서도 사실만 전했다. 절대로 나쁘게 말하지 않았다.

"그러니까 제 말은 오늘 아사쿠라 선생님을 만난 건 모두 그 5학년 선배 덕분이라는 거예요. 그리고 5학년 선배를 만난 것은 유모 덕분이고요."

지로는 어느 때보다 진지하게 말했다.

죽은 어머니가 지로의 머릿속을 몇 번씩 맴돌았지만, 지로는 어머니에 대해서는 말하고 싶지 않았다. 지로는 무릎 사이에 반듯하게 쥔 주먹을 올려놓고 쑥스러운 듯 윗몸을 기울이며 말했다.

"그래서 생각했는데, 앞으론 절대 싸우고 싶지 않아요. 화도 내고 싶지 않고요. 학교에서도 그렇고 집에서도 그렇고. 그동안 내가 얼마나 바보 같았는지 알았어요. 나 하나만 생각하느라 다른 사람들을 얼마나 괴롭혔는지. 그래서…… 앞으로는……"

지로는 감정이 북받쳐 말문이 막혔다. 자기도 모르게 할머니와 오요시를 보았다. 두 사람과 눈이 마주치는 순간 지로는 고개를 숙이고 주먹 위에 눈물을 떨어뜨렸다.

거실에서는 숨소리조차 나지 않았다.

주머니칼 이야기가 나왔을 때부터 할머니는 샐쭉한 눈으로 슌스케를 보았다. 슌스케가 언제쯤 지로를 야단칠지 그것만 기다리는 모습이었다. 그런데 지로가 갑자기 모든 게 자기 잘못이라며 눈물을 쏟는 것을 보고 크게 놀랐다. 그래도 누가 볼세라 얼른 표정을 감추고 오하마 쪽을 흘깃거린 뒤에 조금 멋쩍어하며 말했다.

"언제쯤 철이 들까 걱정했더니 어느새 크긴 다 컸구나. 너 혼자 그런 걸 깨쳤다면 이 할미도 무조건 야단만 치지는 않을 게야. 역시 중학교는 다르구나. 들어가고 볼 일이야."

언제부터인지 오요시는 고개를 숙이고 있었다.

오하마는 험상궂은 눈빛으로 할머니와 오요시를 보다가 침을 한 번 삼키고는 다시 슌스케를 보았다. 슌스케는 눈을 감은 채 나무 조각처럼 앉아 있었다.

"지로, 네가 그런 생각을 하다니 내가 졌다."

교이치가 환하게 웃었다.

"소문대로 아사쿠라 선생님은 정말 대단한 분이셔. 나도 꽤 훌륭한 선생님이라고 생각했지만 그 정도인지는 몰랐어. 근데 5학년 선배는 누구야?"

"안 돼. 그건 아무에게도 말하지 않기로 약속했어."

지로는 눈물을 닦으며 대답했다.

"그래? 음, 아마도 그놈일 거야……. 어차피 상관없어. 다 끝난 일이니까."

슌스케가 천천히 눈을 떴다.

"아버지도 지로에게 졌다. 우리 집에서 가장 훌륭한 사람이 지로였구나. 이것도 유모 덕분인가?"

"도련님……."

오하마가 지로에게 달려들어 어깨를 끌어안았다.

오쓰루는 그런 오하마를 보며 얼굴을 붉혔고, 슌조는 멍한 얼굴로 거실을 두리번거렸다.

그날 밤의 기적

오하마는 아직도 무언가 부족하다는 생각을 지우지 못했다.

"하룻밤 묵고 가도 괜찮을까요?"

오하마는 혼다 가에 오자마자 그 말부터 꺼냈다. 하지만 저녁 먹을 시간이 가까워오자 오하마는 오쓰루를 돌아보며 말했다.

"오늘은 그만 가야겠지?"

오하마는 할머니와 오요시의 표정을 살폈다. 그러자 슌스케가 나무라듯 말했다.

"아니 지금 무슨 말을 하는 거야. 유모가 온다는 말을 듣고 지로가 얼마나 좋아했다고. 내일 일요일이니까 지로도 하루 종일 집에 있을 거요. 오랜만에 만났으니 같이 즐겁게 지내다 가요."

그 말을 듣고서야 오하마는 어쩔 수 없다는 얼굴을 하고 하룻밤 묵겠다고 대답했다.

저녁을 먹을 때는 요즘 혼다 가에서 보기 드물게 따뜻하고 즐거운 기운이 넘쳤다. 혼다 가가 시골에 살 때였다면 오하마와 오쓰루가 지로의 식구들과 한 밥상에 앉을 수 없었겠지만,

오늘은 슌스케가 한 말도 있고 해서 혼다 가 사람들은 오하마와 오쓰루를 귀한 손님으로 대접했다. 하지만 오하마는 그런 것보다 역시 지로의 접시가 신경 쓰이는 눈치였다. 오하마는 밥상을 차리자 곧 삼 형제의 접시부터 살폈다. 세 접시에 반찬들이 비슷하게 놓여 있는 것을 확인한 뒤에야 안심하고 젓가락을 들었다.

"지로, 오늘은 유모랑 같이 자. 난 아래층에서 할머니랑 잘 테니까."

저녁을 먹고 나서 교이치가 말했다. 교이치는 손수 이 층에 있는 자기 이불을 할머니의 다다미방으로 옮겼다. 이불이라고 해봐야 여름이라 얇은 담요 한 장이 전부였다.

"모기장이 좁아서 불편하겠지만 오쓰루도 이 층에서 자는 게 어떻겠냐?"

웬일로 할머니가 오쓰루를 다 챙겨주었다.

"그래, 좁은 데서 함께 자면 옛날 생각이 많이 날 거야. 옛날 교지기 방도 아주 좁았잖아."

슌스케가 웃으며 말했다.

오하마도 싫지 않은 기색이었다.

조금 뒤에 오요시가 오하마와 오쓰루가 덮고 잘 이불을 이 층으로 옮겼다. 그것을 보고 지로가 쏜살같이 달려가 오요시의 손에서 빼앗듯이 이불을 들어 이 층으로 가져갔다. 그때도 둘은 아무 말도 주고받지 않았다. 그러나 지로는 이상하게 마음이 두근거렸다.

"아이고, 이거 미안해서 어쩌나. 내 이불까지 도련님이 가져
오게 하다니."

지로가 이부자리를 펴는 동안 이 층으로 올라온 오하마가 말
했다. 오쓰루도 그 뒤를 따라 올라왔다.

다다미 여섯 장에 모기장을 치고 셋이 눕는 건 확실히 무리
였다. 그래도 모기가 들어오지 못하도록 조심하면서 서로 몸을
대고 자리에 누웠다. 잠자리에 들어간 것은 열한 시쯤이었다.
오하마가 한가운데 눕고 오른쪽에 지로, 왼쪽에 오쓰루가 누웠
다. 비좁기는 해도 날씨가 많이 덥지 않아 그럭저럭 견딜 만했
다. 세 사람은 말이 없었지만 저마다 머릿속으로 예전 일들을
하나씩 떠올리고 있었다.

꽤 시간이 지났는데도 쉽게 잠이 오지 않았다. 오하마가 잠
꼬대처럼 느릿느릿하게 수위실에서 있었던 일들을 이야기했
다. 지로와 오쓰루는 조용히 듣기만 했다. 지로는 가끔 말대꾸
도 하고 큰 소리로 웃기도 했지만, 오쓰루는 잠잠했다. 그래도
듣고 있었는지 재미있는 이야기가 나오면 오쓰루 쪽에서 쿡쿡
거리며 웃음을 참는 소리가 들렸다.

오하마가 이야기하는 옛날 일들 가운데는 지로의 기억에 남
아 있지 않은 것들도 많았다. 지로와 오쓰루가 서로 젖을 먼저
먹으려고 다투다가 같이 울어버린 이야기, 그렇게 울 때면 수
업하던 선생님들이 달려와 시끄럽다고 야단쳤다는 이야기, 오
하마가 한 아이는 안고 한 아이는 업은 채 논길을 걸어가면 업
힌 아이가 집에 갈 때까지 울었다는 이야기, 또 서너 살 때 지

로가 낮잠을 자던 오쓰루의 귀에 완두콩을 집어넣어 하마터면 귀가 먹을 뻔했다는 이야기, 지로가 아사쿠 할아범의 틀니를 장난감처럼 가지고 노는 것을 보고 뺏으려 하자 뺏기지 않으려고 틀니를 통째로 삼켰다는 이야기, 산왕제(山王祭) 때 오하마가 사준 장난감 풍차를 마구 휘두르다 젊은 처녀의 머리에 풍차가 걸리는 바람에 결국 처녀가 머리를 자르고 울었다는 이야기를 오하마는 어제 일처럼 생생하게 들려주었다. 하지만 지로는 대부분 처음 듣는 이야기들이었다.

"도련님이 어릴 때 극성은 극성이었어요. 그래도 난 아무리 심하게 장난쳐도 야단친 적이 없었다고요. 늘 오쓰루만 혼났죠. 대신 간사쿠가 자주 도련님을 때렸어요."

지로는 그 말을 듣고 오쓰루의 뺨에 붙은 올챙이를 잡아뜯었을 때가 생각났다. 그 작고 귀여운 오쓰루가 이렇게 다 큰 처녀가 되어 오하마 옆에 누워 있다고 생각하니 어쩐지 거짓말 같았다.

"친형제는 아니지만 같은 젖을 먹고 자란 젖형제도 보통 사이는 아니에요. 어렸을 때는 자기가 먹을 젖도 빼앗기고 날마다 혼자 야단맞은 오쓰루가 도련님 편지를 얼마나 기다렸는지 알아요? 아마 친형제라도 그렇게 애틋하지는 못할 거야."

오하마는 고개를 끄덕거리며 말했다. 지로는 오쓰루가 지금 어떤 표정을 짓고 있을지 어둠 속에서 가만히 상상해보았다. 학교에서 돌아오는 길에 머릿속을 가득 채웠던 '운명'이란 말이 다시 떠올랐다. 그 많은 운명 가운데서도 오하마와 오쓰루만은 한 번도 자신을 실망시킨 적이 없었다. 지로는 두 사람이 얼마나 소중한 존재인지 새삼 깨달았다.

　오하마를 가장 슬프게 만든 일은 새 학교가 완공된 뒤 교지기직에서 쫓겨날 때였다. 그때를 회상하다 오하마는 감정이 복받쳐 그때의 면장과 교장에게 마구 욕을 퍼부었다.

　"우리가 교지기 노릇을 한 지 십 년도 넘었다고요. 그 작자들은 새 학교를 짓는다며 막무가내로 우릴 내쫓았어요. 그런 인정머리 없는 사람들이 세상천지에 어디 있어요. 교지기 일을 하면서도 그나마 도련님을 날마다 만나는 게 낙이었는데, 도련님이랑 헤어질 생각을 하니 억울하고 분해서 잠이 안 오는 거예요. 홧김에 새로 지은 학교에 불이라도 질러버릴까 하다가 도련님이 공부하는 학교라 관뒀어요."

　지로도 그 무렵 무슨 일이 있었는지 똑똑히 기억하고 있었다.

　"나도 유모랑 헤어진 다음 날부터 날마다 한 번씩은 옛날 학교를 찾아갔는데."

　"정말요? 도련님도 이 유모랑 헤어진 게 그렇게 슬펐어요?"

　"유모랑 살던 학교가 무너지고 얼마 안 있다가 그 자리는 들판이 됐어. 그땐 정말 기분이 이상하더라고. 언젠가 교지기 방이 있던 자리에서 운 적도 있어요."

　지로는 오쓰루가 보낸 연하장을 생각했지만, 오래전에 잃어버렸다는 것을 알고 거기에 대해서는 아무 말도 하지 않았다. 방 안에 쓸쓸한 공기가 감돌았다. 느닷없이 오하마가 이부자리 속에서 꿈틀거리는가 싶더니 어느새 지로를 팔에 안았다.

"도련님, 바로 이 젖이에요. 오쓰루하고 둘이서 서로 먼저 먹으려고 싸웠던 바로 그 젖이에요."

오하마는 지로의 손을 더듬어 붙잡고는 억지로 자기 가슴에 갖다댔다.

"이제 다 쭈그러들었어요. 그땐 도련님 얼굴이 젖에 완전히 파묻혔는데."

지로는 푸석푸석한 늑골에 달라붙어 있는 차갑고 쭈글쭈글한 가슴이 손바닥에 닿자 이상하게 불쾌한 마음이 들어 손을 빼고 싶었다. 그러나 한편으로는 울고 싶은 심정에 빠져들었다.

"도련님이 어머니 젖을 먹은 건 기껏해야 이십 일밖에 안 돼요. 나머지는 다 내 젖을 먹고 자랐다고요. 어머니가 날 무시할 때마다 아무리 그래도 도련님은 내 젖을 먹고 있다고 큰 소리 쳤는데……."

오하마는 죽은 오타미를 생각하는지 한동안 잠잠했다. 그러다가 다시 자기 이불로 돌아가며 처량하게 말했다.

"어머니도 이젠 안 계시니 유모도 어디 가서 그런 말을 할 수도 없고, 오랜만에 도련님을 만나도 같이 얘기할 사람이 없어요."

오하마는 오타미가 위독하다는 전보를 받고 마사키 가로 달려왔을 때를 떠올렸다.

"어머니가 나한테 사과하고 싶다고 말했던 거 기억하죠?"

오하마는 감정이 격해졌는지 콧물을 들이키며 물었다.

"둘 다 성격이 보통 아니라 싸움도 많이 했어요. 그래도 어머니는 아주 똑똑한 분이셨는데. 도련님 일만 해도 끝까지 마음 써서 일부러 날 불렀잖아요. 그리고 누가 뭐라든 친어머니라고요. 친어머니니까 나 같은 것한테 미안하다고 할 수 있었던 거예요. 피가 섞이지 않은 남이라면 그런 일은 흉내도 못 내요."

오하마의 말을 들으며 돌아가신 어머니를 생각하던 지로는 '피가 섞이지 않은 남' 이라는 말을 듣자 무엇인가 와 닿는 것이 있었다.

'유모는 새로 만난 어머니가 마음에 들지 않는구나. 틀림없이 새어머니 얘기를 하려는 거야.'

오하마의 낌새가 심상치 않아 지로는 마음이 초조했다. 오하마가 이쯤에서 그냥 잤으면 좋겠다는 생각만 들었다. 지로는 재빨리 오하마의 말을 가로챘다.

"그건 당연한 일 아냐?"

"당연한 일이라면 당연한 일이지만……."

오하마는 지로가 갑자기 끼어드는 바람에 어떻게 대답해야 좋을지 몰라 우물거렸다. 하지만 어쨌든 하고 싶은 말은 해야겠다고 생각했는지 목소리를 높였다.

"도련님, 난 오늘 말이죠, 새어머니 때문에 속상했어요."

"왜?"

지로는 마침내 올 것이 왔다는 착잡한 심정으로 힘없이 되물었다.

"왜라뇨? 난 도련님 유모잖아요. 그래도 명색이 유모가 오랜만에 찾아왔는데 어떻게 사람이 그럴 수 있어요. 새어머니쯤 되면 내가 왜 왔는지 뻔히 알 텐데 내가 묻기 전에 도련님 이야기를 해주는 게 당연하지 않아요?"

"어머니는 평소에도 말이 없으셔."

"그거야 내가 본 적이 없으니 뭐라고 할 말은 아니지만 아무리 그래도 너무 했어요. 도련님이 학교에서 돌아오기 전까지 도련님 얘기는 한마디도 안 했다고요. 큰 마님만 쉴 새 없이 떠들어서 정신이 다 없었어요. 그지, 오쓰루?"

"응, 맞아."

오쓰루도 오요시의 태도가 불만스러웠는지 처음으로 입을 열었다.

"큰 마님이 어떤 분인지는 도련님도 잘 알잖아요. 입만 열면 성질 돋우는 얘기뿐이었어요. 큰 마님이야 본디 그런 분이니까 이해는 하지만, 내가 다른 사람도 아니고 도련님을 보러 여기까지 온 거잖아요. 그럼 내 사정도 좀 살펴서 듣기 좋은 얘기도 해줘야 하는 거 아니에요. 어떻게 처음부터 끝까지 도련님 욕이에요."

지로는 말없이 들을 수밖에 없었다.

"상황이 그러면 새어머니라는 여자가 곁에서 뭐라고 한마디 해줘야 되는 거 아니냐고요. 큰 마님한테 대놓고 덤비지는 못해도 도련님을 생각하는 마음이 조금이라도 있다면 분위기를 봐서 다른 말을 꺼낼 수도 있는 거고요. 아니면 저한테라도 도련님이 요새 어떻게 지내는지 좋게 말해줄 수 있는 거잖아요. 그렇게만 해줘도 내가 다 알아서 생각했을 텐데, 어머니라는 여자가 나 몰라라 하고 앉아 있으니 그게 무슨 짓이냔 말이에요. 내가 한마디 하려다가 큰 마님이 계셔서 어머니한테 화장실 좀 가르쳐달라고 하면서 밖으로 끌고 나왔어요. 그러면 눈치껏 도련님 얘기를 해줘야 하는데, 이건 끝까지 말이 없어요. 그러니 내가 얼마나 속이 답답했겠어요."

"어머니는 본디 말수가 적어요. 유모가 이해해줘요."

"아무리 말이 없어도 그렇지, 새어머니가 벙어리예요? 아니잖아요. 조금이라도 도련님을 위하는 마음이 있다면 내 앞에서 그렇게 모른 척할 수는 없는 거예요. 아무튼 큰 마님도 대단하시지, 그새 도련님을 미워하게 만들어놓은 게 분명해요."

"유모……."

"바보이거나 미치지 않고서야……."

"유모……."

"도련님 때문에 이 집에 온 거잖아요. 그걸 아는 여자가 어쩌면……."

오하마는 이미 걷잡을 수 없이 흥분한 상태였다.

"유모, 그만 해요. 이제 그런 얘긴 그만둬요."

"도련님은 왜 이렇게 약해졌어요. 편지엔 어머니가 마음에 안 든다고 썼잖아요."

지로는 절망했다. 자기가 어떤 뜻으로 편지를 썼는지 오하마는 그동안 조금도 이해하지 못한 것이다. 지로는 마음 한구석이 쓸쓸해지려는 것을 억지로 참았다. 하지만 오하마의 이해력이 이 정도 수준밖에 안 된다면 낮에 식구들 앞에서 자기가 한 말을 어떻게 받아들였을지 걱정이 되었다. 지로는 이야기를 돌리려고 다른 말을 꺼냈다.

"그래도 아버지는 우리 집에서 내가 가장 훌륭한 사람이라고 하셨잖아. 그거면 됐지, 뭐."

"아이고, 도련님…… 지금 그 말을 믿어요? 아버지가 한마디 했다고 도련님이 훌륭해지는 게 아니라고요. 도련님이 울면서 할머니랑 어머니에게 비는 걸 보고 내 마음이 어땠는지 아세요?"

"그럼 아버지가 왜 나를 훌륭하다고 했는데?"

"그거야 도련님이 하도 우니까 불쌍해서 그런 거죠."

"교이치 형도 나한테 졌다고 했잖아. 그럼 내가 교이치 형을 이긴 거니까 그만 화 풀어요."

"도련님, 대체 중학교에서 뭘 배운 거예요? 옛날엔 그렇게 똑똑했는데 왜 자꾸 바보 같은 말만 하냐고요. 교장도 도련님이 불쌍해서 그렇게 말한 거예요."

"그땐 유모도 좋아했잖아."

"좋아하긴 누가 좋아해요? 화딱지가 나서 죽는 줄 알았다고요. 아버님이 할머니 앞에서 도련님을 위로라도 했으니 망정이지 안 그랬다면……."

흥분한 오하마는 제풀에 지쳤는지 한숨을 내쉬었다.

이 년 만에 만난 지로와 오하마는 서로의 생각을 이해하지 못했다. 오하마는 지로가 할머니와 오요시의 눈치를 보는 데 익숙해져서 옛날보다 많이 약해졌다고 생각했다.

'못 본 사이에 유모와 난 완전히 달라졌어. 옛날엔 무슨 일을

겪든 유모와 생각이 똑같았는데, 오늘은 말이 안 통해.'

지로는 오하마가 자신의 말을 이해하지 못해서 답답하기만 했다. 어머니가 돌아가셨을 때와 중학교 입학시험에 실패하고 혼자 방황할 때 그리고 중학교에 들어가기까지 오하마와 헤어진 뒤에 일어난 일들을 가만히 생각해보았다. 자기가 생각하기에도 지금의 자신은 이 년 전과 전혀 다른 사람이 되어 있었다. 이 년 전만 기억하고 있는 오하마로서는 성장한 자신의 모습이 익숙하지 않을 수도 있다는 생각이 들었다.

'하지만 유모가 내일 온다면 오늘 같은 일이 일어날까? 그리고 오늘 그 일들을 겪지 않았다면 나도 지금쯤 유모와 새어머니를 나쁘게 말하면서 유모만은 언제나 내 편이라고 생각했을지도 몰라.'

문득 그런 생각이 머릿속을 스쳤다. 지로는 다시 한 번 낮에 학교에서 일어난 일이 자신의 인생에서 얼마나 중요한 순간이었는지 되새겨보았다. 그럴수록 자신이 겁쟁이가 되었다고 착각하는 오하마가 딱하기만 했다. 새어머니 일로 화를 내는 오하마를 지켜보는 것이 지로는 무척 슬펐다.

"유모……."

지로가 손을 뻗어 오하마의 팔을 살며시 붙들며 나지막한 목소리로 불렀다.

"유모, 나 때문에 화났어요?"

"……."

오하마는 대답하지 않고 한숨만 내쉬었다.

"유모는 나 좋아하죠?"

지로에게 붙들린 오하마의 팔이 움찔했다. 그래도 역시 대답은 하지 않았다.

"유모, 내 말 맞죠? 유모 나 좋아하죠? 아니에요?"

"도련님!"

오하마가 지로를 자기 쪽으로 끌어당기며 말했다.

"도련님도 다 알면서 왜 그렇게 물어요?"

"유모가 날 진심으로 좋아한다면 유모에게 꼭 하고 싶은 말이 있어서 그래요."

"좋다 뿐이겠어요. 유모가 이렇게 화를 내는 것도 다 도련님을 좋아하기 때문이에요. 그러니까 유모가 화를 내도 도련님은 걱정하지 않아도 돼요. 이 유모한테 하고 싶은 말이 있으면 뭐든 해봐요. 유모한테는 무슨 말을 해도 괜찮아요. 할 얘기가 뭐예요? 유모가 아직 모르는 일이 있는 거죠? 누가 또 괴롭힌 건 아니죠? 할머니예요? 아니면 어머니 때문에 그래요? 어머니 때문이죠, 그렇죠?"

지로는 자기가 하려는 말과 오하마가 듣고 싶어 하는 말이 완전히 다르다는 것을 깨닫고 코끝이 시큰했다. 무슨 말부터 어떻게 꺼내야 좋을지 답답했다. 지로가 빨리 말을 못하자 오하마는 자신이 생각하는 게 틀림없다고 믿어버렸다.

"도련님, 괜찮으니까 다 말해요. 오쓰루가 옆에 있어서 그래요? 오쓰루 걱정은 하지 말아요. 오쓰루도 도련님 편이에요. 젖형제는 친형제나 다름없어요."

"오쓰루 때문에 그런 거 아닌데."

"알았어요. 그러니까 빨리 말해봐요."

"유모……."

"……."

"내가 유모에게 하고 싶은 말은 유모가 생각하는 것처럼 나쁜 일은 아니에요."

"그게 무슨 말이에요?"

"할머니 얘기도 아니고, 어머니 얘긴 진짜 아니에요."

"그래요?"

오하마는 실망한 기색을 감추려는 듯 맥없이 웃었다.

"유모……."

"예……?"

"유모 생각엔 내가 유모보다 훌륭한 것 같아요?"

"유모보다요? 아이고 무슨 그런 말 같지 않은 말을……. 유모보다 훌륭해서 어디다 쓰겠어요. 유모가 볼 땐 교짱보다, 아니 아버님보다 도련님이 더 훌륭해요. 앞으로 세상에서 가장 훌륭한 사람이 될 거라고요."

"정말 그렇게 생각해요?"

"물론이죠."

"근데 왜 자꾸 유모가 거짓말하는 것처럼 들리지?"

"거짓말이라뇨? 내가 화낸 것 때문에 그래요?"

"그런 건 아니고……. 유모는 내가 아직도 어린애 같죠?"

"아이고, 아까 한 말이 그렇게 서운했어요? 도련님이 꼭 바보같이 남들한테 져주니까 유모가 화를 낸 것뿐이에요."

"져주는 게 바보 같은 짓이에요?"

"그야 그렇죠. 무조건 이겨야죠. 못 이기면 진짜 바보가 되는 거라고요."

"그런 거였어요? 그럼 난 진짜 바보가 되겠는걸? 유모가 바라는 것처럼 훌륭한 사람도 못 될 거고."

"도련님, 지금 그 말…… 무슨 뜻이에요? 왜 그런 나쁜 생각을 해요? 도련님답지 않게."

"이건 나쁜 생각이 아니에요."

"그렇지만……."

지로의 말에 충격을 받은 오하마는 반쯤 울고 있었다.

"유모…… 유모……."

지로는 울먹이는 오하마를 다독이며 말했다.

"나쁜 뜻에서 한 말이 아니에요. 진짜예요."

"근데 왜 그런 못된 장난을 쳐서 유모를 놀려요?"

"장난하는 거 아닌데……. 유모 생각이랑 내 생각이 너무 많이 달라요. 그래서 유모가 내 말을 못 알아듣는 거예요."

"다르다니, 뭐가 다른데요?"

"유모는 내가 다른 사람에게 져주면 안 된다고 생각하죠? 유모 생각에 그건 바보 같은 짓이니까."

"자꾸 그렇게 말하지 말아요."

"정말 내가 무슨 말하는지 모르겠어요?"

"모르는 건 내가 아니라 도련님이라고요."

지로는 어이가 없어 웃음이 터지려고 했다. 오하마도 자기가 너무 했다고 생각했는지 지로를 보며 쓸쓸하게 웃었다. 지로가 진지한 얼굴을 하고 오하마에게 물었다.

"유모, 진다는 게 무슨 뜻인지 알아요?"

"지는 게 지는 거지 뭐긴 뭐예요?"

지로가 쓸쓸하게 웃었다. 이번에는 오하마가 물었다.

"도련님은 지는 걸 뭐라고 생각하는데요?"

"난 말이죠, 유모. 이기려는 게 지는 거고, 져주는 게 이기는 거라고 생각해요."

"도련님, 지금 제정신 아니죠? 유모를 놀리면 못써요."

"잘 들어봐요. 다른 사람이 기뻐하는 일을 해주는 건 좋은 일이에요, 나쁜 일이에요?"

"당연히 좋은 일이죠."

"예를 들어서, 음…… 나한테 과자가 있어요. 그런데 슌조가 내 과자를 먹고 싶어 해요. 나도 그걸 알아요. 그래서 슌조가 달라고 하기 전에 내가 먼저 슌조한테 과자를 주는 거예요. 그럼 슌조가 기뻐하겠죠? 이건 좋은 일이에요, 나쁜 일이에요?"

"그러니까…… 그건…… 좋은 일 같네요."

"할머니나 어머니도 똑같아요. 오늘 특별히 잘못한 일은 없지만 지금까지 그분들한테 잘못한 일은 있었을 거 아니에요. 그래서 잘못했다고 사과한 거예요. 두 분 모두 내가 사과하니까 기뻐하시는 거 유모도 봤죠? 할머니와 어머니를 기쁘게 해드린 일은 좋은 일 아닌가요?"

"그야…… 하지만……."

"내가 잘못한 거예요?"

"때에 따라 다르죠. 상대방은 도련님을 싫어하는데, 도련님이 괜히 잘못했다고 굽실거릴 필요는 없잖아요?"

"유모 말도 맞아요. 그렇지만 내가 잘못했다고 사과하면 할머니나 어머니가 기뻐하시는 건 맞죠? 할머니랑 어머니가 나 때문에 기뻐하시다 보면 언젠가는 날 정말 좋아하시게 될 거예요."

"그러면 다행이지만……."

"내가 먼저 할머니와 어머니께 다정하게 대하고 싶었어요. 할머니와 어머니가 나를 좋아할 때까지 기다리는 건 내가 지는 거라고요."

지로는 힘을 주어 말했다. 오하마는 잠자코 생각에 잠겼다.

"난 말이죠, 유모……."

조금 뒤에 지로가 다시 말했다.

"지금까지 남들이 날 귀여워해주기만을 바랐어요. 그런데 생각해보니까 이거야말로 바보 같은 짓이었어요. 앞으로는 다른 사람이 날 사랑할 때까지 기다리지 않을 거예요. 내가 먼저 다른 사람을 사랑하고 싶어요. 언젠가 유모에게 사람들이 날 싫어해도 상관없다고 편지 보낸 적 있죠? 그땐 그런 사람이 진짜 강하다고 생각했어요. 하지만 지금은 아니에요. 세상에서 가장 강한 사람은 자기를 미워하는 사람까지 사랑할 수 있는 사람이에요. 우리 학교 교장선생님이 그렇게 말씀하셨어요."

"어쩜, 도련님…… 못 본 사이에…… 이젠 다 컸네요."

오하마는 힘껏 지로를 껴안았다. 지로는 오하마가 하는 대로 가만히 있었다.

"내가 유모보다 더 훌륭한 거 맞죠?"

"아이고, 그렇고말고요."

"아버지가 저녁에 날 칭찬한 이유를 알겠죠? 교이치 형이 나한테 졌다고 한 이유도 알겠죠?"

"예. 유모는 아주 못됐어요. 그런 것도 모르고 화만 내고……. 다 유모 잘못이에요. 내가 잘못했어요. 도련님, 자주 편지 써줘요. 유모랑 멀리 떨어져 있어도 편지를 보내면 도련님이 얼마나 훌륭해졌는지 유모도 알 수 있잖아요."

오하마는 지로를 끌어안고 있던 팔을 조금씩 풀면서 혼잣말처럼 중얼거렸다.

"이렇게 착한 도련님을 할머니랑 어머니는 왜 그리 괴롭히기만 하는지……."

"다 나 때문이에요. 마사키 외할아버지가 그랬어요. 마음속으로 싫어하는 사람이 하나라도 있으면 훌륭해질 수 없다고. 난 이제야 외할아버지가 하신 말씀이 무슨 뜻인지 알았어요."

"하지만 도련님 때문이 아니에요. 누가 뭐래도 도련님은 나이가 어리잖아요. 할머니나 어머니는 어른이라고요. 어른이 돼서……."

"유모, 그렇게 말했는데 아직 모르겠어요? 유모는 내가 할머니나 어머니를 죽을 때까지 미워하면 좋겠어요?"

"그런 건 아니지만……."

"그 얘긴 이제 그만해요. 내가 먼저 할머니랑 어머니를 싫어했던 거예요. 그래서 할머니랑 어머니가 날 싫어하게 된 거라고요."

"……."

오하마는 깊게 한숨을 몰아쉬었다.

"엄마!"

그때까지 조용히 듣기만 하던 오쓰루가 오하마를 불렀다.

"나도 지로짱이 말하는 거 다 알겠는데, 엄만 왜 못 알아들어?"

"유모, 내 마음 이해하죠?"

지로는 오하마의 목을 다정하게 감싸 안았다.

"오쓰루도 이젠 나보다 훌륭해졌어요."

오하마는 또 한 번 깊은 숨을 내쉬었다.

"정말이에요. 다 나보다 훌륭해졌어요."

오하마는 탄식하듯 그렇게 말했다.

"하지만 이건 꼭 기억해줘요. 누구보다도 훌륭한 도련님을 길러낸 건 바로 이 젖이었다고요."

오하마가 쭈글쭈글한 가슴을 지로에게 내밀었다.

지로는 눈물이 쏟아지려는 것을 겨우 참았다. 곧이어 세 사람은 뜨거워진 마음을 꿈속으로 실어날랐다. 그날 밤 지로는 처음으로 오하마를 꼭 끌어안고 잠이 들었다.

아침의 기적

어른들은 자신들이 아이들의 세계를 규정한다고 믿지만 어른들의 세계에 기적을 일으키는 것은 언제나 아이들이다. 지로는 하룻밤 사이에 오하마가 자신에게 무조건 애정을 쏟지 않고 이성과 분별심을 갖도록 해주었다. 그것은 오하마의 삶에서도 기적과 같은 일이었다. 그리고 다음 날 아침, 그 기적은 혼다 일가가 앞으로 겪게 될 새로운 기적의 출발이 되었다.

이튿날 아침 오하마는 새벽 다섯 시쯤 눈을 떴다. 잠에서 깨어나서도 한참 동안 이불 속에서 생각에 잠겨 있다가 가게 문 여는 소리에 살며시 오쓰루를 깨웠다. 두 사람은 곧장 부엌으로 내려가 오요시를 거들어 아침을 준비했다. 몇 시간 뒤 식구들이 모두 일어나 집안 정리를 끝내자 오하마는 안방에서 혼자 차를 마시던 슌스케 앞에 앉으며 말했다.

"어렵게 여기까지 왔으니 오마키 가에 들러 인사하고 싶어요."

"오마키 가에?"

슌스케는 느닷없는 오하마의 말에 조금 당황했다.

"가보는 것도 나쁠 건 없지. 그쪽에서도 무척 반가워하실 거야. 그래도 오랜만에 왔는데 그런 데까지 마음 쓰지 않아도 돼. 내가 나중에 유모가 안부 전했다고 말씀드리면 돼."

"주제넘지만 꼭 한번 찾아가서 뵙고 싶어요. 다음으로 미루면 또 언제 올 수 있을지 모르니까……."

"그래? 음, 하지만 오늘 시간이 어떠실지 모르겠네."

"아침에 찾아뵈면 저녁 기차 타는 데 지장 없을 거예요."

"너무 촉박하지 않겠어?"

"만약 기차를 놓치면, 하루 더 폐를 끼쳐도 될지……."

"그런 건 걱정 말아요. 우린 며칠이든 상관없으니까. 그럼 다녀와요."

"정말 고맙습니다. 그리고 저, 도련님이랑 같이 갔으면 해요."

"아, 이제야 알겠군. 어젯밤에 서로 약속이 돼 있었군, 하하."

"아니에요. 도련님은 모르는 일이에요. 저 혼자 오마키 가에 찾아가기도 그렇고 해서……."

오하마는 꽤 진지했다. 슌스케가 싱글싱글 웃었다.

"지로 데리고 가고 싶으면 그렇게 해요. 오마키 가는 처음이니까 지로랑 함께 가는 게 좋을 거야. 그건 그렇고……."

슌스케는 잠깐 생각하더니 말했다.

"집사람도 친정에 다녀온 지 꽤 됐는데……. 이번 기회에 집사람도 같이 가면 좋겠군."

"그렇게 해주시면 고맙지만. 작은 마님께서 어떨지……."

"유모만 상관없다면 집사람도 좋아할 거야."

"괜히 저 때문에 폐를 끼치는 건 아닌지 모르겠네요."

두 사람은 마주 보며 빙그레 웃었다.

"여보, 잠깐 나 좀 봐."

슌스케가 부엌 쪽을 보며 소리쳤다.

"유모가 오늘 지로를 데리고 오마키 가에 인사하러 간다는데, 당신도 오랜만에 처가에 다녀오지 그래?"

그 말을 듣고 오요시가 안방으로 건너왔다.

"저야 괜찮지만, 먼저 어머님께 여쭤볼게요."

오요시는 그렇게 말하고 불상을 모신 방으로 갔다. 그때 이층에서 오쓰루와 아이들이 우르르 내려왔다. 슌스케가 웃으며 말했다.

"지로, 너 오늘 오마키 가에 간다며?"

지로는 멍한 얼굴로 두리번거리다가 슌스케와 오하마의 눈치를 살폈다.

"왜요?"

"진짜 미리 약속한 건 아닌가 보네."

슌스케가 혼자 중얼거렸다.

"유모가 오늘 어머니랑 오마키 가에 가신다는구나. 너도 갈래?"

"예."

지로는 반가워하며 고개를 끄덕였다. 그러고는 이내 옆에 서 있는 슌조를 보았다.

"나만 가요? 슌조는요?"

"슌조? 글쎄다, 슌조가 가고 싶어 하면 데리고 가."

슌스케가 조금 주저하며 말했다. 지로도 금방 슌스케의 눈치를 알아차렸지만 마음 쓰지 않았다.

"슌조, 너도 같이 가. 어머니도 가신대."

"엄마도 간다고? 그래, 그럼 나도 갈래."

슌조는 선선히 따라나섰다. 지로는 만족스러워하며 교이치에게도 말했다.

"형도 같이 가자."

"그러지 뭐."

교이치는 간단하게 대답했다.

"아니, 셋이 다 가겠다고?"

슌스케가 일이 재미있게 되었다는 듯 웃었다.

"오쓰루도 갈 테니 여섯 명이 한꺼번에 가는 거구나. 오마키 가에서 깜짝 놀라겠다."

"여럿이 가면 오마키 할아버지가 더 좋아할걸요."

지로는 슌스케가 여럿이 한꺼번에 가면 오마키 가에서 부담스러워할 것이라는 뜻으로 한 말인 줄 알고 오마키 할아버지를 핑계 삼아 그렇게 대꾸했다. 혼다 가에서 이렇게 여럿이 함께 어디에 가본 적이 없었기 때문에 지로는 무척 흥분했다. 이때 할머니와 오요시가 불상을 모신 방에서 나왔다. 할머니는 슌스케를 보자마자 말했다.

"어멈까지 갈 필요야 있겠니. 다른 아이들도 그렇고. 내 생각에 오늘은 지로만 보내는 게 좋을 것 같은데."

그렇게 말하는 할머니의 얼굴이 예전처럼 짓궂거나 심술궂어 보이지는 않았다.

"예……."

슌스케는 조금 마음이 상해서 시큰둥하게 대답한 뒤 잠깐 무엇인가 생각하더니 지로에게 물었다.

"어머니는 다음에 가야겠다. 그래도 되지?"

지로는 실망한 표정을 감추지 못했다.

"예."

지로도 이런 일로 고집을 부리고 싶지 않았다.

"슌조는요?"

"슌조가 가겠다면 데려가도 돼."

"슌조, 넌 어떻게 할래? 어머니는 못 가신다는데 그래도 같이 갈래?"

"응?"

슌조는 흐릿하게 대답하며 오요시를 보았다. 그러자 할머니가 뜻밖이라는 듯 물었다.

"슌조도 가기로 했냐?"

"예, 지로가 슌조한테 같이 가자고 했어요."

"지로가? 지로가 슌조한테 그렇게 말했다고?"

할머니는 믿지 못하겠다는 얼굴로 지로를 보았다.

"어머니까지 가기로 했는데 슌조만 집에 남는 것도 그렇잖아요. 그리고 슌조도 우리랑 같이 가고 싶을 거예요. 그렇지, 슌조?"

슌조는 지로의 말을 듣고 얼굴이 발개졌다. 슌스케가 대견하다는 듯 지로의 얼굴을 지그시 보다가 할머니에게 말했다.

"어머니, 어떻게 할까요? 오늘은 이 사람도 보내는 게……."

"그러게 말이다."

할머니는 잠깐 오요시를 보았다.

"아범이 저렇게까지 나오는데 어멈도 같이 다녀오는 게 좋겠지?"

"예, 그럴게요."

오요시는 살짝 오하마를 보고는 부엌으로 갔다. 그때 오하마는 지로를 보고 있었는데 눈가에 벌써 눈물이 글썽거렸다.

"다시 여섯 사람이 됐군. 오마키 가에서 깜짝 놀라겠다. 먹을 것 좀 준비해서 가져가는 게 좋지 않을까?"

"여섯 사람?"

할머니가 이건 또 무슨 말이냐는 얼굴로 슌스케를 돌아보았다.

"교이치하고 오쓰루까지 합하면 여섯이죠."

"아니, 교이치도 간다고?"

"지로 녀석이 같이 가자고 꼬드겼어요."

"그래? 지로가 그랬단 말이지. 그랬구나."

할머니는 짐작이 간다는 듯 고개를 몇 번씩 끄덕였다.

"지로, 이왕이면 할머니한테도 같이 가시자고 부탁해보지 그래?"

"예."

지로는 얼굴을 붉히며 할머니에게 다가갔다.

"할머니도 저희랑 같이 가시면 좋겠어요. 그렇지, 형?"

교이치는 떨떠름한 얼굴로 지로를 보았다. 뜻하지 않게 교이치가 싸늘한 눈빛을 보내자 지로는 주눅이 들어 고개를 숙였다.

'쓸데없는 소리하네!'

지로는 교이치가 그런 말로 자기를 나무라는 것 같았다.

슌스케도 둘 사이가 서먹해졌다는 것을 금세 알아차렸다. 슌스케는 식구를 한데 품으려고 노력하는 지로를 돕고 싶었다. 지로가 이렇게 식구들에게 진심을 다해 다가오기는 처음이었다. 그런 만큼 무슨 일이 있어도 지로에게 또다시 상처를 입혀서는 안 된다고 생각했다.

"오랜만에 어머니도 집 밖에 나가서 바람 좀 쏘이고 오세요. 이렇게 여럿이 가는데 어머니가 안 보이면 오마키 가에서도 서운하게 생각하실 거예요."

"그럴까?"

할머니는 은근히 따라나서고 싶었지만 선뜻 용기가 생기지 않았는지, 식구들의 눈치를 살폈다. 그러다 무언가 생각난 듯 지로를 빤히 보며 물었다.

"그래 맞아. 나보다는 아범이 가는 게 더 좋겠다. 안 그러냐, 지로?"

할머니는 어쩐지 기분이 좋아 보였다.

"저요?"

슌스케는 갑자기 할머니에게 반격을 당하자 당황했다.

"그건 좀 곤란해요. 전 가게를 봐야 하잖아요. 오늘은 어머님이 가시는 게 좋겠어요."

"아냐, 아범이 가야 돼. 가게는 네가 없어도 하루쯤 어떻게 꾸려나갈 수 있잖니."

"하지만 어머니 혼자 가게를 지키면……."

"아니다. 가게는 너보다 내가 더 잘 봐. 남자 혼자 가게에 있으면 밥 먹는 것도 그렇고 차 끓이는 것도 그렇고 마음이 안 놓여."

"그럼 차라리 아버지하고 할머니도 같이 가세요!"

조용히 있던 교이치가 갑자기 큰 소리로 말했다. 조금 전까지 기분 나빠 보이던 모습은 온데간데없이 사라지고 잔뜩 흥분한 듯했다.

교이치가 말하자 모두 좋은 생각이라며 거들었다.

"그것도 좋은 생각이구나. 어때요 어머니, 교이치까지 저렇게 나서는데."

슌스케가 말하자 교이치는 할머니의 말을 기다리지도 않고 말했다.

"단순히 좋은 생각이 아니에요. 무조건 그렇게 해야 돼요. 예, 할머니?"

할머니는 주위를 두리번거리더니 말했다.

"무조건 그렇게 해야 하다니, 그건 또 어디에서 나온 억지냐?"

그래서 또 한바탕 웃음이 터졌다.

"교이치가 제법 어른스러워졌어요."

슌스케의 말을 받아 교이치가 웃으며 말했다.

"오늘은 할머니도 무조건 제가 시키는 대로 하셔야 해요."

"저런. 일 났구나, 일 났어."

할머니는 오하마에게 웃어 보이며 말했다.

"정 그렇다면 이 할미가 오하마랑 같이 나서 볼까?"

그때 오하마는 반쯤 울음을 터뜨리려다 할머니의 말이 채 끝나기도 전에 앞으로 푹 엎드렸다.

"너무 너무 고마워요. 저 같은 게 뭐라고……."

식구들은 저마다 오하마를 위로하며 선선할 때 출발하려면 서둘러야 한다고 말했다. 아침을 먹고 나서 모두 떠날 준비를 했다. 슌스케는 종업원들에게 어묵과 통조림, 빵 같은 것을 사오도록 시켰다. 맥주도 빼놓지 않았다.

"저녁 먹기 전까지 돌아올 테니, 점심은 알아서들 때우라고."

슌스케가 종업원들에게 가게를 맡기고 다 함께 집을 나선 것은 아홉 시쯤이었다.

할머니 외에는 모두 보따리를 하나씩 들었다. 맥주는 교이치와 지로가 번갈아 들었다. 햇살이 강했지만 바람이 시원해서 그다지 덥지는 않았다. 모두 무척 즐거웠다. 오요시마저 마음이 들떴는지, 오하마와 이런저런 이야기를 나누었다. 식구들이 모두 집을 나선 것은 혼다 가에서 처음 있는 일이었다.

지로는 자신의 생각으로 이렇게 좋은 날을 맞이하게 된 것이 기뻤다. 교이치의 싸늘한 눈빛 같은 것은 이미 깨끗이 잊어버렸다. 마침 그때 지로의 눈에 오쓰루가 쓴 빨간 양산이 어른거렸다. 그러고 보면 지금 이런 상황이 만들어진 것도 저 양산 덕분이라는 생각이 들었다. 지로는 또다시 '운명'이라는 것을 생각하지 않을 수 없었다.

읍내 변두리쯤 왔을 때 지로가 교이치에게 말했다.

"모든 일이 거짓말 같아. 아버지하고 할머니까지 오마키 가에 가시다니……. 아까 형도 꽤 멋있었어."

"아냐, 다 네 덕분이야."

"그렇지 않아."

말은 그렇게 했지만, 지로는 말할 수 없이 자랑스러웠다.

'나는 이제 어떤 운명과 맞닥뜨려도 겁나지 않아. 앞으로 어떤 일을 겪더라도 내 힘으로 헤쳐나갈 거야.'

그런 자신감은 오마키 가가 가까워질수록 지로의 가슴속에서 조금씩 강해져 갔다.

〈2부 끝〉

교육의 뜻과 슬기를 가르쳐 준 책

이상석(교사)

한 아이가 들길을 걸어오고 있다. 학교를 마치고 집으로 가는 모양이다. 들녘엔 나락이 익었다. 아이의 체구는 작지만 걸음걸이는 아주 당차다. 걸을 때마다 도시락이 어깨 뒤에서 까딱거린다. 앙다문 입술이 야무지다. 힘살이 탱글탱글한 팔다리가 느껴진다. 다가오자 나를 빤히 쳐다본다. 아이의 새까만 눈동자에 총기가 서렸다. 가무잡잡한 얼굴은 땀으로 얼룩져 있다. 신나게 놀았거나 동무하고 한바탕 싸움이라도 한 모양이다. 아이는 이내 고개를 돌리고 제 갈 길을 간다. 나는 멀어져 가는 아이 뒷모습을 한참 바라다보았다. 이 아이가 지금 내가 상상하고 있는 '지로'이다.

《지로 이야기》는 어린 지로가 자기 주체를 확실히 세운 당당한 청년으로 성장해 가는 과정을 그린 이야기이다. 지로를 중심으로 일어나는 갖가지 일들과 인간관계, 이것은 한 사람의 역사이자 환경이기도 하지만 그 시대의 역사이자 사회이기도 할 터이다. 이런 역사와 사회 속에서 아이의 심성이 어떻게 자라나는지, 살아간다는 의미는 무엇인지, 올바른 삶의 모습은 어떠해야 하는지를 깊이 있게 보여주고 있다.

이 책은 성장소설인 듯하지만 오히려 교육철학서라 해야 할 것이다. 지로의 스승 아사쿠라와 아버지 슌스케의 말들은 곧 작가의 교육사상이요 철학이겠는데, 그 깊은 울림은 여느 책에서는 얻을 수 없는 값진 깨달음을 준다. 요즈음 나오는 성장소설이나 교육 관계 서적들을 보면 재미가 있다 싶으면 감동이 덜하고, 감동이 크다 싶으면 깨우침이 모자라 아쉬웠는데 여기에는 재미와 감동에 깨달음까지 얻을 수 있다.

우리나라에 처음 이 책이 번역되어 나온 게 1989년, 전교조 결성 직후로 교육 문제에 대한 관심이 아주 높을 때였다. 그때 뜻있는 이들 사이에 이 책은 교육운동사상의 길을 가리키는 교과서 같았을 것이다. 하지만 널리 읽히지는 못한 듯하다. 그리고 얼마 안 되어 절판되고 말았다. 안타깝다. 이 책의 가르침이 좀 더 깊고 넓게 퍼져나갈 수 있었더라면 교육 운동이 지금처럼 허덕이지는 않았을 것이란 생각도 든다. 뿌리를 키우는 사회운동, 바닥에 가 닿는 실천 의지, 일하는 삶을 귀하게 여기고 몸소 실천하는 자기 개혁, 이것 없이 사람다운 사회를 이루고자 하는 바람은 허망하다는 걸 이 책은 말하고 있기 때문이다. 이렇게 귀한 책을 양철북에서 다시 뒤쳐낸다니 반가움과 설렘이 앞선다. 요즈음 같이 팍팍한 시대에 우리 숨통을 틔워주고 삶을 추스르게 해줄 것으로 믿기 때문이다.

글을 읽어가노라니 요즈음의 우리 사회와 교육 현실, 그리고 아버지로서의 내 모습이 떠올라 몇 번이나 책을 덮고 생각을 가다듬어야 했다. 여기 몇 장면만 소개한다.

지로가 강한 주관과 풍부한 감성을 지닌 아이로 자라나기까지

지로는 어릴 때 생모 곁을 떠나 유모 오하마 손에 자란다. 지로는 부모의 사랑을 알기 전에 유모한테서 깊은 사랑을 받는다. 그리고 자연 속에서 아무 거리낌 없이 즐겁게 논다. 가끔 들르는 집은 어색하기 짝이 없다. 행동을 조심해야 하고 자유롭게 놀 수도 없기 때문이다. 게다가 할머니는 무슨 연유인지 지로를 아주 차별하고 멸시한다. 유모 집에 있을 때는 명랑하던 아이가 본가에만 가면 입을 다물어버리고 밥을 거부하고 오줌을 싸곤 한다. 공부도 하지 않는다. 공부하라는 어머니의 닦달에 "까짓것 훌륭해지지 않으면 어때." 할 정도다. 이러니 어머니마저 지로를 싫어한다. 지로는 그럴수록 거칠어진다. 어머니는 지로의 억울하고 분한 마음을 헤아릴 줄 모른다. 게다가 지로는 옳지 않다 싶은 일에는 대들 줄 아는 야성이 있다. 어른들은 고분고분하지 않은 지로를 두고 착하다고 칭찬할 리가 없다. 지로의 야성은 자연에서 배운 귀한 심성일 것이다.

그래도 지로의 마음을 알아주고 그 야성을 존중해 주는 아버지 슌스케가 있어 다행이다. 어느 날 지로는 자기를 괴롭히는 덩치 큰 상급생 아이를 물어뜯어버리는 사고를 저지른다. 온 집안이 지로의 망나니짓에 난리가 났다. 지로는 몸 둘 바를 모르고 풀이 죽었다. 그러나 슌스케는 아들에게 이렇게 타이른다. "옳다고 생각하면 상대방이 아무리 강해도 물러서면 안 돼. 그렇다고 개처럼 물어뜯는 짓은 다시 하면 안 된다."

칭찬 받는 아이로 키웠다고 좋아할 일이 아니다. 칭찬 받기 위해 자기 본성과 정의감을 죽이는 아이가 되어서는 안 되기 때문이다. 가장 소중한 것은 자연에 가까운 아이가 되어야 한다는 것이다.

지로는 갖은 실수와 반항을 하면서도 차츰 깨달아 간다. 아버지, 외할아버지, 유모, 담임선생님, 그리고 동무들을 사귀면서 자연스럽게. 이들은 대놓고 지로를 가르치려 들지 않았다. 그냥 사랑으로 사귀었을 뿐이다. 여기서 우리가 한 가지 주목해야 할 일이 있다. 유모의 사랑이다. 유모는 지로가 불쌍해서 사랑한 것도 아니고 다른 의도가 있어서 사랑한 것도 아니다. 뭘 일부러 가르치려고도 하지 않았다. 그저 마음을 다해 귀여워하고 사랑했을 뿐이다. 이것이 지로에겐 숨통이자 마음을 키워주는 밭이었다.

지로가 아무런 자제심과 경계심 없이 자신이 느낀 감정을 솔직하게 털어놓을 수 있는 사람은 세상에 단 한 사람뿐이었다. 또 지로가 거짓말을 하든 과장해서 편지를 쓰든 기쁜 마음으로 읽어줄 사람도 세상에 단 한 사람뿐이었다. 그리고 지로에게 화를 내고 야단을 쳐도 지로가 상처받지 않고 그것이 사랑의 표현이라는 것을 진심으로 느끼게 해줄 수 있는 사람도 세상에 단 한 사람뿐이었다. 세상에 그런 사람은 오직 오하마뿐이었다.

나도 이런 경험이 있다. 세상에 단 한 사람, 우리 외할매. 외할매는 나에게 오하마 같은 사람이었다. 외할매는 나의 숨통이었다. 그 사랑이 나를 이 정도나마 키워주었다는 사실을 다 커서야 느낄 수 있었다. 순수한 그대로 사랑을 느낄 수 있는 단 한 사람만 곁에 있어도 사람은 결코 그릇되지 않으리라고 나는 믿는다.

그런데 요즈음은 아이의 마음 길을 잘 알고 그것을 이해하고 존중하려는 부모가 잘 없다. 가족 관계도 제 식구만으로 좁아지게 되니 다른 사람은 더 가까울 수도 없다. 이러니 아이는 어디에다 정을 붙이나. 더욱이 아이의 삶을 무시한 채 하루 종일 학원으로 뺑뺑이를 돌리는 부모는 한 번이라도 아이의 마음에 흐르는 눈물을 생각해 보았을까. 그래, 그 눈물 잘 안다고? 그렇지만 요즈음 세상에 그냥 두면 도태되고 말 것이라고? 이러고 싶지 않지만 세상이 그런 걸 어떻게 하겠느냐고? 이것은 10년 앞을 내다보지 못하는 무지몽매함이거나, 자기 어릴 적을 떠올리지 못하는 망각증일 뿐이다. 그리고 자기 아이부터 자연에서 자유롭게 키우는 용기를 갖지 못하고는, 이 악순환이 계속될 수밖에 없을 것이다. 물론 아이에게 강요해서라도 태도를 바로잡아야 할 때가 있다. 이럴 때는 어떻게 해야 하는가. 오마키 노인은 이렇게 말한다.

"필요하다고 생각할 땐 무리를 해서라도 강요해야 돼. 가만히 내버려뒀다가 나중에 일을 복잡하게 만드는 것보다 낫지 않겠나. 그런데 이 강요라는 게 말이지. 외과수술 같은 거야. 아주 조심해야 해. 그렇지 않으면 그냥 놔두는 것만도 못하거든."

담대한 아버지 슌스케

아사쿠라 선생은 아이들이 모두 존경하는 선생님이다. 이 분의 아름다운 교육철학은 곳곳에 드러난다. 이런 선생님이 군국주의를 내세우는 정치권력에 의해 학교를 쫓겨나게 된다. 지로는 당연히 선생님 유임운동에 앞장선다. 그러나 폭력적인 방법으로 대항한다면 이건 평소 선생님의 가르침에 반하는 일이라 싶어 동맹휴교 같은 방법을 쓰지 않으려고 한다. 대신 혈서로서 해임의 부당함을 밝히고 청원한다. 이 일 때문에 지로도 결국 권고퇴학이란 징계를 받게 된다. 이 일로 지로의 아버지가 학교에 불려갔는데 이때의 모습을 보며 나는 다시 책을 덮어야 했다.

아들에게,

"저번에도 말했지만 네가 하고 싶은 대로 해봐. 언젠가는 후회도 하겠지만, 그건 그때 가서 생각하면 돼."

그리고 아이를 쫓아낸 소네 소좌에게,

"방금 당신은 지로가 마음을 다잡고 당신이 생각하는 옳은 방향으로 새 출발을 하면 좋겠다는 식으로 말했지만 그렇게는 안 될 것 같군요. 나 또한 지로가 당신들이 바라는 대로 새 출발하기를 바라지 않고 있습니다. 지금처럼 자신의 신념을 꿋꿋하게 지켜낸다면 지로는 한 인간으로서 정당한 인생을 살게 될 겁니다."

이런 부모를 요새 우리 사회에서 볼 수 있을까. 참교육학부모회 사람들 가운데는 이런 분도 있을 수 있겠다. 하지만 글쎄……. 나 역시도 성적만능주의에 짓눌려 성적 오르지 않는 우리 아이를 유·무형으로 억압하고 닦달했다. 하물며 자기 선생의 유임운동을 하다가 퇴학을 당하게 되었다면 나는 어떻게 했을까.

팍팍한 이 세상을 어떻게 살아갈까

일제고사 거부 교사를 징계위에 넘긴다고 했을 때 분노가 치솟기도 했지만, 한편 잘 됐다 싶은 생각도 들었다. '그래, 너희들이 스스로 자충수를 두는구나. 이건 명백히 우리가 이기는 싸움이다. 어디 한번 해보자' 하는 마음이 들었기 때문이다. 그러나 저들은 끝내 젊은 교사들의 목을 쳤다. 그러더니 강원도에서도 덩달아 파면 사태가 일어났다.

성적 조작 문제가 불거지고, 허위 보고한 사실이 드러나도 저들은 태연하다. 일선 교사들이 어째 이 모양이냐며 오로지 담당 교사들 책임만 탓한다. 근본 구조의 문제를 살필 마음은 아예 없다. 이러니 아무리 일제고사 반대 시위를 해보았자 눈 하나 깜짝 안 한다. '너희들이 아무리 날뛰어 봐야 별 수 없다. 이 시대는 경쟁몰입교육이 대세니까!' 저들은 콧방귀만 뀌고 있을 게 분명하다.

교사들이 당하는 일은 그래도 약과란다. 비정규직노동자, 철거민, 농민, 도시빈민이 당하는 고통은 내가 감히 짐작할 수도 없다. 절박한 생존의 문제, 목숨이 걸린 문제. 그러나 누구도 도와주지 않는 지독한 외로움. 이런 세상에 어떻게 맘 편히 내 일이나 하며 살 수 있나 싶은 게 요즘 마음이었다. 이 세상과 어떻게 싸워야 하나, 거대한 벽 앞에 하루하루가 답답했다. 그런데 이 책을 읽으며 흔들리던 내 마음을 추스를 수 있었다.

아사쿠라 선생은 중학교 교사로 있다가 시국 사건으로 쫓겨난 뒤 '우애숙'을 열고 본격적으로 청년교육운동을 하는데, 여기는 청년 40~50명씩을 신청 받아 두세 달 동안 공동생활을 하며 공부하게 하는 곳이다. 모든 것을 숙생들이 스스로 계획하고 실행하도록 하는 일, 흔들리지 않는 사랑을 배우고 이를 실천하는 삶, 고향으로 돌아가 농촌 공동체를 바탕으로 일하는 삶을 실천하도록 하는 것이 교육의 뼈대이다.

그러나 이 우애숙도 10기에 이르러서는 불온교육기관으로 낙인 찍혀 군국주의 칼날 앞에 문을 닫게 된다. 지로는 말할 수 없는 분노와 전의를 느낀다. 폐쇄당하더라도 싸우다가 당하자고 한다. 이때 숙장 아사쿠라가 하는 말.

"우리는 사랑으로 이 험한 세상을 바꾸려는 거다. 이기느냐 지느냐도 중요하겠지. 하지만 승패는 인간이 예측할 수 있는 문제가 아니야. 물론 이기려는 의지는 무엇과도 바꿀 수 없다. 그 의지를 바탕으로 어떤 상황이든 맞부딪혀보는 거야. 부딪히고 넘어지고 배우는 것뿐이다. 오늘 우리가 해야 할 일은 우리 자신을 연마하는 거란다."

"참된 승리는 상대방을 미워한다고 해서 얻어지는 것은 아니다. 무작정 상대방에 대한 증오를 품고 그에게 달려든다고 해서 승리가 보장되는 것도 아니다. 그렇게 해서 얻어지는 것

은 승리가 아니다. 승리를 원한다면 스스로를 충실하게 가꾸
는 수밖에 없다."

"있는 그대로의 현실을 받아들일 줄도 알아야 해. 의연하게
맞서는 것이다. 우선 받아들인 후에 어떻게 대응해야할지를
생각해 보자. 내가 생각하는 자유란 바로 이런 것이다. 인간이
인간답게 살려면 자유로움을 스스로 쟁취할 줄 알아야 한다.
어디서든, 어느 때나, 누구 앞에서든 나의 주인은 오직 나일뿐
이다. 싫다는 감정에 휩쓸려 사태를 호도해서는 안 돼."

나도 어쩌면 단순히 이 정부를 증오하고만 있었던 것 같다. 신
자유주의의 거대한 흐름에 짓눌려 답답해하고만 있었다. 그러면
서 증오와 한탄이 내 양심을 말하는 것인 양 호도하고 있었다.
이 책은 내게 채근했다.

"너는 좀더 솔직해져야 한다. 그래서 네가 지금 여기서 할 수
있는 일을 착실히 해내도록 해라. 네 자신을 의심하거나 지금의
네 일을 하찮게 여기는 일은 솔직하지 못한 태도다. 네가 할 수
있는 일을 양심에 부끄럽지 않게 해나가는 것, 이것이 너를 구원
하고 세상에도 도움을 줄 수 있을 것이다."

참된 인간의 길

이 책을 쓴 시모무라 고진은 고등학교 교장을 지내기도 했고,
일본연합청년단강습소 소장으로 청년교육운동에 힘을 썼다고
한다. 직장에서 물러난 뒤 20년은 글쓰기와 강연 생활에 전념한

다. 소설의 내용이 작가의 삶과 맞아 떨어진다. 이 소설을 쓰기 시작한 게 쉰두 살 때부터라고 하니 연보로 보아 강습소장 일을 그만 두기 일 년 전인 1936년경이다. 소설 속의 '우애숙'이 문을 닫은 때는 바로 그 이듬해였다. 지로가 선생님의 유임을 청원하며 혈서를 쓴 날짜가 '1932년 6월 27일'로 되어 있고 그 후를 셈해보면 1937년이 된다. 작가는 그로부터 20년 동안이나 이 소설을 붙들고 있었다고 한다. 필생의 작업이다. 하지만 아쉽게도 작품을 다 끝내지 못하고 세상을 떠나고 만다. 그의 나이 71세. 애초 작가는 지로 인생의 1차 완성기인 30대 초반까지의 삶을 쓰려고 계획하고 있었단다. 그러면 패전 후 일본의 운명과 지로의 운명이 어떻게 맞물려 가는가 하는 것도 보여줄 수 있었을 것이다. 하지만 작품은 우애숙이 폐교 당하는 데서 끝이 난다. 지로 나이 20대 초반이다.

아사쿠라 선생은 폐교 이후 여행을 다니며 우애숙을 거쳐 간 청년들의 실제 삶을 둘러보고 격려하는 일을 할 것이라고 했는데, 아마 작가 자신의 계획이었을 것이다. 군국주의는 아사쿠라를 교단에서 내쫓고, 우애숙을 빼앗았다. 그러나 그가 가고자 한 교육의 길을 가로막지는 못했을 것이다.

아사쿠라보다 나이를 더 먹어 버린 나는 지금 찾아갈 제자가 몇이나 될까. 지금부터라도 더 깊게 더 낮아질 일이다.

2009년 3월 1일
부산에서

《지로 이야기》를 읽고 ● 625

소설은 크게 두 가지로 분류할 수 있다. 소설 자체보다 작가의 명성이 더 높은 경우와 작가보다 소설이 더 유명한 경우가 그것이다. 소설보다 더 유명한 작가는 많지만, 작가보다 더 유명한 소설은 드물다. 《지로 이야기》는 후자에 속하는 작품 중에서도 가장 큰 영향력을 발휘한 소설 중 하나일 것이다.

시모무라 고진이 이 소설을 집필한 때는 1936년이다. 1930년대는 우리가 잘 알고 있듯이 일본의 제국주의적 침략이 본격화되던 시기이며, 2차 대전의 전운이 전 세계로 확산되던 때다. 당시 시모무라 고진은 52세였다. 그 전까지 교육자로서 일본과 대만을 오가며 사회교육에만 헌신해온 시모무라 고진은 이 한 편의 소설로 일약 대중의 각광을 받기에 이른다. 소설이 출판된 후 라디오 드라마와 영화로 만들어졌고, 일본 청소년들이 반드시 읽어야 할 필독서가 되었다. 2차 대전이 발발한 후에도 시모무라 고진은 지로에 대한 이야기를 멈추지 않았다. 평화와 인간으로서의 고유한 존엄을 외치는 시모무라 고진의 소설이 전쟁의 소용돌이를 물리치고 간행될 수 있었던 것은 이 소설을 마음속에 품고 살아가길 원하는 독자들 때문이었다. 전쟁에 눈이 먼 일본 당국은 이 소설을 눈엣가시로 여겼지만 전쟁이 끝날 때까지 소설 출판을 막지는 못했다.

《지로 이야기》는 시모무라 고진의 자서전격인 소설이다. 주인공 지로는 시모무라 자신을 모델로 하고 있다. 시모무라 고진의 본명은 우치다 토라로쿠로인데 어린 시절 집안이 몰락한 후 시모무라 가의 양자가 되면서 시모무라 토라로쿠로가 되었다. 시모무라 고진은 작가의 필명이다. 지로와 마찬가지로 고진은 삼형제 중 둘째였고, 어린 시절 어머니가 돌아가셨다. 할머니는 고진이 못생겼다는 이유로 형과 동생만을 편애했다고 한다. 고진도 지로만큼이나 장난꾸러기였고, 반항아였던 것 같다. 이 소설에 등장하는 대부분의 에피소드는 시모무라 고진이 직접 경험한 사건들이다.

이 소설을 번역하면서 나의 어린 시절이 떠오른 것은 어찌 보면 당연한 일인지도 모른다. 《지로 이야기》가 작가인 시모무라 고진보다 더 유명해진 것은 우리 모두가 '지로'였기 때문이다. 우리도 지로처럼 가족과의 관계에서 갈등하고, 사랑하는 사람들로부터 상처받고, 미래엔 더 나아지기를 소망하면서 그렇게 인간의 길을 걸어간다. 지로는 소설 속에 등장하는 특별한 주인공이 아니라 우리 자신의 모습이며, 우리가 살아온 과정이고, 지금 이 순간에도 누군가 겪고 있는 인생의 모습이다.

이 소설을 번역하는 내내 성장소설의 고전으로 대접받고 있는 대작을 번역하는 느낌보다는 최근에 발표된 현대물을 번역하는 것 같은 착각을 느낀 이유도 지로라는 인물이 시대를 초월하는 우리의 자화상이었기 때문이라고 생각한다. 시대가 변해도 우리

는 지로일 수밖에 없다. 지로처럼 자신의 삶을 사랑하고, 자신의
삶과 이어진 수많은 사람들의 삶을 사랑하는 수밖에 없다. 이 책
이 오늘날까지 그 생명력을 유지해온 이유도 이 같은 '사랑'을
이야기했기 때문이다.

《지로 이야기》는 성장과 사랑에 관한 이야기다. 인간은 무엇
인가를 사랑하기에 성장하고, 성장하기에 사랑할 수 있다. 성장
과 사랑은 살아있는 인간의 특권이자 의무다. 그 보편적인 진리
가 독자들의 삶에 새로운 희망이 되기를 꿈꿔본다.

2009년 3월
김욱